A BASTARDA

VIOLETTE LEDUC

A BASTARDA

Prefácio
SIMONE DE BEAUVOIR

Tradução
MARÍLIA GARCIA

© Éditions Gallimard, 1964
© desta edição, Bazar do Tempo, 2022

Todos os direitos reservados e protegidos pela lei n. 9610, de 12.2.1998.
Proibida a reprodução total ou parcial sem a expressa anuência da editora.

Este livro foi revisado segundo o Acordo Ortográfico da Língua Portuguesa de 1990,
em vigor no Brasil desde 2009.

Edição **Ana Cecilia Impellizieri Martins**
Assistente editorial **Meira Santana**
Tradução **Marília Garcia**
Tradução do prefácio de Simone de Beauvoir **Mariana Delfini**
Revisão **Livia Azevedo Lima**
Capa e projeto gráfico **Violaine Cadinot**
Diagramação **Cumbuca Studio**
Imagem da capa **Tina Berning "The Aforementioned", 2019**

CIP-BRASIL. CATALOGAÇÃO NA PUBLICAÇÃO
SINDICATO NACIONAL DOS EDITORES DE LIVROS, RJ

L515b

    Leduc, Violette, 1907-1972.
    A bastarda / Violette Leduc; prefácio Simone de Beauvoir; tradução
  Marília Garcia. – 1. ed. – Rio de Janeiro: Bazar do Tempo, 2022.
    528 p.; 23 cm.
    Tradução de: *La Bâtarde*.
    ISBN 978-65-84515-07-9
    1. Leduc, Violette, 1907-1972. 2. Escritoras francesas – Biografia.
  I. Beauvoir, Simone de, 1908-1986. II. Garcia, Marília. III. Título.

22-77795   CDD: 928.41
                                                        CDU: 929:811.133.1

Gabriela Faray Ferreira Lopes – Bibliotecária – CRB-7/6643

BAZAR DO TEMPO
PRODUÇÕES E EMPREENDIMENTOS CULTURAIS LTDA.

Rua General Dionísio, 53 - Humaitá
22271-050   Rio de Janeiro - RJ
contato@bazardotempo.com.br
www.bazardotempo.com.br

Prefácio de Simone de Beauvoir

Quando, no início de 1945, comecei a ler o manuscrito de Violette Leduc – "Minha mãe nunca me deu a mão" – fui logo capturada: um temperamento, um estilo. Camus recebeu de imediato *L'Asphyxie* [A asfixia] em sua coleção Espoir. Genet, Jouhandeau, Sartre celebraram o surgimento de uma escritora. Nos livros que se seguiram, seu talento se confirmou. Críticos exigentes lhe deram grande reconhecimento. O público fez cara feia. Apesar de um sucesso de crítica, Violette Leduc permaneceu obscura.

Diz-se que não há mais autores desconhecidos; praticamente qualquer um pode publicar um livro. Pois, justamente: a mediocridade abunda; o trigo é estrangulado pelo joio. O êxito depende, na maioria das vezes, de um golpe de sorte. No entanto, o próprio azar tem seus motivos. Violette Leduc não quer agradar; ela não agrada e até assusta. Os títulos de seus livros – *L'Asphyxie*, *L'Affamée* [A faminta], *Ravages* [Destroços] – não são simpáticos. Ao folheá-los, vislumbra-se um mundo cheio de som e fúria, onde o amor muitas vezes traz o nome do ódio, onde a paixão de viver se expressa em gritos de desespero; um mundo devastado pela solidão e que, de longe, parece árido. Ele não é. "Eu sou um deserto que monologa", me escreveu Violette Leduc um dia. Encontrei nos desertos belezas inumeráveis. E alguém que nos fale do fundo de sua solidão fala de nós mesmos. O homem mais mundano ou o mais militante tem sua vegetação rasteira, onde ninguém se aventura, nem mesmo ele, mas que está lá: a noite da infância, os fracassos, as renúncias, a agitação abrupta de uma nuvem no céu. Surpreender uma paisagem, um ser, como eles são em nossa ausência: sonho impossível que todos nós acalentamos. Ao ler *A bastarda*, ele se realiza, ou quase. Uma mulher desce ao mais secreto de si e conta de si mesma com uma sinceridade intrépida, como se não houvesse ninguém a escutá-la.

"Meu caso não é único", diz Violette Leduc no início de sua narrativa. Não: mas singular e significativo. Ele mostra com uma clareza excepcional que uma vida é a retomada de um destino por uma liberdade.

Desde as primeiras páginas a autora nos subjuga com o peso das fatalidades que a moldaram. Durante toda a sua infância, sua mãe incutiu nela um sentimento irremediável de culpa: culpada por ter nascido, por ter uma saúde frágil, por custar dinheiro, por ser mulher e destinada às infelicidades da condição feminina. Ela viu seu reflexo nos dois olhos azuis e duros: um erro vivo. Com sua ternura, a avó Fidéline a protegeu de uma destruição completa. Violette Leduc foi obrigada a conservar uma vitalidade e uma base equilibrada que, nos piores momentos de sua história, a impediram de naufragar. Mas o papel do "anjo Fidéline" foi apenas secundário, e ela morreu cedo. O Outro se encarnava na mãe de olhos de aço. Esmagada por ela, a criança quis se anular completamente. Ela a idolatrou; ela gravou sua lei em si: fugir dos homens; ela se devotou a servi-la e a ela entregou seu futuro. A mãe se casou: a menininha ficou despedaçada com essa traição. A partir de então, ela passou a temer todas as consciências, porque elas detinham o poder de transformá-la em monstro; todas as presenças, porque elas arriscavam desaparecer até se dissolver em ausência. Ela se aconchegou em si mesma. Por angústia, por decepção, por rancor, ela escolheu o narcisismo, o egocentrismo, a solidão.

"Minha feiura me isolará até minha morte", escreve Violette Leduc.[1] Essa interpretação não me satisfaz. A mulher que *A bastarda* pinta provoca interesse nos modistas, nos grandes costureiros – Lelong, Fath – a ponto de eles sentirem prazer em lhe dar suas criações mais audaciosas. Ela inspira uma paixão em Isabelle; em Hermine, um amor ardente que dura anos; em Gabriel, provoca sentimentos suficientemente violentos para que ele se case com ela; e em Maurice Sachs,[2] uma forte simpatia. Seu "nariz grande" não desencoraja nem a camaradagem, nem a amizade. Se por vezes

---

1 V. Leduc, *L'Affamée*. Paris: Gallimard, 1948. (N.A.)

2 Maurice Sachs (1906-1945) foi escritor francês, de comportamento controverso. Foi muito próximo de escritores homossexuais como Jean Cocteau, André Gide e Max Jacob, com os quais manteve relacionamentos conturbados. (N.E.)

ela provoca risos, não é por causa de sua pessoa; em sua maneira de se vestir, seu penteado, sua fisionomia há algo de provocante e insólito: tira-se sarro para se consolar. Sua feiura não determinou seu destino, mas o simbolizou: ela procurou no espelho os motivos para sentir pena de si.

Pois, ao sair da adolescência, ela se viu presa em uma máquina infernal. Ela detesta essa solidão que lhe fora reservada e, por detestá-la, afunda-se nela. Nem eremita, nem exilada. Sua infelicidade é não experimentar com ninguém uma relação de reciprocidade: ou o outro é um objeto para ela, ou ela se objetifica para ele. Nos diálogos que escreve, transparece sua impotência para se comunicar: os interlocutores se falam, um ao lado do outro, e não respondem um ao outro; cada um tem sua linguagem, eles não se entendem. Até no amor, sobretudo no amor, a troca é impossível, porque Violette Leduc não aceita uma dualidade em que a ameaça da separação é latente. Qualquer ruptura ressuscita de uma maneira intolerável o drama dos seus quatorze anos: o casamento de sua mãe. "Eu não quero ser abandonada": é o *leitmotiv* de *Ravages*. Assim, o casal deve ser apenas um ser. Em alguns momentos, Violette Leduc deseja se aniquilar, ela entra no jogo do masoquismo. Mas ela tem vigor e lucidez demais para ficar nesse lugar por muito tempo. É ela quem vai devorar o ser amado.

Ciumenta, possessiva, ela tolera mal o carinho de Hermine por sua família, a relação de Gabriel com sua mãe e sua irmã, suas amizades masculinas. Ela exige que, terminado seu expediente de trabalho, sua namorada dedique a ela todos os seus minutos; Hermine cozinha e costura para ela, escuta suas queixas, se afoga com ela no prazer e cede a todos os seus caprichos; Hermine não pede nada: apenas dormir de noite. Insone, Violette se revolta contra essa deserção. Depois ela proíbe também Gabriel. "Eu odeio dorminhocos." Ela os sacode, os acorda e os obriga, com lágrimas ou carinhos, a ficar de olhos abertos. Menos dócil que Hermine, Gabriel deseja trabalhar e usar seu tempo como bem entende; a cada manhã, quando ele quer ir embora, Violette tenta por todos os meios levá-lo de volta à cama deles. Ela atribui essa tirania a seu "corpo insaciável". Na verdade, é coisa bem diferente da volúpia que ela deseja: é a posse. Quando ela faz Gabriel gozar, quando ela o recebe dentro de si, ele pertence a ela; a união aconteceu. Assim que ele sai de seus braços, ele é de novo este inimigo: um outro.

"Ilusões idênticas, a da presença e a da ausência."[3] A ausência é um suplício: a espera angustiada de uma presença; a presença é um intervalo entre duas ausências: um martírio. Violette Leduc odeia seus carrascos. Eles têm – como todo mundo – uma conivência consigo mesmos que a exclui; e também determinadas qualidades das quais ela é desprovida: ela se sente lesada. Ela inveja a saúde, o equilíbrio, a atividade, a alegria de Hermine; ela inveja Gabriel porque ele é homem. Ela só pode dar cabo de seus privilégios destruindo suas pessoas por completo: ela se arrisca a fazê-lo.

"Você quer me destruir", diz Gabriel. Sim. Para eliminar aquilo que os diferencia; e para se vingar. "Eu estava me vingando de sua presença demasiado perfeita", diz ela sobre Hermine. Quando, um depois do outro, eles a abandonam para sempre, ela fica desesperada; e, no entanto, ela atingiu seu objetivo. Sorrateiramente ela queria romper essa ligação, esse casamento. Pelo gosto do fracasso. Porque ela visa à sua própria destruição. Ela é "o louva-deus devorando a si mesmo". Mas ela tem saúde demais para que não trabalhe apenas por sua ruína. Na verdade, ela perde para perder e ganhar ao mesmo tempo. Suas rupturas são reconquistas de si.

Através de tempestades e bonanças – que são a sua força – ela tem sempre o cuidado de se proteger. Ela jamais se entrega por inteiro. Depois de algumas semanas ardentes, ela logo tratou de fugir da paixão com Isabelle. No início de sua vida em comum com Hermine, ela luta para continuar a trabalhar e garantir o próprio sustento. Vencida pelo médico, sua mãe, Hermine, a dependência lhe pesa. Ela escapa disso graças à amizade ambígua que estabelece com Gabriel e que permanece por muito tempo clandestina. Casada com ele, ela refuta essa ligação desejando Maurice Sachs. Quando Sachs, que foi para Hamburgo requisitado como trabalhador livre, deseja retornar ao vilarejo onde eles passaram alguns meses juntos, ela se recusa a ajudá-lo. Carregando, com a força de seus próprios braços, malas cheias de manteiga e pernil, plena de fortunas, exausta e triunfante,

3 V. Leduc, op cit., 1948. (N.A.)

ela conhece o enlevo de se superar. Sachs perturbaria o universo sobre o qual ela reina, segura e confiante como um cipreste. "Ele estará aqui, eu voltarei para debaixo da terra."

As outras pessoas sempre a frustram, machucam, humilham. Quando ela se debate com o mundo, desprotegida, quando ela trabalha e conquista algo, é tomada de alegria. Essa choramingas é também a viajante que em *Trésors à prendre* [Tesouros a conquistar] percorre a França com mochila nas costas, embriagada por suas descobertas e por sua própria energia. Uma mulher que basta a si mesma: Violette Leduc gosta de fazer esse tipo. "Fui até o limite de minhas resoluções e, afinal, eu vivi."

No entanto, ela tem necessidade de amar. Ela precisa de alguém a quem dedicar seus ímpetos, suas tristezas, seus entusiasmos. O ideal seria se entregar a um ser que não a incomodasse com sua presença, a quem ela pudesse dar tudo sem que ele nada tomasse dela. Assim ela estima Fidéline – "minha maçã-reineta, que não envelhece" –, maravilhosamente embalsamada em sua memória; e Isabelle, transformada, no fundo do passado, em um ídolo deslumbrante. Ela as invoca, se acaricia à sua recordação, se prostra a seus pés. Por Hermine ausente e já perdida, seu coração se aflige. Ela se apaixona à primeira vista por Maurice Sachs, e depois por dois outros homossexuais: o obstáculo que os separa é tão intransponível quanto um ano-luz; na companhia deles, ela "arde na chama do impossível". Existe volúpia em um desejo não realizado quando ele não encerra nenhuma esperança. A mulher que, em *L'Affamée*, Violette Leduc chama de Madame não é menos inacessível. Em *La Vieille fille et le mort* [A solteirona e o morto], a autora levou ao extremo o fantasma de um amor não correspondido, onde o outro seria reduzido à passividade das coisas. Senhorita Clarisse, solteirona de cinquenta anos – não porque os homens a negligenciaram, mas por ela tê-los desdenhado –, encontra numa noite, no café adjacente à sua mercearia, um desconhecido, morto; ela lhe dedica seus cuidados e sua ternura sem que ele perturbe seus desabafos; ela fala com ele e inventa suas respostas. Mas a ilusão se dissipa: uma vez que ele nada recebeu, ela nada deu; ele não a aqueceu; ela se vê de novo sozinha diante de um cadáver. Os amores à distância consomem Violette Leduc tanto quanto os amores compartilhados.

"Você nunca ficará satisfeita", Hermine diz a ela. Hermine a mata sobrecarregando-a de presentes, e Gabriel ao negá-los. A presença acaba com ela, a ausência a devasta. Ela nos dá a chave dessa maldição: "Quando cheguei neste mundo jurei que seria apaixonada pelo impossível". Essa paixão toma conta dela a partir do dia em que, traída por sua mãe, ela se refugiou junto ao fantasma de seu pai desconhecido. Esse pai tinha existido e era um mito; entrando em seu universo, ela entrou em uma lenda: ela escolheu o imaginário, que é uma das facetas do impossível. Ele tinha sido rico e sofisticado; ela ressuscitou seus gostos, sem esperar satisfazê-los. Entre vinte e trinta anos ela cobiçou até à vertigem o luxo de Paris: móveis, vestidos, joias, lindos automóveis. Mas ela não esboçou o menor esforço para obtê-lo: "O que será que eu queria? Não fazer nada e ter tudo". O sonho de grandeza importava mais que a grandeza em si. Ela se alimenta de símbolos. Ela transfigura os momentos por meio de rituais: o drinque que tomou no subsolo com Hermine, o champanhe que bebeu com sua mãe, pertencem a uma vida ficcional. Ela se fantasia quando veste, ao som de tambores irreais, o *tailleur* cor de enguia[4] de Schiaparelli, e seu passeio pelos grandes bulevares é uma paródia.

Apesar disso, essas distrações não a satisfazem. De sua infância no campo ela guardou a necessidade de segurar coisas sólidas nas mãos, de sentir os pés no chão, de realizar verdadeiros atos. Criar a realidade com o imaginário: é da natureza dos artistas e escritores. Ela vai se encaminhar para essa saída.

Em suas relações com as pessoas, ela apenas suportava seu destino. Ela inventa para ele um sentido inesperado quando se orienta para a literatura. Tudo começou no dia em que entrou em uma livraria e pediu um livro de Jules Romains. Em sua narrativa, ela não sublinha a importância desse fato, de cujas consequências ela naturalmente não desconfiava naquele momento. Um leitor desatento verá em sua história apenas uma sequência de acasos. Trata-se, na verdade, de uma escolha que se mantém e se renova por uns quinze anos antes de resultar em uma obra.

Enquanto vivia à sombra de sua mãe, Violette Leduc desprezou os livros; ela preferia roubar um repolho da parte de trás de

4 Como Leduc descreverá no livro, a cor de enguia é entre o castanho e o cinza. (N.E.)

uma charrete, colher mato para os coelhos, bater papo, viver. No dia em que se voltou para seu pai, os livros – que ele adorara – a fascinaram. Sólidos, brilhantes, eles encerravam sob sua bela capa mundos onde o impossível se torna possível. Ela comprou e devorou *Morte de alguém*.[5] Romains. Duhamel. Gide. Ela não os largará mais. Quando decide seguir uma profissão, publica um anúncio na *Bibliographie de la France*. Entra em uma editora, redige uma coluna de notas; não ousa ainda sonhar em fazer livros, mas se nutre de rostos e nomes célebres. Depois do rompimento com Hermine, dá um jeito de trabalhar com um empresário de cinema; lê sinopses, sugere maneiras de desenvolvê-las. Assim ela reverteu o curso de sua existência e provocou a sorte que a levou a encontrar Maurice Sachs. Ele se interessa por ela, gosta de suas cartas, a aconselha a escrever. Ela começa por notícias e reportagens que oferece a uma revista feminina. Mais tarde, cansada das ruminações de suas recordações de infância, ele lhe dirá: então as escreva. Isso se tornará *L'Asphyxie*.[6]

De repente ela entendeu que a criação literária poderia ser uma salvação. "Escreverei, abrirei meus braços, abraçarei as árvores frutíferas e hei de entregá-las à minha folha de papel." Conversar com um morto, com surdos, com coisas, é um tanto sinistro. O leitor realiza a síntese impossível da ausência e da presença. "O mês de agosto deste ano, leitor, é uma rosácea de calor. Ofereço-o a você, é um presente." Ele recebe esse presente sem perturbar a solidão da autora. Ele escuta seu monólogo; ele não o responde, mas o legitima.

Mas é preciso ter algo a lhe dizer. Apaixonada pelo impossível, Violette Leduc, no entanto, não perdeu o contato com o mundo: pelo contrário, ela o abraça para preencher sua solidão. Sua situação singular a protege das visões pré-fabricadas. Arrastada do fracasso à nostalgia, ela não toma nada por certo; incansavelmente ela questiona e recria com palavras o que descobriu. É por ela ter tanto a dizer que seu ouvinte cansado colocou uma pena em suas mãos.

---

5 *Morte de alguém* (*Mort de quelqu'un*), livro de Jules Romains lançado originalmente em 1911, que gira em torno da morte do viúvo aposentado Jacques Godard, cuja existência passara quase totalmente despercebida. (N.E.)

6 Primeiro livro de Violette Leduc, lançado em 1946. (N.E.)

Obcecada por si mesma, todas as suas obras – com exceção de *Les Boutons dorés* [Os botões dourados] – são mais ou menos autobiográficas: lembranças, diário de um amor, ou antes de uma ausência; diário de uma viagem; romance que traduz um período de sua vida; novela longa que põe seus fantasmas em cena; *A bastarda*, enfim, que retoma e supera seus livros anteriores.

A riqueza de suas narrativas vem menos das circunstâncias e mais da intensidade candente de sua memória: em cada momento ela está ali por inteiro, através da consistência dos anos. Cada mulher amada ressuscita Isabelle, em quem ressuscita uma jovem mãe idolatrada. O azul do avental de Fidéline ilumina todos os céus de verão. Às vezes a autora dá um salto para o presente; ela nos convida a sentar ao seu lado sobre as agulhas de um pinheiro; assim ela abole o tempo: o passado ganha as cores da hora que soa. Uma colegial de 55 anos risca palavras em um caderno. Também acontece, quando suas lembranças não dão conta de iluminar suas emoções, de ela nos arrastar para dentro de delírios; ela conjura a ausência pelas fantasmagorias líricas e violentas. A vida vivida abarca a vida sonhada, que transparece em filigrana nas narrativas mais nuas.

Ela é sua principal heroína. Mas seus protagonistas existem intensamente. "Pontilhismo cruel do sentimento." Uma entonação da voz, um franzir de sobrancelhas, um silêncio, um suspiro, tudo é promessa ou repúdio, tudo ganha uma ênfase dramática para aquela que está apaixonadamente engajada em sua relação com os outros. O cuidado "cruel" que ela tem em relação aos menores gestos é sua felicidade de escritora. Ela os torna vívidos para nós em sua opacidade inquietante e seu detalhe minucioso. A mãe, coquete e violenta, imperiosa e cúmplice; Fidéline; Isabelle; Hermine; Gabriel; Sachs, tão surpreendentes quanto em seus próprios livros: impossível esquecê-los.

Porque ela "nunca fica satisfeita", ela está disponível; todo encontro pode aliviar sua fome ou pelo menos distraí-la: ela dispensa uma atenção aguda a todos aqueles com quem cruza. Ela desmascara as tragédias, as farsas que se escondem debaixo de aparências banais. Em algumas páginas, em algumas linhas, ela dá vida aos personagens que despertaram sua curiosidade ou sua amizade: a velha costureira albigense que vestiu a mãe de Toulouse-Lautrec; o eremita zarolho de Beaumes-de-Venise; Fernand, o "demolidor", que na surdina abate gado e ovelhas, uma cartola na cabeça, uma rosa entre os dentes. Comoventes, insólitos, eles nos cativam assim como a cativaram.

Ela se interessa pelas pessoas. Ela aprecia as coisas. Sartre conta em *As palavras* que, alimentadas pelo dicionário Littré, essas palavras apareciam a ele como encarnações precárias de seus nomes. Para Violette Leduc, ao contrário, a linguagem está nelas, e o risco que o escritor corre é o de traí-las. "Não mate este calor no alto de uma árvore. As coisas falam sem você, guarde bem isso. Sua voz as abafará." "A roseira se curva sob a embriaguez das rosas, o que você deseja? fazê-la cantar?" Ela decide ainda assim escrever e captar seus sussurros: "Levarei o coração de cada coisa para a superfície". Quando a ausência a devasta, ela se refugia junto delas: elas são sólidas, reais, e elas têm uma voz. Ela chega a se apaixonar por lindos objetos estranhos; certo ano, ela levou para o Sul 120 quilos de pedras cor de ouro onde fósseis haviam deixado sua pegada; uma outra vez, trouxe de volta pedaços de madeira cinza de formas inspiradas. Mas seus companheiros prediletos são os objetos comuns: uma caixa de fósforos, um fogão. De uma meia de criança, ela toma para si o calor, a doçura. Em seu velho casaco de pele de coelho, ela respira com ternura o odor de sua privação. Ela encontra conforto em um genuflexório, em um relógio: "Abracei o encosto. Toquei a madeira encerada. Ela é agradável ao toque." "Os relógios me consolam. O pêndulo vai e vem, do lado de fora da felicidade, do lado de fora da infelicidade." Na noite que se seguiu a seu aborto, ela acreditou que ia morrer e apertava com amor o interruptor elétrico suspenso acima de sua cama. "Não me abandone, querido interruptor. Você é rechonchudo, eu me acendo com uma bochecha na palma da mão, uma bochecha lustrosa que aqueço."[7] Por saber amar as coisas, ela nos faz vê-las: ninguém antes dela nos havia mostrado essas lantejoulas um pouco apagadas que cintilam incrustradas nos degraus do metrô.

Todos os livros de Violette Leduc poderiam se chamar *L'Asphyxie*. Ela sufoca perto de Hermine, em sua casa no subúrbio, e depois no reduto de Gabriel. É o símbolo de um confinamento mais profundo: ela se sente definhar. Mas, em alguns momentos, sua saúde

---

7 V. Leduc, *Ravages*. Paris: Gallimard, 1955. (N.A.)

robusta rebenta; ela rompe barreiras, liberta o horizonte, escapa, se abre à natureza, e as estradas correm sob seus pés. Vagabundagem, caminhadas. Nem o grandioso, nem o extraordinário a atraem. Ela gosta de estar em Île-de-France, na Normandia: campos, plantações, cultivos, uma terra trabalhada pelo homem com suas fazendas, seus pomares, suas casas, seus animais. Muitas vezes o vento, a tempestade, a noite, um céu em fogo dramatizam essa tranquilidade. Violette Leduc pinta paisagens atormentadas que se assemelham aos céus de Van Gogh. "As árvores têm sua crise de desespero." Mas ela também sabe descrever a paz dos outonos, a primavera tímida, o silêncio de um sendeiro. Às vezes sua simplicidade um pouco preciosa remete a Jules Renard. "A porca é a mais nua, a ovelha, a mais vestida." Mas é com uma arte completamente pessoal que ela dá cor aos ruídos, ou que torna visível "o grito luminoso da cotovia". Nela, o abstrato se torna sensível quando ela evoca "a graça das umbelíferas [...] o cheiro miserável da serragem recente [...] o odor místico das lavandas em flor". Nada de artificial em seus registros: o campo fala espontaneamente dos homens que o cultivam e habitam. Por meio do campo, Violette Leduc se reconcilia com eles. Ela vaga à vontade por seus povoados, abertos e fechados, encerrados em si mesmos, mas onde cada habitante conhece o calor do relacionamento com todos. Nos bares, os camponeses, os charreteiros não a assustam; ela bebe, ela é confiante e alegre, ela conquista a amizade deles. "O que eu amo com todo meu coração? O campo. Os bosques e as florestas [...] Meu lugar é lá."

Todo escritor que fala de si aspira à sinceridade: cada um à sua, que não se assemelha a nenhuma outra. Não conheço nenhuma mais íntegra que a de Violette Leduc. Culpada, culpada, culpada: a voz de sua mãe ainda ressoa nela; um juiz misterioso a persegue. Apesar disso, por causa disso, ninguém a intimida. Os defeitos que nós lhe imputaremos nunca serão tão graves quanto aqueles de que os perseguidores invisíveis a acusam. Ela expõe diante de nós todos os detalhes do seu caso para que nós a livremos do mal que ela não cometeu.

O erotismo é importante em seus livros; nem de modo gratuito, nem por provocação. Ela não é filha de um casal, mas de dois sexos. Por meio das ladainhas de sua mãe, ela se conheceu primeiro como um sexo maldito, ameaçado pelos machos. Adolescente enclausurada, ela degenerou em um narcisismo sombrio quando Isabelle lhe ensinou o prazer: ela foi fulminada por essa transfiguração de seu corpo em deleites. Fadada a amores chamados anormais, ela os assumiu. Por outro lado, ainda que, dentre os nomes que dá para sua solidão, ela por vezes empreste o de Deus, ela é solidamente materialista. Não tenta impor aos outros suas ideias ou uma imagem de si. Sua relação com o outro é carnal. A presença é o corpo; a comunicação se opera de um corpo ao outro. Agradar Fidéline é se enfiar debaixo de sua saia; ser rejeitada por Sachs é experimentar seus beijos "abstratos"; o narcisismo se realiza no onanismo. As sensações são a verdade dos sentimentos. Violette Leduc chora, se regozija, pulsa com seus ovários. Ela não contaria nada de si se não falasse deles. Ela vê os outros através de seus próprios desejos: Hermine e seu ardor tranquilo; o masoquismo irônico de Gabriel; a pederastia de Sachs. Ao acaso dos encontros, ela se interessa por todas as pessoas que, por sua própria conta, reinventaram a sexualidade: como Cataplame, no início de *A bastarda*. Nela o erotismo não desagua em algum mistério e não se enreda em ninharias; ele é, em vez disso, a chave privilegiada do mundo; é à sua luz que ela descobre a cidade e os campos, a espessura das noites, a fragilidade da aurora, a crueza do soar do sino. Para falar disso, criou uma linguagem sem sentimentalismo nem vulgaridade, que me parece um sucesso notável. Ela assustou os editores, no entanto. Eles cortaram de *Ravages* o relato de suas noites com Isabelle.[8] Reticências substituem aqui e ali as passagens suprimidas. De *A bastarda*, aceitaram tudo. O episódio mais ousado mostra Violette e Hermine dormindo juntas sob o olhar de um espectador: ele é narrado com uma simplicidade que desarma a censura. A audácia contida de Violette Leduc é uma de suas qualidades mais impressionantes, mas que sem dúvida a atrapalhou: ela escandaliza os puritanos, e a chateação não leva a nada.

As confissões sexuais abundam neste nosso tempo. É muito mais raro que um escritor fale com franqueza sobre dinheiro. Violette Leduc não esconde a importância que ele tem para ela: ele também materializa suas relações com o outro. Quando criança, ela sonha em trabalhar para poder dar dinheiro a sua mãe; rejeitada,

---

8 Ela retomou alguns trechos sobre essa intensa relação em *A bastarda*. A narrativa centrada nesse tema, com o título *Thérèse et Isabelle*, foi escrita em 1954, publicada em 1966 com passagens censuradas, ganhando apenas em 2000 sua forma integral. (N.E.)

ela a desafia roubando-a aqui e ali. Gabriel a coloca em um pedestal quando esvazia sua própria carteira por ela; ele a tira de lá quando ele economiza. Um dos traços que a fascina em Sachs é sua prodigalidade. Ela tem prazer em mendigar: é uma revanche contra aqueles que têm dinheiro. Acima de tudo, adora ganhar: ela se afirma, ela existe. Acumula coisas com paixão; desde a infância é habitada pelo medo de faltar; e mede sua importância pela espessura do maço de dinheiro que prega debaixo da saia. Na fraternidade dos bares dos povoados, ela chega a pagar rodadas de bebidas para todos, com alegria. Mas não esconde ser avarenta: por prudência, por egocentrismo, por ressentimento. "Ajudar ao próximo. Alguém me ajudou quando eu estava morrendo de tristeza?" Dureza, avidez: ela as admite com uma boa-fé surpreendente.

Confessa outras pequenezas que se costuma disfarçar com cuidado. Foram muitos os amargurados que colericamente se beneficiaram da derrota: seu primeiro cuidado, na sequência, foi fazer com que isso fosse esquecido. Violette Leduc admite tranquilamente que a Ocupação lhe trouxe oportunidades e que ela as aproveitou; não se incomodou que a infelicidade caísse ao menos uma vez sobre outras pessoas que não ela; contratada por uma revista feminina e convencida de ser uma nulidade, ela duvidava do fim da guerra, que traria de volta os "valores" e sua expulsão. Ela não se desculpa, nem se recrimina: ela era assim; ela entende porquê e nos faz entendê-lo.

No entanto, ela não ameniza nada. A maioria dos escritores, quando confessa sentimentos ruins, retira deles os espinhos por sua própria franqueza. Ela nos obriga a senti-los, nela, em nós, em sua hostilidade candente. Ela permanece cúmplice de seus desejos, rancores, mesquinharias: assim ela assume os nossos e nos liberta da vergonha: ninguém é monstruoso se todos nós o somos.

Essa audácia vem de sua ingenuidade moral. É extremamente raro que ela se repreenda ou esboce uma defesa. Ela não se julga, ela não julga ninguém. Ela reclama; se exaspera com sua mãe, com Hermine, Gabriel, Sachs: ela não os condena. Com frequência se comove; por vezes admira; ela nunca fica indignada. Sua culpa vem de fora dela, sem que ela tenha mais responsabilidade por isso do que pela cor de seus cabelos; também o bem, o mal, são para ela palavras vazias. As coisas pelas quais ela mais sofreu – seu rosto "imperdoável", o casamento de sua mãe – não são catalogadas como erros. Pelo contrário: aquilo que não diz respeito a ela pessoalmente a deixa indiferente. Chama os alemães de "os inimigos" para indicar que esse conceito emprestado permanece exterior a ela. Não é partidária de nenhum campo. Não tem o sentimento do universal nem do simultâneo: está onde está, com o peso de seu passado sobre os ombros. Ela nunca trai; nunca cede às pretensões nem se inclina diante das convenções. Sua honestidade escrupulosa equivale a um questionamento.

Neste mundo varrido de categorias morais, apenas sua sensibilidade a guia. Curada de seu gosto para o luxo e as mundanidades, ela se coloca decidida ao lado dos pobres, dos desamparados. Assim, é fiel à privação e às alegrias modestas de sua infância; e também à sua vida presente, pois depois de anos triunfantes do mercado negro ela se viu de novo sem um centavo. Venera o despojamento de Van Gogh, de Cura d'Ars.[9] Todas as aflições encontram eco nela: a dos abandonados, dos perdidos, das crianças sem casa, dos velhos sem filhos, dos vagabundos, dos mendigos, das lavadeiras de mãos rachadas, das empregadinhas de quinze anos. Ela fica desolada quando – em *Trésors à prendre*, antes da guerra da Argélia – vê a dona de um restaurante se recusar a servir um comerciante de tapetes argelino. Diante da injustiça, toma imediatamente partido do oprimido, do explorado. Eles são seus irmãos, ela se reconhece neles. E ademais, as pessoas situadas à margem da sociedade lhe parecem mais verdadeiras que os cidadãos bem colocados que cedem ao jogo. Prefere uma taberna de interior a um bar elegante; ao conforto das primeiras classes, um vagão de terceira que recende a alho e lilases. Seus cenários, seus personagens pertencem a esse mundo das pessoas simples sobre as quais a literatura de hoje geralmente cala.

Apesar "das lágrimas e dos gritos", os livros de Violette Leduc são "revigorantes" – ela adora essa palavra – devido a isso que chamarei de sua inocência no mal, e porque eles tiram tantas riquezas da sombra. Quartos abafados, corações despedaçados;

---

9   Como ficou conhecido o sacerdote francês Jean-Marie Baptiste Vianney (1786-1859), canonizado pela Igreja Católica em 1925 e nomeado padroeiro dos párocos em 1928. (N.E.)

as pequenas frases ofegantes nos acossam: de repente um vento forte nos carrega para o céu sem fim e a alegria bate em nossas veias. O grito da cotovia cintila acima da planície nua. No fundo do desespero nós tocamos a paixão de viver, e o ódio não passa de um dos nomes do amor.

A *bastarda* se interrompe no momento em que a aurora concluiu o relato dessa infância que ela conta também no início deste livro. Assim o círculo se fechou. O fracasso do relacionamento com o outro resultou nesta forma privilegiada de comunicação: uma obra. Espero ter convencido o leitor a entrar nela: ele encontrará ali muito mais ainda do que eu prometi.

Simone de Beauvoir
da edição original, 1964

A BASTARDA

Meu caso não é único: tenho medo de morrer, mas fico aflita de estar neste mundo. Não trabalhei nem estudei. Eu chorei e gritei. As lágrimas e os gritos me consumiram demais. Quando penso no assunto, me torturo pelo tempo perdido. Não consigo pensar muito, mas me consolo com uma folhinha de alface murcha que me leva a remoer tantas mágoas. O passado não me alimenta. Vou embora daqui da mesma forma que vim. Ilesa, carregando os mesmos defeitos que sempre me torturaram. Gostaria de ter vindo ao mundo como uma estátua, mas sou uma lesma chafurdando no próprio esterco. As virtudes, as qualidades, a coragem, o pensamento, a cultura. De braços cruzados, eu me dilacerei por essas palavras.

Leitor, meu caro leitor, há um ano eu escrevia do lado de fora, sentada sobre esta mesma pedra. Meu papel quadriculado não mudou e o vinhedo continua alinhado do mesmo jeito, debaixo das colinas em cascata. A terceira fileira ainda está coberta por um vapor quente. As colinas estão mergulhadas numa suave auréola úmida. Terei ido embora e, depois, voltado? Se assim fosse, viver já não seria morrer a todo instante ao ritmo do ponteiro dos segundos do meu relógio. Apesar de tudo, minha certidão de nascimento me fascina. Ou melhor, me revolta. Ou me aborrece. Toda vez que preciso, releio-a do início ao fim e vejo a mim mesma outra vez no longo túnel que reverberou o som da tesoura do obstetra. Eu escuto e estremeço. Os vasos comunicantes que nos faziam ser uma só pessoa quando ela me carregava no ventre foram cortados. Aqui estou eu, nascida num registro de cartório, pelas mãos de um escrivão. Sem nódoas, sem placenta: nascida na escrita, apenas um registro. Quem é essa tal de Violette Leduc? Ela é, no fim das contas, a bisavó de sua bisavó. Leio e releio o documento. Um nascimento é isso mesmo? Uma bolinha de naftalina com cheiro repulsivo. Algumas mulheres enganam, algumas mulheres sofrem. Para agradar aos outros, escondem a idade. Já eu faço questão de dizer a minha idade, afinal, não agrado a ninguém e sempre terei esse cabelo de menina. Levei duas páginas e meia para escrever isto aqui, duas páginas e meia de um caderno quadriculado. Preciso seguir adiante, não vou esmorecer.

Manhã seguinte, oito da manhã do dia 24 de junho de 1962. Mudei de lugar, isto aqui foi escrito no meio das árvores por causa do calor. Comecei meu dia colhendo um ramalhete de ervilha de cheiro silvestre e pegando uma pena de pássaro. E ainda me queixo de estar no mundo, num mundo de gorjeios e pintassilgos. As castanheiras são franzinas, têm os troncos lânguidos. Vejo a luz, minha luz, filtrada pela folhagem. Isso é novo para mim e é a novidade do meu dia.

Você se converte em minha filha, mãe, quando, já velhinha, começa a lembrar das coisas com a precisão de um relojoeiro. Você fala e eu escuto. Você fala e eu a carrego em minha cabeça. Sim, para você, tenho dentro de mim um calor vulcânico. Você fala e eu me calo. Nasci carregando a sua desgraça, assim como algumas pessoas nascem trazendo dádivas. Para poder viver, você fica no passado. Às vezes estou tão cansada a ponto de cair doente; às vezes, já quase meia-noite, estou deitada. Você, sentada numa poltrona, me diz: "Na vida amei somente ele, amei somente uma vez. Me dá uma balinha", e eu me transformo em lira e vibrafone para acompanhar seu halo empoeirado. Você é velha, você se entrega, eu abro a caixa de balas. Você diz: "Está com sono? Seus olhos estão fechando". Não, não estou com sono. Quero é me livrar da sua velhice. Enrolo o cabelo nos bobes, meus dedos cantam os seus vinte e cinco anos: olhos azuis, cabelos pretos, uma franja impecável, um lenço de tule, um grande chapéu, e o sofrimento que eu sentia aos cinco anos. Minha elegante, minha inquebrantável, minha corajosa, minha vencida, minha rabugenta, minha borracha feita para me apagar, minha ciumenta, minha justa, minha injusta, minha comandante, minha amedrontada. O que as pessoas vão dizer? O que as pessoas vão pensar? O que as pessoas vão dizer? Nossas ladainhas, nossas transfusões. Quando voltamos da praia ao fim do dia, quando você entra nas lojas, quando sabe dar a resposta certa, quando seduz as donas de casa, fico esperando do lado de fora, não quero acompanhá-la. Fico irritada enquanto aguardo escondida, fico com ódio de você, porém devo gostar de você, me afasto por causa dos clientes, dos entregadores, dos vizinhos. Você volta ao passado e eu respondo: "Você o amou. Ele era um coitado". Você se irrita comigo. Não, não quero destruí-la destruindo-o. "Um príncipe. Um verdadeiro príncipe". Era como você se referia a ele. Eu ouvia e ficava babando, agora não babo mais. No dia seguinte, na mercearia, você pede: "Quero as melhores frutas. São para a princesa. Não quero que ela me reprove". Você me fere. Eu não a reprovaria por nada. Que jovem tristonha você era. A sopa rala dos orfanatos tirou sua força. Sempre cansada, sempre cansada demais. Nada de festas, nem passeios, nem amigas. Desdenhosa, fechada, extenuada. Passava os domingos na cama. Ficava entediada no campo, mas também se desinteressava da cidade depois de ter comprado para suas camisas as golas e os punhos da moda de 1905 e de ter dado sua ajuda, ao lado da "santa", aos protestantes mais necessitados. Você me diz: "Sua avó falava como um livro". Fico revoltada quando você confunde a sua mãe com a mãe daquele outro. A minha avó não "falava como um livro": ela esfregava panelas na casa das pessoas. Tive apenas uma avó, a que conheci. Ela é única, assim como é única uma mulher extraordinária no alto de centenas de degraus. Fidéline: ela é sua mãe e minha ternura suprema. Ela teria dito a você referindo-se a mim: "Um dia, ela não terá coração". Não sei se tenho coração ou não. Mas Fidéline não foi ofuscada. Não se pode ofuscar o brilho que emana de uma colheita de estrelas.

Eu, deitada, a avó sentada me contava:

— Ah, os Duc, se você tivesse visto como eram! Uns homens fortes! Eram os homens mais altos do vilarejo...

Ela se cala. Atrás da porta, diante da janela, o cascalho estala. Ela se enrola numa camisola cor-de-rosa, bem quentinha e simples, da Guyenne et Gascogne. Fico esperando. Olho para ela e vejo uma tempestade dentro de um mármore. Tem uma personalidade imbatível.

— O pai fazia as orações e distribuía as tarefas. Era conselheiro e todos o respeitavam. Você vai lavrar, você vai aplanar a terra, você vai semear, e você, cuidar das ovelhas, dos cavalos. Diante dele, todos vestiam o chapéu, se calavam, saíam, todos obedeciam. Eram homens limpos e saudáveis. Meu pai era o que tinha a saúde mais debilitada.

O cascalho para de estalar. Ela se perde em devaneios de puritanismo, obediência e autoridade. No vilarejo de seu pai, uns mandavam e outros obedeciam.

Vou adiante com a conversa:

— E os Duc? Por que se chamavam "Duc"? Você se chama "Leduc". Eu me chamo "Leduc".

Ela se levanta, apaga a pequena luminária. A lâmpada azulada nos impõe a noite.

— Duc... Leduc — ela pensa um pouco. — No vilarejo as pessoas abreviam o sobrenome — diz.

Minha avó Fidéline, um anjo de dezoito anos, se casa. Oito dias depois, o anjo, ainda num torpor, vê num relance o marido com sua boca de belo moçoilo em cima da boca de uma prostituta do vilarejo. "Onde você foi arrumar essa criança?", perguntam as mulheres da vida ao malandro. Todas gargalhando sem parar. Às vezes, anjos podem fazer as pessoas morrerem de rir. Duc é comerciante de gado e vive na farra. Um dia leva um coice de um cavalo. O resultado: Fidéline fica viúva aos vinte anos, minha mãe nasce depois da morte do pai; ela não o conheceu. Nasceu em Artres, um vilarejo atrasado do Norte. Quanta parcimônia nesta Minerva de seis anos. Voltava das quermesses com a mesada no bolso. Uma criança que pensava no futuro; era obrigada a pensar. A irmã mais velha da minha mãe, Laure, vai para a casa dos avós em Eth, onde moravam os Duc. De forte compleição, ela se tornará uma Valquíria dos campos depois de uma temporada com os rapazes e o patriarca. As duas irmãs só terão em comum o senso de autoridade. Até que chegam as cólicas hepáticas. Fidéline geme, rola pelo chão. "Está doendo? Ainda está doendo muito, mamãezinha?", pergunta mil vezes por dia sua filha pequena, sua companheirinha. O dinheiro acaba junto com as dores. O anjo, muito sofrido, ainda sem forças, manda minha mãe, Berthe, para a casa da tia passadeira e do tio que fazia e vendia carnes embutidas. Lá está ela, apavorada, amedrontada, sob as ordens de um ogro que trabalha com sangue de chouriço. Isso aqui é um marido, é o primeiro homem de quem se aproxima. Lá está ela, encantada por uma Ofélia que morre de tuberculose enquanto compõe motivos e desenhos para os vestidos perolados de Sarah Bernhardt. O primeiro casal com quem ela vive é um casal desajustado. Berthe pesa os produtos, serve, atende os fregueses. É uma "adultinha", dizem os clientes. Contas, discussões, vida dura, grosserias. Os gritos do porco que o tio mata às três horas da manhã não atrapalham a menina que está mais preocupada em esconder debaixo do travesseiro o tamanco que se partiu quando ela pulava corda. Quando a tia morre, minha mãe vai costurar com as freiras. A tuberculose a persegue até no convento. As colegas vão se apagando umas depois das outras. Quanto mais coradas as maçãs do rosto, mais a morte se nutre das bochechas das jovens. Uma menina mais velha se encarrega de cuidar de uma menor e Berthe obriga a sua protegida a engolir tudo aquilo que a outra não gosta. Minha mãe tem dor de garganta e abcessos, é assombrada pelo raquitismo e faria as piores coisas para poder ir para a sala de visitas. Os passeios são seu maior pesadelo. O anjo não é nada hábil. Ela ama as filhas, mas as negligencia. Laure estuda no campo, Berthe só aprende as tarefas domésticas e costura. Fidéline faz comida caseira para fora. Onde ficar durante as férias? O teto de Fidéline não abriga as filhas. Quanta dó. Que gosto amargo o futuro lhe reserva.

Você borda mais do que as outras para a loja La Cour Batave, você tem uma voz bonita e canta os cânticos mais alto que as outras. Os solos são seus. Você conta que uma jovem religiosa de uma família importante a trata de um jeito diferente e começa a falar do céu. Depois da mortandade das adolescentes tuberculosas, arrumam um trabalho para você.

Arrumam um trabalho para Berthe na casa de uma ruiva ciumenta e riquíssima, que é enganada pelo marido. Berthe cuida de seus filhos e assiste às cenas domésticas depois das orações do Pai-Nosso e Ave-Maria. O ciúme já não é segredo para ninguém. Ela começa a ganhar uns tapas assim que o marido passa a cheirar o perfume dessa flor do orfanato. Um novo inferno, segundo casal separado. Ela pode ir embora, ela vai embora.

O segundo trabalho de Berthe começa como um sonho em Valenciennes. Ela fica maravilhada com a alegria, as recepções, a vibração de uma família protestante. Ela arruma as mesas, as luzes do jardim e recebe os convidados. Você acende as pequenas lâmpadas do lado de fora, você se sente como um deus criando seus frutos num fim de tarde de verão. O champanhe espumando com um delicioso barulho de oceano enquanto você conta: "Quanta alegria nessa casa... Era sempre alegre." Uma moça e três rapazes. O vilarejo vibra quando a moça se casa com um jovem que, quando bebê, fora encontrado dentro de um cesto numa clareira no bosque. Henri é grandalhão. Émile, que é chamado de príncipe de Alembert pelos criados, chega sem avisar de Paris, onde dirige, de forma diletante, uma fábrica de bicicletas: as primeiras bicicletas. Há uma correria nos preparativos para recebê-lo. E André. É ele que a hipnotiza. Alto, magro, esbelto, pele clara, olhos sonhadores, cabelo cinzento, nariz comprido. Não é bonito, mas muito sedutor. Todas as mulheres tinham uma queda por ele. São palavras suas. Quanta classe! Que gestos... Oh, minha inspetora dos moços de família, minha inspetora da aristocracia, aos setenta e dois anos... André gosta de ler, ele é artista, costuma ir a Londres passear, joga tênis, toma vários copos d'água quando sente calor, mas o septo nasal o priva de oxigênio e ele vai queimando sua saúde, sua juventude. A mãe dele está com a cabeça em outro lugar: mantém o assunto em suspenso com suas conversas. A "santa" cuida dos indigentes e se esquece do próprio filho. Ela está ficando surda. Berthe, com seu forte timbre de voz, seu olhar enérgico, sua entrega, seu tato, transforma-se em dama de confiança e, depois, em dama de companhia. Todos os dias recebe um telefonema de Paris. Berthe atende o telefone e anota as oscilações da Bolsa. O velho rabugento com suas 99 casas está contente: a esposa está surda, mas ouve tudo. Tumulto na casa da rue des Foulons. A filha morre de uma febre do leite, o casamento de Henri fracassa, Émile está nos braços de uma cortesã e André cospe sangue. Você, sem pretender nada com ele, sofre porque ele, quando não dá nenhuma recepção, vai passar os fins de tarde na casa de três professoras, três mulheres que moram juntas. A casa delas o enfeitiça. Não sabemos nada além disso. De novo, chegam as férias, todos os anos as férias, e todas as vezes você se pergunta: para onde vou? A liberdade que tem no verão é um suplício. Eles consentem: você pode ficar no quarto de empregada enquanto eles vão respirar um ar saudável na Suíça. Ali você será capturada. Estou lhe contando seu passado, gostaria de poder lhe explicar tim-tim por tim-tim e curá-la, gostaria de pôr seu coração de vinte anos para descansar debaixo da estufa de um agricultor. Você conta: "Ele voltou no meio do verão, então me obrigou a pagar pelo quarto." Acredito na sua história, mas as coisas não estão claras. Você poderia ter resistido, mas cedeu. Por que não cederia? Uma cama é feita para compartilhar os prazeres. Ele a fascinava, não fique se desculpando tentando desculpá-lo. Por um lado, ser mulher, por outro, não querer ser. Mais tarde você vai se servir desta arma. Vou jogar na sua cara que seu filhinho de papai era um mal-educado. Ele não deveria ter entrado no seu quarto. O salão era um espaço de todos, mas seu quarto era seu retiro de subalterna. Venha aqui em meus braços e me diga: "Por que será que ele não achava uma perda de tempo olhar do alto da sua condição para baixo?" Ficava transformado quando via um aventalzinho branco. Se eu pudesse encontrar seu avental... Eu o comeria. Você, minha mãe, e seu aventalzinho branco me sufocam. Saboreio seu aventalzinho junto com as histórias de Marly, ali perto do pomar abandonado, perto da nossa casa — nossa casa — enquanto Fernand passava os pacotinhos de tabaco debaixo d'água. Gostaria de curar suas feridas, mãe. Mas é impossível. Elas nunca serão curadas. Suas feridas são ele e eu sou o retrato dele. Minha mãe amou este homem. Não posso negá-lo. Como o amou? Com coragem, energia, enlevo. Era um amor definitivo, uma caminhada na direção do sacrifício. Ela diz ainda hoje: eu o perdoo. Ele estava doente, dependia dos pais, tinha medo do pai. Ele disse a ela quando chegou: "Jura que você vai embora da cidade, minha pequena, jura que vai embora daqui." Ela jurou, ela se jogaria aos pés dele, pois acredita que é culpada. Ele manda a roupa para lavar em Londres, não tem mais o espírito requintado. "Covarde, preguiçoso, incapaz..." Sou o espelho dele, mãe, sou um espelho. Não, não quero saber de você, hereditariedade. Meu deus, faça com que eu possa escrever uma frase elegante, uminha só. "Covarde, preguiçoso, incapaz..." Sempre amar, sempre julgar, sempre oprimir. A mãe de André gostava tanto da minha mãe... Mas por que você quer ir embora, Berthe? Por que não me conta o que houve? Seu quarto não lhe agrada? Antes você falava, agora não fala mais. Você desvia o olhar. Por que está desviando o olhar? Não vá embora, Berthe. Vou dobrar seu salário. Estou desolada. Há mais de uma hora aqui e você não diz nada. Santa mulher, há vários meses que as ruas chamam seu nome! Todos os dias cochicham para

Berthe: "Venha, vá embora daí, estamos esperando, sua barriga está crescendo." Tenho orgulho de você, mãe, quando diz: "Se tivesse que fazer tudo de novo, eu faria!" Você vai embora para Arras com suas economias de donzela sensata. Você se delicia quando diz: "Para mim, bastava vê-lo." A cidade é agradável, a cidade é quente em meio às janelas entreabertas, o mar sopra a poucos metros de nós. O tempo trabalhou bastante: não quero mais ver em suas feições o estrago causado pelo furacão dos anos.

Voltemos atrás, abra a barriga outra vez e me tome de volta. Tantas vezes você lembrou de sua condição miserável quando buscava um quarto e não conseguia nada porque não era mais esbelta. Ainda podemos sofrer juntas. Não queria ter sido um feto. Presente e acordada dentro de você. Foi ali, dentro da sua barriga, que experimentei sua vergonha de outrora, sua mágoa. De vez em quando você diz que eu te odeio. O amor tem incontáveis nomes. Você mora em mim como eu morei em você. Eu a vi nua, eu a vi em momentos íntimos cuidando do próprio corpo. Nenhuma mãe terá sido mais abstrata que você. Sua pele, suas pernas, suas costas quando eu lhe dava banho, o beijo matinal que eu peço que me dê não são reais. Onde encontrá-la? A nuvem, o olmo ou a roseira selvagem não despertam seu interesse. Não morra enquanto eu estiver viva. Voltemos atrás, carregue-me dentro agora como um dia você me carregou, voltemos a sentir o medo dos ratos que você deveria driblar no corredor para o quarto. Seu sangue, mãe, o rio de sangue indo até a escada quando saí de dentro de você, o sangue jorrando de uma moribunda. Os ferros, o fórceps. Eu era sua cativa, assim como você era minha. Ao chegar, fiquei esquecida e abandonada perto do rio de sangue, o seu sangue. Você estava morrendo. Limparam-me muito tempo depois. Mas os que apontaram o dedo para você, os que lhe negaram um leito antes do meu nascimento ficaram colados em minha pele.

Nasci no dia 7 de abril de 1907 às cinco horas da manhã. Você me registrou no dia 8. Deveria me alegrar por ter passado minhas primeiras vinte e quatro horas fora dos registros. Mas, pelo contrário, minhas vinte e quatro horas sem registro civil envenenaram minha vida. Fiquei imaginando minha avó, que abandonara seu trabalho como cozinheira chefe; Clarisse, minha madrinha, que deixara seu trabalho de cozinheira na casa onde você fora seduzida, e você. Fiquei imaginando vocês três se perguntando se não teria sido preferível apertar um travesseiro em minha cara de tomate vermelho do que o futuro que eu impunha a vocês. Fui registrada e batizada, incontáveis vezes você mandou trazer um médico para a bronquite, para as broncopneumonias e infecções pulmonares. "Você não pesava mais do que um franguinho", ela me disse. Você nasceu e depois chorou. Dia e noite. Você berrou tanto. Aqui estou culpada por tanto que chorei sobre um babador. Escuto e me calo. Todo nosso dinheiro se esvaía nas visitas do médico, nos remédios da farmácia. Um sopro. Você era um sopro, mas seus olhos brilhavam. Meus olhos brilhavam. Por que não fui uma coruja abandonada? Se falo da doença do outro, dos escarros de sangue junto aos quais fui concebida, ela se contrai toda e se revolta. Ele se arriscava por prazer, mas eram todos fortes na família. Aqui estou, responsável por ter sido um sopro que levou suas economias. Ele transpirava, ficava com a roupa molhada, mas eu não peguei nenhuma doença, ela disse. Aqui estou, duplamente responsável.

Não me lembro de Arras. Nunca voltei para visitá-la, nem voltarei. Acabaria enxergando fórceps em todo canto, a torrente de sangue na vitrine das lojas de lençol. Meu nascimento não é uma alegria. Mas gosto de escrever a palavra Pas-de-Calais. Minha caneta escreve a palavra nos registros de hotel. Arras é um buraco negro na minha memória. Minha mãe o preencheu para mim. Eu trouxe imensa aflição a três mulheres com meus medos, meus choros, minhas doenças. ("Eu errei," você me diz com frequência. Já eu, errava por fragilidade). Minha mãe espreitava, espiava, ouvia por detrás da janela, cada vez mais gostava de ficar na penumbra. A noite caía, ela esperava. Clarisse e Fidéline censuravam essa apaixonada incansável. O anjo Fidéline estava acordando, e ele queria contar tudo para a santa, provocar um escândalo. Mas a santa morreu de febre cerebral. Eu dormia, minha mãe ouviu enfim a carruagem chegando, as rodas parando, a porta fechando, os passos na escada, o passo apressado no corredor cheio de ratos. Um senhor elegante entrou, deu um carinho no queixo da mãe e da criança, não queria transmitir sua doença. Vejo que os olhos da minha mãe se iluminam quando diz: "Ele nunca deu um beijo em você. Entendeu? Nunquinha." É o campeão da prudência. Está na hora, olha o relógio de pulso. "Saio essa noite, querida, vou agora." Ela precisa *pedir* a ele: o anjo Fidéline vai se chatear, pois não entende o arroubo. Ela pede, ele lhe dá dois tostões e desaparece, a carruagem vai embora mais leve. Ela pensava que eu o tinha visto e isso já bastava, o resto não me interessava. Às vezes suspeito de que ela é frígida. Ignoro tudo que diz respeito ao relacionamento dos dois e às conversas que tinham em Valenciennes, em seu quarto de criada. "Isso nunca me interessou", ela diz com ar de superioridade. Uma grande apaixonada, uma grande amazona com os seios cortados. A cabeça em chamas enquanto o sexo está gelado.

Sou a filha não reconhecida de um filho de família e, por isso, quando minha avó vai passear comigo nos parques públicos, tenho de competir com as crianças ricas da cidade em cuidados, correntinhas de ouro, vestidos bordados, longos cachos, a tez clara, os cabelos sedosos. O anjo se transforma em babá. No quarto, a miséria: meu urinol se transforma em travessa para a salada na hora do almoço. Mas do lado de fora, tudo é fachada. Vaidade das vaidades? Não. Minha mãe e minha avó são inteligentes, têm personalidade, foram esmagadas aos vinte anos e, quando enchem a menininha de fitas no cabelo, desejam combater o destino infeliz. O parque público é uma arena, eu sou o pequeno toureiro delas, preciso vencer as crianças abastadas da cidade. A subprefeita perguntou o que faziam para meu cabelo brilhar tanto. Minha mãe, obstinadamente, escovava trezentas vezes meus cabelos 365 dias por ano. Tenho a cabeça inclinada, esta é minha lembrança mais antiga. Para elas, tudo era horrível: nasci sem sorte. Desço a escada para buscar o jornal e caio em cima dos cacos de vidro de uma garrafa. Eu caio, caio, caio. Minhas cicatrizes hoje são bonitas, têm o formato de elipse. E um inseto misterioso... Desculpe-me, leitor, pela interrupção. Será que, enfim, estou lembrando dos meus quatro, cinco anos? Vejo uma escada íngreme, estreita, vejo os cacos de vidro embaixo da escada, vejo... Não vejo mais nada. A lembrança da queda e do machucado foi apagada. Mas, outra vez aconteceu que um inseto misterioso picou minha perna, o médico vem todos os dias e me receita compressas, centenas de compressas. O machucado é tão misterioso quanto o inseto. O osso está a ponto de ficar exposto, uma senhora do campo me salva com um remédio. Clarisse tinha voltado a cozinhar e minha mãe decide me mandar para o internato. Tenho cinco anos. Por que, me responde, por quê? Eu a atrapalhava tanto assim? Que privilégio não lembrar do momento em que minha mãe me deixou lá. Lembro do meu desespero depois, de espernear no chão quando ela já tinha ido embora. Gritos, pranto, gemidos, aqueles dias serão para sempre um cataplasma muito pesado e muito gelado. A diretora temia que eu tivesse uma convulsão e mandou um telegrama pedindo para a minha mãe me buscar.

Ela me deu fotografias dele. Estranho momento em que interrogamos um desconhecido numa imagem, quando a imagem e o desconhecido são seus nervos, suas juntas, sua espinha dorsal. Nascida de pai desconhecido. Olho para ele. Quem fala comigo, quem me responde? O fotógrafo. Ele assina o verso da fotografia, ele empresta seu nome a outro homem, àquele que não quis me dar um nome. É um nome bonito: Robert de Greck. Ele indica o lugar: estação de Flon, Lausanne, e o telefone entre parênteses. E acrescenta: "Os negativos estão preservados." O fotógrafo distribui à farta. Recebo o número 19233. É como se o infinito se transformasse em uma cartola cheia de pedaços de papel para distribuir. O coração do desconhecido que bate no meu coração tem um número. É o n° 19233. E não para por aí; especialista em retratos em grandes formatos e em ampliações por um processo de carbono inalterável. Obrigada, fotógrafo. Terá ele oito, dez anos? Esse rosto meigo, me admiro com a precisão com que seus olhos claros encaram o sonho. A boca está entreaberta, o sonho também entra pela boca. É um menininho franzino entregue ao devaneio. Ele pode caminhar sobre as prímulas sem as amassar. Sentado em cima da mesa e do cachecol do fotógrafo, a perna esquerda dobrada debaixo da direita, a panturrilha bem formada sem ser grossa, o joelho redondo bonito, a bota justa, a meia incrustada, as mãos despreocupadas, os dedos finos, as unhas destacadas como se uma manicure já cuidasse delas, esse menininho elegante, irreal, está vestido com uma camisa branca com gola de marinheiro, de seda escura e bolinhas brancas. Um nó de fita remata a ponta da gola, o peitilho da camisa é listrado. Adoro esse menininho ausente de si mesmo, adoro sua fragilidade de anêmona. Eu teria reparado nele se tivesse tido a mesma idade. Num domingo de tempo frio, doença, desespero e solidão, queimei suas fotografias junto com o atestado de óbito.

Cansada de ver a filha esbanjando dinheiro, o anjo Fidéline ameaçava: as economias estavam se esvaindo. Deixamos Arras para ir morar em Valenciennes. Não lembro de quase nada. Uma janela — me pergunto de qual andar — pela qual eu sempre olhava. Minha mãe resolveu ir até ele. Voltou à imensa casa que se tornara lúgubre e conseguiu do velho rabugento vinte mil francos que seriam meus quando chegasse à maioridade. Um homem de negócios lhe pagaria os juros: cento e cinquenta francos por trimestre. André não podia mais ser repreendido. Estava condenado. 1913. Eu me agarro a Fidéline enquanto minha mãe vai trabalhar de uniforme numa loja, desde a primeira hora até bem tarde. Ela reclama dos tapetes, dos pés quentes, das pernas fracas. Eu não como nada, não sinto vontade. Minha infância até ali se resume ao desgosto das refeições que são verdadeiros dramas. Você não está com fome. Você deveria ter forme. É preciso ter fome. Se não comer, vai ficar doente como ele, se não comer, não pode sair; se não comer, vai morrer. Se não comer, acabo com você. Não consigo dizer nada. Suporto tudo e suporto minha falta de apetite. Minha mãe é assombrada pela tuberculose. Seus olhos endurecidos pelo medo me apavoram. Ela quer vencer minha saúde frágil. Eu me lembro bem: tenho seis anos, estou chorando e soluçando dentro de um buraco sozinha: não tenho fome, não quero ter. Minha mãe range os dentes, está rugindo. Estou numa jaula, a fera está do lado de fora. Ela ruge porque não quer me perder. Levei muito tempo para entender. Como levar o garfo à boca com ela me olhando daquele jeito? Ela me aterroriza e me subjuga; eu me perco nos olhos dela. Tenho seis anos, experimento sua juventude e sua severa beleza.

Ela sai para trabalhar, o avental azul comprido de Fidéline se enche de nuvens: casulos. Busco por eles nos bolsos do avental. Durante anos, Fidéline prepara para mim todos os dias, sem ter muito trabalho, um docinho rápido. Eu a entretenho com um sorriso tolo diante do crepe que vai dourando. Lembro de nossas escapadas quando minha mãe não estava. Saíamos para passear no mercado.

Os ramalhetes de flores modestas, variadas e misturadas entre os ramalhetes de louro me maravilhavam. Fidéline conversava com gírias do vilarejo com as camponesas, eu acariciava os galos, galinhas, pombos, coelhos bem vivos dentro de cestos cobertos. Preferia o cerefólio exposto num papel ao cerefólio que punham sobre uma alface. As folhas de acelga me fascinavam assim como um dia ficarei fascinada pela flora de Douanier Rousseau. A salsa ria para os meus olhos, as ofertas e o pregão das vendedoras com chapéu de palha preta na cabeça eram um canto para os meus ouvidos. Dois galos apartados queriam brigar, uma galinha abandonada no chão dormia, um ajudante arrumava os ovos num cesto, as vendedoras conversavam entre si. Você está no campo, me dizia Fidéline. Eu acreditava nela sem acreditar. O campo não é a feira. Se minha mãe chegasse de repente, apagaria as cores dos legumes, das penas, das frutas. Os coelhos brancos se tornavam desprezíveis ao lado da gola e dos punhos da camisa da minha mãe. A cidade congelava as camponesas, uma nobre senhora saía das aleias.

Volto ao avental azul-claro da minha avó. Meu terror era tão intenso que beirava a dor, o aniquilamento quando acordava e via o avental dobrado no encosto da cadeira. Gritava: "Por que o moço do açougue mora com a gente? Por causa dele minha avó foi embora." Eu urrava. Minha avó entrava no quarto com uma vassoura e abria os braços para mim. Ficávamos abraçadas num silêncio louco. Ela me tranquilizava. "É o meu avental", ela dizia, "é da cor do avental do moço do açougue que traz os miolos, as costelas... Às onze horas, ele vem aqui. Você pode ver, pode pegar no tecido do avental dele se quiser".

Quando a tarde caía, e eu estava feliz, assim como ficava feliz comendo um pão fresco, dizia à Fidéline: "Vai, lá, pegue, pegue". E Fidéline pegava as flores de alfena entre as grades e me entregava cochichando: não pode fazer isso. O que é que vão pensar da gente? Eu esmagava duas ou três flores de alfena entre as mãos, elas caíam na calçada, eu cheirava as mãos. Não era mais a cidade, não era o campo. Cheirava de novo as mãos, olhava as flores intactas entre as folhas e os castiçais de renda branca aqui e amarelada ali. Íamos receber a bênção.

Minha avó passava muitas horas na igreja, sobretudo na igreja Saint-Nicolas, próxima ao templo protestante. O tédio das crianças é muito poderoso, ele se amplifica. Quando ia com ela à missa, ou às vésperas, experimentava uma manhã comprida, um meio turno estendido. Gostava do movimento rápido e maquinal de seus lábios enquanto rezava, mas não das explicações que me dava sobre o presépio no Natal. Ficava me perguntando como o burro e o boi que eu vira no mercado de animais podiam ficar tão pequenos e endurecer tanto. Jesus, sobre quem eu nada sabia, parecia ter pouca roupa, parecia muito franzino. Ficava exposto demais em cima da palha. Ah, Fidéline sentada ao meu lado mergulhava no devaneio. Eu passava a mão sobre a capa dela, a longa saia caindo até os pés. Fidéline estava imóvel. Fidéline não me olhava. Onde estaria ela? Se chamasse baixinho "vó, vó", não me respondia. Costurava as rezas com os lábios cada vez mais rápido. De olhos fechados. Eu a buscava pelas naves, nos arcos das abóbodas, nas colunas, quando levantava a cabeça nas galerias. O dédalo da arquitetura me mandava de volta a Fidéline. Quando terminaria de desfiar o seu rosário? Eu continuava chamando a ausente que roçava em mim. Fidéline abria os olhos e tornava a fechá-los sem me repreender. Eu deparava com ela nas unhas enegrecidas, reais, mal cortadas, e me consolava. Um dia tentei separar suas mãos que estavam enlaçadas. Ela me olhou com tanta censura no olhar e tanta tristeza que juntei as mãos e comecei a mover os lábios para imitá-la. Era preciso transformar meu tédio em paciência. Aprendia a observar, a seguir, a escutar, a olhar. O universo das velas acesas me distraía. Apostava comigo mesma: a chama da esquerda vai dançar com a chama da direita. Antes da aposta, verificava qual era meu braço esquerdo e qual o direito. Às vezes ganhava, às vezes perdia. De vez em quando todas as chamas tinham, ao mesmo tempo, um mesmo sobressalto erótico. Uma vela acabada, achatada, com suas lágrimas petrificadas, levava-me a um mergulho num estágio abaixo do tédio; mas se algum devoto acendia uma nova vela que contaminava as outras com sua chama esplendorosa, feito uma ponta de lança, eu voltava à superfície para recobrar o ar. O jogo de claro-escuro, as roupas escuras das beatas, a batina de um padre desaparecendo na sacristia, a longa mão de um abade ajeitando a cortina de um confessionário, as idas e vindas dos fiéis, o ranger estridente de uma cadeira, a imponência de um vitral, suas cores e fogos, os pés de um santo colados no gesso, gente tossindo, passos ressonando, os barulhos sagrados de um altar — tudo isso me mantinha alerta para a bênção. A missa, os gestos dos padres e das crianças do coro, a litania, o latim cantado... Este era o meu teatro aos seis anos. Cobria um caixote com um pedaço de pano branco, enfeitava-o com rendas, por cima colocava vasos e pedrinhas, minhas relíquias, e inventava um latim próprio, cantava, recitava, ficava prostrada, abaixava a cabeça, abria e fechava o missal da minha avó, sujava-o, engordurava as páginas, rasgava sem querer. Avançava, recuava, abria os braços, benzia o ar do nosso quarto com solenes sinais da cruz. Não dizia o Pai-Nosso nem a Ave-Maria que minha avó me ensinara. Preferia meu próprio linguajar, os *vobiscum* que eu estendia o máximo que podia. Ao longe, às minhas costas, ouvia Fidéline e minha mãe se queixarem da vida, falarem de suas preocupações, do patê cozido demais, da massa folhada, dos gastos excessivos de Clarisse. Então, eu cantava, recitava, declamava, dizia o salmo ainda mais alto. Sentia-me padre, igreja, canto, palavras, gestos sagrados, assim como uma atriz se sente trágica e sincera. Então, tirava as estolas (echarpes de pele ou pedaços de pano rasgados), sentava na mesa, virava meu prato ao contrário e tocava tambor com dois garfos.

Fora de casa, eu era insegura, tinha medo de tudo; fora de casa, me divertia sozinha por timidez, o espetáculo das outras crianças brincando juntas me deixava arrasada. De repente, fugia, escondia-me na saia da minha avó, ficava respirando o odor mofado do tecido, afundava nela. Depois escapava, ia colher flores, sempre as flores azuis, calmas, intensas, aveludadas, superiores. Elas são indispensáveis nos canteiros dos parques públicos. Reencontrava os olhos de minha mãe no guarda do parque. Minha avó me repreendia e punha de volta as flores arrancadas no lugar onde eu as havia surrupiado. Era a época do Coco, bebida popular de alcaçuz. As crianças lambiam o pozinho na palma ou nas costas da mão ou então bebiam o líquido num copinho. Eu morria de inveja delas. Todos adoravam tomar Coco. Eu não gostava. Minha avó murmurava, tome um pouquinho de licor Pernod. Uma gotinha apenas. Nada mais. Eu me atirava nos braços dela. Se as crianças bastardas são monstros, também são abismos de ternura. Fidéline sem idade, sem rosto, sem corpo de mulher, ó minha eterna sacerdotisa, você será para sempre minha noiva. Quando me aninhava em seus braços, era como um enxoval de noivado. Sua mão à noite era uma bela mão de uma bela moça bordando à janela. Meus pés encostavam em sua camisola, você fechava as coxas: criava ninhos para eu me acomodar. E me dizia: "Agora reze". Minha reza era ouvir o imperceptível murmúrio dos seus lábios rezando. O tique-taque do relógio se apagava, submetendo-se aos nossos silêncios de amor. Eu ouvia sua respiração, meu ouvido gostava de ficar colado ao seu peito irreal.

De vez em quando, em nossos passeios, gostava de trapacear minha avó. Eu parava e ela continuava caminhando. Amarrava o cadarço e, rapidamente, pegava uma pedrinha ou cascalho, correndo depois para dar a mão de novo à Fidéline. Quando a pedrinha ou cascalho estavam quentes, deixava-os cair sobre a grama ou areia. Respirava, satisfeita por ter experimentado um momento na vida só meu.

Um dia decidiram me mandar para o colégio. Preferiram um colégio particular à escola pública. Não me lembro como aprendi a ler e a escrever. Lembro da tristeza que sentia quando minha avó me deixava, duas vezes por dia, em frente à escada imponente com duas portas abertas; do meu entusiasmo e felicidade quando a reencontrava. Você está sentindo frio nos pés? Sentiu frio nos pés? Você precisa me dizer se está sentindo frio nos pés, insistia Fidéline, ao meio-dia e à noitinha, no trajeto da escola até nossa casa. Mesmo quando estavam quentes, respondia: "sim, estou com frio", só para lhe agradar. Chegávamos ao quarto, ela tirava minhas meias e esfregava meus pés com suas mãos compridas enrugadas por conta do trabalho; ela pegava as meias que secavam em cima do aquecedor. "Você ainda está com dor de garganta? Ainda está com dor de ouvido?", perguntava minha mãe se eu parecesse indisposta. Ela ficava aflita e me repreendia. Eu não respondia, afinal, não havia me queixado de nada. Aguentava tudo. As boas notas me deixavam indiferente, não contava para ninguém: as preocupações da minha mãe e da minha avó me isolavam da minha professora e das alunas. Guardava tudo para mim sem entender o que significava. Com frequência ficava perdida, esquecia as coisas. Tinha seis anos, mas me sentia como uma velha. Uma centenária, uma desiludida sem aventuras nem experiência. "Vai se olhar no espelho", dizia minha mãe durante o almoço. Obedecia, olhava-me no espelho com meu chapéu na cabeça. Comer com ou sem chapéu... Não fazia diferença. Tirava o chapéu como num sonho informe. "Vai viver sempre no mundo da lua? Isso não é vida", dizia ela. Meia hora depois, eu vestia o chapéu para ir à escola. Lembro do giz para lousa, do rangido lento sobre a lousa com uma moldura de madeira branca. Com dificuldade, o lápis aprendia a escrever enquanto formava as letras cinza. Preferia as lousas pretas às que tinham quadrados vermelhos. A imagem que guardo de quando aprendi a ler é de meu dedo indicador esticado debaixo de cada letra, palavra, frase; e a de quando aprendi a escrever é a do parco lápis, inquebrantável, entre as pinças do porta-lápis.

Agora estamos morando em Aux Glacis, este é o nome do bairro que fica fora da cidade, distante do bonde e dos mercados. Moramos em uma das dez casas coladas umas às outras. Temos móveis, louça, um jardim só nosso, cabanas, coelhos, temos à nossa frente a planície de Mons, militares a cavalo que vem treinar, o clarim de um soldado de infantaria à noite; temos tudo. Por que ir à aula, por quê? Um senhor com um pincenê come conosco aos domingos, minha mãe cantarola enquanto borda uma imensa cortina; Fidéline costuma me levar à planície, onde aprendo a brincar com um aro. Estamos sozinhas, a grama maltratada é triste. Com frequência eu paro, olho para a nossa casa, a porta e as janelas, e me pergunto se vou ver o soldado de infantaria que toca o clarim quando a noite vier caindo em camadas sucessivas. Nunca consigo vê-lo. Fidéline segue as pegadas feitas pela ferradura do cavalo enquanto eu brinco com o aro. Como choveu, uma pegada de ferradura se transformou em um imenso buraco. Eu caio no buraco. Fidéline me pega e grita pedindo ajuda. Meu braço está pendurado, meu braço está quebrado. Três meses com gesso. Meu cotovelo, depois de um exercício diário de reaprendizagem, tão doloroso que espanta os vizinhos — pois eu grito de dor — não voltará ao lugar. É a primeira lembrança que tenho de uma dor sentida na própria carne. Depois de curada, procuramos plátanos na planície. Sempre bebo muita água na fonte do pátio no recreio, um dia chego em casa e estou com sarampo. Tenho vergonha quando fico doente, acho que sou um fardo para elas. Minha mãe diz: "Será que não vamos sair dessa, o que foi que fizemos?" Tenho dois consolos depois das compressas e cataplasmas: o jogo de pulgas e a amarelinha. Minha mãe menospreza os jogos. Para cuidar da filha, escova seu cabelo e lhe dá vitaminas, ponto final. Fidéline é que me faz companhia quando jogamos o jogo da pulga. Aos domingos, minha mãe nos manda ao cinema. Preferimos sentar em cadeiras mais populares, mas Fidéline pega dois lugares no balcão. Eu me agarro a ela ou me levanto; os meninos e as meninas da plateia me apavoram e me atraem; é uma orgia de barulhos, assentos e bancos dobráveis que se abaixam e levantam, gritos impacientes; é um fumódromo. O aroma de laranja deixa o ar pesado. Tem um pianista que, de acordo com cada sequência, se transforma em alucinado, romântico, patético, desgrenhado, bélico, langoroso, pasmo. O prelúdio:[1] quando a sala se apaga, quero ver o rosto dos músicos, as mãos por cima da tela iluminada. "Resumo dos episódios precedentes". Leio tudo e em voz baixa para a minha avó pois ela não lê com fluência e seus óculos não são bons. Leio todas as desgraças de *Les Deux Gamines*, todas as proezas do sombrio Judex, e o Carlitos só me aborrece. Gosto de seus olhos assustados sob o chapéu-coco, gosto da vivacidade inalterável de seus olhos enquanto ele recebe tortas de creme na cabeça. Quanto mais os espectadores riem, mais eu amarro a cara. Minha avó fica impassível nesses momentos. Ao terminar a sessão, falamos sobre o triste destino de *Les Deux Gamines*. Do lado de fora, hordas de crianças. Elas brigam, arrancam entusiasmados os cartazes e a programação da semana seguinte. Elas me assustam, elas me atraem ainda. São livres, são selvagens. Fidéline segura minha mão, vamos sobrevoando pelo bulevar e pelo tapete de folhas mortas, contornamos o colégio, para onde vou no dia seguinte. O silêncio do bulevar aos domingos me impressiona porque acabamos de sair do espetáculo. Alguém está tocando piano, fico parada no mesmo lugar. Tocam de um jeito diferente do cinema. Olho pela janela e reconheço: é a diretora do colégio, senhorita Rozier, que está estudando em seu apartamento. Solto a mão de Fidéline, colo o ouvido na parede para ouvir melhor. Faço tanto esforço para ouvir

---

1 Prelúdios são apresentações que ocorrem antes da atração principal. Na música, são também ensaios introdutórios antes de cantar ou tocar algum instrumento, como uma espécie de aquecimento. (N.E.)

que poderia chorar. Misturo a majestade, a doçura, a dignidade de nossa diretora com o som de seu piano, com seu jeito de tocar. Volto para a minha avó e pergunto: "Você gosta?" "Não sei", responde Fidéline, "É música? Realmente não sei." Ela sorri, não quer me desanimar. "Pode escutar mais um pouco", ela diz. Eu me jogo na saia dela que mais parece uma sotaina, envolvo suas coxas magras em meus braços, depois escapo, corro outra vez, e me entrego ao som do instrumento invisível.

1914-1915-1916. Não vou mais ao colégio. Mudamos de casa, agora moramos na avenue Duquesnoy, a cinco minutos de Marly. Fidéline, que ficara resfriada um dia no porão durante um bombardeio, não recebeu um tratamento adequado do único médico que estava disponível na cidade pois não fora convocado para a guerra. Ela está morrendo. O homem do pincenê está no *front*, minha mãe não tem dinheiro. Estou bem de saúde, fortalecida. Agora sou uma mocinha e uma menina da rua. Todas as noites me jogo na cama do andar térreo, onde minha avó fica; minha mãe me arranca de lá enquanto choro desolada feito uma amante. Fidéline, minha vovozinha, você sempre será minha noiva em seu leito de tuberculosa. O médico que cuidou de você aplicava gelo, mas era preciso aquecê-la. As vizinhas acolhiam oficiais alemães à procura de um lugar para ficar. Minha mãe passou a hospedá-los: era uma fonte de renda. Eu era a intérprete, não lembro como aprendi um pouco de alemão. Dormia na sala de jantar, com uma parede fina me separando de Fidéline. Seus acessos de tosse e o barulho das botas dos soldados no teto me acordavam. Eu ficava apavorada me perguntando se veria minha Fidéline no dia seguinte. Minha mãe cuidava dela, ia e vinha pelo corredor. A noite era uma ameaça. Ao acordar, ficava ouvindo se minha avó tossia. Ela tossia, estava viva. Não podia mais entrar no quarto, não devia mais lhe dar bom-dia pela porta entreaberta. Espreitava os travesseiros, sua trança de cabelos grisalhos trazida para frente, a camisola de algodão. As mãos dela descansavam sobre o lençol. Uma vez fechada a porta do seu quarto, só podia ver Fidéline na caneca com caldo, na garrafinha, no pires, no médico que vinha vê-la. Clarisse veio, não gostei nada. Duas mulheres cuidavam de Fidéline, ela tinha piorado. Passava a noite em claro em minha cama, esperando pela parede fina um pedido de socorro ou alguma revelação. Uma noite, ouvi barulhos, idas e vindas pelo corredor, ouvi minha mãe. Acabou, ela disse à Clarisse. Eu levantei, fui na ponta dos pés até a porta entreaberta. O que é que tinha acabado? Os travesseiros, a trança, a camisola, as pálpebras fechadas, as mãos esticadas sobre o lençol eram as mesmas. Voltei ao meu quarto. "O que é que, então, tinha acabado?", perguntei ao escuro do quarto. Ouvi o jarro, a bacia. Por que ela não estava tossindo? Nunca mais vi Fidéline. Eu tinha nove anos, ela, cinquenta e três. Fidéline foi enterrada num dia de chuva, disso me lembro bem. Não chorei, eu não estava triste. Fiquei conversando com a minha boneca de pano. Fidéline partiu acompanhada de um mar de guarda-chuvas. Fiquei debruçada na janela do primeiro andar.

Cinco anos mais tarde compreendi que ela estava morta, que eu a amava intensamente e que não a veria nunca mais. O cipreste ao lado de seu túmulo me desesperava. Sempre que ia lá, a cor dele parecia uma tocha de cólera.

Era mimada por ela, sua morte me libertou. Era tão mimada que quando eu brincava com algum menino ou menina, desejava que tivessem as mãos de porcelana. Se falavam comigo com um tom rude, se me tomavam um rastelo com um gesto brusco, as lágrimas me vinham aos olhos: eu confundia rudeza e brusquidão com hostilidade. Eu estava sozinha, o mundo estava contra mim quando os menininhos e as menininhas, cansados com minha sensibilidade, se afastavam. Se eles riam, começava a soluçar e, então, seus risos se duplicavam. Eu me perdia na saia preta da minha avó, sozinha, era meu abrigo sem limites. Com cinco, seis, sete anos começava a chorar de repente, só por chorar, os olhos abertos diante do sol, diante das flores. Quando Fidéline se calava, virava de lado ou conversava com uma mulher de sua idade, eu perdia o chão sob meus pés. Sentava-me perto dela no banco, queria uma imensidão de dor e obtinha. Cada lágrima, cada soluço me tirava do mundo. Fidéline morreu, eu me aprumei.

Perambulava pelas ruas, batia nas portas e saía correndo com os meninos, enfiava a mão no jorro d'água dos chafarizes e jogava água nos passantes com um arco branco, estudava os cadernos de música que trocava com Céline ou Estelle. "Não abra, cuidado não abra", me disse Céline num fim de tarde me entregando um caderno diferente dos outros. Devia escondê-lo debaixo do meu avental para entregá-lo a uma de suas amigas. A missão me tirou o fôlego. Entrei na horta abandonada ao lado de nossa casa: a horta onde Aimé Patureau, de cima de uma árvore, assoviava e cantava para a minha mãe canções de amor dos cadernos: *Eu te encontrei, foi assim, Eu te encontrei... foi assim... você não fez um agradinho para mim... Mas eu te amo... de um amor insano... que não vai nunca... chegar ao fim... Volte, amor... volte pra mim.* Entrei no mato alto e abri o caderno. Uma mulher contava como fora sua noite de núpcias, ela comparava a uma enguia o sexo de um homem entrando no sexo de uma mulher. Não entendi nada: fechei o estranho caderno, deitei de bruços em cima dele. Não imaginava nada, ou melhor, imaginava demais. Comecei a ver as enguias dos homens das peixarias: fiquei imaginando a virilidade sinuosa debaixo da calça, do umbigo até o tornozelo. Batia com o punho na testa e, a cada vez que sussurrava, é impossível, a capa do caderno me respondia: é possível, sim. Saí de dentro do mato, corri até a casa da menina que estava à espera do caderno. Quando lhe entreguei o objeto, nossas mãos tremiam.

Com frequência acariciava meus lábios com o dedo; mais tarde, ficava enrolando os pelos pubianos antes de adormecer, ao acordar, enquanto lia. Fazia isso sem sentir prazer até os vinte e oito anos. Era um passatempo, um teste. Cheirava meus dedos, cheirava o extrato de meu ser ao qual eu não dava nenhum valor.

Aimé Patureau, adolescente de dezessete anos de rosto lindo e arredondado, polainas cobertas de terra, feriu o pé. A ferida infeccionou, ele ficou doente, levantou a cortina da janela e me chamou. Fiquei desconcertada vendo-o sozinho na casa dos pais, enquanto eles trabalhavam fora, vendo sua perna estendida na cadeira no silêncio de uma sala de jantar. Conversamos, eu de pé ao lado de sua perna doente. Sua mão, leve, entrou debaixo da minha saia. Aimé Patureau se aproveitava de mim com a graça de um pajem, o relógio rústico sobre a lareira soava a cada meia hora, a cada quinze minutos. Eu olhava para ele, ele me olhava. Não lia nada em seu rosto, ele não lia nada no meu, pois eu não sentia nada. O pecado era só o fogo em minhas bochechas. Minha mãe bateu à porta e entrou louca, enfurecida. Ela perguntou a Aimé Patureau: "Por que ela está aqui há tanto tempo?" "Estamos conversando, ela me faz companhia", respondeu o adolescente olhando para a minha mãe. Fui embora com ela, percebi que ela não estava convencida. "Você está com a bochecha corada", ela me censurou no caminho, "o que ele fez com você?" "Nada, mãe." Ela me perguntou várias vezes, não confessei. Era um segredo, uma cumplicidade. Aquele passeio de dedos me tornava mais adulta. Era um campo com dois caminhos. Sempre que podia, voltava à casa dele: os olhos dele nos meus, sua camisa contra o tecido do meu avental, seu rosto, a pele sensível de bebê quando cantava para a minha mãe, quando ele esquartejava e balançava uma pereira, este rosto eu podia ver de perto.

Pela manhã, eu limpava as cinzas do aquecedor. Logo que começava o trabalho, tornava-me apática, maquinal, fria como as cinzas. Usava uma peneira, recolhia as cinzas de carvão com um papel, apertava e pulverizava. Com a boca fechada, os dentes serrados, sacudia os restos cinzentos. Um domingo de inverno, minha mãe não estava mais em nossa cama quando acordei. Tirei as cinzas do aquecedor, ouvi duas risadas no andar térreo, no quarto onde Fidéline morrera: a risada da minha mãe e a risada de Juliette, uma antiga cozinheira. Minha mãe sempre recebia sua visita. Elas falavam sobre o sedutor, sobre os parentes do sedutor, sobre a casa do sedutor na qual as duas tinham trabalhado juntas. A parede do café de Juliette dava para a porta principal do jardim; o dono do café fazia alguns trabalhos na casa deles. Minha mãe, ávida por novidades, desesperada quase, fazia perguntas a Juliette. Eu ouvia as risadas das duas. De repente, a dúvida. Saí com a pá do aquecedor, fiquei ouvindo por detrás da fina parede, a parede por onde contava os acessos de tosse de Fidéline. Com certeza era minha mãe, mas Juliette tinha voz de homem. Continuei limpando as cinzas.

Minha mãe estava se vestindo ao lado da cama de acaju do primeiro andar e gritou: "Está com o casaco? Está com a capa?" Sua bela voz estava um pouco alterada e, com prazer, me deparei com o vapor da nossa noite na janelinha da cozinha. Dormíamos agarradas uma na outra, porque sentíamos frio no quarto — as nádegas dela, que nunca foram grandes, na cavidade do meu corpo, entre minha barriga e minhas coxas de menina de nove anos. Minha mãe descia vestida mais pobremente do que antes de 1914, um lenço nos cabelos, uma mecha por cima dos olhos azuis cinzentos, uma mecha por cima de seu nariz solidamente plantado. Acendia o aquecedor, comíamos ao lado dos estalidos e roncos, eu tirava a capa roxa que as amigas do meu pai tinham me dado de presente: uma capa original. Eu me perguntava de quem teria sido a capa. Eu representava um papel quando enfiava os braços nela, abotoando-a, fechando a gola. Esquecia dela quando corria pela cidade, quando esperava minha vez para receber meu mingau de Floraline[2] e outros substitutos alimentares ou quando me erguiam do chão para assinar o nome de minha mãe no registro de locações. Minha mãe já não queria ir à cidade. Ficava horas e horas conversando com as vizinhas. Um dia voltando para casa encontramos um dinheiro em cima da mesa.

— Uma das amigas do seu pai deixou este dinheiro — disse minha mãe.

Nossa cozinha no inverno era a mais quente, a mais alegre, a mais frequentada do bairro, a mais cheia de canções, de gente falando. A frigideira esquentava, os crepes de Floraline saltavam, cada um descolava seu crepe enquanto o pote de açúcar mascavo ia passando de mão em mão ao redor da frigideira. Contra o frio, o gelo, a guerra, impúnhamos nossa indiferença. Única criança entre os adultos, eu não me entediava. Era uma adulta atrasada entre outros adultos acordados. Todos os meses eu via o sangue nos paninhos e minha mãe me dava lições de realidade. Falarei disso adiante. Compartilhava minhas angústias com uma moça que morava na casa dos pais duas casas depois da nossa. Estelle ficava na janela no primeiro andar olhando de soslaio, depois de terminar o trabalho doméstico. À noite, ela escapava. Eu esfregava as costas da mãe dela pulando, dançando para poder fazer com mais força, eu a massageava com os dois punhos. Ganhava um trocado fazendo isso. A jovem moça de rosto arredondado que vivia para a noite e para os homens achou que estava grávida. Não entendi muito

2 Suplemento alimentar e antisséptico intestinal que funciona como agente anti-inflamatório. (N.E.)

bem essa parte, mas um dia no corredor da nossa casa, entendi que esperava o sangue descer e a espera era horrível. Estelle andava de um lado para o outro controlando se tinha sangue na roupa. Ela se secava cem, duzentas vezes enquanto andava. Ela queria que eu olhasse a roupa branca para ver se estava suja. "Se descer, vou comprar bombons para você", ela disse. Pegava minha mão, passava em seu púbis seco — com textura de palha velha — depois enfiava meus dedos em suas dobras. Qualquer coisa servia. Não contei para a minha mãe, não tinha importância. Comprar bombons durante a guerra era uma loucura. As "regras" chegaram no corredor, ela me mostrou a roupa vermelha. No dia seguinte me deliciei com os bombons. Estelle não quis comer.

Enquanto tomávamos café da manhã, minha mãe me falava das agruras da vida. Todo dia me dava um presente horrível: a desconfiança e a suspeita. Todos os homens eram canalhas e insensíveis. Ela me olhava com tanta intensidade ao falar que eu ficava me perguntando se, afinal, eu era ou não um homem. Não tinha nenhum que prestasse para compensar o outro. O objetivo deles era abusar de você. Eu tinha que entender bem isso e não esquecer. Eram uns porcos. Todos eles, porcos. Minha mãe se lembrava de sua infância, de uma quermesse em Artres, onde um vendedor balançava um porco de açúcar cor-de-rosa preso a um fio dizendo: "Vejam um homem, senhoras." Minha mãe explicava tudo. Ela estava me prevenindo, eu não deveria cometer nenhum deslize. Os homens perseguem as mulheres, não se deve parar para falar com eles. Eu ouvia tudo com atenção, mas, se por acaso ficasse brincando com as migalhas de pão sobre a mesa, minha mãe me advertia com um olhar fulminante dizendo que eu não estava prestando atenção suficiente. Então, eu cruzava os braços, o universo era um caminho pelo qual se deveria avançar sem nunca parar; se surgisse a sombra de um homem, era preciso se livrar dela caminhando sempre só e sempre mais rápido — sempre só e sempre mais rápido era mecânica indispensável do onanista. Nesse caminho você ia se arranhando com arbustos de cada lado que eram cheios de caretas. Minha mãe explicava com precisão imprecisa. Seguir um homem, escutá-lo, ceder a ele... O que significava isso tudo? O que era "ceder"? O sangue parava de descer, engordava-se até uma criança sair de dentro e cair dentro de um rio com você. Depois desta lição, não seria possível qualquer deslize da minha parte: eu tinha sido prevenida. Quando foi embora da casa de André, minha mãe havia se excedido em coragem, energia, grandiosidade. Não perdoava os outros homens por algo que ela tinha feito por um único. Tratei desse assunto de outra maneira nos meus livros *Ravages* e *L'Asphyxie*. Embaralhei o real e a ficção. Depois da morte da minha avó, minha mãe transformou uma menina em sua amiga íntima. Ai, ai, ai, para ela e para mim. Fui uma espécie de receptáculo no qual ela despejava sua dor, seu ódio, seu rancor. As crianças guardam as coisas sem entender: um oceano de boa vontade recebendo um oceano de palavras. Experimentei cedo demais a sua humilhante experiência; eu a arrastava como um boi arrasta a carroça. A afronta em suas vísceras se tornava universal. Ela sofria no passado e no presente quando dizia que eu também não tinha coração. Absorvi demais suas pregações, seus quadros. Meandros do esquecimento, revanche da inocência — até os dezenove anos acreditei que as mulheres davam à luz pelo umbigo.

Berthe, minha mãe, antes do seu casamento eu era seu marido. Escavava com as unhas a terra dos jardins, roubava as batatas e a ervilha, ficava brincando com os espinhos. Quando você se casou, comprou para mim o que havia de melhor no confeiteiro, queria me reembolsar pelas pálidas esmeraldas que eu trazia nas ervilhas. Por que eu roubava? Porque éramos pobres e tudo era racionado. Furtar com as unhas, tomar da terra porque ela dá em abundância, um ímpeto bordô, uma revolta no coração. Minha alegria, minha resolução era andar a pé pelos campos de Marly. Com um cesto e uma faca... Avançar curvada, procurar, encontrar, enfiar a lâmina da faca na raiz, colecionar os dentes-de-leão no cesto. Um arrebatamento. Uma festa para os nossos coelhos.

Fiquei de queixo caído na primeira vez que o vi. Eu vinha do frio, das trevas. Contemplá-lo era um prazer insuportável. Eu olhava para a lamparina e para a querosene. Baixava os olhos e lá estava ele. A luz acentuava o aspecto opaco dos restos de grama incrustados na alpargata bege pálido. A grama dormia. "Sente-se de uma vez", disse minha mãe. Obedeci. Tive de tirar os cílios postiços. "Pare de balançar os joelhos", disse minha mãe. Voltei a ele. A despreocupação das pernas cruzadas, do braço abandonado, a mão grande e morena, imaterial, os dedos ausentes segurando o cigarro. Seu corpo magro, e ele também despreocupado, ausente, vestido com uma roupa cor de névoa. Ele costumava ficar calado, ouvia as coisas retirado por detrás de seus longos cílios. Um ser ausente de sua beleza é duas vezes mais belo. Ele cruzou as pernas de outra maneira e me observou por um instante bem de longe. Meu rosto era mal-agradecido e minhas pernas tão magras que os rapazes me chamavam de "perna de galinha"; eu me deliciava com o visitante mais do que faria qualquer outra criança. Ignorante, fico estudando o bronzeado do rosto como estudaria o prisma das cores. É um homem de vinte anos. Devo espreitar no canto de sua boca se a última pétala da adolescência vai cair e reter a linha quebrada de seu ombro. A noite tingiu a sua pupila. Seus olhos têm a cor rosa tijolo das chaminés de nossas fábricas.

Na manhã seguinte, minha mãe explicou, é um contrabandista. Não perguntei o que significava essa palavra. Perguntei quando ele trabalhava. "À noite, só à noite", ela disse. Ele passa debaixo d'água pacotinhos de tabaco. Ele vai se trocar aqui em casa, vai se aquecer e vai embora. Minha mãe não era uma aventureira. Ela tinha se recusado a armazenar o tabaco no porão, apesar das ofertas tentadoras de Fernand. Estelle, a vizinha que tivera um atraso nas regras, apaixonou-se perdidamente pelo belo indiferente.

Minha mãe costumava anunciar no café da manhã: "Temos comida para hoje, mas amanhã..." Esvaziava o porta-moedas sobre a mesa e eu ficava fascinada por este dinheiro e pelo que faltaria no dia seguinte. Desolada, intrigada, oprimida, eu comia torradas com banha de porco com açúcar salpicado por cima. "No dia seguinte, aparecia alguma coisa", minha mãe conta agora. Eu roubava enormes repolhos das charretes dos alemães correndo o risco de tomar uma chicotada; como o repolho não lhe caía bem, minha mãe o distribuía para os vizinhos. Eu ficava chateada. Nossa pobreza devia nos arrebatar e nos obcecar. Edredom, explosão, bombardeios. Descíamos para o porão, você me abraçava contra o seu corpo. Eu tinha somente você, mãezinha, e você queria que morrêssemos juntas.

Não me lembro do nome dela. Vamos chamá-la de "Assombrosa". Lembro do nome de seu avô. Ficávamos coçando a cabeça de Caramel, sempre sentado no primeiro degrau do café. Assombrosa. Tinha o rosto de cavalo. Quando se exaltava, os relinchos eram dolorosos. Cuidava bem do café. Eu catava grama para os coelhos dela, lavava o chão de ladrilhos, entrava no café quando queria. Ela me ensinou o alfabeto da língua de sinais. Quando chegavam outros surdos-mudos, era um grande torneio. Apesar da ausência de vozes, eles faziam muitos estalidos. Ela me ensinou a valsar por cima da serragem ao som de uma pianola que ela não ouvia. Quando a pianola despejava o fim do refrão, eu girava a manivela e recomeçávamos. As crianças nos admiravam pois elas não podiam entrar no café. Um cliente chegava, Assombrosa me deixava de lado. Então eu escapava correndo, ia de uma calçada a outra, ainda no ritmo da música, vivendo a náusea do refrão, as retomadas dos martelos. Sábado à tardinha eu tinha um trabalho. Ficava ao lado da pianola sobre um estrado girando a manivela; não me cansava de ficar olhando os cartões perfurados passando. Valsas, scottishes, polkas, mazurkas... um firmamento de música no qual as estrelas eram furos de alfinete. Acariciava com os dedos as flores pintadas na madeira, entrelaçadas, macias de tão lisinhas. Enquanto ouvia a música, as flores desabrochavam para voltarem a adormecer quando a pianola se calava.

Um maluco chamado Cataplame apaixonou-se pela vizinha. Ela era franzina, sardenta, com uma cabeleira que era como um vapor, um vapor avermelhado, o corpo ousadamente marcado. Vivia sozinha, perto do pomar abandonado. O marido dela fora lutar no *front*, a casa dela era a mais limpa do bairro. Desde cedo até o cair da tarde, ela sacudia seu paninho pela janela do quarto. Cataplame, o desengonçado, filho mais velho de uma família pobre, era feio de doer. Perdido em sua camisa listrada faltando um botão na gola e a calça sempre esverdeada, como se o musgo tivesse se apoderado de suas nádegas e coxas, um volume desenhado na braguilha, Cataplame vinha arrastando os chinelos e falava com dificuldade, com uma voz potente e velada. A voz dele chegava como se viesse do abismo.

Eu vagava pelo pomar quando os dois começaram a se aproximar. A sra. Armande sacudia o paninho, ele vinha e implorava, quero mais e mais... A sra. Armande aceitava e jogava o pó sobre a cabeça de Cataplame. Eles riam juntos. Ele batia as mãos, pulava, se coçava, balançava a grade do pomar. Passaram dias e noites e a sra. Armande não aparecia mais, Cataplame não tirava os olhos da janela. Soluçava o tempo todo, sacudia-se com espirros, era picado pelos insetos. Seus olhos de peixe belos e vagarosos não desgrudavam dos vidros e das cortinas. Ele gritava sons inarticulados. Os passantes davam de ombros. De repente, Cataplame começou a dançar a dança dos pratos sobre a balança; ele dançava, pegava um vagalume e engolia. Eu abria uma fresta na janela da cozinha, ia para o jardim, andava pelo pomar, depois na rua, de qualquer lugar eu o via, sempre paciente e obstinado. As meninas me chamavam para brincar de amarelinha. Eu não aceitava o convite, que idiotice. Certa manhã, minha mãe me pediu para levar um pedaço de tecido para embainhar na máquina da mãe de Cataplame. Passei por ele, mas ele não me viu e nem me ouviu apesar do barulho das minhas galochas. Uma chuva fininha autorizava a esperar e desesperar. Cataplame, vestido com um saco de batatas com furos para enfiar o pescoço e os braços, em compasso de espera. Então, a janela se abriu. Cataplame estremeceu e ergueu o olhar. Rasgou o saco de batatas de cima a baixo e, torso nu, os ombros de fora, pulou o mais alto que pode. Deu gritos de animal apaixonado. O paninho de limpeza caiu sobre o cabeleira dele. Ele o pegou e cobriu o rosto. Ele o mordia, esfregava os olhos, tirava-o de cima do rosto, estendia sobre as mãos e punhos. Sua braguilha crescia. Entrei na casa da mãe dele, dei uma desculpa qualquer, e corri para fora para ver os dois. Debruçada na janela, protegida pelo roupão, a sra. Armande estendia os braços. Cataplame jogou o paninho e, depois, ficou na ponta dos pés. O pano caiu nos braços da sra. Armande; ela entrou, Cataplame ficou gemendo devagar e com regularidade. Seus dentes grandes e tortos saíam para fora dos grossos lábios, seus gemidos enchiam meu estômago de tristeza. Neste momento, a pianola acordou. Cataplame ia e vinha dobrado em dois. Eu corri até nossa casa. Fui para o jardim de onde podia ver tudo. A pianola se interrompeu, uma nota ficou no ar. A sra Armande reapareceu, o paninho caiu no chão. Cataplame o pegou, esfregou-o no corpo, no pescoço, nos braços, na nuca, no rosto, na testa, nos ombros, no peito, ergueu o lenço aos céus. A sra. Armande observava. Com um gesto ríspido, ela fechou a janela. Um manto sombrio cobriu Cataplame, o lenço em suas mãos se tornou um objeto fúnebre. Achei que ele iria colocá-lo tristemente sobre o parapeito da janela. Nem deu tempo. A porta se abriu e Cataplame mergulhou pelo corredor. A pianola recomeçou. Duas mãozinhas fecharam as persianas. Passaram dias, noites, semanas. Mesmo pondo o ouvido contra a porta na hora em que os grilos silenciam, a casa da sra. Armande estava totalmente silenciosa. A mãe de Cataplame deixou de chamá-lo a casa vizinha deixou de interessar. Nenhuma luzinha, nem compras, nem suspiros.

Uma manhã ensolarada vi um tumulto diante da casa. Perguntei o que tinha havido a um grupo de meninas em alvoroço.

— Cataplame degolou sua amante — me disse uma delas.

Durante seis anos fiquei sem ir à escola por causa da guerra e das enfermidades. Ler me dava um tédio insuportável. "Pegue um livro, estude um pouco, ô menina preguiçosa", lamentava minha mãe. Preferia ficar de braços cruzados, balançando os pés, mordendo a pelezinha no canto das unhas, lambendo a pele dos lábios, uma mecha de cabelo entre os dentes, cheirando meu próprio braço nu." Em casa estava cheio de livros da Biblioteca Rosa, para jovens. Como tinham vindo parar ali? Quem nos emprestava era Céline, a vizinha mais próxima, jovem que se sacrificava cuidando da mãe e da avó acamadas. Eu pegava um livro, abria no colo, folheava. As histórias da Condessa de Ségur me entediavam. Minhas desgraças, quando perdia uma medalha, cem vinténs ou um guarda-chuva, eram bem mais reais que as de Sophia. As ilustrações em tom escuro, as roupas, o formato das pernas das meninas exemplares, o penteado, as botas elegantes davam-me mais prazer que o texto. Não levava a sério as punições que elas sofriam. Acreditava no som da palmatória. Não acreditava em vara para menininhas ricas. Com a experiência que eu tinha, essas menininhas pareciam, aos meus olhos, como bebês. Não queria saber dos contos de fadas. Roubar um repolho de trás de uma carroça era uma "desgraça" bem mais emocionante: era uma missão. Preferia minha aflição quando minha mãe ficava doente e eu perguntava ao pé da cama: "Ainda está se sentindo mal?". Preferia as conversas de adultos e adultas, as preocupações, os mexericos, as canções. Eu falava muito, vivia na casa dos outros, e era tagarela e linguaruda. Quando caía a noite, virava uma menina brincando de arco. Voltava a ser uma adultinha quando ia atrás dos plátanos em Marly, dos dentes-de-leão de Marly. Acreditava que era uma forma de alimentar minha mãe. A fábrica, a marmita... Trabalhar para ela em uma fábrica, trazer o dinheiro da semana...

Um dia, uma família que desejava alcançar um alto *status* social e não me respondia quando eu os cumprimentava na rua chamou-me de "bastarda". "O que significa isso?", perguntei à minha mãe, entrando de repente na cozinha. Minha mãe ficou lívida: "Não significa nada". Fiquei furiosa. Ela saiu na mesma hora e eu abri a janela para ouvir o que ela falava para eles aos gritos. Depois me arrependi de minha curiosidade.

Mais tarde, um menino de doze anos apareceu numa noite quando minha mãe estava sentada com as vizinhas nos degraus da nossa casa, que eram azulados. Eu os lavava com bastante água e, assim, o azul da pedra aparecia. Félicien chegava e perguntava se eu queria passear ou me equilibrar sobre a cerca do pomar, perto das conversas e lengalengas. Ele apoiava a mão sobre o botão de cobre do chafariz e ouvíamos o barulho da água. Eu apoiava minha mão sobre a dele, ele apoiava sobre a minha e assim sucessivamente. Eu falava pouco, mas transbordava de entusiasmo. Se meu aro apoiado na parede caía, ele se esticava para colocá-lo de volta no lugar. Conhecia minhas manias. De repente, começávamos a correr um ao lado do outro. Ele diminuía o passo e dizia, "Vamos andar", antes que eu ficasse sem ar. Céline tinha perdido a mãe e a avó. Em um fim de tarde, enquanto brincava com Félicien de pular da calçada para a rua, ele falou entre dentes: "Senhorita, peça à Céline o quarto da frente, feche as janelas e fique à minha espera." Ele mandava, eu obedecia. Tive de ter paciência e esperar minha mãe ir à cidade com Céline. Ela aceitou me emprestar a chave de casa. Logo que as duas silhuetas desapareceram, entrei na casa de Céline e fechei as janelas. Fiquei esperando até que ele bateu à porta do corredor. Tinha a impressão de que ele tinha escovado os olhos, as bochechas e os lábios. Tudo brilhava. "Senhorita, tire a roupa", disse, quase com maldade. Tratávamo-nos de modo formal pois sempre nos encontrávamos ao cair da noite. "Tire a roupa", ele repetiu, "vamos nos casar." Obedeci. Ele também tirou a roupa e virou de costas para mim. Deitei na cama, estava ouvindo meu coração bater, mas não tinha medo. Ele subiu na cama. Vi seu ornamento, que era como o de outros meninos que eu tinha visto em uns fins de tarde de sábado quando tomavam banho em bacias e eu aparecia em suas casas sem avisar. "Feche os olhos", ele disse. Fechei os olhos e adivinhei que ele avançava de joelhos evitando me machucar. Senti a pele macia sobre a minha testa, a bochecha, sobre a outra bochecha, a pálpebra, sobre a outra pálpebra, sobre a minha boca fechada, no lugar dos seios, sobre meu púbis liso. De leve, deitou-se sobre meu corpo nu e disse: "Não respiremos". Eu obedeci. Seus cabelos molhados refrescavam a parte de cima dos meus ombros. Respirou depois de bastante tempo, respirei com ele. "Eu a desposei", ele me disse. Então se levantou, vestiu-se outra vez virando de costas para mim, e foi embora sem se despedir. Desamarrotei o lençol, abri a janela: a luz foi um presente. Voltei para casa, chorei sem tristeza, perguntando-me por que eu estava chorando. O menino passou a me ignorar toda vez que me via no bairro.

Os alemães deixaram Valenciennes e nós também fomos embora. Eu me lembro do frio, dos casacos, mantos, cachecóis. Minha mãe empurrava um carrinho de bebê com Estelle. A mãe dela andava ao meu lado; apesar do Exército que batia em retirada, dos cavalos, das pessoas enlouquecidas, ela perguntou se eu podia coçar as costas dela. Também lembro que minha mãe, no limite de suas forças, jogou fora um ferro de passar em um fosso. Seguíamos para Mons empurradas pelos soldados alemães e por civis. Passamos a noite em um porão antes de chegar. Eu dormitava, meio despida, em meio ao barulho surdo do bombardeio.

No dia seguinte, Mons foi retomada; os soldados franceses nos ajudaram a subir com nossas malas num caminhão que nos levou de volta para Valenciennes. Reconheci a estrada, as árvores, as torres das igrejas, mas de cada lado da estrada havia cavalos e soldados mortos. Triste aterrisagem. Os vidros de nossa casa tinham evaporado. Os civis tinham roubado, quebrado, despedaçado. Era preciso dormir aos quatro ventos. Acordei na manhã do outro dia com o joelho do tamanho dos repolhos que eu roubava das charretes.

Minha mãe e Clarisse decidiram procurar algum trabalho em Paris. Minha mãe me deixou como interna no colégio de Valencien,0nes. Eu era a última da turma e duas vezes maior que minhas colegas. Sentia muita falta do patoá[3] que falavam no meu bairro, sentia-me sem força. Ficar separada da minha mãe, da nossa cama grande, do meu cesto, dos jardins para saquear, da serragem do café, do café aguado, dos escarros de Caramel, das canções de amor, da nossa frigideira de ferro avermelhado, das torradas com ragu, das visitas noturnas do contrabandista — tudo isso me deixava num estado febril. Não aprendia nada. Mas como faria para aprender? Eu me arrastava sob o fardo de minhas nostalgias.

A doença começou com uma dor no ombro. Não conseguia levantar o braço nem engraxar o sapato. O cerco ia se fechando. Dia e noite eu sofria e, deitada em minha cama, entre roncos e sonhos em voz alta, pensava na oficina de sapatos do dia seguinte à tarde, e no meu próprio sapato para escovar, no meu ombro e no meu braço. A inspetora me repreendia. Ela supunha que eu era apática e preguiçosa na oficina de sapatos tal como em sala de aula. Mas ela estava enganada. Engraxar e escovar eram atividades que me faziam lembrar de casa, do trabalho doméstico. Um dia viram que minhas mãos estavam molhadas. O médico do colégio disse que estava tudo bem, que não se devia dar ouvidos às crianças. No domingo, quando minha mãe veio, encontrou-me ardendo de febre; ela me levou para casa, chamou um médico que me examinou. "Uma pleurisia começa com uma dor no ombro", ele disse. Havia oito dias que eu sofria com a pleurisia. Minha mãe cancelou sua viagem; o semestre pago adiantado não seria reembolsado, o médico deveria vir sempre, eu precisaria tomar remédios: nos olhos dela, vi uma dolorosa

3 Dialeto que se difere da língua oficial, geralmente utilizado por grupos específicos. (N.E.)

reprovação. Eu estava doente e sentia-me culpada. Uma tosse seca e uma pontada na lateral substituíram a dor no ombro. As noites me apavoravam. Respirar era tossir e sentir dores lancinantes nos quadris. Oh, foi um período de amor, de renúncia, de sacrifícios para não a acordar à noite! Ela dormia na grande cama de acaju, as portas ficavam abertas. Eu levantava na cama, projetava-me para frente, abraçava o edredom, empurrava-o contra o peito ou em minha boca, mordia a mão, puxava os cabelos... Não, não queria tossir por nada. Ela vinha, perguntava se estava doendo, se doía mais ou menos. Eu a tranquilizava, insistia para que fosse deitar. O médico dissera: "Fique feliz por não ter pus".

Um domingo depois do almoço, minha mãe insiste: "Você precisa ser razoável, você vai ser razoável, você será razoável... Vou sair e Estelle vai cuidar dos seus remédios..." Digo que ela está bonita, que está elegante. Ela faz as roupas usadas parecem novas. Não consigo dizer que o véu a transformou. Agora meu quadril e minha tosse me fazem companhia. E assim que ela sai pela porta, já estou à sua espera.

Estelle me deu o remédio várias vezes à tarde e me disse para ter paciência. Ela se distraía pensando em rapazes. Eu esperei com paciência, lembrando-me do piano na casa de Marie Biziaux, onde ia com minha mãe e minha avó. Ela era uma mulher "sustentada" pelos outros que tinha toda a sorte do mundo, era o que diziam na época em que eu imitava a missa solene. Atravessávamos um jardim de flores e de legumes, entrávamos, Marie Biziaux, estátua grandalhona de Flandres, nos recebia com sua mãe, outra estátua de banha. As quatro damas conversavam, o odor acentuado do café se insinuava até o jardim. "Pode tocar o piano, vai lá", minha avó me encorajava. Eu entrava no quarto, fechava a porta, isolava-me do cheiro do café e das vozes. Primeiro, observava o banco, com os dedos acompanhava os desenhos do adamascado, suspirava. Por fim, tomava coragem para olhar o teclado. O silêncio preto e branco era magnífico. E partia para a ação; apoiava o dedo sobre duas teclas pretas juntas. Feria o silêncio. O ressoar chegava ao fim, eu ficava dominada. Tocava piano sem ter aprendido: não tocava nada. O teclado me parecia pequeno demais, os pedais muito finos para o alvoroço que eu fazia tocando em pé. Me inclinava para a frente, para trás, para o lado, dava cabeçadas e cruzava as mãos enquanto tocava. Queria ser a grande pianista que eu nunca tinha visto. Queria maravilhar as paredes, as mesas, as cadeiras.

Minha mãe voltou para casa antes de anoitecer, disse que o homem do pincenê tinha voltado da guerra, que enviara para mim uma barra de chocolate. Ela deixou em cima da minha cama. Comi um quadradinho, dois quadradinhos, não fiz nenhuma pergunta: comer chocolate era um luxo. O futuro não era mais o nosso futuro. De forma confusa, foi o que eu pressenti.

O médico aconselhou passar uma temporada no campo, Laure sugeriu que passasse uma temporada convalescendo em sua fazenda a vinte quilômetros dali. Durante o trajeto, fiquei fascinada com as chicotadas que ela dava no lombo do cavalo. A língua contra os dentes, ela gritava "driiii" tão bem quanto os carroceiros. Com destreza, prendia o cabo do chicote no suporte, freava nas descidas, ajeitava a manta, prendia o avental de couro da charrete. Eu enxugava minhas lágrimas.

"Ah, minha mamãezinha..." "Você vai rever sua mamãezinha...", ela zombava de mim, mas sem maldade.

Finalmente pude ver o campo, o campo de verdade. A planície de Mons e a planície de Marly se estendiam até onde a vista alcança, rejuvenescidas, renovadas, mais vigorosas. Uma árvore banhava-se no prado, as casas à beira da estrada iam passando. Uma igreja se encolhia, o céu e o pasto olhavam um para o outro. Minha mãe desaparecia detrás do horizonte. As vastidões acentuavam minha tristeza.

— Você pode me chamar de tia e a ele de tio — ela me disse quando a charrete entrou na quinta.

Ao ver as janelas e cortinas tão limpas, o ladrilho ao redor da casa brilhando, fiquei totalmente sem ar. A porta envernizada se abriu:

— Laurent, venha desatrelar o bicho — gritou uma velhinha de pele manchada. — Cadê você, Laurent?

— Onde está Laurent? O cavalo vai tomar friagem — disse Laure.

Laurent saiu da casa.

— Você precisa dar comida aos animais — a velhinha disse à Laure.

— Preciso primeiro cuidar dessa menina — disse Laure.

Atirei-me no pescoço dela.

Laure me cochichou que ia comprar uns tamancos para mim.

— Dê um abraço na sua sobrinha — disse Laure à Laurent.

À noite jantamos enormes torradas com manteiga mergulhadas no café com leite. O silêncio que fazia ao redor da casa me tirava do eixo. Bebi tudo de uma vez como eles, assim meu ouvido não prestava atenção no zumbido. Quando olhava para os móveis e objetos me sentia pisando em ovos. Tanta limpeza repele.

Comecei a frequentar a escola que ficava do outro lado do vilarejo. Saindo do pátio da quinta eu caía direto no caminho tortuoso que acompanhava a sebe. Ia tropeçando nas pedras, ficava ofegante nas subidas, avançava a passos lentos. A sebe era minha religião, meu santuário. As nuvens me viam, as nuvens me olhavam. Ilhas que flutuam no azul, objetos de espuma que são olhos sem tristeza nem alegria. Olhos brancos espantados, espantosos. Nunca tinha visto tanto céu aberto, sem telhados e chaminés. Não diferenciava as florezinhas, o gorjeio de suas cores e o canto dos pássaros. Achava que estava ouvindo milhares de pássaros, a natureza era um viveiro sem grades. Meus ouvidos estavam cheios de ramalhetes de harmonias, um gato dava um pulo sobre a grama, um galo com toda a pompa de suas plumas vermelhas e verdes não me intimidava. Jogava minha pasta longe, queria ver os jardins, as hortas e os prados por entre os ramalhetes da sebe. Imaginava que do outro lado tudo era misterioso, pois eu estava à parte daquele mundo, eles estavam a sós e o reflexo do sol os varria. Sua alegria me deixava ofegante. Perfumes nômades chegavam até mim, esfregava uma folha de avelaneira na testa, ia para a aula passando pela cópula das folhagens, respirava a luz e o ar saudável enquanto a brisa enlaçava os galhos.

Almoçava na casa de uma senhora dona de uma taberna, mas antes eu tinha de engolir dois ovos e um terceiro às quatro horas. Os médicos prescreviam ovos para o crescimento, tuberculose, anemia, desmaio. Quanto mais você os detestava, mais eles eram impostos em sua dieta. Lá tinha uma bica de onde a água saía de um gargalo em forma de um arco. A água caía em uma bacia verde, ruidosa, apertada, elegante, eloquente. Toque, toque. Eu quebrava meus ovos na beira da xícara, acrescentava um pouco de água fresca para poder engolir aquelas lesmas redondas.

Aprendi a fazer contas de divisão com muitos números depois da vírgula, aprendi a usar a concordância. As maçãs que eu comi estavam maduras. Aprendi isso para sempre e melhor do que na escola. Os bichos das *Fábulas* de La Fontaine pareciam se vestir com muita pompa e excentricidade. Apesar de me explicarem, não acreditava que as feras podiam ter qualidades e defeitos dos homens. Preferia nosso gatinho magricelo e cinza que era um bom ladrão, preferia minha mãe reprendendo-o e batendo nele com o esfregão. Por que rebaixar os bichos à nossa linguagem? Eles têm suas próprias queixas, seus gritos, seus prazeres, seus dramas, seus abandonos, sua miséria. Suas desgraças, sua má sorte. Uma rã é uma rã, um boi é um boi.

Na hora do recreio:

— Por que você veio pra nossa escola?

— Porque eu estava doente.

— Doente? O que você teve?

— Uma pleurisia.

— O que é pleurisia?

— É quando a gente tosse e sente uma dor na costela.

— Sinto uma dor na costela quando corro muito tempo. E não tenho pleurisia.

— Sorte a sua. Uma pleurisia seca não é tão grave quanto uma pleurisia com pus.

— Onde você aprendeu isso?

— Estou contando o que o médico disse quando me tratou.

— Cadê sua mãe?

— Trabalha em Paris. Ela vai me escrever.

— Cadê seu pai?

— Já disse que minha mãe trabalha em Paris.

— Estou perguntando do seu pai. Não estou falando da sua mãe.

— Estou dizendo que minha mãe trabalha em Paris.

— Por que você está me chutando?

— Porque eu já disse que minha mãe trabalha em Paris.

— Você acha que eu sou surda? Vai começar de novo?

— Porque você não está me ouvindo. Minha mãe é meu pai.

— Você é louca e idiota. Eu tenho um pai, tenho uma mãe. Minha mãe não é meu pai.

— Não sou louca nem idiota. Lá em casa não tem pai. Tem mãe. O que você quer que eu diga? Minha mãe é tudo.

— Tudo o quê?

— Nada. Já disse: nada. Eu tinha uma avó.

— Eu tenho uma avó. Tenho um pai e tenho uma mãe.

— Sorte a sua.

— Você também é sortuda. Tem um tamanco novo e um estojo novo... Foi seu pai quem deu? Você veio ao mundo como eu: com um pai e uma mãe.

— Me deixa em paz. Vim ao mundo com a minha mãe. Vamos brincar.

— Vou brincar quando você disser cadê o seu pai.

— Não quero mais brincar com você.

— Eu também não quero mais brincar você. Você é ridícula. Não pode nem me dizer onde está seu pai.

— Vou embora. Você me irrita, me aborrece.

Fugi para um canto. A curiosa não me aborrecia: me atormentava. Fiquei tensa, comecei a me fazer perguntas. Durante a guerra, minha mãe dissera: ele morreu. Este homem morto do qual ela tanto me falou, quem era? "Ele nunca deu nenhum beijo em você, tinha medo do contágio. Dava um carinho na sua bochecha, no queixo." Não me lembro dele, nunca vou lembrar. Decidi pular num pé só, correndo o risco de quebrar meu tamanco. Para provocar o chão, o recreio, a inquisidora; sentia falta de Fidéline, era quem me protegia quando minha mãe se chateava. Nossa casa era diferente da casa dos outros. Quando um pai segurava o filho nas pernas brincando de cavalinho e cantando "pocotó, pocotó, pocotó", eu corava, tomada de vergonha e pudor. Nós vivíamos entre saias.

De repente, um desânimo enorme. Onze e meia da noite. Meu rádio está ligado. Calipsos, blues, sambas. Um amigo me disse que os bastardos são malditos. Os bastardos são malditos. São os sinos, o badalar por cima do calipso, do blues, do samba. Por que os bastardos não são solidários entre si? Por que fogem? Por que se detestam? Por que não formam uma confraria? Deveriam perdoar-se por tudo, pois têm em comum o que há de mais precioso, de mais frágil, de mais forte, de mais sombrio: uma infância tortuosa como uma velha macieira. Por que será que não existem agências de casamento para que eles se casem entre si? Gostaria de ver escrito em letras garrafais: "Padaria para bastardos". Assim, não ficaria com um nó na garganta quando as pessoas pedem um pão grande do tipo "bastardo". Sempre desejei que em *Marty*, filme americano maravilhoso, os dois tímidos que afinal se encontram fossem dois bastardos.

Os meninos da escola se aliaram contra mim. Quando faltavam cinco minutos para às quatro, eu previa que eles estavam se preparando para me perseguir pela estrada. Tinha medo de sentir medo. Por que haviam me escolhido? Por acaso sabiam das lições da minha mãe, das ameaças dela? Sabiam que as suas risadas, implicâncias e fanfarronices me deixavam indiferente? Eu estava obcecada pela minha mãe, precisava receber uma carta dela. Mas ela não me escrevia. Quando eu saía da escola, eles deixavam que eu tomasse um pouco de distância e, então, as pedrinhas começavam a chover em cima de mim. O ódio que eles sentiam me feria mais do que suas armas. Eu pegava os tamancos na mão: mais leve, mais depressa; caía, levantava e as pedrinhas continuavam chovendo. Preferiria que fossem índios gritando vindo na minha cola: mas os meninos não gritavam. Ao chegar perto da quinta de Laure, eles sumiam. Laure ficou irritada quando soube, falou com a diretora da escola, eles pararam com as perseguições e passaram a me evitar.

Domingo à tarde eu levava um litro de leite para a senhora dona da taberna na casa de quem eu fazia as refeições. Olhava de esguelha para a bica, ignorava o seu gargarejo pois naquela tarde eu não tinha que engolir nenhum ovo. No meio do caminho, um café lotado, com toda capacidade de gritaria, bebidas, risadas, cigarros. Todos paravam para ver as senhoritas ajeitando os lencinhos na cintura, entre a saia e a blusa. Exaltados e perdendo a compostura, os jovens saíam do café e urinavam. Voltavam como vencedores. Um deles, sem hesitar, atravessou a multidão de dançarinos. E perguntou se eu queria dançar. Respondi "sim" de todo o coração. Dancei com minha capa violeta, estava deslumbrada por saber dançar uma valsa. Depois da dança, ele me ofereceu seu copo de cerveja e enfiou moedas na pianola. Dançamos de novo; ele me apertava contra a sua camisa encharcada de suor. Eu parecia ter mais de treze anos, o rapaz perguntou se eu voltaria no domingo seguinte. Respondi que sim e fui embora. Teria dançado até raiar o dia. Na manhã seguinte, Laure me repreendeu. Eu fora me divertir num lugar de perdição, aquilo não devia se repetir. Achei a bronca dela estúpida, e não digna de Laure. No domingo seguinte, levei o leite sem nem espreitar o café. Sentia vergonha e vontade de fazer de novo.

O afeto de Laure por mim e o meu afeto por ela cresciam. Ela me animava: "Você vai rever sua mãe. Ela vai escrever. Por que não escreveria?" Jurava com o jeito de um vaqueiro, e ria, eu ria com ela. "É minha sobrinha", contava para todo mundo, "parece comigo, não é?" Eu ficava feliz sempre que ela dizia isso. Admirava sua energia, sua robustez, seu vigor. Que mulher impressionante! Quanta força para trabalhar! Seus acessos de raiva e exaltação eram terríveis. Quando brigava com a sogra e o marido, ela jogava baldes cheios de leite na cozinha; ela gritava: "vou embora e vou levar a menina comigo!". À noite e pela manhã ela fazia duas tranças no meu longo cabelo e mostrava para todos admirarem. A obra da irmã era sua obra. Este colosso de mulher me protegia da solidão. Leon, seu filho, vinha nas férias com o uniforme do pensionato. Eu me divertia na casa, no pomar, na horta, no estábulo, na estrebaria. Não tinha uma casa minha, em qualquer lugar me sentia em casa. Se deitava na grama, o sol era meu cobertor. Eu me lembrava dos parques públicos, retinhos, congelados, endomingados. Tudo desabrochava, eu mesma ficava mais forte, crescia. Uma abelha bebia o suco do silêncio, um zangão que voava em linha reta era perseguido pelo espaço. Eu estava tão perto da terra na qual eles haviam germinado quando brincava de cair sobre o feno na granja. Os prados inclinados do outro lado da estrada me fascinavam e a noite caía aos poucos, por camadas. A natureza ia escurecendo, o mundo ficava impreciso. Uma pergunta, um recolhimento. A noite não me entristecia. Se estivesse na cidade, soluçaria pela ausência da minha mãe. Agora me sentia reconfortada diante do horizonte melancólico, da submissão a uma estrada, da humildade de uma cerca, da grade caída do destorroador, do caráter trágico do sol se pondo. Via tudo isso sem precisar de nenhuma explicação. Não, não me confundia com a paisagem. Tocava em minhas bochechas frias, tirava os pés do tamanco, aspirava pelo nariz, era eu mesma, sem projeto, sem ambição, sem inteligência, sem reflexão. Homens, mulheres, crianças não me magoavam. A penumbra nos torna poderosos. Roçava o dedo nos telhados do vilarejo. Cantarolava e voltava para casa, os ruídos acometiam uma menina maravilhada.

Laure me contou que em breve minha mãe estaria de volta. Agora já não ficava mais horas e horas às quintas-feiras pela manhã à espera do carteiro, mas o dia inteiro à espera da carruagem com Laure e minha mãe dentro. Não consigo imaginar um sol à meia-noite mais deslumbrante do que este veículo surgindo no alto da encosta. Senti-me vazia, a alegria foi me abandonando à medida que se aproximaram as rodas, o cavalo, os rostos. Estava sozinha. Liberta da espera, despedaçada ao ter meu desejo realizado: rever minha mãe. O veículo parou ao meu lado, eu era um vazio boquiaberto. O que é que eu esperava? Ao mesmo tempo ganhava e perdia tudo. Corri pelo pátio e a beijei em meio à desordem de um galinheiro assustado. Minha mãe se entrega, raramente ela se permite dar um beijo. Ela me examina, me passa em revista. Laure conta o quanto eu mudei. Estou com uma ótima aparência. É o que leio em seu rosto. Ela olha com desdém para as minhas duas tranças seguindo a moda do vilarejo. Escrevi sobre o assunto em *L'Asphyxie*: à noite, perto do aquecedor, ela murmura: "Você virou mesmo uma camponesa." Diz isso sem hesitar, é um comentário qualquer. Ela me feriu com uma faca. Saí para o pátio com minha manta nos ombros, sem chorar. Acreditei, sob a luz da lua, que não era mais sua filha porque me faltava sedução.

Minha mãe detestava o vilarejo, o campo, a vida rural. Era uma mulher da cidade. Ela me influenciava. As paisagens, as estradas, os campos, as árvores não me inspiravam a mesma confiança. Minha mãe era uma tela. Eu teria renegado Laure, seu patoá, seus gestos expansivos, seu trabalho só para agradar àquela que voltava desanimada de Paris. Estávamos as duas outra vez longe dos mugidos, da saída do destorroador, de uma charrete, de uma relha. Minha mãe tem o estômago frágil porque quando era criança foi mal alimentada. Não conseguia digerir direito café com leite, pão molhado. Eu não comia mais como antes. Observava minha mãe, não era mais como uma camponesa no meio de outros camponeses. Surgiu uma amizade inesperada dela com uma costureira do vilarejo. Eu encontrava as duas depois da escola, comíamos torta, crepes e bolinhos em um quarto com as portas fechadas, onde fazia calor. Não me lembro quando foi que a minha mãe contou que se casaria no vilarejo com um senhor da cidade e que voltaríamos para a nossa cidade, que eu voltaria ao colégio e seria de novo interna. Casar. Eu não entendia o que significava isso, não tinha como entender.

Certa tarde, chegou uma carruagem fechada, com um cocheiro. Depois de uma rápida refeição na sala de jantar da fazenda, minha mãe subiu na carruagem com o homem de pincenê que eu já tinha visto quando morávamos em Les Glacis. Ele me disse: "Até logo, minha pequena". Minha mãe estava casada, o veículo fechado levou os dois no crepúsculo. Eu respirei. Voltei a ser uma camponesa entre camponeses. Sim, mas, à noite... fiquei obcecada... O que é um padrasto? Um "padrasto" seria o pai do marido, o pai da esposa? Não, não pode ser isso. Isso é um "sogro". O que é um padrasto? "Você vai ter um padrasto..." É um pai artificial. É uma boneca que abre e fecha os olhos e que diz: eu sou um pai. O que é um pai? O que é um padrasto? Volto a dormir. Eu tenho uma mãe, ela arrastava os móveis da nossa casa. Ela era um pai e uma mãe.

No dia seguinte ao meu retorno a Valenciennes, para voltar ao colégio interno, levantei às nove e meia em ponto. Uma hora depois fui até meu padrasto, com medo e sem ânimo. Disse-lhe "bom dia, senhor", e dei-lhe um beijo. Ele respondeu "bom dia, minha pequena." A expressão "minha pequena", dita de forma distraída por um homem que não era um estranho já que eu o beijava, mas que eu chamava de "senhor" dando-lhe dois beijos, me deixou apavorada. Ele disse: "A que horas você acordou?" Respondi quase com alegria: "Às nove e meia!" Ele me olhou, me perscrutou, seus olhos eram frios por detrás do pincenê. E acrescentou: "Mentir é muito feio". Fiquei paralisada por mais de trinta anos. A partir daí, ele passou a me dar medo, eu não conseguia mais ser eu mesma. Por que eu mentiria em relação à hora? Será que ele queria pôr à prova, já no primeiro dia, ao me encarar nos olhos, o sedutor da minha mãe, com quem eu me parecia? Um bastardo deve mentir, um bastardo é resultado da fuga e da mentira, um bastardo é todo um conjunto de coisas irregulares. Eu me senti intimidada, queria ser educada com ele. Assim pode começar a hipocrisia. Entendi de modo vago que ele desejaria me apagar. Eu era o peso de um grande amor, eu era uma mosca no lençol branco. Ele não me repreendia, mas me apavorava. Eu ficava calada à mesa durante as refeições, e depois das refeições, não me atrevia a me comportar nem bem nem mal. Ficava sentada ali emburrada, me liquefazendo por dentro, enjoada de tudo. "Coma, minha pequena, coma. Sua mãe, ela, sim, come." "Sim senhor, não senhor, obrigada senhor. Estou satisfeita, senhor." Não podia estender o braço na direção da minha mãe e roçar o punho da sua camiseta. Quantos obstáculos na frente, um guardanapo de mesa, um garfo, uma faca, um descanso de talher. As bolinhas de migalha de pão me acudiam. Marly, Céline, Estelle, a surda-muda, Caramel, o louco, sua amante, a horta, Aimé Patureau, os cadernos das canções, o mato para os coelhos. Já vivia de lembranças aos quatorze anos... Cedo demais. Olhando para a estátua de Froissart, pela janela aberta da sala de jantar, eu me perdia pelas dobras de sua bata me perguntando por que minha mãe me levara para morar em terra estrangeira. O bonde fazia a curva debaixo da minha janela e seguia, choroso, na direção da tão amada Marly.

Na casa deles havia comida suficiente para mim, mas eu ficava sentada à mesa em uma cadeira de três pés. Dos quatorze aos vinte anos faltou o quarto pé. O quarto pé era o morto, aquele que havia seduzido minha mãe.

Você trouxe ao mundo um rio de lágrimas, mãe. Eu peguei o véu, mãe. Sim, mais tarde comecei com o hábito de bater as portas, eu não suportava vocês. Minha ferida fora reaberta. Minha ferida era você arrancada de mim. Ciúmes? Não. Nostalgia sem limites. Eu me sentia rejeitada, apesar de suas bondades, mãe. Ah, sim, e também exilada do nosso edredom que tinha nos aquecido durante os bombardeios.

Pobre padrasto, pobre mãe, pobre filha. Aos quinze anos fui à Paris com ele para experimentar um sapato ortopédico e um colete de tecido e ferro. Eu mancava e minha postura era muito encurvada. Na Place de la Concorde, dentro de um táxi, ele me disse: "Não me chame mais de senhor. Diga *pai*." Aceitei, disse que sim com meus lábios de mármore. De que matéria eu fui feita? O homem de boa vontade não consegue me comover. Preciso chamá-lo de pai, mas nem sequer levo seu nome, era o que meus olhos murmuravam para aquele que não me permitia qualquer brecha de intimidade. O sedutor da minha mãe queria que lavassem sua roupa em Londres quando nasci. Onde foi que eu nasci? Onde caí depois de ter saído do ventre de minha mãe? Num chapéu claque. Preferia chamar meu padrasto de "senhor". Dizer "pai" era como ter uma espinha na garganta. Precisava me preparar para poder dizer "bom dia, pai", "boa noite, pai" assim como alguém se prepara para fazer uma cirurgia. Afinal, desde o alerta de minha mãe contra os homens, eu vivia num mundo sem eles.

Durante a aula senti que estava inundada e pedi para sair. Estava com o sexo quente, entregue a tudo o que encontrei no pátio de honra do colégio. Entrei no banheiro, coloquei a mão e confirmei o que pressentia. A palma da minha mão ficou vermelha, pegajosa.

Pedi para ter aulas de piano. As nevralgias, os zumbidos no ouvido, as dores de garganta me atacavam menos. Implorava às minhas colegas de turma, explicava que estava tremendo de frio. Elas aceitavam e me cediam o lugar perto do aquecedor. Cochilava com a cabeça encostada no aquecedor esperando terminar a hora do estudo da noite para me entreter com o sobe-desce das notas musicais. A tênue luz elétrica enfraquecia as conversas, as reprimendas. Era como se eu devesse engolir porções de lentilha no lado de fora do refeitório. O estudo da noite... era um teste de monotonia porque eu era preguiçosa. Assistia aulas sem entender, sem reter nada. Estudar não me parecia sério. Fazia os trabalhos de qualquer jeito para poder voltar para a minha caverna, o caracol dentro do meu cérebro se acomodava no quentinho. Eu admirava as alunas estudiosas, inteligentes, talentosas. Não pensava: basta eu me dedicar. Se me dedicar, poderei reconquistar o paraíso perdido do esforço, das boas notas, das recompensas, dos elogios. Não, eu não era uma preguiçosa culpada. O livro de geografia me agradava pelo caráter infinitamente pequeno dos mapas. A minhoquinha azul-clara, às vezes tranquila, às vezes tortuosa, era um rio atravessando a França. Um grão de café: uma ilha com milhares de habitantes. Tinha mais coragem que todas as alunas juntas para estar a sós ao lado da minha colega. Os plátanos nus ou cobertos me gritavam: acabou a valsa no café, acabou Marly. Tinha mais coragem que todas as alunas juntas quando era interrogada, quando ficava muda, quando boba eu me abobalhava, quando começava a ver nos olhos dos outros que eu era feia, que elas se divertiam com isso, que elas se cutucavam.

Passei para o ano seguinte na escola, precisei decorar uma peça de Corneille:... Tens coração, Rodrigo?... Ao contrário do meu pai... Uma chatice sem fim. Uma mulher que era a própria encarnação de deveres a serem cumpridos tortura um homem que encarnava o amor. Conversava sobre o assunto com algumas colegas que eram mais realistas com a vida, as camponesas que eram internas. A questão dos deveres nos aborrecia. E o amor triunfava no fim de o *Cid* sem as suas flechas luminosas. Ao fim do livro, Rodrigo abraçava a sombra de uma mulher. Como é que crianças de doze a quatorze anos poderiam se colocar na pele de escritores que amaram e fizeram amor antes de escreverem seus dramas? É verdade que, durante nossas caminhadas de quinta-feira, Corneille embelezava as conversas que tínhamos sobre os cachorrinhos que metiam nas cadelas. Tal era a potência de suas tiradas. Quando passávamos por Racine, aprendia alguma coisa. Mas quem eram os meus imperadores, os meus palácios, os meus trágicos, as minhas trágicas? As inspetoras do internato. Eu ardia em brasa em vez de estudar. Até que enfim vibrei ao ler Lucile Chateaubriand. Ficava esperando o incesto se consumar. O rosto olímpico do escritor, os cabelos encaracolados, o túmulo sem rival próximo ao mar e, por isso, julgando-se superior a ele, me fascinavam como já haviam fascinado tantos outros. Ele tem a capacidade admirável de descrever, nosso professor explicava, porém enfraquece sua descrição quando deixa a própria sombra sobre a página. Eu não ligava.

Aí vieram as minhas adenoides durante as férias, logo nos primeiros anos do casamento da minha mãe... Alugaram uma carruagem só para a ocasião que ficou me esperando na frente do negócio deles. Eu e minha mãe subimos nela para ir ao laringologista e, quando ela perguntou se eu estava com medo da pequena cirurgia, não tive coragem de dizer: será que esta é igual à carruagem que nos trouxe de Arras? Depois da intervenção, vomitei sangue em cima das almofadas da carruagem. Suportava a queimação na garganta, mas não suportava ver o sangue na carruagem que ela tanto tinha esperado. Eu era a encarnação de André, a ferida na garganta era mais uma humilhação para a minha mãe até em seu casamento, até na empresa na qual ela era bem-sucedida. Quando ela perguntava se doía, respondia "não" maldosamente. Sentia dor e ruminava. Ela quis me ajudar a tirar a roupa, a descalçar o sapato. Recusei. Abaixei, desamarrei os cadarços, cobri de sangue meus sapatos. "Não quero ajuda", disse à minha mãe. Hoje tenho certeza de que queria cuspir sangue como ele; queria me ligar a ele, começava a pagar por ele.

Nossa inspetora conseguia o silêncio das sessenta alunas durante o estudo da noite sem ter de gritar ou bater no tampo da carteira. Ela estava se preparando para um concurso e estudava mais do que nós. Nós a mimávamos, sim mimávamos nossa menina, nosso pássaro, quando ela descia do estrado. Prendia a respiração quando ela passava pela minha mesa, quando se inclinada sobre meu caderno, tinha prometido. Anulava-me como podia. Deixava de vê-la, deixava de ouvi-la. Ela estava perto demais. Não tinha ideia do que eu queria. Sofria quando ela se afastava, sofria quando se reaproximava. De tanto prender a respiração, acabei explodindo. "O que aconteceu?", ela perguntou surpresa, confiante, despreocupada. Respirei e me defendi com um falso ataque de tosse. Ela se afastou de minha mesa, eu a queria de volta. Mergulhei no livro, derramando lágrimas de ignorância, de impotência. "O que aconteceu agora?", ela perguntou indulgente. Respondi com frieza: "Estou com enxaqueca". Será que ela perceberia os primeiros alvoroços da adolescência? Domingo de manhã, se eu tinha a sorte de sair da escola, falava dela para a minha mãe no banheiro úmido, minha mãe me escutava por um bom tempo. Ela compreendia tudo, não se impacientava. Eu descrevia minhas emoções, eu amava a minha ouvinte, porém minha mãe começava a não ser mais a única.

Aboli as horas de recreio assim que comecei a ter aula de piano. Além das horas fixas de estudo, podia estudar mais se houvesse um piano disponível. Eu corria à caça do tesouro, afastava-me com prazer dos gritos bárbaros das alunas. Preferia a salinha que ficava longe do pátio de honra e perto do pátio sem árvores e com redes de basquete sobre a poeira escurecida. Um cubículo, uma janela com vidro fosco, um piano, uma cadeira. Era tudo. Entrava na sala e pronto, eu era dele, ele era meu. Bem devagar. Um gesto de cada vez. Se ele estava aberto, eu o fechava para poder ser eu mesma a abri-lo. Queria que ele fosse um segredo todas as vezes. Abria minha pasta com as partituras em um canto da sala pois, antes de estudar, deveria ficar em silêncio afastada do silencioso móvel. Depois fechava a pasta. O barulho do zíper? Era um barulho triunfal para a cadeira e o teclado. Sentada, menos curvada que de costume, folheava o método. Intimidada, afundava um dedo no agudo, depois outro nos baixos: media o tamanho do teclado, queria ainda o mesmo silêncio entre o agudo e o grave. Incansavelmente estudava a escala cromática pelo seu romantismo, acentuava a tristeza nas teclas pretas. A melancolia tão volúvel, com seus altos e baixos, não me cansava. Mas, de repente, um desânimo. Comecei a estudar piano tarde demais, meus dedos pareciam grudados, meus punhos sempre engessados. Minha cabeça despencava sobre as notas graves do teclado, chorava enquanto ouvia a trovoada ressoando depois de esmagar as notas. Secava minhas lágrimas sobre as teclas amarelecidas pelo uso, continuava estudando. Preferia os exercícios aos trechinhos das músicas que eu tocava muito mal. "Nuances, nuances, atenção para as nuances!", entoava a senhorita Quandieu com sua régua. Cabelos castanhos avermelhados e cheios, o rosto delicado. A senhorita Quandieu dava suas aulas de casaco e chapéu. Cem quilos sobre uma cadeira de escola primária. A senhorita Quandieu não era nada severa. Quando não estudava o suficiente, eu acordava à noite suando frio. Adiante voltarei a falar disso. Acordava depois de ter ido dormir a uma da manhã, depois de ficar chorando debaixo do lençol porque eu era diferente das outras alunas do dormitório, já que elas dormiam, falavam dormindo, se mexiam, riam enquanto eu ficava acordada. De manhã levantava acabada, detestando tudo: meus objetos de higiene pessoal e os passos da inspetora do lado de fora. Arrumava minha cama no quartinho entre duas divisórias, me controlava, guardava as crises e as depressões para mais tarde. Quanto menos eu dormia, mais me obrigava a estudar piano depois do café da manhã. Porém neste dia eu tinha um encontro, havia esquecido que minha liberdade estava tolhida.

Minha mãe não ia com frequência me ver. Ela estava totalmente tomada pelo seu comércio de móveis e decoração. Toda semana mandava uma aprendiz trazer para mim uma bolsa tão grande que parecia um saco de cinquenta quilos de carvão. Estava sempre preocupada com a minha saúde. Eu recebia aquele monte de provisões que inspiravam um sorriso irônico na senhorita Fromont, a inspetora. Minha mãe comprava as melhores frutas, os melhores chocolates, o melhor mel. Meu armário era o mais cheio de todos, tamanha abundância quase me envergonhava. Quando se casou, minha mãe trouxe uma carga, seu "fardo" como ela chamou. Já no dia seguinte ao casamento teve de começar a trabalhar para pagar o pão do seu "fardo". Meu padrasto, antigo aluno da escola de Boule, que conhecia muito bem as madeiras, os estilos, as tapeçarias, os brocados, os tafetás, as sedas, ensinou tudo à minha mãe. Ela trabalhava de oito da manhã às onze da noite, com bravura, vontade, energia, generosidade, com o esforço daqueles que não têm instrução, e que sofrem por isso. "Eu me lancei de corpo e alma", ela disse. Tanto progresso, tanto faro para os negócios. Organizou e pôs em ordem um velho negócio situado num lugar abafado, com poucos móveis. Meu padrasto e seus funcionários tinham uma visão estreita das coisas. Ela via longe. Paciente, gentil e mais flexível que os outros pois já tinha servido na casa de estranhos, levantava, arrastava, mostrava as coleções de papel de parede sem se cansar de ouvir as histórias dos clientes endinheirados. Queria vender e vendia. A paciência que tinha, a modéstia e seu jeito pra coisa superavam seus caprichos, extravagância e indecisões. Aos quatorze anos e meio, escondida num corredor escuro, ficava só ouvindo-a sem a ver, sorvia suas palavras, me satisfazia com as inflexões de sua voz. Eu a admirava, eu sofria. A comerciante era uma estranha, ela se entregava demais aos outros. Quando encontrava com ela não a reconhecia, não confessava que tinha ficado à espreita para observá-la. Meu padrasto era alto e míope, primeiro tinha um pincenê e depois uns óculos com armação de tartaruga, o rosto severo e instável, bastante solícito ou bastante distante, tímido, irritável, gaguejante quando com raiva ou emoção. Ele enfrentava a opinião de toda a cidade por causa do amor à minha mãe. Meu padrasto se aborrecia com os clientes indecisos, se exaltava com os desonestos que escolhiam coisas feias. Ele preferia a arte à venda. Foi assim que rapidamente a aluna eclipsou seu professor. Todos os clientes, os mais refinados e os menos, preferiam a diplomacia.

Preparávamos o Natal na escola: eu tinha de fazer o papel de rei mago negro e em seguida tocar ao piano uma "Dança húngara", de Brahms. Ensaiei meu papel de rei mago. A perspectiva de escurecer meu rosto no dia da festa, esse rosto que me atormentava, que era minha fonte de sofrimento, a perspectiva de enegrecer meu grande nariz me consolava. No dia da festa, fiz então o papel de rei mago. Ninguém riu. Eu também queria tocar a "Dança húngara" abrigada em minha pele enegrecida. A inspetora não permitiu. Subi, de novo, ao palco do auditório. Abriram as cortinas. Eu toquei de perfil. Todo mundo riu. Minha mãe e meus professores me viam, me escutavam. Foi uma explosão de notas em falso. Quanto mais eles riam, mais eu me confundia. Depois fui encontrar minha mãe na sala. Tratou-me friamente e parecia desolada. Lamentei pelo gasto com o vestido de sarja azul que ela me presenteara. À noite, meu padrasto perguntou como tinha sido a festa. Saí da sala de jantar sofrendo pelos dois. Mais tarde, teria a audácia, o cinismo e a injustiça de acusar minha mãe de ter trazido ao mundo um ser horrendo. Quando será que encontrarei um ciclope? Eu o amarei. Darei de presente a ele um espelho e direi: Vejo duas rosas no espelho. Por favor, olhe: uma é você, a outra sou eu.

"Estude", dizia minha mãe. "Não quero que você sofra por falta de estudo como eu sofri. Escreva uma carta sem erros...". Uma carta sem erros era sua terra prometida. Eu contava a ela dos erros de ortografia de Napoleão. Mas ela não se achava à altura de Napoleão e suspirava. Nessas horas, tinha vontade de jogar minha gramática aos seus pés sobre uma almofada de camélias. Ela me mandava bilhetes, mas não cartas pois tinha medo de construir frases malfeitas. Os bilhetes dela são abstratos como ela própria quando lavo suas costas.

Ela me deu de presente um piano Pleyel em acaju. Era o que havia de mais caro e maior em termos de piano vertical. Ele veio de Paris, precisou ser carregado por vários homens, ele e seu sarcófago de tábuas. A luz escorria sobre o Pleyel em acaju quando os homens o instalaram em meu quarto. Minha mãe me perguntou se eu estava contente e me entregou a chavezinha.

Tinha dezesseis anos, minha mãe estava grávida de um filho legítimo. Certa noite em que estava sentada à mesa, calada como de costume, buscando pela janela aberta me perder nas dobras da bata de Froissart assim como me perdia na saia da minha avó, disse sem pensar: "Uma mulher grávida é uma coisa feia". Meu padrasto levantou a cabeça, me olhou sem nenhuma bondade. Tinha dito aquilo porque queria minha mãe elegante e esbelta, minha mãe vaidosa andando de um lado para o outro diante do grande espelho com a paciência de um manequim de uma loja de roupa. Sentia tanta falta de seus babados, suas golas em véu, seu imenso chapéu escolhido entre tantos outros. Gorda e pesada, agora ela comia macarrão em todas as refeições. Não, eu não tinha ciúmes do fruto do amor deles: eu morava sozinha em outro mundo, fria, endurecida, desconfiando de mim mesma, desconfiando dos outros. Contudo, desejava amores extravagantes, incesto. Queria uma compensação, uma vingança por meio do anormal. Uma noite em que ela estava deitada — meu padrasto cuidava de umas coisas no escritório —, minha mãe disse: "Olha, vem ouvir, ele está mexendo." Coloquei o ouvido sobre o lençol da cama deles, sobre a barriga dela. "Estou com medo", disse para a minha mãe, "isso me dá medo." Dei boa-noite para ela, fui para o meu quarto. Meu quarto com o Pleyel silencioso: minhas partes baixas sem nenhum sobressalto.

Bem vestida, bem calçada, bem penteada, eu era mais tolerante quando lembrava o sedutor. Minha mãe dizia quando eu ia sair: "Parece seu pai...". O elogio indireto me deixava lisonjeada. Cada vez sentia menos falta de Marly. Um cesto, uma faca, dentes-de--leão teriam me feito sorrir. Quem sabe se não tivesse virado o cesto com a ponta do meu lindo sapato... "Parece seu pai..." Saía, ia ao encontro do crepúsculo, me olhava nas primeiras vitrines iluminadas, virava o rosto na direção do escuro, tossia várias vezes para um passante na outra calçada, eu me empertigava porque parecia com o tuberculoso, porque tossia como ele. Ia para a rua dele, cortejava as portas e janelas de sua casa que agora pertencia a outros. Não me dizia: sua mãe se exauriu por eles e por ele em seu jardim, sua mãe conseguiu sair dessa, sua mãe teve forças para seguir adiante. Não. Eu andava ali em frente para poder ter a ilusão de que era herdeira desta grande casa, desta rua para sempre adormecida.

Passeava também na Place d'Armes aos sábados ao cair da noite. As vitrines iluminadas crepitavam. Sentia-me atraída, intrigada, fascinada pelas capas amarelas das edições *Mercure de France*, pelas capas brancas das edições Gallimard. Escolhi um título, mas não me achava inteligente o bastante para entrar na maior livraria da cidade. Estava com a minha mesada (dinheiro que minha mãe me dava escondida do meu padrasto), entrei. Professores, padres, estudantes mais velhos folheavam volumes com as páginas fechadas. Fiquei observando tanto a senhora da loja enquanto ela embalava os objetos religiosos, ou pegava na vitrine um livro que lhe mostravam... Ela pegou a *Morte de alguém*, de Jules Romains, e me olhou torto. Eu era jovem demais para ler literatura moderna. Ao ler a *Morte de alguém*, fumei um cigarro para aproveitar melhor minha cumplicidade com um autor moderno. A janela do meu quarto estava aberta, a lua iluminava o piano, a chama da vela estava ao lado do meu livro. Lia à luz da vela porque meu padrasto não queria que eu ficasse acordada depois de dez. A biografia de um funcionário anônimo da companhia de trens me arrebatou. A pobreza da vida dele se transformou em riqueza incalculável graças a centenas de milhares de vidas de funcionários ferroviários parecidas com a dele. No sábado seguinte comprei *La Confession de minuit*, de Georges Duhamel, algumas reproduções e águas-fortes, um abridor de página em bronze com flores e folhas de lis. Oito dias depois meus pais foram para Paris-Plage, de sábado até segunda à tarde. Minha mãe me deixou na casa da senhorita Guerby, uma de nossas professoras de francês. Reli *La Confession de minuit* até amanhecer. Contei à senhorita Guerby. Ela me desaconselhou a leitura dos escritores modernos: eram uns loucos. No sábado seguinte, roubei um livro que não li; mas gastei dinheiro comprando *Os frutos da terra*, de André Gide, e um pássaro morto esculpido. Mais tarde, debaixo do meu lençol, quando voltei para o internato, sob a luz de uma lâmpada elétrica, encontrei outra vez as granjas, os frutos de André Gide. Nas oficinas de sapato, balbuciava para o meu sapato enquanto o encerrava: "Sapato, sapato, vou lhe ensinar o que é o ardor". Era o único confidente digno das minhas longas noites em claro, dos meus transportes literários.

O rumor se espalhou pelos corredores do colégio: ela está chegando de Paris, tem vinte e oito anos. De um grupo a outro circulava a pergunta: será que vamos tê-la conosco? Quando ela entrava na biblioteca, os professores também entravam. Os professores a bajulavam. Ela despertava a província. Os cabelos lisos, penteados para trás formando um coque na nuca em forma de oito, a testa reta, as bochechas cavadas, a pele morena, os lábios finos, os olhos melancólicos com um brilho de inteligência, o pincenê frágil, magra de uma magreza meridional, distraída segurando a pasta. O sotaque dela, de Touraine, nos extasiava e o nosso sotaque a divertia. Será que vamos tê-la conosco? Sim, sim. Aula de geografia, aula de cosmografia, aula de literatura: o aprendizado com a senhorita Godfroy se transformava em festa, em embriaguez. Quando ela pronunciava nosso primeiro nome — o que era muito raro de acontecer —, todos enrubesciam, tamanha felicidade. A bolsa dela me hipnotizava. Ela a deixava sobre a mesa, empurrava-a para a frente, para o lado da parede, para o lado dos plátanos em frente às janelas. Ela era o céu, a terra, os astros, os planetas, os cometas, as estrelas de primeira magnitude, de segunda magnitude, de terceira magnitude. Ouvi o nome de uma constelação, Andrômeda. "É preciso buscá-la, à noite, busquem-na", ela disse. Eu buscava por causa do nome, uma heroína de Racine no céu, eu buscava também a música e a beleza dos versos de Racine que ela recitava com simplicidade. A senhorita Godfroy perguntou se alguém tinha uma laranja, ela pôs o sol entre seus dedos desencarnados e em seguida o posicionou no céu. Tirou o pincenê de repente, seus olhos se tornavam duas vezes maiores; a laranja murchou, o sol era só uma casca. O universo que a senhorita Godfroy deixava à nossa disposição com uma laranja e uma bolsa se expandia até o infinito, tudo graças às reflexões que ela fazia.

— Esqueci de trazer a bolsa. Podia buscá-la na biblioteca para mim? — disse ela no início de uma aula.

Ficar sozinha no corredor ouvindo a voz dos professores a cada porta me dava a ilusão de liberdade. Com cerimônia, entrei na sala proibida aos alunos: a biblioteca dos professores. Uma excitação, sim, ao ouvir a voz diferente, a voz jovial dos professores discutindo os méritos e defeitos de seus alunos, contando histórias da vida pessoal, rindo enquanto corrigiam um último trabalho sob um odor vago e persistente de tabaco. Ali respirava um fruto proibido. Peguei a bolsa que estava em cima da mesa. Uma bolsa de camurça de cor marrom glacê, duas bolas de marfim para abrir e fechar. Eu sonhava com um molho de chaves, com um lenço de cambraia. Estava com ela na frente dos meus olhos; eu tinha Andrômeda, Cassiopeia, os astros, as esferas, os planetas, os cometas. Levava comigo uma coisa sagrada, ao entregá-la, me entristeci. A senhorita Godfroy não agradeceu: ela discutia uma regra complicada de gramática com uma de suas alunas preferidas.

À noite o piano me fazia suar frio. Acordava num sobressalto, ouvia a senhorita Vuatier dizendo: "o polegar, a passagem do seu polegar... Dá para ouvir demais seu polegar... Não se deve ouvir o polegar... Sua mão esquerda é pesada, parece mão de quem trabalha com pedra, a mão esquerda deve ignorar o que faz a direita. Mãos independentes! Três por dois. Sem pedal. Você está afogando o som."

Eu chorava, levantava, começava a estudar vestida apenas de camisola, três por dois, terços cromáticos. Entre duas e quatro da manhã, subia e descia as escalas incansavelmente no teclado do Pleyel. O piano que eu tinha desejado desde os sete anos ultrapassava meus sonhos. Acariciava a madeira, todas as vezes levantava a tampa com emoção, sentava e me endireitava, me esvaziava de tudo, me lançava para cima dele. Quanto remorso quando não estudava cinco horas diárias. Já disse antes, comecei a estudar tarde demais, não entendia o solfejo... Desejava ser uma virtuose, mas a carreira de pianista de concerto não estava ao meu alcance. Estudei com paixão, foi o que me consolou pelo casamento de minha mãe, o piano foi o meu guia moral. Ia até ele cheia de emoção e concentração. Era o meu altar. Admirava-o quando ele produzia sons, admirava-o quando ele ficava em silêncio. A tampa fechada guardava uma série de ídolos pretos e brancos. Sofria quando a senhorita Vuatier me dizia: "Você tem dedos", o que queria dizer: você é uma máquina. Fui ao delírio, cheia de coragem e perseverança, tocando Invenções a três vozes. Música, equilíbrio, matemática, quantos chamados, quantos encontros nós temos. Ó, grandes núpcias da composição. Jean-Sebastian Bach, dei-lhe meus joelhos para sempre. Abandonei o piano quando cheguei em Paris. Os discos eram mais bonitos. Mas ainda toco arpejos diminutos quando um piano está livre. É uma peregrinação, uma cavalgada sobre o teclado. A música é a mais misteriosa das artes. "Concerto n. 1" para piano e orquestra em si bemol, de Tchaikovsky: é o esboço para os meus amores platônicos.

— Venha — disse minha mãe. — Vamos passear.

Subi com ela no torpedo descapotável e ela dirigiu, nós atravessamos a cidade, estávamos longe de Marly. Mas eu a tinha comigo, eu a tinha perto de mim, sentia orgulho dela. Ótima motorista, comerciante hábil.

— Aquele ali é Henri — ela apontou para alguém —, irmão do seu pai.

Já tínhamos deixado para trás a pesada silhueta. Saímos da cidade, o vento nos castigava.

— Mais rápido — eu dizia. — Mãe, por favor, mais rápido. Não está rápido.

Ela cedia.

— Estou a quanto? — ela perguntava de repente com timidez de menina.

— Noventa, cem, cento e dez! — eu gritava.

— Ai, essa menina! — minha mãe exclamava.

Essa menina era eu. Ficávamos as duas embriagadas com a velocidade.

No domingo não queria acompanhá-los de carro até a casa de amigos no vilarejo vizinho. Tinha medo de mostrar meu narigão para desconhecidos, tinha medo de falar. Eles saíam, eu me entretinha sozinha em seus aposentos. Lia, chorava, me debruçava na janela, tomava o pulso da rua para medir a temperatura das coisas, experimentava a multidão depois da missa. Ah, esse espinafre... Coloquei no fogo e esqueci dele. Fiquei observando as crianças, os jovens e os velhos na praça Frossart. Eu os estudava como se estivesse no teatro, como se estivesse de binóculos. Uma menina indigente, disfarçada com seu vestido em farrapos, batia no chão com um rastelo, em seguida batia no mesmo lugar com um lado e outro da mão. Outra vez pegava o rastelo e recomeçava, os cabelos caíam sobre os olhos. Uma senhora de pé, que não ousava se sentar no banco porque também estava disfarçada, chamou-a. A menina obedeceu. Ela bateu os chinelos da avó com um lado e outro da mão. A senhora não reagiu. Tranquila, estava meditando perto da estátua. Elas foram embora. Submergiram em um universo mais neutro e mais secreto, do lado da grande empresa de mudanças Jalabert. A menina, de vez em quando, dava uns pulinhos: a avó virava a cabeça com tanta dor e comiseração que eu achava que ela estaria achando que estava sendo seguida por alguém mais pobre que ela. Não via mais as duas, não as veria nunca mais: entrava com elas dentro de sua eternidade.

Peguei a colher de prata na panela de espinafre e gritei. Queimei a palma da minha mão. Sofrimento inesperado, um sentimento de humilhação. Coloquei azeite na mão e sofri o dia inteiro. Agora digo para mim mesma, Arras e Marly se vingam. Fidéline e sua netinha, mais pobres, mais sujas, mais lamentáveis do que aquelas outras, ressuscitavam.

Não tecerei elogios para ela. Dezenove anos, tranças castanhas por cima das orelhas. Delicada, desenvolta, elegante, o perfil marcado contrastava com os longos cílios, com os olhos lânguidos, sempre inquisidores. Um ar zombeteiro. Era o jeito dela. Ela vinha de fora, o sotaque não era o mesmo que o nosso. Eu a seguia à distância no pátio de honra. Eu era triste e me entristecia mais para chamar a sua atenção.

— Entre na fila — ela disse de repente tomada por uma fúria sem motivo.

Não tinha ordem nenhuma, eu examinava, eu amaldiçoava, eu criticava, eu me lamentava.

Ela planejou um passeio para nós duas no campo, um domingo inteiro. A doença da timidez se revelou quando subi com ela no bonde. Ela perguntou que coisas me interessavam e o que eu lia. Respondi: nada. Sorri, decepcionada, porque ela se preocupava com minhas leituras quando eu queria que nos dedicássemos a ela. Fiquei obstinada com seu rosto, sentia vergonha quando o bonde virava uma curva e nos aproximava. Teria preferido ficar frente a frente, pálpebras de alabastro. Descemos do trem, ela entrou num café e perguntou pelo banheiro. Sua ausência me libertava, sua presença me oprimia. "Não vai também?", perguntou ela. "Não", respondi com um ar de superioridade. Estava com muita vontade de urinar. A cada hora que passava durante nosso passeio essa necessidade foi se transformando em um mal-estar, um sofrimento. Recusei várias vezes essa ida ao banheiro que ela me propunha com simplicidade. Despedi-me dela à tardinha embaixo da grande escada do nosso colégio, agachei-me na rua e me aliviei. Meu dia com ela tinha sido uma tortura com a minha barriga.

— Ele era protestante, você será protestante — disse minha mãe. — Você precisa se informar, precisa ir até lá.

Fui me informar, cheguei ao escritório do templo num domingo à tarde. "Suba", disse uma mulher. Eu subi, fiquei surpresa ao ver o harmônio. Os fiéis cochichavam à espera do pastor. Uma porta se abriu à direita do púlpito, um homenzinho vestido de preto com a fisionomia tranquila, segurando livros e papéis subiu no púlpito. "Rezaremos a Deus", falou. O pastor falava com ele, tratava-o de modo informal. E repetia com frequência: "Nós o invocamos, nosso Deus todo poderoso." Este "nós" se referia a alguma coisa. Mas ao quê? Será que todos aqui estão ouvindo Deus, pensei, eu não estou ouvindo nada. Alguém começou um prelúdio no harmônio. Uma mão gorducha, com as unhas bem cuidadas, pegou o livro de Cânticos que estava em cima do meu joelho. Todos cantavam. A mão devolveu meu livro aberto na página indicada pelo pastor. Eu cantei. "Outra vez, irmãos", disse o pastor. Um dedo gordinho como um dedo de criança pequena posou na página do meu livro, indicando a passagem. Eu não me virava e nem agradecia. Não estava mais cantando. Estava entre eles, mas não era como eles. O pastor abriu um livro grosso e anunciou alguns salmos que ele leu. Alguém chegou perto e colocou sob meus olhos uma Bíblia aberta. Segui o que o pastor lia. Olhava os caracteres minúsculos, o papel fino como papel de seda, olhava também para a mão que segurava a Bíblia, a outra mão usava uma luva de pele de cabrito. Até que enfim virei o rosto. Brancura, tons róseos, transparência, tremor, fragilidade das mais frágeis rosas selvagens. Se ela fosse mais magra, não teria esta tez. Rechonchuda, com essa boquinha. Está na hora de baixar os olhos. Uma dobrinha da batata da perna em cima do cano da bota. Ela é velhota, muito bem cuidada. Inacreditável: ousa limpar os óculos durante o sermão. Fecho os olhos já que todos fecham. Que trabalheira que dá procurar Deus. Se meu cabelo se despentear, se cair uma unha enquanto procuro Deus... Encorajar os bons alunos... Um bom movimento, Deus todo poderoso. Deus descansa, Deus que tudo criou. Fidéline abria com uma pequena chave seu livro de Missa. Abrir os olhos. "Nós vamos cantar o cântico... Os versos..." Foi graças a este "Nós" que voltei no domingo seguinte.

— Vou lhe dar uma Bíblia, um livro de Cânticos para ser seu — disse a moça na entrada do templo.

À noite, na cama, para me ajudar a lembrar do rosto dela e sobretudo de sua mão, acariciei com os dedos os pelos de meu púbis. Inocentemente. Só um passatempo para me concentrar.

E a senhorita Godfroy? E a inspetora por quem eu me impedia de urinar? Não vou mais ao colégio. Apenas o piano resistiu. Leio Tolstói, Dostoiévski até raiar o dia, em seguida fico olhando preguiçosamente os livros de vendas do negócio da minha mãe. Apago com uma borracha, com um líquido branco, um líquido preto. O corretor me dá sono. O que farei depois? Vou ser livreira, vou ler o dia inteiro sem cortar as páginas, não vou sair da casa da minha mãe... O beijo do meu cavaleiro, à noite, no casamento de Estelle. Sua embriaguez, sua bebedeira. Ele saiu, eu o segui. Que delícia, ele se deitou no chão do pátio. Tais maravilhas são efêmeras. Seu beijo demorado, sua distração. Ele beijava com os olhos abertos.

— Como você se chama?

— Eu me chamo Aline. Aqui estão a Bíblia e o livro de Cânticos. Vamos subir.

— Vamos.

Quem me soprou as coisas que eu devia fazer? Tirei as luvas, guardei-as na bolsa. Quem me disse para segurar o livro com a mão esquerda? Não acredito no Diabo. Se Deus existe, ele não tem rival. O inferno é nossa ambição do mal. Estava obedecendo ao sopro de alguém. Ela deslizou o braço para baixo do meu, minha mão estava na dela, os dedos dela entre os meus. Cantava longe do cântico, um raio de sol iluminava meu joelho. Ela apertou minha mão com toda força, também apertei a dela, o pastor disse que cantaríamos mais. Os dedos dela se separaram dos meus com a delicadeza com que uma flauta se separa do oboé. "Roguemos a Deus", disse o pastor. Os dedos dela voltariam? Escutamos o sermão com os dedos entrelaçados. Estavam todos tão absortos que não viram nossa união. Quando saímos, eu a evitei; fui arisca, não me despedi dela. À tarde, à noite, de manhã, no dia seguinte, e ainda no outro dia, fiquei revivendo a experiência de nossos dedos entrelaçados. No domingo seguinte, Aline estava no harmônio, não tive coragem de mostrar meu desconsolo dentro do templo. Ela perguntou ao pé da escada se eu queria tricotar para as crianças da escola dominical. As agulhas se cruzavam para os nossos dedos entrelaçados. Surpreendi meus pais: corria para o templo, corria para os pregadores, estava fazendo caridade. Agora eu tinha um segredo, tinha uma força propulsora: a mão dela em minha mão. Com frequência, à noite, meus pais insistiam e então eu cantava o famoso cântico: "tenhamos nossas lâmpadas prontas". Cantava em falsete com tanto empenho que eles choravam de rir. Assim, eu vivia para ter aquele braço, aquela mão, a Bíblia e o livro de cânticos no culto de domingo. Quando terminava o culto, eu a evitava, ela me evitava.

Um dia, porém, ela me convidou para ir ouvir música de câmara na casa de seus pais que ficava na saída da cidade. A mãe dela me levou pela pequena fábrica de sabonete onde Aline, vestida com um longo avental branco, trabalhava com o pai. Vi sua coroa de cabelos louros. "Não aperte minha mão", ela disse. Estava empacotando os sabonetes. O pai não abriu a boca nenhuma vez. Fiquei fascinada pelo cheiro de produtos químicos, cheiro indolente, cheiro de bastidores.

Um jantar com protestantes... Pareceu um desvario. A música de câmara me deixou entediada. Aline tocava violino. Se a noite se prolongasse muito, teria de dormir na casa deles. A noite se prolongou com a conversa entre violino, violoncelo e piano. Eu os ouvia tocando e meus cabelos escorrendo de tanto tédio deslizavam por baixo das portas. Afinal, nos demos boa-noite.

No banheiro, o mesmo cheiro de sabonete me deixou atordoada. Apaguei a luz, esperei descalça com uma camisola fina.

Já em seu quarto, Aline sorriu para mim na cama, fechou a Bíblia e a colocou sobre a mesa de cabeceira. O quarto resplandecia de virtude. Ela iria dormir com a sua coroa de cabelos louros. Entrei na cama. "Apague a luz", disse de forma rude. "Já?", perguntou Aline, com doçura. Ela encontrou minha mão e apertou-a como fazia aos domingos. "Por que você não diz nada?", perguntou. Eu apertava os seus dedos com força. "Vamos dormir", falei. Eu não queria dormir. Ignorava meu desejo, arco teso da espera. Cinco minutos depois, Aline estava dormindo. Coisas e objetos me dominaram por um momento, assim como o silêncio, mais severo ali que em meu quarto. Chorei lágrimas sobre o travesseiro desconhecido. Não podia fazer nada contra o sono de uma rosa silvestre. Fiquei ouvindo a respiração dela, ouvindo o movimento da mais antiga das máquinas: o corpo humano. Deixei-me levar por um conto de *As mil e uma noites*:

uma respiração tranquila. Cheguei perto de Aline procurando sua boca e roubei um beijo dela. Aline não acordou, meus lábios sobre os dela não insistiram. Tivera em minha boca o hálito da rosa silvestre, aquilo já bastava.

Em seguida, tive tempo de pensar no papel que eu estava representando desde que deixara de ser uma menina das ruas. Não falava mais por medo de falar errado, mas, com frequência, muita frequência na época em que minha mãe casou, eu ia distrair as tecelãs do ateliê do meu padrasto. Ficava imitando as vendedoras ambulantes de peixe. Se meu padrasto aparecia, ficava lívida, corava na mesma hora, envergonhava-me por distrair seus funcionários e, o que era pior, por ser eu mesma. Era o meu exame de consciência feito ali sobre um colchão macio, sobre um edredom de nuvem. O que eu estava fazendo na terra? Nada. Vivia do trabalho da minha mãe. O casamento dela tinha me estragado. Quero dizer que, quando ela pôde me dar educação, tirou de mim a coragem que tinha em Marly, minha armadura de menina da rua. O piano, os livros. Eu não achava que Tolstói e Dostoiévski valiam os anos do colégio. Eu não falava nada sobre eles: eram os confidentes de minhas noites brancas. Vivia no universo deles e me entregava aos seus personagens, engolia-os porque quanto mais lia seus romances mais fome sentia. A vida não é só feita de noites de leituras e de escalas cromáticas. Não entendia nada, não retinha nada, não obtinha nenhum prêmio. Minha mãe não me repreendia: assinava minha caderneta sem ler. Naquela noite, na cama da pura Aline, no coração de um lar protestante, fiquei cansada, realmente cansada do templo protestante e do catecismo que em breve eu seguiria. Eu não negava Deus. Mas não o via em lugar algum. Durante a semana, entrava algumas vezes nas igrejas como um cientista que recomeça a mesma experiência.

Estudei o Catecismo sentada de frente para um dos sobrinhos de André. Ele se parecia com o tio. Observava-o desconfiada, ele me observava desconfiado. Ele se calava, eu me calava, ele se abstinha, eu me abstinha enquanto os outros alunos tratavam de questões de teologia. "Em breve vocês vão comungar", disse o pastor. Olhei-o por um instante e respondi que não estava pronta para engolir o corpo de Cristo. Depois disso, não voltei mais. Foi assim que perdi o braço, a mão e os dedos de Aline.

Ingrata, convertida numa moça sem fé, sem lei, nem princípios, morando no coração da cidade, afastei-me de Laure que já não vinha nos visitar e cujo avental destoava daqueles móveis estilosos. Poderia encontrá-la no mercado e abraçá-la, mas eu não ia ao mercado. Laure tinha subido na vida, tinha prosperado com seu trabalho; nós tínhamos descido. Com frequência ouço sua voz grossa de camponesa do norte gritando durante uma discussão com os seus: "Se for embora, levo comigo essa menina." Nós duas vivemos o amor gratuito dos parentes. Ouço também a risada dela: que sacode as lâmpadas das vitrines dos meus pais.

Dias inesquecíveis com banquetes inesquecíveis regados a champagne, frango e uma torta moka quando meu padrasto ia a Paris cuidar de seus negócios. Eu almoçava a sós com a minha mãe. Falámos de tudo e de nada, falávamos de Marly — Marly, nosso conto de fadas. No auge de nossa tagarelice e de minha despreocupação, uma voz interna perguntava: Fidéline, será que você nos vê? Será que aprovaria nosso almoço? Ficava calava e minha mãe dizia: "No mundo da lua como seu pai." Eu tinha voado para o planeta da paixão. Não enganava minha mãe. Outra presença se impunha e depois desaparecia.

Gastávamos sem nos preocupar quando íamos comprar lingerie e vestidos na Senhora Wyamme. Minha mãe se entregava às compras. Eu vagava e devaneava na loja, ficava sonhando com o concerto de Mendelssohn que tinha encontrado no meio das partituras. Não enxergava o vestido novo que minha mãe experimentava: eu o via sob a música tocada pela pianista, as notas menores, mais apertadas da música tocada pela orquestra. "Gosta desse?", pergunta minha mãe num tom de reprovação. "Gosto", respondia de outro mundo, o mundo da desolação fingida. "Preste atenção no que você está fazendo, diga o que você acha. Gosta ou não?", minha mãe perdia a paciência. "Gosto", eu dizia mais alto. Para piano e orquestra. Tinha achado o concerto vazio, mas a parte tocada pela orquestra me guiava e me ajudava a encontrar o caminho até o destino de Ludwig van Beethoven. Ele era surdo e compunha. Sorri para a enxurrada de rendas vindas de Valenciennes. Surdo, ele compunha. Ia até ela, falávamos sobre os tecidos, os adornos, o corte e os decotes, minha mãe cochichava: "Ele está olhando para você. Se você visse como o filho de Wyamme olha para você. Mas não olhe de volta." Estava na idade da desobediência e desobedeci. Olhei para ele. Tímido, bonito de rosto e olhos bastante rasgados, ele não me olhava mais. Ele andava de um lado para o outro, parecia entediado no meio de tanta brancura. Lisonjeada? Sim, mas ao mesmo tempo me certificando de que minha mãe se enganara. O espelho concordava comigo. Ao sair da loja, recebemos um "até logo" aborrecido do jovem e uma porção de amabilidades comerciais da mãe. "Você não quer se casar com ele?", insistia minha mãe. Eu ria pra ela, ajudava com os embrulhos. Respondia: "Não vou me casar". "Vai fazer como as outras." Eu me chateava com ela. "Não vou me casar! Vou ser livreira!" Ela esquecia das advertências matinais que me dava quando eu era menina. Eu as trazia comigo dentro dos meus ovários.

Incapaz de vender nem sequer um metro de galão, incapaz de lidar com os livros de contabilidade, quando descia para a loja, era só para aguardar minha mãe, para observá-la, para espiá-la de meu esconderijo: um corredor escuro. Acompanhava o movimento dos lábios dos dois através do vidro do escritório. Não pensava: eles estão trabalhando e discutindo alguma coisa de trabalho. Eu pensava: o cabelo dela tem o cheiro dos móveis Directoire, dos tecidos Jouy, os olhos refletem o chamalote nobre, o tafetá matizado. O cabelo dela já não traz mais o bom e velho cheiro de sujeira de quando pegamos sarna trazida pelos soldados alemães durante a guerra; os olhos não refletiam mais a velha panela com ragu de batata. Aguardava por uma hora, uma hora e meia até que ela quisesse me levar ao parque de diversões. Às vezes ela saía de repente, como uma rajada de vento, vinha ao meu encontro, e eu ao dela, para me animar um pouco: "Só mais um pouquinho de paciência e já vamos". Eu a perdia de novo, ficava de novo acompanhando seu entusiasmo. Meu padrasto andava pelo escritório, minha mãe virava as páginas dos livros de contabilidade, anotava os números. Quando fechava os livros, quando enfim se levantava, eu escapulia para o primeiro andar e a encontrava onde quer que fosse. A parede de vidro do escritório deles desaparecia, mas não bastava para trazer de volta as valas de Marly.

O parque de diversões itinerante na Praça Poterne ficava construído em cima de um degrau de madeira que lhe dava um destaque e também o isolava do murmúrio dos músicos. Eu me divertia com as cariátides, os cabochões e os reflexos nos espelhos. Os adolescentes, com bolinhas de confete nos cabelos, estavam comprando mais cones de confetes. Entrava no parque levando meus cilindros de serpentina rosa, azul, verde; andávamos em cima da palha. Um carrossel de gente girava em torno de outro carrossel que atirava punhados de confete. Os mais tranquilos ficavam sentados em bancos de jardim. Minha mãe se instava ali, mantinha-se à parte graças à sua elegância e ao seu desdém pela música popular, pelos gritos e confusão. Eu tinha crescido, já não queria mais subir nas gôndolas... Queria ficar num cavalo, o maior de todos, para ver e poder ser vista. Recebi confetes nos olhos, na boca, as serpentinas me prendiam. Fora transformada em um gladíolo orgulhoso debaixo de uma chuva de papel. Por fim, consegui subir no carrossel. Encontrei a sela de veludo vermelho, as rédeas. Com os pés no estribo, me instalei para a viagem. A cadência do início parecia um sonho. Era macio e lento. Até que começávamos a girar. E minha mãe? Não a vejo. Cadê ela? Ali. Ela me viu, ele me vê, ela faz um gesto com o queixo na minha direção. Sim, ela está desligada da festança, sim, poderia se desligar de mim. Eu não quero. Devagar, bem devagar, lanço minha primeira serpentina na direção do banco dela. Agora ela observa a fina flor da cidade aguardando sobre os bancos de jardim. O filho de Wyamme, sozinho e retraído, jogava em mim todas as serpentinas que podia. Eu via de longe jovens cruéis: abriam a boca das moças para enchê-las de confete. Atrevidas, elas cuspiam as bolinhas de papel na cara deles. A agilidade dos funcionários que iam e vinham sobre a esteira rolante me surpreendia. Minha mãe se levantava, zangava-se comigo se os rapazes queriam me obrigar a comer confete. Eu me comovia com os cavalos de madeira que rodavam sem ninguém ao meu lado. Nem mortos, nem vivos.

Descia na vigésima ou trigésima volta. Íamos embora do parque.

Meu padrasto vendeu suas lojas bem depressa. Não foi bem uma venda, foi um despacho. Agora moramos num chalé de frente para um parque público, numa praça movimentada: veículos e passantes durante o dia, assobios e duelos de ventos à noite. Estudo as *Impromptus* de Schubert sem desanimar, passeio com o bebê antes que meus pais transfiram o comércio. Converso com ele, seguro-o no colo, aperto-o contra mim, apesar de tudo eu o respeito muito. Não brigo com ele, não o balanço, não lhe dou tapinhas. Ele me assusta quando começa a mudar a expressão do rosto. Aquele beicinho que anuncia sofrimento quando ele estava bem me deixa apavorada. Passo bastante tempo observando-o, seu cérebro me intriga. Não, não estou distante. Estou perto demais. Brinco de ser mãe como se fosse uma criança. Dou a ele e a mim mesma um papel para representar. Quero que o bebê fique feliz, muito feliz. A longa duração de seu pranto, de seus gritos, eis o mistério dos mistérios. Não digo para mim: você poderá ter um como este.

Estava empurrando o carrinho de bebê quando encontrei a senhorita Fromont. Ela tinha virado inspetora no colégio de D... Ela me disse: "Que pena, você deveria terminar seus estudos. Convença sua mãe." Não tive coragem de responder: terminar meus estudos? Nem cheguei a começar. Meus pais irão em breve para Paris. Viver em Paris? Que horror. Não quero ser engolida por milhões de habitantes, milhões de imóveis, milhões de veículos, milhares de ruas da capital. Prefiro viver isolada num colégio. Então decido ir para o colégio de D... Perguntei o que minha mãe achava, e ela disse para fazer o que eu quisesse. Prometi ser uma aluna assídua.

A semana começava no fim de tarde de domingo na oficina de sapatos depois do passeio. A oficina de nosso colégio não se parecia com aquelas oficinas em que os pregos, as formas e o martelo nos convidam a pôr de novo os pés no chão. Engraxávamos numa capela de monotonia, sem janelas e mal iluminada; ficávamos sonhando enquanto tínhamos os sapatos em cima dos joelhos nos fins de tarde em que a semana recomeçava. O cheiro virtuoso da graxa, este cheiro associado nas farmácias aos tonificantes, tirava todas as nossas forças. Chegávamos de duas em duas, com uma ajudante que se entediava. A nova inspetora, sentada como nós na banqueta, lia e era levada com sua leitura para fora do colégio e para fora da cidade, enquanto nós, com o pensamento longe dali, acariciávamos o couro com um pedaço de lã. Éramos, naquela tarde, dez alunas pálidas que voltavam das férias, sob a luz de uma sala de espera; dez alunas que não se falavam, dez emburradas reunidas e evitando umas às outras.

Posso contar e contar de novo: há trinta dias que sou interna outra vez, há vinte e seis dias que Isabelle cospe no colégio ao cuspir na sola do seu sapato. Minha cera ficaria menos dura se eu cuspisse como ela. Daria para espalhá-la. Ela vai lá e cospe. Estaria aborrecida a melhor aluna? Eu sou a má aluna, sou a pior aluna do grande dormitório. Não dou a mínima para isso. Detesto a diretora, detesto a aula de costura, de ginástica, de química, detesto tudo e fujo das minhas colegas. É triste, mas não quero ir embora daqui. Minha mãe se casou, minha mãe me enganou. A escova caiu do meu colo, Isabelle deu um chute na escova enquanto eu meditava.

— Minha escova! Cadê minha escova?

Isabelle cuspiu com mais força ainda sobre o couro de cromo alemão. Minha escova estava debaixo do pé da inspetora. Ela ia me pagar por esse chute. Peguei o objeto, virei o rosto de Isabelle e comecei a passar o paninho coberto de cera, de poeira e de creme vermelho em seus olhos, sua boca, olhei para a sua pele leitosa debaixo do decote do uniforme, tirei minha mão do seu rosto, voltei para o meu lugar. Isabelle, com fúria silenciosa, limpou os lábios e os olhos. Cuspiu pela sexta vez sobre o sapato, deu de ombros. A inspetora fechou o livro, bateu as mãos: a luz piscou. Isabelle esfregava os sapatos.

Estávamos à espera. "É preciso vir aqui", disse a ela com timidez a nova inspetora. Entrávamos na oficina com saltos ruidosos, mas saíamos de lá discretamente com nossas sapatilhas de falsas órfãs. A sapatilha, parente próxima da alpercata, pisava com pés de lã e amaciava: a pedra, a madeira, a terra. Os anjos nos davam seus saltos quando deixávamos a oficina com a tristeza felpuda que descia por nossas sapatilhas. Todos os domingos subíamos ao dormitório com nossa ajudante ao lado respirando o cheiro rosado de desinfetante. Isabelle nos alcançava na escada.

Eu a detesto, eu quero detestá-la. Seria um conforto poder detestá-la ainda mais. Amanhã estaremos de novo na mesma mesa no refeitório. Um sorriso de leve no rosto dela quando eu chego atrasada. Não posso mudar de mesa. Mas esmaguei esse sorriso. Essa audácia inata... Vou esmagá-la também. Vou conversar com a diretora se for preciso, mas vou trocar de mesa.

Entramos num dormitório onde o brilho sombrio do piso de linóleo era um presságio da solidão naquele corredor à meia-noite. Levantamos nossa cortina de percal, estávamos num quarto sem tranca e sem parede. Isabelle deslizou, depois das outras, as argolas de sua cortina pela vara enquanto a vigia andava pelo corredor. Abrimos as malas, tiramos a roupa, organizando tudo na estante do armário, guardamos os lençóis para as camas estreitas, jogamos a chave na mala que fechamos por oito dias, arrumamos a cama. Nossos objetos não nos pertenciam sob aquela luz impessoal. Tínhamos pendurado o uniforme em um cabide para o passeio de quinta-feira. Dobramos as roupas íntimas e as pusemos sobre a cadeira, pegamos nosso roupão.

Isabelle saiu do dormitório com seu jarro. Ouço o barulho da bolinha presa ao cordão de seu roupão batendo sobre o linóleo. Ouço o tamborilar dos seus dedos sobre o esmalte do jarro. O quarto dela fica em frente ao meu. A cena acontece bem diante de mim. As idas e vindas de Isabelle. Espreito estas idas e vindas. Ela me ridiculariza porque me tranco na sala de solfejo para estudar arpejos diminutos. Ela me diz que eu exagero, diz que me escuta na sala de estudo.

Saí para o corredor com meu jarro.

Outra vez ela, sempre ela, outra vez ela, agora está no patamar perto da escada. Eu teria me trocado devagar se soubesse que ela ia pegar água. Será que tento me esconder? Quando voltar, ela terá saído? Não vou me esconder. Ela não me dá medo: eu a detesto. Ela sabe que tem alguém atrás esperando, mas não se apressa. Que negligente. Nem sequer tem curiosidade de ver quem está atrás. Não teria nem vindo se tivesse previsto tanta indiferença. Achei que ela já tinha acabado: mas agora está aqui ao meu lado. Logo seu jarro estará cheio. Finalmente. Conheço bem seu cabelão solto, não é novidade pois ela passeia com ele assim pelo corredor. Desculpa. Ela pediu desculpa. Seus cabelos tocaram meu rosto enquanto eu estava ali parada pensando neles. É inimaginável. Ela balançou a cabeleira para trás na minha cara. Não sabia que eu estava atrás e me pediu desculpa. Não dá para acreditar. Ela nunca seria capaz de dizer "desculpe se a fiz esperar, a torneira está quebrada". Ela joga a cabeleira para trás enquanto pede desculpas. A água está saindo devagar. Com certeza a água é uma desculpa. Não me dirijo a você, você não terá nenhuma palavra minha. Você me ignora, eu a ignoro. Por que você quer que eu espere? É isso o que quer? Se você tem tempo de sobra, eu também tenho. A inspetora no corredor chama nossa atenção como se fôssemos duas cúmplices. Isabelle sai.

Eu a ouvi mentindo: explicou para a inspetora que a água tinha parado de sair. Voltei para o meu quarto.

A nova inspetora falou com ela em seguida através da cortina de percal. Perceberam que tinham a mesma idade: dezoito anos. O apito de um trem vindo da estação cortou a conversa.

Abri uma fresta na minha cortina: a sargenta se afastava, voltava para a leitura dela no corredor, uma aluna negociava com outras algumas guloseimas.

— Tenho ordens estritas — murmurou a nova inspetora. — Nada de visitas. Cada uma no seu quarto.

Quando terminávamos de fazer nossa higiene íntima, a inspetora nos examinava já deitadas e limpas. Algumas alunas lhe ofereciam doces e a entretinham com gentilezas e elogios, enquanto Isabelle se retirava para a sua tumba. Aninhada na cama fria, esquecia-me dela, mas se acordava durante a noite, buscava-a só para poder detestá-la. Ela não falava dormindo e seu estrado não rangia. Certa noite acordei às duas horas, atravessei o corredor e segurei a respiração para ouvir seu sono. Ela estava ausente. Até durante o sono, ela me ridicularizava. Fechei minha cortina e ainda a ouvia. Sim, ela estava ausente, sempre tinha a última palavra. Eu a detestava entre o sono e o despertar: nas badaladas do relógio às seis e meia da manhã, no timbre grave de sua voz, na água que ela abria no banheiro, na sua mão que fechava a caixinha de creme dental. Só se ouve ela, eu pensava obstinada. Detestava a poeira que vinha de seu quarto quando ela passava o espanador debaixo da minha cortina, quando tamborilava na parede ou quando enfiava o punho na argola da minha cortina. Ela falava pouco e seus movimentos eram controlados, no dormitório, no refeitório, nas filas: estava sempre meditando no pátio do recreio. Eu tentava entender de onde vinha sua arrogância. Ela estudava bastante, mas sem muito zelo e sem vaidade. Com frequência, Isabelle desamarrava o cinto do meu avental e, se eu me virasse na hora, ela fingia que não era com ela, começando o dia, assim, com essa travessura de menininha para logo em seguida amarrar de novo o cinto nas minhas costas, humilhando-me duas vezes em vez de uma só.

Levantei com a precaução de um contrabandista. A nova inspetora parou de escovar as unhas. Esperei. Isabelle, que nunca tossia, tossiu: naquela noite, ela estava desperta. Escamoteei sua presença, mergulhei o braço até o ombro dentro de um saco de tecido mixuruca que ficava pendurado num cabide. Escondia dentro do saco de roupa suja uma lanterna e um livro. Costumava ler à noite. Naquela noite deitei sem vontade de ler, mas mesmo assim com o livro e com a lanterna. Acendi, passei os olhos nas minhas sapatilhas debaixo da cadeira. A luz da lua artificial que vinha do aposento da inspetora empalidecia os objetos do meu quarto.

Apaguei a lanterna, uma aluna amassou um pedaço de papel, coloquei de volta o livro com a mão desiludida. Mais jacente que um jacente, foi o que pensei imaginando Isabelle rígida em sua camisola. O livro estava fechado e a lanterna agora enfiada no edredom. Juntei as mãos. Rezei sem dizer nada, pedi um mundo que eu não conhecia, ouvi o som das nuvens na concha que estava perto da minha barriga. A felizarda dorme, a felizarda tem um túmulo de penas no qual ela se perdeu. O tique-taque lúcido de um relógio de pulso sobre a mesinha de cabeceira me levou a agir. Peguei o livro outra vez, comecei a ler debaixo do lençol.

Alguém estava me espionando debaixo da cortina. Escondida sob o lençol, eu ouvia o inexorável tique-taque. Um trem noturno deixou a estação depois de um apito que rompia a estranha escuridão do colégio. Afastei o lençol, fiquei com medo do dormitório silencioso.

Alguém me chamou por trás da cortina de percal.

Fiz-me de morta. Puxei o lençol por cima da cabeça. Acendi minha lanterna.

— Violette — chamaram no meu quarto.

Apaguei a luz.

— O que você está fazendo debaixo do cobertor? — perguntou uma voz que não reconheci.

— Estou lendo.

Arrancaram o lençol, puxando junto meu cabelo.

— Estava lendo.

— Fale mais baixo — disse Isabelle.

Uma aluna tossiu.

— Pode me denunciar se quiser...

Isabelle não vai me denunciar. Eu estava sendo injusta com ela e sabia disso.

— Não está conseguindo dormir?

— Mais baixo — disse Isabelle.

Eu cochichava bem alto porque queria acabar com aquela alegria: minha exaltação beirava o orgulho.

Isabelle, a visitante, não largava a minha cortina de percal. Suspeitei de seus longos cabelos soltos em meu quarto.

— Tenho medo de você me dizer que não. Diz que vai responder com um sim — bufou Isabelle.

Eu tinha acendido a minha lanterna, apesar de tudo, estava sendo atenciosa com a visita.

— Diga que sim! — implorou Isabelle.

Agora ela se apoiava com um dedo na mesinha de toalete.

Ajeitou o cinto do roupão. Seus cabelos escorriam para os lados, o rosto dela estava envelhecido.

— O que você está lendo?

Ela tirou o dedo de cima da mesinha.

— Comecei a ler bem na hora que você chegou.

Apaguei a luz porque ela olhava para o livro.

— O título... Qual é o título?

— *Um homem feliz.*

— É este o título? E é bom?

— Não sei, acabei de começar.

Isabelle foi embora, uma argola da cortina deslizou sobre a vareta. Achei que ela tinha voltado para seu túmulo. Ela parou.

— Venha ler no meu quarto.

E seguiu em frente, semeando orvalho entre sua pergunta e minha resposta.

— Você vem?

Isabelle saiu do meu quarto.

Eu estava coberta com o lençol até o pescoço. Ela não podia imaginar que eu estava usando uma camisola especial, uma camisola de lingerie. Eu achava que para ter personalidade precisava de roupas caras. A camisola de musselina de seda roçou meu quadril com a suavidade de uma teia de aranha. Vesti a camisola do internato e saí do meu quarto com os punhos abotoados de acordo com as regras. A inspetora estava dormindo. Hesitei por um instante diante da cortina de percal de Isabelle. Entrei.

— Que horas são? — perguntei com frieza.

Parei na entrada, apontei minha lanterna para a mesinha de cabeceira.

— Venha — disse Isabelle.

Eu não tinha coragem. Seus longos cabelos soltos, como os de uma estranha, intimidavam-me. Isabelle olhou a hora.

— Venha mais perto — disse para o seu relógio de pulso.

Os cabelos esplendorosos varriam a cabeceira da cama. Formavam uma tela espelhada que ocultava o rosto de alguém deitado. Eu estava intimidada. Apaguei a luz.

Isabelle se levantou. Pegou minha lanterna e meu livro.

— Venha agora — disse ela.

Isabelle voltou a se deitar.

Da sua cama, apontava a minha lanterna.

Sentei na beira do colchão. Ela estendeu o braço por cima do meu ombro, pegou meu livro na mesa de cabeceira e me entregou, tranquilizando-me. Comecei a folhear porque ela não parava de me olhar, eu não sabia em qual página deveria parar. Ela esperava a mesma coisa que eu.

Parei na primeira letra da primeira linha.

— Onze horas — disse Isabelle.

Na primeira página, fiquei olhando palavras que eu não via. Ela pegou meu livro e apagou a lanterna.

Isabelle me puxou para trás, me deitou sobre o edredom, depois me levantou e me abraçou: ela me tirava de um mundo em que eu não tinha vivido para me jogar em um mundo em que eu ainda não vivia; os lábios de Isabelle abriram um pouco os meus molhando meus dentes. A língua carnuda me encheu de medo: o sexo desconhecido não forçou a entrada. Eu esperava ausente e reservada. Os lábios dela passearam sobre meus lábios. Meu coração batia com muita força, eu queria congelar este lacre de doçura, esse novo roçar. Isabelle está me beijando, pensei. Ela traçava um círculo em volta da minha boca, ela cercava meu tormento, dava um beijo molhado de cada lado, depositava suas notas agudas, e voltava, ficava à espera. Meus olhos estavam enormes de tanto espanto debaixo das pálpebras, o rumor das conchas era alto demais. Isabelle continuou: descíamos um degrau de cada vez para dentro da noite, para além da noite do colégio, para além da noite do vilarejo, para além da noite da garagem de bondes. Ela fez seu mel em meus lábios, as esfinges voltavam a dormir. Entendi que eu tinha sido privada dela antes de conhecê-la. Isabelle levantou a cabeleira que fora nosso abrigo.

— Você acha que ela está dormindo? — perguntou Isabelle.

— A inspetora?

— Está dormindo — decidiu Isabelle.

— Sim, está dormindo — disse também.

— Você está tremendo. Tire o roupão.

Ela abriu o lençol.

— Venha sem luz — disse Isabelle.

Esticou-se contra a fina parede, em sua cama, em seu quarto. Tirei o roupão, senti-me renovada sobre o carpete de um velho mundo. Precisava entrar logo ao lado dela porque perdia o chão debaixo dos meus pés. Deitei na beirada do colchão; pronta para fugir como uma ladra.

— Você está com frio. Venha mais perto — disse Isabelle.

Uma aluna tossiu num entressonho, tentou nos separar.

Ela já me tomava em seus braços, eu totalmente entregue, nós duas já nos atormentávamos, mas o pé jovial que tocava o meu, o tornozelo que tocava no meu nos tranquilizava. De vez em quando, sentia minha camisola roçando meu corpo enquanto nos abraçávamos arfando. Paramos, reencontramos a memória e o dormitório. Isabelle acendeu a luz: ela queria me ver. Tomei-lhe a lanterna. Levada por um impulso, Isabelle deslizou na cama, subiu outra vez, mergulhou de cabeça e me abraçou. As rosas se soltavam do cinto que ela tinha posto em mim. Prendi nela o mesmo cinto.

— A cama não pode ranger — disse ela.

Buscava um lugarzinho frio sobre o travesseiro, como se ali a cama não fosse ranger, encontrei um travesseiro de cabelos louros, Isabelle me puxou de volta.

Nos apertávamos com ainda mais força, cada uma queria ser engolida pela outra. Estávamos despojadas da família, do mundo, do tempo, da luz. Ao apertar Isabelle contra meu perplexo coração, queria que ela penetrasse dentro dele. O amor é uma invenção extenuante. Isabelle, Violette, eu dizia para mim mesma para me acostumar com a simplicidade mágica dos dois nomes.

Ela agasalhou meus ombros com o abrigo branco de um braço, enfiou minha mão na fenda entre seus seios por cima do tecido da camisola. Delírio ter minha mão debaixo da dela, minha nuca, meus ombros vestidos com seu braço. Porém, meu rosto estava só: sentia frio nas pálpebras. Isabelle percebeu. Para me aquecer toda, sua língua se impacientava em meus dentes. Eu me fechava, fazia barricadas dentro da boca. Ela esperava: foi assim que me ensinou a me entregar. A musa secreta do meu corpo era ela. Sua língua, pequena chama, excitava meus músculos, minha carne. Eu respondia, provocava, combatia, queria ser mais violenta do que ela. O estalo de nossos lábios já não nos dizia respeito. Nós nos perseguíamos, mas se, em uníssono tornássemo-nos metódicas, nossa saliva nos entorpecia. Depois de tanta saliva trocada, nossos lábios se soltavam mesmo contra nossa vontade. Isabelle se deixou cair em meus ombros.

— Vamos — disse para recobrar o fôlego.

Uma coisa se movimentava dentro de mim. Tentáculos em movimento.

Isabelle desenhava com o dedo a forma dos meus lábios. O dedo desceu para o meu pescoço. Eu o peguei e o fiz passear sobre meus cílios:

— São seus — disse a ela.

Isabelle se calou. Isabelle não se mexia. Se ela dormisse, tudo acabaria. Teria ela retomado seus hábitos. Não confiaria mais nela. Seria hora de ir embora. Seu quarto não seria mais meu. Não poderia me levantar: tudo estaria acabado. Se ela dormisse, seria um rapto.

Faça com que ela não durma sob um campo de estrelas. Faça com que a noite não produza noite.

Isabelle não estava dormindo!

Quando ela levantou meu braço, meu quadril paralisou. Senti um arrepio de prazer. Escutava tudo o que ela tocava, tudo o que ela dava, piscava para ela como uma forma de agradecer: eu a alimentava. Isabelle mudou de lugar. Ela alisava meus cabelos, acariciava a noite em meus cabelos e a noite deslizava pelo meu rosto. Ela parou, criou um entreato. Rosto com rosto, ouvíamos o turbilhão, contávamos com o silêncio, éramos dele.

A carícia está para o estremecimento assim como o crepúsculo para a claridade. Isabelle arrastava um pedaço de luz do ombro até o punho, passava o espelho de cinco dedos em meu pescoço, nuca, costas. Eu seguia a mão dela, de minhas pálpebras via uma nuca, um ombro, um braço que não eram os meus. Ela violava minha orelha como tinha violado minha boca com sua boca. O artifício era cínico, a sensação única. Eu estava petrificada, desconfiava deste refinamento animalesco. Isabelle me reencontrou, me segurou pelo cabelo, recomeçou. A frieza da carne me desconcertou, a soberba de Isabelle me tranquilizou.

Ela se debruçou para fora da cama, abriu uma gaveta na mesa de cabeceira.

— Um cordão! Para que um cordão de amarrar o sapato?

— Vou prender o cabelo. Quieta, se não vão nos pegar.

Isabelle amarrou o cordão, estava se preparando. Escutava aquele que é solitário: o coração. Quem eu aguardava estava vindo com seus preparativos.

Seus lábios deixaram cair em mim um ovinho azulado bem onde ela havia parado, bem onde retomava as coisas. Abriu a gola da minha camisola, examinou com o rosto e com a testa, a curva do meu ombro. Aceitei as maravilhas que ela imaginava por cima da curva do meu ombro. Ela me dava uma aula de humildade. Eu me assustei. Era um ser vivo. E não uma divindade.

Ela fechou a gola da minha camisola.

— Estou muito pesada? — pergunta ela com doçura.

— Não saia...

Queria abraçá-la com força, mas não tinha coragem. As horas passavam voando pelo relógio. Isabelle desenhava espirais com o dedo no lugarzinho insignificante que fica atrás do lóbulo da orelha. Sem querer me fez cosquinha. Era tudo um absurdo.

Ela segurou minha cabeça em suas mãos como se eu tivesse sido decapitada e fincou sua língua na minha boca. Ela queria que nossos movimentos fossem duros e pungentes. Rasgávamos uma à outra com nossas agulhas de pedra. O beijo se fazia lento dentro de mim, desaparecia correndo quente para o mar.

Terminamos de nos beijar, deitamos e, falange contra falange, carregamos nossos ossinhos com aquilo que não sabíamos dizer.

Isabelle tossiu, nossos dedos entrelaçados se calaram.

— Entregue-se — disse ela.

Ela beijou a extremidade da gola, a franja da minha camisola; cultivou a caridade que temos ao redor do ombro. A mão atenciosa traçava linhas sobre as minhas linhas, curvas sobre as minhas curvas. Eu via por baixo das pálpebras a auréola de meu ombro ressuscitado, ouvia a luz por baixo das carícias.

Parei.

— Deixa, quero continuar — disse ela.

A voz se arrastava, a mão se afundava. Sentia a forma do pescoço, do ombro, do braço de Isabelle ao longo do meu pescoço, ao redor do meu ombro, ao longo do meu braço.

Uma flor se abria em cada poro da minha pele.

Peguei seu braço, agradeci com um beijo violeta, quase sangrento.

— Você é tão boa! — disse a ela.

A pobreza do meu vocabulário me desanimava. As mãos de Isabelle tremiam ao ajustar um corpete de musselina sobre o tecido da minha camisola: as mãos tremiam de avidez como as de um maníaco.

Ela se ajeitou, segurou minha cintura. Com a face do rosto sobre a minha, Isabelle contava uma história de amizade para o meu rosto.

Os dedos de Isabelle se abriram e tornaram a se fechar como botões de margarida, tirando meus seios do limbo. Eu estava nascendo na primavera com a tagarelice dos lilases debaixo da minha pele.

— Venha mais — eu disse.

Isabelle afagou meu quadril. Meu corpo acariciado se transformava em carícia, meu quadril irradiava o afago recebido para as minhas pernas dormentes, meus tornozelos moles. Pouco a pouco me sentia sendo torturada por dentro.

— Não posso mais.

Esperamos. Era preciso vigiar de perto a escuridão.

Eu a envolvi em meus braços, mas não com a força que desejava porque a cama era estreita. Não podia incrustá-la em mim. Uma menininha imprevisível se libertou:

— Quero mais, quero mais...

Eu queria aquilo que ela queria se pudesse me libertar dos lentos tentáculos dentro de mim, se as estrelas cadentes deixassem de deslizar pelo meu corpo. Esperava um dilúvio de pedras.

— Volte aqui...

— Você não está me ajudando — disse Isabelle.

A mão avançou debaixo do tecido. Eu ouvia o frescor de sua mão, ela escutava o calor da minha pele. O dedo se aventurou por onde as nádegas se tocam. Entrou na fenda, saiu, Isabelle acariciou as duas nádegas ao mesmo tempo com uma mão. Meus joelhos e pés se desfaziam.

— É muito para mim, estou dizendo que é muito.

Isabelle, indiferente, me acariciava rápido e por muito tempo.

Sentia que me atormentavam, me apimentavam. Isabelle caiu em cima de mim.

— Está tudo bem?

— Sim — eu disse insatisfeita.

Ela voltou, propôs um beijo, seus lábios gentis sobre os meus.

Isabelle afiava suas garras no tecido em cima do meu púbis, entrava e saía, embora sem entrar nem sair; embalava minha virilha, seus dedos, o tecido, o tempo.

— Você está bem?

— Sim, Isabelle.

Minha gentileza me desagradou.

Isabelle perseverou de outra forma, com um dedo monótono por cima de um dos lábios. Meu corpo absorvia a luz do dedo como a areia absorve a água.

— Depois — ela disse no meu pescoço.

— Você quer que eu vá agora?

— Seria mais sensato.

Eu levantei:

— Quer que a gente se separe?

— Não.

Ela me enlaçou enquanto eu fingia que estava resistindo. Era a primeira vez que ela me abraçava em pé.

Escutávamos um torvelinho celeste dentro de nós, seguíamos as voltas que dava a escuridão pelo dormitório.

Eu havia tirado Isabelle de uma praia com muito vento no inverno. Abri o lençol, guiando-a.

— Está tarde. Há pouco eu estava enganada: você precisa dormir.

— Não.

— Você está bocejando, dormindo acordada...

Olhei para ela do mesmo modo que olho o mar à noite quando não vejo mais nada.

— Sim, você precisa ir — disse Isabelle.

Quando ficava entediada — e ficava com frequência, pois não estudava — eu abria a porta do meu armário e me distraía com as etiquetas em meus livros fechados, achava que meus livros dormiam em pé. Tinha escrito o nome dos autores nas etiquetas. Cruzava os braços, escutava por um bom tempo e, finalmente, ouvia o rumor das tragédias antigas.

— Ora, lírios do vale!

O buquê feito com alguns ramalhetes estava sobre meu estojo de couro. Via um crucifixo verde e branco, com folhas e flores, deitado sobre o estojo. O presente me trouxe força: eu estava muito feliz. Fechei a porta do armário, fiquei ensimesmada, voltei ao armário. O buquê não estava murcho. Ela tinha me dado flores de romance, ela tinha deixado folhas pontudas e talismãs como se deixa uma criança em um cesto com o intento de abandoná-lo. Fui para o dormitório com meu tesouro.

O que faremos na próxima noite? Amanhã nesta sala, diante desta mesa, vou me lembrar do que tivermos feito. Fico olhando fixamente para a pequena letra b. Vou me lembrar do que fizemos na noite anterior. De tudo o que fizemos, antes que a aluna pegue o apagador, antes que apague a pequena letra b. Não fizemos nada. Sou injusta. Ela me beijou, veio até mim. Sim, ela veio. Que mundo... Ela veio em cima de mim. Me jogo aos pés de Isabelle. Não me lembro do que fizemos, mas só penso nisso. O que faremos na próxima noite? Outra aluna vai até lá e apaga o triângulo, pequena letra a, pequena letra b, pequena letra c.

Era mais rígido do que numa igreja. Isabelle estava estudando na primeira mesa perto do estrado. Sentei no meu lugar, abri um livro para imitá-la, fiquei espreitando enquanto contava um, dois, três, quatro, cinco, seis, sete, oito. Não posso abordá-la, não posso tirá-la de sua leitura. Sem hesitar, uma colega foi até a mesa de Isabelle e lhe mostrou o dever. As duas conversaram. Isabelle vivia como antes de ter me arrastado até seu quarto. Isabelle me decepcionava, Isabelle me fascinava.

Não consigo ler. A pergunta está em cada curva do livro de geografia. O que eu poderia fazer para passar meu tempo? Ela se vira de perfil, ela se expõe, ela ignora que eu a observo, ela se vira para o meu lado, ela nunca vai saber o que foi que me deu. Ela fala, está longe daqui, ela conversa, ela trabalha: um potrinho brinca em sua cabeça. Não consigo imitá-la. Vou até lá, vou me impor. Ela boceja — como é humana —, tira o gancho do prendedor de cabelo, põe de volta. Ela sabe o que vai fazer na próxima noite, mas não se preocupa com isso agora.

Quando a colega sai da sala de estudos, Isabelle se inclina na mesa. Isabelle me viu.

Saio para o corredor, cercada pelas paredes da minha alegria.

— Meu amor. Você estava lá todo esse tempo? — pergunta ela. Não sei o que dizer.

— Traga seus livros. Vamos trabalhar juntas. Aqui está abafado. Abri a janela e, por heroísmo, olhei para o pátio.

— Não trouxe seus livros?

— É impossível.

— Por quê?

— Não vou conseguir trabalhar perto de você.

Quando ela me olha e seu rosto está alterado, ela é autêntica. Quando ela não me olha e seu rosto não está alterado, ela é autêntica também.

— Você me quer de verdade?

— Sente aqui.

Sentei ao lado dela, solucei um soluço de felicidade.

— O que houve?

— Não sei explicar.

Ela segurou minha mão por baixo da mesa.

— Isabelle, Isabelle... O que vamos fazer na hora do recreio?

— Vamos conversar.

— Não quero conversar.

Tirei minha mão.

— O que aconteceu? — Isabelle insistiu.

— Você não entende?

— Vamos nos ver. Prometo.

Por volta de sete da noite, as alunas vieram falar comigo, propuseram um passeio, uma conversa. Hesitei, me separei delas. Não era mais livre, tinha mudado de idade. Será que eu ainda ficaria diante da janela do jardim da infância ouvindo a inspetora tendo aulas no Conservatório e estudando Bach ao piano da turma do maternal como eu fazia antes? Isabelle arrumou seus livros, Isabelle estava perto. Eu gelei.

Minha pele de pêssego: a luminosidade das sete da noite no pátio do recreio. Meu cerefólio: a teia de aranha como uma renda no ar. Minhas relíquias: as folhagens das árvores servindo de repouso para a brisa. O que faremos à noite? O fim de tarde se arrisca a entrar no dia. O tempo me afaga, mas não sei o que faremos na próxima noite. Ouço os barulhos e as vozes das sete da noite que acariciam o horizonte meditativo. O que me comove é a luva do infinito.

— O que você estava olhando, Violette?

— Lá longe... os gerânios...

— Que mais?

— O bulevar e a janela eram você.

— Me dá seu braço.

A noite caía sobre nós com seu manto de veludo até os joelhos.

— Não posso dar meu braço. Vão perceber, vão nos pegar.

— Você tem vergonha? — perguntou Isabelle.

— Vergonha do quê? Você não entende? Tenho cuidado apenas.

O pátio era todo nosso. Corríamos abraçadas rompendo, com a testa, aquela renda do ar, ouvíamos o martelar do nosso coração na poeira. Em nossos seios, cavalgavam cavalinhos brancos. As alunas e as inspetoras riam e aplaudiam: elas nos encorajavam quando diminuíamos o ritmo.

— Mais rápido, mais rápido. Feche os olhos. Eu levo você — disse Isabelle.

Era preciso passar um muro para podermos estar a sós.

— Você não está rápido o bastante. Sim, sim, Feche os olhos, feche os olhos.

Obedeci.

Seus lábios roçaram os meus.

— Tenho medo... das férias. Isabelle... Tenho medo do nosso último dia no pátio no verão... Tenho medo de morrer levando um tombo — eu disse.

Abri os olhos: nós vivíamos.

— Medo? Eu guio você — ela respondeu.

— Vamos correr mais se você quiser.

Eu estava exausta.

— Minha mulher, minha menina — ela disse.

Ela distribuía e retinha as palavras. Ela podia segurá-las com força enquanto me segurava. Estiquei um pouco os dedos ao redor da cintura dela e contei: meu amor, minha mulher, minha menina. Eu tinha três anéis de noivado nos três dedos da mão.

As alunas se calaram para fazer três minutos de silêncio. Isabelle mudou de lugar. Estávamos no final das filas e mantínhamos distância uma da outra.

— Eu te amo — ela disse.

— Eu te amo — respondi.

As menores já estavam comendo. Fingimos ignorar o que tínhamos dito, cada uma conversava na sua.

Como sempre fazia, parei diante da cortina de percal do meu quarto. Fui capturada por uma mão de ferro que me conduziu para outro lugar. Isabelle me jogou na cama e enfiou o rosto na minha roupa.

— Volte quando todo mundo estiver dormindo — disse.

Ela me expulsava e me acorrentava.

Eu estava gostando: não havia onde me esconder. Entre os nossos encontros, somente a espera.

Isabelle tossindo sentada na cama, Isabelle pronta debaixo do xale de cabelo. O seu xale. Imaginava esta cena e ficava paralisada. Desabei sobre a cadeira, depois no tapete: essa cena me perseguia por onde eu fosse.

Tirei a roupa no escuro, com a mão inocente apertei minha carne, senti meu cheiro, me reconheci, me entreguei. Enfiei o silêncio no fundo da bacia, torci-o ao torcer a esponja e o acariciava em minha pele enquanto me secava.

A inspetora apagou a luz em seu quarto. Isabelle tossiu de novo: era seu jeito de me chamar. Supus que se não fechasse a caixinha do creme dental, lembraria da atmosfera de antes de encontrar Isabelle na cama dela. Preparava o meu passado.

— Está pronta? — cochichou Isabelle por detrás da minha cortina.

E voltou para a cama dela.

Abri a janela do meu quarto. A noite e o céu não nos queriam. Viver ao ar livre seria contaminar o mundo lá fora. Era preciso estar ausente para embelezar a noite das árvores. Arriscava pôr a cabeça no corredor, mas o corretor me rejeitava. O sono delas me assustava: não tinha coragem de passar por cima das dorminhocas, de andar descalça sobre os rostos de cada uma. Fechei a cortina outra vez, e como a folhagem, a cortina de percal se mexeu.

— Está vindo?

Acendi a luz: os cabelos dela estavam soltos como eu havia imaginado, porém não previ sua camisola envolta pela simplicidade. Isabelle voltou para a cama.

Entrei em seu quarto com a minha lanterna.

— Tire a roupa — disse ela.

Ela estava apoiada no cotovelo, a cabeleira era uma chuva sobre seu perfil.

— Tire a roupa, apague a lanterna...

Apaguei seus cabelos, seus olhos, suas mãos. Despelei meu corpo de minha camisola. Não era nada novo: despia a noite dos primeiros amantes.

— O que você está fazendo? — disse Isabelle.

— Eu me arrasto.

Ela se impacientava na cama enquanto eu, por timidez, posava nua para a escuridão.

— Mas o que é que você está fazendo?

Deslizei para a cama. Estava com frio, morreria de calor.

Fiquei esticada, estava com medo de roçar seu púbis. Ela me forçava, me fazia deitar por cima dela: Isabelle queria que nossas epidermes se juntassem. Eu cantava meu corpo sobre o dela, banhava minha barriga nas curvas da dela, entrava numa nuvem. Ela roçava meus quadris, lançou flechas estranhas. Eu me levantei e voltei a deitar.

Ouvíamos tudo que se produzia em nós, tudo que emanava de nós. Os casais nos cercavam. O estrado da cama rangeu.

— Cuidado! — ela disse sobre a minha boca.

A inspetora acendeu a luz em seu quarto. Eu beijava a boca de uma menina com gosto de baunilha. Voltamos a ter cuidado.

— Vamos nos juntar — disse Isabelle.

Apertamos nosso cinto imaginário.

— Me aperte...

Bem que ela queria, mas não conseguia. Ela conduzia meu quadril.

— Não lhe dê ouvidos.

A inspetora urinava em seu urinol. Isabelle roçou seu dedão no peito do meu pé em sinal de amizade.

— Ela voltou a dormir — disse Isabelle.

Peguei Isabelle pela boca, tinha muito medo da inspetora, bebia a nossa saliva. Era uma orgia de perigos. Tivéramos a noite em nossa boca e em nossa garganta, soubéramos que a paz estava de volta.

— Me esmague — disse ela.

— O estrado... vai ranger... vão ouvir.

Conversávamos no meio das folhagens cerradas das noites de verão.

Eu esmagava, obscurecia milhares de alvéolos.

— Estou muito pesada?

— Você nunca está pesada. Estou com um pouco de frio — disse ela.

Meus dedos viam seus ombros gelados. Saí voando, peguei com o bico os flocos de lã que estavam pendurados nos espinhos das sebes e os coloquei sobre os ombros de Isabelle. Tamborilava seus ossos com meus martelos de penugem, meus beijos vinham uns depois dos outros, me lançava numa explosão de ternura. Minhas mãos revezavam com meus lábios cansados: modelava o céu ao redor do seu ombro. Isabelle se levantou, tornou a deitar e eu deitei em cima do ombro dela. Meu rosto descansava em cima de uma curva.

— Meu tesouro.

Eu falava de modo entrecortado.

— Sim — disse Isabelle.

Ela disse: "Já vou", mas hesitou.

— Já vou — disse Isabelle outra vez.

Ela prendeu os cabelos de novo, o cotovelo abanou meu rosto.

A mão pousou sobre meu pescoço: um sol de inverno iluminando meus cabelos. A mão seguia as veias, descia. A mão parou. Meu pulso bateu contra o monte de Vênus da mão de Isabelle. A mão retomou o movimento: ela esboçava círculos, invadia o vazio, alargava as ondas de doçura ao redor do meu ombro esquerdo enquanto meu ombro direito fora abandonado à noite que pautava a respiração das alunas. Descobria o veludo em meus ossos, a aura em minha carne, o infinito em minhas formas. A mão se arrastava levando sonhos nebulosos. O céu implora por caridade quando alguém acaricia seus ombros: o céu implorava. A mão subia outra vez, ajeitava um lenço de veludo até o queixo, a mão persuasiva tornava a descer, firme, imitando as curvas. Ao fim foi uma pressão de amizade. Tomei Isabelle em meus braços, eu arfava de agradecimento.

— Está me vendo? — perguntou Isabelle.

— Sim.

Ela me cortou a fala, deslizou na cama, beijou meus cabelos encaracolados.

— Cavalos — gritou uma aluna.

— Não precisa ter medo. É um sonho. Me dê sua mão — disse Isabelle.

Eu chorava de felicidade.

— Você está chorando? — perguntou ela um pouco tensa.

— Eu te amo: não estou chorando.

Enxuguei os olhos.

A mão despiu meu braço, parou perto da veia, de onde se tira o sangue, fornicou com as dobras, desceu até o punho, até a começo das unhas, tornou a vestir meu braço com uma longa luva de pele, caiu sobre meu ombro como um inseto, ficou presa na axila. Esticava meu rosto, ouvia o que meu braço respondia para a exploradora. A mão pretensamente convincente pôs no mundo meu braço, minha axila. A mão passeava sobre o gorjeio dos arbustos brancos, sobre as últimas geadas no campo, sobre a goma de amido dos primeiros botões. A primavera que piava impaciente em minha pele explodia em linhas, curvas, círculos. Isabelle deitada na noite enlaçava meus pés, desenrolava as tiras da confusão. Com as mãos estendidas sobre o colchão, eu fazia o mesmo trabalho de sedução que ela. Ela beijava o lugar onde havia acariciado, depois, com a mão leve, agitava e sacudia com um espanador da perversidade. Os tentáculos dentro de mim tremiam. Isabelle bebia meu seio direito, depois o esquerdo. Eu bebia com ela, mamava as trevas quando sua boca se afastava. Os dedos voltavam, cercavam e sustentavam o calor dos seios, os dedos acabavam na minha barriga como restos hipócritas. Um mundo de escravos todos com o rosto de Isabelle abanavam meu rosto, minhas mãos.

Ela se pôs de joelhos sobre a cama:

— Você me ama?

Levei a mão até as lágrimas raras de alegria.

Ela descansou o rosto sobre a minha virilha. Apontei a lanterna para ela, vi seus cabelos espalhados, uma chuva de seda em minha barriga. A lanterna deslizou, Isabelle ajeitou o facho.

Ficamos abraçadas com os caninos na pele, as crinas entre os dedos; arfando por cima dos dentes de uma grade; uma mordendo a outra, maltratando a escuridão.

Diminuímos a velocidade, voltamos com nossa coroa de fumaça, nossas asas negras de saltos. Isabelle pulou para fora da cama.

Perguntei-me por que Isabelle estava de novo ajeitando o cabelo. Com uma mão, ela me fez deitar de costas, com a outra lançou em mim a luz amarelada da lanterna.

Eu me escondi com os braços:

— Não sou bonita. Assim você me intimida — disse.

Ela via o futuro em meus olhos, olhava para o instante seguinte, ela o guardava em seu sangue.

Voltou para a cama e me desejou.

Eu a acariciava, preferia o fracasso aos preparativos. Fazer amor com a boca me bastava: eu tinha medo e pedia socorro. Dois pincéis passeavam por minhas reentrâncias. Meu coração batia sobre um montículo de terra, tinha a cabeça cheia de húmus. Dois dedos contraditórios me visitavam. Como é magistral a carícia, como é inevitável. Meus olhos fechados escutavam: o dedo roçando a pérola. Queria ocupar um grande espaço para poder ajudá-lo.

O dedo real e diplomático avançava e recuava, me afogava, começava a entrar, remexia nos tentáculos dentro de mim, rebentava a nuvem hipócrita, parava, recomeçava. Eu fazia força, fechava a carne da minha carne, osso e medula. Levantava, deitava outra vez. O dedo que não fora agressivo, o dedo que tinha entrado saía agradecido. Meu corpo se desenlaçava de si próprio.

— Você me ama? — perguntei.

Desejava fazer uma confusão.

— Não precisa gritar — disse Isabelle.

Cruzei os braços por cima do rosto, e continuei ouvindo com os olhos fechados.

Dois ladrões entraram em mim. Eles me oprimiam, insistiam, mas meu corpo não queria.

— Meu amor... Está doendo.

Ela pôs minha mão sobre a minha boca.

— Não vou gemer — eu disse.

A mordaça me humilhava.

— Está doendo. Deve ser assim, dói mesmo.

Eu me entregava no escuro da noite e, sem querer, ajudava Isabelle em sua tarefa. Me inclinei para a frente para me rasgar, para me aproximar de seu rosto, para chegar perto dela com minha ferida; mas ela me empurrou sobre o travesseiro.

Ela me batia, batia e batia... Dava para ouvir os estalos. Ela rompia o olho da inocência. Eu sentia dor: me entregava, mas não sabia o que estava acontecendo.

Ouvimos as alunas dormindo, soluçamos para poder respirar. Um fogo queimando aqui dentro.

— Vamos descansar — ela disse.

Minha lembrança dos dois ladrões entrando se atenuava, minha carne machucada se recuperava, bolhas de amor subiam. Mas Isabelle voltava e eles giravam cada vez mais rápido. De onde vinha essa onda? Me envolvia suavemente. Estava anestesiada nos calcanhares, meu corpo visionário sonhava. Me perdi com Isabelle na ginástica da paixão.

O prazer se anunciou. Foi apenas um vislumbre. Os dedos lentos foram embora. Estava faminta por sua presença:

— Sua mão, seu rosto. Vem aqui perto.

— Estou cansada.

Faça com que ela venha, faça com que ela me empreste seu ombro, faça com que seu rosto fique perto do meu. É preciso trocarmos nossa pureza. Ela está sem fôlego e descansa. Isabelle tosse como se estivesse numa biblioteca.

Levantei tomando infinitas precauções, me senti nova em folha. Meu sexo, minha clareira e meu banho de orvalho.

Acendi a lanterna. Vi o sangue, vi meus pelos avermelhados. Apaguei.

O sussurro da escuridão às três horas da manhã me paralisou. A noite acabaria, em breve a noite seria somente lágrimas.

Apontei a lanterna para ela, não tive medo de estar com os olhos abertos:

— Estou vendo o mundo. Ele sai de dentro de você.

O raiar do dia e sua mortalha. Isabelle se penteava em um lugar só seu, onde seus cabelos estavam sempre bagunçados.

— Não quero que o dia venha — disse Isabelle.

Ele está vindo, ele virá. O dia vai desfazer a noite.

— Tenho medo de me separar de você — disse ela.

Uma lágrima caiu em meu jardim às três da manhã.

Recusava pensar, assim ela poderia adormecer sobre a minha cabeça vazia. O dia tomava a noite, o dia apagava nossos laços. Isabelle adormeceu.

— Durma — eu disse perto dos espinheiros em flor que haviam esperado pelo raiar do dia durante toda a noite.

Saí da cama como uma traidora, fui até a janela. Bem alto no céu houvera uma luta e a luta arrefeceu. A neblina batia em retirada. A aurora estava só e ninguém a anunciava. Uma confusão de pássaros numa árvore, já em busca de alimento na primeira luz do dia... Eu via o semi luto do novo dia, via os farrapos da noite, sorria para todos. Sorri para Isabelle e encostei a testa na testa dela como se fôssemos dois carneiros, para esquecermos das coisas que morriam. O lirismo do pássaro que canta trazendo a beleza da manhã nos exaure: a perfeição não é uma coisa deste mundo mesmo quando deparamos com ela por aqui.

— Você precisa ir — disse Isabelle.

Ter de deixá-la como um pária, furtivamente, me entristecia. Sentia enormes bolas amarradas aos pés. Isabelle me mostrou seu rosto desconsolado. Eu amava Isabelle sem gestos, sem ímpetos. Oferecia a ela minha vida sem fazer qualquer sinal.

Isabelle se levantou, tomou-me em seus braços:

— Você virá todas as noites?

— Todas as noites.

— Não vê que ela está enfeitiçada? Pode falar com ela quando quiser — disse Anaïs a Isabelle no pátio.

Sim, eu ficava enfeitiçada vendo a inspetora-musicista tocando piano, os braços nus modelando a atmosfera do Jardim de infância, o cabelo volumoso sobre o pescoço, sobre a jaqueta marrom de lã, os cisnes e patos de celuloide.

Ela fechou o piano, sentindo a presença de alguém.

— Você estava me ouvindo tocar?

— Estava.

Ela chegou perto do parapeito da janela. Eu virei o rosto: Isabelle ao longe, sozinha, me olhando.

— É um concerto de Saint-Saëns — disse ela. — Perdi um concurso tocando-o. Por timidez.

— Por timidez — repeti.

Não tinha coragem de olhar para ela.

— Você estuda composição? — perguntei sem voz.

— Sim, estudo harmonia.

Afastei-me.

Isabelle veio até mim:

— Ela ainda está tocando?

Seus lábios tremiam.

— Não mais. Ela estuda harmonia. Foi o que falou.

Umas menininhas vieram nos separar, como acontecia em todos os recreios.

Agora andávamos pelo pátio. Os olhos de Isabelle não largavam os meus. Eu sonhava com os monumentos. Os monumentos eram: Conservatório, Concerto, Harmonia.

Isabelle abraçou meus ombros.

— Enquanto caminhamos, vamos sentir nosso amor — ela me disse — não fique triste.

— Estou triste?

— Está — disse Isabelle.

— Ela está tocando, e eu estou ouvindo. Nada de mais.

— Sim, nada de mais — disse Isabelle. — Veja... ali... o sol batendo no vidro. Quanta força, quanta alegria...

Não podia seguir adiante. A nobreza de Isabelle me esvaziava. Isabelle me protegia de um perigo — o qual eu ignorava — quando voltava para ela, quando fugia, quando não escutava Hermine tocando Bach.

À noite eu disse à Isabelle:

— É ela que está caminhando, acordada, estudando. Reconheço os passos.

Isabelle me abraçou:

— Não me deixe.

O quarto de Isabelle ficava debaixo do quarto de Hermine.

Os dias passavam, o verão seduzia a primavera.

A temperatura: uma rosa sempre aberta. Os fins de tarde eram a mesma lenda sem personagens. Pássaros invisíveis testemunhavam a perfeição da luz. Tantos, mas tantos pássaros acordados, escondidos; tantos historiadores de cada minuto de calor, de cada minuto daquele clima adocicado. Eu saía da sala de estudos, encontrava Hermine por acaso nos corredores do antigo claustro. Hermine me contava de uma sonata de Franck que ela tentava aprender, prelúdio, coral e fuga, do "Concerto italiano" de Bach que ela estudava, de um trio de Beethoven que ela tocava todos os dias com suas irmãs, dos passeios com elas e com o pai. Perguntei a ela o sentido das expressões: cassação, alterar a subtônica, flauta obbligato, baixo contínuo, flauta transversa.

Isabelle, sem dizer nada, me deu um livro: *A música e os músicos*.

O verão nos desgastava. As alunas se reuniam à sombra dos plátanos. Andávamos pelo pátio, gotas de suor brilhavam na testa de Isabelle.

— A aula de cosmografia acabou. Diga alguma coisa, Isabelle!

— Não teremos mais aula de cosmo. Está ouvindo? Elas estão nos chamando... Estão gritando: "Aqui está mais fresquinho."

— Não vá, Isabelle.

— Não vá, Violette!

Mandar desse jeito era uma maneira de verificar o quanto éramos inseparáveis.

Andávamos cada vez mais rápido com nossa armadura de calor.

— Não teremos mais aula de física nem de química.

— Sim, Isabelle.

— ... Não teremos mais aula de álgebra nem de geometria.

— Sim, Isabelle.

Isabelle limpou a testa:

— Sua mão. Me dê sua mão.

— Está molhada de suor.

— Me dê!

Deparei com o mês de março na palma da mão de Isabelle.

— Os professores não vêm mais. Acabou. O que vamos fazer? O que será de nós?

Ela soltou minha mão.

— Vamos nos ver durante as férias — eu me antecipei.

— Isso basta?

O rosto dela implorava. Tudo era tão frágil.

— Estou com calor, não sei mais...

Isabelle observava as janelas.

— O colégio se transformou, o colégio se transforma — ela disse.

— O colégio está vazio. Não, não está vazio. Está calmo. Todo mundo está fora.

Isabelle se retraiu.

— Em breve não haverá mais colégio. Estou terminando o colégio.

Ela havia recebido seu diploma de conclusão, e eu passara nas provas de fim de curso.

— Decide você — implorei.

— Não podemos decidir nada — disse Isabelle. — Venha para a sombra.

Ela me levou até a janela do Jardim de infância. O piano: fechado. A areia: recolhida. Os cisnes e patos: tinham desaparecido.

— Por que você quis vir aqui? — perguntei à Isabelle.

Isabelle limpou minha testa, minhas mãos.

— Para nos refrescar, só para nos refrescar — disse ela.

Encontramos um desses lugares sempre neutros entre paredes de cimento.

Ela me empurrou contra a parede.

— Você está perto de mim? Está mesmo perto de mim?

— Estou, Isabelle, estou.

— Me abraça — disse ela. — Não, eu não quero — gemeu ela.

— Não quero me separar de você! — eu gritei.

— Me abraça mais forte — disse ela.

Ela se separou de mim bruscamente.

Perguntei o que era que ela estava olhando tão fixamente.

— As pedrinhas — respondeu.

As pedrinhas éramos nós: eram o próprio instante.

E depois ajeitou o cabelo sem deixar de me olhar. Os olhos dela diziam muita coisa.

— Vamos sair daqui. Por favor, vamos andar um pouco — eu disse.

— Você quer sair, mas você não vai sair!

Isabelle me assustava.

O relógio do pátio de honra deu as horas.

— Vai embora daqui! Vai embora!

Obedeci à Isabelle. Fiquei plantada debaixo do sol a pino.

— Volte...

Voltei, destroçada. De repente, tive uma ideia.

— Vamos fugir — eu disse. A porta principal fica entreaberta quando chegam as entregas.

— ...

— Por que você não responde?

— Porque é impossível — murmurou Isabelle.

— Vamos fugir, Isabelle... É verão. Podemos dormir em um palheiro. Encontramos um pedaço de pão para comer.

Isabelle puxou meu cabelo com força para trás.

— Para que servem os policiais, a polícia? — perguntou ela. — Em uma hora estaríamos de volta aqui. Já pesei tudo, já calculei tudo.

A mão dela na minha. Eu a tive centenas de vezes entrando e saindo entre as grandes mesas de mármore do refeitório. Nossa união já não era mais a mesma a cada hora do dia e da noite. Reclamávamos de tudo neste azul endomingado.

— É assustador pensar nisso — disse Isabelle.

— Nas férias longas?

— Sim.

Ao longe, alguns pais chegavam para ver suas filhas na sala de visitas. Outras alunas sentavam também à sombra dos plátanos com uma cadeira, a caixa de costura, livros. Todo este azul por cima das árvores coroava o mês de julho.

— Venha — disse Isabelle.

— Aonde?

— Para o sol.

— Está quente demais. Para quê?

Isabelle parecia fora de si. Ela esfregava os olhos. Queria que suas lágrimas se transformassem em poeira. Eu a arrastei até o meio do pátio.

— E agora?

Flechas de fogo queimavam nossa nuca. Um cheiro de detergente persistia. Estávamos face a face, sofrendo com o calor e com nossa ideia fixa, mas sem esmorecer.

— Estou estudando você, retendo você. Vendo no fundo dos seus olhos — disse Isabelle.

Uma inspetora nos chamou.

— Não responda — disse Isabelle.

— Vocês terão uma insolação — gritou a inspetora.

— Não responda — ordenou Isabelle. — É nosso último dia.

A inspetora entrou. Isabelle sorria aquele sorriso tão cheio de nuances.

Nossas noites. Onde encontrar nossas noites?

As alunas estavam nos chamando. Todas queriam que ficássemos perto.

— Vamos esperar no sol porque você quer assim — eu disse.

— Vamos esperar — disse Isabelle e desenhou um círculo no chão.

Desenhei um círculo com meu salto.

— Você quer ir embora? Você quer uma casa só pra gente — disse ela.

— Sim! Uma casa pra gente...

— A nossa casa — disse Isabelle.

Ela não estava brincando, não estava zombando. Olhava para ela, mas me sentia distante por causa deste envoltório: o calor.

— Vamos conversar. Isabelle...

— Não. Olha, olha só.

— O quê? O círculo? Nossa casa?

— O que vai acontecer.

— Não posso mais. É o sol. Você não falava assim comigo. Esta voz, este tom...

— Não vou embora — disse Isabelle.

Eu desfalecia com tanto calor. Queria reagir.

— Sua mãe vem amanhã?

— ...

— Você vai morar com sua família? Preciso saber...

— ...

O calor respondia por Isabelle por meio da pulsação em minhas artérias, nas têmporas.

— Se você virasse inspetora... poderia ser livre.

— Acabou? — disse Isabelle.

O calor. Um espelho no qual Isabelle se olhava.

— Acabou, Isabelle. Não sei mais o que estou dizendo. Me leve... para o nosso cantinho...

Isabelle, cegada pelo sol, arrastava uma inválida.

O tempo é um torturador indiferente. Eu o via sobre uma pequena aranha. Vivaz, negra. A aranha fugindo no chão preto.

À noite, durante o jantar no refeitório, as alunas conversavam sobre o seu futuro. Aprovadas nos exames, elas não tinham dúvidas. Pauline seria advogada, Andréa, médica, uma terceira seria cientista como Pasteur, ela especificou. Loys queria ser professora de economia doméstica. Isabelle escutava, mas estava distante deste mundo. Como não tinha mais a hora do estudo, subimos direto para o dormitório.

Segurei Isabelle diante de sua cortina de percal:

— Se você quiser — disse, tomando cuidado com o tom de voz — se você quiser, posso ajudá-la a fazer as malas, posso ajudá-la a arrumar a roupa dentro da mala. Ficaríamos juntas mais um pouco...

Isabelle estava pálida. Ela seguia o movimento dos meus lábios com muita boa vontade.

— Escuta só — disse ela com uma gentileza assustadora.

Levantou o dedo indicador.

Eu escutava: as alunas, de duas em duas, cantavam ou dançavam sobre os estrados metálicos. Eu fiquei totalmente apaixonada por essa nova expressão de Isabelle: de confusão. A dor não tinha mais contorno.

— Você não quer uma ajuda?

— Vá para sua cama — ela respondeu.

Atravessei o corredor. Uma estação de furacões e tempestades queria nascer de minha garganta. Levantei minha cortina de percal, a noite era uma prova de doçura. A noite suave do lado de fora avançava com a suavidade de um barco à deriva. Entrei no meu quarto.

O grito atravessou o colégio.

Escondi-me num espaço entre a janela e o armário, pressionei meu avental contra a boca. As alunas, todas elas, vieram pelo corredor.

— Quem foi que gritou? — perguntou a inspetora.

— Isabelle.

Voltei ao piano durante as férias; escutava Hermine tocando, estudava sem esperança de melhorar, quebrava a cabeça estudando arpejo: fiquei obcecada com a lembrança do meu livro de Harmonia.

O verão transcorreu até o outono, em breve Isabelle voltaria.

Um dia fiquei esperando chegar um telegrama dela. Ia do piano até a janela, da janela de volta ao piano. No dormitório, rodeada pela cama dela, a minha, a cadeira dela, a minha, minha mesinha de toalete, acreditava numa ressurreição do colégio. A indiferença dos telegrafistas sempre será perturbadora. Recebi o telegrama: passantes, crianças, namorados saíam do parque público para ir ao parque de diversões da praça Poterne. Abri a janela do meu quarto e ofereci a Isabelle, antes de sua chegada, as plantas. Agora os telegrafistas contemplavam o carrinho de um vendedor de sorvete.

A estação de trem parecia estagnada, mas uma carroça, uma balança, um carregador, um passante, um guichê fechado, uma etiqueta sobre uma mala registrada, a poeira que cobria a estação de uma melancolia antiquada — tudo isso me anunciava: ela vem. A persiana de ferro da livraria convidava à meditação, o bonde com seu timbre e o refrão das rodas trazia frivolidade aos pequenos deslocamentos.

O funcionário abriu a porta, os trilhos lembravam o olhar dos pássaros noturnos. Para além da plataforma, todo o vilarejo adormecido. Os primeiros viajantes ainda pertenciam ao trem e às paisagens que tinham visto. Enxergava a velocidade em seus olhos límpidos. Isabelle foi a última a aparecer. Sem me olhar. Os cabelos arrumados, o vestido simples, as luvas provincianas me inebriavam. A atmosfera austera da estação me despertava um apetite considerável. Ela apresentou seu tíquete na saída com a boa vontade de uma estudante e, afinal, se virou para mim.

— Oi — disse com frieza.

— Oi — respondi com a mesma frieza.

As semanas que tínhamos passado separadas ainda nos separavam.

Isabelle pôs a mala no chão, ajeitou o coque.

— Recebeu meu telegrama? — perguntou afobada.

O funcionário fechou a porta que dava acesso à plataforma.

— Não teria vindo se não tivesse recebido.

Ela sorriu. Adorava a lógica das coisas.

O que dizer quando as partes baixas reclamam de fome?

— A viagem foi muito longa?

— Vim lendo — disse Isabelle.

— Estamos fechando, senhoras — gritou o controlador de bilhetes.

Fui atrás de Isabelle. Sua roupa simples me oprimia e encantava.

Passamos ao lado de um apanhador de estrume.

— Qual caminho tomar? — disse ela.

Perguntei se ela preferia atravessar o vilarejo ou ir pelos bulevares que o contornavam por fora. Ela preferia ir pelos bulevares.

Um bonde entrou no vilarejo por onde ela não queria passar.

Passamos na frente de lojas bonitas. Isabelle olhava para o vazio e, como na estação, não queria que eu ajudasse com a mala.

Bruscamente, disse:

— Você não me esqueceu?

Reconheci a voz dela. Um amolador de facas e tesouras apagou o som com seu carrinho, sua campainha.

— Não esqueci. Não conseguia dormir...

— Pare de falar, não explique nada — gritou Isabelle.

Ela olhou para uma vitrine de rendas de Valenciennes.

— Parar de falar? Por quê? Se pudermos contar as nossas férias...

— Você não entende? — disse Isabelle. — As férias não existiram.

— Entendo, sim — disse baixinho. — Você passeou? Leu? Me fale de você, vamos falar de você...

Isabelle soltou um suspiro.

— Por favor, vamos para a sua casa — ela disse.

Ela não queria meu braço nem minha mão. Queria mais.

— ... Meus pais estão em Paris. Voltam amanhã.

Isabelle não disse nada.

Detestei a temperatura encomendada. O calor estridente, que era acompanhado da gritaria dos pequenos e dos grandes, tinha chegado ao fim. Cafés, confeitarias e salões de chá estavam abertos. A porta principal fechada com chave dupla tinha acabado. As primeiras folhas caíam, o verão declinava, descansava, se arrastava.

— Ainda está longe da sua casa?

— Não!

— É uma fábrica aqui?

— Sim!

— Essa ruela vai dar onde?

— No vilarejo. Você falava comigo no colégio... O que deu em você?

— Estamos na rua — disse Isabelle. — Senti mais falta que você. Fiquei sonhando: se eu pudesse mostrar a ela o estacionamento de bondes ...

— Você gosta dos bulevares?

— O que você está pensando em fazer? — perguntou Isabelle. Vontade de ser rude com ela, vontade de espezinhá-la só para me reencontrar, para reencontrá-la, para reencontrar tudo.

— Vamos subir — disse ela quando chegamos.

Seus cabelos desmoronaram quando fechei a porta do meu quarto. À noite disse à Isabelle: "Estamos em nossa casa." Esperei pela resposta dela no silêncio confortável das cortinas duplas, dos velhos livros. "Se você quiser... estamos em nossa casa." respondeu Isabelle. Não teria nenhuma estudante à esquerda ou à direita para se levantar, a inspetora não acordaria de repente.

— Está ouvindo?

— O quê? — perguntou Isabelle. — Estou olhando e descansando. Ela estava estudando meu quarto, minha escuridão inofensiva. O silêncio não guardava perigo.

Uma caverna oferece segurança demais. Descansei numa caverna com Isabelle. Acendi a luz:

— Você sente falta delas?

Isabelle franziu a sobrancelha:

— No colégio? Das alunas?

— Está vendo? Você sente falta delas, você sente falta de lá.

— Aqui é diferente — disse Isabelle.

Apaguei a luz.

A escuridão do meu quarto me entediava: eu não via Isabelle. O divã para uma pessoa nos deixava próximas, mas não gemia feito a cama do quarto de Isabelle. Perguntei se ela queria que eu abrisse uma janela. Não. Se ela queria ver as estátuas do parque. Não. Com a barriga, coxas, quadris sonhadores. Não e não. Ela estava bem como estava. Se queria comer frutas sentada no parapeito da janela. Sem sede, sem fome. Não se comoveu com a meia-noite cristalina dos anjos do relógio Directoire. O que será que ela queria? O tablete de chocolate sobre a mesa de cabeceira, a rosa no copo para escovar os dentes, a lanterna elétrica, nossa respiração interrompida quando uma aluna reclamava dormindo?

— Somos livres, Isabelle. Nós queríamos essa liberdade. Venha, vamos passear nuas pela casa. Podemos fazer isso.

Isabelle acariciava a testa com a mão.

— Você inventa essas histórias para si mesma, você inventa para nós essas histórias. Não somos livres. Vão nos separar, sempre vão nos separar.

Na manhã seguinte, minha mãe me chamou, Isabelle não tinha acordado. Ela dormia num travesseiro de nuvens. Seu ombro nu, sua garganta, com o fluxo e o refluxo de tudo o que vive sobre a terra, se oferecia a um céu de cama. Ela podia dormir até meio-dia, éramos, portanto, livres. Era ela quem inventava história. Deixei Isabelle de um jeito que não acontecia no colégio. Voltava ao meu quarto com tanta ansiedade, tanta esperança...

— Vou passar manteiga nas suas torradas, sua mimada — disse minha mãe.

Sentei na frente dela, estava conquistada.

— Ela chegou? — perguntou minha mãe.

— Isabelle ainda está dormindo. Marthe não contou que fui buscá-la na estação?

Minha mãe parou de passar manteiga no meu pão. Ela sabia que essas perguntas me aborreciam. Continuou:

— Marthe me disse que você passou o dia inteiro esperando o telegrama. É engraçado: será que você não consegue ficar calma?

Ela pôs as torradas com manteiga na frente da minha xícara:

— Quer levar o café da manhã para ela?

— Não, ela está dormindo. Prefiro conversar com você sobre Paris. Onde vocês foram? Como está Paris?

Minha mãe tomava seu café com leite. Por pouco não se exaltou:

— Come, menina! Se você visse sua cara agora. Paris? Bom, Paris é sempre a mesma multidão, o mesmo barulho. Seu padrasto me levou ao Caveau da Republique, ao Deux ânes. A liquidação no Amy Linker estava fraca. Comprei um vestido para você... Você precisa experimentar se quiser sair hoje à noite.

Ela levantou e foi cuidar do seu bebê. Ele dormia um sono ideal: o de uma margarida em pleno campo no clima fresco das sete da noite.

— Sair hoje à noite? — eu disse, estupefata.

— Por que não? Por causa dela! — disse minha mãe da escada. Eu estava brincando com ela, bajulando-a. Ela não podia compreender.

Bati na porta do quarto, entrei.

— Você não voltava mais — disse Isabelle.

Ela se desculpou pois estava calçada, penteada, vestida.

— Talvez a gente saia hoje à noite...

— Sair? — perguntou Isabelle.

Ela chegou perto, com uma expressão preocupada.

— Não tenho certeza... É uma ideia...

— Vim aqui por sua causa, vim para estar perto de você — disse Isabelle.

Eu a tomei em meus braços. Ela me sufocava. Queria encontrar outra vez a minha visionária. Ela deitou a cabeça em meu ombro, nossa manhã murchava.

— Você está chorando?

Isabelle esfregava os olhos.

— Para poder enfrentar o sol — disse. — Fazia isso quando era mais nova.

Isabelle nunca falava de sua infância. Isabelle estava inventando. Sim, nossa casa a deprimia.

Apresentei Isabelle à minha mãe. Não foi nada de mais. Muito verdadeira com seu jeito zombeteiro, jogando para trás uma mecha de cabelo com arrogância. Isabelle balbuciou frivolidades. Minha mãe a estudava. Estudava sobretudo suas formas e as roupas. Passaram vestígios de decepção pelo seu olhar.

Isabelle com suas formas opulentas resplandecia quando estava nua. Eu chegava ao seu quarto, ela me esperava indiferente, apoiada sobre cotovelo.

— Isabelle passou nas provas. Recebeu o diploma de conclusão — eu disse.

— Não é uma preguiçosa como você — disse minha mãe.

Isabelle não protestou.

À tarde propus hipocritamente dar uma volta para distrair Isabelle. O rosto da minha mãe se transformou. Eu a excluía. Propus que ela viesse com o bebê. Ela disse que não, Isabelle despejou todo seu desprezo em meus olhos: Nossas noites serão isso?

— Você deve experimentar o vestido se quiser sair à noite — disse minha mãe.

— Vamos sair? — perguntou Isabelle.

Olhava fixamente para uma folha de papel com uma partitura.

— Está tendo um parque de diversões itinerante — disse minha mãe. — Você não gosta?

— Não sabia — disse Isabelle.

As partituras escorregaram de seus joelhos.

— Você não quer sair? — minha mãe perguntou como se Isabelle fosse uma esquisitona.

— Vocês que decidem — respondeu Isabelle.

Ela arrumou as partituras em cima do piano.

E eu não podia experimentar a roupa no meu quarto, não podia experimentar no banheiro, não podia experimentar no quarto de minha mãe. Tinha de experimentar na sala de jantar, ao lado do piano. Obedeci.

Isabelle se levantou do banco enquanto eu me virava para mostrar o vestido. Os olhos dela me diziam: Se eu pudesse fugir, se eu pudesse desaparecer...

— Por que não fica aqui conosco? — disse minha mãe.

— Estou olhando o jardim — respondeu Isabelle.

Os braços dela caíram.

Não tive coragem de dizer: Isabelle se consola vendo montanhas pela janela.

— Dê sua opinião — disse minha mãe.

Isabelle respondeu: "é mesmo um vestido muito bonito, o comprimento está bom, sim, a saia é rodada, sim vai ser prático, é, assim só em Paris".

Fiquei animada com o vestido novo, com a saída à noite. Minha mãe estimulava minha vaidade.

— Tire o vestido, sua mimada — disse minha mãe.

Eu me inclinava na direção da intimidade maternal.

Agradar aos cavalos de madeira do carrossel, aos bancos de ferro ao ar livre, aos lutadores vestidos de cetim, aos olhinhos verde e rosa das barras de nougats, agradar às moças nos estrados do passeio...

— Você encontrará com o filho de Wyamme — disse minha mãe.

Para sair de cada, quantos detalhes, revisão completa da cabeça aos pés.

Lá fora, eu disse: "Ali fica Marly, a avenue Duquesnoy". O "Ah" de Isabelle foi mais velho e distante do que Marly e a avenue Duquesnoy. Eu disse: "É o bulevar do colégio de Valenciennes. Sempre doente, sempre os contágios, as epidemias. Onde Fidéline foi enterrada. Eu tive pleurisia, sentia uma pontada aguda na costela. — Ah! Ah! — Isabelle não ligava a mínima para os detalhes das minhas lembranças. Sua memória não era minha vida. Estava em harmonia com o silêncio das belas casas, ergueu os olhos na porta do colégio de Valenciennes, os lábios úmidos para o anoitecer, o que eu poderia reprovar no comportamento de Isabelle? Tivemos de entrar na roda de músicos com nosso coração de borboletas pretas.

— Chegamos — disse Isabelle.

Eu me calei, estava respirando uma camada de poeira sobre a bochecha de Isabelle. Esmaguei o rosto dela em um lilás florido.

Ela quis comprar serpentinas para me dar de presente. Sua gentileza com a moça do caixa não me surpreendeu. Quando estamos infelizes, nos jogamos na direção dos outros. Até quando ela ficaria rindo, a cabeça jogada para trás, os olhos virados, a boca entregue a este céu de frio? Alguns jovens sopravam suas frases feitas nos ouvidos de Isabelle enquanto ela, com o rosto sempre para trás, fechava o porta-moedas. Outros nos empurraram para dentro do parque, me separando de Isabelle. Outros, formando uma multidão compacta como fermento, esvaziavam seus sacos de confete na cabeça de Isabelle. A multidão me arrastava. Isabelle não resistia, isso era o mais penoso. Quando a reencontrei, ela estava coberta de pequenas estrelas verde absinto, rosa ácido, azul-claro. Outros nos jogavam confetes nos olhos, tornavam a nos separar. A multidão me carregava, eu cuspia papel, o carrossel diminuía a velocidade. Uma mão de ferro segurou meu braço, a mão me resgatou do meio da multidão.

— Suba aqui — disse Isabelle com uma voz irreconhecível.

Ela me ajudou a sentar no primeiro cavalo — aquele primeiro cavalo de onde se podia ver e ser vista —, ela me deu uma serpentina: seus dedos estavam gelados. Ela se recusou a sentar no cavalo ao lado do meu. Com seu belo braço, ela enlaçou a orelha erguida e pintada de branco do meu cavalo e me disse: jogue, comece. O carrossel rodou, uma música de cobres, címbalos e tambores nos animava. Jogue, comece, ela disse outra vez sem se animar. Isabelle estava se divertindo. Homens e mulheres jogavam serpentinas em cima dela e, a cada vez, com a destreza de um animal, ela os evitava, recusava. "Jogue, comece", aquilo estava virando uma melopeia sinistra. Joguei a primeira, caiu em um banco. Isabelle abriu minha mão e me deu outra serpentina.

As serpentinas que jogavam de baixo me rodeavam, me chateavam. O rapaz debaixo de seu chapéu de feltro desviou os olhos imediatamente.

— É o rapaz filho de Wyamme? — perguntou Isabelle.

— É ele.

— Jogue — disse ela.

— Vamos embora. Você está com frio, está pálida.

— Jogue — disse ela outra vez.

Joguei todas as serpentinas que ela me dera em cima de Wyamme. O rapaz recebeu as minhas assim como eu tinha recebido as suas: sem nenhuma reação.

Isabelle não me pediu explicações, eu não me defendi. Não conhecia o filho Wyamme, e nem falava com ele. Às vezes, quando se entediava na entrada da loja, ele me cumprimentava. Tinha um rosto bonito. Minha mãe arquitetava projetos aos quais eu não dava a menor importância.

— Fui nomeada para Compiègne — disse Isabelle.

Ela falava em pé.

— Você deve estar cansada. Não fique em pé — disse o funcionário.

— Compiègne? Não é possível. Por quê?

Isabelle jogou um rolo de serpentina no braço de um adolescente.

— Você me aconselhou a fazer isso. Eu dei um jeito. Fui nomeada inspetora.

— Na volta às aulas?

Isabelle me transmitia uma carga de tristeza.

— Sim, na volta às aulas. Você vai me escrever?

— Vou. Vamos embora, vamos para casa.

— Embora? Mas acabamos de chegar — disse Isabelle.

Ela pegou uma serpentina na cadeirinha sobre o estrado do carrossel e enrolou em volta do meu pescoço. Apertou.

— Violette, Violette... Ah, Violette, por que você me trouxe aqui?

Ela puxou a serpentina com um golpe seco.

Estava tudo acabado.

Hermine se levantou, abotoou a jaqueta de lã marrom.

— Toque outra vez.

— Eu toco essa para você todos os dias.

— Você toca cada vez melhor.

Hermine sentou no piano e tocou o "Concerto italiano", de J. S. Bach, na sala de solfejo, longe do jardim das crianças, longe do recreio do meio-dia. Eu ouvia com a mesma intensidade com que ela interpretava. Ela se concentrava até ficar com uma cara de rabugenta. Seus dedos fortes simplificavam no teclado a matemática exaltante de Bach. Eu levantava os olhos. As notas do ditado musical no quadro evocavam humildemente o compositor em seu trabalho. Eu recebia tanto da música e da intérprete que no fim eu me fechava como um monte de terra.

Encontrava de novo sua paixão pela música em seus abraços e em seus beijos. Na cicatriz dos cabelos de Isabelle, vieram as maçãs do rosto em chamas de Hermine. Um concerto, os noturnos, as sonatas se transformavam em mãos, lábios, suspiros.

Eu corria para encontrar com ela, ela corria quando estava livre às onze e meia. Ela queria me pregar na parede enquanto eu apertava o fundo da jaqueta que ela nunca tirava.

Saíamos da sala de solfejo. Hermine me contava do coelho de sua família, da semana de férias numa praia em que o vento, o frio, as dunas... Os banhos pareciam com o dilúvio depois da explosão de notas do último "Prelúdio" de Chopin. Ela abria seu livro de botânica, falava sobre a anatomia de uma planta. "Um minuto", ela dizia. E voltava pelo corredor com uma reprodução do busto de Beethoven. Ela vivia apaixonadamente com pouco dinheiro, muita curiosidade, coragem, entusiasmo pelos livros, pela natureza, um cigarro, um corpete que ela estava costurando, um concerto, uma conferência, uma lixa de unha. As narinas de Hermine tremiam, seus olhos resplandeciam, sua indulgência na sala de estudo era notória. Gritava os nomes das tagarelas, mas não se rebaixava a castigá-las. Eu ficava muito tempo perto dela no estrado. A senhorita Fromont entrava para substituir Hermine na sala e nos surpreendia. Ela nos surpreendia também quando saía de seu quarto no corredor da sala de solfejo. A senhorita Fromont se calava, mas seus olhos diziam: "Você está sobre uma corda bamba".

Recebia as cartas tristíssimas de Isabelle. A vaidosa Isabelle se tornava frágil. Eu respondia, depois parei de responder. Abandonei-a no colégio para onde eu a havia mandado.

Hermine tinha descido de andar e agora vigiava as alunas "médias". À noite, uma porta separava nossos dormitórios; no fim da tarde, eu ouvia suas reprimendas. Nossa nova inspetora, que tinha um perfil de ovelha, demorava para acabar suas abluções. Quando a luz dela apagava, o pensamento em Hermine me torturava. Eu levantava, dava uns passinhos pelo corredor, parava diante da porta da nossa inspetora, cobiçava a porta de Hermine. A fronteira me tentava até o delírio. Tornava a deitar. Na manhã seguinte, lia em meu quarto os "Noturnos" de Chopin numa edição de bolso.

Hermine tocava cada vez menos pois nós tínhamos encontros marcados. Ela me contou do diretor do Conservatório, com quem ela estudava harmonia, e das aulas na Schola Cantorum.

Blanche Selva dava aulas na Schola Cantorum. Uma vez ela viera a Valenciennes para tocar num recital, as mãozinhas tocando Mozart.... Outra vez eu a tinha visto na estação, ela voltava para Paris. Contei isso para Hermine, tinha a fantasia de compor para ela um minuete. Nunca contava da "porta da tentação" à noite, do fogo queimando em minha boca e dentro de mim.

Sua jaqueta de lã, suas pernas grossas, suas botas de salto, seu quadril fino, suas narinas em alerta me deixavam tão obcecada que eu tinha insônias insuportáveis. Ver seus cabelos desgrenhados, contemplar seu sono.

Uma noite, girei a maçaneta da porta. E consegui. Ela estava no dormitório. Algumas vitórias são como pressentimentos. Ela abriu os olhos, sorriu e eu entrei na sua cama.

Voltei para o meu quarto antes de raiar o dia, sentindo falta de Isabelle.

No café da manhã, procurei Hermine no refeitório. Onde ela estava? A inspetora geral bateu palmas, sentamos em nossos lugares. O lugar de Hermine estava vazio na mesa das inspetoras; cruzei o olhar com a inspetora do meu dormitório. Saímos todas de lá. Eu a busquei no pátio, na sala de estudos. "Como você quer que saibamos o que aconteceu com ela?", responderam algumas alunas.

Às onze e meia uma aluna externa jurou que tinha visto Hermine saindo da sala da diretora. Corri para a sala de solfejo, encontrei apenas o calor animalesco das alunas. Não tive coragem de me arriscar nos dormitórios. Ao meio-dia, no refeitório, seu prato não estava posto. À mesa, uma aluna bondosa me cochichou: "não vire a cabeça, você não vai vê-la aqui". Eu me exaltei: "por que não vou vê-la?" A aluna não suspeitou de nada. Ela cochichou por baixo da mão: "disseram que é grave, que ela vai embora".

A inspetora do meu dormitório andava de um lado para o outro pelo corredor do refeitório. O seu olhar cruzava com o meu. Entendi o que tinha acontecido: alguém nos denunciara. Consegui a informação sem muita insistência: à noite Hermine partiu. Ela tinha encontrado uma vaga de professora num vilarejo.

Eu tirava dela o Conservatório, as aulas de harmonia, as visitas diárias que ela fazia à sua família, a alegria que sentia em casa. Era injusto: não haviam me expulsado. Recebi uma carta dela por meio de uma aluna, escrevi de volta à noite, debaixo do lençol com minha lanterna elétrica. A pequena caligrafia pontuda de Hermine me extasiava tanto quanto o que ela me escrevia.

Sem música, sem minha mãe, sem Hermine, de volta à vida casta e solitária, passei a me dedicar cada vez mais às aulas de moral. Os estoicos que não davam nada, que não apresentavam nada me entusiasmavam. Defendi a causa de Marco Aurélio contra a opinião da maioria das alunas que não concordavam com tamanha contenção. Eu que sempre chorava, defendia os olhos secos. Depois das aulas, ia conversar com as moças do vilarejo. Elas me ouviam com o olhar pesado tal como o do gado de seus pais. Teria conversado com o quadro-negro, com as cadeiras, com o cesto, com a mesa, apertando a bolsinha com as cartas de amor de Hermine no bolso do meu avental. Separada de quem eu já começava a amar, queria sentir uma tristeza ainda maior para poder esconder minha aflição.

— O que você está dizendo? — perguntavam minhas colegas.

— Que serei o ferreiro de minha própria dor.

— Violette Leduc pirou de vez — diziam.

Hora dos pãezinhos macios. Do lanche. Fui correndo.

Eu vivia para as cartas que escrevia à noite, para aquelas que não me deixavam escrever, para aquelas que eu esperava, a pretensão se manifestava em mim junto com o sentimento. "Não sonhe", diziam nas aulas. Eu não sonhava. Desdenhava de tudo e de todos. A idiota preferia os degraus, as colunas e as pedras que via nos álbuns a uma página de Sófocles. "Não durma de olhos abertos", diziam. Eu não dormia mais. Eu me fartava com a palavra oráculo. A palavra crescia, o universo para além do colégio e do vilarejo pesava com o peso de um oráculo que aguardamos. Ésquilo respondia na aula seguinte. Eu caía da cadeira, derrubava o tinteiro. A eternidade de Deus era agora a eternidade da simplicidade de um texto. Eu remexia na minha franja.

Um domingo em que fazíamos um passeio fora com o colégio encontramos, já na saída do vilarejo, numa paisagem sombria, Hermine, com suas irmãs e seu pai. Eles apressaram o passo para evitar as inspetoras e as centenas de alunas. Acreditei ser uma aparição, já que o desaparecimento dela também foi instantâneo.

Um rosário de semanas, noites e dias. Eu cansava os relógios, os relógios me cansavam. O refeitório não era mais o cenário de um casamento: engolia as colheradas de sopa de mostarda pelas lentilhas sem Isabelle, pelo café com leite sem Hermine. Dezoito anos. Que farsa, uma certidão de nascimento. Tinha cento e oitenta anos quando uma aluna estragava uma sonata no jardim de infância, tinha quatorze anos quando recebia uma carta de minha mãe, tinha meus dezessete quando a aluna-cúmplice deslizava uma carta de Hermine na manga do meu avental. Li a carta no banheiro onde havia amado Isabelle, reli em meu quarto, desabei na cama desejando ouvir "L'Oiseau prophète", Hermine tocava essa música com uma simplicidade notável. Não pensava: ela não toca mais, tirei dela o piano.

Não me lembro mais como nem com quem eu saí numa quinta-feira à tarde. Corri sozinha para o encontro marcado fora do vilarejo com Hermine, como tínhamos combinado em nossas cartas, num lugar sem árvores, sem casas, sem fábricas. Uns casebres e cabanas ao longe empobreciam o terreno baldio. O vento e suas garras, o mosaico de estilhaços de carvão, o mato escasso, sem cor. Um aperto de mãos me sacudiu. Eu voltava a ser uma aluna, ela uma inspetora.

— Está esperando há muito te... tempo?

O vento cortava minha fala.

— Acabei de chegar. Está ouvindo? O que você... ou... ve?

Era preciso tomar o vento de inverno fora da estação.

— Ouço e... não ou...ço. É mais forte do que eu. Vejo você outra vez, você... está perto de mim, na mi... nha frente, mas é... você tocando, é você tocando piano que eu vejo.

Eu mentia e não mentia.

— Vou tocar para você "L'Oiseau prophète" — disse Hermine.

Sim, estava mentindo. Não, não estava mentindo. A fumaça que saía da chaminé de um casebre dizia: "A viagem foi muito longa, Isabelle? — Vim lendo, Violette." Casebre e cabana não me davam mais nada.

— Estou falando com você — disse Hermine. — Está chateada? Não gostou de me ver?

Muito depressa ela virava uma aluna suplicante. Eu me perguntei por que ela estava ficando nervosa.

— Chateada? Você que deve estar chateada. Foi culpa minha você ter saído do colégio. Tudo o que aconteceu foi por culpa minha. Vamos falar de você. Como é... o vilarejo? Como... vai o piano? Você está estudando? Tem tempo para estudar?

— Não tenho mais piano — disse Hermine, abaixando o rosto como se ela, ela que fosse culpada.

Ela continuou implorando em silêncio. Via em seus olhos um futuro de indulgência.

— Mas consegui me organizar. Ainda toco. Estudo aos domingos em casa — disse Hermine.

Ela queria me tranquilizar.

Levantou a gola da jaqueta. As maçãs do rosto coradas castigadas pelo vento eram dois acordes perfeitos. Hermine olhava o céu que caía sobre o terreno baldio; ela humanizava a paisagem avarenta.

— Sua carreira foi arruinada!

Hermine sorriu como sorriem os que acabaram.

— Minha carreira? Minha carreira não foi arruinada. Já havia perdido o concurso...

O vento soprava varrendo o mato miserável.

— Você não será professora de piano!

— Sou professora de uma escola — disse Hermine.

O clarão de uma tempestade pintava de azul a paisagem. Ela partia sem rumo.

Corremos em busca de uma vala de mãos dadas. O gelo tinha sido quebrado. Éramos quase duas ciganas despreocupadas, quase. O vento endurecia nossos lábios, levantava nossas saias. Chegamos a um declive, eu caí aos pés de Hermine. O vento me ajudou. Hermine se defendeu.

— Por que veio se está com medo?

— Não estou com medo — disse Hermine, mas aqui é impossível.

Exigia dela o impossível. Há seres que são nosso maior risco. Hermine era já minha vertigem, minha dureza.

Hermine se deixou cair sobre o mato e a poeira.

— Tome cuidado — disse Hermine.

A prudência dela me exasperava.

— Não posso beijar e ficar tomando cuidado.

Ela não se defendeu mais, mas começou a implorar. Ela queria ficar de sentinela, enquanto eu queria matar o seu pudor, isso mesmo, matar. Eu devia espreitar de um lado e ela, do outro. Trocamos de lugar. Que horror nossa encenação involuntária. O vento, como um réptil, gelava nossos braços, nossas pernas.

— Tem alguém — disse Hermine apavorada.

— Estou dizendo que não!

Era preciso controlar as coisas ao longe, continuar com o progresso aqui.

— Tem alguém — disse Hermine outra vez sem olhar em volta.

Cruzamos os braços sobre o joelho e cobrimos o rosto. O vento nos apunhalava a nuca.

— Eu queria tanto encontrá-la de novo — ela disse.

— Eu também queria — falei.

Falei sem ser gentil. Eu tinha outras exigências.

Enfim, virei os olhos para Hermine. Olhar nos olhos não era um ato de atentado ao pudor. Nada de vento, nada de garras, nada de punhaladas.

Hermine queria ir embora, não queria mais que eu olhasse para ela. Insistiu.

— Por quê? — perguntei com uma verdadeira tristeza. — Por que você está me rejeitando?

Não se decidia a me responder.

Agora o sol nos esquentava. Mas eu não tinha vindo para ter uma melodia de clarineta pois nesse dia o sol era só isso.

Ela se justificou em pé, sem olhar para mim.

Ela queria que eu olhasse em outra direção pois tinha as maçãs do rosto coradas e isso a angustiava, pois seu rosto era grande demais. Ela confessava sem drama, sem afetação, com um sofrimento enfadonho. Não respondi. Como eu responderia? Eu a amava: amava sua fragilidade. Minha antiga inspetora, cinco anos mais velha do que eu, minha virtuosa das noites de maio se abria para mim. Era o orgasmo, era a confiança.

Ela disse que tínhamos de ir embora, eu iria na frente.

— Nos veremos outra vez?

— Não sei — respondeu.

Eu voltei atrás:

— Hermine...

— Oi. Não me peça mais nada. É impossível aqui.

O terreno baldio com aquela brisa parecia um mundo além dos jardins floridos, das pradarias.

— Não estou pedindo nada. Você não entendeu. Seu rosto... Seu rosto, Hermine, é sua paixão. Sem ele, você não tocaria como você toca.

— Um aperto de mãos agora — disse Hermine.

Isabelle não se expunha. Isabelle quebrava até as delícias do cotidiano. Isabelle, Hermine, meus candelabros quando entrei na cripta da loucura.

A confissão de um rosto muito grande, de maçãs do rosto que ficam coradas demais: qual o sentido disso quando há tantas vidas a serem salvas? Meu começo com Hermine foi assim. Você falava, você se angustiava, eu recebia suas palavras, eu via a cor verde-clara de sua angústia. Eu a vejo agora. Minha sóbria angustiada, eu já era um feixe de sofrimentos. Eu a escutava, uma luz de fim de tarde me trazia outras perspectivas.

— Sua mãe virá. Ela vai saber de tudo.

— Não posso dar. Elas não estão comigo. Minha mãe não virá.

Os costumes, como dizem nos jornais. Os costumes: cartas de uma antiga inspetora para a aluna, da aluna para a antiga inspetora. Eu fora denunciada. Dia de interrogatório no gabinete sagrado. A diretora queria as minhas cartas. Lutei por horas a fio. Achava que não ia ter jeito, a inspetora geral entrou e levou a diretora. Milagre: estavam tocando Clementi no piano da administração. Saí do gabinete da diretora, corri até a administração apesar de exausta. A boa e grande camponesa, aluna excelente, Amélie, que sentava ao meu lado nos estudos da noite. Coloquei entre as mãos dela umas vinte cartas dentro de envelopes azuis-claros, com a escrita enérgica de Hermine com tinta preta. "Jogue fora no banheiro, rasgue, eu imploro." Amélie se levantou, eu voltei ao gabinete da diretora.

— As cartas!

Expressão insensível.

— As cartas!

Voz de corvo.

— As cartas!

O drama não tem fim.

— As cartas!

Tudo apodrece, intoxicado.

— As cartas!

O peso de papel sobre a mesa, mármore no qual eu me transformava, mármore para eu descansar...

— As cartas!

O cinto largo de camurça rendada na altura da barriga, na falta de barriga da diretora. O mal — cadê o mal, por favor? —, o mal que ela inventava desde o momento em que eu tinha aberto a porta do seu gabinete era um abscesso entre nós. Primeiro, ela queria ler as cartas de amor para me mandar embora depois. Estavam consertando um telhado, o cotidiano era insuportável. Martelo, martelo,

martelo, martelo, martelo, martelo... Eu contava as pancadas para a minha saída.

— Saia. Você será expulsa. Sua mãe vem buscá-la.

Eu saí, atravessei o galpão onde aos domingos à noite tocava tango para elas. Professoras, alunas, inspetoras — ficam sabendo de tudo pelas ondas da maledicência — todas me viam e fugiam. Eu era contagiosa. Subi ao dormitório, deitei em pleno dia, sem comer, estava com dor de garganta, o disco girava: minha mãe não virá, minha mãe não vai meter seu nariz nessa história. No dia seguinte, implorei a uma colega. Como meus pais tinham se mudado do Norte para morar em Paris, minha mãe só receberia meu telegrama em Paris. Dois dias depois minha mãe mandaria um telegrama. Eu iria a Paris sem que ela viesse. Minha mãe assim pedia.

Minha mãe é azul da cor do céu, amo-a no meio da tragédia, amo-a depois da tragédia. Minha mãe é o vento do alto-mar porque ela não ultrapassará o limite do lamaçal.

Uma inspetora que não se envolveu na história me levou com minha mala num fiacre até a estação.

Subi no trem. Foi a primeira grande viagem que fiz sozinha. Me sentia livre, livre como uma égua sentindo os cheiros das coisas. Tudo se mostrava para mim, tudo se oferecia, me antecipava, alcançava, deixava tudo para o vidro do trem. Hermine vai me escrever ainda? Minha mãe vai me buscar na estação? Sim, já que a diretora mandou um telegrama com o horário da chegada. Haverá um novo drama? Meu coração... era um metal vibrando.

Que estrondo solene por detrás das vidraças, uma imensidão de carregadores de malas. É escura, é vasta, é enorme e lá estou, já gostando da fuligem das locomotivas que descansam em Paris. Colecionei tantos trilhos nos entroncamentos de linhas. Vejo minha mãe na primeira fila: um ponto de elegância. É uma mocinha e, ao mesmo tempo, uma mulher jovem. Pacto de graça. Dei-lhe um beijo e ela respondeu: "Gostou do meu vestido?" No táxi, falamos de sua roupa. A metamorfose de minha mãe em uma parisiense eclipsava o assunto da diretora. O colégio evaporava. Não houve a mais remota insinuação. Ao me dar Paris, ela me dava também o seu tato. Eu absorvia os prédios, a altura de cada um, a pátina das fachadas, o tamanho das ruas, as passantes, os passantes. Uma mulher sem maquiagem me surpreendeu. Quanta coisa essas duas pequeninas cavidades podem receber e guardar... Os ombros esmagados... "Você está tremendo. Está com frio?", perguntou minha mãe. "Você está tremendo", insistiu. É que Paris é indiferente e grande.

— Quero que você seja professora — implorava minha mãe.

Prometi a ela que tiraria meu diploma de conclusão do secundário. Na volta às aulas, me matricularia no Liceu Racine. Se não fosse professora, minha velhice se pareceria com a infância miserável dela. Minha velhice a apavorava. Ela me instalou no quarto mais tranquilo do seu apartamento na praça Daumesnil. À noite, tocava piano para eles. Meu padrasto não mencionou o colégio, nem minha expulsão. Esperei com minha mãe por semanas a fio uma resposta de Hermine, para quem eu havia mandado uma carta. Foi minha mãe que entrou no quarto com aquele retângulozinho azul-claro. Ainda estava duvidando, mas reconheci nele a caligrafia firme. Hermine me respondeu, Hermine não estava chateada.

Paris brotou de dentro da terra, eu fui para cima dela. O balcão do café, os balcões dos cafés ao meio-dia. Uma bebidinha, por favor, *diabolo-menthe* (limonada mentolada), *mêlé-cass* (vermute com cassis), *blanc panaché* (cerveja e limonada), você vem ao bar, você vem virar um copo no bar? Para mim, por favor, um sangue de boi, para mim uma perna de pau. O vocabulário que usavam me transformava em uma estrangeira. Mas eu via a transparência dos copos lado a lado. Ao meio-dia. Aguardente e cerveja nos bares do meu país. Meio-dia em Paris. Eles jogam *diabolo-menthe*, *mêlé-cass*. São jogos. Eles não jogam: eles bebem e confraternizam com as cores. Para mim, eram frívolos e fanfarrões, ficava chocada com o seu sotaque de *parigots*, ou seja, de parisienses. Morar numa capital é exaustivo. Eles reagiam com suas piadas, suas troças, seu sotaque carregado.

Chuva de namorados ao meio-dia. Namorados nas ruas, namorados nos bancos das praças, namorados na frente das vitrines. Fazem amor enlaçando as cinturas. As frontes se beijam quando as bocas não se juntam. Os outros, todos os outros, descem a escada do metrô na maior velocidade... É um trabalho a mais depois das horas de trabalho. Como são preocupados, tensos e pálidos os parisienses e as parisienses. As preocupações. Quilômetros de preocupação de um bairro a outro. Meu primeiro verão em Paris, o calor de Paris.

Paris está vazia em nossa rua, apesar de tudo, Paris é uma floresta de panturrilhas belas. Paris tem cheiro de axila cheirosa. Um rastro de licor de anis... O ar de Paris. Estou numa embarcação, há apenas uns pesos no fundo para jogar fora se eu quiser... Paris é pesada, Paris é leve, Paris é assim. Os campos, o prado, uma papoula, uma centáurea-azul... As roupas com tecidos coloridos, os corpos chamam mais atenção do que se estivessem nus. Os pardais, os pardais nascidos em Paris. Força e supremacia do oxigênio, da clorofila dos plátanos de Paris.

Uma noite, quando meus pais estavam viajando, eu saí para o ataque. O metrô. Será que eu poderia reproduzir ou não aquele cheiro de narciso definhando no metrô? Cuidado, novata, o trem entrou na estação. Ele faz um estrondo, é um belo estrondo. Os mineiros de Denain com olhos brancos enormes no rosto negro me pareciam mais alegres do que os viajantes debaixo da terra com seu rosto de papel machê. Desdenhava do seu sotaque, um pouco zombeteiro, mas apreciava o passo apressado enquanto me perdia pelos corredores. Que azarada, todas as portas me desafiavam. Voltei para a superfície e descobri o boulevard Saint-Michel saindo da praça Saint-Michel até a fonte Médicis. 1926. Paris fascinava os cinco cantos do mundo. Um indiano, com um turbante de cores claras que lembravam as cores dos meus tecidos de flanela, bebia uma cerveja numa mesa na calçada de um café, uma indiana em meio à sábia desordem de suas sedas, uma indiana cor de folha morta esmagava lentamente minha mão com sua sandália. A bela boca dos negros transformava a minha boca em uma hortênsia. Eu passava, floria para a noite dos seus rostos. Uma japonesa pisava com seus tamancos vermelhos o asfalto por onde passava. Cruzamento inesquecível do boulevard Saint-Germain com o boulevard Saint-Michel. Atravessar de uma calçada à outra para encontrar um oásis de escuridão. Breu mais intenso do que um túmulo.

— Onde estou?

— Ao lado do Jardim de Cluny.

Dei as costas para os cinco cantos do mundo, fiquei agarrada às grades do jardim. Leitor, a noite foi ficando cinzenta por detrás das grades. O raiar do dia tímido, tímida aurora, aurora em risco: a noite que rejuvenesce às dez da noite no jardim de Cluny... Reencontrei Isabelle, minha amada. Contei a ela sobre as pedras do Museu. Elas mudam de lugar se as observamos por muito tempo, minha querida. É o movimento dos séculos, não é uma ilusão. Ouça, vamos ouvir juntas. Silêncio ou barulho? Poderia ser o barulho da túnica de uma atriz... Será possível, meu amor, neste jardim de plantas e pedras organizadas e classificadas? Barulho, barulho, um teatro eterno. Três blocos. Serão eles os olhos da tragédia? Sim, minha criança, sim. Jardim de Cluny: um teatro de silêncio e orgulho. As ruínas, as pedras: segredos guardados nas crisálidas. Ruínas do Jardim de Cluny: vocês são minha primeira lembrança importante em Paris.

Isabelle amada, Isabelle abandonada. Ofereço-lhe o cruzamento formado pelo boulevard Saint-Germain e o boulevard

Saint-Michel, o meu primeiro passeio a pé em Paris. Isabelle, você me ofereceu lírios do vale. Vou ornar a barra do seu vestido com rosas, violetas e cravos da florista que fica na esquina do Jardim de Cluny. Às sete da noite, o comércio fechava no lugar de onde eu vim. Uma tabuleta na porta do Café de la Source. É quase um poema de Verlaine. Mas é Rimbaud que eu procuro.

— Onde estou, senhor, por favor?

— Na Praça da Sorbonne. Mais acima fica a estação Luxembourg.

A Sorbonne. Falo em voz alta quando fico impressionada. A Sorbonne. Terei coragem um dia de petiscar batatas fritas em um saquinho como fazem todos esses jovens a dois passos do prédio onde estudam?

Volto a Rimbaud numa manhã de domingo do dia 13 de julho de 1958. O prédio onde moro está vazio. Todos estão de férias, foram para o interior, o verão sem sol é agradável, o rádio sintonizado na France III toca a "Cantata 170", de J. S. Bach. O apresentador explica: o cantor é um contralto. O que é um contralto? Vamos ouvir. Voz de anjo e voz humana, recitativo que caminha lado a lado com a flauta, o órgão, a orquestra. Tristeza e serenidade se entrelaçam. A flauta obbligato. Quanta graça, ótima regência. Os musicólogos são inventivos. Acabou. O tom da voz não se elevou. Abro ao acaso os salmos de *Uma temporada no inferno*. "Apreciemos sem vertigem a vasta extensão de minha inocência". Verlaine, Rimbaud e Londres iluminam meu quarto.

Lembro também da minha primeira saída à noite por Paris. Quando vi livros de psicologia, livros de filosofia, livros de ciências, livros de astronomia... Erguer aquela livraria do chão, levá-la em minhas costas, sentir em meus ombros o verde-escuro das capas. Era minha primeira parada diante da livraria de Presses Universitaires. Outro dia traguei goles generosos dos títulos da coleção Garnier.

Uma novidade no Quartier Latin: os vendedores de frutas giravam ao redor da fonte Médicis com seus carrinhos cheios de frutas, paravam em uma esquina para oferecer, aos gritos, suas mercadorias. Às sete horas, em meu vilarejo do norte, as primeiras frutas da estação, a enorme maçã amarela, de um amarelo clarinho, de um amarelo modesto, de um amarelo murmurado como se fosse um pedido de desculpa, a enorme maçã descansava com sua cor de boa esperança numa vendinha já apagada. Comprei pêssegos para o jantar. As grades do Jardim de Luxembourg protegiam um jardim que tinha uma área fora do comum. Adentrei aquele espaço, encontrei com dificuldade um banco livre perto do Senado. Jantei. As estátuas entre as folhagens profetizavam com seus corpos grandes e simples o cair da noite. A antiguidade me refrescava. Tinha lido tantas citações sobre o Jardim de Luxembourg na *Comoedia*, nas *Nouvelles Littéraires*... Ali estava eu. Conquista e vitória anônima entre os anônimos. Os últimos jogos de veludo e luz entre as árvores: era este meu ganho. Virei a cabeça: preferia a Capoulade ao Panthéon. As cadeiras em pares, uma virada para outra, testemunhavam diálogos ternos. Comi minhas frutas debaixo de um alvoroço de pássaros alegres.

— Você me daria um?

Tive um sobressalto.

— Dar o quê?

— Um pêssego.

— Você não é francês.

— Sou argentino.

Ele trocava minhas frutas, com dedos finos e com seu sotaque cantado, por mangas. Comemos mangas. Ele me disse que gostava de literatura moderna, que lia Proust. Qual risco eu corria? Moças e rapazes enlaçados ao nosso redor sem nos ver. Eu o escutava junto da presença da costureira maravilhosa que fizera a bainha de seus lábios, do escultor que modelara o furinho no meio do queixo, o tecelão que fizera o corte dos olhos alongados, o gravurista dos cabelos encaracolados que ultrapassavam a aba larga do chapéu, o tenebroso comerciante de trevas dos cílios e sobrancelhas. Perseguida e tomada por modéstia e vaidade, via meus olhos pequenos, minha boca grande, meu nariz enorme na dobra do colarinho da camisa dele.

O desconhecido abriu as pernas e se inclinou para frente, comendo um, dois, três, quatro, cinco pêssegos. O suco molhava a areia.

— Agora vamos jantar — ele disse.

Então ajeitou as abas do chapéu de xerife e me levou a um restaurante em Montparnasse. Fez umas perguntas. Eu citava títulos, nomes de autores. Disse *Le Coq et l'arlequin*, de Cocteau,[4] ele respondeu *Plain-chant*. Disse *O anúncio feito a Maria*, de Paul Claudel, ele respondeu *Tête d'Or*. Disse Francis Jammes, ele respondeu Guillaume Apollinaire. Ele me deu de presente *No caminho de Swann*. O que ele queria? Fazer a iniciação de uma francesa na Literatura Francesa. Ele era tão amável, tão fino, tão correto, tão seguro de si quanto aos seus conhecimentos literários, como nenhum outro. Ele desapareceu de seu hotel, na rue Cujas, e eu o esqueci. Não escrevi nada do assunto a Hermine, nem contei para a minha mãe.

No caminho de Swann. Os dois volumes ao alcance da mão me acompanharam por mais de trinta anos. A poeira não cobre nenhum deles. Se folheio um dos livros, ouço como se fosse ontem as vocalizações do sotaque argentino. É a juventude imortal que impregnou as frases de Proust. Infelizmente, enquanto escrevo essas palavras, o "Invisível" que vem aqui, à noite ou em minha ausência, rasgou a capa, deixando os cadernos do livro descobertos. Já não conto quantos livros meus que ele destruiu desta forma: Bossuet, Mallarmé (mais do que os outros), Saint-John Perse... A marca e a assinatura de um vampiro que ataca os livros.

Fiquei animada com o Liceu Racine, que ficava ao lado da estação Saint-Lazare, perto do metrô de mesmo nome, num bairro com grandes lojas de departamentos, de hotéis para turistas, de cafés e restaurantes cheios. Eu tinha ido estudar no coração da cidade. Ouvia o barulho da multidão e do movimento na rua até durante as aulas. O nível das aulas era alto e eu fiquei assustada, retomei meu lugar no fundo da sala em todas as disciplinas com exceção de literatura estrangeira. A inteligência, a elegância e a maquiagem bem-feita de uma colega também me assustaram nas aulas de ciências e matemática. Quando me faziam perguntas, eu desmoronava, e os exercícios de acrobacia intelectual da colega acabavam comigo. Ela e outras colegas zombavam do meu rosto,

---

4 Jean Cocteau (1889-1963) foi um poeta, romancista, ator, dramaturgo, cenógrafo e escultor francês eleito membro da Academia Francesa em 1995. Entre suas obras, estão o filme *O testamento de Orfeu* (1959), e os livros *O cavaleiro da távola redonda* (1957) e *Ópio, diário de uma desintoxicação* (1985). (N.E.)

da minha ignorância, da minha timidez. Eu estudava à noite, mas acompanhava cada vez menos o curso. Estava debilitada. Cuspi sangue uma noite inteira depois de ter arrancado um dente. Sentia-me fraca apesar da troca de cartas diária com Hermine. Minha experiência e minha superioridade vinham de meus sentidos. Tinha de esconder isso de todo mundo.

Meu arcanjo, fui injusta com você no livro *Ravages*. Ele é um romance, é o nosso romance e é romanceado. Arcanjo, em breve você fará sessenta anos. Arcanjo, não acho que você roubava dinheiro das caixinhas das igrejas. Espero que você me odeie. Pode odiar, você foi imperfeito.

Vou contar como foi que eu o conheci.

Um domingo à tarde entrei no cinema Marivaux. Sala lotada. A funcionária me disse: "ainda há lugar, é o último lugar". Como você, eu fora ver *Ariane, jeune fille russe*, com Gaby Morlay, Victor Francen. Fiquei tão arrebatada pelo perfil de alguém na sala, assim como ficaria com um coral tocado por um órgão. Descobri a austeridade de um perfil; as fontes e riquezas, a ética do claro-escuro. Além disso, senti uma atração arrebatadora. Eu, estudante secundária, provinciana recém-chegada, ofereci um cigarro ao meu vizinho da direita, que tinha o ar meditativo. O vizinho aceitou meu cigarro sem virar o rosto. Fumamos nosso Camel, vimos o filme, pensamos um no outro sem nos conhecermos. Perto demais, longe demais. Que mistura desde já, que estranho prelúdio. Toda a distância de cabo Norte a Palmira, toda a proximidade de um grão de milho a outro. Ao sair da sessão, ele veio atrás de mim. Um drinque na cervejaria. Já contei nossa história com algumas variantes. Confessei que eu era estudante, aluna do Liceu Rácine. Passaram vários dias e não o vi de novo. Não faz mal, eu me dizia. Todos os dias escrevia para Hermine, em minhas cartas eu a amava, nas cartas dela eu a amava, escondia dela minha ida ao cinema e minha saída com Gabriel. Escondi o que existia, o que não existia mais: a presença e a ausência de um perfil no cinema. É verdade: não queria que ele viesse à porta do Liceu Racine. Sempre fui, sempre ficarei preocupada com o que as pessoas vão dizer. Procurava Gabriel na saída do Liceu. Lembrava da nossa conversa no banco do metrô. Quanta doçura. A doçura dele me entristecia. Não volte mais, não devemos nos rever. Ele não voltava.

Saí do Liceu uma tarde no meio de uma multidão de alunas. Não tinha como virar o rosto. Das outras vezes, eu o buscava à minha frente, perto da entrada do metrô. Neste dia, virei o rosto com muita lentidão... São entendimentos, gestos, movimentos preparados antes do meu nascimento. Ele esperava apoiado na parede do Liceu, ele me observava de lá... As alunas se dispersaram, fiquei sozinha ao seu lado. Ele me solicitava sem abrir a boca, sem estender a mão. Um sustentava o outro, Paris se apagava.

— Como vai? — perguntou com falso entusiasmo.

Não consegui agradecer pela barba bem-feita, pelos cabelos alisados com brilhantina.

— Não devia... Se meus pais virem...

— Seus pais não verão nada. Há uma confeitaria que fica longe daqui — ele disse.

Sua calma e seus olhos verdes me desorientavam.

— Impossível, preciso voltar para casa... Morávamos na praça Daumesnil, agora moramos na Porte Champerret. Vou indo.

Ele sorriu e seu rosto se iluminou. Paris estava de volta, Paris me encorajava.

— Eu sei onde você mora — ele disse.

— Você já foi à Porte Champerret!

— Sim. Vamos fazer um lanche.

Ele fez uma gentileza, foi um detalhe, quando atravessamos a rua. Sonhava com sua boca de homem meditativo, os lábios finos contra os quais meus problemas de álgebra se resolviam e se dissolviam.

— Tão perto assim, não — disse a ele quando sua boca chegou na altura do meu ombro. Caminhávamos.

Entrei com ele numa confeitaria e num conto de fadas: era um convite para tomar um lanche. Entrei para o grupo das mulheres que recebem alguma coisa dos homens.

Gabriel pediu dois pratos, dois garfos. A vendedora se apressava sem notar seu sobretudo puído. Já eu notava até demais.

Comemos pequenos doces folhados recheados com creme cor de merengue. Gabriel conhecia meu gosto.

— Eu adoro as coisas boas — ele disse.

Eu me transformei, o Liceu Racine se transformou. Gabriel me esperava sobre o estrado da mesa de professores, no mostruário dos relógios, no papel das minhas lições. Quando duas linhas se juntavam para formar um losango, Gabriel me esperava nos quatro cantos do losango. Quando uma aluna era instada a ir ao quadro fazer uma equação, ela escrevia por ele "espero você". Não desejava mais Gabriel, não queria mais que ele me desejasse. Aguardava na companhia das alunas enquanto ele aguardava sozinho todos os dias, sozinho do lado de fora, sozinho na multidão. Eu fechava o punho, via as horas no relógio de pulso com um movimento viril de braço, um movimento para Gabriel, em homenagem à doçura dele, aos seus gestos um pouco femininos, à sua cintura fina. Quando o encontrava, me deslumbrava porque ele era estoico. Os lanches com ele, os licores, os drinques me lisonjeavam. Mais do que isso. Ele dava e se dominava, ele me fazia ser mais velha. Ele respondia sem palavras à minha sede, à minha fome de Hermine: com um pequeno prato, um garfinho, um bom copo de bebida alcóolica. Eu via nos olhos de Gabriel a fome e a sede, via que ele implorava com um olhar intenso de animal que quer levar você a acariciá-lo. Um cliente entrava na confeitaria, Gabriel se aproximava sem tirar os olhos de mim, eu tropeçava: eu me tornava imensa. Ele olhava o mar, ele buscava o barco. Eu me transformava em barco e mar. Adorava sua fidelidade, adorava seu braço debaixo do meu, adorava sua paciência, adorava seus sacrifícios.

— Um instante, meu menino — ele dizia quando caminhávamos na rua.

Então parava, me mostrava e me explicava com entusiasmo um cartaz de Paul Colin, descrevia os quadros de Othon Friesz, mostrava uma leve alteração na luminosidade perto da Trinité, uma nuvem branca que permanecia em cima do Liceu, o arco-íris numa poça no chão, a tristeza relativa de dois homens-sanduíches fazendo a publicidade de um restaurante na rue Saint-Lazare. Passávamos raspando nas putas do bairro, andávamos à frente delas, ele lhes oferecia sua amizade ao passar. Ele apertava meu braço para um rapaz que saía do café e se despedia dele. Observava tudo, tudo lhe interessava. Ele tomava Paris nas mãos; seus olhos sempre suplicantes me diziam: sirva-se, pegue, está em mim e é para você.

Ele fazia um trabalho comissionado em Clermont, comprava aqui o que faltava às mulheres de lá: mercearia, porcelana, quinquilharia. Nossa liberdade às quatro da tarde me enchia de ânimo. Ele queria que eu fumasse na rua, sua audácia me aturdia.

— Na semana passada vi você nas Galerias com sua mãe e seu irmão. Vocês pegaram o "S".

— Quê? Como você sabe?

— Fui de táxi seguindo o ônibus.

Seus olhos também diziam: não insista. Não vale a pena.

— Sua mãe pediu um suco de limão. Você, um sorvete. Sua mãe estava impaciente.

— Você estava mesmo lá!

— Estava.

Disse a ele: tenho uma amiga.

— Vamos a Montparnasse!

Disse a ele:

— Antes eu tinha Isabelle.

— Vamos ao Dôme!

Disse a ele:

— Tenho uma amiga. Escrevo para ela todos os dias.

— Vamos ao Select.

Disse a ele:

— Ela me escreve todos os dias.

— Vamos ao Jockey, menino, só nós dois.

— Tenho uma amiga!

Até que Gabriel entendeu, e seus sacrifícios aumentaram.

Meu amor.

São vinte para meia-noite. Meus pais dormem, o apartamento dorme, o prédio dorme. Você podia vir, a cidade é uma máscara. Você não virá. Não quis instalar cortina na janela. É para você essa festa de luz sobre o vidro da claraboia. São lâmpadas de outro universo. A luz é fraca e fosca. Você está acordada e me escreveu contando. A noite nos faz companhia. A cadeira, o armário, meu material da escola... As coisas, os objetos usam você. Eu viro a cabeça. Eles me devoram. O silêncio do meu quarto é o silêncio do seu piano, o silêncio daquilo que você não toca mais. Você modulava o som, o musgo das florestas distraía o céu. Uma grande musicista estudiosa. Meu sonho. Seu sopro sobre a minha mão que escreve para você. À noite, é mais fácil. As distâncias, as nossas, são discretas. Quando você me beijará até que eu peça clemência? Beijo suas frases, beijo suas palavras, passeio meus lábios no seu papel de carta. Quando você estará em meus braços? Tenho cantinhos para guardar você, minha joia. É isso o que o espelho diz às curvas dos meus ombros quando me visto, quando me dispo. Eu choro. Não me acostumo à sua caligrafia. Ela também percorre um teclado. Quero tanto ver você, Hermine. Amar não é estar distante. Sua respiração não está mais em minhas mãos. Você está ausente, sempre ausente. Paris com você. Seria inacreditável. Será que vou até sua casa? É impossível. Sua carta de hoje de manhã é um paninho refrescante em minha testa. Não tire sua jaqueta marrom, não tire. Ela é você, é sua assinatura sobre as minhas pálpebras fechadas. Tivemos um azar depois do outro. Você acha que as coisas vão continuar assim? O que seremos uma sem a outra? Me responda. O que será de nós? Escrevo-lhe amanhã.

Não, não posso deixá-la. Você é generosa, Hermine, me dá todos os detalhes. Vejo os desenhos nas suas aulas, vejo o rosto das alunas, vejo a diretora. Ela dá aula também? Duas turmas em uma escola de vilarejo é algo extraordinário. O jardim, o seu e o dela, está bem cuidado? Você cuida dele. Você tem tempo para cuidar dele? É magnífico. São pequenos "nadas", mas estes nadas permitem que eu reconstrua sua vida a cada vez que leio. De repente Paris é pequena, de repente Paris é fria. Há tantas pessoas solitárias aqui. Cada um vive em sua jaula. Você me falava do Luxembourg, você me falava nos corredores do colégio interno. Podemos ir a um concerto se você vier a Paris. Você dá aulas particulares, você costura, você lê à noite... Você não perde seu tempo. Minha preguiça continua igual. Vou me dedicar ao fim do ano escolar. Tenho medo do fim do ano escolar. Gostaria de rever a mesa de carvalho, a poltrona. Seu pai é gentil. Você morava sozinha, você está em casa. Tenho orgulho de você, minha querida. Se eu pudesse ser professora como você, no mesmo vilarejo, na mesma escola. Toque o último Estudo no domingo se você estiver sozinha com o piano, toque-o para mim, meu amor, toque no fim do dia.

Violette.

O envelope estava lacrado. Apaguei a luz, cochichei em minha cama: Toque o "Estudo", toque o "Estudo"...

Eu ameaçava a mim mesma e ameaçava Hermine.

Toque o "Estudo". Eu escondo de você Gabriel, o filme *Ariane, jeune fille russe*, o cinema Marivaux e os outros cinemas com ele. E a ânsia dele, o suor de sua mão sobre a minha, suas súplicas, seus pedidos de animal mudo, não falo de nada disso. Toque o "Estudo" no fim do dia enquanto nós saboreamos Paris. Você, minha água pura. Quando ele me oferece um cigarro, eu a engano. Eu a engano e você triunfa. Não posso escrever sobre nada disso. Preciso de você, preciso dele, você não entenderia. Se você ficasse chateada, não encontraria mais com ele. E não posso correr o risco. Minha mãe tem o marido dela domingo à noite, domingo à tarde. Eu tenho Gabriel. Não posso contar: fui buscá-lo em um cinema. Tenho medo do seu julgamento, quero manter o que tenho: Hermine e Gabriel. O que eu tenho? Um homem inofensivo que gosta de mim. E raramente gostam de mim. Um homem pequeno, malvestido, um homem exíguo. Isso para quem vê de fora. Um homem que se controla, esquece suas necessidades, se sacrifica. Um gigante. Um canteiro de orquídeas num campo de nabos. Eu o acalmo com carícias distantes de minha mão. Ele me deseja de verdade? Acho que não. Ele deseja o próprio suplício. O suplício daquilo que lhe escapa. Seu dinheiro... Ele entra num café, transforma em gorjetas seu pão do dia seguinte. Ele não fala de suas preocupações com dinheiro. Seu pudor é colossal. Os punhos gastos, a gola suja, o nó de gravata imundo. Sinto vergonha dele como sentimos vergonha dos mártires.

Ele tem as meninas. Eu as esqueci. Não saberia como lhe explicar, Hermine. Você toca o "Concerto italiano". Gabriel lê e ama a música. Sabota leitura e música para ir lanchar com uma estudante secundária. Não é um homem velho, nem um homem maduro. Vinte e seis anos. Ele rouba de você meus beijos, Hermine. Devo me agachar, devo pagar minha segurança com carícias enganosas. Não, você não tem como entender.

Como se tivesse recebido esta carta escrita na lousa da noite, Hermine me responde contando que tinha de vir a Paris resolver uma questão. Saio da casa de meus pais por dois dias. Ela me deu um beijo, disse que queria que fôssemos deitar, que ela só pedia isso em Paris. Primeira noite no hotel do Panthéon, domingo e noite seguinte no hotel do Grand Condé. O concerto depois do esgotamento.

Que tal dividirmos um último croissant, Hermine? Vocês ficarão com o quarto? Sim, vamos ficar com o quarto. Seu relógio, não esqueça nada, pegue seu relógio na mesa de cabeceira. No Châtelet, ficamos de frente para o concerto? Se corrermos, sim. Não seremos os primeiros, mas não seremos os últimos. Você verá uma multidão de estudantes. É ali o Châtelet? Sim. São os estudantes? Sim, eles sobrem ao anfiteatro. Cansada, Violette? Sim, mas de leve, de leve... Oh, nada, Hermine, nada; fala baixo. Gabriel! É ele, atrás de nós, está louco. Luz fortíssima e uma avalanche de antracite. Como ele soube que viríamos ao concerto? Como soube que Hermine está em Paris? Não tenho como calcular a quantidade de horas que ele ficou espreitando, esperando. Agora ele encena seu papel de anônimo ao nosso lado. E me faz encenar o papel de vilã. Não posso culpá-lo. Ele me obriga a lembrar que ele existe, não quer ser excluído. Ele queria saber como é Hermine. Responda, Violette. Por quê você não está respondendo? Estou, sim, Hermine. Estava perguntando se você gosta dessa multidão de estudantes. Eu gosto muito, Violette. Ele roça meu ombro com a bochecha. Dei a ele sem perceber meu ombro para ele roçar. Ele não é fácil. Está vendo, Hermine, está tudo bem. A audácia dele me entristece. Me encanta. Ficaremos de frente, como você disse, Violette. Está trapaceando esse mártir. Responda, Violette. Cadê você? Ele é mais rápido que nós, passou a nossa frente na escada. O cabelo comprido dele. Ele não liga para o cabelo comprido quando entra no Jóckey, quando está radiante, quando se sacrifica para que escutemos cantar Kiki de Montparnasse... Sim, Hermine, é sempre assim: muitos degraus para chegar aos lugares mais em conta... O banjo, o álcool, dois "bolcheviques", como da última vez. Sim, sempre a corrida na escada, o melhor lugar fica para quem chega primeiro. Ele consegue ter o que quer. Atrás de nós, bem perto. Vamos voltar para o hotel, Violette. Você queria tanto esse concerto, Hermine... Vamos voltar, não estou me sentindo bem aqui. Seu concerto preferido de Schumann. Você está tremendo, Violette. Você está como eu, não está se sentindo bem. Não estou tremendo, Hermine. Sim, estou tremendo porque ele já se sentou. Dois lugares livres na frente dele. Como ele fez para guardá-los, para reservá-los? Vamos voltar ao hotel, Hermine, vamos voltar. Não, Violette; a orquestra está afinando os instrumentos e levantar agora atrapalharia os outros. Eu disfarço. Disfarço para poder olhar para ele. Ele roça nas minhas costas com o joelho como tinha roçado meu ombro. Assassinamos Hermine enquanto ela sorri para os agudos. Uma coisa branca nas mãos dele... O que é? Vou virar o rosto, vou assassinar Hermine mais um pouco. Os livros. Os livros que me prometeu. "Paciência, menino, vou conseguir os livros numa edição rara." Ele apoia a edição rara em seu casaco velho, ele quer me dizer que achou os livros, que comprou. Terá sabonete amanhã para tomar banho? Amanhã vai me dar de presente *Se um grão não morre*, que traz em suas mãos, amanhã Hermine vai embora. Eu deveria gritar o que está acontecendo, o lustre deveria cair. Seu bombeiro, gentil bombeiro, nos mande embora do teatro, os três, Hermine é um cordeiro, um cordeiro ouvindo a "Abertura Egmont". Ela segura minha mão, agradece pela música. Gabriel, isso é que é ter um orgasmo? Hermine, isso é que morrer no paraíso da ignorância? Violette, isso é que é trair?

— Quero que você seja professora — disse minha mãe. — O que vai fazer se não for professora, se não for aprovada?

Ela ficava cada vez mais atormentada:

— Pense no seu futuro. Você precisa pensar no futuro.

Eu tentava tranquilizá-la.

— Vou ser aprovada.

— Você acha?

— Quero ser livreira. Vou conseguir um emprego numa livraria.

— Sério?

Adorava ver, com uma simples pergunta, uma mulher totalmente desarmada.

Fiz alguns cursos da Casa do Livro, as provas finais da escola estavam chegando, eu colhia o que tinha semeado: minha preguiça, minha despreocupação, minhas centenas de horas de estudo perdidas, meus passeios com Gabriel, as cartas escritas para Hermine. Queria ser aprovada por causa da minha mãe, para deixá-la tranquila. Esquecia, na confusão do tempo perdido, meu desejo de dar aula na escola de Hermine.

Queria poder dizer à minha mãe: fui aprovada. Enquanto as outras alunas revisavam a matéria, eu estava ainda aprendendo. Eu via um sol dia e noite e tal sol me oprimia. Daria meu sangue para poder chegar perto dele. Quem era esse sol? O grupo de boas alunas seguras de si. O sucesso delas. Minha cabeça se esvaziava à medida que eu a preenchia. Sentia inveja das férias daquelas que perdiam o ano. Na época em que eu aprendia a multiplicar, costumava me consolar dizendo: aquilo que você não aprende à noite, no dia seguinte, você sabe. No dia seguinte, na época da prova, eu acordava com uma colmeia velha e bolorenta no lugar do cérebro. Geografia, história, um melaço. Eu trocaria meus livros didáticos pela vassoura do vassoureiro.

Uma tarde, depois de uma aula de revisão no Liceu Racine, encontrei minha mãe em meu quarto. Ela arrumava duas malas. Falávamos com frequência sobre ir embora. E fomos com o coração pesado, tímidas e desorientadas. Minha mãe se arrependeu na mesma noite do que tinha feito. Eu fiquei febril, disse a ela que queria morar em um *studio*. Era a palavra da moda. Tínhamos ido para um bom hotel, comemos nossas refeições no La Reine Pédauque, como quando vínhamos a Paris. Buscávamos ajuda e proteção no conforto. Minha mãe não podia viver separada do marido e do filho. Falamos deles sem parar e ficamos vagando mesmo sentadas num café; comecei a sentir dor de garganta. Minha mãe implorou ao fim do dia seguinte para eu telefonar para o meu padrasto e perguntar se poderíamos voltar. Ele respondeu: "Sim, voltem." Eu fiquei doente: com difteria, para tratar com *spray* de permanganato e azul de metileno. Minha mãe cuidou de mim com dedicação. Meu padrasto não veio ao quarto e eu não tive coragem de perguntar se ele mencionara minha saúde. Eles saíram no domingo seguinte, foram jantar fora para comemorar a reconciliação. Eu fiquei sozinha, com a velha Marie, a empregada, estava triste e me sentindo amargurada. Quando fiquei boa, meu padrasto me tratou friamente na sala de jantar. Respondeu-me "Bom dia", sem dizer mais nada. Eu tinha sido responsabilizada por nossa partida, era injusto. Eu influenciara minha mãe como ela me influenciava. Com quanto ânimo eu telefonara para ele para que minha mãe voltasse para casa.

Fui aprovada na prova escrita, mas reprovada na oral. Não fiquei estudando nas férias e nem fui fazer uma nova prova em outubro. Minha mãe não insistiu. Aceitou desconsolada.

— Você é uma preguiçosa — disse.

Minha mãe achava que eu não encontraria um trabalho. Meu padrasto queria que eu pagasse pelo meu sustento.

Pus um anúncio no *Bibliographie de la France*, um jornal das livrarias. O número do meu anúncio me deixou fascinada. Meu trabalho estava sendo gestado numa série de algarismos assim como a felicidade ou a desgraça são gestadas em um anúncio matrimonial.

Li a carta de Hermine e saí do meu quarto às pressas.

— Vou poder vê-la se conseguir um trabalho?

— Vai — disse minha mãe. — Não bata mais a porta. Seja razoável, por mim. Você vive batendo as portas. Quanta raiva... Por quê, Violette?

A empregada entrou na sala de jantar, minha mãe se calou. A empregada saiu.

— Por quê, Violette?

Minha mãe fazia uma saia cor de cacau que ela levaria para plissar. Apalpava a saia, verificava as medidas, enfiava alfinetes, introduzia um tom outonal à doçura uniforme. Meu trabalho também estava sendo gestado na nova saia que ela me daria.

— Faço tudo por você — disse ela — faço tudo para que você fique feliz. O que você é que você tem contra mim?

Quando ela se fragilizava, eu a atacava.

— Você devia trabalhar fora. Se ficar em casa o tempo todo vai definhar — disse.

— Vou pensar — ela respondeu.

Seus olhos de aço tornavam a me perguntar por qual motivo eu batia as portas, o que eu tinha contra ela.

Eu me compadeço de mim mesma até me sentir péssima. Sempre Marly, sempre os dentes-de-leão, sempre Marly, sempre os dentes-de-leão. Não suportava ficar sozinha com ela, não suportava mais ouvir os relatos de sua juventude, quando eu era criança.

Não podia lhe dizer: bato as portas e sou raivosa porque estou sobrando nesta casa. Estou em Marly, em nossas cabanas de coelho depois da morte de Fidéline. Com você, estarei para sempre lá. Arrebentaria uma porta para ter de volta nossos invernos passados no

Norte, nossos crepes, nossa sarna, meus piolhos. A sarna viera dos soldados pobres — nosso enxofre, nossos banhos —; meus piolhos, de uma misteriosa aluna quando comecei a ir à escola. O pente fino na mão de minha mãe... ela catando piolho no meu cabelo. Organizar o sofrimento. O pente, uma inspiração para a energia dela. Os parasitas não resistiam à minha mãe, os parasitas morriam entre as unhas dela.

Tínhamos as mesmas lembranças:

— Eu era alegre? — perguntou minha mãe.

— Você não lembra?

— Você lembra melhor que eu — ela disse. — Me conte...

Ela deixou a saia de lado; queria escapar do apartamento.

— Você estava sempre alegre. Você cantava.

— Eu cantava? — perguntou com voz de criança. — Eu cantava mesmo sem um tostão — disse, extasiada.

Quando meu padrasto não estava perto, eu gostava de falar de Gabriel.

— Eu vi vocês dois — disse minha mãe.

— Nós dois!

— Vocês dois! Andando na rua. Com o mesmo casaco. Não disse nada ao seu padrasto. Seja prudente, pense na sua mãe. Hoje é sábado. Que tal irmos ao Prado? Vá se vestir, vá se arrumar.

Eu aplaudia, dava um pulinho em cima do tapete.

Minha mãe se maquiava o menos possível no banheiro, eu me "arrumava" em meu quarto.

— Está ouvindo? Tenha cuidado — gritou ela. — É um homem.

Ela veio até a porta do meu quarto com o pompom do pó de arroz. Eu esquecera seus conselhos. Perdia-me com o perfume delicadamente sensual do pó de arroz.

— ...Não é um homem como os outros — respondi.

— Vamos, se apresse. Vamos perder nossa mesa!

Ela voltava para o banheiro, eu a seguia com o meu pompom. Nossa maquiagem não tinha muito esmero, nosso *blush* para a maçã do rosto era o mesmo.

— Mesmo assim, é um homem — ela recomeçava.

— Ele não me pede nada, não exige nada.

Minha mãe aumentava as sobrancelhas com um lápis.

— Seria o primeiro a agir assim — declarou ela.

— Estou dizendo que ele não é como os outros.

Encobria Gabriel ao esconder dela as carícias e beijos forçados que eu dava nele.

Comparo a alegria de nossas saídas aos sábados à tarde com a alegria das flores e dos buquês pintados por Séraphine de Senlis. Eu atravessava com minha mãe uma multidão de pequenos olhos de todas as cores indo da Porte de Champerret até a praça Pereire. Minha animação, minha alegria se projetavam e eles voltavam multicores.

— Não me dê o braço. Você parece um camponês! — ela dizia.

"Camponês". O masculino me afligia.

Mas não me chateava. Era impossível com a multidão de olhinhos coloridos e risonhos. 1927. Não me lembro do vestido dela, nem do chapéu, da bolsa ou das luvas. Só me lembro de pensar que eu gostaria que ela fosse mais excêntrica.

— Vá na frente — eu dizia a ela.

Minha mãe obedecia.

— O que você achou?...

No universo da elegância, eu era o mestre e ela, a discípula.

— E então?

Ela perguntava sem se virar, em estado de alerta. Seus sapatos de salto alto e as meias me agradavam.

Ela voltava.

— E então?

— Clássica. Clássica demais.

— Ora essa — concluía ela.

Mais de trinta anos depois, entendo: eu exigia demais dela; queria que ela tivesse um vestido único, um chapéu único. Imagino, mais de trinta anos depois, os passantes, os carros parando por causa de minha mãe como eles param nos filmes de Méliès.

Chegamos na avenue de Wagram por volta de quatro horas.

— Cigarro — disse minha mãe.

O espetáculo estava começando. Entrei sozinha na lojinha de tabaco apertada que ficava ao lado do *music-hall* L'Empire. Aguardava minha vez com prazer e ansiedade. A caixa alcançava o maço solicitado sem olhar para a estante, com um virtuosismo mecânico.

— Venha, voltaremos semana que vem — disse minha mãe sem paciência enquanto eu empacava diante dos cartazes e das fotografias dos artistas do L'Empire. Passávamos pelo *music-hall*, hesitávamos um pouco já chegando ao Prado. Quem não estava acostumado, deixava passar a entrada.

— Entre primeiro — disse minha mãe.

Eu obedeci, gostava de proteger minha mãe pois de nós duas ela era a mais feminina, a mais bela. Desci uma escada macia que levava a um subsolo reservado, segurei o corrimão de corda deixando minha mão deslizar, sentindo o relevo e o contraste dos degraus escondidos sob o tapete da escada. Minha mão deslizou pelo corrimão, levando meu pensamento a reminiscências de cordames de outros tempos: o barco em Le Havre quando eu fora para uma colônia de férias na Inglaterra depois do casamento da minha mãe. Um nó: Southampton. Outro nó: travessia de Londres na velocidade de um zíper. Outro nó: Bakewell, o Derbyshire. Outro nó: a casa de campo da solteirona com seu jardim cheio de lavanda. Outro nó: a lavanda tão alta quando nossos trigos de Flandres. Um nó, um nó, um nó, um nó, um nó, um nó: espigas de lavanda, o azul abstrato da lavanda no talo, as sobremesas suculentas, a multidão ondulante, a embriaguez do capim verde, a vigilância maternal da senhora do castelo. Pêssegos escondidos no meio do creme, mamãe.

— Já comi — disse minha mãe. — Os sorvetes... Os sorveteiros que entregavam na casa do seu pai...

Ainda bem que as recepções dos outros se transformavam nas recepções dela. Apesar disso, sorvetes e sorveteiros congelavam minhas memórias: o nó borboleta em meus cabelos aos quatorze anos e meio na fotografia da colônia de férias; o cartão-postal de Dorothy Barker com uma fotografia de sua casa.

Os cossacos sobre o palco cantavam "Les Yeux Noirs" em russo, um músico na sala com sua balalaica abria caminho enquanto ia tocando. Cortina. O músico subia no palco, vinte balalaicas com outra canção russa exaltavam guizos e trenós. Sentávamos na mesa de sempre.

— O que você vai querer? — disse minha mãe irritada.

A vendedora de doce esperava com a pinça sobre o carrinho. O que eu queria? Ver minha alma e meu coração de vinte anos em uma faixa. Ver a faixa estremecendo, ondulando sobre vinte balalaicas. Um gigolô se levantou e beijou a mão da mulher que ele aguardava.

— É triste, Violette, sabe...

Os garçons recusavam a entrada de novos clientes com toda delicadeza. O salão estava sempre abarrotado.

— ...É triste ter de pedir dinheiro toda vez que não tenho mais nenhum. Nem estaríamos aqui se não tivesse meu esconderijo. Ele não me dá muito por vez, pois tem medo de que eu dê para você. É esse motivo.

Os emigrantes russos que tinham se encontrado oito dias antes no mesmo salão encontravam-se de novo com tanta animação que transformavam oito dias em vinte anos.

A cortina desce.

Os músicos iam para o salão, descansavam perto da escada.

As mulheres o esperavam, a maioria vinha só para vê-lo, os homens no bar giravam seus bancos. As garçonetes e os garçons se escondiam para poder vê-lo e ouvi-lo.

— Não é Chaliapin,[5] mas tem uma bela voz grave — cochichou uma das senhoras na mesa ao lado da nossa.

O grande homem russo, sozinho no palco, cantava sem afetação. Descrevia a estepe, ornando-a com as modulações de sua voz, tornava-a sombria, aquecida, iluminada, dramatizada, ele a percorria e a comprimia e nos oferecia tudo aquilo. Se por um lado a língua russa era estranha para mim, por outro, me identificava com rudeza e força do norte. O prestígio dos imigrantes. Como eram ricos esses boêmios aristocratas, pois até eu podia desamarrar a peliça[6] do Tsar, engomar a gola de Lênin, escovar o chapéu de Trótski, limpar o jardim de Tolstói enquanto o cossaco cantava uma canção capaz de estourar de entusiasmo uma "isba", casa camponesa russa. Ainda consigo ouvir. O que é que eu faço? Dou um pontapé no carrinho de bebê na célebre descida do *Encouraçado Potenkin* para que nasça mais depressa o novo mundo debaixo da escada.

A cortina desce. Uma pausa. O cantor desaparece. Com olhar perdido, voltou, avançou cantando "Les Steppes de l'Asie Centrale" por entre as mesas. Ele recusava as flores, recusava os cigarros.

---

5 Feodor Chaliapin (1873-1838) foi um famoso cantor de ópera russo, conhecido pela expressiva voz de tom grave. (N.E.)

6 Vestimenta confeccionada com pele de animais, geralmente usada sob o ombro esquerdo. (N.E.)

— É um homem realmente bonito — disse minha mãe indiferente.

Pedimos uma bebida depois dos petiscos.

Naquela noite meu padrasto falava de política à mesa. As greves o deixavam fora de si: era preciso amansar os operários... Minha mãe via nossa Marly em meus olhos, eu via nossa Marly nos olhos de minha mãe. Ele tentava se lembrar do nome de um político, eu exclamei:

— Rappoport!

— Isso mesmo, minha pequena. Você sabe — ele disse.

Minha mãe ficou exultante. Afinal, sua filha não era uma ignorante. Se pudesse saber todos os Rappoports noite e dia, pensei comigo.

Íamos ao L'Empire na matinê, pegávamos os lugares mais baratos no anfiteatro e nos convertíamos em musgos no alto de um mastro.

Marcel Jouhandeau me disse um dia: "Você tem um casaco de tricô de palhaço (com listras largas verdes e rosas), nós somos palhaços. Nós adoramos, as pessoas ficam rindo depois que vamos embora." Grock fazia sozinho seu número. Era um palhaço que admirávamos mais ainda depois que ele deixava o palco. A boca dele? Era a curva de uma grinalda. O queixo volumoso e barbado? Um coco seco. A cabeça? Um ovo de Páscoa. As luvas. Emprestadas de um Golias. Os olhos de março-abril-maio. Uma roda de criança. A vitalidade por cima dos aplausos. "Por quê" "Sem brincadeira." As reticências depois dos "Por quês", depois dos "Sem brincadeiras" se transformavam em pontos fosforescentes. Grock deitava o rosto no ombro, ele comovia comovendo-se, ele fascinava o público quando dizia "Sem brincadeira". Ele tocava também.... Não me lembro o nome do instrumento. Abro o novo *Petit Larousse* ilustrado, abro ao acaso, em uma página de nomes próprios, acabo convencida de que ele tocava ocarina. Deparo com a comuna chamada Crèvecoeur-le-Grand, "Arrasa-coração, o Grande". Sim, Grock, você é um grandíssimo arrasa-coração. Ficamos com o coração na mão vendo seu triunfo. Agora lembro do nome. Ele tocava bandonéon desenhando círculos fantásticos com os braços. Escamoteava seus dons quando tocava sentado encostado no espalmar da cadeira, quando tirava som de um micróbio: o menor violino do mundo.

Oito dias depois do espetáculo, disse à minha mãe:

— Temos que voltar ao L'Empire de qualquer jeito.

— Quer ver Grock outra vez?

— Não... É um programa novo.

— Você viu? Com quem? Violette, seja sensata. Violette, seja prudente. Pode acontecer com você como com qualquer outra. Conheço os homens. Todos são iguais.

— Vamos ao L'Empire na quinta-feira?

— Por quê? Você já o viu.

— Vou revê-lo com você. Vamos?

— Bom, vamos, já que está tudo bem.

A pesada cortina se ergueu, a moça deitada no divã à esquerda do palco se abanava com um leque de penas de avestruz. O passatempo era comovente porque parecia ter começado muito tempo antes que a cortina do palco se levantasse. Abanar-se significava preencher cem anos. Os livros nos ensinam que em uma colmeia milhares de abelhas batem as asas para abanar a rainha. A jovem de mil dedos, mil punhos, mil mãos abanava a solidão. Ergueu um pé, brincando com a ponta da sua chinela. Tanta ousadia para afirmar sua frivolidade lhe caía bem. Olhei para a minha mãe. Tamanho era seu esforço de compreensão que movia os curtos cílios para cima e para baixo.

— Fique quieta — ela falou, mas eu não dizia nada.

Tudo palpitava: o tufo de penas da chinela, o pé, o calcanhar, o leque, o punho, a mão. Os olhos dos homens se satisfaziam enquanto os refletores lançando ouro e prata sobre os cabelos louros. Depois um livro de horas se abriu, uma miniatura ganhou vida. Pompadour[7] moldou a perna, Maria Antonieta cinzelou os dedos. Agora uma moça sedutora cobria o rosto com o leque. As penas continuavam palpitando. Fico sempre de olho nos espectadores

---

7 A personagem a que a autora se refere, Madame de Pompadour, conhecida e nomeada como Marqueza de Pompadour (1721-1764), foi uma cortesã francesa que se tornaria amante do rei Luís XV, permitindo-a influir e adentrar em discussões políticas da época, sobretudo durante a guerra contra a Áustria e a Grã-Bretanha, ganhando grande influência e alta posição social. (N.E.)

quando vejo um espetáculo. Vi uma acácia dentro de um chapéu sobre os joelhos de um homem calvo enquanto a artista nos dava o avestruz palpitante. A jovem deixou de lado, afinal, o leque, o vestido caiu como cai o primeiro floco de neve no começo do inverno. Uma pessoa se permitiu tossir.

Está de biquíni, duas peças cintilantes, simples como a lembrança do brilho de uma concha à noite na praia. Instante milagroso quando cai uma corda frouxa para a artista sair. Virei para a minha mãe:

— O que você está achando?

— Uma loucura — disse ela sem olhar para mim.

A moça subiu na corda, nossa pérola pequena e preciosa era um macaco. Cada movimento era uma joia. Seus gestos tinham a finura dos cabelos. Com a ponta dos pés nas argolas, ela se balançava e olhava o público de cabeça para baixo. Evidentemente a morte estava na sala. Na primeira fileira. Com um torcicolo.... Era alto demais para uma pessoa viva. Neste momento a acrobata se restabelece. A jovem dominava e reinava sobre os espaços, burlava da morte. As mãos em espiral se enrolando nas cordas das argolas, aquela amizade... É claro que ela não pode morrer — dizia em pensamento para a minha mãe. É obsceno, as panturrilhas dobradas debaixo das coxas, as coxas esquarteladas. Oh, o duas-peças era irrepreensível: tudo o que deveria ser recusado era recusado, nosso vago desejo por ela se confundia com um coração em alvoroço. Isso resultava de seu diletantismo enquanto se balançava e olhava, mas ela lançou o trapézio assim como um maquinista teria lançado seu trem rápido com uma única mão.

— O que você está achando? Está gostando? — perguntei à minha mãe.

— Eu seria muito difícil de agradar se não gostasse — ela me respondeu fechando e abrindo os olhos para se recobrar por um segundo.

Vou poupá-lo, leitor, de descrever as cambalhotas de soprano de um corpo acrobata ao redor da barra de um trapézio. Ela cruzava e descruzava os pés, afiava os dedos do pé na velocidade com que uma mosca afia as patinhas, ela tinha decorado tais exercícios perigosos. E lá se foi ela se suicidar de um trapézio ao outro. A morte em trapos se empobrecia. O suicídio fora superado.

— Como ela é linda — sussurrou minha mãe neste momento. A coragem a comovia.

Exercícios perigosos, ó, longos anos de treino para vinte minutos de incerteza. A cortina se fechou.

— É um anjo — disse minha mãe.

Neste momento Barbette[8] entrou na frente da cortina. O rosto são, fresco e sem maquilagem, o roupão bem fechado, o cabelo escorrido, o jovem inglês a cumprimentava, ele se esquivava, se protegia do espanto, dos aplausos.

— Não me arrependo de ter vindo — disse minha mãe.

Fizemos um lanche no colo com coisas que ela tinha trazido.

— Agora você vai me dizer com quem veio aqui — disse minha mãe.

— Com Gabriel, claro! Não suspeitava? Ficamos na galeria.

— Por que na galeria?

— É mais barato e mais perto do palco.

Ela se enfureceu:

— Ora, mas ele não é um homem? É, sim, um homem! Não vá me dizer que ele não tem ninguém!

— Melhor se Gabriel tiver alguém, como você diz.

Eu a desconsertava. Ela achava sobrenomes para Gabriel: Moutatiou, Mamoizelle, Moutarde. Ela o rebaixava, ela me entristecia. Não tinha coragem de dizer nada: eu ria com ela.

Achava que eu era uma poliglota, achava que eu era uma farsante, achava que eu podia enganar os ouvidos quando, criança, inventei uma língua estrangeira. Esperava surpreender a todos. Aqui um exemplo (eu fazia as perguntas e respostas):

— Chroum glim glam gloum?

— Blam glom glim gam.

— Vram plouminourou?

— Flarounitzoucolunaré.

— Motzibou?

— Motzibou.

Queria que os outros gargalhassem; e me sacudia toda, interrompida pela minha própria gargalhada.

---

8 Vander Clyde Broadway (1898-1973), de Round Rock, Texas, foi uma drag queen, performer e trapezista americana de grande sucesso em Paris nos anos 1920 e 1930. (N.E.)

Minha avó suportava tudo isso, ela era surda, minha mãe gritava: "Vai dizer essas coisas lá fora". Depois do casamento da minha mãe, uma empregada levou a sério. "O que quer dizer?", perguntou. "É alemão? Inglês? Espanhol? Italiano?" "É outra coisa", respondi me afastando.

Cab Calloway[9] no L'Empire era outra coisa. Ele cantava, improvisava, dizia palavras insensatas, palavras sem sentido, palavras duras, palavras fechadas, palavras metálicas, palavras agudas, palavras explosivas, palavras apertadas umas depois das outras. Sobreimpressão do ritmo de jazz que o acompanhava enquanto ele cantarolava.

— Como ele improvisa com as palavras, que *scat*[10] maravilhoso — disse um rapaz ao seu vizinho.

— Ele faz *scat*, é um cantor de *scats* — disse baixinho para a minha mãe.

— Ora, por mim... — disse ela sem entusiasmo.

O que lhe escapava ela preferia ignorar.

Começava a era do rádio. Meu padrasto estava fabricando, à noite, depois de seus afazeres, um posto receptor. Seu material alcançava a amplidão e profundeza descritiva de um trecho de Grieg: "Na gruta do rei das montanhas". Os primeiros sons, as primeiras emissões, os primeiros barulhos — "o chiado", diziam —, a entonação da voz inacreditável e indiscreta, a presença esfuziante do locutor — tudo isso é histórico. Um mundo estava nascendo. As ondas. Escutava "Tocata e fuga em ré menor" de Johann Sebastian Bach. Os grandes órgãos que se ouviam pela primeira vez fora de uma igreja se tornavam a maior igreja: dos melômanos. Deus tocava em uma catedral, a catedral de Bach. Eu chegava perto do circuito do rádio, das lâmpadas e fios, do teclado de Cortot, de Brailovski, de Iturbi, de Tagliaferro, do arco de Thibaud. Concerto de Liszt, de Chopin, de Schumann para piano e orquestra... Embora seja tão belo, o piano Pleyel que minha mãe me dera de presente perdia sua

---

9   Cab Calloway (1907-1994) foi um famoso músico norte-americano cantor de jazz, ator e líder de sua própria orquestra. Entre suas famosas composições estão "Minnie the Moocher", "Are You Hep to the Jive?", "Zaz Zuh Zaz" e "Hi-De-Ho Man". (N.E.)

10   Técnica vocal de canto criada por Louis Armstrong e usada por cantores de jazz que se resume a vocalizar palavras sem sentido, emulando sons de solos instrumentais. (N.E.)

importância. Eu não tinha mais ânimo para tocar, mas me consolava ouvindo rádio.

Finalmente, recebi uma carta da *Bibliographie de la France*. Eu fora convocada, deveria me apresentar no dia seguinte de manhã para um grande editor da *rive gauche*. Reli cinquenta vezes a convocação, as expressões de cortesia, a assinatura de um desconhecido, o cabeçalho da editora Plon, as duas iniciais datilografadas à máquina, à parte do texto.

— Poderia me explicar o que é? — disse minha mãe.

Eu reli várias vezes, mas não conseguia lhe explicar o que era uma editora.

— É uma marca — eu disse — uma marca que vem embaixo dos livros. Se um escritor está na Mercure de France, ele não está na nrf, não está na Flammarion nem na Presses Universitaires...

— É muito complicado — disse minha mãe. — Mas tente explicar mesmo assim...

Dei de ombros por pura ignorância:

— Vamos esperar amanhã.

Minha mãe servia a mesa e costurava para poder me dar um pouco a mais. A comida era simples, mas excelente. Suas tortas, seus cremes, seus crepes: a quintessência. Sua torta de castanha era inesquecível, o purê de batata, incomparável, os molhos então, o molho de carne bem levinho.

— Não, não aprendi a cozinhar. Via sua avó fazendo — ela sempre dizia.

Acho comovente quando ela diz "avó" para se referir à própria mãe. Fidéline, neste momento, é avó de nós duas. Ela me deixa emocionada quando uma lembrança de sua infância vem à torna. Ela diz baixinho:

— Ainda está doendo, a'man?

A'man. O pássaro leve pousa sobre a lira da memória. Fidéline, aqui está você transfigurada. Metamorfoseada. De *mama* a *a'man*. Transformada em um belo rapazinho árabe.

Atravessei a praça Saint-Sulpice, procurei a editora que ficava numa rua estreita. Um ciclista saiu de lá com uma pilha de livros. Era aquela a minha porta. Entrei num pátio interno, encontrei a calma do meu vilarejo. Assoei o nariz — as minhas mãos úmidas brilham com frequência. Abri a primeira porta sem pressa e olhei meu penteado numa vidraça. Abri a segunda porta e deparei com um horizonte de livros em estantes. Outro ciclista, que partia com uma pilha de livros de capa amarela, perguntou por que eu não entrava. O tamanho da sala, a altura do teto, a dimensão dos degraus diante das estantes, a discrição dos funcionários em cima dos degraus, pondo ou tirando os livros — tudo isso me impressionava. Chegara ao fim o antigo silêncio das bibliotecas escolares. Livros não lidos, livros fechados viviam, viajavam pela sala. Mulheres jovens e mocinhas, com livros atrás delas nas estantes, com livros diante delas no balcão, selecionavam, separavam, juntavam, intercalavam folhas de papel. A funcionária do caixa estava bem fechada no caixa. Vendedores jovens e velhos tiravam contentes seus produtos. Desci os degraus, mostrei minha convocação.

— Vou conduzi-la. Ela não vai encontrar — disse uma moça para outra.

Subimos dois degraus, entramos à direita. Eu e ela olhávamos um panorama de columbários com brancuras velhas e gastas: as bordas dos livros. Subimos a escada para a sala de vendas, passamos pela paisagem de uma despensa cultural. Máquinas de escrever tilintavam às nossas costas, perto da "direção" e minha emoção era crescente. Ela abriu uma porta à esquerda, descemos os degraus, passamos por um corredor monótono, descemos outros degraus à direita, começamos a entrar em outro corredor com, à esquerda, fotografias sob um vidro na parede. Ela abriu a porta à direita, entramos em um escritório coberto de pastas e arquivos. A sala era escura, pequena, com uma mesa no meio. Uma funcionária organizava a correspondência.

— Certamente é para a publicidade — disse a minha guia à funcionária.

E me deixou lá.

Entreguei minha carta à funcionária, ela também saiu.

Logo, um pouco de curiosidade:

"...De acordo com vossa honrada carta... temos a obrigação de... nos é impossível, contudo..."

Por que preciso esperar se não vão me querer? Para me tornar uma velha carta comercial, tornar-me uma expressão: "De acordo com vossa honrada carta...", amarelecer dentro de um arquivo pois não vão me querer. Triste jaqueta de lã, triste bolsa, triste pátio interno, é o outro lado da editora, que luz triste. Se ao menos me aceitassem como funcionária. O que será que vou dizer a eles? Estou sonhando ou alguém escreveu com uma pena de ganso? Isso não serve apenas para as vitrines luxuosas das papelarias?

— Queira me acompanhar — disse a mulher de seus quarenta anos que tinha a pele cor de arquivo.

Entrei num escritório moderno: lembro do primeiro passo que dei no tapete cinza. Ela fechou a porta. Um homem se levantou e veio até mim:

— Mais alto, sou surdo. Sou o diretor da publicidade. Mais alto.

— Não disse nada, senhor.

— Mais alto, por favor.

— Estou calada — insisti com a garganta fechada, sem levantar a voz.

Sua orelha era uma espécie de corneta e ele a posicionou perto da minha boca.

— Ela está dizendo que não disse nada — gritou um rapaz bonito que parecia ter vinte e cinco anos. Estava sentado numa mesinha num canto da sala, perto da janela.

— Você tem os diplomas?

— Diplomas? — perguntei, totalmente idiotizada.

No intervalo de um segundo, vi a menção "excelente" em meu diploma do primário preso no pátio da escola depois do casamento da minha mãe. Guardei só para mim o diploma.

— Ele está perguntando se você já trabalhou — disse o rapaz de rosto arredondado e olhos pretos.

Falava com a piteira no canto da boca.

— Não, nunca trabalhei — disse com franqueza.

O rosto enérgico do homem se entristeceu.

— Fiz os cursos da Casa do Livro e tenho o certificado de conclusão dos estudos secundários...

— O rosto franco do homem se reanimou.

— Na verdade, só o certificado da parte escrita, só metade — disse baixinho para não mentir a mim mesma, para mentir para os outros sem muita audácia.

— O curso da Casa do Livro? Perfeito — ele disse.

Voltou para a sua mesa. De estatura mais baixa, ele parecia com seu pequeno bigode cinzento tanto a um francês quanto a um inglês.

— Bom, vou explicar o que fazemos aqui.

Ele indicou uma cadeira.

— Vou descer para a oficina — disse o rapaz.

Alto, de boa compleição, com um terno azul-marinho, de pé ele parecia mais velho. Apertava contra o peito um livro todo solto, eu me perguntava onde estavam as linhas da encadernação. Ele saiu, com o andar arrastado, o rosto arredondado.

O diretor me explicou o seguinte: todas as manhãs eles me entregariam revistas, publicações semanais e jornais diários, eu deveria encontrar artigos, estudos, chamadas, notícias marcadas com lápis azul que diziam respeito aos autores publicados pela editora Plon; eu deveria cortar e colar em folhas soltas, escrever a data, o nome do jornal em cima do artigo, o nome do crítico debaixo do texto impresso; deveria ajudar a senhorita Conan a classificá-los; ele pensaria um pouco e me escreveria, o pagamento seria de seiscentos francos por mês. Perguntou-me se eu me julgava capaz de fazer o trabalho.

Conduziu-me ao escritório de classificação. A cortesia é também uma forma de disciplina, seus passos marcavam. A senhorita Conan o conduziu até a escada, onde cruzei com o rapaz de rosto arredondado e olhos pretos.

— Espero que volte para nos ver — ele disse com a elegante piteira no canto da boca.

Em cima dele, a mesma coluna de fumaça azulada.

Agora ele carregava diversas revistas, um livro das edições Gallimard. Não podia mais imaginá-lo sem aquele mundo tentador das palavras impressas.

Voltei ao salão, vi de novo o número incalculável de espaços para cada livro. Ver as coisas de novo: já não sentia o ar de novidade, mas a atração pelas estantes à esquerda não fora embora. Eles editavam Tchekhov, Dostoiévski... O desejo de descobrir Tchekhov e Dostoiévski se satisfazia em cada estante.

— Não perca a esperança, vai dar certo — disse Gabriel. — Você vai ver, eles vão chamá-la. Por que acha que não chamariam? Não faça uma tempestade num copo d'água.

Gabriel me reconfortava em nosso passeio pelos bulevares, passando pelos casebres. "Por que acha que não chamariam?" Com o braço enlaçado no meu, os dedos úmidos entre os meus perguntavam: "Por que não posso ter você?". Eu recusava o pedido, meu braço, minha cintura, meus dedos se afastavam.

— Quer tomar alguma coisa? Vamos lá.

Ele me levou a La Lorraine, na praça de Ternes, um dos cafés que estavam na moda.

Eles me contrataram.

Eu descia do ônibus "S" e chegava às 8h10 da manhã indo pela rue Servandoni, mais próxima da igreja Saint-Sulpice, mais estreita, mais animada, mais popular, dava para cortar o caminho por ali e se ainda era cedo ficava lendo com entusiasmo os títulos dos livros e o sumário da revista *Europe* na vitrine da livraria das edições Rieder. Gabriel sempre me dava de presente a *Europe*, editada por Jean-Richard Bloch. Tínhamos lido dele *La Nuit Kurde* que adorávamos. *Europe*, naquela época, era uma revista literária internacional, a vanguarda da literatura de esquerda. A capa amarelada com letras pretas saltava aos olhos: era um remédio para o espírito. Eu tinha virado uma funcionária e, como os outros, deveria primeiro passar por essa estreita passagem, atravessar em seguida a sala escura e metálica onde se embalavam os livros e na qual todos rivalizavam em alegria. A senhorita Conan era sempre a primeira a chegar; não era nada alegre. Achava em minha mesa os jornais da tarde, buscava as notas assinaladas ou o "X" azul no canto do artigo, lia do começo ao fim a mais inofensiva das críticas para o mais inofensivo dos romances. Assim satisfazia minha consciência de funcionária. Mergulhava no folhetim literário do Temps e o da L'Action française, para a troca de injúrias infantil entre Léon Daudet e Paul Souday. Seus leitores ficavam à espera dos ataques raivosos dos dois. Léon Daudet só se referia a Souday como Sulfato de Souday... Estes polemistas não eram como León Bloy, mas mesmo assim tinham o dom de divertir, de prender. A mesa de escrita de cada um era um ringue. Os folhetins de Souday dedicados ao abade Mugnier, crítico erudito e refinado, são memoráveis. Aprendi que os escritores enviavam seus livros a Paul Souday tremendo de medo.

Os outros jornais estariam na mesa do secretário de publicidade? Eu saía de nosso tristonho escritório, livrava-me dos resmungos da senhorita Conan, das pastas e arquivos, esticava o pescoço já dentro do escritório agradável e mais iluminado que o nosso. As pilhas de jornais matinais, os estrangeiros e os do interior, estavam ali. Antes de me dedicar à leitura deles, dava um passeio pela sala das máquinas da prensa noturna, com os redatores e linotipistas, eu era fiel a este passeio. O diretor, o senhor Halmagrand, chegava por volta de nove horas. Reconhecíamos seus passos, não tínhamos coragem de olhar pelo vidro fosco quando ele atravessava o corredor e se ele entrava de repente, dizíamos bom-dia junto com todo o coro de um orfanato. Nem me ocorria pensar que ele podia ser um marido, um pai. Era um veterano que ficara surdo na guerra de 1914. Severo sem ser malvado, ele tinha sempre domínio de si. Ao chegar, pedia uma pasta e era preciso acompanhar seu ritmo vivaz. Sua secretária parecia ter saído de um estojo de tão cuidada, bem vestida e maquiada. Na verdade, acabava de chegar no trem vindo de Bourg-la-Reine, acordara com seu marido às cinco da manhã. Na editora comentavam sua força e a capacidade de ter um guarda-roupa variado com salário tão apertado.

Um cheiro caramelizado de Camel... Era o senhor Poupet com sua piteira no canto da boca e seu passo arrastado mesmo quando tinha pressa. Ele costumava dormir tarde, ia a todas as estreias, jantares e concertos importantes. Ia aos eventos por puro prazer e também por causa da editora. O diretor não dava as caras nos meios literários e encontros sociais. Ele escutava e guardava as coisas na memória. Eu ficava frustrada quando o secretário fechava logo a porta de sua sala; quando não a fechava tão depressa, ficava atenta a tudo na maior ansiedade.

— Por favor, pare um instante de guardar esses arquivos. Não dá para escutar nada. Eu gostaria de escutar...

A senhorita Conan tinha problemas no estômago, já cedo começava a chupar pastilhas.

— Escutar o quê? Tenho tanto trabalho a fazer — murmurava com sua obstinação bretã.

— Não abra janela — eu implorava. — Não vai dar para ouvir.

Ela arfava, reclamava e dizia:

— Sou de Guingamp. Lá Guingamp tem um ar fresco.

E tornava fechar a janela. Guardava algumas coisas dentro de uns envelopes e adorava "méronner" (palavra do patoá falado no Norte que significa "murmurar").

— Encontrei Jean no intervalo — gritou o secretário — eu o vi rapidamente, tinha uma multidão.

— Uma multidão? — perguntou o diretor.

Levantei-me sem fazer barulho, como se houvesse uma pomba no cesto de papel que não deveria se assustar. Cheguei mais perto da senhorita Conan.

— Quem é Jean?

A senhorita Conan separava as cópias das cartas datilografadas em três vias.

— Você está comendo de novo? — ela me disse raivosa.

— É meu lanche de dez horas. Quem é Jean?

A senhorita Conan continuava sua arrumação.

— Você gosta de ler, por acaso não adivinhou que é o Jean Cocteau?

— Jean Cocteau!

A editora tinha publicado um livro dele na coleção Le Roseau d'Or. Voltei ao meu lugar, o senhor Poupet trouxe os jornais do interior e os separou. O cheiro de açúcar queimado do Camel em nosso escritório era a noitada da véspera entrando como uma lufada. O tempo passado ainda incandescente como a ponta avermelhada do cigarro, era Cocteau que eles chamavam de Jean, era o próprio Cocteau recém-saído de seus livros, de suas fotografias.

Tímida e incapaz de acompanhar ou de ter uma conversa com alguém, eu não invejava o secretário. Invejava o diretor que recebia o dia seguinte das noitadas, assim como o escritor de folhetins recebe as peripécias de sua intriga. Ao mesmo tempo me privava do espetáculo dos Balés Russos. O presente não é uma lenda. O presente era da lenda. Nijinski, Karsavina, Sergei Diaghilev... Eu não os vi. Eles me surpreendiam e me surpreendem tanto quanto uma obra de arte que não vou ver num museu de Londres ou de Nova Iorque. Nijinski morreu. Nijinski não definhou. O título de sua dança "O espectro da Rosa" se transformou no título de um poema imortal.

Eu lia, recortava e colava até o meio-dia. As revistas me desencorajavam e me desanimavam. Teria preferido ler outras: *Études*, *Le Mercure de France*, *La Revue de Deux Mondes*, *La Nouvelle Revue Française*. Leria do início ao fim cada uma delas para poder nadar em todas as correntes da literatura; o sinal de meio-dia ressoava pela editora, tirava-me da cola, do pincel, das revistas, dos jornais. Com frequência cruzava no corredor ou na escada com um homem de baixa estatura que estava sempre usando um casaco de lã sem forro com mangas raglã que sugeriam certo desleixo que condizia com o tipo de verdadeiro intelectual, e também um casaco de pastor. Com um guarda-chuva no braço, o corpo projetado para um lado, o rosto singular sem ser feio, o olho vivo, a barbicha pontuda como um sinalizador que buscasse de onde vem o vento, o homem de baixa estatura era uma proa, a editora seu navio, e ele trazia a Paris os títulos dos livros de literatura estrangeira moderna. Era Gabriel Marcel que tinha criado a coleção Feux Croisés; nomes fervilhavam já no andar térreo e no primeiro andar: Rosamond Lehmann, Aldous Huxley, Jakob Wassermann. Eu saía com os outros funcionários, a luz cintilava em meus olhos, as asas dos pombos batiam, o cobrador do ônibus "S" gritava: "está cheio!", os sinos da igreja se uniam para celebrar um casamento. Ficava à espera do ônibus seguinte, preferia viajar pendurada na boleia, ficava em pé para receber ar fresco no rosto, queria ser notada pelos adeptos da boleia, nessas horas esquecia de amar e de admirar Paris, fervilhando de veículos e passantes. A corrente, corrimão balançando continuamente, as idas e vindas do cobrador, seus breves momentos de descanso... Eu vivia a vida do ônibus. Ficava exultante quando era um estudante que apertava o sinal para descer, em vez do trocador, por um instante sentia que estava em uma comunidade de nômades. Passar da *rive gauche* para a *rive droite* e da *rive droite* para a *rive gauche* me trazia uma forte emoção quatro vezes por dia. Começava pelo classicismo da place de la Concorde. Fico sem palavras, preciso fazer comparações para poder celebrar a place de la Concorde. Eu penso nela, eu a vejo, ela se impõe enquanto ouço "Le Tombeau de Couperin". Um dançarino dança um *pas de deux*. É ela, é ela de novo. Ignoro arquitetura por completo; porém sinto intensamente as perspectivas, as linhas de fuga, as proporções, a simetria dos frontões e colunas, uns diante dos outros, um jardim diante de uma avenida, a corrente que liga dois os cavalos em Marly, o espaço entre os postes de luz, entre as balaustradas e as colunatas, sinto-os até queimar, até doer, até fazerem parte de mim. Linhas feitas com tinta azul real dos arquitetos da place de la Concorde. Vejo-os em meu braço. A tatuagem mais simples é ela, é ela de novo. Assim, passava quatro vezes por dia pela ponte. Quando estava distraída lendo dentro do ônibus, ou sonhando com o olhar perdido no chapéu do cobrador ou do motorista, me encontrava com os adornos de ondas e pedras: à direita e à esquerda da ponte. Uma ponte é uma conquista. O passante caminha sobre a água. O céu azul sonhava com o azul, o rio com seu bando de ondazinhas e ondulações era mais sério. O ônibus atravessava o rio Sena. Paisagens, frescos distantes, minhas batalhas sutis, minhas vitórias. Procurava o bar da Câmara dos Deputados. O ônibus se esvaziava, voltava a ficar cheio diante de "La Crémaillère", diante do "Tunmer", place Saint-Augustin. Chegava em casa às 12h35 ou 12h40 se tudo corria bem. O almoço estava servido. Jogava minha pasta de couro no divã, passava os olhos na carta com a letra de Hermine, deixava-a sobre a mesa ao lado do pãozinho de leite com presunto, a banana, o chocolate. Tinha quinze minutos para engolir um monte de purê, endívias cozidas, duas fatias de contrafilé, queijo, geleia. "Come, come", implorava minha mãe. Ela me servia, eu dizia que me pagariam, que o fim do mês se aproximava. Meu padrasto chegava, eu ia embora com a carta de Hermine e meu lanche das quatro. Início da linha, éramos dois ou três no ônibus. Usando uma boina basca ou um chapéu de feltro masculino e um redingote com um martingale, queria dar as graças ao luxo de Paris a uma da tarde. Estava disposta a tudo — mesmo sem saber precisar exatamente o que era "tudo" — para ter um automóvel de luxo, conseguir uma ida ao restaurante Larue, fazer uma limpa com o dinheiro contado na vitrine da Lachaume na rue Royale, e beber no bar do Maxim's. Levantava do banco para ver a lingerie da Charmereine. Quanto mais gostava das roupas masculinas, mais me enlouqueciam as frivolidades, os belos carros, os belos agasalhos de pele. Cobiçava Paris através de uma grade dourada que ia da Porte de Champerret a Sèvres-Babylone. Invejar é um sofrimento azul-turquesa.

Ao chegar de volta, encontrava os jornais dos quais tinha cortado os artigos, e ficava envergonhada, esquecia as coisas supérfluas de Paris. No dia seguinte queria outra vez me danar, quero dizer, me perder sem saber como. Paris, minha angústia por dinheiro na hora dos grandes almoços.

Havia uma moça que só entrava às três horas. "Boa tarde", dizia a senhorita Perret, com um jeito rude. Sua frieza me intimidava, seu modo de vestir me impressionava. Ela soltava o cinto de sua longa capa amarronzada, desfazia-se dela e do chapéu com desenvoltura. Os cachos dourados de seu cabelo cortado curtinho iluminavam nosso triste escritório, os arquivos, as pastas. Alta, majestosa, importante, com um rosto sério e frágil, sua tez, seu tom de pele e a circulação do sangue debaixo da pele me revelavam a imponderável serenidade das Virgens de Botticelli. Suas longas mãos casavam bem com o rosto. Conseguia ver tons de rosa em seus tailleurs cinzentos de corte justo, com a lapela cruzada. A seda da camisa fazia um barulho sob o pano quando ela se sentava à minha direita, ou quando ajeitava a manga flexível com um gesto decidido.

— Alguma novidade? — me perguntava.

A senhorita Conan fazia um monólogo, depois abria um pouco a janela. Seu monólogo parecia o voo de um zangão diante de um respiradouro.

Entregava à minha vizinha e minha superior jornais, artigos, notícias cortadas.

O diretor da publicidade entrava, cumprimentava-a com um aperto de mãos.

— Paul Bourget virá dentro de uma hora. Prepare o dossiê dele — gritou o diretor.

Ele levou minha superior para seu escritório.

— Paul Bourget vem aqui? É verdade?

— Preciso atualizar o dossiê dele. Ai ai ai! Toda a vida catalogando. Não aguento mais.

— Tenho um recorte aqui sobre ele. Tome.

— Já está comendo de novo?

— São três e meia. É o ar de Paris. E como ele é?

— Você vai ver.

— Não vou ver. O vidro é fosco...

— Você consegue ver os outros.

— Sim, mas ele é Paul Bourget.

— Ufa, ele pode vir. O dossiê está pronto.

O discípulo. Eu vou ver *O discípulo*. A vida, realmente... Numa hora você está engraxando sapatos no colégio, na oficina de sapatos, e em seguida, puft... Você está ali certa de que o autor de *O discípulo* está chegando. Não é ele que espero, mas a fama dele. A vida, realmente... Faz o que quer. Não é a vida. É a *Bibliographie de la France*. Tenho vinte anos. Aos vinte anos terei visto o autor de *O discípulo*. Prefiro Claudel. Ora, não fico me perguntando como é Claudel. O autor de *O discípulo* tem uma multidão de leitores. Verei uma multidão de leitores, verei milhares e milhares de leitores num único homem quando esse homem passar pelos nossos vidros foscos.

— Ele é mais velho?

— Sim, é mais velho.

— É alto?

— Sim, é alto.

— Tem a postura reta?

— Sim, tem a postura reta.

A senhorita Perret escrevia seus textos com a pena de ganso que ela mergulhava na tinta verde. Eu dava uma olhava no papel, lia uma frase, uma palavra. Eu a invejava: ela escrevia. Não a invejava, pois eu seria incapaz de escrever. Ela chegava e ia embora quando queria. Disso, sim, sentia inveja. Ela me contava de sua mãe que era bela e elegante, me contava de seu padrasto, diretor de um grande jornal de Paris. Imaginava porque ela queria saber quais eram meus livros preferidos. Com muita diplomacia me fazia confiar nela. Ficava irritada com ela depois de eu ter me exposto e, ao mesmo tempo, tinha um vago pressentimento, um bom pressentimento. Sua violência, suas alterações de humor quando a senhorita

Conan a exasperava me tiravam do sério ou me satisfaziam, seu orgulho me feria ou me exaltava. Tinha muita personalidade. Essa personalidade falava de repente com a doçura e pureza de uma amiga. Ficamos à espera de Paul Bourget. Ele veio, mas só outro dia.

Trocava de trem em D..., no frio, na noite escura. A estação do colégio, as ruas do colégio, o próprio colégio eram agora uma vaga lembrança. Eu tinha vindo para ver Hermine. Subi num bom e velho vagão de um trem local e fiquei admirando meu chapéu, minha capa, a gola de minha camisa masculina, minhas luvas, minha mala escolhida com minha mãe no Champs-Élysées na loja Innovation. Examinava minha roupa. A luz fraca que iluminava ficava longe do meu chapéu, longe da gola da camisa, longe da minha mala bege-claro. Os trabalhadores amontoados nos degraus olhavam, se escondiam, faziam um escarcéu. Os gritos, os barulhos de seus sapatos com pregos animavam a plataforma. Alguns apitos.

Partimos em um trem irreal, um trem que parecia de brinquedo. Encolhi-me, transformei-me em uma aresta. Eu amava Hermine, tinha ficado muito tempo longe dela; eu a amava com tanta alegria, tanta confiança, tanta apreensão... Com seu barulho monótono de ferro, o trem trilhava seu caminho como uma lagarta da escuridão. Os vilarejos próximos uns dos outros: cada um era um nome com uma voz. A noite cobria as planícies, nós partíamos de novo, os trabalhadores se despediam calorosamente. Eles se separavam, mas no dia seguinte, dia de descanso, se reencontrariam. Passávamos na frente deles sem nem os ver.

Auvigny. O chefe da estação gritou, por fim, o nome do vilarejo com o ânimo de um vendedor de jornal. Quando disseram o nome, eu vi a plantação de morangos. O nome do vilarejo dela era uma amostra da primavera dos meses seguintes. Abaixei o vidro. Hermine não veio, Hermine ficou com medo do frio, da noite. Arrancar o frio da noite só por ela. Os trabalhadores silenciosos desciam, as sacolas penduradas com suas marmitas, alguém movimentava uma lanterna, revisavam as locomotivas. Na minha cabeça, uma ária tocada por flauta, a tagarelice de Deus. Buscava Hermine. Uma águia desceu em meu ombro... Quem será? Isabelle?

O trem partiu. O que será de mim? Noite dentro da noite.

— Aqui — disse ela com uma voz surda.

Ela acendeu a lâmpada de bolso. Fiquei ouvindo ecoar por um tempo o "aqui" saído da escuridão.

— Sua jaqueta marrom...

— Você gostava tanto dela — disse Hermine.

Apertou minha mão com ardor. Trabalhadores nas portinholas nos chamavam, o trem partia de novo.

Os viajantes se dispersaram.

— Venha — disse ela em cima do meu rosto gelado.

Cavalos puxavam um veículo. Ouvia os cascos, ouvia a cadência da noite, do frio, o gelo azulado sendo esmigalhando nas poças d'água.

O veículo, os cavalos, o condutor seguiam em frente para um mundo de trevas.

— Você não diz nada, Hermine.

— Você também não.

Bastou um passo para cair fora da estrada, para sentir o vento batendo nas pernas, vindo em cheio no rosto, os dentes reluzindo de frio. Me esquentei na boca de Hermine, ela se esquentou em mim. Apalpei e senti sua jaqueta. Hermine estava toda nela: a sala de solfejo, o "Concerto italiano". Hermine não precisava mais vigiar os estudos, fora arrancada do Conservatório e instalada num vilarejo. Eu protegia os cotovelos da pianista e apertava as costas da nova professora. Perguntei onde estavam os moradores do vilarejo. "Na casa deles", respondeu ela, rindo.

Levou-me até sua casa. Como a casa era grande demais para uma pessoa, ela tinha fechado o primeiro andar. O corredor estava gélido como do lado de fora. Ela abriu uma segunda porta e me entregou os móveis de carvalho com sua sonolência sob a luz do abajur, o calor do aquecedor, os biscoitos, os queijos do tamanho de um selo postal, o vinho do porto Sandeman, os cigarros Camel, o jazz em cima da mesa, a trepidação de um músico sentado na bateria. Procurei o piano. Não havia piano ali. Hermine me contou da espera e dos preparativos desde quinta-feira. Pegou em minha mala o pente, a pólvora e o pó de arroz e os deixou ao lado do divã. Será que eu tinha gostado da camisola com um encaixe de renda ocre costurada com ponto bourdon? Sim, muito. Eu tinha de gostar.

A vida dela fora desfeita e Hermine estava radiante. Bebida, cigarro, lingerie, calor, um saxofonista tocando lentamente, ela me oferecia uma Paris mais emocionante do que a minha Paris deprimente por detrás das janelas do ônibus.

Passei os dedos no cabelo de Hermine. O amor. As grades do tempo tinham se desfeito em poeira durante algumas horas e voltaram a se erguer por si sós.

Minhas roupas sobre a cadeira me davam uma sensação de estar num lugar estranho. O jazz continuava.

Hermine se vestiu outra vez. Há lembranças que não têm passado. Lembrei de um bordel sem nunca ter conhecido nenhum quando o corpete deslizou dando a ver os seios luxuriantes, quando a saia apertou o quadril e a bunda de cigana. Hermine insistiu em me levar comida na cama. Sem querer deixá-la triste, eu me entristecia. Teria preferido segui-la por todo canto, teria prefirerido Hermine deitada, apagando as guimbas de cigarro na parede. Ela se ocupava com as carnes, abria as latas de conserva e garrafas. Um violinista tocava sozinho, improvisava. O jazz mais audacioso se reduzia a um arco fazendo acrobacias. A fantasia era angustiante.

— Quem está tocando?

Hermine voltou, desconfiando da minha ignorância.

— É Michel Warlop — disse.

Beijei o pescoço dela, bem no espaço em que os homens e as mulheres são macios como uma cegonha marabu.

— Estou na mesma. Quem é esse Michel Warlop?

— Um extraordinário violinista. Depois de fazer o Conservatório, ele escolheu tocar jazz. Agora está em Paris. Ela toca sempre neste tom febril.

Acariciei os cabelos de Hermine, seu rosto se transformou em um pássaro aprisionado.

O Sandman estava gostoso. Fogo debaixo das brasas. Ela saía de novo, estava ocupada. Eu examinava a mesa, as cadeiras, a poltrona de couro.

— Em Paris eu bebo — disse morrendo de tédio.

— Bebe o quê? — gritou Hermine.

— Não se preocupe. Bebo Pernod. Na praça Pereire às sete da noite.

— Você não bebe sozinha.

— Bebo sozinha.

— Você não me contou. Ou terá contado... Não, não me contou em nenhuma carta!

— Não contei. Algum problema?

— Não, mas você me escondeu.

— Não escondi. Estou contando. Você está me censurando.

— Não censuro nada. Os passeios que faço às quintas... Com meu pai e minhas irmãs, a música de câmara, as leituras, os trabalhos de costura, não conto tudo o que faço nas cartas?

— Sim, sempre.

— Não com tantos detalhes quanto você gostaria. Você vai sozinha? Você vai sozinha mesmo às sete da noite à praça Pereire?

Continuou sem querer esperar minha mentira, acrescentou que tinha esfriado, que ela estava tremendo. Eu queria gritar: "você está tremendo porque estou mentindo." Mas só consegui dizer "Gabriel." Bem baixo. Queria acrescentar: "Eu bebo com ele", mas não encontrei voz. Não tinha vindo para me separar de Hermine, não tinha vindo para me separar de Gabriel. Gabriel estava em outro mundo com minhas carícias-de-reconhecimento em outro mundo. Ele apoiava Hermine sem que eu falasse dela. Eu me via nos olhos dele, me via na mais verdadeira das luzes que ele lançasse para Hermine-Violette. Voava na direção de Hermine assim que minha boca era emprestada para Gabriel. Os dois Pernods que ele preparava com amor... Ele amava e suportava além dos limites. Por qual motivo eu me desculparia? Pronunciar o nome dele era entregar Gabriel a uma série de caretas antes que pudesse sair alguma palavra de Hermine.

Ela fechou a porta e o quarto ficou quente. Um cantor de *jazz* inglês sugeria uma tranquilidade de um homossexual.

Agora precisava me deitar, passar pó de arroz no rosto, vestir a camisola luxuosa. Deveria me transformar em puta: Hermine queria ser mártir.

— Hermine!

Ela veio correndo, segurou o espelho no alto, mais embaixo, mais à direita, mais à esquerda. De nós duas, ela era a mais bonita, a mais feminina, a mais corajosa. Ela se afastou para ver. Eu era uma relíquia para ela, um espelho.

Encolhi-me como um ouriço e apertei as pálpebras com força. A imagem de Gabriel apareceu num relâmpago sob as minhas pálpebras, recortado em um azul intenso, ornado com pontos dourados, Gabriel resplandecendo sem rosto, sem forma.

Olhei fixamente para a esmeralda do licor de Chartreuse, a planta suspensa do licor de Izarra. O suor da minha mão era o suor da mão de Gabriel.

"Devo ir, Violette? Diz para mim que você quer". Era o que ouvia ele pedindo na capa dos livros de Hermine.

"Você quer? Espero até amanhã à noite." Era o que ele balbuciava nas molduras do espelho em cima da lareira.

Já ela, ela me perguntava se eu queria ser sua menina, se eu voltaria no sábado seguinte, se eu queria morar com ela caso ela conseguisse ser transferida.

Sim, serei sua menina, sim voltarei no sábado seguinte, sim viverei com ela se ela conseguir ser transferida.

Hermine me devora, Hermine me espeta em todo canto com uma agulha, ela dá o que ela tem para dar entre os poros de minha pele. Gabriel me atormenta: ele está sozinho. Tenho um apaixonado, um azarado. Ele me dá boa-noite às duas da manhã perto da caixa do elevador da Porte Champerret. Gabriel é um arco de alta voltagem. Prefiro Hermine; porém, Gabriel é indispensável para mim. Gabriel no meio da escuridão ao redor da casa de Hermine. Se eu a engano quando explico a Gabriel como ela toca o "Concerto italiano", melhor assim. Se digo a Hermine que ele quer enfiar uma flor de lis na calça quando saímos juntos, ela vai esconder o rosto com as mãos.

— Não sente falta do colégio? Você vai acabar agoniada nesse lugar.

Eu a surpreendi. Hermine estava sonhando.

— Sentir falta do colégio?! Tenho você aqui. Ensino solfejo aos alunos. A diretora me faz convites, tomamos um aperitivo com o marido dela. Os pais dos alunos são gentis.

— Não se sente triste à noite aqui sozinha?

— Eu costuro, eu espero por você, escrevo para você, leio suas cartas.

— Seu piano, Hermine. Pode admitir. Alugue um piano.

— Não, pois vou pedir uma transferência para ficar perto de você. Você gostaria de um véu de seda com as pontas de musselina?

— Trabalhe para você, compre essas coisas para você.

— Não.

Hermine não vai comprar nada para ela. Hermine não consegue. É viciada em fazer sacrifícios.

— Redigir notícias é impossível, senhor! Escrevo cartas, mas uma notícia...

— Ora, uma notícia é mais curta — disse o diretor da seção de publicidade. — Você há de tentar. A senhorita Perret vai mostrar como se faz, o senhor Poupet corrigirá o texto. Eis o assunto. Você já leu algum livro de Henry Bordeaux?

— Não.

— Perfeito. Você vai ler. Bom, é o seguinte. O sr. Henry Bordeaux queixou-se de que seus livros não estão vendendo. Não é que não estejam vendendo, mas houve uma queda passageira nas vendas e ele nos pediu para fazermos uma publicidade em torno do livro. Uma publicidade discreta. Você lerá os jornais pela manhã e os livros do sr. Henry Bordeaux à tarde. Você vai ler todos os livros dele. Você buscará neles alguns temas ligados à atualidade literária, esportiva, teatral, cinematográfica, científica... Traga para mim alguns rascunhos e nós conversamos. E outra coisa: Você não deve citar o nome da Plon. Mencione o título do livro com ou sem o nome do autor no meio da sua nota. A coincidência deve parecer natural.

Meia hora depois desta conversa, um funcionário me trouxe a obra de Henry Bordeaux.

Eu abria as páginas dos livros lentamente. Queria já de antemão encontrar um tema para uma notícia em uma vogal, em uma consoante, em uma preposição. Tive uma surpresa agradável: a cada página o adultério brotava. Mas no momento em que eu começava a me divertir, em que me dizia: não tem jeito, é irresistível, os amantes vão se amar, eu virava a página e já tinha acontecido, estava consumado... Virava a página e a esposa que eu julgava à beira do abismo vinha andando calma e confiante por um caminho de pétalas da procissão que a levava de volta para casa. Eu batia com o cotovelo na mesa.

— O que está havendo? — perguntou a senhorita Conan.

— Nada. Estou de mau humor.

E obcecada procurando um assunto. Se o autor nascido em Thonon situava um de seus romances em um vilarejo na montanha, eu implorava a Nápoles, Palermo, Atenas, Cairo, convertendo-os em vilarejos de montanha na França. À noite abria meu atlas de bolso, esticava um fio telegráfico de Rutland a Tebessa, punha em cima centenas de andorinhas: eram os temas de notícias relacionadas aos livros de Henry Bordeaux. Lia agora os fatos importantes pelo buraco de uma agulha, os fatos secundários com uma lupa. Abria as pastas, relia as notícias escritas pela minha chefe. Ao lembrar das críticas da minha mãe — "As coisas que você escreve são muito pesadas" — eu perdia o ânimo. Ser promovida me atemorizava. O serviço dos empacotadores e empacotadoras de livros, as músicas que eles cantavam, sua alegria... A terra prometida da despreocupação da qual eu fora rejeitada. Se conseguisse redigir alguma coisa, me converteria na beata da obra de Henry Bordeaux e na beata das notícias da atualidade.

Me arriscava na tarefa sob as folhas que eu organizava: os *Cahiers*, de Maurice Barrès. Me arriscava quando a senhorita Perret estava ausente. Escrever ao lado dela era impossível. Enfim mostrei a ela o que havia escrito. Ela leu e me disse, com cautela, que estava um pouco longo, mas que ela levaria na mesma hora ao diretor.

Saiu do escritório com meu desgraçado trabalho, uma funcionária trouxe os primeiros cartazes tão esperados de *Poeira*, de Rosamond Lehmann. Organizei os cartazes aguardando o retorno dela, desolada como um coelhinho.

Eles entraram no escritório com uma cara triste.

— Ficou longo, pesado demais — disse o secretário de publicidade com a piteira no canto da boca. — Faça outra vez.

O cheiro do Camel quando minha mãe e eu saíamos (ela fumava Camel), a expressão "ficou pesado", não faltava nada: minha mãe e o senhor Poupet me aniquilavam.

Entreguei os primeiros cartazes de *Poeira* ao secretário. O rosto dele se iluminou. Ele saiu lendo.

— Você estava dizendo? — o diretor de publicidade gritou para ele.

— Estava dizendo que o Marcel Jouhandeau mora ao lado de uma linha do metrô de superfície, é sinistro. Sim, os *Pincengrain*. Sim, seu primeiro livro.

O secretário de publicidade, na vanguarda literária, me dava um aperto no coração.

Ler os surrealistas, ler os escritores explosivos de hoje sentada numa cadeira da época dos romances de cavalaria, ler *L'Amour fou* entre o céu e o capim num lugar em que só há céu e capim.

Gabriel ficava à minha espera às seis e meia no tumulto, no rasgão dos tafetás: na hora do voo dos pombos da praça Saint-Sulpice.

— Então, meu menino? — ele perguntou ansioso.

Não queria e não conseguia dizer nada. Eu o arrastei na direção de Sèvres-Babylone.

— Ficou pesado demais, longo demais! — gritei para mim mesma.

Os passantes se viraram.

— O piano... Meu piano... Eu estudava, Gabriel, estudava o máximo que podia, tinha paciência. Não cheguei a lugar nenhum. Está ouvindo? Lugar nenhum. Diga alguma coisa.

— Por pouco você não foi atropelada.

— Não ligo.

— Mas eu ligo. Gosto quando você fica arrebatada.

— Não estou arrebatada. Estou desanimada e triste.

— Você não está triste. Quer tomar alguma coisa?

— Vamos andar pela rue Vieux-Colombier.

— Meu menino maldito. É preciso dar um passo de cada vez e dar tempo ao tempo. Está vendo este pátio? Há um gravurista que trabalha aqui. Louis Jou. Um gravurista. Imagine o cuidado, a paciência, o amor pelo texto e pela dificuldade. Amanhã você recomeça seu texto.

Apertei o braço de Gabriel, ele apertou minha mão com o braço e o quadril.

— Sim, amanhã recomeço.

Gabriel abraçou minha mão com toda força.

Recomecei no dia seguinte, dois dias depois e na semana seguinte estava sempre assombrada pelas frases pesadas, pelas frases longas. Queria ser precisa como uma galinha bicando um único grão. À noite, por contraste, lia Bossuet, admirava os períodos longos, folheava uma frase de Proust, meus olhos ficavam cheios de lágrimas.

— Seus textos foram enviados — disse-me enfim o secretário de publicidade.

Ele voltou para o escritório falando sobre a saúde de René Crevel.

Dois dias depois, vi Henry Bordeaux. Alto, robusto, as maçãs do rosto coradas, tinha o aspecto dos personagens montanheses de seus romances. Estava sorrindo, portanto, estava satisfeito. A longa conversa que ele teve no escritório do diretor? Eu-e-meus-textos, meus-textos-e-eu. Com a garganta seca, eu secava a palma da mão. Em seguida, Henry Bordeaux entrou em uma salinha, espaço austero que ligava o escritório do diretor e o nosso escritório. Encostei o ouvido na parede, implorei à senhorita Conan e o barulho das pastas cessou. Não compreendia nada do que dizia o autor de *Roquevillard*, mas não tinha dúvida: ele prolongava a conversa eu-e-meus-textos, meus-textos-e-eu. Foi embora sem virar o rosto para a direção dos nossos vidros foscos.

No sábado seguinte, Gabriel me ofereceu, na Gare du Nord, ao meio-dia e quarenta e cinco, a ida e a volta da minha viagem: cento e vinte francos. Ele me ofereceu e me deu cento e vinte vezes Hermine. Comprou para ele um bilhete de acesso à plataforma e me deu um susto enorme quando subiu no trem, correndo o risco de ser multado, de passar uma noite preso pois não tinha como pagar a multa. Em *Ravages*, contei com precisão nossa viagem, seu sumiço e sua volta. Sim, de fato eu estava indo ver Hermine, e também fiquei dizendo a Gabriel que ele deveria descer do trem. Ele ficou perdido em Lille ou em Amiens até domingo à noite. A ideia de paraíso dele seria um encontro comigo no trem da volta para fazer amor com as minhas olheiras? Deste modo, seria então o paraíso da minha avareza, da minha má-fé, da minha sedução. O que eu precisava era ter alguém implorando diante de uma bebida alcóolica no vagão-restaurante. Sem nenhuma pergunta. Só o olhar. Seu êxtase era mais doce que uma ereção. Seu olhar era o esperma, apesar dele, apesar de mim.

Hermine dava aulas particulares e passava a noite acordada costurando minha lingerie com ponto bourdon. Quanto mais Gabriel se sacrificava, mais eu ficava presa nas engrenagens de seus sacrifícios.

— Eu tenho um texto publicado!

Chamaram a senhorita Conan. Ela saiu de nosso escritório sem ouvir. Eu me alimentava com a minha maravilha assinalada com um lápis azul pelo senhor Poupet, publicada em um correio literário. Eu vibrava com meu texto sobre os textos de Henry Bordeaux.

— Se você está contente, eu fico contente — disse minha mãe antes do almoço.

Ela jogou a bolsa sobre o meu divã. Minha mãe trabalhava agora numa loja de decoração. Ela se entregava ao trabalho, era bem-sucedida como o fora em outros tempos em sua própria loja. Era agradável com seus colegas. Ela me falava de um rapaz simpático, apaixonado por música, que se chamava André Claveau.

Com frequência minha mãe espalhava suas moedas — seus trocados, ela dizia — sobre o meu divã de veludo violeta. Seduzida pelas lojas luxuosas da rue Royale, eu roubava dinheiro da minha mãe, pegava suas moedas sem remorso. Não achava que ela se dava conta. Ela deixava a bolsa com a mesma confiança no dia seguinte. Eu roubava de vez em quando. Ela deve ter desconfiado com o tempo. Seu silêncio, sua delicadeza me trazem mais mal-estar hoje em dia do que o dinheiro roubado. Guardava por dois ou três dias o dinheiro que não pertencia mais à minha mãe, o dinheiro não me pertencia, comprava bilhetes de ônibus, ajudava Gabriel a pagar os aperitivos.

Afinal consegui. Os jornais publicavam meus textos. Como é bom ser reconhecida! Que sensação de cumplicidade e correspondência com Robert Kemp, porque ele "publicava" em seu jornal literário tudo o que eu lhe enviava. Ter uma nota minha publicada no *Les Nouvelles littéraires*... Era um êxito completo.

À noite eu ficava mais modesta graças às ótimas páginas do primeiro romance de Rosamond Lehmann. Dois adolescentes se amavam, uma mulher tem coragem de escrever a história. Um sol fraco se espalhava melancólico, uma personagem dava corpo à história: Jennifer. Seu nome virou uma obsessão. Você gosta da Jennifer? Prefere a Jennifer aos outros? Você a considera muito audaciosa? Ah, não. Selvagem? Você considera Jennifer muito selvagem? Não, Jennifer, não. Falávamos dela nos corredores, nos escritórios, no andar térreo, no primeiro andar e, se Gabriel Marcel estivesse andando pela editora com seu inseparável guarda-chuva, nós o olhávamos como uma criança olhando para a bolsa de presentes do Papai Noel. O livro *Poeira*, Jennifer, era o seu guardanapo.

O senhor Bourdelle pai acalmava os ânimos com sua idade avançada, seus bigodes brancos à la François-Joseph, sua silhueta rechonchuda. A editora era obra dele, mas ele se apagava por detrás do filho, Maurice Bourdelle. A elegância, a desenvoltura, a velocidade, o rosto de ator americano com um fino bigode castanho de Maurice Bourdelle perturbavam moças bonitas de seu trabalho. As senhoras fanáticas, os senhores feiosos que tinham vindo falar com ele sobre burocracias esperavam pacientemente.

Este dia, depois de ter conversado e me entretido com a sobrinha de Chanel, com Elizabeth Zerfuss, com uma curiosa mocinha, um pouco morena e com sotaque carregado, encontrei um bilhete do secretário da publicidade: "Leia *As memórias* do marechal Foch e busque ali temas para notícias."

Entrei no escritório dele e me aproximei de sua mesinha que ficava à direita. Um Camel estava sendo consumido em sua piteira. Levantei a piteira e estranhei a leveza desse pequeno tubo preto. Inclinei-me sobre as folhas. O secretário desenhava. Adivinhei sua agitação, seu tormento, sua persistência pois ele começava e recomeçava o mesmo rosto de um jovem com a cabeça sobre um travesseiro. Fui para perto da janela com uma das folhas. Estava violando a intimidade dele, meu coração batia mais forte. Segurei um grito de surpresa, de reconhecimento, de alegria. Reconheci o jovem, sua beleza delicada, mais delicada no esboço a lápis. A beleza de seu rosto: a persistência, a generosidade infantil. Lembrava-me de seus lábios carnudos sem serem grossos, de seu nariz um pouco esmagado, ingênuo como a boca. Lembrava-me também de um botão de lilás em flor entre seus lábios, de seus olhos claros, seu espanto, o cabelo cinzento desgrenhado. Um rosto atlético em meio a um halo de candura. O jovem que viera incógnito ao escritório, que eu vira pela porta entreaberta de nosso escritório, eu o via não apenas no papel, mas também na memória juvenil do secretário. René Crevel, nosso visitante nada austero, fazia um repouso na Suíça. Adorei o retrato desenhado com emoção, me separei dele e voltei para a minha sala carregando um segredo. O secretário de publicidade voltou também para a sala, tornou a fechar a porta. Lamentei minha visita. Deixei a cabeça cair em meus braços, em cima das *Mémoires* do Maréchal Foch, e fiquei sonhando com as viagens do secretário. A Suíça não se chamava mais Suíça. Passei a chamá-la de Endymion porque passei a chamar assim também a René Crevel, autor entre outros de *Paul Klee*, de *A morte difícil* e de *O espírito contra a razão*.

Cinco minutos depois, o desenhista me disse:

— Não está lendo Foch?

— Não estou lendo Foch.

Ele me deu várias folhas de papel. Reconheci meus textos.

— Suas notícias de ontem não serviram. Refaça tudo.

E saiu da nossa sala.

Raivosa, desolada, destituída do halo infantil do retrato de René Crevel, me tranquei no banheiro. O paletó do secretário estava pendurado lá. Levantei as mangas, examinei o fundo do bolso, embaixo do forro. Ninguém cuidava dele. A mãe dele morava em Dijon e a empregada encerava o chão. Não, eu não estava lendo Foch. Estava lendo as contas feitas no guardanapo lustrado, na seda brilhante. Estava lendo o que ele comera no prato com ornamentos dourados: um bombom em seu paletó já muito usado. As noites que ele descrevia na manhã seguinte custavam caro pela preocupação que tinha de não acordar na hora certa. Também lia o preço de suas viagens rápidas para a Suíça, o cansaço dele transparecia no forro gasto. Estava tudo ali: ele vivia perigosamente. Aquele que eu chamava de esnobe, boêmio, intoxicado de vida mundana se transformava num necessitado da alta sociedade. Seu trabalho o exigia de vez em quando, seus gostos o arrastavam todos os dias. Ele adorava a música e os concertos. Ele adorava música e concerto num mundo longe dos livros, das festas e dos manuscritos.

— Hoje à noite Wanda Landowska vai tocar. Já está cheio! Vou de qualquer maneira — ele gritava ao diretor de publicidade.

Essa semana seu orçamento vai por água abaixo, eu pensava. A calma da tinta das paredes me ajudava a pensar nas acrobacias que ele fazia para se equilibrar entre o mundo real e a situação em que estava.

A mocinha entrou no banheiro e se desculpou. Disse a ela: "Eu que me desculpo por estar aqui." A mocinha lavou as mãos e foi embora. Com frequência cruzava com ela carregando pilhas de livros com dedicatórias chegando até o queixo.

Na manhã seguinte eu a descrevi para a senhorita Conan. A senhorita Conan não tinha visto, ela não via nada.

Recomecei:

— ...é claro que tem o rosto maquiado. Um pouco maquiado demais. Não há muitas como ela no serviço de impressão. Um nariz reto, perfeito. Distante sem ser arrogante. Falou comigo ontem. Sim, morena.

Uma pasta escorregou das mãos da senhorita Conan. No chão se estendeu um tapete branco com as cópias das cartas.

— A culpa é minha.

— Sim, a culpa é sua — disse a senhorita Conan. — Você fica falando comigo e complica meu trabalho, além do mais, estou com dor de estômago. Em Tréguier... — e ela começou.

Já não ouvia o que ela dizia, ela não ouvia o que eu dizia. Rasgava os pedaços de jornal, buscava as colunas, as críticas, as notícias curtas. Hermine estava em meu estojo de couro em sua carta da véspera. "O que é vocês têm tanto para se dizer uma à outra todos os dias?", perguntava minha mãe. "Kakoules", ela própria respondia. A palavra "kakoule" significava coisas sem importância, inutilidades.

A senhorita Conan entreabriu a janela em busca da sensação do ar puro de Tréguier.

— Já sei — ela disse. — É a senhora Radiguet.

— Sério?

Abandonei as críticas, as colunas, as notícias.

A sala de envio do material de imprensa estava calma. Os livros novos, apesar das capas coloridas, insinuavam serenidade, constância, disponibilidade dos nenúfares. A velha senhorita de cabelos grisados com a alma gravada em efígie no rosto estava fechando um imenso pacote. Esbelta, ativa, incansável aos setenta anos, ela cortava o papel de embalagem fazendo um estrondo de trovão. Ela cantava. Perguntei das novidades. Acordar cedíssimo, vir de Arcueil-Cachan, correr, subir e descer o dia todo... Arrisquei:

— Você nunca fica de mau humor?

— Nunca.

Ela me olhou já trabalhando em outro pacote.

— Você nunca fica cansada?

— Nunca. Por que ficaria cansada?

— Você está sempre animada?

— Sempre.

Fiquei buscando o que dizer. Ela roubava de mim minha própria juventude.

Eu a vejo, eu a reconheço quando peço um livro à Rose da Gallimard. Rose tem o cabelo grisalho, não quero saber a idade dela, Rose é esbelta, ativa, incansável. Os olhos desejam dar. Se temos uma preocupação, logo a preocupação vira dela. Nossas lágrimas são lágrimas dela, que não caem. Entre jaulas e armários de metal, onde Kafka encontrou seu passeio campestre, Rose circula com a agilidade de um esquilo. Rose, espécie de Fidéline adorada quando estou intranquila, quando você me diz: "não quero ver você assim". Rose, ratinha azulada que passa correndo com sua blusa azul em busca de alguma coisa para oferecer. Rose, busque alguma coisa para si. Entre os livros, por cima dos títulos, você verá por todo canto o prêmio de excelência pela sua coragem. Não pode me contar sua vida? Ela será nosso rio se assim você quiser.

A mocinha entrou na sala, sentou de volta em seu lugar diante da pilha de livros. Seu rosto distinto me intimidava.

— Por acaso é a senhorita Radiguet? — perguntei com um fiapo de voz.

— Sim.

Ela não levantou o rosto. Abriu a capa do livro, tirou a etiqueta.

— É irmã de Raymond Radiguet? — disse com falsa segurança.

— Sim.

A velha senhorita cortava papel, o mesmo estrondo de trovão outra vez.

— Não gostaria de me falar dele? — murmurei.

A capa de um livro caiu em cima da etiqueta; a senhorita Radiguet pousou as mãos irreais em cima do livro, levantou enfim a cabeça.

— Ele foi embora; meu irmão foi embora — disse chateada. — Ele nos deixou.

E recobrou o ânimo:

— Tenho outro irmão mais novo, outras irmãs... eu pareço com ele.

— Com Raymond Radiguet.

— Sim, com Raymond.

Será que ela preferia *O diabo no corpo* ou *O baile do Conde d'Orgel*? Ela se esquivou.

Em seguida, passou a se esquivar de minhas perguntas. Quanto mais eu insistia, mais eu a feria. Teria ela lido ou não os livros do irmão? Raymond era um desconhecido completo para o círculo de sua família. Ela não podia negar a elegância do rosto dos dois. Cílios tranquilos e abundantes, pele transparente como a pureza de uma flor de estufa, boca digna sem ser puritana, nariz reto com um toque clássico, um conjunto assinado Raymond Radiguet. Era inacreditável, era milagroso que ela se esquivasse. O talento de Raymond Radiguet se tornava mais espantoso, a escrita mais perfeita, os personagens mais atraentes.

Queria contar tudo a Gabriel, queria contar tudo à minha mãe. Eles se agitavam com suas próprias descobertas e emoções. Gabriel preenchia suas tardes de solâmbulo com passeios à galeria Jeanne Bücher, à galeria Katia Granoff. Ele me descrevia os quadros de Duchamp. Eu ouvia sem ver, mas contemplava seu entusiasmo nas maçãs do rosto agora rosadas. A dinamite da poesia surrealista não tinha acabado. Os manifestos crepitavam nas mãos de Gabriel. Paris? Um amante. Cocteau, detector de talentos, eletrizava todos. Eu o via através dos vidros foscos do escritório, a cabeleira elétrica também, o perfil marcado. Um dia ele levantou os braços para cima, fechou as longas mãos. Como é bonito, tudo é bonito aqui, disse.

Depois da exótica atriz de cinema Musidora, com olhos fantásticos e sua elipse de antracita, veio uma sueca: Greta Garbo. A chuva, o resplendor de seu impermeável, seu chapéu de abas largas, os cabelos lisos, a boca desdenhosa, os olhos devastadores, os longos cílios voluptuosos — seus traços se tornaram de imediato clássicos do cinema. Disse para a minha mãe ir ao cinema para vê-la numa sala da avenue de la Grande-Armée. Ela viu a Greta Garbo e precisou de várias noites até poder encontrar o sono. Quando ela dizia "a divina", dizia com tanta convicção que o céu tocado era uma pálpebra fechada. As horas não são suficientes para nosso êxtase. Domingo à tarde minha mãe — que preferia ir sozinha ao cinema para "aproveitar" melhor — via Ludmilla Pitoëff no papel de *Sainte Jeanne*. Nós conversávamos. Eu preferia *Hamlet* com Georges Pitoëff interpretando o personagem de Hamlet mas não desejava uma Ofélia mais etérea que Ludmila. Os Pitoëff estavam no limite da bancarrota. Pensávamos nisso e também no amor deles e no amor deles pelo teatro, entre as falas.

Poeira estava fazendo muito sucesso, a coleção Feux Croisés fora lançada, Gabriel Marcel ia do escritório da direção para o da publicidade com os títulos dos livros no prelo: *L'Affaire Maurizius* de Jakob Wassermann, *Jalna*, de Mazo de la Roche.

O secretário, além das saídas, dos concertos, dos filmes, dos balés, das estreias, lia à noite os manuscritos que ele trazia, que ele indicava.

— Ele é inglês? — perguntou outra vez o diretor da publicidade.

— Não, não é inglês.

— Ele é americano?

— Não, ele é francês.

— É interessante?

— Muito interessante. Se não o lançarmos, outra editora fará.

— Vamos lançar.

— Aqui está.

O secretário fechou a porta outra vez. Eles conversavam, eles se animavam, eu roía as unhas. Quem deveria ser? O que era?

Minha vizinha de mesa ficou doente. Uma inflamação. Eu a substituí e pedi um aumento depois de muita hesitação e suores frios. Consegui cem francos.

As normas da empresa ficaram mais rígidas. A chegada de uma máquina na sala da expedição nos aterrorizou. A máquina parecia com os basculantes do metrô, seus lábios não estavam de brincadeira. Tínhamos uma ficha e precisávamos bater o ponto duas vezes por dia. Uma campainha tocava. A partir de um minuto de atraso, a máquina marcava em vermelho, seus lábios ficavam aborrecidos. Correria e sufoco em meio aos voos dos pombos. O diretor da publicidade verificava as fichas no fim do mês, ele me chamava, me censurava por dois, três, cinco minutos de atraso. A pontualidade se transformava em um flagelo. O tempo irrepreensível: uma coluna toda preta. O tempo dramático: uma coluna vermelha. Tive oito dias de férias no primeiro ano, quinze dias no segundo ano, no terceiro e no quarto.

Hermine comprava revistas: *Vogue, Fémina, Le Jardin des modes*.

Eu folheava a Paris inacessível das lojas luxuosas da rue Royale, do Faubourg Saint-Honoré, Hermine virava as páginas, Hermine quebrava os vidros da janela do ônibus a uma da tarde. Um vilarejo a centenas de quilômetros de Paris me dava o rosto de uma Julieta de trinta anos. Ela expunha sua alegria para as lentes do fotógrafo da Vogue e soltava sua cabeleira. Lady Abdy (o nome vinha debaixo da fotografia)[11] esbanjava graciosidade e distinção. Como uma abelha insaciável, eu me empanturrava com seu rosto, embriagava-me com sua beleza. No mês seguinte, nós a reencontrávamos. Ela reinava. Voltávamos a vê-la no teatro des Folies-Wagram, na peça *Les Cenci*, de Antonin Artaud. O texto incendiava a plateia e os atores. Ouvíamos o incesto, ouvíamos o assassinato escorrendo do vestido comprido cor de morango esmagado de Lady Abdy. Os cabelos desgrenhados perfumavam a incestuosa.

Hermine folheava, apoiava seu dedo de *scherzos* e *adágios* sobre coisas que custavam caro.

— Não quero nada.

Já eu queria o impossível: os olhos, a pele, o cabelo, o nariz sobretudo, a segurança e a arrogância das modelos.

Na semana seguinte, fiquei vagando pela rue de la Paix. No sábado, disse a ela:

— Pantufas de pele de cabrito cor-de-rosa... É isso que eu quero. Com saltos de ouro. Vi na rue de la Paix, na vitrine da Perugia.

— Também vi — murmurou Hermine.

Ela mostrou as revistas de moda e abriu a carteira.

Com frequência tirávamos a pantufa da caixa, de dentro da embalagem de papel de seda. Eu ficava passando o polegar pelo ouro e desenhando a forma do salto, Hermine acariciava a pele de cabrito. Punha metade do meu pé dentro da sandália, não conseguia me equilibrar nos saltos. Tinha comprado um tamanho menor para poder transformar a pantufa em um objeto de arte. Os anos passaram, esqueci quanto tinha custado. Eu a herdara de uma cinderela saída da miséria. Abria a caixa, examinava sua qualidade. O ouro e

---

11 Socialite inglesa, empresária na área de artes e uma das responsáveis por voltar os olhos da Europa para artistas franceses do século xix. (N.E.)

a pele de cabrito envelheciam em sua capela. Passaram mais alguns anos, dei-a de presente para a Senhora Welsch, secretária de Denise Batcheff.

— Era assim que você queria se vestir? — perguntava Hermine.

Ela passava seu dedo cheio de *baladas* e *noturnos* em um *tailleur* com os ombros quadrados.

— Não é bonito este que estou usando? Encoste nele.

— Estou encostando pois estou tirando sua roupa — disse Hermine. — No colégio você não usava gravata. Lembro de suas tranças por cima das orelhas, e da franja na qual ficava mexendo...

— Eu usava uniforme. Era feio pra burro... Eu o deformava de propósito.

— Você mudou — disse Hermine.

Ela fechou o catálogo.

— Pode dizer que eu me disfarço!

Ela me interrogava com uma expressão amorosa. Ela balançou a cabeça afastando a emoção.

— Você não se disfarça, você imita.

Fiquei chateada.

Mesmo assim voltei a ouvir um comentário parecido na editora: "Vi Violette Leduc no concerto... Sempre as mesmas roupas extravagantes." Atenuava minhas feições barrocas com o cabelo cortado a navalha em cima da testa, desejava atrair uma concentração de curiosidade do público de um café, do corredor de um *music-hall* pois eu tinha vergonha do meu rosto e ao mesmo tempo eu o impunha aos outros. Mas devo confessar: queria agradar a Gabriel. Minha gravata era o meu sexo para Gabriel; o cravo na lapela escolhido na florista à beira do Levallois-Perret: meu sexo para Gabriel. Foi com paixão que comprei meu primeiro short, um short de homem, para um dia que passamos remando no Marne. Lembro da ferida profunda que ele fez no pé. Ele não queria mancar e não mancou. Dez anos depois me disse: "Seu short era largo demais, eu remava e via tudo, foi mais doloroso do que a ferida no pé".

Queria mandar a mulher que havia em mim para bem longe e colava o companheiro na pele de Gabriel quando, em nosso aperto de mãos, o punho da minha camisa roçava no dele. Desejava o que ele desejava de mim: não dar a mínima para a opinião pública.

Eram os meus complexos. Só aprendi essa palavra tempos depois. Eu queria estar na proa dos meus complexos.

Gabriel se entristecia, mudava de assunto sempre que eu falava da minha certidão de nascimento. Gabriel perdera seu pai muito tempo antes. Seu pequeno dente brilhava sempre que me contava que eles tinham sido negociantes de móveis em Caen. Sua mãe tinha uma predileção pela irmã. Uma infância frustrada.

Já para Hermine... eu precisava falar do meu pai, contar como ele vivia, e falar dos pais dele e do irmão em Paris. Apagava minha mãe, iluminava meu pai.

Paris-Plage era uma ideia que ia amadurecendo para a nossa semana de férias. Uma floresta, fiacres, roupas, vivendas reluziam nas revistas. Perguntava a ela: na sua casa, com suas irmãs, você folheia isso aqui? Primeiro, seus olhos respondiam: "como é que você pode me perguntar algo assim?" Depois dizia: "mas como a gente podia ter tempo, minha querida? Tantos livros para ler, música para estudar, os passeios à noite..." Ela me apresentava uma Hermine despreocupava e autêntica entre os seus e uma Hermine preocupada em ser generosa comigo a ponto de suprimir livros, passeios, música. No começo eu não exigia nada. Agora eu exigia que ela estivesse menos com a família. Eu menosprezava a vida familiar que ela tinha e a espontaneidade deles pois desejava ter essa vida cujas portas de entrada estariam para sempre fechadas para mim.

Na manhã em que saímos de férias, ela me acordou, acendeu a luz, abriu a janela.

— Está pronta — disse Hermine. — Experimente.

Queria uma gola tão fechada que me cobrisse. Hermine disse que ia modificar minha camisa, que ia ajustá-la no quarto de hotel. Desculpe pela noite em claro, desculpe por este resultado lamentável, seus olhos imploravam. Ela caiu exausta durante a viagem. A intérprete intrépida da sonata *La Pathétique* desabou por uma camisa costurada à mão. Eu sacudia Hermine, ela tornava a cair, tive de aproveitar sozinha a vista passando. Guardas em vários pontos da linha férrea me apunhalavam com suas lufadas de pequenos jardins, varais, galinheiros, pequenas hortas. Eu virava o rosto, acendia um cigarro. A campainha para solicitar a parada era um convite. Descer, pisotear a camisa com o torso nu debaixo da jaqueta, procurar uma casa abandonada para recomeçar tudo com Hermine. Peguei uma revista de moda na mala, perguntei se iríamos a um hotel perto da praia, Hermine estava dormindo.

A chegada à estação balneária me decepcionou. Esperava uma multidão de belas mulheres e belos rapazes todos despidos e bronzeados na plataforma de trem, esperava ver seus lábios cheios de sal e o orvalho dos banhos de mar em forma de pulseiras e colares, esperava um café de estação com mesas do lado de fora e a barulheira da estação Montparnasse, com muitas camisas e seu branco insistente, o casto decote dos smokings, os sapatos virtuosamente envernizados, os arabescos dos braços surgindo entre as pérolas. A província vegetava em meio aos carregadores indiferentes. Hermine escondia o rosto para bocejar. Reconheci minha frivolidade no clima da rua principal. O mar, bem distante de nossa chegada, imprimia sua solidão e amplitude às mesas espalhadas pelas ruas. Alguns veículos alugados voltavam de seus passeios.

— Não durma. Você está dormindo em pé. Não vai querer entrar? Não quer que nos amemos aqui?

Hermine tentou entender. Seu rosto estava fechado.

— Nos amar aqui? O que você quer dizer?

Eu oferecia meu amor a uma vela derretendo.

— Não gostou do hotel?

— Vamos entrar — respondeu Hermine.

Passei o dedo na madeira de uma cadeira, os móveis rústicos na entrada do hotel não tinham mais nenhuma importância.

— Vamos embora... Prefiro a sua poltrona — eu disse num impulso de desistência.

— Tarde demais — disse Hermine.

Um rapaz obsequioso se aproximou:

— Para quantas noites?

Verifiquei o nó da minha gravata.

Uma jovem nos conduziu até o quarto. Que doce nos transformar em duas crianças abandonadas numa cama, com uma bacia de calma aos nossos pés.

— Não fique tão cansada...

— Não estou mais cansada.

Fechei as cortinas duplas.

Móveis, objetos, a eternidade em parcelas. Ó, rastro da resignação, ó nota sustentada, ó fidelidade dos grandes órgãos até nos móveis e objetos. Hermine deitada na cama de modo atravessado, sorria olhando para o teto. Seu rosto, agora ardente, era mais intenso que seu sorriso.

— Estou tocando — disse Hermine.

— O "Concerto italiano"?

— Sim.

Ela tocava de memória e estava absorta. Eu não deveria escutar. Mais tarde perguntei:

— Você quer?

Hermine queria o que eu queria.

Eu a despi com mãos de miniaturista. De uma janela à outra do hotel, algumas mulheres, sem dúvida camareiras, revigoravam os espaços com seus fragmentos de conversas. Nós mergulhávamos em nosso azul habitual.

Duas horas depois na mesma rua de Paris-Plage:

— Vamos atrás deles, Violette. Um pouquinho, só um pouquinho, prometo.

— Está louca. Só os dois estão na rua, vão perceber. Viemos aqui para seguir as pessoas?

Hermine deu de ombros:

— Não são pessoas. Levante sua gola. Estamos à beira-mar. Vou atrás deles sozinha.

Hermine seguiu adiante. Parecia uma pintora com um chapéu de feltro preto. Dei uma corridinha para alcançá-la:

— Pode me dizer o que acha deles? Ela é magra, ele é gordo.

As vitrines de cada lado da rua abarrotadas.

— Mais baixo — cochichou Hermine. — Ela não é magra, ele não é gordo. Eles se amam.

Eu ri. Forcei o riso.

— Você sai do hotel e adivinha que eles se amam...

Hermine levou em conta minha expressão:

— Não fique com ciúmes — ela disse. — Nós também nos amamos.

Ela enfiou o braço debaixo do meu. Era preciso ir atrás deles.

O homem, com uns sessenta anos, com toda força e virilidade acumuladas na parte de baixo das costas, virou para a companheira. Seu rosto corado e os cachos grisalhos caindo na testa trouxeram um quentinho para a rua. Transmissão de movimento: eles se uniram abraçando-se pelas cinturas e seguiram seu caminho. Nós fomos em frente, até a areia caridosa e alourada, até a orla, até o prolongamento da onda. O mar do norte com suas ressonâncias de caverna travava uma batalha. Segurávamos o chapéu, prendíamos a saia entre as pernas, titubeávamos. O vento nos possuía, era ridículo. Nenhum banhista, nenhum guarda-sol aberto.

— Diga.

— Eu olhando você — disse Hermine.

— Durante séculos?

— Durante cinco minutos.

Um homem catava papel velho. Ele nos pediu um cigarro, guardou dentro do gorro.

Ficamos animadas com o passeio de fiacre pela floresta. O cocheiro mostrava as vivendas, citava os nomes dos proprietários. Descansando com o tran-tram das rodas impermeabilizadas, rejuvenescidas pela saúde das arvores, parecíamos duas meninas descaradas, dávamos cotoveladas uma na outra quando reconhecíamos os nomes que tínhamos lido na *Vogue* ou na *Fémina*. O balneário se transformou num ninho até a hora em que tivemos que voltar.

Lançamentos importantes estavam chegando. Montherlant telefonava, pedia que divulgássemos a reedição de *Songe* que saíra em formato popular. Era a estreia de Julien Green: ele quase não levantava o olhar ao fazer as dedicatórias de seu primeiro livro a não ser para conversar sobre música com o secretário. Tímido, ele também intimidava. O manuscrito que não deveríamos deixar "escapar" era o *Mont-Cinère* (publicado antes de *Poeira*), transformado em pilhas de livros sobre nossa mesa. Um meteoro caiu no escritório: Georges Bernanos. Tínhamos lido boas páginas de *Sob o sol de Satã* e esperávamos um autor com aparência desagradável. Mas quantos cravos nos lançou ao rosto com seu sorriso no dia do lançamento do livro. Sem qualquer sombra de afetação, divertia-se com tudo.

Belo com a beleza de um fidalgo de quarenta anos, a pele escura, os olhos apaixonados com relances infantis. Seus olhos: dois vulcões em sua plenitude. Uma presença marcante. Quando ele se calava, era um Dom Quixote bem nutrido, de estatura mediana, com a mesma chama, a mesma tempestade na cabeça. Falava de improviso, recordando-se de algumas anedotas. A lembrança de seu breve período na prisão com Henry Bernstein durante o serviço militar o divertia a ponto de estremecer.

Uma bomba explodiu em todos os departamentos; a mocinha curiosa, de pele marrom-claro, com sotaque carregado, debruçada em sua máquina de escrever no canto mais discreto do escritório também escrevia. Henri Massis lera seu manuscrito antes de todo mundo. Ela escrevia quando caía a noite. Ninguém podia imaginar, por isso estavam todos surpresos. O pseudônimo já tinha sido pensado: Michel Davet. O título também: *Le Prince qui m'aimait*. Eu não tinha lido, não sabia do que se tratava.

Meus atrasos na hora de bater o ponto, meu salário baixo, minha carga horária de trabalho, de 8h15 ao meio-dia, de 13h30 às 18h30, de segunda à sábado às 12h30, minha ida correndo até a Porte de Champerret para poder me alimentar bem, minha busca por notícias da atualidade dentro dos livros por anos a fio, os livros esvaziados de suas histórias, a pilha de revistas e jornais na volta do final de semana, os muxoxos da senhorita Conan — tudo isso me desanimava. Comecei a embirrar com o trabalho. Mas tudo tem uma trégua. Quando Simonne Ratel, uma excelente jornalista do jornal *Comœdia*, abria a porta do nosso escritório, ela ensolarava a nossa sala. Ela perguntava como todos estavam, ela nos presenteava com um mês de maio toda vez que vinha. Ela dizia que tinha gostado muito da minha saia plissada azul lavanda, meu pulôver da mesma cor. Pastas e arquivos se transformavam em objetos adoráveis. A senhorita Conan cantarolava depois que a semeadora de primavera ia embora.

Eu ficava sufocada em nosso escritório e ia em busca de conversadores e conversas em outros setores da editora, surgia um diretor, eu fingia que estava ocupada e inventava uma informação que precisava descobrir. Se estivesse na livraria, cumprimentava Jérôme e Jean Tharaud, agradecia Stanislas Fumet, tão generoso com meus textos publicados no *L'Intransigeant*, me enfiava em lugares complicados e exíguos da *Revue hebdomadaire*. Livros e manuscritos, tal como uma erva daninha, invadiam tudo. O diretor, François Le Grix, fazia um trabalho obstinado para sua revista. Um rapaz elegante o acompanhava. A atitude, a discrição, o rosto calmo e reservado, a frieza agradável de Robert de Saint-Jean, secretário de redação, me intimidavam. Voltava ao escritório, trabalhava, vegetava. Meus olhos se fixavam no mata-borrão, eu mastigava uma banana e um pãozinho em um universo de moluscos. Recolhia meu olhar e ele voltava ao seu lugar, sobrevivia para o voo de um mosquito perto da janela, para a fuga solitária de uma aranha, para a esmola do relógio soando meio-dia. Tirava as fibras de dentro da casca da fruta.

Quando ela chegava envolta em seu casaco de pele no fim da tarde, sua voz me deixava em suspenso. Forte, calma, luminosa, era a voz de uma criança dominada por um adulto. Suspiros, pausas, respiração de uma música, nada ficava de fora. O habitual nesta melodia era: "Paris está cada vez mais atravancada. Vocês não fazem ideia de como está o trânsito. Levamos quarenta e cinco minutos para vir de... até aqui". A atriz Simone tinha publicado seu primeiro romance *Le Désordre* na coleção La Palatine, o diretor a recebia na antessala perto do nosso escritório. Mesmo do outro lado da parede, ficava encantada com o vigor dela, sua voz me animava. Eu falava por ela, falava com ela, estava no meio do espetáculo. A seiva da facilidade crepitava em minha cabeça. Voltava para a minha mesa, bolorenta de tantos hábitos, me impunha o porta-penas que estava diante do tinteiro, a folha em branco, sua nudez terrível, era senhora de meu esforço antes de me esforçar. Eu a tinha visto interpretando a peça *L'Acheteuse*, de Steve Passeur, no Théâtre de l'Œuvre, tinha lido *Le Désordre* e guardei a atmosfera singular do romance. Enquanto ela falava, nosso pobre escritório se dilatava, se transformava em uma série de carros, avenidas, ruas, cruzamentos. Eu a encontrei muito tempo depois, nos arredores de Paris, num espaço para conferências, debates, discussões entre escritores. Foi uma noite em Royaumont. Os autores criavam charadas no palco. Alguém adivinhou *Sparkenbroke*, logo passavam para outra adivinha. Envolta em sua pele de sair à noite, a senhora Simone criou, não sei como, um grupo de confidentes. Éramos três: Renée Saurel, Jean Amrouche e eu. As lembranças vinham sob uma luz fraca.

A senhora Simone se lembrava de perguntas zombeteiras feitas a Marcel Proust. "Então, meu querido Marcel, o trabalho está caminhando?" "Então, meu querido Marcel, esse trabalho monumental está indo adiante?" Naquela noite a atriz estava tão empolgada quanto encantadora. Ela escrevia em voz alta.

Hermine conseguiu uma transferência para Seine-et-Marne. Ia deixar seus pais... Era fácil, muito fácil na hora de fazer. Depois que se tornava mais difícil. Com uma facilidade imprevisível, me separei do meu quarto, do apartamento deles, do conjunto de edifícios do XVII *arrondissement*.[12] Hermine veio almoçar em casa. Todos fechamos os olhos para o que estava acontecendo. Deixamos pairar uma nuvem de imprecisão sobre o nosso relacionamento. Por que não seria fácil deixar os próprios filhos também? Eu os libertava de minhas mudanças de humor, de meus arrebatamentos, de minhas saídas noturnas, de meus atrasos na hora do jantar. Para a minha mãe, minha partida era a extração de seu romance. Peguei com indiferença as roupas em meu armário de menina. Hermine perguntou por que eu tinha vivido tantos anos num quarto sem cortina na janela.

— Por que não ligo a mínima para as pessoas — respondi à Hermine.

---

12 Termo em francês que designa divisões regionais da França. (N.E.)

E assim deixei a casa da família com a calma de um passante na hora de fechamento de um parque público. Desci a escada como um galo orgulhoso, cantor das primeiras horas do dia. Gabriel se tornara retratista nos cafés de Montmartre e ocupava um lugar no topo dos desajustados. Instalei-me com Hermine numa pensão em Vincennes, numa rua tranquila a dois passos dos bondes.

Chegava exausta às oito da noite. Afastava-me das multidões, da correria na estação de Châtelet, das esperas entre correntes e postes da Porte de Vincennes. A cozinha do tamanho de um lenço de bolso. O cheiro romântico da vitela na panela me me fazia pensar na atitude de um sedutor de vilarejo. Levantei um pouco a boina, braços cruzados, esperava o jantar apoiada na porta do nosso quarto mobiliado, impregnada ainda pela alegria de ter uma porta só nossa, no fundo do corredor do último andar.

— Minha gaitinha — gritou ela.

Ela trouxera o livro de cozinha da minha avó, as receitas que ela copiara do jornal tinham se perdido.

Satisfeita com seu dia de aula, com a diretora, com os alunos, com os colegas, com Paris, com Vincennes, com seu sono, com seu despertar, com suas noites curtas, com seus projetos de dar aulas de solfejo, Hermine cantava um *scherzo*, pronunciando o nome de cada nota, marcando os acordes com a cabeça à esquerda para os baixos, à direita para os agudos. Ela se inclinava para a janela: a iluminação era clássica.

— O que você está ouvindo agora?

— Couperin.

— Venha — disse a ela. — Estou com fome.

Curada, minha superior no trabalho aparecia cada vez menos. O escritório, os textos curtos a entediavam apesar de seu regime de privilégio. Ela trabalhava para uma companhia de teatro Les Tréteaux, estava escrevendo uma peça: *Notre-Dame de la Mouise*. Ela nos dava três, duas, uma hora de sua presença, depois não nos dava mais nada. Eu trabalhava por duas, trabalhava também para o secretário de publicidade, esperava ganhar por duas. Não ganhei nada a mais. Reclamava para todo mundo, com exceção do diretor, com exceção do secretário. Consegui um aumento de cinquenta francos por mês.

Esperava minha vez para subir no bonde na Porte de Vincennes, eu me lembrava de minha mãe encontrando Gabriel no café da Porte Champerret. Ouvia meu passado falando antes de Hermine chegar a Vincennes:

"Vamos, mamãe. Prometi a ele que você viria. Ele está esperando no café. Você queria, não quer mais? Olha, ele está no café como tínhamos combinado. Fique bonita, vista seu casaco de pele. Eu vou falar, Gabriel vai falar. Entre na frente, mãe. Ele vai ver você. Sim, o homem sozinho, na mesa do canto. Sim, é Gabriel. Anda, ele já nos viu."

— O que achou dele, mãe?

— Ele não falou nada.

— Não, ele não falou.

— Os olhos dele nos seus, que coisa louca, Violette.

— O que você quer dizer com "coisa louca"?

— Olhar para você desse jeito sem pedir nada em troca...

— O que achou da minha mãe? Gabriel, estou falando com você e você não me responde. O que achou da minha mãe? Não gostou dela?

— Não, não gostei muito.

— Explique.

— Não há nada para explicar, meu menino.

Viver numa pensão é estimulante. Os móveis podem ser contados nos cinco dedos da mão, ficamos livres do incômodo das mudanças. Poder alugar dá uma tranquilidade. É como estar entre o despojamento e a posse. Um quarto numa pensão é o fim de uma sala de espera. Paredes finas entre os quartos, ressonâncias malditas, ressonâncias afrodisíacas, como numa colmeia, compartilhar os conflitos, as transas, o drama. Recomeçamos nosso amor junto com os vizinhos e amantes. Nossos semelhantes se entendem aos gritos, eles nos dão, e nós lhes damos, embriaguez, raiva. Promiscuidade, penetração, ilusão de uma comunidade, eis uma pensão.

Remorso, manias, nostalgia todos os sábados entre Chaussée--d'Antin e Havre-Caumartin.

Paris é matadora Paris me mata me afoga eu passeio e morro neste rio de carros alucinados mais rápido motores sim em frente sim ali a cama me espera o céu me envolveria sou a multidão a multidão me segue nosso quarto um pedaço de jornal na calçada Violette passeando Hermine dando aula o tique-taque eu quis voar do quarto que elas negligenciavam uma mão na minha testa ponto de interrogação é um plátano é uma folha uma árvore chora sou a multidão a multidão me segue é preciso arrastar é preciso se sujar eu preciso deste barulho de uma artéria de Paris eu preciso sobre minha nuca fria esta é a música cilíndrica uma bolsa é apanhada uma bolsa é amarrada a multidão titubeando a mulher arranca a bolsa de volta de um homem estão separados nunca vão se conhecer quem é que me força a vir aqui sábado carrego tantos cemitérios nos ombros Fidéline Isabelle Gabriel mortos estão mortos floresça sobre nós mãezinha entre Havre-Caumartin e Chaussée--d'Antin flores de tristeza tantos cravos brancos desgrenhados nas casas das lavadeiras quando a incestuosa perdeu o irmão caridade senhor caridade senhora se eu tivesse coragem seria para renovar meus cemiteriozinhos vamos parar diante deste bosque fresco entre os pés dos manequins nas vitrines Hermine estou falando com você quebre o giz coma a lousa rumine nosso quarto nesta pensão não se deve dizer um pouquinho diz-se um pouco vou prestar atenção mamãe da próxima vez vou prestar atenção quantas vezes ela me olhou assim vamos começar eu fico franzindo o rosto com essas caras você vai ficar com rugas mais tarde eu fico franzindo meu rosto procedimento-lembrança para o seu olhar depois que eu disse um pouquinho ela me repreendeu eu baixei os olhos levanto o rosto eu a surpreendo não me olhe assim mas eu não olhava você não dá mais aulas lá não insisto não lhe disse você não me observava você estava distante eu prefiro um tapa uma roda um chicote para dizer um pouquinho no lugar de um pouco mas me olhar assim não tão distante indiferente os homens não os homens não tiram proveito da sua ausência de um segundo para intimidá-la seu depravado tira a mão vou chamar a polícia é uma menina é uma criança que ameaça desaparece o depravado a sabedoria mofada de nosso quarto quando está só joguei fora as anêmonas e o vaso junto que sonho inacreditável um homem e um mulher levando entre os dois a bolsa de outra foram encontrados um minuto a bandeira erguida trenós aéreos de suor e pó de arroz eles conversam e vão embora um encontro no céu um coraçãozinho dourado navegando é tão banal é tão crucial sendo Gabriel sendo Hermine estou paralisada no mesmo lugar sonhando com o que não sonhei sacuda-a ela vai sair do lugar ficar plantada aqui feito uma idiota um encontro no campo a perder de vista a horticultura meus olhos meus clematis azuis sou cega a primavera que tipo este com sua boina basca de lado você acha que está onde Gabriel meu filtro num perfil vamos adiante então pois eu sigo a multidão a multidão me segue o que é esta pulsação de leve entre meus lábios é para Hermine boca-emoção boca-pulsação é para Gabriel quando ele me disse você é atraente meu menino a mão dele em cima da minha ele disse para ela acabou Gabriel com a mão no rosto debaixo do domo da Sacré-Cœur estou melhor agora foi uma vertigem uma onda de calor uma miragem uma mulher e um homem na outra calçada feito dois desconhecidos na outra calçada ir embora de novo com o barco a vela preto um desespero para eliminar estou bem não agora está voltando uma dor latejante tenho trinta e dois dentes doendo no coração você nunca fica satisfeita Violette não seja tão exigente viva sua vida ora bolas sem reprimenda mamãe Gabriel tem um céu como um dossel em cima do seu hotel ele é um rei o rei daqueles que não pensam no amanhã eu sigo a multidão a multidão me segue Hermine vigia o recreio Gabriel se farta de tanto dormir Hermine Gabriel me deixam dividida recomeçar vendo Hermine e Gabriel me deixam dividida você sabe o que você é quando você se libertar disso não não sei Violette um pirulito não sabe Hermine vírgula doce Jesus ponto de exclamação ela veio depois de pensar o Conservatório engolido tímida ela não podia tocar em concertos para onde vai esse homem que belo rosto e formas de marfim passaram por mim não conseguiu seu primeiro prêmio sua carreira o rosto de um homem belo uma cruz para meditar professor de música onde pode se manter seu tratado de harmonia historiador você quer que eu encha seu tinteiro depois você escreveria pombas e pombos se lançavam sobre Paris naquele ano Paris inundada de penas e penugens pode passar Cyrano de Bergerac é o que eles gritam para você minha Violette eles morrem de rir essa molecada da capital meu nariz meu osso e minha carne sofrida eu pinçava o nariz com um prendedor de roupa meu prendedor de roupa aos dezesseis anos dezesseis anos e o oceano me pedia para ser caridosa dezesseis anos minha entrada na vida depois do pôr do sol ah rosto sexo do espelho ah espelho no qual homens e mulheres são todos vulgares você me acha atraente Gabriel ponto de interrogação tenho pés pequenos minha mãe disse à Hermine veja ela tem pés de criança eu sigo a multidão será que a multidão me segue um vidraceiro no meio do turbilhão é falta de educação mostrando seu ofício cale-se você com seus pequenos cemitérios sobre os ombros é inevitável senhor o verificador são meus túmulos antes de nascer será preciso que falemos com Gabriel cale-se sorria o século das manequins de loja você fica fora de moda com Gabriel ele a jugava este seu retratista bom eu quero que ele durma num cisne de madeira das Ilhas não em um cisne de sicômoro não em um cisne do tamanho de um ninho conheço os pássaros não vão me negar este serviço um pintarroxo construiria uma maravilha com o pelo das lebres que brigavam Gabriel faz sua reverência Hermine apoderou-se de seus sacrifícios por que você não falou nada em suas cartas Violette eu teria entendido eu sigo a multidão a multidão me segue nada de mais affe diria minha mãe nada de mais suas noites nas ruas de Amiens enquanto medicávamos nossas pernas reticências interrogadoras elas preferem um conjunto de jantar elas escolheram sem comprar eu escolhi Hermine Gabriel está aqui na ponta dos meus cílios vocês saem como amigos sim e ele implorava minha mão e encontrava uma poça de cabelos entre as virilhas o homem quando um estremecimento uma ária sob a minha mão meus antepassados Gabriel se retirou para suas ruas de pedra de Montmartre mentiras segredinhos que eles inventaram na casa de penhores que estilo é mesmo minha boina caída para um lado que magreza que olheira enorme tchau reflexo até a próxima manequins seu sorriso me enfeitiçará ainda seu bronzeado é meu banho minha pasta de couro sob o braço minhas pálpebras castas ó tão castas meu olhar oblíquo sou só aparência passeio por uma floresta o sexo em chamas.

Entrei numa loja de departamento.

Que cara terrível, minha pobre Violette. Um bom jorro de luz elétrica apesar de tudo. Se está procurando uma loja que faça roupas para luto em vinte e quatro horas, se enganou, está enganada. Você atravessou a porta de entrada da frivolidade. Por que entrei aqui? Hermine queria. O que Hermine queria mesmo? "... Preferia que você usasse um chapéu e deixasse o cabelo mais longo. Um chapéu *cloche*." Ela quer uma mulher com um chapéu *cloche*. Aqui as etiquetas nos dispersam, fúria de desejos. Colheita colhida pronta para ser obtida. Que belo o amor pelo objeto e pelo dinheiro. Ó, céus. Estou onde tinha de estar.

Continuei estupefata ao lado dos elevadores.

As clientes exauriam os espelhos com o que escolhiam. Ouvi ao longe minha mãe dizendo. "Seja mulher. Quando você se tornará uma mulher?" Eu confundia as táticas e a vaidade moral com os enfeites. Mãos ávidas. Olhos sedentos. Rostos sedutores, rostos sensatos. A atmosfera me entorpecia, o botão do elevador piscando me dava sono. Limo, só pode ser limo. Quem falava debaixo de meus pés? O piso da loja não queria o limo do meu sapato.

Nuvens brancas, nuvens rosas, nuvens azuis, nuvens verdes. Elas me atraem. Eu segurava, acariciava, apertava, riscava, afundava minhas unhas. Chafurdava nessa espuma que chamamos de luxo ao alcance de todos. Um calor me invadiu. Nuvem entre as nuvens porque vendedoras, clientes, chefes de seção se agitavam longe do meu convívio e das minhas conversas com a seda. Senti-me carregada, olhei com um ódio que vinha não sei de onde, olhei para a direita, para a esquerda. "Cabelo mais longo..." Hermine, você gostaria de uma calcinha da cor do lírio-do-vale? Uma preta, uma azul, uma amarela, uma laranja, uma cor de salmão? Guardei dentro da minha pasta, como se tivesse acostumada a fazer isso, a preta, a azul, a amarela, a laranja, a cor de salmão. Um roubo, uma rosa estrangulada. O magnífico do meu pequeno roubo vinha da rapidez com que transformava a coisa à venda em coisa vendida sem pagar. Eu colhia as calcinhas. Tocava nelas, eu tinha asas, asas e asas na cabeça, estava febrilmente sozinha com o mundo às minhas costas. Ah me libertava da suficiência das coisas novas. Encorajada, fui na direção dos pompons de lã, de veludo, as caixinhas de pó de arroz, as joias brilhantes, bugigangas, bijuterias. Também roubava para tirar das mulheres aquilo que as torna femininas. Um rapto feito numa noite só minha pois as outras pessoas não me viam. Por mais que pesasse e levantasse as balizas da desonestidade, previsse o momento de pegar o objeto, avaliasse a segurança de meu gesto, no fim me entregava ao melhor e ao pior, ao fracasso e à vitória, à morte e à vida, ao inferno e ao paraíso no instante em que roubava. Minha pasta estava cheia de coisas inúteis. Parei depois de ter apanhado uma pinça de depilação.

Saí da loja de departamento sem sentir orgulho nem submissão. Agora a multidão era uma multidão reconfortante.

— Venha comigo — disseram atrás de mim.

Virei a cabeça.

— Venha comigo — disse a mesma voz perto de mim.

Fui com ele. Viramos na esquina da loja e entramos numa rua tranquila, entrei no antro dos ladrões pegos no ato. Outros desconhecidos que se pareciam com o meu acompanhante, com terno cor de gelo, esperavam em pé perto de uma mesa atrás da qual outro desconhecido sentado também esperava.

O acompanhante pegou minha pasta, tirou de dentro os objetos um por um.

— Por que você faz isso? — perguntou.

Os desconhecidos me olhavam sem maldade.

— Foi a primeira vez — eu disse.

Chorava sem remorso, sem arrependimento. Sequei os olhos, olhei para os testemunhos do paraíso que eu perdia.

— Por que você faz isso? — perguntou de novo o desconhecido.

Tornou a fechar minha pasta de couro. Era quase paternal. Eu soluçava.

— Foi a primeira vez — disse de novo entre soluços.

Solucei ainda mais alto por causa daquilo que se fez e desfez em seguida. Coisas roubadas, coisas lançadas.

— Minha pasta — eu gritei. — Você vai me devolver?

Colocou de lado aquela velha pasta que eu amava mais do que qualquer coisa no mundo.

— Vou guardá-la.

Estendi o braço na direção dela.

— Minha pasta, minha pasta...

Pedi a ele os restos da minha proeza.

O desconhecido abriu um registro, escreveu a lista de objetos roubados. Os desconhecidos desocupados se distraíam com o inseto que avançava pelo papel.

Eu chorava lágrimas quentes sobre a minha aventura desmascarada.

— Nome e endereço — perguntou o desconhecido.

Ele abriu outro registro.

— Vocês não vão me prender?

— Nome e endereço.

Ele se impacientava. Eu desmoronava.

Os outros me observavam com a compaixão dos animais dado que nada de nossa miséria lhes escapa.

Eu gemia, em busca da piedade deles.

— Tenho um padrasto... Vai ser horrível se meus pais souberem. Minha mãe, para a minha mãe... O que eu vou virar, o que ela vai virar...

Pensava na vergonha que sentiria diante deles, diante dela, no choque que seria para os dois.

Soletrei meu nome e o endereço dos meus pais porque iríamos, dali a dois dias, morar na casa deles enquanto estivessem fora.

— Por que você faz isso? — ele recomeçou.

E deu um soco na mesa. Eu o afligia.

Depois se enterneceu, foi o que vi no olhar dos outros.

— Foi a primeira vez. Acredite em mim.

Ele me olhou.

— Eu acredito — disse.

Não lhe faltava experiência.

— Mas por quê? — perguntou de novo.

Eu estava livre. Nada ficou definido. Eu deveria voltar no começo da semana seguinte. Ele me chamou e perguntou minha profissão. Falei de meus textos nos jornais, queria fortalecer sua indulgência. Você não é uma ladra professional. Você é uma lesma, foi o que seus olhos disseram para concluir.

Senti falta da minha pasta de couro. As bolsas se parecem mais do que achamos. Murmurei um tímido "Até logo, senhores".

Saí de lá mortificada, sangrando, embrutecida. Não reconhecia nada. A água azul nublava as minhas ideias. Oscilava entre a prisão que não aconteceu e o ar que deveria recobrar. O cheiro de *waffle*, do açúcar com baunilha a meio caminho da Printemps e das Galeries Lafayette, armadilha deliciosa até aquele momento para as lembranças de Fidéline, me capturava da outra calçada. Mistério do recomeço, eu chorava ao lado da mesma seda, ao lado das mesmas rendas, das lojas À la Ville du Puy.

Hermine pôs a mesa na sala de jantar de meus pais que estavam viajando por dois dias. Fiquei comovida.

— Hermine, eu queria dizer...

Eu contava sem palavras.

— Diga — respondeu Hermine.

Dava a ela uma expressão de solidão, o último grão de poeira que eu tinha me tornado.

— Por que você me olha assim? Está me assustando.

Pela janela aberta, Paris era uma barulheira de carros. Hermine estremeceu.

Ela acariciou meus cabelos e me chamou: "Minha menina". Peguei a mão dela e fiz uma luva de beijos.

— Darei o que você quiser. Peça — ela implorava.

Apresentei a ela uma aurora: um recomeço. Ela me ofereceu um aperitivo, um cinema.

Minha musicista, minha surda Hermine.

Veja, ouça. Eu lhe dou a coroa de faíscas da lamparina de Fidéline, a chama que se agita em um pires de sebo.

Hermine se comoveu também. Estávamos sobre o tapete, frente a frente, separadas.

— Olha — disse ela como se fosse importante.

Um pardal tardio saltitava no parapeito da janela. A noite do lado de fora se tornava mais confortável a cada salto.

— Você chorou. Diga o que aconteceu — implorou Hermine.

O pardal voou na direção de um universo irresistível, para sempre desconhecido de nós. Ele nos entregou, nos deixou um pátio de milagres: inválidas, avançamos uma na direção da outra.

Comecei a chorar outra vez.

— Você não me ama — disse Hermine. — Você está triste.

— Eu não te amo, Hermine?

Sentia-me culpada, queria acreditar em tudo, receber tudo. Minhas lágrimas molharam a nuca de Hermine.

— Ficar triste quando temos uma noite e um longo dia pela frente. Você tem algum problema? Você tem um motivo?

— ...

Ela se levantou, fui atrás dela. Ajeitou as pontas dos cabelos lisos. Eles terminavam formando uma ponta na metade do rosto. Segurei seus cabelos curtos em minhas mãos.

Hermine se soltou:

— Vou pegar um cigarro...

Naquela noite ela fumava Maryland. Seu estilo de fumante parecia com sua escrita incisiva.

— Quero saber o que aconteceu.

Eu te adoro, eu roubei, está preso na garganta. Achava que eu amava, Hermine.

Ela me perguntou o que eu queria. Respondi aos prantos: um chapéu, cabelos mais longos, isso é o que você quer. Hermine gritava: "me peça um monte de coisas, um monte!" Queria um pompom de veludo. Vou passar pó de arroz quando sairmos. Você terá uma porção, respondeu Hermine. Queria lingerie de todas as cores. Você ter seda natural, cetim reversível, mantos de seda, minha pequena, minha pequena... Escolherei nas lojas de departamento se for possível. Por que não seria possível? Perguntou Hermine sem entender, sem tentar entender. Ela quer uma mulher, ela terá uma mulher e não terei mais que roubar, disse a mim mesma. Estava cansada. Precisava dela e precisava do inverno para o sono da terra. Ela foi ao banheiro, disposta a pagar pelos tecidos de Lesur e de Colcombet que ainda nem conhecíamos.

Aos sábados, Hermine é um móvel envernizado. Essa noite eu disfarcei, essa noite fui contagiosa. Ouvi a escova de roupas em seu trabalho de reconstrução. Não, não revi Gabriel. De dia ele dorme, você sabe. Gabriel é friorento, dormiu demais ao relento. Gabriel é um irmão através dos séculos. Ela escovava os cabelos. Calar-se, é isso então viver juntas. Eu me calo, meu suspiro diz: eu roubei. Agora sou um cachorrinho desgraçado que acabou de nascer, está perdido numa ruela às três da manhã. Ele dorme, Hermine, e você não vê nada. A respiração dele é ofegante, ele chama sem gritar. Hermine se dedica à brilhantina. Gelatina rosa nos cabelos pretos.

Não me lembro onde foi que eu o conheci. Lembro que Gabriel, naquela noite, deveria jantar conosco na pensão. O carro dele deve ter diminuído a velocidade, ele deve ter descido e me seguido. Eu começo a andar mais rápido, andar mais devagar, mudar de calçada, inventar uma cabeça erguida para um dia que estava caindo, um ritmo de solitária invencível. Ser seguida. Uma calçada me cortejava.

Entrei no carro dele, falamos de trabalho. Soube que ele era ajudante de ordem do general Lyautey. A simplicidade de seu carro me desagradava. Ao ver suas luvas de couro já sem forma, pensei que, para ele, aquilo era o auge do refinamento. Lembro do único segredo que ele me contou: tocava piano durante as insônias de seu chefe. Fiquei intimidada ao saber do posto militar de ajudante de ordem à distância e do piano à noite sob as estrelas do deserto. Ele falou de suas noites, dos livros que lia, de um próximo encontro, de um jantar no restaurante Lapérouse. Ele se exprimia com uma facilidade que me assustava. Educadamente eludia o tema toda vez que eu perguntava — com meu conhecimento superficial que vinha das figurinhas da infância — das palmeiras, dos lugares e das mulheres de véu. Ele tinha vindo a Paris, ele falava de Paris. Mas os avestruzes desgrenhavam as acácias, um tigre se impacientava com cada carro esportivo, as gazelas de salto alto mergulhavam em nossos oásis, os jardins. Ele parou onde eu pedi, ficamos falando de tudo e de nada.

O comportamento correto dele deixou Violette espantada. Ela o deixou de mãos vazias. Ela desejava um maço de notas que ele teria jogado numa lata de lixo, e que ela teria recolhido no meio do lixo com a boca.

Lancei-me corredor adentro, Hermine e Gabriel se jogaram em cima de mim com um riso forçado. Esperei encostada contra a parede.

— Vocês me viram?

Hermine respondeu:

— Vimos através do vidro do café. Gabriel me ofereceu um aperitivo. Estávamos à sua espera.

— Você estava passeando de carro — cortou Gabriel. — Ela também pode se distrair.

As narinas de Hermine tremeram. Ela reprovava a sinceridade de Gabriel.

— Quase deu para ouvir a conversa — disse Gabriel com um sorriso malicioso.

O mesmo riso balançou os dois. Eu disse que estavam sendo estúpidos.

— Menos que você com seu ar solene dentro do carro de outra pessoa — respondeu Gabriel.

— Agora ela voltou, deixe-a em paz — disse Hermine.

— Ele tem um posto de ajudante de ordem. Ficamos conversando.

— Não quero nem saber — disse Gabriel — O jantar... vai queimar!

— Vamos subir — disse Hermine em voz baixa.

Ela me levou pela mão. Gabriel se arrastava pelos andares, assobiando o refrão da raiva.

Ele vai jantar, só jantar, eu pensava. A pena pode ser um sentimento dilacerante.

Hermine pegou meu casaco, minha bolsa, minha boina.

— Vá embora! — gritei para Gabriel.

Gabriel se iluminou:

— Sim, já vou — disse. — Mas será que posso tirar esta mancha antes?

Ele raspou com a unha uma mancha branca no avesso da sua jaqueta.

Boina, casaco e bolsa caíram das mãos de Hermine:

— Ele precisa comer antes. Não pode ir embora assim.

— Me divirto como um louco — disse Gabriel.

Era uma das frases que ele mais usava.

— Vá embora. Quero estar a sós com ela. Você não entendeu?

Hermine se apressou. Tirou um pedaço de carne da panela, preparou um sanduíche colossal.

— Entendi — disse Gabriel — A volta para casa, o desabafo. Vai vê-lo outra vez?

— Não quero que você a atormente — gritou Hermine.

Ele mordeu furiosamente o sanduíche e foi embora.

Hermine fechou a porta e soluçou em meu ombro.

— Vocês estavam me vigiando, me espionando.

— Está irritada comigo? — perguntou Hermine.

— Não estou irritada, estou enojada.

— Está irritada comigo — disse Hermine. — Bom, olha o que aconteceu. Eu voltei mais cedo. Gabriel estava esperando. Andava de um lado para o outro. Buscava você nos meus olhos, estava irritado comigo. Sempre vai ficar irritado comigo. Fiquei ali na frente dele, tinha quase vergonha de ser eu mesma. Me perguntei o que eu podia dar a ele. Não tinha nada para dar a ele. Tiritando de frio, ele perguntou se por acaso eu não estava no quarto. "Pode ser" respondi. "Chame-a", ele disse. Me diga qual o meu problema, Violette. Estou destroçada. Vocês dois me destroçaram. Gritei para o lado da nossa janela. "Se gritarmos juntos", disse Gabriel "será mais alto". Algumas janelas abriram, uma criança chorou. Não tinha jeito, tivemos que nos resignar. "Vigie o bonde, corra na frente dela quando ela chegar, vou comprar as coisas para o jantar." Aí está o que ele encontrou. Fiquei ali, incapaz de levantar um pé, idiota com minha carteira na mão. Ele não ganha muito, isso deu para ver. Bom, essa noite ele gastou tudo para nós três. Só agora eu o compreendo: fiquei com o dinheiro dele, o jantar deu errado, ele está sozinho na rua. A culpa é minha, a culpa é toda minha.

Hermine estava chorando.

— Não é nada sua culpa. Eu que o enxotei daqui.

— É verdade, você o enxotou.

Queria levá-la, refazer seu rosto. Ela se recusou.

— Posso contar minha volta para casa de carro? Ele toca piano à noite para...

— Por favor, não — soluçou Hermine. — Não quero saber de nada. Seja feliz sempre que puder — disse ela com um pobre sorriso.

Ela recomeçou.

— Por que vim a Paris? Entreabrir o bolso da jaqueta dele, deslizar minha carteira. Eu podia ter feito isso, não posso mais. Amanhã será diferente.

— Amanhã ele não virá.

— Ele me fez muitas perguntas. "A que horas ela volta nas outras noites?" Ele me observava, me julgava porque eu lhe respondia: "quando ela quer, quando ela pode". Ele me pediu a chave do nosso quarto e entrou na frente. Queria me ajudar. Ofereci algo para beber no quarto, ele recusou. Sozinho, teria esperado por você de outra forma, com mais tranquilidade.

— Vou contar o que aconteceu. Um encontro, um simples encontro...

Ela segurou meu rosto com brutalidade:

— Não vai me contar nada. Eu que vou contar.

Seus lábios, suas bochechas mexiam.

— Quanta história só porque dei um passeio...

— Como você se engana, como você nos ignora — disse ela. — Agora cadê ele? Ele está sozinho e à noite cai em sua cabeça. Vamos nos ajoelhar.

— Ficou louca. Ajoelhar por quem?

— Por ele — ela disse em voz baixa. — Tudo o que ele pudesse dar, ele daria. Seu dinheiro, sua angústia, sua ansiedade. "Ofereço-lhe um drinque lá embaixo, quando ela aparecer, vamos para cima dela." Agora com certeza ele não tem como pagar nem um prato de sopa.

"Vá à janela", disse Hermine. "Procure-o".

Os postes iluminavam uma rua deserta. Cada um vivia em sua casa, cada um vivia por si. Eu chorava com Hermine, chorava por ele, por ela, por mim.

— Ele vai andar até amanhã. Eu o conheço. Se você acha que a cidade vai lhe desapoderar... Ele não dá nada quando não quer.

— Você não o conhece — disse Hermine.

Ela acendeu a luz. A verdura acesa na tigela de salada protegia o jantar com Gabriel. Ela apagou a luz.

— ... Ele me ofereceu um cigarro atrás do outro no café. Gabriel é atraente. Todos queriam falar com ele. "É ela ali no carro, você não está vendo?!" Ele me empurrou, foi grosseiro. Ficou irritado porque eu não a reconhecia.

A janela se abriu. Gabriel se zangou de novo. Mas um céu limpo, sem nenhum adorno, era um convite a se perder no infinito.

— Paris se prepara para se distrair — eu disse resignada. — Entregue-se ao amor.

— Não.

Écloga, torne tudo mais simples. Ela recusa me dar suas ancas em cabeleira. Écloga, misericórdia do meu vocabulário, interceda.

— Gabriel passeando por aí e nós aqui... — eu disse com rancor.

— ... Querida. Vi você dentro do carro, mas sem ver. Disse a Gabriel: "é ela". Não, não disse. Foi um suspiro. Você veio, meu coração começou a bater como quando eu toco os adágios. Você ficou brincando de passar o dedo no vidro do carro, você olhava para a frente. Eu não devia ver e não tinha nada para ver. Você não falava muito, você não se mexia, parecia mesmo um espetáculo.

Acendi a luz.

Hermine se olhava no espelho. Um gesto de queixo, um gesto de sua consciência perfeccionista. Ela passava pó de arroz no pequeno nariz com as narinas muito ávidas. Um erro da natureza. Eu observava Hermine no espelho, ela me observava.

— Você é uma infeliz, meu amor — ela disse. — Sua boca é toda torta.

O que Hermine disse parecia o passado preparando o futuro.

— Toque para mim — eu pedi.

— Tocarei o que você quiser — disse Hermine.

Tirei talheres, pratos e copos, coloquei uma cadeira de concerto diante da mesa, pedi os "Prelúdios" de Bach.

Hermine começou a tocar piano na mesa, seguia o teclado da esquerda para a direita, da direita para a esquerda, cantava pronunciando o nome de cada nota.

— Toque mais, toque as "Invenções"...

Ela parou, pousou as mãos sobre o joelho.

— Outra noite — disse.

Olhou para mim. Sua expressão era mais profunda que um pranto.

Nas semanas e meses seguintes, fui ficando cada vez mais pálida e magra, eu cuspia e tossia. Sentia uma dor embaixo da costela. Minha mãe começou a ficar preocupada. Médicos, raios X inconclusos. Ela foi comigo a um especialista em tuberculose. Cabelos brancos, consultório discreto, o médico fez perguntas delicadas e precisas. Falei da multidão, do bonde, do metrô, da troca de linha em Châtelet, minha falta de apetite num restaurante modesto na hora do almoço. Minha mãe contou da tuberculose do meu pai.

— Nesse caso não conta a hereditariedade — respondeu o médico.

Acompanhei-o para fazer raios X numa sala ainda mais escondida.

— Prenda a respiração.

Abandonei-me aos comandos dele, entreguei meus pulmões de pai desconhecido. Ele me lê como um livro aberto, pensei. Ele acendeu a luz.

—O que ela tem? — perguntou minha mãe.

— Nada grave — respondeu ele — mas...

Ouvi os conselhos do médico. Lembrei do momento indescritível quando o desconhecido me devolveu minha pasta de couro, sugerindo que eu não deveria voltar a fazer aquilo. Os olhos dele me diziam: não vale a pena. Os olhos do médico também diziam: ficar doente não vale a pena.

Pedi ao diretor de publicidade para escrever as notícias curtas pela manhã em casa, e ler os jornais à tarde no escritório. Hermine dava todos os tipos de aulas particulares. Ela insistia, implorava. Eu deveria deixar de lado os livros, textos, jornais, para me tornar a mulherzinha que faz compras, cuida da casa, prepara o jantar, que simplesmente se deixa levar. Não queria ceder à Hermine. Me apegava aos quatro anos e meio de assiduidade, ao envelope com meu pagamento. Sentia pânico de pensar na preguiça que eu tinha no passado projetada no futuro. Acordava à noite, achava que não ia largar o trabalho. Acendia a luz, Hermine sorria para mim sem abrir os olhos. Durma, me dizia. Ela esbanjava saúde. Ser boa com os outros fazia parte dela. Apertava meu antebraço com o polegar e indicador, apagava a luz e me dizia: você é isso aí.

Minha mãe insistia. Eu tinha que largar meu trabalho. Ela me vestiria, Hermine me daria de comer. O escritório se transformava num campo de batalha. Não podia abandonar meus quatro anos e meio de rotina. Coma, dizia minha mãe, coma, dizia Hermine. Eu me transformara na menininha de Fidéline, a anemia me tirava o apetite. Eu gritava para elas: "vou para o trabalho, não vou abandonar nada, quero continuar!". Minha mãe me vestiria, Hermine me daria de comer. O que eu tinha me tornado? O que eu me tornaria? O que eu era? O que eu seria? Magra, queria ficar mais magra em meu pulôver azul escuro. Meus ombros descarnados riam. Ouvia uma voz: era Gabriel, um ausente. "Você é forte, meu menino, você fica calada, eu gosto disso. Quer beber mais uma? Que tal darmos um bom passeio ao longo do rio?" Eu era o homem dele, ele era minha mulher neste corpo a corpo da amizade. Ele reapareceu. Mas vinha cada vez menos. Hermine me feminilizava e ele ficava fora de si. Eu tricotava estendida no divã de nosso quarto, ele passava os olhos em minhas pernas e revirava os olhos. Depois me dizia com o olhar: você está virando uma puta, ela transformou você em uma puta. E o sorriso desolado: meu menino, meu pequeno menino está morto e enterrado. Ele via claramente. Os passos dele no corredor indo embora... Hermine não sentia ciúmes. A raiva de Gabriel a entristecia. Gabriel não voltava mais. Gabriel se bastava a si mesmo quando estava entre os seus, os mais humildes. "Você fica calada, eu gosto disso". Estaria enganado se me dissesse isso de novo. Eu falava com Hermine até ficar esgotada. Demolia Gabriel, demolia minha mãe. Tinha que destruir os dois para poder destruir a mim mesma. Tagarelava, divagava, criticava até ficar sem ar. Ela está me matando e não posso reprovar nada que faz, eu pensava enquanto Hermine preparava nosso jantar, me explicava como fazer um ponto de tricô e prometia me dar de presente a lua.

Acabei largando o trabalho com um certificado do diretor que depois levaram embora junto com os recibos de pagamento da luz, gás e aluguel.

Hermine levantava na ponta dos pés, esperando que eu dormisse mais, tomava um café filtrado que ela deixava preparado na noite anterior. Tanta energia, tanta prontidão, tanta certeza na hora de sair da cama me enfraqueciam mais em vez de me estimular. Ela saía, o sol crepitava em suas artérias, a noite entupia minhas veias. Eu não ousava admitir que, quando voltava a dormir, estava me entregando e me vingando de sua presença demasiado perfeita.

Eu voltei a tossir. Incomodamos uma médica que veio em casa me examinar. Era inverno. A voz grave, o rosto suave, cabelos curtos, o casaco com forro de pele, o ar de mulher inteligente, a classe, enfim, tudo isso me intimidava. Ela olhou minha camisola com uma renda ocre na gola, meus braços longos e magros, ela me disse: "tire isso". Eu tirei. Percebi o tamanho da minha miséria e minha pretensão diante desta mulher forte: eu era um nada dentro de um farrapo verde. Ela diagnosticou uma inflamação na garganta.

Eu queria me embelezar. Hermine comprou mais edições da *Vogue*, *Fémine*, *Le Jardin des modes*. Aprendia de cor os benefícios do tônico, do adstringente — inimigo do poro dilatado —, da espuma de limpeza, do creme nutritivo, do suco de laranja, do pó de damasco. Segurava a cabeça nas mãos, lia com ansiedade os conselhos e cuidados. Rugas, pés de galinha, caspas, cravos, celulite, uma lista que alcançava o topo das desgraças de Jeremias. Lia e relia a cada página meus cravos, minhas rugas, meus poros dilatados, meus cabelos que caíam. A cada página me entristecia sem nem me ver. Queria rejuvenescer antes dos vinte e cinco anos. Queria fazê-lo por meio da *Vogue*, *Fémina* e *Le Jardin des modes*. Com uma coroa de bobes, tomava meu suco de laranja por causa das vitaminas para a pele. Ao abrir a janela de nosso quarto, só percebia o supérfluo: operários aterrando as ruas, as unhas sujas, os torsos de flanela vermelha, a geometria dos limpadores de fachada, a bicicleta de um telegrafista, o caixote de compras de um triciclo, as prateleiras de um livreiro. Eu não trabalhava, não reconhecia o trabalho dos outros.

Nuvens em minha janela aberta, sumam daqui. É hora de respirar, é hora de expirar, é hora de cuidar do corpo. Hora de modelar o quadril, hora de cavar a cintura, hora de caçar a papada, hora do tornozelo, hora do pulso. Janela aberta, azul para tocar trombeta, você precisa esperar. É hora da moleza, é hora de deixar o sangue mais vermelho, é hora de melhorar a circulação. Deitada no chão, depois de tocar vinte e cinco vezes na ponta dos meus pés para rejuvenescer vinte e cinco vezes antes do meu aniversário de vinte e cinco anos, eu cacarejava com um soluço na garganta.

Prendia a coroa de bobes num lenço velho, enfiava um casaco de indigente, pegava a bolsa de lona e ia ao mercado. Deparava, então, com a beleza das carrocerias: carros novos deslizando pela avenue de Bois. Arado, fendas, rajadas de vento, anjos, pardais, cantos multicoloridos de pássaros por cima das saladas, reflexos da lâmina de faca no espinafre, rosas solares da escarola privada de sol, juventude, emoção da costeleta de carneiro, a calma e a segurança da fatia de contrafilé — ora, ora, eu rejeitava todos vocês. Pratos e balanças pesavam a minha silhueta do dia seguinte.

Hermine voltava às sete horas, eu estava deitada. Ficava agitada, queria que ela desse mais aulas de harmonia, de inglês. Cheia de grelhados e legumes cozidos, ainda aceitava o ragu de batata com toucinho defumado e a massa gratinada que Hermine servia, enobrecidos por um Mumm bem seco. Acendia velas no pensamento para *Vogue, Fémina* e *Le Jardin des modes*, iluminava de intimidade o país misterioso da alta-costura, dos vertidos e casacos que eram visíveis nas revistas, mas invisíveis nas ruas.

Hermine, sei que você me amava, mas não era suficiente para mim. Precisamos de um turbilhão de astros, motores em fúria quando a tarde é um níquel, quando doze séculos, quando doze mil anos batem o peso de um instante. A grande Shiaparelli me envolvia, me obcecava, me deslumbrava. Eu a admirava, desaprendia a ler quando tinha de aprender a dizer o começo do nome dela. Eu pronunciava Chaparelli, suprimindo a vogal "i" para aveludar a pronúncia à francesa. Fechava a revista, fechava os olhos, via as formas dela, o rosto. As formas, o rosto nasciam da poeira da luz de um jato de água. Schiaparelli soberana e difusa segurando firme as rédeas em um circo romano. Contemplava os plissados das saias: grades sem público.

Abri os olhos, abri minhas revistas de moda. Os nomes dos estilistas e das casas de costura aqueciam o papel. Eu era batizada por toda aquela elegância.

— Você e sua batedeira! — gritei.

Eu estava tentando entrar em contato com um rosto que estava no anúncio de um instituto de beleza. Rosto trazido do passado, rosto de um estranho, rosto isolado em ataduras. Uma múmia, uma fatalidade. Eu penetrava os olhos vazios, viajava. Uma esfinge: debaixo de seus olhos, o anúncio.

Hermine chegou com a batedeira, a neve sedosa presa nas pás.

— Você poderia ler em voz alta — disse ela, com as maçãs do rosto coradas, quase rabugenta de tão boa.

Li para ela: "Julho atiça o sangue humano... Nada como ir hoje em vez de amanhã... Nossa ânsia de ir ao campo desnuda a rosa dos ventos... Fazer previsões para a mulher é encomendar vestidos. Não escolha: afinal, você precisará de todos. A assinatura de uma certidão de casamento em Paris é o pretexto de uma grande recepção onde serão expostos os presentes e o enxoval da noiva. Os acolchoados no conjunto moderno. Há um estilista só de luvas. A seda artificial renova a arte do tecido".

— Continuo?

— Preciso bater as claras agora, só um pouco — disse Hermine. — Sim, continue.

Entrava na cama, estudava as páginas com os desenhos de Christian Bérard. Me encostava um pouco mais, ficava olhando a fotografia de um palácio em Londres com árvores, carros, passantes. Uma cidade grande muito vaidosa por detrás de seu véu de brumas. O palácio me possuía. Subindo um andar de cada vez, passeava pela torre de Babel dos meus sonhos. Meu pai, este desconhecido, estava nos meus olhos enquanto lia: "Paredes e pisos feitos para garantir uma quietude completa." Eu o levava dentro de mim pois meu pai adorava Londres e eu a adorava junto com ele. Voltava com mais veemência, mais esperança, ao conselho seguinte: "Se você não faz seus cílios de dia, um pouquinho disso aqui os tornará macios e brilhantes, profundos, bonitos, e ao mesmo tempo lhes dará um toque encurvado gracioso". Sou adepta das revistas de moda. Da mais modesta à mais sofisticada.

— Liquidação na Schiaparelli — disse Hermine me entregando o jornal. — Leia, está aí.

— Liquidação na Schiaparelli — disse, chocada.

A batedeira diminuiu a velocidade. Ela acendeu um Celtique e me ofereceu um Camel, a batedeira voltou a pleno depois de um gole de Sandman.

Hermine gritou:

— Está decidido, vamos na quinta.

Corri para a cozinha, ela reclamou quando me viu descalça. Inclinada sobre a batedeira, as pequenas mechas caindo sobre os olhos, Hermine se inflamava.

Disse:

— Você teria coragem de entrar na Schiaparelli?

— Já que é uma liquidação — disse Hermine.

Ela me levou de volta para a cama, disse para eu não me preocupar.

Dois dias depois, entre a vassoura, o pano, a cera, a palha de aço, minha coroa de bobes, voltei ao assunto.

— Mas vão nos enxotar de lá.

Hermine fazia uma faxina.

— O envelope com dinheiro está na gaveta — disse Hermine. — O que aconteceu com você?

O que aconteceu? Tenho a nostalgia do sono dourado da cera, eu que não durmo. Hermine vai costurar para si, vai cortar, juntar as guirlandas. O dinheiro. O brilho de nossa palha de aço será suficiente. Ser a guardiã de nossa vida de todos os dias. Sim nosso cinema de bairro, sim a umidade do nosso fim de tarde, em nosso quarto.

— Não vamos, Hermine! Não precisamos ir.

— Você não se imagina usando uma roupa Schiaparelli?

Ela me via, seus olhos se iluminavam. Os cílios de Hermine também piscavam para mim.

Rue de la Paix, às quatro da tarde. Vamos aproveitar, Hermine, vamos aproveitar.

— Se não formos logo, ficaremos só com as sobras — disse Hermine.

Fiquei desconcertada com o banco logo na entrada da joalheria e as vitrines tão sóbrias, tão rigorosas quanto um teorema. Refresquei os olhos com a luz de festa noturna dos diamantes. Polar e Cassiopeia dentro da fonte mais alegre. Milhões de olhos piscando sobre uma garganta de veludo. Adoro os diamantes, eles resplandecem — recebo, de um colar de diamantes, pedras de gelo cheias de graça. O porteiro se levantava, descia o degrau, tirava o chapéu para ir de encontro à porta do carro.

— É aqui — disse Hermine.

— É a Hell-stern!

As revistas de modas com os modelos e o nome do fabricante de sapatos eram mais reais do que a loja, com poucos modelos expostos. Enfim a vitrine, a vitrine dela. Algumas americanas passaram, rindo, perfumadas, prêmio de excelência da moda de amanhã.

Segurei o punho de Hermine:

— É ela. Li seu nome. É ela, sim.

Li o nome Schiaparelli nos frascos com forma esquisita: tinha apenas o tronco de um manequim de costureira.

— Não tem nada aqui. Ela não mostra nada.

— Se não iam acabar imitando-a. — disse Hermine. — Vamos entrar?

Duas jovens deslumbrantes saíram da butique Schiaparelli. Duas outras jovens entraram.

— Elas chegam de duas em duas. Como nós — disse Hermine.

— ...

— Você está chateada? — ela perguntou.

— Entre — respondi. — Já falei para entrar!

Ela obedeceu. Adivinhei o que a entristecia: seu rosto arredondado, suas maçãs do rosto coradas. Também sentia vergonha de ver o rosto dela corando, chamando atenção. Porém, ela era atraente. Uma vendedora perguntou-lhe o que ela procurava.

— Estamos olhando — respondeu, inspirada, desdenhosa.

— À vontade — disse a vendedora.

Eu li nos olhos dela nosso quarto de pensão, nosso dinheirinho dentro do envelope, ela respondeu com um olhar minha confidência.

Hermine segurou meu braço:

— Aqui você está em casa — disse ela.

Um perfume que envolvia paredes, tapetes e manequins nos dominou. Ao entrar, éramos arrastadas pela sensualidade de uma valsa numa sala em que o baile já havia começado. Respirávamos o luxo de Paris.

— Eles vendem tudo perfumado — disse a Hermine.

Cheguei perto do balcão diante da porta de entrada. Acalmávamos o apetite com as mãos segurando echarpes, lenços, foulards, tricôs, e reencontrávamos o mesmo apetite rejeitando echarpes, lenços, foulards, tricôs. As clientes francesas falavam um idioma secreto. Não conseguia compreender sua despreocupação. Eu estava enganada. A seda cheirava a seda, o jérsei cheirava a jérsei. As paredes perfumadas transpiravam.

— Tenho um fio branco — disse Hermine.

— Que é que você tem?

— Um fio de cabelo branco.

Ela tinha olhos de lince. Começou a brincar à distância com o fio refletido no espelho.

— Vou arrancar — eu disse.

Hermine ficou vermelha.

— Aqui! Você está perdendo a cabeça.

Levantei a boina dela.

— Vou arrancar ou vamos embora. Pode escolher.

— Por que você quer arrancar? — disse Hermine com tristeza.

Estávamos paradas há horas.

— Está bem — disse Hermine. — Arranque, vai.

Correr até o espelho, agir depressa e sozinha, isso não lhe ocorria.

Levei Hermine até a porta de entrada.

Duas mulheres elegantes saíram indignadas. Plantadas ali, estávamos atrapalhando a entrada.

— Achou? — disse ela num estado lamentável.

— Como você quer que eu encontre? Se você não ficasse virando de costas para a luz...

Hermine virou para o lado da Place Vendôme. Arranquei o fio de cabelo e lhe entreguei.

— Olha, a Maison Carrée — disse ela, aturdida.

Olhei, com ela, para a Place Vendôme, um formigueiro de prédios alinhados. Não me agradava. Schiaparelli, sim, me cativava.

— É mesmo a Maison Carrée — disse Hermine outra vez.

Com o olhar perdido, ela sorria para o que estava vendo.

Duas mulheres elegantes entraram, tropeçando na sonhadora. Hermine segurava o cabelo entre o polegar e o indicador.

— A Maison Carrée é em Nîmes.

Hermine olhou para mim. Desaprovação e chateação queriam dizer: não lhe darei o que eu encontrei, não posso.

— Será a Maison Carrée toda vez que vier aqui — disse ela com um profundo suspiro.

Hermine continuou segurando o fio de cabelo entre o polegar e o indicador enquanto, com a lentidão e a majestade de uma dona, o elevador nos levava até o primeiro andar.

— O número da Senhora Abadie — gritou na escada uma vendedora.

A senhora Abadie, perto de nós no elevador, nos disse com um olhar gentil, os olhos baixos, que era ela que ia ao provador. Fazia tempo que os dedos da senhora Abadie mexiam nos anéis. Uma vendedora a levou. Pagar para ser bela, pagar para ser mais bela era também ser bajulada. A senhora Abadie se afastou com a vendedora. Saí andando com Hermine por um salão redondo. As clientes sentadas diante do mármore e de espelhos experimentavam chapéus. Os chapéus estavam muito agitados, mas a presença de um veludo, o segredo de um vermelho cereja inspirava um agradecimento amoroso. Perguntei pela liquidação em meio aos comentários de uma vendedora que dizia: "não é incrível, não é fascinante, não foi feito para você?", e a resposta da cliente, "é mesmo espetacular, é muito tentador". Hermine estava paralisada e eu, tomada por todos os adjetivos. Entramos numa sala de tamanho médio.

O barulho dos cabides tirados das barras de metal e depois postos de volta nas barras de metal imprimia na sala um ritmo de ferraria. Os broches dos vestidos, dos *tailleurs* e dos casacos me encantavam. Cobre, couro de cabrito, meias-luas entrelaçadas, tubos casados em forma de H maiúsculo.

— O cetim deles é como couro — me disse Hermine com a convicção de um artesão apreciando uma descoberta.

Passei a mão na trama cerrada de um vestido.

— É de seda — disse uma vendedora que passava na hora.

— Impossível — disse Hermine. — Sem bainha, três filas de pontinho na parte de baixo e mais espesso que lã. Violette, experimente este aqui. Tenho certeza de que vai ficar bem. Nossa, seda? Como eles fazem?

— Você acha que custa caro?

— Não tem preço — disse Hermine.

— Vai ficar bem, você tem o porte de modelo — disse uma voz atrás de mim.

Senti-me envaidecida.

— Sempre falo isso, minha gaitinha. Você não acredita — disse Hermine, em voz baixa. — Mas, sim, tem o porte de modelo.

Modelo, modelo... Sou uma modelo, pensei desanimada. Estava afundando. Socorro, Hermine, implorei. Sou um manequim sem roupa numa casa de confecção, estou afundando e em breve você só verá minha cabeça.

Uma vendedora me indicou um aposento e disse que podíamos entrar ali. Uma salinha para experimentar as roupas, um espelho de três faces, uma cadeira, uma cortina. O quarto de Isabelle, o dormitório de Isabelle, as argolas, a cortina de percal de Isabelle. Isabelle... aqueles dias... Minha grande lembrança em sua grande armadura.

— Dê-me aqui, vou segurar para você — disse Hermine naquela ilha de silêncio.

Eu me via três vezes tirando o casaco diante do espelho de três faces. A iluminação parecia mais terrível que em nosso quarto.

— Meu Deus — disse ao espelho.

Hermine segurou meu casaco no braço com uma boa vontade de cavalariço. Uma vendedora entrou, uma vendedora simples e atenciosa com um uniforme preto. Ela perguntou se Hermine queria experimentar alguma coisa. Hermine corou, balbuciou desculpas e apontou para mim, a simpatia da vendedora foi embora, o ofício persistiu.

— Vejamos, primeiro, o terno — disse a vendedora.

Mexi na seda do forro. Saboreei o rosto da vendedora. Rosto comprido de madona pondo ordem em tudo, anulando minha desordem.

— Gostou? — perguntou a vendedora à Hermine.

Experimentei a saia.

— É marrom? Cinza? — perguntou Hermine.

— Cor de enguia — respondeu a vendedora. — Vai ficar perfeito com uma blusa de lamê cotelê.

"Tudo o que teremos para nos dizer", me cantavam os olhos de Hermine.

— Deixarei vocês pensarem — disse a vendedora.

Ela saiu com a discrição de uma personagem coadjuvante.

Hermine me tomou nos braços:

— Ah, se eu pudesse sujá-la agora!

Ela nunca mais tinha me tomado nos braços assim.

— Você acha que ela desconfiou de nós duas — perguntei.

— Espero que sim — respondeu Hermine.

Seu rosto se iluminou de novo.

Não tinha coragem de me sentar, não tinha coragem de me olhar no espelho de três faces. Lembrava da perfeição do corte: ombros largos e acolchoados, cintura justa.

Transmissão de pensamento:

— Você foi feita assim — disse Hermine.

A vendedora voltou.

— Vamos levá-la — disse Hermine.

— E para você? — a vendedora perguntou para Hermine. — Não gostaria de escolher alguma coisa? — disse outra vez como se adivinhasse o sacrifício, como se pudesse ajudá-la a se reconquistar.

— Não... — respondeu Hermine — realmente não.

A vendedora a encorajou com uma série de sorrisos delicados enquanto eu me vestia.

— Mas estamos fazendo liquidação de algumas peças lindas — disse ela.

Hermine fechava os olhos para dizer não com mais firmeza.

Eu apertava o envelope com nosso dinheirinho, olhava para Hermine, esperava que ela dissesse: "sim vou comprar, sim vou escolher alguma coisa". Estava paralisada, não sabia mais distinguir o possível do impossível.

Tirei o dinheiro sem mostrar nosso envelope. Dei à vendedora. Ela saiu.

— Estou louca de alegria — disse Hermine.

— Me dirá depois.

Hermine prestava atenção em alguma coisa.

— Diz-se Skiaparelli — ela exclamou. — Estão dizendo que a senhora Skiaparelli estará aqui amanhã. Não ouviu?

Eu não me interessava.

A vendedora de cabelos lisos entregou a Hermine uma caixa de papelão acetinada porque ela queria lhe dar alguma coisa. Ela se despediu de nós. Saímos na multidão. Os finos tornozelos das mulheres brilhavam por causa das caras meias de seda.

— Vamos contornar a praça— disse à Hermine.

Porteiros e ascensoristas vinham à frente de um casal, à frente das malas num carro.

— É o hotel Ritz — Hermine disse baixinho.

Encheu as bochechas. Marcava os compassos da "Quinta sinfonia" de Beethoven. O espelho de três faces do provador me iluminava com o ímpeto de um farol de carro à noite. "Fique quieta de uma vez", gritei.

— É música — disse Hermine num tom de desculpa. — Adivinha aonde vou levar você. Não se lembra de uma certa blusa de lamê cotelê?

Gritei que não me importava.

— Quando é você vai ficar satisfeita? — ela disse.

Virei de costas para Hermine, para os prédios, para o céu que escurecia e ia se juntando com as pedras, dei as costas às petúnias que tiritavam numa varanda.

— Nunca — respondi rangendo os dentes. — Nunca ficarei satisfeita.

— Vamos comprar o lamê cotele — implorou ela.

Comecei a chorar.

— Estão nos olhando, estão olhando para você — disse Hermine.

— ...

— Venha, minha gaitinha, vamos na Colcombet. Fica a dois passos daqui. — disse Hermine.

Caí nos braços dela, a caixa de papelão escorregou na calçada.

— Você não vai me deixar?

— Nunca — respondeu Hermine.

— Vamos sempre viver juntas?

— Sempre — respondeu Hermine.

Os olhos dela brilhavam, porém estavam tristes.

Ela cantarolou o começo do adagio da "Quinta sinfonia". Ela pronunciou o nome de cada nota e o *mi-lá-do-si-lá-dó* nos unia enquanto pegávamos a caixa de papelão branco acetinada.

Passamos na frente de uma caixa de bombons que ficava na entrada da loja Elizabeth Arden. Clientes elegantes entravam, desapareciam. Hermine buscava o lugar onde ficava a loja de sedas Colcombet.

E pam, bem na nossa cara. Uma cabeleira, uma tocha de vida: primeiro fio de cabelo branco do Hermine. Ele revivia e resplandecia numa espuma de cabelos na praça da Coluna de Vendôme. Ao girar sobre si mesma, a cabeleira varria as janelas ao redor da praça. O verão se deixava amar, abanar, acariciar.

— Estou procurando Colcombet. Se você ao menos me ajudasse...

— Estou olhando...

— O quê?

— Nada.

As floristas vendiam rosas, lírios, gladíolos ou lilases dentro de compridas caixas de bonecas, embrulhadas em papéis bonitos. Batem à porta, as flores entram dormindo. Meu pai, decida-se. Sou velha, hoje eu tenho a idade que tinha minha avó quando morreu. Pai, você teria oitenta e um anos se estivesse vivo. Sua idade é curiosa, sua idade seria respeitável. É absurdo e revigorante o que peço às suas cinzas. Pai, mergulha no sonho os lírios, as rosas, os gladíolos e lilases com suas caixas. Vou acordá-los um a um em meu quarto e dançarei com as obras de arte dos jardineiros. Eles tinham estufas de flores, dizia minha mãe quando se referia à família de meu pai. Colher um ramalhete de lilás em uma estufa de inverno quando estou doente quando estou tão só a ponto de fundir uma pedra. Um ramalhete, só uma vez. Tarde demais, acabou. Meu enorme nariz no vidro da florista, meu enorme nariz perto do orvalho do outro lado do vidro, do orvalho que treme, vou esmagar meu enorme nariz de novo, verei de novo o lírio tremendo, seguindo seu caminho na vitrine.

Repetia a mim mesma que eu estava na Galeria Nacional dos tecidos raros, dos tecidos preciosos, dos tecidos misteriosos. Era uma sala feita de tábuas e prateleiras. Os balcões em madeira encerada, clássicos. Vazios. Privam-nos do cheiro de lembranças e de poeira do percal. Os vendedores iam e vinham sem fazer nenhum barulho, sem gestos inúteis.

— São costureiras? Por favor, seu cartão — pediu-nos um deles.

Achamos que tínhamos perdido o jogo, gastar era proibido, os tecidos eram proibidos. Hermine respondeu rápido:

— Eu costuro — disse —, mas não sou costureira.

A palavra "lamê" abrandou o vendedor. Ele foi até o fundo da sala.

— Você não mudou de ideia? Quer mesmo cotelê?

— Fica quieta, espera — eu disse em voz baixa.

Os vendedores arrumavam, desarrumavam, tornavam a arrumar as caixas nas prateleiras.

Nosso jovem vendedor, anônimo como uma folha de acácia, e muito seguro de si, empilhou várias caixas sobre o balcão. Ao levantar as tampas, dava um leve, oh, muito leve tapa em cada embrulho de papel. No lamê da Colcombet, o ouro estava adormecido enquanto o bronze permanecia em estado de alerta.

— É este que nós queremos — gritou Hermine.

— Sim, é este! — gritei também.

O vendedor levantou os olhos e nos encarou. Desdobrou o lamê com cinza rosado nas bordas. Ele fazia um ritual. Mostrou-nos sem dizer nada o outro lado forrado com musselina rosada. Estávamos exultantes.

— Qual a metragem? — perguntou, por fim.

Sonhador, sem ilusões, com gestos automáticos.

Hermine descreveu a blusa embainhada na gola. Pouco importava o preço. Encontrar sem estar buscando, encontrar sem escolher... Ele media, sem economizar, a forma da blusa. Um padre não pergunta aos seus fiéis como ele deve celebrar a missa.

— Não quer um pouco de seda? — perguntou. — Tenho uma frisada que acabou de chegar. Trago para vocês verem?

Hermine mal podia se conter.

— Ah, sim, pode trazer.

Outros vendedores se aproximavam, deferentes e divertidos.

Dei uma pisada no pé de Hermine e arranhei o punho dela debaixo do balcão. Segurei sua mão e a coloquei no bolso do meu casaco tocando o envelope com as economias que continha o dinheiro certo para o lamê.

Dei uma desculpa de que tinha um encontro urgente.

Estávamos esgotadas ao entrar num café entre o *Maxim's* e a Cour Batave. Estar de novo em nosso meio, um manjar de flor de laranjeira! Os consumidores sentados, em pé, ao balcão, devorando o jornal da noite, nos ignoravam enquanto nos faziam companhia. O barulho no salão, o barulho da rua nos fazia descansar. Paris se libertava das lojas, dos escritórios, das oficinas, o calor era o calor do homem libre, da mulher livre. Nossos croissants se desfolhavam sobre nossos joelhos e pires. Esvaziávamos o cestinho, nossa fome não ultrapassava nosso orçamento.

Era uma trégua. No ônibus, Hermine me disse ao pé do ouvido:

— Um chapéu de feltro cor de enguia da Rose Descat será seu. O sapato cinza de salto alto feito por um sapateiro será seu.

Hermine cortou, alinhavou, experimentou a blusa de lamê. Ela se deitou às quatro da manhã e acordou às seis.

Tambores, estão todos prontos?

Suas faces doem por não sentirem dor nenhuma. O rufar dos tambores será sua felicidade. Atenção, baquetas. Bem devagar, tambores, desfrutem! Marquem o compasso, longos dedos das florestas. E viva o fim do toque, pequena asa palpitante. Primeiro rufar: minhas meias de seda. Nas pernas terei o brilho das abelhas. Sairei de nosso quarto com pequenas asas. Hoje são da marca Gui; amanhã, da marca Bel-Ami. A seda é delicada, a malha desliza, que rumor. A malha desliza, desce o declive sem esquis. Os pés são sempre grandes. Visto minhas meias, a operação é mais séria do que se pensa. Dever de moral, a costura no meio da panturrilha, a costura reta, a grande linha para a panturrilha. A pele branca é viva para o olho privilegiado dos pintores. "Os hussardos da guarda", canta Marie Duvas. Sou uma "hussarda" com minhas botas até o meio das coxas, despida diante do espelho do armário. Encanador estranho, mosqueteiro estranho, cavaleiro estranho. Não vou sonhar com você, espelho meu. Não quero as esporas de Mercúrio. O que sou eu, o que serei quando sair? Uma jumenta esbelta. Um pouco de respeito para uma pele acetinada que deixou de ser minha quando, carmelita da vaidade, dei minha pele às luvas de crina. Toquem os tambores!

Segundo rufar: saiu errado, bateram na porta bem na hora. Quem será? É a faxineira. A senhora Péréard pergunta se é preciso desinfetar, acho que não precisa. Minha amiga matou uma anteontem depois nada, sim, vamos esperar que seja a última, sim, a chave está no quadro. Segundo rufar: vamos simplificar. A saia, a blusa depois de minha Cândida, a cinta-liga de cetim escuro. Diga-me, espelho, já cansado de refletir, diga que não é bela, que não é bela de verdade uma coxa presa com cinta-liga destacando a bainha da meia-calça de seda? Você não tem imaginação, espelho meu. Duas colunas, de Delfos sem dúvida, duas colunas em pé ao fundo de suas águas, espelho do armário. Se eu pudesse ao menos costurar a extremidade das meias em ponto cheio na minha carne... Rufar, ru-far suavizado para a anágua de seda na parte interna da saia Schiaparelli. Dizem Skiaparelli, estão dizendo que a senhora Schiaparelli estará aqui amanhã. Cadeiras, sofás, bancos não vão amarrotar minha saia. Ela é intocável. Tambores, um pouco de displicência, começo com um primeiro aniversário, do luxo e da vaidade. Uma saia que espera uma valsa. Enviesado completo, diz Hermine. Ela gira, ela é sábia, despe tanto quanto uma saia justa, amanhã vou comprar a *Vogue*. Os legumes estão colando na panela, vão queimar. Vamos comer a minha tarde, vamos comer a história do meu passeio.

Lembro de onde vem o rufar de tambores que necessito no momento em que escrevo. Dia 25 de julho de 1960. Depois de voltar trinta anos, agora volto cinco anos. Verão de 1955, começo dos meus quarenta e oito anos, no verão de 1955 a perseguição não havia começado. No verão de 1955, noivado sinistro, contra minha vontade e contra a deles, com quem me cercava sem que eu soubesse. Era o fim da inocência, os bancos do mundo não teriam quantia suficiente se eu tivesse que pagar o resgate da minha inocência perdida. Verão de 1955, minha Ibiza onde tive tantos revezes. Ibiza, minha joia, minha querida, minha Arábia branca encravada na murada de Pierre

Ronsard, enquanto nosso navio vinha ao seu encontro na hora das auroras morosas. Ibiza depois da passarela, Ibiza, uma calçada onde a festa é um desfile de estetas. Ibis, melhor ainda: Ibiza (pronuncie Ibissa). Verão 1955. Ibiza ao lado do meu hotel sempre subindo, à direita do porto. De novo as fortificações de Toledo, de novo. As fortificações, suas dobras, hesitações, o trabalho para subir. Daqui a ilha é a casa enfim pronta que eu desenhava a giz quando era criança. Sem perdão, sem espera, sem esperança, sem absolvição. É o calor de uma da tarde, o universo é uma corda esticada, o quartel fica embaixo da figueira. Os jovens soldados sentados em círculo descascam batatas debaixo da folhagem. Perdidos em seus capotes, descascam com a ponta da faca. Um colega sentado como eles, o tambor entre as pernas, toca sem ânimo algum. Tarefa singular descascar batatas: uma tragédia sem trágicos.

Que tambores agradáveis, com você aqui o tom é preciso. Eu também toco: tasco creme Rachel no meu rosto de nórdica. Tasco o produto e dou uma batidinha na pele. É o que recomendam. Homem das cavernas, se eu pudesse ensiná-lo a ler, se você pudesse me ler. Imagine uma escotilha minúscula de laca cor-de-rosa, de um rosa completamente pálido dentro do qual se encontra creme, um concentrado de timidez. É o "rosa celeste", é o cosmético para bochechas que foram traídas pelo vento frio do norte. Várias pintinhas de creme sobre a bochecha direita, é preciso bater antes de espalhar, este é o segredo da maquiagem natural, da maquiagem perfeita, especificou a vendedora. Onde ela compra este timbre de voz antes de vender? Eu gostaria de ser persuasiva assim. Você sabe que está se preparando para um circo, seu palhaço humilde. Tambores se preparam, fica proibido se cansar, já vou entrar no circo, o meu palco serão os grandes bulevares. Pó de arroz de "damasco"... O luxo nos ensina a sonhar com o luxo. A pressão dourada da caixa de pó de arroz exige aqui, neste instante, o cinto cheio de pregos de um cavaleiro fabulosamente antigo. É preciso dar uma batida com o pompom, é preciso passar em abundância uma camada espessa sobre cada bochecha e esperar. Até quando devo aspirar o perfume da caixa de pós de arroz. Escovemos o excesso do pó e agora ao diabo com os conselhos, o bom gosto, o refinamento. Desenhamos uma boca tão sangrenta a ponto de causar inveja nos funcionários do açougue. Azul nas pálpebras... É indispensável.

Quarto rufar: é azul, é frio. Dirão que os álamos choraram sobre meus olhos sobre meus olhos fechados este azul em fúria de quando vai chover em julho. No banheiro de uma cervejaria, uma mulher fatal pintava os olhos com a graça de uma mosca afiando as patas. Um allegretto. Estou pintando os cílios, Hermine. Vou lhe contar, Hermine que repreende os pequenos aventais; Hermine que grita no recreio. Não está na hora, as ruas me chamam para a representação. Para se defender, você usou o lamê, Hermine, lá longe em meio ao cheiro movediço da escola comunal. Os sinos, os sinos mais soltos em um campanário. Como se fosse o momento de me casar com um armário de espelho... Os sinos são um vilarejo descontrolado em nossa cidade.

Quinto rufar: um pouco mais de ênfase, tambores! Agora, são os sinos. Ao redor do pescoço, tenho uns tubos de órgãos. Levo a Toccata, levo a bem-amada embaixo do pescoço. Ela arranha quando abaixo a cabeça. Suportemos já que temos de suportar. Meus cabelos são fracos e caem, minhas mãos não têm importância. Sou tomada por tudo, preciso recomeçar. O espelho de três faces de Schiaparelli é um vampiro. Sou feia. Para me receber, um canal se alargaria. Sofro dentro de mim pela minha boca grande, meu nariz grande, meus olhos pequenos. Agradar aos outros, agradar a si. Dupla escravidão.

Sexto rufar para a coroa de bobes que tirei: Hermine, eu imploro, me dê cabelos. Quero os de Ginger Rogers. "O petróleo Hahn, só existe o petróleo Hahn", diz minha mãe. Existe outra coisa. Diz Lady Abdy. Lady Abdy é bela para sempre, e eu sou horrível.

Sétimo rufar: tambores, agora um toque de guilhotina, pois chegou a hora. Visto a jaqueta Schiaparelli, por que não seria um momento solene? Cortar o tecido deste modo é um ato de bruxaria. Há de tudo na jaqueta: colete de copeiro, de bolero, de casaco orgulhosamente encurtado no estilo de um bailarino espanhol. É amargo, tenho um limão na cabeça, um limão que está ficando seco, tenho os ombros acolchoados, sou uma imitação de egípcia, pergunto-me para onde ir, onde sentar, o que fazer. Hermine, poderia me dizerpara que sirvo eu com esses broches de cobre? Tristeza das tristezas, meus cabelos estão sem brilho. Uma lástima, roupa extraordinária fadada ao fracasso em nosso quarto, sinto pena de você, caixa de cartão acetinado por mãozinhas de camareiras. Pobre etiqueta no lado de dentro da jaqueta, era aqui que você deveria acabar. A senhora Fellowes, princesa de Faucigny Lucinge... Não posso sequer recitar a *Vogue* de cor. Chega. As vitrines me devolverão minha silhueta. Ainda não. As águas do espelho são minha audiência. Comerei meu sapato cinza de salto alto com garfo e faca. É chique ter um espelho. Não cansa. Ele pega, devolve, o amor, sempre o amor.

E um rufar final para o chapéu da Rose Descat. Tenho um ataque de riso, vejo a mim mesma tendo um ataque de riso. Há um motivo: levanto o chapéu de feltro da Rose Descat e me transformo num solene religioso vestindo sua mitra.[13] Que chapéu mais leve! O peso de uma pena ao vento. Minha mãe diz e repete: "um chapéu a rejuvenesce, um chapéu dá sombra". Este aqui ameniza meus traços. Não é masculino e nem feminino. Suas bordas não são grandes nem pequenas. A sobriedade que não passa despercebida. Uma última olhada da cabeça aos pés. Tudo perfeito, esse conjunto vale mais do que o que gastamos. Não tem preço, foi o que disse Hermine. Preciso de luvas da Hermès. Vou fazer uma outra voz. Preciso da voz grave de Marlene para responder aos elogios. Agora saia daqui, lixo. O tambor debaixo de uma figueira de Ibiza exala mau cheiro, você transformaria em carniça todos os soldadinhos perdidos com seus uniformes. Eu sou elegante. Não tem erro, sou elegante. A bolsa cortada feita de papelão, recoberta de tecido, muito bem Hermine, não esqueço. Sob o braço, a moda. Quando me apronto, fico novinha em folha. Pergunto-me para onde vou.

Boulevard des Capucines, às quatro e meia da tarde.

Eu imploro, Paris, seja mais transparente. Não consigo me ver em todas as vitrines. Tenho óleo nas articulações, efeito da ginástica. O guarda sorriu ao me ver, uma senhora de um carro olhou para mim. Sim, ela virou a cabeça para o meu lado. Logo o rio de carros vai paralisar e os motoristas subirão no alto dos carros para me observar. É preciso se resignar, Lolette. Fora o guarda, fora a senhora no carro, morrendo de tédio. Eu passo desapercebida. Digo a mim mesma outra vez, confesso, sinto alívio: passo desapercebida. É horrível, é insustentável. Não sou o centro mundo. Um, caminhar no meio da calçada; me afastar das vitrines e dos objetos. Dois, jogar os ombros para trás. Três, jogar para trás a cabeça também,

13 Chapéu alto e pontudo usado por papas, bispos, cardeais e arcebispos. (N.E.)

sobretudo a cabeça, se não, me confundiriam com um pássaro catando grãos. Ter as nádegas esculpidas como um toureiro. Esculpidas em mármore e um pouco rechonchudas. Usar roupa de toureiro. Sob um forte sol aprenderia as cores dos bordados. Minhas nádegas me arruínam. Tenho medo, vou decepcionar todo mundo. Há tantos desconhecidos atrás de mim. Eles dizem "boa postura, bom equilíbrio". Sim, sim.... boa postura, bom equilíbrio. Depois olham meu rosto e então vem a surpresa, o choque. Preciso me descolar das minhas roupas, me separar delas, estando dentro ao mesmo tempo. Isso é estar à vontade. Devo sobrevoar o que eu tenho. Sigo um caminho, não tem erro, eu avanço. Passo desapercebida. É injusto. Não posso virar a cabeça. Minha mãe me ensinou que é falta de educação. Espero que um homem me siga. Qual risco eu corro? Estou no coração da minha família: os passantes. Ouço passos em compasso com os meus. Uma decisão sendo tomada, está decidido. Pense bem! Ele boceja, vai andando adiante. Essa mulher alta que chega no espelho de Old England sou eu. Está perfeito, tudo absolutamente perfeito. Tema de uma redação de francês: descreva um bulevar de Paris às quatro e meia da tarde. Eu começo: vejo uma longa silhueta vestida de marrom, da cor do creme de castanha de bolo natalino. Se eu não falar primeiro, ele não vai dizer nada. Vai se afastar, vai bocejar. Ele fala:

— Aceita tomar alguma coisa?

Não posso responder de imediato, estou fabricando a voz de Marlene Dietrich. Ele caminha ao meu lado. Puft! Eu o afasto. Apesar de tudo, fracasso no cruzamento da Ópera, meia-volta para sentar do lado de fora do Café de la Paix. A enorme quantidade de estrangeiros me deixa inebriada. Passantes de todos os países. Olham para mim, mas não me veem, e olha que me arrumei tanto. Meus cordeirinhos, busco cheques em branco sobre cada mesinha na rua, estamos todos nos contos de fadas da grande fortuna. Duas inglesas, jovens, numa mesa no fundo. Elas se amam. Paris une as duas, sentem-se em casa em meio ao barulho. Estou só, sem trabalho, sem projetos, sem futuro. Aquela época em que descansava aos sábados à tarde, depois de escrever as notícias para os jornais. As pessoas desocupadas me surpreendiam, eu passeava, viajava. Aquela época está doente. Sou desocupada, tenho Hermine. Ela se mata por meus sapatinhos.

— Perguntei se você aceita tomar alguma coisa... Precisa se decidir, meu tempo está contado.

Ainda ele. Ele me seguia, era discreto.

— Não, senhor. Não tenho sede.

— Podemos nos reencontrar mais tarde, à noitinha. Gostei de você. E isso não acontece com frequência. À noite estarei mais livre. Não digo passar muitas horas, mas podemos nos conhecer. Vamos? Até mais tarde, umas sete? Sem falta?

— Sim, até mais tarde. Até logo, senhor.

— Não se esqueça.

— Não vou me esquecer. Sim, senhor, quem chegar primeiro espera o outro. Às sete horas aqui. Vou lembrar. Até logo.

— Não, senhor, não era meu marido o homem que acabou de ir embora.

— Um amigo, sem dúvida, um velho conhecido... Se for seu marido, pode dizer. Que gentil um marido que deixamos para poder ir às compras... As mulheres precisam de tantas coisas. Há um marido e além dele um amigo. Não se aborreça. Ficou aborrecida, viu que eu não me enganei. Seu marido lhe dizia: "volte cedo para casa pois eu também voltarei cedo hoje. Tenho sorte". Não era isso o que ele dizia?

— Não, senhor, não era meu marido. Não tenho marido. Não, o outro não era meu..., como você diz. Ele estava marcando um encontro comigo.

— Você é teimosa. Se não era marido e nem um amigo, quem era? Ora, ora, vejo que ficou aborrecida. Vocês são todas iguais. Fazem uma tempestade num copo d'água. Mas o que houve? Pode perguntar se eu sou casado. Vou esperar. Você não vai perguntar. Do que gostaria de falar? Falo sobre o que você quiser. Há que distrair as mulheres. Posso distraí-la com tudo e com nada. Não tenho medo de nenhum assunto. Você está imaginando coisas com o que estou dizendo.

— Fale sobre a minha voz.

— Sua voz parece com a voz de Marlene.

— Sério? Fico feliz...

— Devem dizer isso sempre para você.

— Sim, sempre me dizem que minha voz parece com a de Marlene.

— Você trabalha no cinema?

— Não.

— Hoje em dia todo mundo quer trabalhar no cinema. A cama é o melhor dos cinemas. Você não acredita? Vamos, não se faça de santa, vamos para um lugar íntimo... onde ficaremos só nós dois.

— Um lugar íntimo? Vou pensar.

— Você precisa pensar?

— ...

— Você está enganada. Não sou egoísta. Sempre penso primeiro nas mulheres. É preciso agradar as gatinhas. Estão à sua espera? Deveria ter dito antes. O tempo voa, eu não devia ter falado tanto. Que pena. Os homens são egoístas. Antes de tudo, pensam no próprio prazer, são terríveis. Eu penso na sua carinha, no que que há debaixo da sua saia. Depois de amanhã seria um bom dia?

— Depois de amanhã, se você quiser. Na calçada, nesta mesma calçada. Depois de amanhã. Não vou esquecer.

— Não vai me dar um cano?

— Não. Até logo, senhor.

— Você está sorrindo.

— Estou sorrindo? Não tinha percebido.

— Permita que eu me apresente. Vi tudo. Faz um tempo que estou observando. Nada me escapa. Dois tipos a abordaram. Vi tudo. Dois tipos, um depois do outro. Em pleno dia, sem se incomodarem. Eu, no seu lugar... Quanto atrevimento. Eu estava atento, observando. Sem qualquer cerimônia. Ao menos se apresentaram? Não. Aposto que não. Acham que podem fazer qualquer coisa. Hoje em dia, o comportamento das pessoas... Enfim, se você fizesse qualquer sinal, eu viria acudir. Mas se eu disser que poderia ficar na sua companhia não é a mesma coisa. Eu sou sincero. Conheço um hotel perto daqui. Gostaria de conhecer? Você entra primeiro. É que sou comprometido, não posso deixar que ninguém perceba.

— ...

— Vamos lá. Não me acha atraente? Vou contar um segredo: adoro que acariciem meus seios. Sou homem, mas eu gosto. Não quer? Vá se ferrar, sua feiosa. Você achou o quê, hein? Vai se olhar no espelho.

— Gostaria de conversar com jeito e com a melhor das intenções. Vou direto ao ponto: você me excita. Vamos? Eu acaricio você, você me acaricia. Vá embora, sua lambisgoia. Quem ela acha que é, essa aí?

Eu desmoronei no Rumpelmayer, pedi uma taça de Mont--Blanc e um sorvete em forma de torre. Que lanche bizarro.

Com os pés destroçados, voltei para casa antes de Hermine e fiquei chorando em cima do tecido velho do meu divã.

Bateram à porta.

— A chave não estava no quadro — se desculpou Hermine.

Largou a boina sobre uma cadeira.

— Seus sapatos estão jogados no chão — disse sem olhar para mim.

Ela catou os sapatos cinza e, segurando a bolsa de couro inchada e deformada, colocou-os sobre a mesa.

— Deus meu, que sapatos lindos.

— Eles me matam, os saltos são muito finos.

Hermine sentou na beira do divã.

— Que calor — disse. — Você deu uma volta?

— Sim.

Hermine levantou. Com o dedo fez o contorno dos meus sapatos de salto.

— Fiquei pensando na gola da blusa durante o recreio. Não é fechada demais? O lamê não raspa no seu pescoço? Continua apaixonada pelo seu chapéu? Responda, me conte. O que você tem? Não diz nada. E a saia? Não está longa demais?

Hermine inclinou a cabeça para ver melhor a saia. Seu rosto esbanjava tanta doçura.

— A gola não está apertada. E eu continuo apaixonada pelo chapéu. Minha saia não está longa demais.

Hermine acariciava os sapatos, a cor da pele de cabrito.

— E sua bolsa?

— Não dá para perceber que é de papelão.

— E os ombros na rua, os ombros que você achava tão largos?

— Eu... Não sei. Os ombros?

— Você achava que os ombros pareciam muito acolchoados. Por onde você passeou?

— Pelos bulevares.

— Vista minhas chinelas, vai ficar com frio nos pés.

— Suas chinelas, que alegria!

Peguei Hermine nos braços.

— Tenho uma surpresa para você na bolsa — ela disse.

Eu a abracei, ela e sua bolsa cheia e deformada; abraçava também Paris, seus carros, seus guardas, seus maníacos com suas manias. Uma fusão de amor, o que amamos e o que não amamos.

Meu desejo, meu refúgio, minha catástrofe. Parecia ter guitarras vibrando e subindo pelas minhas pernas.

— Não — disse ela. — Mais tarde.

Desmoronei.

— Você não quer. Você nunca quer.

— Eu te amo — disse Hermine —, mas isso não basta para você.

— É amar também.

Hermine fez um gesto.

— Paris, Paris — solucei. — Ceda, farei o que você quiser.

Hermine esperou com sua bolsa, seus velhos sapatos empoeirados, seu pobre casaco de verão.

— Você fala como um homem — disse ela.

— Você não conhece os homens.

— Mas posso imaginar o que eles dizem, tudo o que exigem.

— Eles exigem que façam carinho em seus seios.

Hermine abriu os olhos.

Eles exigem isso?

Ela abriu a bolsa. Tirou uma garrafa de Mumm, um pacote de aspargos e outro de salmão.

— Eles são solitários, são infelizes. Precisam ter fantasias. Você não entende?

— Não — suspirou Hermine.

Ela penteou o cabelo com o pente de bolso.

— Agora me conte. Ficaram olhando para você.

Eu me despi, dobrei, organizei, guardei.

Ela preparava os biscoitos comprados em La Montagne, no bairro L'Étoile.

— Conte um pouco como foram estes olhares para você. Viravam para olhar? — perguntou depois do primeiro gole de champagne.

Hermine acendeu um Camel, depois um Celtique.

— Senhores bonitos, homens bonitos, adolescentes bonitos — todos vieram atrás de mim, falaram comigo, me elogiaram. Foi um sucesso.

Hermine serviu mais champagne.

— Comece pelos adolescentes. De que tipo?

Nossos vizinhos brigavam enquanto um cheiro cansado de carne assada passava por baixo da porta.

— De que tipo? Tipo Chateaubriand, Byron ou Shelley aos dezoito anos?

Enigma e beleza.

— Está brincando comigo.

— Não estou, não. Se eu mentisse você acreditaria?

— Claro — disse Hermine, com amor.

— Não estou mentindo.

— Como eram?

Virei uma taça de champagne. Para poder vê-los melhor.

— ... Olhos profundos nos quais nos perdemos, bocas um pouco cruéis, colarinhos entreabertos, gravatas macias, cabelos desgrenhados, capas sobre os ombros.

— Está declamando.

Minhas descrições a entediavam.

— O que lhe disseram?

— Deixa eu ver, o que disseram? Ficaram loucos com meu *tailleur* cor de enguia. Disseram que com uma roupa dessa cor, eu estava caminhando por um crepúsculo acastanhado num fim de tarde de verão. Outro me disse que eu era o mais sedutor, o mais suave dos outonos na Île-de-France, pois as rosas ainda floresciam, outro acrescentou que nunca esqueceria de minha feminilidade andrógina, o triângulo marcado dos ombros com a cintura.

Hermine respirou com força, o peito cheio deste vocabulário.

— Falam assim nas ruas?

— Ora, é o que estou contando. Não falam assim no bonde que você pega?

O rosto de Hermine se iluminou.

— Não. Tricotam, leem, pensam, todos parecem preocupados. Buscam apartamentos, fazem planos para as férias. No bonde que eu pego as pessoas estão cansadas.

Hermine me disse que daria uma aula a mais todos os dias. Ela me entregou um lápis: faça as contas, faça as contas rápido. Eu não devia esquecer de ir assinar duas vezes por semana meu cartão de desemprego.

Foi numa sexta-feira, dia estipulado para a elegância, que passei pelo pórtico do prédio de Antoine, célebre cabeleireiro da rue Cambon. Subi por uma escada miserável, entrei no lugar onde ficava o Instituto Fox e fui até a recepção. Recepção onde Lady Abdy marcava hora e pagava pelos tratamentos de beleza. Tinha aprendido isso tudo na *Vogue* e *Fémina*. Uma voz dentro de mim rugia: *sua macaquinha, você quer seguir os passos de uma das mulheres mais belas de Paris?* O rosto dela assombrava aquele lugar desconfortável e sem luz. A água do Instituto Fox corria sem cessar.

Já estava a ponto de me retirar, quando uma senhora, com tufos de cabelo sobre a cabeça, perguntou com sotaque inglês se eu tinha hora marcada. Lady Abdy me intimidava de tal forma que eu gaguejei: vim porque queria ter cabelos bonitos. Ela consultou a agenda. "Impossível. Terá que voltar depois", disse. Ela me reconfortava por causa de sua dificuldade em se expressar em francês. Meus olhos mendigavam cuidados imediatos. Ela foi até um aposento que parecia com nosso quartinho no colégio.

— Se você quiser aguardar, alguém cuidará de seu cabelo — disse.

O telefone tocou. A senhora falou por um tempo em inglês; depois disse:

— Era o Fred Astaire. Virá amanhã.

Pisquei os olhos cega pela luz de um nome amado.

Um toucador diante da janela, uma cadeira diante do toucador. Era tudo.

A especialista pegou meu cabelo:

— Seu cabelo está mesmo danificado. Vamos cuidar dele.

Seu olhar se desviou do espelho. De nós duas, era ela quem tinha uma ocupação.

Ela massageou meu couro cabeludo com todos os dedos exceto os polegares, que ficaram apoiados com firmeza na nuca. O cheiro da pomada se abria como um botão de rosa. Ela massageava de forma tão regular que caí nas delícias da confissão mesmo sem nada para confessar. Minha inteligência cada vez mais diminuta, meu cérebro lento se transformava em pomada perfumada e ia ficando cor de cera. Você é uma desocupada, uma infeliz, mas se uma trabalhadora se dedica a você, você afunda no berço das ilusões.

Ela me disse que a pomada era o segredo. O Instituto Fox restaurava a cabeleira com ervinhas trazidas da Itália. Continuei entregue depois que ela terminou a massagem. Uma menina entrou com dois regadores.

— O que mata os cabelos é a água calcária — disse a mulher sem viço. — Aqui lavamos e enxaguamos com água destilada, que é suave. A outra é pesada.

Falava sem entusiasmo enquanto seus olhos se concentravam nos instrumentos de trabalho.

Água destilada comprada numa garrafinha... Agora os regadores e baldes cheios desta água custosa estavam à minha disposição. Passar espuma — enxaguar, passar espuma — enxaguar. Isso tudo durou 45 minutos, minha cabeça ficou mais leve. E começou o ritual de toalhas quentes.

— Estão ficando escuros, eram mais cinzentos — eu disse à senhora.

— Ficarão mais claros com as ervas. Você vai gostar.

Ela saiu no corredor.

Tomei coragem e falei:

— Lady Abdy...

Primeiro, a mulher sem viço enrolou outra toalha quente em minha cabeça. Descansou com as mãos em cima.

— Ela costuma vir aqui — disse.

Silêncio.

— Ela é bonita? — insisti.

Olhei a funcionária no espelho.

— Não sei — respondeu ela em voz baixa.

Quando acabou o tratamento, meus cabelos caíam como seda. Estava com medo de encontrar a Lady Abdy na escada. Não a encontrei.

O cabeleireiro Antoine ficava a um passo do Instituto Fox. Fui até lá só para me aproximar daquilo que nunca serei: uma mulher rica, bonita e segura de si. Como uma mariposa se batendo contra uma lâmpada à noite, esperei minha vez diante da agenda do rei do cabelo curto. "Hora marcada com Antoine para às quatro horas", me disse a recepcionista.

A festa dos finalizadores e das unhas pintadas estava em seu auge. As clientes, amigas sentadas lado a lado sorrindo, dando graças a Deus olhando entre si enquanto tiravam o chapéu. Esperei um pouco mais minha vez no imponente salão com sua artilharia de secadores. Jovens mulheres sentadas com seus capacetes, os cabelos presos com grampos brancos e uma rede, liam ou folheavam revistas da moda ou olhavam as próprias pernas, unhas, pés. Me escondi entre dois secadores, repararam em mim. Levantaram as cabeças, as revistas foram esquecidas sobre os joelhos. Suas bocas pequenas, os olhos grandes: sinais de nobreza, brasão que elas já traziam nos ventres de suas mães. Ficava pasma com seus rostos lindos.

O porteiro abriu a porta, levou a mão ao peito e se inclinou para fazer um duplo cumprimento.

Então entrou um frangote que veio para me espionar. O porteiro entrou na frente, depois ele se aproximou sem titubear.

O porteiro se retirou, deixou-me diante de uma bola de penas eriçadas. "Também vou me chatear", murmurei. Chatear-se e, ao mesmo tempo, receber na alma e no coração uma chuva de rosas da reconciliação. Foi o que aconteceu quando vi que o frangote era um estropiado. Que sólido trabalho de cirurgião e marceneiro a tala amarrada na pata quebrada. Ele começou:

— Estava do outro lado da cidade e vim aqui para salvá-la.

— Eu vim pelos meus cabelos — disse com humor.

O frangote pulou em uma das poltronas livres.

— Aqui posso advogar melhor — ele disse.

— Advogar o quê?

— Sua miséria. Você quer se parecer com elas, mas jamais conseguirá. Você é como o cachorrinho delas.

— Vá embora — disse-lhe.

— Você que deve ir embora. Volte para casa, mergulhe a cabeça numa bacia. Aqui você fica deslocada. Todo mundo percebe isso, todo mundo sabe. Você está escondendo um monte de coisas.

Cheguei mais perto da poltrona:

— Nosso quarto?

— Sim.

— Hermine?

— Sim.

— Meu cartão de desemprego?

— Sim.

— A escola dela? O emprego de professora?

— Sim.

— O mercado? Fazer minhas compras? Carregar minha sacola de compras?

— Sim. Você vai embora? Decidiu?

— Não. Quero duas ondas no meu cabelo debaixo do chapéu Rose Descat, quero dois movimentos.

O frangote ergueu o olhar. Achei que estivesse morrendo.

— Coitada — ele disse até o infinito.

E fechou os olhos:

— Você me dá pena. Você está tão infeliz, tão acorrentada, tão desprovida...

— Amanhã vamos ao cinema. Vamos ver Wonder Bar. Quero duas ondas debaixo do meu chapéu. Vamos no Apollo.

— Não há saída — murmurou.

Apesar da tala, o frangote pulou com facilidade da poltrona para o chão.

— Coitada, coitadinha. Padeço de você, mas agora me despeço.

Ele falou e foi embora claudicante, com sua admirável cauda de coragem.

As mulheres bonitas continuaram me dando de volta o meu peso de sofrimento. Machucava o lábio superior prendendo-o dentro da boca para afinar meu nariz. Quem é você, Lollete? Uma dessas cabeças enormes que chapinham no inferno dos pintores flamengos. Finalmente chegou minha hora de ir para a poltrona de Antonio.

Então Antonio sorriu para mim, com um gesto largo e sem cerimônia. Então no espelho extraordinário, fresco de reflexos de todo o salão, entreguei-me ao meu dever com o manto religioso sobre o rosto, a roupa, o corpo de Antonio. Sua voz melodiosa escapava ao meu apetite de devoradora. Pedi um penteado como o de Joan Crawford. Abri minha bolsa, mostrei uma fotografia da atriz recortada de uma revista de cinema. Ele entendeu sem eu ter que insistir. As clientes voltavam para falar com ele, despediam-se de novo, falavam que tinham marcado outra hora. Não podiam se separar dele. Antonio brincava com elas, maltratava-as com jeitinho.

Alto, flexível, ele modelava os cabelos com uma segurança que procurava transmitir bem-estar. Juntava-se aos escultores, artesãos, geômetras. Equilibrava os volumes, penteava com as equações.

— Está doendo, Antonio. Eu... caí na escada. Na sua escada. Sim, aqui.

Ele olhou para mim pelo espelho, riu sem maldade.

— Eu caí, Antonio. Tchau, Antonio. Até logo, Antonio.

De cinza-claro, a mulher de seus cinquenta anos, uma grande dama, uma grande chuva de ouro e prata, com sotaque estrangeiro, foi embora no fim das contas.

Acho que ele me explicou que ela tinha um importante sobrenome polonês.

Ela voltou.

— Até amanhã. Eu... caí.

— A culpa é sua — ele disse. — Se não bebesse tanto...

— Antonio! — ela exclamou com franqueza.

— Antonio — repetiu ele com indulgência.

Minha cabeça estava coberta de pequenos caracóis de cabelo e eu me perguntava como ele transformaria esses pequenos caracóis em ondas em movimento. Entregava a ele os grampos e, se o fazia esperar, eu mesma me reprovava. As perguntas chegavam naturalmente: como ele tinha se tornado o cabeleireiro mais importante de Paris? Teriam sido seus olhos que abrigavam a noite? Seu talento que lhe conferia tal brilho? Ele quase não falava, pressentindo que não me faria sair de mim mesma. Rodopiava por cima de seu trabalho. Sem presunção, sem autossuficiência. Franco como a tabuada de multiplicar. Ele não se esforçava; mesmo assim, seu estilo lhe libertava.

Uma funcionária me levou até o secador. No trajeto dei uma olhada em meus caracóis. Sentei. Chorei, aproveitei para dar pequenos gritos em meio ao barulho marítimo do secador. Sentia-me sozinha e abandonada quando duas amigas se encontravam. Afundei na poltrona, descia, um por um, os degraus do desânimo.

As mais belas mulheres de Paris roçavam seus braços no meu braço com a delicadeza, a maciez, a fatalidade de uma asa de morcego. Cada pequeno nariz, com suas narinas arqueadas, esvoaçava por cima da minha cabeça. Entrava em meus olhos, picava minha nuca. Os pés delicados planavam com mais leveza que uma roseira em seus voos rasantes sobre meus ombros. Os dedos afilados com sua palidez para uma única joia subiam, deixavam-se levar como folhas arrancadas dos galhos. Bocas, lábios bordados como vespas importunavam, remexiam nos pelos de meu púbis. Uma funcionária cortou a eletricidade.

Adoremus a cinco vozes.

Adoremus a seis vozes.

Ouço este canto para vozes de homens e mulheres enquanto sigo adiante com meu relato numa segunda-feira de agosto de 1960. As vozes são mais celestes que o céu cinzento, vozes graves e profundas sobem a um céu que chora todos os dias. Eis que de repente um trovão, mais exatamente um estrondo e um rasgão que deveriam nos libertar do mau tempo. Eis o coroamento deste instante capturado do mau tempo com a música radiofônica: o quarteto de Schubert intitulado *La Jeune Fille Mort*. Minha Clotilde, minha amada, meu sangue, minha carne, minha cura do sono, minha doença, minha jovem de quinze anos, pequena personagem da minha narrativa *Les Boutons Dorés*. Deixei Clotilde estendida sobre um banco de cimento, diante de uma estação, para pegar um trem a 1h26 da manhã que ela nunca pegará. Ouço a música. A morte é lírica, a morte é lancinante. Tenho cinquenta e três anos, tenho quinze anos. O coração está cansado, o coração se renova com a tristeza. Morra, Clotilde, morra nesta música em que o dobre é uma harmonia. Georges não quer você, Georges a abandonou. Clotilde, minha pequena, nascida do meu desequilíbrio, do meu desvario, da minha ingenuidade, das minhas ambições. Minha pequena, minha criança, minha medula, minha pulsação, Clotilde de quinze anos, Clotilde de dois centavos, minha pequena empregada de quem eu sou empregada. Eu amei uma mulher, eu amei um homem. De meus dois amores, nasceu a filha do desespero. A senhora R... me contou de sua juventude como empregada faz tudo. Clotilde se infiltrou. Clotilde nasceu com um ofício. A senhora R... perdeu sua menina de quinze anos. Naquele sábado, totalmente atordoada, achei que eu estava liberta. Eu, Clotilde, achei que tinha morrido para renascer libertada. A história não tem fim. A filha da senhora R... (quatro anos) me disse outro dia: "Vamos levá-la para a prisão, você é culpada pela morte de Chantal". É assim que nasce o remorso dos pobres loucos. Não, Clotilde não morreu. Ela está sofrendo ali sobre o banco de cimento. Está nevando ao lado dela, chove em volta dela. É um túmulo árido, porém Clotilde vive. Os trens vão e voltam, por cima dela ressoam os apitos. Morrerá com meu primeiro suspiro pois nós morremos ao nascer.

Uma funcionária cortou a eletricidade e Antonio terminou meu penteado.

Fui à La Boîte à musique e ouvi Louis Armstrong, que me fez muito bem.

Na mesma noite, duas horas depois.

Estávamos encompridando nosso drinque do lado de fora de um café, no Champs-Élysées. Elogios, cumprimentos pelas duas ondas que eu levava debaixo do chapéu Rose Descat. Agora Hermine estava calada contemplando a brasa do cigarro em meio ao suave lamento do crepúsculo. Paris cheirava a tabaco, Paris cheirava a Mitsouko; o crepúsculo, semelhante à aurora carregando seus sonhos de claridade, aproximava-se com sua carícia de brasa que adormece. Virei a cabeça: Hermine me pertencia de tal forma que estava calma ao meu lado, um pouco mais distante. Zumbido de murmúrios, desfile de carros conversíveis.

O dia ia se apagando, os pombos cobriam nossos ombros, nosso esqueleto é uma cabeleira, que maciez, umas americanas mostravam seus casacos de pele de sair à noite, as batatas *chips* com seu barulho de embalagem de papel, uma escada de seda descansa em cima de nossa cabeça. Já? Já é uma viúva envolta em violeta. É outro calor, é outra doçura, é a noite que cai. Um Camel? Sim, Hermine. Paris no Champs-Elysées fala todas as línguas estrangeiras. Um Alfa-Romeo com o cano de escape solto, a velocidade é um presente. Hermine balança o pé, eu respiro o cheiro adocicado do meu punho. Os mais velhos vão embora, já foram; os recém-chegados dão um gole no conhaque, vão na direção do Lido. É noite. É preciso jogar a cabeça para trás, é preciso buscar a noite entre duas estrelas. Abra sua boca, imensa cidade, um astro vai chorar. Hermine propôs um passeio a pé ao longo do rio Sena. Aceitei.

Passados os prédios, as janelas dos escritórios. Muros, paredes finas, objetos, borrachas, raspadores, tinteiros, amanhã como hoje todos vocês serão entregues à escuridão. Rotunda do Champs-Elysées. Seria este o barulho, o ritmo de uma máquina de costura? É a regularidade dos jatos d'água.

Leitor, siga-me. Leitor, jogo-me aos seus pés para que você venha comigo. Meu itinerário será simples. Deixe de lado os respingos que caírem em você, pegue o caminho da Place de la Concorde, suba na calçada da esquerda. Aqui está você, aqui estamos nós. Milagre do silêncio ao lado do barulho. Leitor, diremos: vamos subir na calçada, dar um pulo de pés juntos no silêncio. Um lenço imenso de seda natural preso entre o polegar e o dedo indicador. Nós o puxamos. É a carícia pelo estrangulamento, é a realidade de um novo silêncio esta noite na curva do polegar e do indicador. Leitor, continue nos seguindo.

Simplicidade das árvores e suas folhas.

— Seus saltos estão machucando?

— Um pouco. Estou me acostumando.

Simplicidade das árvores e suas folhas. É mais pomposo que os respingos da água. Ó, meu campo entre a Concorde e a rotunda, você não desperta em mim a saudade da vida no campo. Eu, que nasci em Arras, aqui estou nascendo em Paris. As brincadeiras de criança de há pouco... O invisível será minha lembrança. Hermine... Hermine, andemos mais lentamente... É nossa infância de gramas proibidas que se desenrola, é uma peregrinação sem começo nem fim. Sigamos, sigamos. Tudo é gratuito entre a Concorde e a rotunda. Alguém roçou meu rosto. O que é? Quem é? É uma fita, é a noite disfarçada de uma mocinha de 1830. A primavera se exalta pelo passado, nós voltaremos, pois encontramos lembranças. Vamos recolher seus arbustos, vamos recolher nossos arbustos de lágrimas aos seis anos.

Place de la Concorde, grande exibição de luzes. Os carros fogem. Nem o espaço, nem o recolhimento, nem as proporções são para os que passam.

Eu estava cismada, não queria atravessar, estava com medo desses sois da velocidade, carros vindos de todas as direções. Entreguei a Hermine meu chapéu e minha bolsa. A brisa em meus cabelos me dava coragem. Não, não queria seguir adiante.

— Seus pés estão doendo? São esses saltos — disse Hermine.

Quem tinha me pregado no chão?

Hermine queria me estimular, comentava meu penteado ou a blusa de lamê cotelê no meio do festival de luzes.

— É preciso arrastar você como uma criança — disse ela sorridente, mas um pouco preocupada.

Caminhamos pela ponte espaçosa. Vislumbres luminosos davam um tom festivo ao rio.

— Tem gente vindo atrás de nós — cochichou Hermine.

A noite não estava lá muito confortável, apesar de todo esplendor.

Um grupo nos seguia. Eles nos ultrapassaram. Alguns homens seguidos por uma mulher, o rosto nem bonito nem feio. Ao passar, ela falou uma coisa gritando e apontando para mim em meio à brisa da noite.

— Oh! — eu gritei também.

Acabava de receber um golpe no meio do peito.

— Oh, oh...

Um único golpe não é surdo. Ele vem acompanhado por ecos. Continuei recebendo outros golpes em todo o corpo. Minhas feridas feriam o chão. Andava centímetro por centímetro por cima de miúdos de açougue.

Disco de madeira, estou me sentindo mal, eu vou...

— O que houve? Que é que você tem? — perguntou Hermine.

Transtornada, sem gestos nem palavras, buscou em meus olhos.

Disco de madeira. Devolvo, vomito as tripas que tenho dentro da cabeça. Disco de madeira pronto para receber as flechas no parque de diversões, oh, oh. Disco de madeira, posso vê-lo tão perfeitamente.

— Aconteceu alguma coisa. Você está pálida, toda pálida. Foi por causa daquela mulher. Não entendi o que ela disse. Foi por causa dela com certeza. Fale, estou ficando com medo. Você estava com um penteado tão elegante...

A roupa Schiaparelli me abandona, ela se desagrega. Em breve será um monte de faíscas. Minhas meias caem, descem em cima dos meus sapatos, estou lívida, com frio nas pernas, com...

— Não quer me dizer o que aconteceu? Estou ficando com medo.

— Não é nada — digo sem forças.

Soberana resignação para além do abrigo para esperar o ônibus amanhã. Resignação, resignação... É um lugar ou um lenço que alguém sacode de um navio?

Hermine segurou meu braço. Ela o apertava como um tornilho:

— Vamos buscar um restaurante, vamos comer — disse fingindo entusiasmo.

Estou me sentindo mal e você está me machucando apertando meu braço assim.

— Você podia me responder. Quer ir comer alguma coisa?

Estou me sentindo mal e você está me machucando. Seu polegar. Está afundando em miolos frescos.

Ela apertava meu braço cada vez mais forte.

— Com certeza vamos achar um bom restaurante. Mas não vão nos servir se chegarmos muito tarde — disse, ainda, Hermine.

O farol de um carro esportivo nos cegou e minhas bochechas começaram a se esticar e cair em cima dos meus grampos de cobre, o metal as esfriava. Minhas bochechas empurravam minha cabeça para direita, para a esquerda. E meu nariz. Crise terrível de crescimento, minha tromba varria toda a ponte. Pedrinhas, cascalhos, a menor aspereza me arranhava.

De novo o farol de outro carro, com um motorista vestido de branco, nos cegou.

— Sabe, estou com fome — disse ela com uma alegria fingida.

Minhas pálpebras, que eu já não conseguia fechar, se juntavam com minha testa. As sujeiras do ar entravam em meus olhos, os cílios se misturavam com meus cabelos.

— Estava pensando em nossas férias — disse Hermine.

— Sim — respondi com um grunhido.

Hermine trocou de lugar. Envolveu meus ombros.

Eu queria emitir sons. Mas só me saíam uns "ga-ga" de bebê, envoltos em um catarro, uma quantidade de tristeza que eu não podia expectorar.

Ao me abraçar, Hermine segurava ombros muito velhos, agora cheios de feridas, feridas em forma de pequenos círculos uns dentro dos outros.

Estou me sentindo mal e você me deixa ainda pior. Cabeça de bezerro cor de flanela, cabeça de bezerro toda lânguida encostada na verdura do tripeiro, empreste-me o êxtase de sua boca rasgada.

— Por que você não quer seguir em frente? Por que não quer me dizer o que tem? Poderíamos comer, você se sentiria menos cansada...

Respondi que sim com o mesmo grunhido. Minhas mucosas estavam cobertas de pedrinhas. Dez, vinte, trinta, quarenta carros nos cegavam. Parecia que cada carro abria e fechava um punho com seus faróis. Meus pés? Meus saltos? Palmos, mas eram palmos de lama e barro que se estendiam adiante.

O farol de um ônibus que voltava para a garagem nos lançou contra o parapeito. Ele passou levando a noite consigo, levando o rio e os rebanhos da História.

— Abre a boca e não diz nada — cochichou Hermine.

— a e i o u — grunhi.

Minha tromba dobrou-se sobre si mesma. Não conseguia seguir Hermine.

— Cola, cola. Tem. Ali. No. Parap. Parapeito.

Hermine parou.

— Fale, você vai se sentir melhor.

O vento subia e vinha em cheio na minha garganta.

— Me desgruda da ponte — eu implorei.

Ela não entendia mais o que eu dizia.

É possível pedir a uma centena de moscas mortas para se descolarem de uma fita adesiva e voarem?

Meus dedos seccionados, cicatrizados, em formato de carne embutida, não podiam mais se mover. Do inferno, caiu um pedaço de zinco sobre a minha tromba.

— Nossa que vento; agora vamos jantar — disse Hermine.

Hermine atirou-se em meu pescoço. Eu não podia abraçá-la: ancinhos com dentes grandes se esticavam debaixo da pele dos meus braços. Deitei a cabeça ao lado da de Hermine, minha tromba me dava uma enxaqueca terrível.

— Você treme sem parar — disse Hermine.

Um motorista no volante luxuoso de um carro de entregas acendia e apagava os faróis com a velocidade de uma metralhadora:

— E então, belezinhas, quer dizer que agora as pessoas se amam no meio da rua?

Hermine começou a tremer também. O vento que subia impunha um deserto à ponte.

— Para onde você quer ir, onde quer terminar nossa noite?

Meus saltos cinzentos... Avançavam sozinhos pela calçada no ritmo entrecortado de um desenho animado; ziguezagueavam.

O motorista com o cotovelo sobre o volante brincava de apagar e acender o botão dos faróis.

— Ao longo do rio. Me leve ao longo do rio.

— Finalmente você está falando — disse Hermine.

Saímos da ponte, descemos para dentro da noite. Solitárias, envelhecidas, pobres coitadas que despertariam piedade até mesmo de uma pedra.

Eu chorava, a areia era macia de pisar debaixo dos meus pés.

— Você não vai se matar, vai? — perguntou Hermine no escuro.

Me matar? Seria fácil demais.

O vento não cessava de pôr em evidência minha tromba, minhas palmas e minhas pálpebras. E suprimir o supérfluo. Naquela noite o vento varria tudo até as coisas ficarem transparentes. Era insuportável ver meu sofrimento com tanta nitidez.

— Vá embora — disse, sem dureza, a Hermine.

Assim, os violinos choravam melhor no buraco do estômago.

O vento trouxe um eflúvio, uma surpresa: um pouco de música para dançar.

— Eu imploro, vá embora.

Necessidade de eliminá-la para poder afundar.

— Estou vendo o rio — disse, baixinho.

— Está vendo? — gritou Hermine de longe.

Ouvia o barulho das ondas, o clima festivo da noite.

— Como ele é doce...

— Ele é doce? — gritou Hermine de longe.

Queria ouvir também a noite balbuciando.

— Estou com frio — disse, como uma criança pobre.

O vento abanava minhas costas, as luzes ao longe eram sinais, uma garganta negra palpitava debaixo de uma árvore velha: era o rio que eu amava.

"Estou disponível, entre aqui, entre na água", disse-me a garganta debaixo do firmamento.

Entrarei, para me pôr à prova cavarei sem fazer esforço uma trilha de apaixonados e apaixonadas de joelhos, o céu será meu cesto de roupa sobre a cabeça. Não, não e não, já que meu nariz carnavalesco vai embora na água. Perdi a oferenda profunda.

Deitei com a barriga para baixo na areia.

— Amanhã você vai ficar doente...

— Voltou? Sim, Hermine, vou ficar doente.

— Vou esperar.

— Vá embora.

Ela andava na areia, eu não conseguia ouvir se estava se afastando. Eu soluçava, minhas lágrimas molhavam a areia.

Volte, Hermine, volte, pois estou chamando. Construirei um paraíso para você com as penas de nosso leito.

Eu procurava Hermine.

— Aqui — ela disse. — Estou aqui.

Ainda no escuro, empurrada pelo vento, eu a procurava.

Mesmo sem querer, dei um pontapé nela. Hermine estava deitava na areia e, assim como eu, soluçava.

— Você está chorando?

— Você estava chorando. Eu choro com você.

— Você não sabe por que eu choro.

— É isso que me desespera.

Ajudei-a a se levantar.

A surpresa do desespero, a novidade de um abraço e o excesso de sofrimento.

Chorávamos abraçadas, dávamos voltas no mesmo lugar, dávamos voltas pelas margens desertas, o muco de Hermine escorria pelo meu rosto e pescoço. Meu muco escorria pelo rosto e pescoço dela. Também o vento, o céu e a noite choravam com nós duas. O canto modulado do sexo. E iam se misturando nossos ovários e nosso clitóris.

Ela lambia meu muco, eu lambia o muco de Hermine.

— Meu querido...

— Minha querida...

— Meu querido...

— Minha querida...

Rodávamos, chorávamos, ela me chamava e eu a chamava meu querido, minha querida sem parar.

— Me conte o que aquela mulher disse.

— Ela gritou para mim: "se eu tivesse essa sua cara, eu me mataria".

Vamos dançar, meu amor.

Vamos dançar, minha amada.

Passei a vida obcecada por comida. Por medo do futuro, minha mãe empanturrou filha, filho e neta. Uma doença ou uma simples gripe punham em perigo o dia seguinte. Minha mãe vivia com medo do dia seguinte e me ensinou a viver assim. Deixar de comer o que se pode é correr perigo. Com anemia, quase raquitismo ao sair da oficina das freiras, uma mocinha — minha mãe — recebeu em suas entranhas um alimento fenomenal: um bebê. Em contraponto aos bilhões de sêmens contidos num jato de esperma, ela determinou para a filha bilhões de calorias. Fique forte para ser forte na vida — ela me dizia. Tinha e sempre terei medo do amanhã. Um amigo me disse que morrer de fome é a coisa mais difícil do mundo. Sim e não. Todas as manhãs, ao carregar dois sacos com frutas e legumes, eu trazia dois futuros campos semeados, cheios de batata, pasto, pomares e hortas. Não cansava de olhar aquilo que considerava a própria graça em repouso em cima do pasto. Casamento do céu e do mato, do rio e do mar, do arco-íris e do metal prateado: a truta salpicada de sardas. Devo minha primeira truta à Hermine. Saboreei a quintessência de mato e rio. Saboreei, na truta, uma espécie de poema reunindo intimidade e fragilidade. O velho eunuco — uma sombra cinzenta — me aborrecia e me entristecia. Ele se esmerava no preparo de minha chuleta de primeira, meu contrafilé, e sussurrava propostas, tolices, dando a ilusão de um Don Juan liberto. Eu ria com igual falsidade e estupidez. Sentia-me insignificante diante de um infeliz solitário com seu sexo. Entregava-lhe uma gorjeta como faziam outras donas de casa e ele me acariciava a palma da mão. Depois ele chegava ao pé do ouvido da cliente seguinte e acariciava mais uma mão. Cada um se alivia como pode.

À tarde me acontecia com frequência de voltar logo depois de ter saído para tornar a sair de novo malvestida. Tricotava no parque de Levallois-Perret em meio aos idosos e idosas. Invejava as jovens mães desabrochadas, invejava os horários delas: a barra de chocolate, o pãozinho, o leite, a laranja que elas abriam como se abre uma flor; invejava sua tranquilidade. Esquecia de seus pesares, seus dramas, suas obrigações. A felicidade era uma fachada. Eu me calava, estava sempre sozinha, não pensava. As árvores, a grama, os pássaros, a máquina de cortar grama... Essa miragem e a promessa de campo me atravessavam. Hermine vinha me buscar às sete horas. Logo que a via, sentia-me protegida. Ela propunha de irmos ao cinema no bairro enquanto eu me despedia silenciosamente da imensidão de flores sobre a grama. Os gritos dentro do cinema dos rapazes de outros tempos ressoavam no subterrâneo da minha infância. Eu abria a mão para receber um escarro da agonizante Fidéline.

Recebi notícias de Gabriel: estava doente. Em *Ravages*, narro as visitas que lhe fiz no hospital, aliás, na casa de convalescência para indigentes, depois que ele teve uma terrível febre tifoide. Procuramos por ele entre centenas de uniformes, centenas de convalescentes, num pátio, num jardim, perto das paredes, entre os arbustos, pertos dos vigias. Alguns homens viravam a cabeça, outros nos mostravam seu mau aspecto, a barba malfeita, o véu da doença cobrindo os olhos. Um fantasma segurou nossa mão. Era ele. Hermine levava bolos, eu levava cigarros e frutas. Ele não respondeu ao nosso cumprimento. Seus olhos verdes e heroicos estavam frios neste dia. Indecifráveis. Os lábios apertados de raiva. Sem abrir a boca, levou-nos a um galpão. A dor de uma lembrança: era inverno e centenas de convalescentes invadiam o galpão debaixo da luz pálida. Nadávamos com eles na miséria, enquanto eles cultivavam e estimavam os aquecedores com suas mãos de nuvens. Gabriel sentado entre nós duas meditava olhando uma mancha de humidade na parede. Eu me esforçava para meditar com ele. Uma mãe acariciava as sobrancelhas do filho, uma mulher abraçava o joelho do amante, os que não recebiam visitas andavam de um lado para o outro, velhos admiravam suas mãos aquecidas. Eu sentia vergonha pela minha saúde, minha liberdade, minha presença, meu silêncio, as provisões que trazia. Hermine falava com ele, ele se fechava. Eu falava também, mas ele não ouvia. Oferecia um cigarro, seus longos cílios nem sequer se mexiam, suas mãos não acordavam. Gabriel continuava calado por detrás do zum-zum-zum. Suportamos o silêncio de duas horas, depois largamos as provisões no banco cimentado na parede e, sem bondade, deixamos Gabriel enquanto ele meditava.

Três semanas depois desta visita recebi um bilhete de Gabriel: "Vou almoçar no domingo".

A tinta da caneta continuava sendo a mais escura, as maiúsculas eram um garrancho.

Chegou com duas horas de atraso. Ele viera da Porte Chaperret a pé. Não ia querer que ele viesse na carroça de Luís XIV. Duas horas de atraso para expiar seus sacrifícios. Desculpe, vim a pé da outra extremidade de Paris, desculpe. Um palito, um cadáver se arrastava para sentar à nossa mesa. Reprovei o silêncio dele, reprovei o buquê pequeno demais, reprovei tudo rangendo os dentes. Ele desapareceu. Meu ramalhete de cerejeira, meus ossos que eu quebrava a marteladas porque eu o aprovava, porque já sentia falta dele um segundo depois de ele ter ido embora.

Então, nos mudamos. Adeus, pensão. Tínhamos acompanhado a construção do prédio na rue Anatole-France. "Iluminado, com quarto, cozinha, elevador, é o melhor que se pode ter", disse Hermine. Respondi que sentia um aperto no coração. Adeus, guarda-móveis. Agora vamos aproveitar a poltrona, minha mesa, e você vai estudar piano em seu Pleyel. Não parece gostar muito da ideia... mas vai lá, minha gaitinha, insistia Hermine. Viraríamos uma página. Sim, eu sentia um aperto no coração.

De novo os grandes bulevares, a rue de la Paix, a rue du Faubourg-Saint-Honoré, o sorvete em forma de torre da Rumpelmayer, de novo o boulevard Malesherbes, com minhas paradas na frente da butique "La Crémaillère". Todas as semanas acompanhava as mudanças na decoração, as partidas e chegadas de objetos. Agora que tínhamos um quarto, uma cozinha, uma entrada num prédio moderno, eu parava cada vez mais tempo diante das lojas para olhar as mesas arrumadas ou um canto íntimo de um *studio*, tudo pronto para levar. Fiquei apaixonada por uma mesinha baixa, em laca verde amêndoa, com um espelho que unia dois painéis de madeira.

Entrava e perguntava quanto custava. Disse o preço a Hermine, ela teve um sobressalto. Esqueça. Mas eu não conseguia. Parava de novo para ver a mesa, a laca, o espelho. Nesse dia um homem alto e magro me abordou.

— Não — disse Hermine — não vou, não vou ver este homem. Pode ir se você quiser.

Finalmente Hermine costurava algo para si. Um *tailleur* leve de cetim verde absinto com listras pretas. À noite ela costurava as partes. O Pleyel comprado pela minha mãe dormia debaixo da tampa de acaju. Eu não tocava e não queria que ela tocasse.

Eu insisti:

— Ah, não, não vou sem você. Ele quer ver nós duas.

Hermine experimentou a saia, verifiquei o tamanho e em seguida coloquei um disco no fonógrafo.

— Pare de costurar, estou falando com você.

— Não estou costurando — disse Hermine.

Ela enfiou a agulha no cetim. Agora eu era seu livro triste que ela reencontrava ao olhar para mim.

— Quer saber? Você não se importa com esses homens que me seguem. Não poderia ao menos ficar com ciúmes? Não poderia me prender em casa? Isso nem sequer lhe ocorre. Desde que você durma, desde que consiga ser pontual, desde que a diretora goste de você... De nós duas, você é a mais egoísta.

Por cansaço, Hermine colocou o disco de volta. A cantora implorava à orquestra de jazz que a acompanhasse.

— Tenho uma saúde boa e você não suporta isso — disse Hermine.

— Quando não dorme, você se cala.

— Queria mesmo dormir, queria descansar. É impossível.

— Diga que você se sente infeliz.

— Como eu poderia dizer isso? — respondeu Hermine com uma voz de criança a quem pedimos para mentir.

— Um dia você dirá.

Hermine ergueu os ombros.

— Não vou dizer. Venha aqui, perto de mim. Você pode me dar o braço enquanto eu costuro, pode falar comigo.

Hermine voltou a costurar sobre a mesa de carvalho. A mesa dela.

Eu sonhava com a mesa de laca. Minha. Não entendia o que a cantora cantava em inglês americano. Às vezes as imprecações terminavam com a dor do violoncelo.

— Está decidido? Nós vamos? Ele quer nos ver no bar do Ritz. Você conhecerá o bar do Ritz.

Hermine suspirou em cima da costura:

— E você conhece o bar?

— Não.

— Então? O bar do Ritz, o bar do Ritz... O Sandman é o Sandman. É o mesmo em casa e no bar.

— Vamos tomar coquetéis.

— Podemos tomar coquetéis em casa.

Levantei a tampa do Pleyel, com a unha fiz um *glissando* sobre as teclas.

— É claro que podemos tomar aqui. Mas o ambiente, as pessoas, esqueceu disso?

— Detesto sair, detesto me mostrar. Você gostaria de ir tanto assim? Quantos anos ele tem? Como ele é?

— Quantos anos? Sessenta. Magrelo e alto. Bem cuidado. Um rosto comprido e pálido. Uma voz enfadonha. Deve ser rico. Eu o encontrei no boulevard Malesherbes...

— Você estava olhando a mesa lacada?

— Como você adivinhou? "Você mora sozinha?" Não, moro com uma amiga. "Uma amiga? Interessante. Poderíamos marcar um encontro junto com a sua amiga?" Não sei se ela vai querer. Você sabe, ela, os homens... "Cada vez mais interessante. Pergunte a ela". Ele propôs o bar do Ritz.

Hermine riu:

— Um velho imbecil, então vamos.

Conhecíamos a entrada do bar do Ritz, rue Cambon, porque também ficávamos babando diante da vitrine da Chanel.

— O magrelo e alto está ali... É ele! Vamos! Tem uma mesa livre bem aqui. Vamos! Todo mundo está olhando pra gente.

O barman nos conduziu a uma mesa.

— Poderia trazer uma água. — pediu Hermine.

— Para mim também — respondi

Os olhos nos escrutavam.

— É este o bar do Ritz — disse Hermine.

Ela acendeu um Celtique em meio à nuvem de tabaco.

— Ele nos viu, está olhando. Não tem coragem de vir aqui. Eu deveria ir lá...

— Parece que estamos em Paris-Plage — disse Hermine.

— É mais refinado.

Hermine me entregou meu maço de Camel.

Tinha olhos pretos, os cabelos endurecidos pela brilhantina, a pele escura debaixo do chapéu de camurça verde-claro inclinado para o lado. Hermine resplandecia. Ela deu um gole da minha taça.

— Olhe para ele, encoraje-o — disse a ela.

— Eu!

— Foi por causa dele que viemos aqui, não?

— Eu vim por sua causa.

— Aguardava vocês em minha mesa. Espero não estar sendo indiscreto.

Ele se inclinou na direção de Hermine. O barman trouxe uma garrafa de água mineral. Os elegantes armam seus sorrisos. Estávamos sendo catalogadas.

— Sua amiga me falou bastante de você — ele disse à Hermine. (e se sentou à nossa frente). Ela me falou que você toca piano admiravelmente. A música é a mais nobre das artes, não acha?

Hermine não respondeu de imediato. Adivinhei que as maçãs do rosto estavam ficando coradas.

— Não toco admiravelmente. Você sabe disso — ela me disse.

— Não ganhei o meu primeiro concurso — ela respondeu.

Abalado por tal confidência grosseira, ele fingiu assoar o nariz.

— Seria muito indiscreto perguntar o nome de vocês?

Hermine se virou para o meu lado com um ar interrogador.

— Hermine —ela disse.

— Violette — eu disse.

O desconhecido tomou um gole de água.

— É encantador Hermine-e-Violette, absolutamente encantador.

As mangas de cetim deslizavam sobre os ombros de Hermine.

— Diga, minha gaitinha — Hermine falou dirigindo-se a mim —, ver nossos nomes juntos é encantador ou é mortal?

— Não sei — respondi incomodada.

Ele limpou a voz. Hermine ultrapassava os limites, Hermine o feria.

Disse:

— Você gosta deste lugar? Vem sempre aqui?

Os olhos anêmicos do homem recobraram um pouco de vida.

— É nossa primeira vez, não é, Violette? — declarou Hermine.

Ele olhou para os nossos copos; estava desesperado.

— Por que não tomamos um gin fizz?

— Quer um gin fizz? — disse Hermine.

— Sim. Chame o barman.

— Não, por favor, deixe comigo — ele disse.

Ele pediu dois coquetéis.

Neste momento, ele começou a transpirar. Hermine ruborizou. Ah, este *tailleur* de cetim que atormentava Hermine porque estava mal cortado.

— Sua mulher toca piano? — perguntou Hermine.

Eu pisei no pé dela.

— Minha mulher está doente. Ela não toca — ele respondeu.

Ficávamos entediadas.

Os olhos apagados do homem me imploravam: já que me conhece um pouco, ajude-me. Eu não tinha coragem.

— Poderíamos ir para um lugar mais íntimo — ele falou.

E virou para mim:

— Você gostaria de ir à rue Godot-de-Mauroy? — ele lançou a proposta com um sussurro.

À espera da resposta que viria de meus lábios, Hermine implorava para eu recusar. rue Godot-de-Mauroy...

— Gostaria? — ela me perguntou.

— Por que não? — eu disse acendendo um Camel.

Ele pagou a conta ao barman.

— Você leu *Santuário*? — perguntei para nos valorizar.

Ele já se despedia com um aperto de mãos.

— Conversaremos na rue Godot-de-Mauroy.

O encontro ficou marcado para a semana seguinte.

Casais e homens sozinhos entravam, Hermine ficou olhando o homem ir embora.

De repente ela começou a se sentir incomodada.

— Diga-me que não iremos, que você mentiu para ele — exclamou.

Ela ajeitou a jaqueta de cetim.

— Teremos tempo para falar sobre isso.

Ela me confidenciou o terror que sentiu na semana seguinte passando pelo boulevard Malesherbes. Ela balbuciou como uma velha desequilibrada. De repente o vimos na rue Godot-de--Mauroy. Tinha o aspecto miserável e comovente. Hermine se acalmou.

— Afinal, talvez ele seja gentil — ela disse.

— Achei que vocês não viessem — ele disse recobrando o ânimo.

— Sua mulher está melhor? — perguntou Hermine com um sorriso franco.

Ele virou a cabeça.

— Entro na frente, vocês podem me seguir.

Assunto encerrado. O tom era diferente daquele do Ritz. Ele apertava o passo.

Hermine o observou se afastando:

— Vamos, minha gaitinha, vamos enquanto dá tempo.

Eu me chateei:

— Ele entrou, venha.

— Por que você está fazendo isso, por quê? Implorou Hermine.

Eu a empurrei para frente.

— Agora vamos subir — disse o homem que agora estava agitado.

Os grossos tapetes enterravam meus medos.

Uma criada jovem nos levou para um pequeno salão com um espelho no teto e um outro espelho de três faces. Mulheres nuas descansavam sobre nuvens. No meio havia um pufe.

— O que estamos fazendo aqui? — perguntou Hermine. — Não é um bar.

— Você não é uma criancinha, senhorita. Sente-se. Trarão champagne.

A criada entrou. Deixou a bandeja e desapareceu.

Hermine me interrogava. Fingia ignorar a presença do homem. Era um hotel ou um apartamento?

— As duas coisas — respondeu ele. Aqui podemos nos amar. Não parece um bom refúgio para se amar? — ele me disse.

Hermine serviu o champagne. Para ela, era uma trégua. Ele não fumava, mas acendeu nossos cigarros.

— Vamos embora — disse Hermine. — Vou pagar a garrafa de champagne, vamos acabar com isso... Tudo pode se ajeitar, Violette. Vamos pagar e vamos embora — Hermine abriu a carteira.

— Desmancha-prazeres — eu disse baixinho. — Do que você pode acusar este senhor? Você tem medo de tudo.

— Estou vendo que você é compreensiva — disse o homem.

— Minha gaitinha, é você que está falando assim? Você gosta deste lugar? O champagne é doce.

— O champagne é seco, Hermine!

— Mas está quente.

— O champagne está gelado, Hermine.

— Gosto de ver as duas discutindo — disse o homem. — Estamos avançando, ora, ora.

E cruzou as pernas. Para ele, o espetáculo estava só começando. Hermine tirou o chapéu.

— Está bem. Não vou embora porque você não quer ir.

Ela encheu as taças.

— Venha ver o quarto de vocês — ele falou com entusiasmo.

— Nosso quarto? Você me enganou — disse Hermine.

Ele abriu a porta, Hermine entrou na frente para me jogar mais rápido dentro do abismo. Ela escondia o rosto nas mãos, gemendo:

— Espelhos, espelhos...

Ela veio para os meus braços soluçando.

— Vamos embora, meu bebê. Eu faço o que você quiser.

O desconhecido rodava em volta da cama refletida por espelhos.

— Lamento muito. Pode ir se é o que ela quer.

Ele se sentou na cama de cetim. Eu esperava secando as lágrimas de Hermine, segurando o peso de sua cabeça no meu ombro.

Ele saiu do quarto, mas voltou com outra garrafa de champagne.

O álcool naquele dia me transformou em um fauno. Prometi sensações extravagantes a Hermine. Aniquilada, ela me ouvia, ele me olhava no espelho.

— Eu quero, mas sem ele — gemeu Hermine.

Ele saiu.

Bebemos e brindamos.

— Ele está entediado, Hermine. Está sozinho.

— Sim. Mas eu nunca fico entediada, nunca estou sozinha. Queria entender, mas não entendo.

— Talvez seja um infeliz.

— Talvez seja um infeliz. Vamos beber, querida.

— Vamos. Não creio que seja perigoso. É verdade, ele está sozinho e nós somos duas — concluiu Hermine como se fosse um mistério.

Foi nesse momento que sugeri que ela se despisse. Ela chorava em cima de sua miséria e sua obediência, enquanto eu a ajudava a se despir de seus princípios.

Ele entrou na ponta dos pés. Impossível imaginar um homem mais bem vestido, mais correto, mais fechado em sua própria medida. Eu também me despi sem tirar os olhos do espelho.

E foi ao espelho que ele se dirigiu com frieza:

— Você parece com um São Sebastião.

Um elogio é um trampolim.

Deitada de barriga para baixo, Hermine me esperava. Tirei o lençol, esqueci do desconhecido e esqueci de Hermine para poder adorá-la melhor depois de tê-la sacrificado.

— Ame-a. É só o que eu peço — ouvi o homem dizer antes que eu mergulhasse.

"Feche os olhos, não olhe, eles não vão ver você", eu dizia a Hermine quando seus olhos encontravam no espelho com o rosto do homem.

A mão magra me entregou uma taça de champagne quando eu fiquei encharcada de suor.

Sair do hotel não foi fácil. O desconhecido desapareceu antes de nós, ele nos deixou algumas notas. Andávamos sem dizer nada, não havia brisa ou vento para nos refrescar. Perguntei a Hermine por que ela tinha decidido que sim. Ela respondeu que quis ser corajosa. Deveríamos rir ou chorar? Ela me disse que eu compraria a mesa de laca no dia seguinte.

Entrei na livraria, o piso encerado me surpreendeu. A limpeza desnudada. A limpeza teria desnudado esta sala se não fossem as inúmeras fotografias de escritores contemporâneos que a vestiam. Apenas apoiadas em cima das estantes, elas faziam os assinantes se sentirem insignificantes. Escolhíamos seus livros sob o olhar dos autores nos espreitando. A nova assinante dava o nome, o endereço. Pagava sua cota por um, dois ou três livros por vez. Assim, podia satisfazer sua fome de novidades. Adrienne Monnier recebia tudo o que aparecia: livros, revistas, manifestos, plaquetes. Os nomes lidos nas revistas *La Nouvelle Revue Française* ou *Les Nouvelles Littéraires* podiam ser encontrados em sua enorme mesa. Escolhíamos, embarcávamos, partíamos com uma, duas ou três novidades. Com frequência, acontecia de dois assinantes quererem o mesmo livro. Com habilidade ou sinceridade, Adrienne Monnier dizia quem tinha reservado antes. Cara de boneca, majestosa e campesina, os cabelos lisos, endurecidos, louros, prateados, cortado em cuia, a pele fresca, a face rosa por causa de um pouco de pó branco sobre os pómulos rosados, a testa estreita, o olhar penetrante, a voz lenta. Adrienne Monnier se vestia estritamente, monasticamente, estranhamente — sim, uma avalanche de advérbios —, com um vestido comprido de tecido cinzento apertado na cintura e caindo até os pés, franzido, dando-lhe uma atmosfera da Idade Média, do Renascimento, da Irlanda, da Holanda, de Flandres, das paixões elizabetanas. "Veja! É uma camponesa de outro século", diria um cliente ao entrar na livraria. Meu coração batia mais forte quando chegava perto do Odéon. Era automático, eu entrava numa florista desagradável, com uma vitrine fossilizada apesar do frescor das flores, comprava um buquê, olhava no espelho da rue l'Odéon, ao lado de um hotel reluzente, sem clientes aparentes. Eu me pergunto por que os livros que eu levava, apertados contra o peito, os livros lidos com prazer e entusiasmo, se transformavam em lixo. Parava diante da fachada pintada de cinza. E me entusiasmava perto da vitrine à esquerda da porta: o tabernáculo da vanguarda, o cálice sagrado de *A jovem parca*, do *Cemitério marinho*. A vitrine central era eclética e trazia o melhor dos lançamentos e revistas. Eu não era a única a devorá-la. O conjunto branco, com títulos em vermelho, se compunha sobretudo de livros editados pela Gallimard. Entrava na livraria e entregava meu buquê a Adrienne Monnier. Ela vacilava um instante para dizer meu nome, eu devolvia o livro emprestado. Ela me elogiava na frente de algumas pessoas, elogiava menos quando havia mais gente. Dizia que gostava do meu *tailleur* cor de enguia, que eu escolhia os melhores livros. Minha paixão de estudante aumentava. Ela buscava minha ficha, parecia estar fazendo um bordado mexendo nas centenas de outras fichas porque suas mãos eram pequenas e gorduchas. A mesa dela parecia com a mesa dos jogadores de cartas de Cézanne. Ela saía de lá o menos possível. Eu me angustiava por ela, pelo seu trabalho fastidioso com as fichas. O silêncio da livraria era às vezes difícil de suportar. Eu despenquei, sem exagero, num abismo de surpresa na primeira vez em que ouvi Adrienne Monnier falar: "Ontem à noite, Gide estava aqui com uns amigos e leu para nós...". A confidência era forte demais. Adrienne Monnier me permitia imaginar um mundo proibido que eu nem sequer me permitia imaginar. Quando ia à escola do vilarejo, quando os meninos iam embora depois de terem me perseguido com pedras ou quando eu conseguia me livrar deles, me sentava, nos dias em que tinha mais coragem, no capim ao lado da cerca-viva. Colocava meus tamancos em cima do joelho, tomando cuidado para deixá-los virados para cima. E descansava. Um dia um galho estava pendendo em cima de mim. Um pássaro se sentou nele e, apesar de seu pequeno olho ficar escapando o tempo todo, ele ficou ali por um tempo. Suportou minha presença. Eu queria ficar imóvel até meu último fio de cabelo, até a ponta de unha, fechava os olhos e negava o balanço do galho. Um pássaro é livre, não entramos dentro dele. Mas aquele pássaro era inquieto. Seu coração palpitava sobre o meu. Experimentei esta mesma emoção quando soube da leitura feita por Gide na livraria de Adrienne Monnier. Naquela noite, a realidade assumiu grandes proporções. Hermine me ouviu com a bondade e a distância de uma aldeã que registra as coisas, mas que se mantém afastada. Eu me interrompia: as fotografias dos autores contemporâneos me deixavam angustiada, eram muitas cabeças numa única sala. Contei do buquê, da gentileza de Adrienne Monnier, de seus elogios. Hermine se divertia, apoiava meu entusiasmo, mas a certa altura disse: agora vou lavar a louça. Ela me deixou para ir até a pia. Sozinha comigo mesma, duvidava do meu relato, da gentileza de Adrienne Monnier. Estava agitada, sacudi os ombros de Hermine. "Léon-Paul Fargue frequenta a livraria, ele encontra Valéry. Está ouvindo? Ele encontra Valéry." Hermine me entregou o pano: "seque". O mundo inalcançável dos escritores — no qual, se eu tivesse ingressado, teria chafurdado com minha timidez, minha idiotice, meu amor-próprio — se afastava. Inclinada sobre a pia, Hermine assimilava melhor o que eu tinha contado. Hermine ficava meditando enquanto eu queimava as asas nas chamas das anedotas. Eu secava a louça e me prendia à minha muralha de pedra talhada: Hermine. Eu secava, e cada um de seus beijos era como um bom pedaço da muralha. Ela adormecia, eu não a incomodava. Meus dezesseis anos voltavam. Apertava os ouvidos para não ouvir a respiração forte de Hermine, eu me via lendo *Os frutos da terra* debaixo do lençol com minha lanterna portátil. Fora transportada pelo estilo, por Dionísio com sua roupa de pastor. Nathanaël, o celeiro, as frutas, os homossexuais. Não sabia muito bem o que eles faziam juntos. Eles se abraçavam com força um contra o outro durante horas. O ato de amor acontecia sozinho, em meio ao cheiro de uma montanha de feno.

O que eu desejava de Adrienne Monnier, que escrevia livros sem escrever, em seu escritório aberto a todos, onde os escritores liam o que eles haviam escrito em outro lugar? Às vezes confundia o lugar da sala de leitura, subia no ônibus em vez de me enterrar no metrô, descia perto do velho restaurante Foyot — o mesmo nome que aquele de uma livraria ao norte, livraria boêmia que eu frequentava —, eu andava sob as arcadas da livraria Flammarion, place de l'Odéon. Tinha um encontro marcado com a coleção Garnier. O Jardin du Luxembourg, as grades de ferro em forma de lança com as pontas douradas, os portões totalmente abertos aos adolescentes desocupados, os cartazes anunciando as representações de *O Cid*, de *Bérénice* ventilavam Sêneca e Tito Lívio. Acho que cada livro custava três francos e cinquenta. Meus olhos percorriam os títulos, satisfazendo minha avidez. A coleção Garnier me dava ilusão de poder reter em um segundo os *Ensaios*, as *Confissões*, Lucrécio ou Virgílio. As mãos dos passantes, jovens e velhos, têm a mesma idade. A seiva dos livros circulava. Descia a rue de l'Odéon, sofria de repente porque Hermine não podia ver a vitrine de um editor de música, onde eu lia o nome Leduc sem nenhum prazer; desviava o olhar da livraria anônima e estranha de Sylvia Beach. Ela era responsável por trazer à França James Joyce e *Ulysses*. Sylvia Beach vinha à livraria de sua amiga Adrienne Monnier e depois sumia como uma rajada de vento. Era magra, o corte da roupa bem-feito, o rosto puritano sem maquiagem e sem idade; ela me transformava em uma adolescente ofegante. Ela ia embora, a saia justa, o salto baixo. Adrienne Monnier tinha feito um modesto começo na Mercure de

France; ela me contou como foi. Também falou de seus pais idosos e das macieiras normandas. Mas eu perdi a cabeça: na semana seguinte franzi o rosto quando notei que ela recebia uma rica senhora com a mesma gentileza. Sua habilidade me deixava desconcertada. Franzi o rosto muitas vezes. Ela não me tranquilizava mais, eu não a tranquilizava. Deve ter adivinhado que eu era uma brigona. Tipo estranho de brigona, nunca contente e contente com muito pouco. Todo ano eu me entristecia em sua livraria. Estremecia à toa. Tornava-me lúgubre e queixosa e lacrimosa; sempre caía numa lengalenga sentimental. Adrienne Monnier sentiria pena. Sobrecarregada de trabalho, fazendo sacrifícios para manter sua sala de leituras — ela vendia poucos livros —, contratou uma jovem desagradável para ajudá-la. Fiz uma expressão dramática. Ela me levou para uma sala nos fundos reservada aos privilegiados e me perguntou o motivo da minha tristeza. Eu me joguei aos pés dela, debaixo dos Tolstóis e Dostoiévskis, balbuciei besteiras sem sentido perto de sua longa saia acinzentada. Ela passou a mão na minha cabeça, queria me consolar. Sua funcionária entrou, Adrienne Monnier recuperou a dignidade com a rapidez de um relâmpago. Fiquei chateada, aborrecida ao ver que uma estudante pouco inteligente a deixava preocupada, uma funcionária feia a transfigurava. Peguei *Le Chiendent*, de Raymond Queneau, li o livro, devolvi e nunca mais voltei lá.

Uma lagarta é lenta; percorre e acaricia o caminho com seus tremores de veludo visíveis e imperceptíveis. Foi visível e imperceptível a transformação pela qual Hermine passou em Ploumanac'h durante as férias depois de nossa noite no hotel da rue Godot-de-
-Mauroy. Ela se aproximava da cortina engomada da janela e, enquanto lixava a unha, ficava olhando as ondas que subiam mais alto que as casas e sonhava com outra coisa, a cortina rangendo entre meus dedos. Ela controlava o bronzeado na pele enquanto o meio-dia dormitava num barco recolhido para ser consertado. Ela se perguntava se comeríamos caranguejo ou lagosta no almoço. Eu deixava a sala de jantar, voltava para a cortina engomada. A janela dava para o enterro de minha avó num dia de chuva. Eu via a cor e a extensão do meu sofrimento na boia escurecida de uma rede

de pescar. Os veranistas descansavam, a cortina do nosso quarto rangia, rangia. Fidéline é como o giz para os alunos, eu pensando engolindo minhas lágrimas. Quando descia, Hermine ignorava meus olhos avermelhados. Desejava ter na epiderme o bronzeado de Hermine, mas fiquei nas pedras sem passar protetor. O sol não gostava da minha pele branca. O inferno começou à noite. O mínimo roçar... e me doía até os ossos. Hermine sentia pena de mim enquanto fumava sentada na cama e me propôs um passeio no mar com um pescador. Apaguei a luz e tinha um pãozinho dormindo em minhas costas. Minhas pernas incharam. Queria ir com Hermine fazer os passeios pelos precipícios marítimos. É para nós duas, pareciam dizer suas narinas palpitantes. Minhas pernas triplicaram de tamanho, o médico disse que eu deveria fazer um repouso de três semanas. Com ombros e panturrilhas embrulhados em curativos, fomos, apesar de tudo, enfrentar as ondas no barco de um pescador. Hermine ria e ficava em pé no barco, enquanto eu tremia de medo, a água espirrava em meus curativos, Hermine estava animada com os barulhos do mar, estendia os braços e o pescador cuspia. Disseram, em Ploumanac'h, que tínhamos corrido o risco de morrer. Hermine ficava radiante com os perigos. E, depois, a intensidade da luz, e, depois, o capim acinzentado em nossos passeios pelos caminhos que davam no mar, o capim cansado ao qual eu oferecia um futuro grandioso às vésperas do inverno. Hermine pensava em outra coisa. Em Blanckenberge, comemos batatas fritas e mariscos. Em Ploumanac'h, estabilizavam os barcos, os amores. Hermine mordiscava as *galettes* bretãs.

No verão seguinte, em La Baule, alugamos uma barraca de tecido listrado. Eu chegava cedo, nunca me cansava da areia fina e fluida como a areia das ampulhetas. Os jovens livres, magros, vestidos à vontade, plantavam estacas ou traziam suas barracas nas costas. Estes desconhecidos eram minhas companhias enquanto comprava saúde no mercado. Durma, respire para comer bem, tudo ficará bem. Eu buscava o desenho das patas de um pássaro na areia dura e não encontrava nada. Sentia-me aprisionada. Como chovia, Hermine havia implorado para deixar que ela exercesse seu papel de criada. Por que não podíamos ser como duas veranistas com as calças erguidas acima do joelho, partindo para pescar camarão, por quê? Esperava meio-dia, brincava sozinha com a raquete e jogava a bola de tênis cada vez mais alto para atrair a atenção de um pequeno construtor de castelos de areia. Vagava melancólica na água, chegava perto do Croisic. Cavalos a galope espirravam água em meu joelho já molhado. Cavalos na praia, ao longo mar. Eu pensava na pele oleosa. E num amigo de De Chirico[14] que fazia pesquisas para embelezar a pele. Ele me trouxe uma revista com uma reprodução dos *Cavalos à beira-mar* de De Chirico. O que era aquilo? Um sonho acordado? Talvez um sonâmbulo penteando a noite, talvez ele mergulhasse o pincel no olho estático de uma coruja. Hermine sentia uma felicidade imensa ao se banhar. A natureza lhe devolvia com profusão tudo o que ela me dava. Não aprendemos a nadar. As ondas passavam, alguns jovens espirravam água na gente. Ela me deu de presente sandálias Hermès pois eu sentia uma dor na lateral do pé. Um silêncio espetacular no bosque de pinheiros durante meus passeios sinistros e solitários ao meio-dia. Ela não vai dizer nada. Ela não falava à mesa. Envelhecíamos rapidamente. Hermine ficava à espreita na varanda do nosso quarto, ela cantarolava o tema de um concerto de Beethoven. Eu virava as costas para o mar, queria punir o sol enquanto Hermine se sacrificava nas mercearias, no mercado. Um inseto misterioso me picou perto da axila, num jardim miserável aonde eu queria tricotar. À noite, tive coragem de dizer em voz alta: "acabou, logo vai acabar, é o fim". Hermine me contou no dia seguinte de manhã que eu tinha falado dormindo. Eu soluçava, ela me dizia que eu não estava comendo o suficiente. Um dia adormeci na barraca, depois de tomar um banho de mar, e tive um sonho: eu esperava por Hermine numa loja de grãos, eu afundava as mãos nos sacos de grãos porque a espera se prolongava, porque era intolerável. Uma jovem entrou. Era e não era Hermine. Eu era Hermine ansiosa e desleixada. Falei para ela sobre a minha espera, falei que ela estava mais bonita. Ela me respondeu que tinha vindo comprar grãos de godétia. Ela começou a ler de forma improvisada os textos nos saquinhos dos grãos. Agora ela era a vendedora. Ela ouvia os passos de uma nova colega nos corredores de sua escola. Eu acordei.

14 Giorgio de Chirico (1888-1978) foi um pintor grego considerado o precurssor do surrealismo. (N.E.)

Outubro, novembro, dezembro, janeiro, fevereiro, março, abril, maio, junho, julho. Disse a ela que eu queria ver as ondas, mas ela respondeu que eu dissera que queria ir para a região do Midi, ao sul, e que estávamos lá. Eu disse que ela não tinha esquecido da rue Godot-de-Mauroy mas que não tocava no assunto, o que piorava as coisas, e disse que ela não ria mais, que ela estava ausente. Mas eu me enganava. Ela estava perto de mim, ela gostava do Mediterrâneo e seus pequenos espelhos. A dança dos pequenos espelhos para o Mediterrâneo, ela dizia. Ela me chamava de "neném", "minha gaitinha" para que eu entrasse na dança com ela. Me derretia de prazer quando ela me chamava assim, mas não conseguia olhar para o Mediterrâneo. Ela tinha descoberto o barulho das ondas. Era "uma cantiga de ninar", "a maior felicidade que pode existir". Ela descobria tudo como quando descobrimos o amor em todo canto, quando estamos prontos a encontrá-lo. Ela não via minhas dores de cabeça, a intensidade de minhas enxaquecas no Midi. Eu a desencorajava, eu a fazia perder a paciência: a luz feria meus olhos até as quatro da tarde. Todo mundo se divertia. O bar instalado na areia encantava Hermine, um casal dançava em cima do estrado às onze horas da manhã. Hermine disse que era como beber coquetéis azuis, ela me censurava pelos calafrios, pela mão gelada. Eu não a enxergava apesar de não estava cega. Não tive coragem de contar a ela sobre o que eu desejava que fosse o Mediterrâneo: a tinta violeta em meu tinteiro quando aprendi o alfabeto. À meia-noite Hermine saboreava o cigarro que fumava ao som da cantiga de ninar das ondas. Eu murmurava que nossa viagem tinha dado certo, mas eu mentia. No dia seguinte, pregada ao sol, olhava Hermine olhando para o Mediterrâneo. Ela já não costurava mais, entediava-se com os estojos com moldes que pregavam à porta das mercearias. Ela ouvia, sozinha à beira-mar, às duas da manhã, "a grinalda da noite" e voltava para se deitar, vestida de toda essa noite cor de pêssego. Eu mostrava a ela os flocos brancos que haviam salpicado no céu e que lembravam nosso vilarejo. Ela não os via, não queria vê-los. Voltava para a água morna para poder assim se esconder de uma lufada de ar frio. Privada, de repente, da presença dela, me sentia maldita e abençoada. Bebíamos em silêncio nos bares, eu implorava por perdão em seus olhos, ela ria por qualquer coisa, pronta a se libertar, sem saber que queria se libertar. Os passeios de carro.

Hermine olhava apaixonada para os recortes da costa, os rochedos rasgados, as cores violentas. Um cipreste... o cipreste ao lado do túmulo da minha avó, meu grito de dor que escapou do cemitério como quando eu era criança muda e girava ao redor de um pedaço de terra em que cresciam pérolas malvas. É verdade, já não toco piano, disse Hermine escovando os dentes. Agora uma luz de cabeceira caía sobre meus ombros quando ela cantarolava às sete da noite. Meu Deus, como eu queria a simplicidade da alma e das roupas, meu Deus, como eu queria uma transformação, meu Deus, como eu tinha começado a amá-la, meu Deus, como eu desejava a santidade ao nosso alcance: um sorriso infinito no dia a dia. Quis dizer isso tudo a ela enquanto ela cantarolava. "Não deve me interromper. Essa parte você deve deixar comigo." Não entendi o que estava me pedindo. Em Cannes, aonde fôramos em excursão, eu queria caminhar à beira-mar; Hermine queria ver os palácios. Com seu short mais curto que o das outras e seu salto alto ela ficava com ares de meretriz. Disse a ela que em Cannes as pessoas se vestiam bem e que nós estávamos muito desnudas. Ela ria, não dava a menor bola. Seu riso: o frescor de uma rosa bistre. Eu chorava de amor por ela, ela reprovava minhas lágrimas. Os iates a atraíam. Espremidos uns contra os outros, eles viviam apenas pela água triste que lhes fazia tremer. Quis voltar para Juan-les-Pins, ela recusou. Tínhamos que tomar um drinque no terraço do Miramar, não dava para perder este espetáculo. Cada vontade dela parecia um adeus.

Eu a interroguei. Ela me respondeu que gostava do terraço do Miramar. Oh, se ela estivesse sozinha, seria diferente, muito diferente, completamente diferente. Ela tomaria banho de mar até tarde da noite. Esta ideia fez com que o cigarro caísse de sua boca. Ela ria com um risinho de louca quando os carros conversíveis passavam na rua. A água fica tão fluída quando não há mais ninguém, quando cai a noite. Hermine passava a língua no canto dos lábios lambendo um pouco desta água salgada. Não aceitou minha sugestão: um sol avermelhado, um sol bobo caindo no mar, uma sombra sobre o livro. Implorei para ela continuar. Tinha que correr o risco, fazê-la se lembrar de tudo o que sentia falta. Este pequeno restaurante? Ou então um jantar de frutas no quarto? Ela poderia viver de nada e ler enquanto comia. Ela sorria, ela se perdia ao falar com uma expressão de crueza. O que ela leria? O que se publicava, o que tinha sido publicado. Biografias, romances, ensaios. Onde ela leria? Em todo canto. À luz das lojas andando pelas ruas, à luz do luar deitada nos bancos... Ela gritava e nossos vizinhos de mesa nos encaravam. Ela acordaria às cinco da manhã, escalaria as pedras, abreviaria as férias, viveria com suas irmãs, seu pai. Ela abria mão de mim e o confessava.

Domingo 27 de novembro de 1960 às 12h39. Você pode adivinhar, leitor, você já adivinhou o que aconteceu, o amor chegou ao fim, a tirania chegou ao fim. Minha caneta se levanta do caderno. O amor é diferente. O amor não tem fim. Se chegou ao fim, não era amor. Amamos sob outras feições o que já amamos antes ou sob outras feições começamos a gostar daqueles que deveríamos ter gostado. Nada muda, tudo se transforma. Domingo 27 de novembro de 1960. Vinte e seis anos depois do que acabo de contar, vejo no céu o fim do outono já sendo cortejado pela primavera do ano seguinte. Hermine, Violette. O presente das duas foi resolvido. Aquela passante monstruosa da ponte da Concorde? A providência. Vejo através de uma vidraça coberta por poliéster, vejo através das grinaldas bordadas num véu de noiva, vejo as nuvens que se estendem, vejo dois lagos azul-mediterrâneo. Hermine, Violette, os dois azuis de nossas vidas se separaram.

Começou em Paris o reinado do elevador. Sentada em nosso divã, as mãos frias ou queimando de calor, eu espreitava, escutava, esperava, imaginava o barulho da porta de ferro de nosso andar, contava as rugas ao redor das minhas falanges. Pesado, íntegro, o elevador subia, descia. Quando se mexia, o balanço dos cabos. Hermine fechava sem ânimo a porta do elevador. Eu corria, abria a porta de casa antes dela, seu rosto se transformava. Toda uma vida tinha terminado. Apertava contra mim uma mulher sem braços. Uma cega, uma surda, uma muda. Reconquistar. Acreditava nisso e também acreditava que as lágrimas são armas. Se a aguardasse diante da porta do elevador, ela não poderia disfarçar, através do vidro, que se esvaía ao me ver. Teria tido uma chance: a alegria, afinal a alegria é uma armadilha. Eu não calculava. Eu me atirava para cima dela com os restos do nosso passado. Se eu tivesse desejado perdê-la, não a teria perdido tanto. Quanto mais ela detestava minhas súplicas, meus lamentos, meus deleites, mais eu afundava neles. Ia também aguardá-la no boulevard Bineau, no ponto do bonde. Achava que as pessoas não tinham problemas, achava que eram felizes. Confundia o mundo com um pedaço de mato, retirava as tristezas do mundo para fazer crescer a minha. Os bondes passavam, mas eu não via o rosto dela, não via sua boina no bonde. Seus atrasos me desesperavam. Era a hora preferida dos pardais. Antes de posar, eles roçavam as alfenas em cima da grade de uma casa. Eu vivia sem esperança na sociedade das vias públicas. Blem, blem...

Justo neste instante Hermine puxou a cordinha da campainha do bonde. Olhei para ela com tanto amor que ela me olhou. Sorriu para mim com pena. Às vezes um calafrio pode ser profético. Tive um calafrio: de dentro do bonde Hermine sorria para mim, culpada por estar chegando tarde. Entendi que agora éramos três, a nova colega devia estar sentada no bonde. "Você está com uma cara péssima", disse Hermine. Eu fiquei calada. Tinha chorado o dia inteiro querendo que ela voltasse a me amar como antes. Caminhamos com passo rápido. Naquela noite, Hermine insistiu para comprarmos champagne.

Quando eu insistia muito perguntando, sempre recebia a mesma resposta:

— No que estava pensando? Na boca dela.

Amaldiçoava sua franqueza.

A nova colega queria móveis extraordinários, um divã extraordinário, um apartamento extraordinário. Hermine entrava em transe ao falar dela. Todos os projetos inconfessáveis eram mais torturantes do que uma ruptura.

Não tirava mais meu casaco de órfã comprado na Samaritaine, queria que ela se compadecesse com minha pobreza. Os mendigos mostram seus membros atrofiados. Eu mostrava meu rosto, minha tristeza. Hermine vivia na espera do dia seguinte de manhã, eu vivia à espera de um milagre. Eu a aguardava, eu a esperava enquanto ela abria a porta para sair. Ela detestava as quintas e os domingos, ela dormia para passar o tempo. À noite, eu lambia sua rosa, suas pétalas, seus ninhos. Ela me suportava com suspiros. Eu a ameaçava. Ia me suicidar, ia me jogar pela janela. Hermine tinha de rasgar minha camisola para me fazer voltar para o quarto. Eu era vítima de minha própria chantagem. Povoava e repovoava meu cemitério com meus sapatos, vestidos e chapéus que eu tirava das caixas.

Um domingo, depois de um almoço farto no quarto, disse a ela:

— Durma, pode dormir!

Ela dormiu.

Com meu casaco de órfã, saí para andar pelas avenidas do Bois. Uma primavera sem flores, sem folhas, sorria por entre os galhos. Eu estava livre de Hermine e de mim mesma. Vivia ao lado de uma mulher que desejava outra mulher. Um motorista me convidou para um champagne em Ville-d'Avray. Aceitei. A casa de encontros se disfarçava de casa de campo com grades, trepadeiras e seus reservados separados. Conversamos abertamente como dois soldados na hora de sua folga. De repente me ocorreu um pensamento, senti um aperto no coração: Hermine. Implorei a ele que voltássemos de imediato a Paris. Ele abominava Levallois-Perret, me deixou bem longe. Precisei ir correndo do Bois até a nossa casa. Primeiro encontro: o elevador. Primeiro encontro: a chave na fechadura. O mesmo amor retornava, agora com uma febre de virtude. Sim, eu estava dormindo, disse Hermine. Ela se virou de costas, desenhava na parede sinais imaginários. Sua mão estava caída sobre o divã. Ela precisou de cinco ou seis minutos para poder me ver de novo, para perceber que eu tinha saído, que eu estava usando meu velho casaco. Afinal, ela me perguntou aonde eu fora. Ela não deu a menor bola para o champagne em Ville-d'Avray. Voltou a dormir. Fiquei chorando sentada no tapete.

Adiei nossa tempestade para a véspera de uma nova viagem de férias para a Bretanha. Nossas malas prontas. Minhas mãos geladas ou queimando, esperava Hermine seguindo o percurso implacável do ponteiro de segundos do meu relógio de pulso. Seis horas. Sete horas. Oito horas. Um céu azul ardósia ameaçava Paris. Amar, não amar mais, recomeçar a amar a mesma pessoa. O amor não é uma fábrica. Finalmente o elevador, os cabos balançam.

Ah, ingenuidade do telegrafista que tirava da bolsa o envelope azul. Reconheci a letra incisiva de Hermine. "Ela me escreveu", eu disse em voz alta.

Querida Violette,

Não espere por mim. Não voltarei. Você precisa ser forte.

Hermine.

A Bretanha. Íamos viajar para a Bretanha. Hermine se safou. Era impossível, não era verdade. Fiquei sonhando, era um pesadelo acordada. Minha cabeça estava transtornada. Era um engano. Aquilo era grego para mim, não entendia uma palavra de grego. O que era aquele pedacinho de papel no meu colo? Com carimbo de um correio na região central de Paris. Não, n-ã-o, não espere por mim, e-s-p-e-r-e. Não espere por mim. Meu nome, nosso endereço. Vinte e cinco vezes, cinquenta vezes. Recitei vinte e cinco vezes, cinquenta vezes nosso endereço: meu endereço. Não voltarei. Começa aqui, senti uma cólica. Os cabos balançando... Os cabos do elevador balançando quando ele desce... quando não o vemos mais. Ela não vai voltar. O que é que eu disse? O que é que eu tive coragem de dizer? Enlouqueci. Um tapa, dois tapas, três tapas, um tapa depois do outro, e de novo, mais tapas, ela foi embora. Tenha dó, Violette, tenha dó. Ai, meu Deus, ai, ai... Olhar fixamente para a tampa do piano até que tudo recomece... Me doía tudo e nada ao mesmo tempo. Na região central de Paris. Não vou encontrá-la mais. Está doendo, doendo, doendo. Se eu pudesse chorar. Não conseguia mais chorar. Nove anos. Hermine. Nove anos, nove anos, nove anos, nove anos, nove anos, nove anos. Por que eu tinha parado? Queria chorar, mas não podia. Vou até lá. Vou trazê-la de volta. Cortem minha cabeça, cortem. Olhar para a parede dois centímetros abaixo do retrato de Beethoven, olhar sempre. Mãe! Socorro! Mãe, preciso de um consolo. Teria tanto amor pra dar a ela. Ela vai voltar.... Estou doente, por isso acho que ela não vai voltar. Caridade, Hermine.

Reli mil vezes a mensagem: meu endereço e duas linhas. No fim, solucei.

Lembro disso tudo na companhia de um cartão-postal que está em cima da página à esquerda do meu caderno. É uma reprodução do Portal Real de Chartres. Pitágoras. Está sentado escrevendo. Pitágoras. O tronco de um homem do século XII com uma expressão radiante. Seu porta-penas é um raspador de gesso, sua cabeleira, um universo de paralelas. O nariz é enorme, meus filhos, o nariz de Pitágoras. Se eu tivesse um nariz grande assim, me mataria. Não, sua idiota da ponte da Concorde. Pitágoras tem a testa comida por paralelas apertadas. As linhas que não se encontram, minhas pombinhas, se encontram no meio da testa, em forma de pássaro circunflexo. Hei de me afogar na barba dele, em forma de franja de colcha.

Nossas camas, nossas colchas estampadas. Paciência. Escrevo isso aqui em busca de um consolo para a fuga de Hermine, vinte e cinco anos depois. Quão laboriosas as mãos de Pitágoras sobre a carteira do Portal de Chartres. Em seu rosto, a alegria de poder contar.

Pitágoras querido, quero dizer, Pitágoras que eu tanto admiro num cartão-postal para poder falar sobre a minha dor depois do sumiço de Hermine, para me ajudar a me separar dela vinte e cinco anos depois. O trabalho de separação será refeito enquanto copio os dados abaixo:

Pitágoras, filósofo e matemático grego, nascido na ilha de Samos (por volta de 580-500), cuja vida é pouco conhecida. Partidário da metempsicose, tinha uma moral alta e exigia de seus discípulos uma vida austera. Acreditava que os elementos dos números são os elementos das coisas. Sem dúvida é ao conjunto da escola pitagórica que se devem as descobertas matemáticas, geométricas e astronômicas que são atribuídas a Pitágoras: a tabuada de multiplicação, sistema decimal, teorema do quadrado da hipotenusa.

Exigia de seus discípulos uma vida austera. Oito vezes oito, sessenta e quatro, cinco vezes cinco, vinte e cinco, sete vezes sete, quarenta e nove... Como resistir a oito vezes oito, cinco vezes cinco? É a alegria irrefutável. Oito vezes oito, cinco vezes cinco...

Partidário da metempsicose. Hermine está sobre o meu aparador, Hermine é uma flor do meio do buquê.

Não, leitor, minha dor não é inventada. Faço um enorme esforço para esclarecer este emaranhado de desespero de quando Hermine foi embora. Sofremos, depois buscamos ajuda com as palavras. Faço um esforço para desentulhar minha cabeça, meu pensamento, esta colmeia enlouquecida que vem de dentro da terra, emparedada, imprensada nas avalanches de carvão. Leitor, você já sofreu. Para se aliviar do que já passou, é preciso eternizar as coisas.

Sempre com meu casaco de órfã, corri primeiro até a Porte Champerret. Dois cachorros me acompanhavam. Eu rugi, sim, rugi mesmo, dentro do ônibus. Uma mocinha saía de uma loja de discos onde costumávamos ouvir trechos de *Pétrouchka* e do *Sacré du Printemps*. Hermine estava presente demais, Hermine que não voltaria mais ainda não havia nascido. Não tinha onde me apoiar. O cobrador conversava com um passageiro. Eles não ouviam meus gritos? Eles não percebiam minhas lágrimas? Minha tristeza não era uma máscara. O ônibus andou. Voltei a chorar em meio aos barulhos das rodas e da rua, com minhas lágrimas molhava o corrimão.

A zeladora da escola de Hermine acabava de lavar os pratos do jantar, o marido estava lendo. Era o período de férias, ela não podia me dizer mais nada. Eu tinha entendido o plano de Hermine. Ela esperara a noite em que começavam as férias para desaparecer com sua nova amiga. Todos os hoteizinhos de Paris me pediam para serem investigados. Momento difícil, mas que ia passar. Eu a encontraria, eu a levaria de volta para casa. Desejei tanto ter como ajudante e parente próximo um detetive ou agente de polícia. A desgraça é quando negamos a prova diante de nossos olhos. A imensidão de Paris me esmagava. Tinha trabalhado com afinco para nossa ruptura, agora trabalhava com as minhas ruínas. Nosso prédio era um abcesso. Nosso elevador era um abcesso. Suportei o cheiro de brilhantina que ela deixara sobre o travesseiro, suportei o piano com seus estalidos. O amanhecer concretizou a má notícia. Os objetos aguardavam Hermine em seu mundo de objetos. Mandei um telegrama para a minha mãe em Chérisy, perto de Deux.

— Sua boca está deformada, está torta — ela me disse ao chegar.

Leu o telegrama. A expressão do seu rosto não se alterou.

— Há muito tempo estava vendo que isso ia acontecer. Ela não aguentava mais.

Vi minha mãe em posse de todos os seus recursos. Eu me apoiava sobre Hermine perdida para sempre.

— Venha comigo, vou levá-la daqui — ela disse.

Eu recusei. Ia vender o Pleyel para conseguir um pouco de dinheiro e me mudar dali, ia me instalar na pensão, guardar o divã, a mesa e as cadeiras num guarda-móveis. Depois passaria um tempo com eles. Minha mãe não gostou. Por que não ir com ela de imediato? Recuperar um filho deve ser uma alegria.

Voltei para a pensão de Levallois e segui para Chérisy. Minha mãe se empenhou para eu aprender a nadar com um professor de natação num rio que ficava perto.

Foi um consolo para mim. Seu traje de banho listrado estilo 1900, seus imensos pés descalços, os músculos da panturrilha, o bigode castanho de gaulês, os olhos que pareciam bolinhas de loteria, a touca de borracha de margaridas na cabeça, sua cidadezinha que eu não conhecia. Sentia uma amizade profunda quando ele contava um, dois, "tês", suprimindo a letra "r". Ele a engolia, era delicado. Eu chegava, dávamos um aperto de mãos e ele me respondia: "Ao trabalho!"

— Um...

Primeiro batia os braços e as pernas na grama para aprender os movimentos.

— Dois, tês!

Dava tesouradas com as pernas e os braços e reaprendia a sorrir. Seria por causa do verão que o céu jogava sobre minha nuca seu peso de azul? Um carneiro balia ao longe, algumas crianças se exercitavam numa banheira. Um...

Estendi meu corpo no reflexo de céu enquanto aprendia a fazer os mesmos movimentos dentro da água com a ajuda de uma barra fixa.

— Dois, tês.

Um longo deslize de barriga na água segurando com força a barra fixa.

Eu me jogava na água: confusão em meio aos redemoinhos, barulhos, respingos.

— Um... dois, tês!

Saíamos da água ao meio-dia andando com a soberba das mocinhas romanas. Onde estaria Hermine? Com suas irmãs? Com o pai? De férias com a nova amiga? Interrogava a árvore partida na qual havia um relâmpago congelado. A árvore amaldiçoava o céu, o calor, o espaço. O sol suportava o grito daquela árvore.

Eu nadava sozinha, nadava mal, um pé sempre fora da água. Mas era prazeroso mesmo assim. Remava: os braços eram remos, eu era o próprio barco e, de repente, alegria irresistível, o barco avançava sozinho.

Julgue-me, Hermine. Condene-me. A noite lhe é favorável. Milhares de juízes com suas togas a cumprimentam: esta é a noite. O gatinho, seu tesouro, que levamos a Avallon em nosso passeio por Morvan... Miando até raiar o dia no quarto do hotel. O bicho desolado, de cortar o coração, era você: a cada miado, você devolvia as exigências que eu lhe fazia. Você o consolava sem parar... Eu não aguentava mais. Ao amanhecer, decidi que íamos abandoná-lo no quarto. Você brigou comigo. Mas você cedeu. Ele nos olhava confuso, os olhos preocupados iam de uma a outra. O que é um bichinho abandonado? O que era? Meu ciúme, meu poder, minha dor, minha tirania. Eu a esmagava na própria carne. Compreendi que você nunca me perdoaria. Saí do hotel usando uma corrente de déspota. Andava ao seu lado, sofrendo mais que você. As folhas, as flores dos jardins particulares reunidas com seus espinhos eram meus troféus, a manhã se levantava sobre o asfalto. Você sofria, eu estava destroçada. Uma balança aguardava, um conta-gotas pingando. Todas as coisas voltavam na memória.

Deixei Chérisy, voltei a Paris; não sonhava mais: saía para ver Hermine pela janela da sua sala de aula. Hermine não me via, mas repreendia as alunas que se viravam para a janela. O que ela esperava para me ver? Ela gritava. Tinha rejuvenescido. Uma aluna lhe disse que estavam olhando para dentro da sala. Ela virou a cabeça, reconheceu-me e me mostrou o punho cerrado.

Eu sorvia sua presença, não consegui ir embora de imediato. Queria revê-la. Era, pois, um erro.

Deixei a janela, deixei a escola.

A doença começou depois do contragolpe. Hermine. De olhos fechados dizia seu nome e isso me bastava.

O silêncio de Hermine. A ausência de Hermine. Chorava dia e noite, e esperava.

Achei, diante da cancela de um parque público, um bracinho com uma mão que fora arrancado de uma boneca de celuloide, levei-o para casa, subi os degraus na ponta dos pés. Chorava por qualquer coisa. Fui dormir já de madrugada com o braço e a mão aninhados em meu pescoço, acordei uma hora depois, acendi a luz, segurava a pequena mão na minha ou a esquentava entre meu rosto e o travesseiro. Voltei a dormir, acordei dez minutos depois porque estávamos com frio. O braço, a mão me acompanhavam por todo canto, eles aproveitavam, em pleno outono, a quentura dentro do bolso do meu casaco. Quanto mais eu chorava em cima deles, mais amadurecia meu projeto.

Uma tarde atravessei a praça. Outubro não era tranquilo, um jardineiro varria as folhas mortas. Ajude-me, você vai me ajudar, dizia à mão de celuloide guardada na minha. Um espelho na vitrine de uma loja de vidros devolveu meu rosto lívido, a fenda dos meus olhos avermelhados. Entrei no correio e escrevi:

Estou ficando cega. Gostaria de revê-la.
Violette.

Entreguei o telegrama à funcionária. Ela contou as palavras.

— Meu Deus, que coisa mais triste — disse. — É você que está doente?

— Sim, sou eu.

Estava derretendo de esperança porque conseguira um pouco de piedade.

— Você tem um bom médico? — perguntou espetando o porta-penas no cabelo volumoso. — É verdade, seus olhos estão avermelhados.

— Sinto os olhos queimando — disse. — Tenho, sim, um bom médico.

— Restam esperanças? — perguntou.

— Não sei — disse, pensando em Hermine.

Enquanto me afastava, ouvi o clique: meu telegrama tinha seguido.

— Cuide-se bem — a funcionária do correio gritou para mim.

Ao sair, joguei fora o braço e a mão da boneca.

Hermine marcou um encontro num café da Porte Champerret. Ela chegou primeiro, tomara um chá. O resto de menta ou tília no fundo da xícara me advertiu que estava tudo acabado. Ela olhou para mim sem boa vontade. Seu rosto não dizia nada. Escorreguei no banco para ficar sentada perto dela. Ela estendeu a mão. Eu sufocava. Era demais e muito pouco. Então comecei a sofrer por causa de sua mão irreconhecível, seus dedos menos finos. Quando morávamos juntas, Hermine cuidava das mãos todos os dias. O garçom perguntou o que eu queria. Pedi um café.

— Você não vai dormir — disse Hermine.

Recebi uma punhalada com o "você não vai dormir", dito longe do sono dela, longe do sono delas.

— Eu choro demais — disse. — O médico falou que posso ficar cega.

Hermine olhou meus olhos. Ela duvidou, mas não queria duvidar.

— Não deve ficar chorando — disse. — Deve cuidar de você.

Ela serviu outra xícara de chá.

— E você? — perguntei cheia de esperança.

O rosto de Hermine se transformou. Não devia entrar em sua intimidade.

— Estou com muito trabalho — respondeu.

Ela parecia fechada em suas preocupações.

Bebemos ao mesmo tempo café e chá. Era tudo o que me restava.

— Vou lhe enviar algum dinheiro — disse ela com a voz apagada.

O café estava vazio. O garçom nos observava.

— Você mora no centro? Perto da Estação Saint-Lazare?

— Não insista — exaltou-se Hermine.

Ela pagou a conta. O garçom nos olhava com doçura.

— Preciso voltar pra casa. Cuide-se — disse Hermine.

— Vou me cuidar. Suas mãos estão diferentes.

— É de lavar louça.

Eu a segui na rua, ela fez um sinal de que eu deveria deixá-la. Pela segunda vez, Hermine foi embora para sempre.

Casaco de Hermine, boina de Hermine, Hermine atravessando os cruzamentos da Porte Champerret. Vivia uma lembrança em plena germinação. Quem me protegeria? Minha derrota me acalmou ao chegar em meu quarto.

Quem, afinal, deu mais à outra? Eu. Respondi sem hesitar. A Hermine inspetora do colégio interno, a Hermine que estudava o "Concerto italiano" no Jardim de infância poderia ter evitado, afastado e rechaçado a interna Violette Leduc. Sem dúvida eu teria conseguido meu certificado de conclusão dos estudos secundários e teria virado professora. Hermine poderia ter me mandado embora de seu quarto à noite quando fui atrás dela. Ela teria virado professora de música, eu daria aula. Quando a expulsaram do colégio, ela me escreveu primeiro por intermédio de uma aluna; foi assim que eu fui expulsa do colégio e depois reprovada numa escola em Paris que tinha o nível mais alto; fui reprovada na prova oral e não tirei o certificado de conclusão dos estudos secundários. Dei a Hermine minha profissão e todo o meu futuro. Dei minha saúde e meu emprego numa editora. Hermine surgiu e me privou de minha segurança. Durante três meses ela me enviou dinheiro. Depois, nada. Busquei trabalho. Trabalho... Via mais do que o necessário dentro de cada anúncio nos jornais da tarde. Os classificados são o bálsamo tranquilo dos corajosos e dos preguiçosos. Onde encontrar nossos semelhantes, de quem tanto precisamos? Na última página dos jornais. Ofícios, vários ofícios, possibilidades, atividades, decisões de trabalhar, decisões de dar de comer aos outros, tudo isso pairava pelo meu quarto. Ouvia durante minhas insônias o jazz sincopado da escola Piegier, da escola Berlitz, lembrava do meu anúncio na *Bibliographie de France*. Encontraria alguma coisa? O dinheiro do piano Pleyel em breve seria neve sob o sol. Insisti na leitura dos Classificados e encontrei uma oferta ao que buscava.

— O que acha do amor?

— Muita coisa boa e muita coisa ruim. E o senhor?

— Muita coisa boa e muita coisa ruim — ele disse.

E deu uma gargalhada. Afastou a revista, cuja capa trazia estampada esta pergunta. Perguntei se ele desejava se sentar.

Ele se sentou diante da mesa, olhou o quadro na parede e ficou triste. Abriu a revista.

— Já volto para buscá-lo — eu disse a ele.

— Está bem — respondeu com amabilidade —, com prazer.

Saí da segunda sala de espera ao fundo do corredor com a memória de seu olhar doce e profundo. Surpreendeu-me sua voz muito cantada; preocupou-me sua amabilidade.

Entrei no escritório e esqueci dele.

Meu espaço como funcionária era mínimo. Cadeira, mesinha, uma central telefônica debaixo de uma vidraça e de um guichê. Eu levantava a vidraça quando algum ator ou atriz fechavam a porta de entrada, abaixava-a enquanto eles se perguntavam se ultrapassariam a soleira do importante escritório. Se não fosse conhecido, o ator escrevia seu nome em uma ficha. Se ele fosse famoso, eu o anunciava por telefone. Segurava a vidraça, dizia ao velho ator, ao iniciante, à velha atriz com sua maquiagem berrando por sucesso: não podem recebê-los hoje. Telefone outro dia, volte depois... Mentiras sob encomenda, mentiras em cadeia, mentiras destrutivas, mentiras debilitantes enquanto os homens de negócios se debatiam com números e contratos. Telefone outro dia, volte depois. Recitava isso do alto, sentindo-me a própria Denise Batcheff, produtora da empresa. Telefonista fracassada, telefonista velha demais, telefonista sem rapidez, onde estava minha superioridade? Eu tinha um trabalho, eles não. Bonita mentalidade. Escrevo isso no mês de junho. O cobertor de lã reversível vai à lavanderia. Eu o desdobro, eu o levanto, eu o abro, coloco-o em cima da minha cabeça. Cobertor da misericórdia que abriga e consola os que iam embora magoados.

Telefonista de improviso, misturava os plugues, obstruía sem querer os orifícios, cortava as ligações a torto e a direito, anulava a decisão de um diretor; dizia que a produtora tinha saído quando não deveria. Dizia que ela não tinha saído quando também não deveria.

Eu não havia esquecido do visitante. Ele aguarda enquanto, em nosso escritório, o senhor Dubondieu estende, desenvolve, enfeita, esculpe, floreia o resumo de um roteiro. Não é uma caneta de pena em movimento. É uma valsa de patinadores. Espreito à espera de uma rasura, uma hesitação da pena, mas espreito em vão. Nenhuma linha interrompida. O senhor Dubondieu põe a pena no descanso e levanta: seu texto passeia de mão em mão. Sou hipócrita, digo a ele que está bom. Sou hipócrita? Entre os livros do meu quarto de Lavallois-Perret, não. No escritório, sim. O Senhor Dubondieu é surdo. Ele se inclina quando lhe falamos, quando lemos ele esfrega os olhos com lixas. É um provinciano vindo de Bordeaux que trabalha por dois. Seu sotaque é um tempero a mais no escritório. Tem quarenta anos.

A produtora Denise Batcheff telefonou para avisar que o senhor Sachs podia ir até sua sala. Cruzei com Jean Gabin no corredor, corri até a sala de espera.

Ele lia uma revista com mais boa vontade do que atenção, levantou antes que eu falasse. A elegância de sua roupa larga, seu rosto, o queixo e a testa grande me atrapalhavam.

— Queira me acompanhar?

— Com prazer, menina querida — ele respondeu.

Eu não tinha mais a idade de uma "menina querida", mas ele havia dito com tanta generosidade que me senti como uma.

Entrei em nosso escritório. Jean Gabin, sentado na mesa de Juliette e de Paluot, balançava as penas; falava com o senhor Dubondieu. Prévert e Gabin estavam sempre juntos. Prévert já elaborava suas réplicas ao lado de Gabin. Carné, com seus livros debaixo do braço, acompanhava-os. Apertou nossa mão energicamente.

Gabin fez uma entrada digna de Júpiter.

— Cadê a prisioneira? — ele disse.

— Não tem ninguém na cela? — gritou Prévert.

Jogaram para trás seus chapéus de feltro.

Então, apareceu Denise Batcheff: era morena, de baixa estatura, elegante, feminina, muito bem arrumada e veio rindo do que eles diziam.

Muito escrupuloso, Carné trabalhava no roteiro enquanto inauguravam os trabalhos na neblina, na pedra, na noite para o filme *Cais das sombras*.

Naquele dia, vestido com uma jaqueta de tecido colorido verde e marrom, grossa como pele, no pescoço um lenço de caxemira, Gabin parecia um soldador vivendo no meio das faíscas.

Ele ergueu a cabeça:

— Vou urinar — disse a um cacto.

Certos tipos de virilidade nos divertem.

Prévert queimava seus cigarros com um pouquinho de nervosismo, Marcel Carné surgia, preocupado, com seu longo sobretudo de pelo de camelo, Dubondieu segurava a cabeça nas mãos. Nos sentíamos amputados. Gabin nos aniquilava quando se ausentava.

Onde estará o educado visitante? Ele espera, com ou sem paciência, no escritório da produtora.

— Recebo o senhor Sachs, já volto — disse Denise Batcheff.

Ela saiu enquanto Gabin assobiava.

— Ontem à noite dancei com uma mocinha — disse Jean Gabin.

Parecia indignado, mas estava exultante. Mocinha: o fruto do êxtase na boca de um homem durão.

Carné estava tirando o sobretudo, Prévert apagava o cigarro em um prato e Dubondieu tornava a enfiar o cordão de seu aparelho no ouvido.

— O que você estava contando? — perguntou.

Seu desconcerto agradou Gabin.

— Estou contando que ontem à noite dancei com uma mocinha, num baile — gritou Jean Gabin em seu ouvido.

— Ah — disse Dubondieu.

Seus dedos deslizavam ao longo do cordão.

Gabin se sentou com uma agilidade de um ginasta na mesa de Juliette e Paluot. Seu lenço de caxemira escondia a camisa e a gravata.

— Acabamos a noite juntos — disse Gabin.

Cheirou o próprio pulso. Estava lembrando de sua aventura.

— Hum — murmurou Dubondieu com um sorriso angelical.

— É uma mocinha que nunca vai ao cinema — explicou Gabin. — Ela foi embora pela manhã. Perguntei a ela: "Você conhece Gabin?" — "Não sei quem é" — ela me disse sem hesitar. Foi embora trabalhar. Por que estão com essa cara? — perguntou ele quase chateado.

A mocinha com seu frescor deixou todo mundo sem palavras.

— Estava contando para eles que ontem à noite caí na folia num baile — disse Gabin ao entrar na sala de Denise Batcheff.

O visitante educado fechou a porta outra vez por precaução. Tinha esquecido sua bengala romântica e seu sobretudo de meia estação. Prévert, Carné, Dubondieu conversavam entre si.

Confundia-me com os plugues: o enorme Gabin, sem querer, me ajudava. A expressão "cair na folia" me enchia de entusiasmo. "Alô! Falo de Londres, pois não" — diziam do outro lado. Enfiei o plugue, amordacei Londres, amordaçava a Europa. "Alô! Falo dos estúdios de Joinville!", diziam do outro lado. Minhas mãos tremiam de prazer. Respondia: "Estão ocupados". Tinha coisa melhor a fazer: olhar para a mocinha de Gabin. Ela passeava pelos meus fios, do alto cumprimentava Miami, Las Vegas, Honolulu, Honduras.

Às seis horas, a produtora me chamou em sua sala: formigueiro de complexos para fracassados e ambiciosos tímidos. De baixa estatura, plácida e vivaz, calma, enérgica, à espreita. Denise Batcheff dominava seu escritório. Sua secretária pessoal organizava os papéis.

— Espero uma chamada de Londres, vá para a central de chamadas — disse para a sua secretária.

Londres telefonaria? Estaria Londres aborrecida? A abadia de Westminster tinha ficado raivosa?

— Sente-se — disse, cansada, Denise Batcheff.

Eu não podia me sentar: o Tâmisa corria debaixo do sofá de couro.

Abriram a porta acolchoada sem bater, o que me surpreendeu.

— Londres — disse a secretária.

A produtora pegou o telefone e falou em inglês. Sentei-me no sofá.

Ouvia tudo sem entender, pedia ao casaco de pele de leopardo jogado numa cadeira para Londres não denunciar minha preguiça, minhas fantasias, minha falta de habilidade. O Big Ben ouvido na rádio vibrava em meus ouvidos.

A produtora desligou.

— Por que você interrompe a chamada de Londres quando ligam pra cá? — ela me perguntou consternada.

Ela não queria me importunar. Ela queria me transformar.

Olhei meu vestido, comprado numa promoção de uma loja sofisticada, exigido pelo ser que tinha fugido de mim. Promoção que havia envelhecido.

A produtora folheava um dossiê.

— Responda — ela disse sem olhar para mim.

— Eu me atrapalho — disse — além disso, Gabin estava contando do bai...

A produtora tirou um contrato do dossiê, levantou a cabeça e me olhou.

— Eu me atrapalho, me perco no meio dos plugues.

— Acho que você não se esforça — ela disse.

— Você se engana. Sou desajeitada, sou idiota.

— É verdade: você não dá para esse trabalho — disse ela sem perder a paciência. — Vou procurar outra telefonista, você ficará responsável pelos serviços na rua, fará as entregas. Vai começar agora mesmo. Leve este contrato para Françoise Rosay assinar.

Atônita, levantei. A faxineira limpava muito bem o escritório: os móveis, belos tigres encerados, escovados e espanados, mostravam seus caninos. A produtora não teve coragem de me dizer: "você é preguiçosa". Teríamos concordado. A simpatia nasce da clareza. Podia ter me mandado embora. Mas não me mandou embora.

Saí do escritório levando o contrato num envelope lacrado, voltei ao meu lugar.

A sombra escolheu um livro na estante. Com dedos parcimoniosos tornou a devolvê-lo ao seu lugar. Pegou outro livro, e outro, outro e outro... A sombra, de estatura mediana, vinha todos os dias com um sobretudo de pano bege. A gola do sobretudo levantada, ela roçava a biblioteca, folheava os livros e os devolvia à estante. Ela era bonita, de mãos tristes, o romantismo dormitava sobre seus traços. Ela encontraria uma ideia para um roteiro? Dávamos de ombros. A sombra se chamava Robert Bresson. O diretor de *As damas do Bois de Boulogne*, do *Diário de um pároco de aldeia* pensava em seus filmes no meio das páginas dos livros que não lhe inspiravam.

Cheguei na place Saint-Augustin. Uma noite de gala entusiasmava centenas de motoristas perseguidos por seus inimigos imaginários. Os carros escapavam pelo boulevard Haussmann, boulevard Marlesherbes, avenue de Messine, rue La Boétie, rue de la Pépinière. A luz revelava as vitrines, os postes de luz lançavam sobre as árvores uma camada onírica, os anúncios palpitavam. A igreja Saint-Augustin estava fechada, então me refugiei na avenue César-Caire. A esfinge dava esmola de suas portas, de sua rosácea negra, de suas cúpulas, aos que percorriam suas grades. Claro-escuro grosseiro sobre as pedras manchadas, claro-escuro instável sobre os cinzas gastos. Havia esquecido da minha missão de entregadora. Alguns homens discutiam, ditavam por detrás das janelas diante da igreja; eu me encontrava na rue de la Bienfaisance. O nome da rua, "rua da Beneficência", e uma fresta de luz me consolavam pela minha preguiça, minha falta de jeito. Dei de cara com um homem que tinha a cor dos muros. Ele recitava seu terço andando ao redor da igreja adormecida. Segui-o pelo boulevard Malesherbes, em meio à doce claridade, ao doce epílogo de uma brasa se apagando. Seria um padre que largara o sacerdócio? A Broadway no fim da rue de la Pépinière chamava a atenção com seus anúncios luminosos.

Subi num ônibus, mexendo nos tíquetes para preencher minha folha de gastos, terminei o dia com um extra. A viagem de ônibus não me agradou. Desejava as coisas que via através do vidro: casaco de couro vermelho, jaqueta de camurça bege, sapatos lilases, a ervilha de cheiro dentro de uma fonte, as faces coradas de uma adolescente, o rosto atento de um passante, musgo, espuma, galanteios, babados numa vitrine de lingerie, dedinhos juntos de dois berberes, dedos enlaçados de dois amantes pálidos. Se estivesse caminhando, sentiria menos inveja. Cobiçava tudo aquilo como cobiço os campos de centeio, o movimento, a inclinação, a efusão, a mistura, o jogo, a onda, o rumor e o caminho do orgasmo. Paris, a noite branca. A festa começava em cima do rio, debaixo das pontes, às margens do rio. Como uma grande rainha, ao lado de meus reis, motorista e cobrador, atravessava Paris com nossa guarda de honra: os plátanos, as acácias.

No fim, encalhei em meu quarto de Levallois-Perret. O silêncio, o isolamento das quatro paredes e, assim, Paris desaparecia. Meus objetos eram fantásticos porque eram fiéis. Tigela, pires, soldados espalhados sobre a mesa. Pra que comprar salsifis? Que legume sem graça... Ele amadurece meus suspiros. Já que o compramos, vamos descascá-lo. Se ao menos tivesse um armário, um de verdade... Se tivesse um armário em meu quarto o pôr do sol me seduziria. Tenho uma cama num canto, um divã entre duas mesinhas sem graça; sou amiga da chave do meu quarto, dos prédios ao longo, tenho um pouco de céu entre as paredes: a ferida mais calmante de todas. Minha alma respira, meus olhos divagam quando há estrelas no céu.

Os salsifis, transformados em palitos brancos, estão cozinhando. Fecho as janelas, digo olá, digo adeus à frágil lua. As cortinas do quarto mobiliado: meu orgulho. Apago a luz, lavo as mãos ao lado do barulho tiritante do legume. Ah, as famílias reunidas! Não, esta noite nada de prazer solitário enquanto aguardo o jantar ficar pronto. É uma bênção este prazer começar aos trinta anos, quando você foi abandonada. Prazer solitário, luz num espelho em Cayenne. Solidão, você escorre até os joelhos, você será assim uma fonte. Esta noite eu lamento, esta noite vou lamentar por não saber filosofia. Lamento que tem quatorze anos. Ler Kant, Descartes, Hegel, Spinoza, como se liam os romances policiais. Quanto mais eu insisto, quanto mais me esforço, quanto mais peso o parágrafo, a palavra, a pontuação, a frase, mais eu me afasto da frase, da pontuação, da palavra. Quanto mais me entrego ao texto, mais ele é avarento. O frio enviado pela brasa, eis o que uma idiota consegue ter. Vinte vezes, fiquei arrebatada lendo o título da terceira parte de *A ética* de Spinoza: "Da origem e da natureza das afecções". Abro o livro na página 243 (edição da Garnier), leio debaixo de *Definições* um trecho que me embriaga também: "Chamo causa adequada aquela cujo efeito pode ser clara e distintamente percebido por si mesma. Chamo de causa inadequada ou parcial, por outro lado, aquela cujo efeito não pode ser compreendido unicamente por ela". Antes de começar já estava a mil por hora e então, a toda velocidade, tropeço em "causa adequada". Abro o Larousse, e o Larousse me entrega: "Causa adequada". O adjetivo rude me deixa com a cabeça fervilhando de ignorância. Minha cabeça me entristece, esmigalho minha cabeça porque ela é fraca, degenerada. "Causa adequada. Causa inadequada." A afecção começa mal. Sou um velho carvalho, ele é velho, eu sou velha. Adequado, inadequado. Meus cabelos crescem, se eles fossem pedras de gelo... eu morreria de frio em meu desejo inútil de ficar inteligente. Kant, Descartes, Hegel, Spinoza: minha terra prometida se afasta, minha terra prometida se vai. Ter uma vida interna, refletir, fazer jogos de palavras, sonhar, se tornar equilibrista no mundo das ideias. Atacar, replicar, refutar, que jogo, que luta, quantas abraços. Compreender. O verbo mais generoso. A memória. Reter, gêiser de felicidade. A inteligência. Minha privação lancinante. As palavras, as ideias entram e saem como borboletas. Meu cérebro... semente de dente-de-leão solta no vento. Leio e estou enquanto leio. Vou me consolar com o nome de Cassandra. Pudor, elegância. Discutir, trocar opiniões, ter convicções. A neve não dança na cabeça dos estúpidos. Cassandra, Cassandra.

A produtora estava buscando um título para um filme. Todos escrevem títulos em pedaços de papéis. Gosto de "Trem do inferno", ela disse. "Trem do inferno" era meu. Vou conseguir, pensei. "Trem do inferno" caiu no esquecimento.

Os salsifis estão queimando, estão queimados. Ouço rádio, busco o trinado do violoncelo no escuro. Não há trinado. Digo em voz alta: estou sozinha no meio de centenas de milhões de mulheres sozinhas, de homens sozinhos. Você me compreende, meus Deus, você está me vendo. Uns mais, outros menos infelizes. Que lengalenga. Deus aprofunda as coisas, Deus não é simplista. Cada caso é único. Deus está atento, ao menos esperamos. Quanta mudança sem levantar a cabeça. O teto agora é humano. Eu me pergunto, onde está Deus. Por acaso é nele que me desespero? Inventemos Deus já que inventamos rezas. Faça com que eu não humilhe ninguém, que ninguém me humilhe. Tire de nós o poder de humilhar. É pior que matar. Nunca é tarde demais para fazer o bem. É com você que estou falando, Deus. Você não escuta. Até quando você ficará ausente? Rezo sem ser melhor, sem ser pior. Estou no curso do mundo. Vou humilhar sem querer, vão me humilhar sem querer. Estou no meio dos seres vivos, é minha grande chance. Que zumbido é este? São apenas meus ouvidos quando não querem estar a sós. Vamos comer, dar nossa amizade às migalhas sobre a mesa.

Cinco dias depois, Michèle Morgan apareceu com o esplendor de seus olhos verdes. Até aquele momento admirávamos seu rosto apenas em alguns metros de filmes: os primeiros ensaios de *Quai des Brumes*. Sua voz ao telefone me reconciliou com os plugues da central de telefonemas. A verdade adquiria a amplidão de uma lenda. Michèle Morgan, que viera do Havre a pé com seu irmão mais novo para "rodar", ia contracenar com Gabin. Todos falavam de sua roupa especial para chuva no filme; na vida real, vestia Schiaparelli. Estávamos deslumbrados com a adolescente que se metamorfoseava em estrela de cinema. Juliette e Paluot discutiam tradução, literatura e religião com Lanza del Vasto, que usava um veludo cotelê e os pés nus com uma sandália. Devorávamos o rosto deste jovem, rosto de asceta de olhos claros. O gentil Lévi — um amigo de Constance Coline que de repente atravessava nosso escritório — brincava com todos, sorria enquanto se aprofundava nos problemas de contabilidade.

Paluot nos deixou com Lanza del Vasto. Eles falavam das Índias fervorosamente enquanto a frágil e bela senhora Welsch, segunda secretária, chupava bala.

Julienne, com quem só trocava cumprimentos de bom dia e até logo, perguntou se eu poderia ajudá-la a organizar as cartas que deveriam ser assinadas. Disse a ela o quanto eu invejava seus movimentos, sua vivacidade. Ajudei-a com as cartas; e contei dos meus domingos tristes. Ela me ouvia só um pouco: seu vigor a absorvia.

— O que você acha de Lanza del Vasto? — ela me respondeu batendo à máquina.

— Fisicamente excepcional — disse.

Julienne me olhou, datilografando cada vez mais depressa:

— Um corpo de *viking*, um rosto de apóstolo! — disse Julienne.

Ela se mexeu na cadeira. Imaginei seu sexo e seus órgãos femininos expostos. Voltei a falar de meus domingos. Ela ouviu.

— Você deveria passear no campo e ler os Padres da igreja durante esses passeios — disse.

Julienne... Um vulcão de entusiasmo. Os óculos a envelheciam, mas seu olhar — chama generosa — embelezava seu rosto. Vivaz como uma criança endiabrada. Ela despertava pena quando chorava divagando, quando falava ao telefone com a mulher do homem que amava. Dubondieu enchia sua caneta de tinta, olhava sem ver, sem entender. Como são esquisitos os surdos...

— Telefone para você! — disse Julienne.

Eu atendi.

— Continua achando muita coisa boa e muita coisa ruim do amor?

— Já sei quem é! Maurice Sachs. Sim, muita coisa boa e muita coisa ruim.

— Por que não saberia? — ele disse com um pingo de humor.

Houve um momento de silêncio no telefone.

— Gostaria de falar com a produtora?

— Gostaria de vir jantar amanhã à noite na rue du Ranelagh na casa da minha avó?

— Você estará também?

— Por que eu não estaria? Sim, gostaria de falar com a produtora — ele disse.

— Sim eu vou. Passo para a produtora.

— Ótimo — ele disse —, ótimo. Desça na estação Ranelagh. Passe bem, até amanhã.

Não me atrapalhei para passar o telefonema. A produtora estava lá. Meu "amanhã" flutuava sobre a conversa.

— Vamos falar disso — disse a Julienne — Ora, vamos falar disso.

Rabugenta, atarefada, ela datilografava à máquina como uma louca. Ela ainda tinha acne aos vinte e seis anos, mas seus olhos tempestuosos encobriam todos os pontos vermelhos ou brancos.

— O que aconteceu? — ela disse. — Estou com uma de suas cartas... Podemos sair do escritório juntas se você quiser.

Ela começou a datilografar com dois dedos para ir mais rápido. Os cachos pretos se mexiam.

— Dê uma folheada em Os padres da igreja — ela disse. — O livro está ali ao lado.

Coloquei Os padres da igreja na minha mesa provisória de telefonista. Não abri.

Por fim, ela levantou a cabeça:

— Você está enganada — disse enquanto datilografava.

Tec-Tec-Tec. E lá ia ela. Eu gritei:

— Sabe, eu e a religião...

— Você deveria ler São João da Cruz. "Minhas lágrimas caíam como uma cabeleira".

— Está recitando Breton!

— Estou recitando São João da Cruz — disse Julienne.

— Vou ler São João da Cruz — eu disse.

Ela começava outra carta.

"Minhas lágrimas caíam como uma cabeleira". Dizia para mim mesma, fazendo magia com uma imagem.

— Boa noite, senhoritas — disse o senhor Dubondieu.

— Boa noite, senhor Dubondieu.

Ó, as cortesias cotidianas.

Esperei na entrada olhando os anúncios. Todas as manhãs ao chegar no escritório lia Camp volant de André Fraigneau no cartaz. O título de um livro que eu não tinha lido e o nome de um autor que não conhecia tornavam-se meu vilarejo, meu campanário, minha perspectiva.

— Ah, Paris — disse Julienne.

Peguei o braço dela, levei-a a um café perto da estação Saint-Lazare.

Barulho, conversas, descontração, descanso, espaço reservado para fumar à parte, longe dos clientes, dos chefes de seção. Os funcionários das lojas Printemps e Galeries tomavam alguma coisa antes de lotarem os trens para o subúrbio.

Sentamos num banco. Julienne quis tomar um licor de tangerina. Aceitou um cigarro.

Uma chama não intimida. Julienne me intimidava apesar da chama de sua inteligência, de seu olhar. Ela falava, escrevia, taquigrafava alemão, inglês. Ela mostrou com um dedo um rapaz e uma moça agarrados um nos braços do outro. Desviei o olhar. Os beijos pertenciam a eles. O rosto de Julienne estava transfigurado. Contei a ela de Maurice Sachs. Julienne sorria para o casal, extasiada. Ela virou para mim e confessou que iria ouvir *Tristão e Isolda* no dia seguinte à noite. Seus olhos resplandeciam. Uns vendedores de jornal abriam caminho entre as mesas, um senhor deixou uma amostra de avelãs no pires e em nossas mãos. Julienne olhava para os jovens o tempo todo. Julienne teria a alma de uma costureirinha? Seu coração sentia falta do básico. Ela engolia o que estava à mostra: dois namorados. Por fim me respondeu que não conhecia Maurice Sachs. Ah, sim, ela lembrava... *L'Écurie Watson*... Sim, Maurice Sachs que traduzira a peça. Sim, pode ser, ela o tinha visto... O rapaz e a moça foram embora, Julienne estava a ponto de chorar.

Do lado de fora, Paris se acalmava, mas os vendedores de jornais gritavam e esbarravam em nós. Julienne queria encontrar o rapaz e a moça.

— Você não vai encontrá-los. Eles estão se amando num quarto de hotel.

— Não fale assim — disse Julienne. — São duas crianças.

— Justamente! Não podem perder tempo.

Julienne cobriu o rosto com *Os padres da igreja*.

Perguntei:

— Você é virgem ou dama de caridade?

— Virgem e da terceira ordem dominicana. E você? — perguntou, mais ousada por causa da minha ousadia.

— Sim e não — disse com olhos semicerrados para desconcertá-la ainda mais.

Julienne me contou que ela morava com os pais, que saía o quanto queria, mas sentia falta de ter mais liberdade. Os ecos de *Tristão e Isolda* em seu quartinho me faziam ter pena dela. Julienne tinha aprendido sozinha alemão e inglês. Tinha saído de uma escola particular aos dezesseis anos e se alimentado de música, pintura, leituras. Ela levava num bolso do casaco um livro de poemas de Hölderlin e, no outro, um livro de poemas de Robert Browning.

— Vou traduzir uns poemas para você quando sairmos num domingo para um passeio no campo — disse ela.

No dia seguinte, procurei a estação Ranelagh na página 154 no mapa de Paris por bairros. Entre Jasmin e Muette, Ranelagh me recebia com caracteres pequenos; era precedida por Michel-Ange-Auteuil e Michel-Ange-Molitor, em caracteres grandes. Ranegah. Era oriental, gutural. Quem tinha me convidado?

Rue du Ranelagh. Encontrava-me numa rua de uma cidadezinha com o silêncio das plantas nas janelas e o frescor do metrô na palma da minha mão. O calor subia da calçada sem me incomodar. Avaliei a saia do meu vestido quadriculado preto e branco comprado no mesmo dia nas Galerias Lafayette, esfreguei a ponta dos meus saltos de camurça. Não, não queria ficar atraente. Queria causar uma boa impressão.

— No primeiro andar — disse a zeladora do prédio.

Ele abriu porta de imediato e sorriu: eu tinha chegado mais cedo. Sua boca — uma boca de mulher — parecia, com o lábio superior formando um desenho de acento circunflexo, com a boca de Marguerite Moreno; seu queixo pronunciado sugeria, pelo tamanho e curvatura, uma bolsa de camponês de Brueghel. O queixo cheio, o queixo generoso fazia esquecer a boca. Boca usada, boca experiente.

— Chegou antes da hora marcada. Ótimo. Venha ao meu quarto.

Entrei na frente dele. A janela estava aberta dando para o verde. A rua me parecia menos velhusca, menos simples.

— Você mudou o penteado — ele disse entusiasmado. — Parece mais velha assim, caiu muito bem.

Ele riu e eu ri mais que ele.

Quando ele ria, sua boca não compartilhava sua alegria.

O grampo caiu em minhas costas, meus cabelos caíram no pescoço.

— Seu penteado no escritório! — ele disse com sua voz cantada. — Já temos de volta nossos hábitos, minha menina querida...

Ele me deixava à vontade.

Esfregou as mãos como se descesse de um púlpito. Tinha as mãos carnudas, o terno de um magnífico tussor.

— Um uísque? Um gim? Um martini? Um Pernod? Um coquetel?

Ofereceu-me um cigarro inglês.

— Um uísque, é a primeira vez... Seu quarto é cheio de livros! — exclamei.

Abriu uma garrafa toda trabalhada.

Cheguei mais perto da mesa sobre a qual ele tinha preparado as bebidas. Ele perguntou se queria água com gás. Ele é experiente, bastante experiente, pensei ao ver que sua queda de cabelo já era avançada. Não queria água com gás.

— Você vai beber um uísque com soda — falou — Por que quer ser original?

Deu uma risada. Ele zombava dos outros com bondade. Preparou dois uísques. Gestos, movimentos envolventes. Servia duas vezes a missa com suas mãos carnudas. A seda do tussor brilhava.

— Está quente demais esta noite, não? — perguntou.

O "não" o tranquilizava: suavizava a solidão. Maurice Sachs queria se comunicar mesmo sem perguntar nada.

— Quente? Para mim está agradável — respondi depois do primeiro gole de uísque.

Ele acendeu um cigarro, sacudiu o fósforo por um tempo. A chama teimava enquanto ele teimava em apagá-la. Limpou a testa sem suor.

— Estou flutuando — ele disse. — É preciso flutuar quando se é gordo. Vamos flutuar. Gostou do meu quarto? Há outras garrafas de uísque na cozinha, outros cigarros na gaveta da minha mesa. Beba, fume. Você não bebe nem fuma.

Sua ostentação e sua generosidade com os detalhes me deixavam paralisada. Estava gostando dele, achando-o bem educado.

— Sente-se no divã — ele disse.

Ele andava com o copo na mão.

— Não — respondi. — É baixo. Prefiro passear com você.

Cheguei perto da mesa. Nunca tinha visto tantas fotografias numa parede.

— É Wilde — eu disse. — Wilde com Alfred Douglas.

Ele serviu um pouco mais de uísque em seu copo que não estava vazio.

— Wilde — disse outra vez para mim mesma.

Achava-o parecido com Oscar Wilde.

— Vamos à mesa — ele disse.

A personalidade de seu quarto de estudante rico me encantava, o uísque me esquentava com a rapidez com que a neve fica quente no contato com nossa mão. Eu estava intimidada, inebriada. Andei à frente dele do quarto para a sala de jantar. Enrijecia os músculos para fazê-lo se esquecer de minhas nádegas femininas.

Apresentou-me à sua avó. Lembro de seus cabelos brancos, de seu vigor; lembro da pele pálida, o rosto arredondado, a reserva e saúde de seu olhar. Quando não é nossa avó, ela não nos comove.

Ele mexia a salada com a serenidade de um chefe de família. Acrescentou um molho cor de coral.

— Você gosta de...

E disse um nome inglês que eu não entendi. Sua pronúncia me distanciava, a alface da horta ficara avermelhada. Ele ergueu a cabeça para olhar a avó cortando uma asa de frango. Não lembro de como eles acabaram me explicando seu parentesco com Bizet. Ficava angustiada com a mesa redonda, a toalha rendada indo até o chão e caindo sobre o tapete, os talheres de prata, a arrumação da mesa. Por sorte a criada era invisível. Três presenças no lugar de duas teriam me intimidado muito mais. Estou no mundo, é a primeira vez que estou no mundo, pensei, como pensaria se estivesse numa viagem para a lua. Sequei minhas mãos úmidas na toalha, esqueci do guardanapo.

Ele serviu duas folhas de salada em meu prato. O tempero era adocicado. Eu me perguntei o que faziam alfaces de horta numa louça tão refinada. Ele transformava um legume comum em pétalas de rosa embebidas em geleia.

— Você pinta? — ele perguntou.

Estava cortando enormes pedaços de frango e nos servindo.

— Se eu pinto? Por quê?

— Não está comendo. Está contemplando a festa da aurora em sua salada, não?

Ele comia sem tocar na comida.

— Eu não pinto — respondi mal-humorada.

Ele borrifou o molho coral em sua salada. Ocorreu-me a ideia de que ele comia para reconfortar a alma e o coração.

— Você não pinta. Felizmente — disse. — Paris está lotada de pintores.

Irritei-me.

— Você sabe muito bem que eu trabalho no escritório de Denise Batcheff!

Por que eu viera? Por que deixara meu quarto de Levallois--Perret?

— Não precisa se irritar assim, menina querida. Em Paris há milhares e milhares de pintores e além do mais não ouço quando você fala nesse tom estúpido. Você trabalha no escritório de Denise Batcheff. Bom, eu trabalho no meu quarto.

— É diferente — disse com admiração.

— Não é diferente.

Lamentei. Estava com medo de tê-lo magoado.

— E se resolvêssemos tudo com a torta de framboesa? Detesto trinta e seis pratos. Por que é que tem entrada? Por que é que tem queijo? Hein?

Ele flutuava em sua camisa de seda. Ele cortou a grande torta de framboesa em quatro, comeu como um ogro. Acendi o cigarro dele e depois o meu. Esperava surpreendê-lo. Não o surpreendi.

Sua avó nos desejou boa-noite na sala de jantar.

Tornei a encontrar seu quarto, seus livros, suas fotografias, seus objetos, a noite carinhosa pela janela aberta.

— Vamos beber — ele disse. O álcool desata, o álcool liberta. Não é verdade?

Não ousava responder que eu me sentia desatada e libertada em seu quarto. Paris entrava. Uma Paris submetida a uma rua de cidadezinha.

Maurice Sachs me entregou a fotografia de um rapaz de rosto bonito.

— Ele foi morar nos Estados Unidos — disse. — Era meu amigo.

Virei-me instintivamente para Wilde e Alfred Douglas.

— Olhe para mim, Violette Leduc — disse Maurice Sachs, com firmeza.

Eu olhei para ele. Móveis, livros e objetos ao nosso redor se transformavam em um severo cenário de uma peça.

— Eu gosto de rapazes — ele disse.

Ele buscava alguma coisa em meus olhos assim como eu buscava nos dele. Ele gostava de surpreender.

— Não me surpreende — respondi. — Eu li Proust, li Gide...

Mas de fato me surpreendia. Uma ducha de realidade. Acreditava em Charlus, acreditava em Morel, acreditava em Nathanaël. Inatingíveis, frágeis apesar de seu talento e seu gênio, apesar do peso de seus personagens, eles erravam em meu espírito como Lucile de Chateaubriand nos corredores de Combourg. Agora eles existiam. No entanto, rocei, sem que Sachs percebesse, sua jaqueta de tussor.

O silêncio se prolongou, o drama de Wilde escurecia o quarto.

— Está triste? — perguntei.

— Por que estaria triste, querida? — ele perguntou.

Eu passara dos limites. Ele me paralisou com aquele afetado "querida". Queria que me dissesse: "Estou triste porque ele foi embora", queria violar a intimidade de um homossexual. Ele me rejeitava.

Servi as bebidas, ofereci-lhe um cigarro.

— Ótimo, ótimo — ele disse.

Que unção, que bênção, que coroa de gentileza ele pousava de repente sobre a cabeça.

— Vou lhe emprestar meu livro — disse.

Com os braços cercou uma estante giratória.

— Você escreve? — perguntei atônita. — É escritor?

— Sim, escrevo — disse com uma voz triste.

Queria rir de si mesmo, mas não conseguiu.

Ele buscou de cima a baixo, de baixo a cima, a biblioteca girava. Ele buscou e buscou.

— Está olhando, menina querida. O que você está olhando? — disse sem virar o rosto.

— Suas iniciais — respondi baixinho.

As iniciais pequenas, em caracteres de impressão, iniciais luxuosas e modestas bordadas com seda azul-marinho... Lia a assinatura sobre o coração do escritor.

— Aqui está — ele disse.

Peguei o livro de suas mãos.

— *Alias* — pronunciei devagar. — É seu.

— Leia e me diga o que achou.

Entreguei-me à admiração pela página branca com título em letras vermelhas, dentro de uma moldura com linhas vermelhas e pretas. Escrever, ser editado... Com o olhar, acariciei as três letras *nrf*.

Sachs nos preparava outra bebida com gelo.

— Você é editado pela Gallimard!

— Você conhece Charvet?

Voltou a ficar bem humorado. Num instante, esquecia de si mesmo; porém a eloquência do desespero persistia seus olhos. Seus olhos: dois abismos de doçura.

— Não conheço Charvet. Conheço Jean Goudal.

Maurice Sachs acendeu outras lâmpadas.

— Charvet é o maior camiseiro de Paris, querida. Podemos ir juntos escolher umas gravatas na Place Vendôme, se você gostar da ideia.

Era demasiado. Eu me zanguei com ele. Desconfiei da proposta.

— Eu trabalho. Não posso acompanhá-lo ao Charvet. Atendo os telefonemas, eu me confundo com os plugues.

— Atender telefonemas. Que maravilha!

Ele limpou a voz e se sentou à mesa.

Um amigo, uma despedida. Fiquei vendo as mãos com luvas pretas nas fotografias. As mãos faziam uma saudação.

— Trabalho como leitor de manuscritos para a Gallimard — ele disse. — Não, não conheço Jean Goudal.

Eu estava a ponto de chorar. Comovia-me a delicadeza de suas atitudes. Controlei-me e disse:

— Eu tinha dezenove anos, perdia meu tempo no Liceu Racine...

— Ótimo — Maurice Sachs me cortou — Prefiro você assim. Continue. Você perdia seu tempo no Liceu Racine — ele disse em tom de zombaria.

Ele abriu um livro grosso, guardou dentro a fotografia do rapaz. Ele sonhava. Eu me sentia impotente.

Ele disse:

— Para onde você foi, minha menina? O que a preocupa?

Ele mantinha as mãos sobre a capa do livro.

— A partida de... É o que me preocupa.

Apontei para o livro.

— Por favor — ele disse com a voz seca. — Você estava contando...

Ele me relegava a um harém, cheio de matronas. Eu lutei:

— Conheci Jean Goudal ao lado da fonte da Place Saint-Michel. É um escritor suíço. Você não o conhece?

Maurice Sachs balançou a cabeça.

— ... Não, não conheço.

Pela janela aberta, a cidade nos mandava lufadas de ar campestres.

— ... Almoçamos em frente às Galeries de l'Odéon. Vimos um homem sozinho numa mesa... com cara de monge ou sábio. Um homem extraordinário... Jean Goudal me disse que era Max Jacob.

O rosto de Maurice Sachs se iluminou:

— Max! Vou lhe dar *Le Pénitents en maillots roses*. Você pode ler antes ou depois do seu castigo...

Levantou da mesa de trabalho e, de novo, deu a volta ao redor da biblioteca giratória.

— Qual castigo?

— A leitura de *Alias*.

— Ah — eu balbuciei. — Não será um castigo.

Ele me entregou *Les Pénitents en maillots roses* de Max Jacob numa edição de capa romanesca.

— Leve também *A balada do cárcere de Reading*. Já leu? Está claro que já leu tudo de Wilde.

— Não li. Não li quase nada de Wilde. É a vida dele que me comove. Dizem que foi sua obra mais bela.

Maurice Sachs fechou a janela.

Voltei para a mesa. Não olhei para Wilde em pé, confiante, ao lado de Douglas sentado. Contemplei Wilde sozinho, glorificado pelo escândalo. Maurice Sachs andava na ponta dos pés. Não conseguia distinguir os dois e nesse momento desejei ter abraçado Maurice Sachs. Ele folheava, relia, me olhava. Quando ele me olhava, uma orquestra de cordas cantava a dor e a alegria da vida.

Ele pôs *A balada do cárcere de Reading* em cima da *Alias* e de *Les Pénitents en maillot rose*.

— Ele sofreu demais — eu disse. — Mas que redenção!

O rosto de Maurice Sachs se transformou. A boca me assustou.

— Não fale de redenção. As mulheres são tão imprudentes... Ele foi famoso, muito famoso — continuou. — Ser famoso, tornar--se famoso em Paris...

O que ele dizia o desesperava e me aborrecia. Sentia-o tão infeliz. Não tinha coragem de lhe falar do *L'Ecurie Watson*. Seu desejo era deforme como costumam ser deformes nossos desejos mais profundos. A fama vem mesmo quando não a queremos. Não tinha coragem de lhe dizer: toque-toque, o leitor bate à sua página, pergunta-lhe o que você está escrevendo enquanto você escreve. Você publica. Toque-toque, o leitor responde, ele segura o que você escreveu. Eu sentia pena dele em meio a tantas fotografias de homens famosos na parede, tantos livros no quarto, tantos pequenos objetos de bom gosto, tamanha ingenuidade. Porém, sua corpulência, sua hospitalidade, sua generosidade naquela primeira noite despertaram em mim respeito também.

— Busquemos conforto numa última dose — disse.

Ele abriu a janela. Paris dormia. Paris se refrescava.

Senti vergonha de meus quadris de mulher quando nos despedimos. Considerava-me a própria Afrodite, queria me livrar de minhas formas femininas. Metamorfosear-me num jovem toureiro deixando a arena vencedor e glorioso...

De volta ao metrô, volto a ser uma fracassada que se lembra. A mim, resta só o quarto de Levallois. Estava extenuada de tantas novidades. Ele é gordo, ele flutua, ele é astuto, tem as mãos de querubim, o uísque balança nossa tristeza. Ele é alegre, tem vontade de chorar. Tem habilidade social. Ele é cheio de habilidades sociais. Não quero me lembrar dele: vou encontrá-lo outra vez.

Abracei os três livros da rue Ranelagh até Havre-Caumartin. Um viajante dormia no banco diante do meu, um caixeiro-viajante esgotado. Uma pasta com vários compartimentos, as mãos segurando os punhos gastos, as capas com os cantos dobrados, uma caneta presa. Sono, ausência, presença do desconhecido, oferendas ao homem e ao quarto da rue Ranelagh. Vivia o contragolpe daquela noite. Um homossexual. Um homem que não é um monge nem um castrado, nem um velho. Um homem que é mais do que isso, menos do que isso. Um homossexual: um passaporte para o impossível. Eu que tinha amado tanto Charlus humilhado, tinha querido este lúcifer de Morel, tinha adentrado no labirinto de Albertine... A insegurança me oferecia um jantar na casa da sua avó, o impossível me preparava um uísque, dava-me cigarros, livros. Seus olhos me perseguiam. Eram tão doces, tão tristes, tão fundos. Lembrava disso tudo olhando o rosto do caixeiro-viajante adormecido como se o rosto de Maurice Sachs fosse uma luz. Brutalmente disse em voz baixa: pobre homem. Pensava tanto em Maurice Sachs quanto neste caixeiro-viajante esgotado.

À noite, li *Alias*.

A nova telefonista estava na minha mesa quando cheguei na manhã seguinte. Rosto achatado, olhos grandes e vivos. Ela me contou de sua longa temporada em Istambul. Duas horas depois, manejava os plugues com a habilidade de uma rendeira de Puy. Denise Batcheff decidiu que eu cuidaria de suas entregas pessoais e das entregas do escritório e seria escrevente do senhor Dubondieu.

Que exílio delicioso quando a produtora me mandava levar uma caixa com um chapéu ao seu endereço pessoal na rue de Beaujolais... Arriscava até uns passos perto da entrada dos artistas na Comédie-Française. De vez em quando uma adolescente subia os degraus de dois em dois. Hipólito com seu sobretudo ao vento? Era possível.

Entrava na Galerie des Marchands. "Fume espuma do mar", era o conselho no cartaz cor-de-rosa de um anúncio. As coleções de selos nas vitrines me atraíam. Tantas vezes desejei um selo das ilhas Fidji ou das ilhas de Sotavento entre as mãos de um carteiro que me reconhecia sem me conhecer. Espremia o rosto contra o vidro das vitrines. Antigna, Barbados, Tasmânia, Malta, Chipre... Um selo de Zem custava muitas centenas de francos. Primeiro passava pelos cabelos brancos, cabelos vermelhos, cabelos grisalhos, rosas despetaladas ao redor dos frascos do vendedor de perucas, depois chegava à seda, à madressilva, ao gorgorão do Bem Público, dos Serviços benévolos, do Mérito artesanal, do Mérito Comercial: era a loja Marie Stuart. Não respirava o odor das árvores. Respirava os seios explosivos das Maravilhas. Seus pedaços de tecido golpeavam meu rosto, o riso dos Incríveis bofeteava o ar. Há lugares que nunca podemos condenar ao silêncio.

Uma tarde, li um bilhete preso à porta do apartamento aonde eu deveria fazer uma entrega: "Dirija-se ao andar de baixo". Toquei no andar de baixo. Uma mulher atenciosa, camponesa gentil, me fez entrar na cozinha. Pegou a caixa da minha mão e disse: Vou levar agora até o quarto da Senhora Colette. — Colette? — perguntei. — A escritora — respondeu a criada. Ela me deixou. Eu estava ali entre as panelas de Colette, perto do forno de Colette, ao lado do aparador de Colette. Despedi-me da criada da senhora Colette, desci depressa e, de volta aos jardins do Palais-Royal, caminhei debaixo das janelas de Colette como se ela estivesse escrevendo seus livros por detrás das vidraças.

Observei um ciclista sentado num banco, descansando perto de sua bicicleta, observei a forma de uma balinha nas mãos de uma criança, a forma de uma flor num vaso, tive a impressão de estar escrevendo sem lápis, sem papel, pois eu ouvia, eu retinha a carícia, a nuance, o canto do vento nas folhas. Deixei os jardins do Palais-Royal carregando a cidade sobre os ombros e desfalecendo no caminho de volta. Uma padaria me reanimou. Comi um croissant: meus fracassos e a massa folhada caíam em minha roupa como o outono caindo no chão para entristecê-lo ainda mais.

À noite, depois de comer uma massa gratinada, um espumante barato, uma costela, morangos mergulhados em creme de leite, fui passear pela avenue du Bois. Passeava como passeio no campo:

satisfeita com minhas articulações lubrificadas. Respirava o ar da noite, enquanto uma serpente espreitava dentro de mim: comecei a desejar os carros mais belos de Paris. Um conversível azul-claro, estofado de couro bege, diminuiu a velocidade e uma porta abriu em cima da calçada. Um homem me convidou. Os cabelos grisalhos nos quais ondulavam seu dinheiro me seduziam mais que o rosto dele. Subi, pus os pés sobre um rio de ouro fundido. O carro partiu. As mãos do motorista mal tocavam na direção, a velocidade tão angelical quanto uma ejaculação não me surpreendia. Ficamos calados. A brisa era mais forte que o vento. O carro foi entrando cada vez mais pelas aleias do Bois. O carro parou. O homem acendeu e apagou os faróis.

— Você não é bonita, e eu gosto disso. Me dê um beijo longo.

Seu rosto tinha se tornado maligno. Beijei-o por um bom tempo sem sentir prazer. Os homens sempre disponíveis me assustam mais que os meteoros. Eles encontram uma boca e se lançam para dentro dela. O perfume do banho dele e do cigarro eram inofensivos, porém senti medo quando ele levantou minha saia. Abri a porta pesada e fugi sem a fechar. A noite veio, corri vendo os amantes que afundavam nas ruas fechadas para carros. Outros carros piscavam os faróis, outros homens dirigindo procuravam alguém. Voltei para casa a pé. O que será que eu queria. Não fazer nada e ter tudo.

Preparei batatas com bacon para a noite seguinte, disse para as especiarias e para as cebolas que ali estava protegida do perigo e que um livro me aguardava, que eu poderia ler *A balada do cárcere de Reading*. Abri o livro, tornei a fechá-lo, abri *Alias*, tornei a fechá-lo. Apaguei a luz. Voltei a pensar em Maurice Sachs, em seu quarto, à noite na rue du Ranelagh. O escuro dentro de mim não era suficiente: coloquei as mãos em cima dos olhos, esperava encontrar um homem de cristal e, não, um homossexual. Não queria ver o casal dentro da minha noite interior. Queria ouvir o bom-dia e o boa-noite que eles dariam, queria medir a capacidade de serem carinhosos um com o outro e medir a temperatura de suas emoções. Não conseguia ouvir nada. Via a massa informe de Maurice Sachs deitado no divã que tínhamos desprezado. Em minha fantasia, ele estava solitário, muito solitário sob o teto de sua avó. A boca que me assustava esmagava seu rosto até no sono, porém a luz iluminava e deteriorava as fotografias dos célebres homens na parede.

Acendi a luz, vi a hora. Meia-noite e quarenta e cinco. Queria me vestir, sair, procurar um café aberto, telefonar para ele, agradecer pela noite, ouvir sua voz de homem isolado, enquanto as mulheres e os homens se amavam, dançavam, dormiam enlaçados. Desisti. Ele me intimidava e ainda me intimidaria.

Naquele domingo, Julienne — influenciada pelo escritor René Schwob e ligada à ordem dos dominicanos — me levou a Port--Royal. Uma centena de moças beliscavam seus lanches nos declives na grama. Encontramos o grupo "Cristianidade". Eu podia escapar. Escaparia? Tomar decisões e manter-me firme a elas não é meu forte. Acabei ficando. Julienne era muito solicitada e me deixou de lado, é claro. Busco entender por que encerrava seu panteísmo em *Os padres da igreja*. Ela sorvia o céu a grandes goles, devorava as folhas, a grama, as flores, abraçava os cavalos e as vacas, ninava um casebre, entregava seus braços nus ao sol, os joelhos às pedras e aos insetos. Então comemos nosso lanche. Meu salsichão com alho, meu Pernod e meu vinho foram um banho de água fria. Uma mocinha com um rosto ardente e ascético de espanhola, cachos pretos caindo sobre as orelhas, comentou sua leitura das Pequenas Horas e do Pequeno Ofício. Falou também sobre teologia, depois de engolir um sanduíche. Eu não entendia e nem tentava entender. O rosto dela tinha tanto fervor que comecei a confundir religião com uma tuberculose galopante.

No domingo seguinte, enquanto se ocupava em colher margaridas já murchas, Julienne contou-me de seu começo como secretária nas Edições Bernard Grasset. Leitores de manuscritos a ajudavam a subir na mesa, estudavam o tamanho de suas saias, davam-lhe as primeiras lições de maquiagem enquanto lhe falavam de Nietzsche, da Grécia, de Wagner. Eles a ajudaram a descobrir a música e os livros. Julienne recitava Barrès. Eu não estava totalmente convencida, mas o estilo inflamado de Barrès me entusiasmava. Julienne também me contou da viagem ao sul que fizera com Bernard Grasset e sua comitiva: ele ficava de costas para o mar como uma forma de punição. Julienne ajeitava as flores, sua boca produzia bolhas de saliva ao cochichar: L'Île-de-France...

Minha tarde era um barco deslizando... Luz, espelho da paisagem. Cadência e moleza sopradas e arrastadas pelo céu. Île-de-France, meu campo revisto e corrigido. Île-de-France, meu banho de sobriedade. Bolas de neve do outro lado do caminho, bolas de neve, os jardinzinhos desmoronando. Julienne chorava. Um cheiro de suor e de prazer vinha em lufadas de vento, um cheiro de grama amarelecida.

— Eu vivo buscando este homem — disse ela. — Ele está ausente e presente. Você não pode compreender.

Eu compreendia. E me afligia. Por que ela não saía com ele às vezes aos domingos? Julienne deu um riso sinistro. Impossível. Nem sequer podia imaginar. Ele era casado. Procurei um jeito de arrancar de dentro dela esses sonhos de amor, um jeito de afastá-la desse mundo sem esperança.

— Acho que conheço uma narcisista incorrigível...

Julienne respondeu que todos éramos narcisistas.

Ela andava ao meu lado, chorando num lenço.

— Eu conheço uma mulher onanista...

Julienne implorou para eu não ficar dizendo essas coisas horrorosas.

— Não são coisas horrorosas. Alguns escolhem essa realidade.

— Cale-se — exclamou. A tristeza a deformava.

— Uma pena — respondi —, não vou mais fazer nenhuma brincadeira.

— Melhor assim — me disse.

Ela segurava seu ramalhete de margaridas encharcadas de lágrimas.

— E se você aprendesse a nadar? Uma vez fiquei muito infeliz e fui aprender a nadar num rio...

Julienne implorou para eu não dizer tolices.

Chegamos num vilarejo ao fim do dia. Pela estrada havia muitas granjas. Caminhos de lama, esterco, galinhas soltas pelas trilhas. Homens e mais homens calçando botas ou tamancos.

— Onde estamos? — perguntou Julienne a um deles.

— Em Ève — disse o camponês.

Entramos num café. Um monte de camponeses bebendo cerveja, conhaque, vinho, fumando Gauloises ou tabaco forte. Julienne olhou para eles com avidez, sem perceber que ela desejava a todos.

Fomos embora de Ève. A noite começou, o céu se inclinava, o horizonte com suas luzes ao longe parecia uma festa de Natal. A noite sobre minha sacola e meu púbis. Vimos duas pedras na beira do caminho. Sentamos. Fiquei contando do tempo em que trabalhei numa editora, enquanto Julienne passava pó de arroz no rosto. A tampa do pó de arroz quebrou. Contei do Liceu Racine, de Gabriel, Hermine, do colégio interno... Não contei de Isabelle.

— Não vou encontrá-lo nunca mais — deixei escapar.

— Quem?

— Gabriel.

— Ele morreu?

— Não sei. Desapareceu. Sempre desaparecia.

Ele estava ausente havia nove anos. Gigante rígido, passando com o cigarro no canto dos lábios, os olhos vivos.

— Por que ele não foi seu amante? — perguntou Julienne com um tom de reprovação.

— Eu tinha medo. Um medo assustador desde sempre. Do esperma.

Julienne deu um grito de horror, depois deu um risinho satisfeito.

Continuei:

— Desejava-o de verdade? Acho que não.

Por que ele não me violou em plena luz do dia, por cima dos lagartos?

— Pobre Violette — ela disse. — Você está sempre triste.

No escritório éramos às vezes injustos e superficiais com Julienne. Trocávamos sorrisinhos quando ela confessava sua paixão pela Provença. Ela não percebia. Continuava fazendo seus planos. Sua cegueira, ou melhor, sua generosidade, já que se tratava de sentimentos pelo sexo oposto, era assustadora. Era aflitivo ver com mais clareza que ela. Nossa lucidez nos torna mesquinhos. Julienne esperava, desejava, aguardava o casamento com um brilho lendário nos olhos. Confiar era a palavra certa. Ela confiava em todos os homens. O marido tão desejado de seus sonhos, o marido de sua paciência, de sua impaciência, das meditações, do frenesi, das preces, das insônias, fosse ele contador ou professor, era o marido do *Cântico dos cânticos*. Ela criava um molde para o casamento e para ele. Como? Com as músicas, leituras, passeios e aspirações. Julienne datilografava até tarde; quando eu ficava com ela, me contava de suas caminhadas pelas colinas do sul com o marido, este desconhecido. Ela tirava os óculos. Silêncio. Ouvíamos de longe o seu futuro. Os cabelos do seu marido eram como os cabelos de Jesus, caindo sobre os ombros. Duros, um pouco oleosos, pois cabelos compridos e oleosos dão um aspecto mais largado. Garantia de beleza no estilo de Byron, ele mancava. A testa, imaginada pelas longas noites em claro de Julienne, era acinzentada.

26 de dezembro de 1963. Está nevando desde ontem ao meio-dia. Neve cinza, neve enlameada cobre o chão e os telhados de Paris. O céu está sujo, o céu é um amarrotado de roupa suja. A neve dança, é esta sua única qualidade. Ontem à noite ela se arrastou, parecia os restos de um corte de cabelo cacheado no chão de um barbeiro. Ao começar, a dança da neve me rejuvenesceu.

Todos os dias eu passeava pelo velho porto de Villefranche-sur-Mer quando o calor arrefecia. Dos oceanos usados, eu era o ferro-velho. A doçura de cada instante: minha própria sociedade, pacificadora do nervosismo. As cores esmaeciam. Azul desbotado, azul que embala um velho barco. Eles pintavam suas embarcações, eu ouvia *Les Gymnopédies* como em Paris, a água do mar me oferecia enormes painéis. Azul-claro, outra canção para dormir, outra cantiga de ninar perto da carcaça de um navio. Meu império de inválidos, meu cemitério de pássaros. O agonizante não morre: é o sobressalto de uma proa, é o barco em seu esplendor de ferrugem que deseja ir embora nas noites de tempestade. O mar se aproxima com seus destroços. Sentava-me à margem e ficava observando as cores lavadas em pleno mar enquanto os cavalos vinham pousar a cabeça em meus joelhos. Não ficava mais apodrecendo pensando no meu último futuro, meu último segundo; as gaivotas emudeciam ao passar. Meus barcos abandonados, as tempestades são fábulas, minhas coisas mortas compradas pelos meus próprios olhos, minhas tílias trabalhadas, minhas tílias murmurando enquanto *Le Magnolia* e *Le Typhon* ficam ainda de pé. Vão limpar o rio Sena. Como é soturno o barco que parece um pedaço de fábrica no meio da água. Eles limpam com um barco cinza, purificam nosso rio de Paris.

Minha colega que me substituiu no posto de telefonista perguntou se eu queria ir com ela passar meus quinze dias de férias na Île de Noirmoutier. Aceitei o convite. Não falei nada de Hermine, não contei que eu era uma mulher abandonada. Ela bebia vinho seco, fumava o dia inteiro com uma naturalidade e uma necessidade refrescantes. Ficávamos tagarelando na areia da praia, evocávamos os olhos de Simone Signoret que de vez em quando ia ver a produtora, admirávamos a boa vontade de Madeleine Robinson — com seu casaco bege grosso e cabelos ao vento. O mundo do cinema se tornava mais humano, mais simples. Respirávamos as salinas enquanto dormíamos, num quarto que ficava próximo das quintas. À noite, frutas e uma tigela de leite ainda na temperatura morna da teta da vaca. Ao meio-dia, eu adorava a sensação fria de pisar descalça no chão vermelho da pousada, adorava a brancura virgem das lagostas dentro da concha alaranjada, adorava seu sono compacto. Falávamos de Julienne; ficávamos imaginando como estariam suas férias no sul.

Deixara Julienne como uma pedinte, ao revê-la deparava com uma conquistadora. O sol fora tão gentil com ela! O bronzeado de seus braços, de seu rosto, do decote do corpete. Estava mais bela, mais jovem, os traços mais suaves, e olhava-se com frequência no espelho de seu pó de arroz. Ela chegou cedo, entregou-se à correspondência, abriu o envelope, leu uma dezena de folhas coberta com uma escrita extravagante, enquanto exclamava, dava gritinhos e risos de prazer. Guardou a carta dentro da bolsa e mergulhou na máquina de escrever. Férias excelentes, calor perfeito, Ah, a Provença! Nós esperávamos. Outra carta chegou no dia seguinte com ainda mais folhas do que na véspera.

Peguei o envelope vazio que caiu no chão, ela me agradeceu, então senti-me à vontade para dizer que ela parecia mais feliz desde que tinha voltado. Ela se alongou, seu olhar abarcava uma paisagem bem própria, sem dúvida uma sequência de momentos felizes. O coelho silvestre, o tomilho selvagem, murmurou Julienne. Depois do expediente me convidou para sairmos juntas.

Paris ainda estava de férias; contudo, já pisávamos sobre as folhas mortas do fim do verão. Paris naquela noite era uma rosa cansada. Suave decadência, uma cidade grande às sete da noite. Acompanhei Julienne, silenciosa e inspirada, sentia como se eu também tivesse um segredo para compartilhar. Ela estava mergulhada em seus pensamentos. Uma sonâmbula radiante que se deixou conduzir até sentarmos num café numa mesa na calçada. Ela falou que queria tomar um licor de anis porque *ele* lhe ensinara a beber licor de anis.

— Aquele que manda as cartas?

— Sim, ele — ela respondeu sorrindo para o ausente.

O sol se pondo inflamava o vidro de uma janela. Julienne soltou o nome dele olhando para o vidro. Chamava-se Roland. Enfim, ela falava. O relato dela virou meu relato. O encontro dela virou meu.

...Ela tinha percorrido os caminhos escarpados durante todo o dia e estava voltando feliz. Desde quando ouvia aquele barulho de motocicleta? Ela não queria aquele motor, aquele ruído que roubava dela o silêncio das colinas. Quando se virou, o motociclista parou de repente. Lembra do pé pousando no chão, lembra das longas mãos delicadas sobre o guidom. Sentiu-se deslumbrada porque ele era muito seguro de si. Furor, impaciência do motor. Julienne achou que ele ia embora. Ele perguntou para onde ela estava indo. Alpargatas, o sotaque límpido do sul, as colinas que logo ficariam malvas ou violáceas... Para onde estava indo? Não conseguia responder, perdera as palavras. Estava despojada de tudo o que ela era, de tudo o que fora antes deste encontro. Ele estava ficando impaciente; se ela quisesse subir na moto, teria de abraçá-lo com força porque a estrada estava esburacada e seriam sacudidos. Era insensato e era verdade: a estrada estava esburacava. Não, ela não sentiu nenhum com medo. Medo na Provença? Do quê? Eles partiram de moto numa nuvem de poeira. Julienne o apertava sem constrangimento. Seu passado, sua penúria, seu amor desgraçado eram agora apenas o hábito reencontrado de apertar a cintura deste homem. A moto corria, ele dirigia, ela não via o rosto dele, era vertiginoso. Não, não olhava nada; não, não via nada. A solidão, a solidão ao redor deles a noventa por hora. Ele a deixou numa praça do vilarejo. Ela não o veria mais, o chão estremeceu, o perfume de tomilho selvagem a desespera. Ela está sozinha, vai ficar sozinha. O desconhecido deu meia-volta: seria uma besteira não prolongar a noite. Um segundo de razão e ela o perderia para sempre. E, então, os dois partem outra vez pelos caminhos que vão mais rápido que eles. Vinte e sete anos.

Ele conhecia todos os caminhos. Eles seguiam em frente; plantas, cheiros, perfumes estavam com eles. A terra, a grama, as plantas se liberavam do calor do dia. As azeitonas caíam sobre os dois, as pedras sangravam, as encostas recebiam carícias lilases. E os perfumes, os cheiros se levantando à noite, se cruzando. Ele conhecia todos os lugares onde ficam as armadilhas; às vezes ele soltava o guidom fazendo acrobacias. Ele gritava para ela que jantariam salsichões assados. Deixaram a moto de lado, cozinhavam em galhos. Dizem que a felicidade é inimaginável, que não é palpável, Julienne apalpava o casaco do desconhecido enquanto ele vigiava a brasa e se ocupava dos galhos. Era uma nova vida que Julienne vivera em outro lugar. A felicidade é uma reminiscência. Ele tirou de suas sacolas uma cabaça de um bom vinho. Eles passeavam ainda às duas da manhã recitando um para o outro Nietzsche, Péguy, Claudel, Barrès. Ela cantarolava para ele *Tristão e Isolda*, *Lohengrin*. Este homem que ela conhecia desde sempre, que ela enfim reencontrava, respondia a todas as suas preces. Ele tinha um trabalho? O olhar de Julienne se transformou. Um trabalho? Ela não perguntara. Despediram-se às três da manhã. Quanta agilidade na noite seguinte para abrir a porta de uma granja fechada. "Não há nada que resista a ele. Ele abre sem forçar, conhece todas as trancas." Entre, dissera a Julienne. E já estava na escada. Aquele cheiro de feno, a queda da primavera a cada degrau. Depois eles se transformaram em dois animais simples como são os animais nessas horas. Quiseram rever as colinas. O dia estava nascendo. Ouviram um canto de pássaro. E depois se lavaram no rio, aquela água fresca que cintilava na boca. Ele colheu flores para ela. E passearam um bom tempo de moto antes que os vilarejos acordassem. Depois das salsichas veio um coelho cozido em pleno ar; depois da granja outra granja; depois do rio outro rio. Eles não se largaram mais até o dia do retorno de Julienne. Será que ele a amava? Ela não havia se perguntado. Acreditava que podia agarrar seu futuro pelas crinas fazendo projetos de casamento. Lembrei de um passado mais antigo que o de Julienne. Isabelle, minha passageira. Nós nos amávamos, era nosso segredo. À noite, com a cabeça enfiada no travesseiro, fiquei me perguntando, depois de ter vivido e sofrido tanto, como Julienne e o rapaz do sul faziam para se amar no feno. Afinal, apesar de minhas máculas, eu era virgem. Com muita frequência sentia um desejo de reencontrar Gabriel para recomeçar com ele. E, depois, esquecia Hermine, Gabriel, Isabelle; é a vida. E depois eu me lembrava de novo de Gabriel, Isabelle, Hermine e era um pouco como a morte. Havia ido na direção das mulheres como um camponês isolado, numa noite de neve, que vai para a manjedoura. Havia sido odiosa com Hermine, mas tivera tanta confiança em minhas exigências quanto em meus sacrifícios. Estivera sempre cansada de Hermine, foi assim. Não a teria abandonado. Não perdoava uma santa por ter renegado sua santidade. Pensava em minha velhice, que me aterrorizava. Minhas forças acabariam, não teria nem um rochedo para me apoiar. Eu já era feia, me transformaria num monstro de feiura.

Dinheiro é dinheiro. E nos preocupávamos com nosso dinheiro quando saíamos juntas. Cada uma pagava sua bebida e seu sanduíche e dividíamos o petisco por dois. Mas não importava. Julienne continuava ardendo. Ela me traduzia Novalis nos trens para o subúrbio. Tanta convicção, tanta honestidade, tanta exaltação. Todos no vagão ficavam suspensos atentos aos seus lábios. Quando ela dizia, "Estou quase lá", sorriam cheios de vida. Desejavam a palavra exata.

Um sábado pela manhã, no escritório inundado de luz, Julienne abre *Le Figaro* e mergulha na seção literária. Estou trabalhando numa sinopse. Dubondieu escreve, a bela senhora Welsche cantarola enquanto chupa uma bala.

— É demais — exclamou Julienne.

Ela abre a bolsa, desdobra uma das cartas que recebe todas as manhãs. Seu rosto se ilumina.

— É isso aqui, sim, é isso mesmo.

— Um contratempo? — pergunta minha substituta.

Agora Julienne ri, debruçada sobre o jornal.

— Ele copia as cartas de Diderot à Sophie Volland. É magnífico, Roland é magnífico.

Ela lê em voz alta passagens do *Le Figaro* e passagens da carta. São idênticas.

A produtora me chamou. Achei que ia me mandar embora porque a cada dia eu era mais inútil. Ficava invejando os engraxates, o caráter aleatório da atividade, o céu acima servindo de insígnia, a sujeira de anúncio, seu entusiasmo para esfregar.

Ela me disse que tinha marcado um encontro para mim com uma de suas conhecidas.

— Vocês vão se dar bem — acrescentou.

— Como ela se chama?

— Bernadette. Você vai na casa dela amanhã.

— Pra quê? — perguntei. — Pra que vou encontrá-la?

— Para serem amigas. — respondeu a produtora.

— Mas ninguém marca um encontro para virar amiga...

— Amanhã às duas — ordenou a produtora.

No dia seguinte ao meio-dia, eu me arrumei minuciosamente. Escolhi um vestido novo entre dois modelos Schiaparellis usados até ficarem gastos. Estava comprimida em meu vestido novo, experimentado numa costureira do XX *arrondissement*. Gostava dela, caía bem para o meu bolso.

Busquei a casa em uma rua do XVI *arrondissement* que parecia de uma cidadezinha do interior, porém mais animada do que a rue Ranelagh. Casa estreita, escada apertada, eu estava tensa, o coração batia forte na salinha ensolarada.

— Estava à sua espera — disse Bernadette vindo ao meu encontro.

Pude, enfim, apertar uma dessas mãos que tanto admirava no Antoine, na Schiaparelli ou na Rose Descat; uma mão etérea, suave, neblina transformada em carne. A magreza elegante das modelos que posam para *Vogue* ou *Fémina* não era mais uma silhueta. Paris perdia seu poder destrutivo sobre mim agora que eu entrara na salinha. Também estávamos à sua espera, gritavam as cores do tecido indiano do casaco de Bernadette. Ela me apresentou Clara Malraux. Parecia mais um sonho acordada; tive um ataque de timidez, o mais forte de toda minha existência. Pequenas chaleiras com água fervente apitavam na minha cabeça. Estava paralisada, minha estupidez me deu muito calor, já não via os olhos claros de Clara Malraux, os olhos azuis um pouco esverdeados de Bernadette. Esta me encorajava com sorrisos e olhares para que eu participasse da conversa. Mas não conseguia. Sentia-me esmagada ao ouvir os nomes de homens famosos que entravam na conversa das duas. Os dedos preciosos me entregaram uma xícara de café. Como se faz para beber uma xícara de café, para segurar uma xícara de café, para pegar o açúcar no açucareiro? Não podia mais ser eu mesma; a naturalidade delas me esvaziava. Tudo se embaralhava diante de meus olhos. Engolia o que elas diziam sem entender. Fiz um movimento. Queria falar, mas nenhum som saiu. Ela me ofereceu outro cigarro inglês, outra xícara de café. Recusei. Teria preferido morrer do que viver diante dela do jeito que eu vivia nos outros dias. Como elas faziam para falar tão rápido sobre tudo sem dizer besteiras? Clara Malraux ria com frequência com um riso abstrato. Sua voz era aguda e musical. De repente ficava abafada. Clara Malraux se compadecia, compreendia, recomeçava. O maremoto de sua elocução me assustava. Antes de ir embora, ela me deu um forte aperto de mãos, o que me tranquilizou: porém, sua inteligência, ágil como mãos virtuosas, intimidava meu cérebro atrofiado e me mantinha distante. Ela vai embora aborrecida, pensei. Sempre essa hipocrisia do amor próprio e da falsa humildade. Vestindo uma roupa de couro, os cabelos presos como uma Valquíria etérea, ela fechou a porta.

Bernadette me fez perguntas, lançando alguns bordões. Debruçou-se sobre a minha rotina, tomando cuidado com minha frágil saúde mental. O sol dos narcisistas me aquecia. Eu florescia e um azul esmaecido, este azul inacabado das ervilhas de cheiro, tingia móveis e paredes. Ao confessar minha solidão, o rosto dela se iluminou:

— Entendo tão bem — falou.

Ela ouvia e me observava. Parecia me aprovar sem me criticar. Perguntou se eu queria outro "cigue-cigue", oferecendo-me um cigarro inglês. O tabaco prensado, a finura do cigarro, a fumaça azulada no ar: por um instante me senti igual a essa bela tarde parisiense.

Bernadette deu um telefonema: distribuía generalidades e me decepcionou. Eu tinha sonhado. Eu não existia em seu universo de mulher do mundo e bom menino. Seria ela uma mulher do mundo? Respondi que "não" quando ela saiu do telefone e voltou a me reanimar com sua gentileza e otimismo. Com certeza conhecia quinhentas pessoas em Paris, mas mesmo assim perdia seu tempo dando atenção a uma telefonista fracassada. Respondia que "sim" quando ela se referia a um jornalista ou cineasta como "esse tipo, esse esquisitão, esse megalomaníaco". Não, eu me dizia de novo quando ela me fazia perguntas. Supus também que ela tomara uma decisão: não se compadecer de si mesma. Seu silêncio sobre si mesma era tão persuasivo que, ao fim da visita, alguma coisa de sua leve inteligência tinha se transferido para mim. Ela queria transformar tristeza e melancolia em graça. E conseguia. Mesmo assim eu conseguia ver breves relances de tristeza em seus olhos maliciosos. Ela mantinha o equilíbrio dizendo coisas como "nós morremos de rir", "ele se considera o próprio Luís II da Baviera", "não dou a menor bola", "ele é um zé-ninguém", "burro feito uma porta". No meio da conversa dizia "tudo o que não é embriaguez de si é compensação". Segundo ela, a minha situação mudaria. Ela buscaria outro trabalho para mim; viria ao escritório para almoçarmos juntas, passaria a me telefonar. Quando saí da casa de Bernadette, coloquei Paris no topo. Não me perguntei se ela morava sozinha ou não. Ela devia amar a música e os livros pois conhecia muitos escritores e músicos.

— Maurice Sachs perguntou por você — disse Julienne quando voltei ao escritório.

— Maurice Sachs? Onde? Quando?

— Queria falar com você. Respondi que você voltaria mais tarde. Ele é um encanto.

— O quê?

Julienne elevou o tom da voz.

— Disse que ele é um encanto. Me agradeceu muito no fim da conversa.

Eu desabei. Julienne virou os calcanhares e, sem recobrar o fôlego, voltou ao ruído da máquina de escrever.

O passado? É uma barriga. E eu estou dentro dela; são 15h31 no meu relógio de pulso.

— Que horas ele telefonou?

— Às 14h20 — respondeu Julienne sem hesitar e sem deter o galope de sua máquina.

Quase 15h32 num prédio da rue d'Astorg. O céu está muito pálido, o calor animalesco. O trânsito confuso de Paris. Ele quer falar comigo, quer me rever, apesar de tudo... Por que estou triste? Ele é cordial, amigável, alegre, engraçado. Ele não é um encanto; seu humor é uma forma de descarregar a tensão. Ele vai telefonar daqui a pouco ou amanhã. Eu o vi uma vez. Nossa noite, meu estojo, meu cofre. O que me falta? Eu o bebi, eu o comi, eu o mastiguei: eu não estava realmente presente. Por que o mal-estar? Qual mal-estar? Recepção perfeita, hospitalidade perfeita. Maurice

Sachs. O amigo dele foi embora para os Estados Unidos. Primeiro homossexual que eu vi, primeiro homossexual, por um momento apagado pela fotografia de Wilde e de Bosie. Está excessivo, abaixe o som de seus trompetes do escândalo. Bosie, Bosie. Lanço minhas cinzas de mocinha ao vento. Bosie. Olho para ele e sustento o olhar. Vou ao inferno com as mocinhas que foram ignoradas por ele; o que eu não faria pela sua linda boca fria, Bosie! Será que é disso que sinto falta? Cabeleira de adolescente invertido, sofrimento de meus dedos apaixonados no exílio. Você está com frio, homossexual descartado. Wilde à espera de Bosie quando dia e noite se confundem, quando os cachorros latem para o espaço. Wilde à espera de Bosie. Seu silêncio é o meu soluço.

— Julienne...

— Estou trabalhando.

— Maurice Sachs... Você acha que ele vai telefonar de novo?

— Não sei, amiga.

Sou uma desgraçada? Sou realmente uma desgraçada? A farinha cola nos meus dedos sempre que lavo as mãos, todas as vezes fico irritada. Eu me cuido, sempre me cuidarei. Não posso ficar doente, minha saúde é meu capital. Este linguado é enorme. Eu como. Por quem, por quê? Será que vou vê-la outra vez? Ela é tão gentil, fica ao meu alcance. Outro emprego. Onde me levarão a sério. Como ela vai fazer para me conseguir outro emprego? No restaurante não vou ter coragem de usar garfo e faca. Prefiro chupar os dedos. Está vendo como você é. Hermine me abandonou. Ela acha que é uma afronta, ela se engana. Minha mãe diz que não pode ver os homens nem pintados. Eu não posso ver as mulheres nem pintadas. Hermine me enclausurava. Sairei sozinha no domingo? Sou incapaz. Devo virar o peixe com um garfo ou uma faca? Não está grudando na frigideira, é a primeira vez. Precisamos mudar algumas coisas sim, disse a ela, mas se um faminto bater na porta vou dividir meu prato? Dividir? Não vou lhe dar nem mesmo os caroços do m-e-u limão para o m-e-u linguado. É assim que sou, é assim que nós somos. Frases e achados não nos privam de nada. Que peixe fanfarrão, acha que é uma perfuradora de papel: é o azeite, mulher, não é ele; algumas trocas; a estrela que não me abandona pela janela aberta, será que eu poderia trocá-la pela memória de alguma coisa? Vou ou não vou ao restaurante?

O garçom trouxe pomelos cortados ao meio. Até então eu ignorava que se podia comer esta fruta como aperitivo. Enquanto aguardava, perguntei-me se Bernadette salpicaria sal ou açúcar no pomelo. Ela o comeu puro; eu adocei o meu e me arrependi. Comemos nas mesas do lado de fora de um restaurante da avenue Kléber com árvores ao nosso lado. Estava encantada. Minha timidez foi mais forte. Manchei a toalha, o guardanapo deslizou de meus joelhos e caiu no chão, o garfo caiu no prato. Bernadette me socorria. Não me cansava das pérolas de azeviche saindo da casa do botão e indo se esconder no bolso em que um lenço de vez em quando aparecia.

— Que linda roupa, linda roupa preta...

— Uma loucura — disse ela.

— Elegantíssima. É de onde?

Outra vez ficava fascinada pelos belos *tailleurs*.

— Da Balenciaga.

Falamos sobre tecidos. Ela me convidou para ir ver se havia uma roupa em promoção na Balenciaga.

— Ora — disse com um gesto de cansaço. — Sou feia e logo farei trinta anos...

Bernadette corou:

— A idade não importa. Você tem estilo. As roupas lhe caem bem. Você é cheia de vida e, para uma mulher, isso é o que conta.

— Você acha?

Bernadette era mais velha que eu. Perguntei se podia lhe chamar pelo seu primeiro nome. Ela concordou. Seu otimismo me revigorava. Como ela fazia para se encontrar consigo mesma depois de ter se deixado tanto para trás?

Eu teria outro trabalho, precisava saber esperar.

— Agora, sim! — disse a telefonista. — O senhor Sachs está no telefone. Ele quer falar com você. Atenda.

— Sim — disse atendendo o telefone. — Sim.

— O que quer dizer com "sim"? — disse Maurice Sachs.

— Não sei. Você pediu para falar comigo.

Os ruídos da máquina de escrever me davam nos nervos.

— Agora essa é boa — ele disse. — Sim, queria falar com você. Queria ter notícias depois da outra noite. É ou não é Violette Leduc que está falando?

Entravam no escritório, falavam, andavam pelo corredor, a telefonista levantava o vidro.

— Sou eu. — disse.

Minha voz falhava. Achei que não conseguiria mais responder.

— Ótimo-ótimo — disse Maurice Sachs. Você leu *Alias*?

Limpei a garganta.

— Li.

— Ótimo-ótimo — disse outra vez Maurice Sachs. — Você pode me escrever contando o que achou para a rue Ranelagh.

— Não vou escrever — exclamei ao telefone.

— Bom, como queira, menina querida. Até logo.

— Sim.

Achei Maurice Sachs irônico, afetado. Estava me sentindo incapaz, não sabia por quê.

À noite, reli o livro na cama. Comi um ensopado de batata com bacon e tomei meia garrafa de champagne. O homem deslumbrante da rue Ranegach deixava o personagem de *Alias* vazio.

O senhor Dubondieu gostava cada vez menos do meu trabalho. Ele me olhava, suspirava e enfiava minhas folhas num dossiê.

Bernadette telefonava com frequência. Íamos à rue Lavoisier, num salão de chá russo, minúsculo, decorado com bordados coloridos. Foi lá que uma vez conheci Elsa Triolet. Ela estava escrevendo *Bonsoir Thérèse*. Seus olhos sugeriam ferro transformado em luz e seu rosto arredondado, as *Danses Polovtsiennes*, de Borodine. Ela me falou de Maiakóvski.

— Você se preocupa demais com seu barão de Saint-Ange — me disse a senhorita Nadia.

Ela virou a cabeça: os cabelos grisalhos ocultavam o que eu tentava apagar com cuidado para não rasgar o papel.

— Não é *meu* barão de Saint-Ange. Ele dita a correspondência e eu tento fazer o melhor que posso.

A senhorita Nadia aproximou a cabeça do rolo da minha máquina de escrever. Seus olhos enormes eram ainda mais enormes de cabeça para baixo.

— Você cuida demais dele.

Minha borracha rasgou o papel.

— A culpa é sua!

A senhorita Nadia cruzou os braços sobre a blusa.

— O senhor Saint-Ange chega tarde — ela disse com ironia. — Tem um horário próprio...

— Chega tarde, mas vai embora tarde.

A senhorita Nadia segurou um risinho malvado.

— Não gosto muito do seu barão de Saint-Ange, você deve imaginar...

Girou a cadeira e se inclinou sobre seu bloco de taquigrafia. Que bela cabeleira grisalha, que belo corte prático. O sotaque estrangeiro... tão rico quanto o local, sem nenhum erro de francês. Seus dois dentes que avançam quando ela distribui seu mau humor... Admiráveis os traços sem graça e bela combinação dos olhos grandes com os óculos de lentes grossas.

Agora ela datilografava. Todo mundo datilografava. Neste novo trabalho, éramos cinco secretárias numa mesma fileira, cada uma numa mesinha com um telefone.

— Senhorita Nadia...

Ela não ouviu. Voltei para a minha máquina: "Caro senhor, de acordo com sua honrada..." Não, eu não cuidava demais dele...

— Senhorita Nadia!

Ela girou a cadeira.

— Enganou-se outra vez?

— Não. É claro que imaginei. Cada um é livre, senhorita Nadia.

— Não por isso.

Seu rosto sem maquiagem estava em brasa!

— Senhorita Nadia...

— O que foi?

— Ele está dando bom-dia para você.

A senhorita Nadia apoiou o cotovelo na máquina de escrever.

— Não gosto dele — disse enfática e lentamente. — Acho isso horrível.

O telefone dela tocou.

A senhorita Nadia entrou no escritório dos diretores. Aguardei o retorno dela.

Era uma russa que tinha escapado da revolução com o irmão e os pais. Quando os pais morreram, ela desejou intensamente voltar ao seu país, ir morar lá com o irmão. Mas disse que era impossível. Não podia pagar a viagem. Ela amava com paixão a União Soviética.

Uma empregada graciosa servia chá nas mesas. Éramos funcionárias privilegiadas.

A bolsa de couro da senhorita Nadia estava sempre aberta, assim podia pegar depressa *L'Oeuvre* sempre que podia. Ela me leu em voz baixa o artigo em itálico de Geneviève Tabouis, que ela tanto admirava. Relia seus artigos quatro vezes por dia. Vivia pelo irmão e pela política. Profetizava a guerra e a revolta das colônias.

— Você poderia vir pegar a correspondência — disse o invisível senhor de Saint-Ange.

Sua voz era como um solo de violoncelo tocado sobre um tapete de heliotropos.

A senhorita Nadia deu de ombros. Eu a detestava, eu a admirava, sentia pena dela. Ela não era nada boba.

Entrei. As janelas davam para um pátio onde todos os dias os turistas olhavam o poço, as pedras do calçamento, as paredes, a arquitetura da casa, classificada como monumento histórico, onde se encontravam as edições de *La Nouvelle Revue Critique*. Eu entrava, esperava, o bloco sobre o colo, o lápis sobre o bloco. O senhor de Saint-Ange virava as páginas de um dossiê, tossindo.

— Tenha paciência — ele disse sem virar a cabeça.

Eu não estava impaciente, mas me sentia num museu.

Estava convencida de que ele lia para baixar os olhos, para me transmitir a serenidade que a perfeição de seus traços buscava.

— Como está a taquigrafia?

— Mal, muito mal.

Eu fazia aula de taquigrafia na place de la République, mas não aprendia nada.

Ele ditou e eu o ajudei a encontrar as palavras.

— Leia para mim — ele disse.

Acendeu nossos cigarros com um isqueiro de prata trabalhada.

Eu não li. Há uma porção de homens bonitos e, de repente, o que é um homem bonito? Um vômito no meio dos bancos de um vagão de metrô. Apesar disso, as mocinhas desejavam o senhor Saint-Ange. As mocinhas insensatas se acariciavam e se lamentavam. "Queremos o senhor Saint-Ange."

Queimei meu vestido com o cigarro que ele me deu. O telefone tocou, a mão lânguida atendeu.

— Oito e meia no Fouquet como combinado — disse o senhor de Saint-Ange.

Ouvi uma voz de homem totalmente diferente quando ele falou ao telefone. O senhor de Saint-Ange se afastou pensativo. Eu tossi.

— Acabamos por hoje com a correspondência.

Trinta e dois, trinta e três anos era a idade do senhor de Saint-Ange. Costumava roubar dele cigarros ingleses, surrupiava vários minutos de seus encontros na cidade. Sem raiva, nem ciúme. Ele compartilhava assim seu charme, sua beleza, seu êxito. E depois seu charme, beleza e êxito se esfumaçavam.

Encontrei a senhorita Nadia em nosso escritório.

— Atendi algumas vezes seu telefone — ela disse. — Não paravam de ligar.

— Senhorita Nadia... Estou contente... Tão contente de reencontrá-la...

Estava me perguntando do que eu tinha me livrado ao fechar a porta do escritório dele. Se eu gostasse dele, pensei, que tragédia. Mas eu não gostava. O universo inteiro era um refúgio.

— A senhora Bernadette virá buscá-la. Ela não especificou nada mais — disse a senhorita Nadia. — Você não está ouvindo.

— Não, não estou ouvindo. Sim, a senhora Bernadette.

Alegrava-me de poder olhar para o senhor Saint-Ange sem sofrer. Comecei a cuidar da correspondência, pensando em Bernadette, que tinha conseguido para mim um novo trabalho.

A senhorita Nadia virou a cadeira:

— O senhor Sachs — ela disse.

— O que tem ele?

Eu apertei os dentes, me fingi de surda.

— O senhor Sachs perguntou de você ao telefone.

— Maurice...

O primeiro nome, pela primeira vez, saía do quarto e da noite na rue du Ranelagh. Voltei a enfiá-lo na caixinha das emoções.

— Você o chamou de "Maurice"? — disse a senhorita Nadia.

Silêncio.

— O que você disse, senhorita Nadia?

— Ele é uma simpatia. Realmente uma simpatia. Ele perguntou se você estava. Pediu notícias suas.

—E depois?

— Nada. Uma simpatia. Que simpatia de homem...

A senhorita Nadia estava conquistada.

Maurice Sachs não telefonou mais.

Porém, ele atravessou o pátio interno no dia seguinte à tarde sem olhar para as pedras classificadas como monumento histórico. Sua bengala, as flores que trazia, embrulhadas num papel acetinado da florista não o faziam parecer ridículo. Um sol convalescente iluminou seu panamá. Bengala preciosa do século XIX, flores pomposas, panamá luxuoso. Eu teria sorrido apesar da elegância, das escolhas. Aceitava tudo isso de um homossexual. O dandismo é a excentricidade que amadureceu por longo tempo, um começo é um milhão de desculpas sem que sejam pedidas. As flores no sarcófago do papel anunciavam que ele vinha de visita.

Entrou, avançou negligente em meio aos ruídos das máquinas de escrever. Eu me levantei.

— Como vai, querida amiga?

Eu perdi a cabeça.

— Como você sabe que eu trabalho aqui?

— Grande coisa! Eu telefonei ontem...

— Fui eu que atendi o telefone dela — disse Nadia.

Maurice Sachs virou-se para ela.

— Muito gentilmente — ele disse. — Você atendeu muito gentilmente, o que é raríssimo entre desconhecidos ao telefone.

Ela gaguejava com os olhos brilhando.

— Devo anunciar sua presença? — perguntou ela.

— Será um prazer — disse Maurice Sachs.

— Ao senhor de Saint-Ange? — ela disse.

Ela tomou a dianteira.

— Não conheço o senhor de Saint-Ange — disse Maurice Sachs.

A senhorita Nadia estava exultante. Entrou no escritório dos diretores.

— Deixo isso aqui com você — ele disse. — Seria muito frívolo para uma conversa.

Pôs as flores em minha mesa. Para onde ele ia? Quantos preparativos... Eu era a presa de sua gravata, de sua camisa. Sorrateiramente passei a mão naquela seda que não seria amarrotada por uma mulher. Dava a mim mesma um presente único.

— O ambiente é agradável, muito agradável — ele disse. — Como vai o trabalho?

Sua pergunta me lisonjeou. Meu trabalho de secretária assumia a importância de um trabalho criativo.

— Você me escreveu. Vamos falar disso.

— Sim, Maurice.

— Sim, Violette — respondeu ele no mesmo tom. — Você está triste?

— Você me intimida.

— Não seja boba — disse Maurice Sachs.

Ele entrou cheio de vida e ânimo no escritório dos diretores. A pele de seu rosto mostrava os tapas da toalha no rosto, o bem-estar depois de barbear, o creme.

Datilografei várias cartas, fiz o esboço de um balanço.

Maurice Sachs saiu do escritório.

— Muito bem, muito bem — ele disse, bajulador.

Esfregou as mãos, como se estivesse carregando nelas seu êxito: mas o olhar doce, profundo e triste não compartilhava do resto.

— Você leu *Alias*? Lugar muito agradável, sério. Aqui eu me levantaria com prazer pela manhã, hein?

Ele se debruçou sobre a minha máquina de escrever.

— Números. Você gosta de números?

Fiquei em pé.

— Eu li *Alias*.

— Boas notícias — disse Maurice Sachs. — Seu rosto ficou sério, você desvia os olhos, aperta o vestido. Você não gostou do *Alias*, e eu não gosto do *Alias*. Não é um drama, pois concordamos com isso. As mulheres fazem drama com tudo.

— *Alias* é você — exclamei comovida, idiota, aturdida.

— E então? — ele disse.

E retomou seu tom cantado:

— Você me escreveu uma carta. Você deveria escrever. Há pouco me referia a isso.

Dei uma espécie de grito de horror.

Ele limpou o rosto.

— Calma, minha querida. — ele falou. — Até logo, Paris me espera, e eu espero tudo de Paris.

Ele se afastou lentamente pelo pátio. Para onde ia? Quem o receberia? Por que me contava? Por que tinha me dado *Alias*? Por que lia minhas cartas? Por que falava comigo? Desconfiava dele, desconfiava de mim.

Bernadette sempre elegante ao fim do dia, alternando entre profunda, frívola, parisiense, humana, cordial, feminina, companheira, marota, distinta, melômana perturbada. Veio me buscar no escritório.

Descemos a bela escada de braços dados. Os vendedores de lembrancinhas ao lado da Notre-Dame passavam com suas bugigangas.

— Gabriel! Ora, Gabriel!

Aqui estava ele. Uma ponte de Paris reduzia a pó dez anos de ausência. Aqui estava do outro lado da ponte. Aqui estava ele desejado, amado, adorado mesmo antes de me reconhecer, antes de sequer me ouvir. Ele existia, era incrível.

— Gabriel!

Paciência, leitor, atraso um pouco este novo momento em que Gabriel entra, estou folheando o Guia Michelin em busca da página da Notre-Dame de Paris... "Andar da rosácea" Um carro no separava. "A rosácea enorme parece uma aurora". Um rio de carros, era preciso esperar. "A maior rosácea que jamais ousaram abrir". Gabriel estava mais jovem. Seus sapatos... duas maravilhas bem conservadas... Gabriel não estava passando fome. "Andar da rosácea. Seu desenho seria adotado por todos os mestres de obra." Gabriel não estava passando frio.

Enfim, um diante do outro. Meu coração saía pela boca.

— O que você está fazendo aqui, meu menino? — perguntou ele.

Os dois riam...

— ...

— Perguntei o que você está fazendo aqui, meu menino?

— Sou secretária. E você?

— Sou fotógrafo. Estou fazendo umas entregas.

A buzina de um carro de bombeiros separou nossas vozes.

— Pode me telefonar se você quiser. Você vai me telefonar, Gabriel?

Ele anotou o número do telefone numa agenda.

— Vai telefonar logo?

Ele sorriu. Começa a espera, começa o sofrimento. Gabriel foi embora.

Voltei para perto de Bernadette e perguntei se ela achava que Gabriel telefonaria; ela respondeu que sim. Nas cadeiras do lado de fora do café Notre-Dame, bebi com pequenos goles do jeito que ele tinha me ensinado.

Frenesi dos martinetes, os gritos como tesouradas, meu quarto não era mais o mesmo. O amanhã e o dia seguinte nos invadiam. Ele vai me perguntar: "E Hermine?" O que será de mim sem Hermine?

Jogue um punhado de cristais de carbonato de sódio na água quente. Ouça o barulho. Você despertará o mar que existe dentro da bacia. Dê asas à imaginação enquanto os cristais se dissolvem. A bacia está no chão. Sinta a temperatura quente, traga alegria à palma da mão. Sente numa cadeira, mergulhe os pés, dobre-se, fique acotovelado perto do joelho, olhe o paraíso de seus pés. Cascatas, quedas, avalanches, cataratas, nuvens se espalhando pelo corpo, a flor do horrível papel de parede lhe sorri. A riqueza e o mistério de um escalda pés. Incline a cabeça para o lado e se transforme na terra irrigada pela chuva de verão. O rosto apoiado na mão, vamos nos esvaziar dos delírios. Purifiquemo-nos com um escalda pés.

Gabriel telefonou dez dias depois. Compreendi, mas não queria compreender. Eu o queria em meu quarto, em minha mesa, em minha cama. Em *Ravages*, narrei nossas primeiras relações sexuais tão singulares. Pedi a Gabriel para me amar como um homem ama outro homem. Seria por medo, por um terror sagrado pelo pequeno x ao lado da data no calendário? Aparentemente, sim. Mas no fundo, agora que penso nisso trinta anos depois, o motivo era outro. No fundo, meu desejo era ter um casal de homossexuais em minha cama.

Estávamos angustiados pois a guerra se aproximava. A senhorita Nadia lia com fervor os tenebrosos editoriais dos jornais. Não tinha coragem de lhe dizer: "chega, não podemos fazer nada". Eu sou assim, havia coisas que profetizavam com mais segurança que os jornais: um tremor entre a folhagem no subúrbio, um coelho que grita depois de tomar uma pancada, um menino que leva um tapa, uma bola de basquete na rede, o gemido de uma motosserra, um rato esmagado no caminho, um sino de convento que badala e depois se cala, uma anêmona se desfolhando, um jumento que galopa para depois se deitar no capim, um inseto que se debate com as patas viradas para o ar, um galho de espinheiro cortado, dois ciclistas, dois amigos em corrida livre numa ladeira, uma gota de orvalho às quatro da tarde, um corvo saltitando em meio à lavoura e ao esterco, um crepúsculo incendiado, uma choupana que ganha vida com uma fumacinha, o cheiro de alcatrão fervendo. A desgraça pairava no ar. Queria passear, queria colher flores e respirar. A guerra ia chegar, mas a aurora não mudaria. Eu colhia flores e pensava em mim, como antes, como sempre. Uma amizade amorosa que terminava em amor, outra amizade começava. Eu não pensava: Sachs vai embora, Gabriel vai embora. Mas, sim, não quero que a guerra interrompa um novo amor, uma nova amizade. Estraguei tudo: estudos, piano, provas, relacionamentos, sono, saúde, férias, equilíbrio, alegria, felicidade, segurança, disposição para o trabalho. Agora estava ganhando; tinha quase um emprego, quase um amante, quase um amigo famoso em Paris. Não podiam declarar a guerra, não podiam me levar isso tudo embora. Sempre vou dizer: fui criada no terror da insegurança. É preciso ter um trocado para seguir adiante. A guerra me jogaria no chão. Perguntei à senhorita Nadia. Mas seus prognósticos eram sempre os mesmos. A guerra era iminente, os escritórios iam fechar, ela tinha coragem para dizer as coisas. Seu irmão iria para o *front*, ela enviaria suprimentos para ele. Ela era mulher. Eu estava consternada, minhas economias já se esvaíam. À noite, antes de dormir, começava a mesma prece:

"Meu Deus, o senhor não é bobo e já nos demonstrou isso. O senhor pode fazer com que as cabeças se transformem. Transforme as cabeças para o lado que o senhor desejar, para onde não haja guerras. Ó, meu Deus, não me tire o envelope de cada mês, a máquina de escrever que não é minha, a marmita, o fogão que me livra de gastar com restaurante. Meu Deus, que o senhor faça com que minha vidinha de Levallois a Notre-Dame, de Notre-Dame a Levallois siga adiante."

Dormia um pouco mais calma e, se acordasse duas horas depois, pensava que Deus era forte, que não aceitaria a humilhação de seus campos, seus cavalos, suas árvores, suas flores, seus pássaros. Não contava a ele dos cigarros ingleses que eu surrupiava do senhor de Saint-Ange. Deus é ocupado demais.

Não contei de cara para Gabriel sobre Maurice Sachs. Imaginei que ele não fosse entender meu deslumbramento. Chegava pela manhã com a cabeça erguida — tinha a impressão de que os espelhos me cortejavam —, ia embora à noite usando meus saltos como esporas, olhava com desdém para as mulheres penduradas nos braços de seus amantes, lançava para elas: eu também tenho um homem para apertar em meus braços. Estava de volta a este grupo de mulheres. Grande coisa!

Julienne com frequência me telefonava, mas não mencionava o nome do seu sulista. Um dia telefonou para dizer que me esperava aquela noite depois do expediente.

— Vamos dar um passeio à beira do rio — ela disse.

Estava com sua blusa búlgara e uma saia estampada. Os homens olhavam para ela, apesar de tudo. Mordiam o outono numa noite de verão. Ela contou que eles tinham ficado noivos por carta, que ela iria apresentá-lo aos pais, para isso ele deveria vir a Paris, mas ele não viera. Não tinha importância, ela ainda estava noiva. Seu vestido era tão bonito... Ah um vestido simples feito em casa... de veludo carmesim... Sem mangas, o decote redondo. É claro que ele virá, não tinha dúvida. De vez em quando espreita seu vestido de festa, não tem perigo, é um veludo que não enruga, ela vai usá-lo quando chegar o noivado. Julienne queria voltar a Les Baux com ele. Ela ia às livrarias preparando a viagem. Minhas azeitonas, minhas queridas azeitonas, dizia como antes. Vivia só para ele e para o sul. Arles com ele a essa hora, já pensou, dizia extasiada. Contei a ela do reaparecimento de Gabriel, ela não me ouviu. Era melhor nos despedirmos. Ela saiu correndo de volta para o seu papel de carta.

1939. A guerra. Foi declarada. Nosso setor continuou só com a senhorita Nadia. Eu fui despedida. Nossos dois diretores foram embora sem nem dizer adeus. Seus objetos no escritório tinham uma fidelidade dilaceradora. O vazio será sempre uma novidade. O sol nos apunhalava. Doce demais, forte demais, grande demais. Todos se voltavam para Deus. Deus não queria a guerra, não é possível. Deus quer a guerra, sim, dizia um cliente do Fouquet's, metamorfoseado em brigadeiro do Trem de Campanha. Não tive coragem de perguntar o que significava "trem de campanha". Roubei a caneta e o isqueiro do escritório do senhor de Saint-Ange. Não sabia se ele seria morto ou não, não conseguia imaginá-lo voltando, bom dia senhor de Saint-Ange bom dia senhorita Leduc venha aqui depressa temos muita correspondência me chamaram aqui preciso que você telefone ao Fouquet's meu Deus como eu esbanjava papel cada letra ditada transformada num lindo lenço bordado entre as páginas rosadas do mata-borrão estou chegando declararam guerra ele foi embora o que faço piedosamente rezo não vou rezar vou roubar a caneta dele e o isqueiro de prata trabalhada. É a falência a casa vai fechar os desenhos do isqueiro de prata que ele segurava na mão para acender meu cigarro enquanto eu transcrevia o que ele ditava os desenhos de prata para olhar no microscópio até que enfim são meus roubar um desgraçado que vai para o *front* não me arrependo fiz amor até a loucura sobre o rosto do senhor de Saint-Ange enquanto pegava a correspondência você pode tirar "com meus melhores cumprimentos" e dar um jeito no último parágrafo confio em você sim você pode confiar meu rapaz tenho vasos de flores nos olhos tenho dúzias de varas apontadas você se devotou à guerra minha belezura não não estraguei seu rosto não se tratava de uma lavoura mandei fogos e raios com os vasos de flores de meus olhos vou tirar essa parte "com meus melhores cumprimentos" eu saí para dar um passeio com uma de minhas pequenas varas tão cheias e plenas de amor pelas suas sobrancelhas admiravelmente pousadas sobre os olhos rasgados castanhos eu amo seu rosto não amo tanto quanto o do senhor de Saint-Ange olhos orelhas o esperam no Fouquet's vá lá eu cuido da sua correspondência eu lhe pedi um aumento o senhor me deu do próprio bolso nossa cumplicidade. Foi um dos primeiros a morrer. Vou ser mais precisa: a morrer. Não é tão fácil morrer.

Hoje, dia 27 de março de 1961, o senhor de Saint-Ange resplandece de saúde, de frescor, de alegria na varanda da minha mansarda. Ele é uma tulipa que abriu ontem de manhã. É ele. Garanto que o cor-de-rosa da minha tulipa é hercúleo. Sou tão lenta para compreender as coisas. Plantei um morto, reguei um morto, cuidei de um morto, cobri um morto nas noites de frio... O que foi que colhi? Um homem--flor. Existe amor em cada uma de suas pétalas, uma luz vibrando mesmo quando de repente o sol desaparece. Minha tulipa lava Paris, o senhor de Saint-Ange já não pode mais se sujar.

Meu último centavo: era a minha própria guerra dentro da guerra. Meu futuro, ah, meu futuro... a bola dos adivinhos e dos faquires para sempre opaca. Quem poderia me tranquilizar? Gabriel já estava mobilizado em Paris, e minha mãe recebia notícias todos os dias de seu marido que fora chamado para a guerra. Assim, quem poderia me tranquilizar? Eu secava as mãos, tudo estava em seu lugar, mas nada estava no lugar. Minha pele e minhas vértebras se queixavam desta injustiça: meia dúzia de homens tinham tirado meu trabalho e me impediam de ganhar meu pão. No meio disso, Sachs me escreveu uma carta cheia de bom senso. Ele estava indo para Caen ser intérprete do inglês para o Exército. Não tinha mais nada em minhas mãos. Sem trabalho, andava de um lado para o outro entre meu quarto e a rue Stanislas-Menier, onde morava minha mãe. Ela me atualizava com as notícias que davam no rádio.

A guerra começou, Sachs é interprete em Caen, Gabriel trabalha nos escritórios militares, minha mãe alugou um casebre da dona de uma granja em Chérisy, que ficava na frente de um pavilhão que eles tinham vendido. Vou morar com ela a fim de economizar meus últimos centavos. Escrevo todos os dias a Gabriel e com frequência recebo cartas dele que eu desejava que fossem mais apaixonadas, mais literárias. Colho florezinhas que guardo dentro de minhas cartas. Aos domingos pela manhã vou ao templo e, quando os fiéis baixam a cabeça enquanto o pastor fala com Deus, eu levanto a minha desejando enxergar meu casamento no altar. Ao voltar, escrevo as cartas sobre cada raminho de grama. E vejo a minha lua de mel — tremendo, palpitando, sem nem ter onde me abrigar.

Um domingo ao meio-dia, depois dos serviços religiosos, em meio ao cheiro de uma torta de pera esfriando, recebemos o conselho de administração. Mandamos embora o "Petit-Poste", filho da dona da granja. Ele tem quatro anos. Ele é engraçado e inteligente.

Sua boquinha solta bolhas de alegria em meio às sílabas de "Petit-
-Poste". Naquele domingo o enviamos embora.

Pergunto à minha mãe num tom de voz baixo:

— Preciso de um conselho. Vou fazer o que você disser. Você
vai me dar um conselho do que fazer?

— Ele é um rapaz fino — disse minha mãe como se movesse
com prudência um cavalo num jogo de xadrez.

— Devo casar com ele?

— Ele a compreende — disse minha mãe.

— Você não está me dizendo se devo casar com ele.

— Ele a conhece bem.

— No meu lugar, você se casaria?

— Vocês têm afinidades — disse minha mãe.

— Farei o que você me aconselhar.

— Não é um rapaz bruto. Não será brutal com você.

— Ele vai sumir.

— Ele mudou, tem um emprego agora — disse minha mãe.

— Isso não quer dizer que devo casar com ele.

— Vocês vão aos concertos. Vocês gostam dos mesmos passeios.
Ele não era mais um desocupado. Ele vivia com a família.

— E então?

— Sim, acho que sim. — disse minha mãe.

Pronto, eu me casei. Na noite seguinte medito sobre a nossa
decisão, sinto medo do lado espirituoso de Gabriel.

Por que não sou americana, por que ele não é americano? Quero um casamento que se passe dentro de um *western*. As prefeituras
de Arras e de Paris — instituições que preparam nossa união — são
lentas. Por fim, Gabriel me escreve para contar que nosso casamento tinha saído. Eu vou à loucura. Distribuo minha alegria aos que
desejam saber da união de Violette e Gabriel; meu *trench coat* para
o Grande Dia nunca acaba de secar na corda do varal. Meu marido
será soldado, receberei o subsídio para mulheres casadas com um
soldado, amarei e serei salva. Nosso noivado prolongado, nossos
encontros escondidos à sombra de Hermine... Eu fora uma exilada,
agora fui repatriada. Meu quarto dedo se aborrece, esse miudinho
quer uma aliança. Será que se insistir, dirá que foi traído? Terá sua
aliança, prometo. Ela vai brilhar e fazer valerem os esplendores do
casamento.

Era um casamento velho que cheirava a naftalina. Chegamos na véspera à noite, deitamos no apartamento da minha mãe. De um quarto ao outro era preciso ter prudência e disfarçar. A guerra contra as traças liberava um cheiro desolador. Nossos olhos não se fixavam em nada. Mas antes disso encontráramos Gabriel na estação Montparnasse. Três aperitivos, um chope para ele será mais barato e é minha mãe que paga, e minha mãe pensava a longo prazo. Subiria no cadafalso para me casar com ele. Acaba de sair do cabeleireiro, cortaram seu cabelo para o resto da vida. A nuca está totalmente desnuda. Quem está tiritando? O selo de um cinema num fim de tarde frio sobre a nuca raspada de Gabriel. A véspera de um casamento é incoerente. Será que eu quero? Será que não quero? Tenho certeza da noite que faz sob as minhas pálpebras. Cunhada, sogra, nomes que se fabricam com uma visita — tudo bem, desde que não suje meu *trench coat* antes da cerimônia civil. Do que eu fui feita? Do extrato da burguesia. Vamos fazer amor, Violette. Não, Gabriel, não antes de casar. Assim eu sou, assim eu fui. Hermine, Isabelle... As duas urdiram meu véu de noiva, elas o carregaram. Minha adolescência, minha juventude também estavam lá, com Michel, meu irmão, que também foi porque insisti. "Venha, a comida vai ser boa." Ele se calou, ele se calava sempre. Deixamos a cunhada, a sogra, Gabriel me deu um beijo nos lábios, um beijo de renegado. Vamos nos casar, tudo vai se ajeitar, sobrevivemos antes de viver e entendi que a mãe dele ficaria com o subsídio quando ele fosse um marido soldado. Ele vai nos buscar às dez horas para nos levar ao cartório. Enquanto lia à noite, senti orgulho do templo debaixo do meu púbis. Uma mulher sozinha. Eu era uma mulher sozinha, pertencia a mim mesma. Minha lâmpada de cabeceira de mulher sempre sozinha.

Dei adeus aos cabelos que restavam presos entre os dentes do meu pente, dei adeus à espuma presa no copo de escovar os dentes. Virgem à deriva que, contudo, estava partindo para o sacrifício.

Dez horas, 10h15, dez e meia da manhã do dia seguinte.

— Você acha que ele vem? — perguntou minha mãe.

Busquei coragem:

— Por que não viria?

Dez e meia, 10h40, 10h45.

Às onze horas saímos do apartamento para esperar na entrada do prédio.

— Ele não vem — minha mãe dizia a intervalos regulares.

Eu já não respondia. Gabriel não era nada pontual, meu Deus, que erro grave o meu.

— Ele não vem, acabou — concluiu minha mãe às 11h25.

Ele entrou de repente. Estava com medo de olhar para a minha mãe.

— Chegou tarde demais — disse ela como se tudo estivesse acabado.

— Por que tarde demais? — perguntou ele com arrogância. — Vamos de táxi.

Minha mãe me olhou. Seus olhos me perguntavam se eu ainda queria me casar. E acrescentavam: "ele não é nada confiável, não vai mudar". E se desviaram dizendo: "no fim das contas, você é livre!".

Gabriel segurava com o pé a porta pesada. Meu *trench coat*, o *trench coat* de Gabriel. Eles se casariam sem formalidades. Saímos.

Esperar sua vez num banco, responder sim, assinar um papel. Muito simples, muito rápido. Eu sonhava com longas grinaldas de flores que faríamos durante dias e noites naquela sala de registro antes de nossa união e com um pontapé rejeitaram nosso lindo trabalho para adquirir um livro de família. Minha mãe preparou o menu de nossa refeição de casamento, com uma segurança que me deixou deslumbrada. Às quatro horas, minhas mãos encontraram as mãos dela debaixo da toalha da mesa e lhe entreguei meu dinheiro. Estava triste.

Por que senti fome às seis da tarde, a dois passos do Liceu Racine e da estação Saint-Lazare? Íamos a pé, caminhando na frente. Minha mãe ia atrás conversando com a irmã de Gabriel, e Michel se entediava.

— Estou com fome — disse a Gabriel ao passar por uma confeitaria.

Gabriel me olhou sem responder.

Entrei; escolhi o bolinho mais triste e miserável que vi. Mastiguei lentamente sem tirar os olhos de Gabriel que, do lado de fora, me olhava através da vidraça da confeitaria. Paguei meu bolinho à caixa. Todos me esperavam do lado de fora. Vinte anos depois entendo que naquele momento queria reencontrar a confeitaria com doces italianos, a estudante do liceu Racine, o Gabriel enlouquecido por tantos sacrifícios. O tempo, minha querida, não é para amadores.

Como eu queria uma aliança, combinamos um encontro com a irmã de Gabriel na manhã seguinte numa estação de metrô. Ela conhecia um joalheiro que me daria um desconto, quanta movimentação para enlaçar meu dedo. Ela nos encontrou no metrô com a mercadoria e a fatura. Paguei pelo meu anel de platina, e Gabriel, por seu anel de cobre.

Por que eu me casei?, pergunto no dia 9 de abril de 1961, às 12h50. Preciso responder de imediato. Por medo de ficar velha e solteira, medo que me digam: não encontrou ninguém, era feia demais. Necessidade de destruir, acabar com tudo o que eu tivera, que eu tinha. "Nada mudou", explicou Gabriel, "você continuará livre, eu continuarei livre". Respondi a ele que sim, a cabeça fervendo, fervendo de má-fé. E ele, por que se casou? Para se vingar? Para recuperar o tempo perdido? Pode ser, mas não acredito nisso. Gabriel é o meu mistério. "Vamos nos amar como irmão e irmã", ele me propôs no dia da cerimônia. Recusei. Sua proposta é um outro mistério.

Brevidade daquela viagem de núpcias, no mesmo lugar, sem um dia sequer sozinhos. No outro dia, voltei ao vilarejo com minha mãe e Michel. Exibia minha aliança, mas os passageiros no trem não davam a mínima. Minha mãe quase não falava; imaginei que me reprovava por ter seguido seu conselho e por tê-lo pedido a ela.

Era uma cama demasiado pequena na qual minha mãe ocupava todo o espaço. Dei de cara com a parede úmida pela qual escorria água dia e noite. Eu devia me apertar e me espremer contra essa parede. Na terceira noite lamentei meu casamento, percebi que era fracassado e predisse dias infelizes. Os dados estavam lançados: Gabriel não me daria nada. Tínhamos nos unido para podermos nos desunir melhor. O sol da clarividência me cegava. Rotina, falsa segurança, ao raiar do dia abracei o livro de família. Gabriel me escreveu para dizer que eu não podia solicitar o subsídio militar.

Podem me julgar: ele conseguiu uma permissão de oito dias e disse numa carta que queria me ver. Minha mãe se aborreceu: "vamos embora daqui", disse. Abriu sua mala, dobrou os lençóis. Minha mãe não quer gastar nada. Gabriel não virá. Podem me julgar. Eu poderia ter levado Gabriel a uma casa abandonada, podia ter dito a ele: aqui nosso lar, querido, vamos cortar uns bifes de algum rebanho, um pastor nos emprestará uma manta, haverá cercas-vivas para roubar debaixo do vento forte que tocará para nós um harmônico.

Contei em *Ravages* sobre nossa instalação, nosso começo, meu êxtase, nossos dramas, o refúgio dele: o laboratório de fotografia de Gabriel.

Julienne me conseguiu um trabalho; datilografava à máquina a correspondência de Jules Laforgue, desvendava as rasuras, as palavras que montavam umas sobre as outras; Gabriel, muito fraco para ir lutar no *front*, fora chamado para organizar a papelada nos escritórios militares. Ele gostava do trabalho.

Certa manhã um envelope deslizou por baixo da porta.

— É para você — disse Gabriel.

Gabriel voltou para a cozinha. Continuou sua higiene pessoal.

— Maurice Sachs me escreveu!

Sachs tinha me mandado de Caen sua primeira carta.

— Ouviu? Maurice Sachs me escreveu!

— O escritor? De quem você fala de vez em quanto? — perguntou Gabriel com uma voz distraída.

— Ele mesmo, autor de *Alias*.

Gabriel soltou uma gargalhada:

— *Alias*, livro do qual você não gosta.

Eu estava recostada na cama depois de nossa embriagante ginástica.

— *Alias,* livro do qual eu não gosto. E ele sabe disso, eu lhe disse, e se você acha que ele se chateou... Ele é o primeiro a reconhecer que o livro não é nada de mais. Eu lhe disse e me parece algo desagradável de dizer.

Gabriel veio ao quarto:

— Gosto quando você se anima — ele disse. — Por que você acha desagradável dizer? A sinceridade não é uma qualidade?

Vestindo uma tanga feita com a toalha de banho, Gabriel lançou um cigarro em cima do edredom.

— A sinceridade tem limites. Tem que ter muito atrevimento. Você poderia escrever um livro? Não. Eu poderia escrever um livro? Não.

Levantei na cama.

— Como eu adoro quando você se deixa levar! — disse Gabriel.

Ele acendeu o cigarro.

— *Alias*, sempre *Alias*... — eu disse. — Você se esqueceu da personalidade formidável de Sachs.

Com o cigarro no canto da boca, Gabriel piscava os olhos com volúpia.

— Não o conheço, como quer que eu me interesse?

— Você vai conhecê-lo, você vai ver.

Gabriel começou a brincar com seu isqueiro.

— Não, meu menino, você não pode me pedir para fazer isso.

— Você prefere ir ao bar com seus amigos.

— Prefiro ir ao bar como você diz, senhora. Você me diverte. Eu me divirto como um louco. Meu pobre menino...

— Por que "meu pobre menino"?

— Por nada. Por nada, meu pequeno Dom Quixote. Você está chorando? Você recebe notícias e chora?

Eu soluçava.

— O que você está insinuando? — disse entre meus soluços. — O que você entendeu?

Naquela manhã, não podia dizer a Gabriel: eu amo você e você sabe disso.

Ele ficou sentado na beirada da cama secando minhas lágrimas com o lenço.

— Entendi que você tem um amigo, que ele mandou uma carta e eu fico feliz por você — disse.

— Ele não é um amigo... Ele é gentil, ele sofreu, ele é uma boa pessoa.

— Se não é um amigo, é o quê? — perguntou Gabriel com um tremor na voz.

— Não sei — disse, aniquilada. — Vou tricotar um cachecol para ele....

Gabriel disse que era uma ótima ideia e se refugiou na cozinha. Fiquei louca.

— Preciso de pedras para o isqueiro — disse terminando sua higiene pessoal.

Não podia lhe dar o isqueiro roubado, não podia ler a carta de Sachs. Eu me casara com Gabriel e adorava o homem que estava em minha cama, porém... Porém, não conseguia me livrar do meu escapulário de homossexuais. Achava que o trio se refazia.

À noite lhe disse enquanto datilografava a correspondência de Laforgue.

— Você quer que eu leia a carta de Maurice?

Gabriel abraçou meu ombro:

— Meu raio de menino que deseja estragar tudo. Cada um é livre, cada um permanecerá livre. Por que você quer ler sua carta?

Ele montava guarda.

Sachs me pedia um favor, mandava junto uma carta de apresentação para entregar à zeladora do seu prédio na rue du Ranelagh.

"Peço por favor para deixar a Senhorita Leduc entrar no apartamento."

Senhorita Leduc. Eu me chamava senhorita Leduc, a carta estava endereçada a mim em Levallois-Perret. Eu me chamaria ainda senhorita Leduc custe o que custasse. Nós éramos três, nós éramos livres, cada um rodava entre os dois outros, eu me chamava senhorita Leduc. Estava decidido, resgataria meu nome de solteira. Senhorita Leduc, sim, você, ao quadro! Desenhe um triângulo, um trapézio, um retângulo... Eu durmo. Não posso. Isabelle, diga a eles que estou dormindo, que eu mereço.

A zeladora, na rue du Ranelagh, não criou dificuldades para consentir que eu entrasse no apartamento.

Ao fechar a porta atrás de mim, senti que estava sobrando no espaço inabitado. O apartamento descansava, móveis e objetos pareciam lembranças. Abri, enfim, a porta e avancei na ponta dos pés. O quarto de Maurice Sachs estava intacto, ele o estava me dando. Vi de novo a marca de tinta sobre a mesa, o nome das bebidas nas garrafas, os títulos dos livros. A noite passada não morre aqui, a noite não pode morrer, gritavam para mim a marca de tinta, o nome das bebidas, os títulos dos livros. Saí de seu quarto para buscar as camisas, os cintos de couro, as toalhas, e outras coisas que estavam em uma lista. Viagem melancólica até a sala de jantar onde tínhamos comido com a avó dele. O perfume de alfena que eu respirava segurando a beira da longa saia da minha avó, este perfume que será, como desejo, o cheiro do meu caixão, este perfume me acompanhava. Abri as gavetas. Opulência, abundância, ordem, organização, as rendas dos guardanapos e toalhas eram mais calmas que nossas flores brancas no verão. Abri também as fechaduras dos cofres. Por que eu queria ver, descobrir, inspecionar tudo? Para segurar a mão gorducha de Maurice, para roçar com um dedo a boca muito experiente dele tocando no guardanapo, no garfo. Eu o multiplicava com os cofres, os armários, as cômodas cheias de roupa fina. De cada canto da casa brotava o riso breve, o riso entristecido de Maurice zombando, para começar, de si mesmo. Afastei-me da rue du Ranelagh com a cabeça erguida, orgulhosa de ter a confiança de Maurice.

Naquela noite terminei o cachecol verde que tricotei com agulhas de bambu e que incluí no pacote endereçado a Maurice. Esperava alguma censura ou elogio da parte de Gabriel, mas não houve nada. Passaram meses, ofereci de fazer a ele um cachecol de lã bege com minhas agulhas de bambu. Seu rosto se iluminou. Você faria? Você tricotou para ele e não me abandonou? — foi o que me disseram seus olhos.

O cachecol que ele cultivou por anos a fio se tornou o caminho que conduzia a minha bochecha até a barba malfeita dele a cada vez que eu dava um beijo amigo em meu amante.

Gabriel foi enviado para um vilarejo cujo nome esqueci. Mandou de lá uma longa carta apaixonada. Disse que sentia falta de mim, eu acreditei no milagre. Ele virá de licença, vamos nos casar, finalmente, pensei chorando de felicidade. Num dia de verão, ao meio-dia, ele chegou de repente. Reconheci seus passos, seu sapato de soldado no pátio interno. Os pensionistas estavam nas janelas. Ele me deu um abraço forte, fechou a janela e as duas cortinas. Em nosso reduto tudo se tornou fácil. Gabriel me levou a um restaurante, disse que partiria naquela noite e prometeu que me escreveria de novo. Com um misto de emoções, fui visitar Bernadette e voltei cedo para chorar de felicidade, para deitar minhas bochechas nas manchas cinzentas do lençol. Cheguei na plataforma da estação République. Aquele soldadinho escondido em sua capa, sentado num banco, era Gabriel. Ele havia mentido para mim. Lívido, disse que deixaria Paris às quatro da manhã, que não dava para descansar em nosso quarto e que preferia dormir na casa da mãe. Consegui arrastá-lo de volta ao nosso quarto. Brigamos a noite toda. Ele foi embora quando o dia raiava, saiu agoniado, enquanto eu soluçava por não ouvir seus passos no pátio.

Estavam chegando os inimigos — a palavra inimigo ressoava, confesso, ouso confessar, como *glim gloun bam balom goum bade*, minha língua estrangeira que eu improvisava quando era criança. Agora eles ganhavam terreno e todo mundo tinha fugido. Eu estava em pânico, implorava à minha mãe, mas ela não se decidia a partir. Esperamos até os últimos dias. Partimos um dia às cinco e meia da manhã porque ela temia pelo seu filho. Diziam que o inimigo "recolhia" os rapazes de quinze anos. "Vou levar um quilo de açúcar", disse minha mãe. O silêncio nas ruas, nos prédios. Um silêncio tão denso é um ossuário. Tijolos, pedras, asfalto, calçadas, igrejas, bancos, praças, pontos de ônibus, cortinas e janelas abandonados a si mesmos davam pena. Paris era uma ruína demasiado humana. Cachorros, gatos, moscas — onde estavam? Contudo, preocupava-me com as pernas da minha mãe. Ela anda devagar, por causa de sua infância miserável. Ao seu lado, me lembrava de nosso primeiro êxodo, no fim da primeira guerra. Fiquei aguardando os carros, os caminhões na saída do metrô. Michel, meu meio-irmão, levava, como nós, sua malinha. Perguntei pela estrada para Versalhes.

Acompanhamos a marcha de pessoas que seguiam de cada lado da estrada. Mães davam de mamar dentro das valas, mulheres vaidosas cambaleavam em cima de seus saltos à Luís XV, soldados de infantaria transportados em caminhões cantavam e atiravam cigarros na direção de um velho que se punha a correr pela estrada para apanhá-los sob os insultos do motorista. Montes de coisas acumuladas em cima dos carros. Um homem solitário ia a pé com um colchão na cabeça. A desgraça era um cortejo. Os moradores dos subúrbios nos observavam de suas janelas. Os horticultores partiam em seus cavalos, suas carroças. As borboletas continuavam pousando sobre as flores dos terrenos baldios.

Versalhes. Minha mãe estava exausta. Os cafés, fechados. As famílias descansavam nos bancos, não podíamos nos sentar. Os uniformes franceses me reconfortavam. Instalei minha mãe sobre as malas, corri com Michel para conseguirmos informações. A estação de Versalhes estava adormecida: nenhum trem. Um jovem soldado me disse que sairia um trem dali a vinte minutos, para verificar qual seria o destino.

— Guarde esta informação, plataforma 2.

— Vamos — disse Michel.

Encontrei minha mãe sentada sobre nossas malas.

— Então — disse ela com uma voz de derrotada.

— Vai sair um trem — respondi.

Nós a arrastamos o mais rápido possível.

A multidão na plataforma 2 nos decepcionou. Minha mãe se preocupou: será este nosso trem? Não podíamos nos enganar. Só havia ele.

Soldados espalhavam palha nos vagões de mercadorias. Michel ajudou minha mãe a subir. Pegamos os três últimos lugares no chão ao lado da porta. Com as malas apertadas em cima das pernas, perguntávamos se um dia o trem ia partir. Depois de muito tempo as portas fecharam. Esperávamos em meio à penumbra, espiávamos, estávamos atentos ao menor barulhinho feito pela palha. Reconhecíamos as vozes e os passos dos soldados na plataforma, como eles estávamos à espera das ordens.

— Você acha que o trem vai sair?

Nosso vagão em suspenso deixava de respirar.

— Garanto que não vai sair.

— Garanto que vai sair, tenho certeza.

— Você não tem certeza de nada!

Nosso vagão começou a respirar. O trem não parava de balançar, essas falsas partidas nos exauriam.

— Que horas são? — minha mãe perguntava o tempo todo.

— Estão manobrando — gritou uma mulher.

— Que horas são?

Primeiro relógio no braço de um rapazinho, Michel respondia a hora com orgulho. Meio-dia. Uma hora. Duas horas. Três horas. Quatro horas. Cinco horas. Partimos às seis horas. O trem andou pesadamente, considerando que tínhamos uma tonelada de angústia dentro do peito. Parou quinhentos metros adiante. Um homem pobremente vestido, deitado ao lado de sua companheira embriagada, e que falava sozinho, acendeu um cigarro. Uma senhora que lia um romance de folhetim numa velha revista arrancou o cigarro de seus lábios.

— Vai botar fogo em tudo, meu caro senhor — disse uma mulher cansada de trabalho, miséria, tristeza.

E partimos. A mulher embriagada pediu mais bebida ao companheiro. Ele lhe entregou a garrafa, ela bebeu e adormeceu em meio ao caos de cabelos engordurados, rostos machucados, arroxeados. Um bebê começou a chorar; a mãe estava sem leite. Michel dormiu.

— Como ele está pálido — disse minha mãe. — Um físico tão avantajado sem comer nada...

— Vamos a quinze por hora — resmungou um homem.

Quinze. Era a idade exata de Michel. Com a cabeça repousada na parede do vagão experimentava duas vezes os choques e sobressaltos.

— Guardemos os biscoitos amanteigados para comer à noite — repetiu minha mãe.

A mulher casada sorriu para nós:

— Vocês querem? — perguntou. — É um bom pão do meu padeiro. Está fresquinho.

A simplicidade é desconcertante. Minha mãe me perguntou com o olhar se podia aceitar. Ela pegou o pão e agradeceu.

O trem ia a dez, vinte, a cinco por hora. O bebê chorava cada vez mais alto, a mulher embriagada pedia mais bebida, as pessoas falavam mais alto, a tensão aumentava. Onde encontrar leite para o bebê? Um homem impassível, que não parava de mastigar seu cigarro, abriu com esforço a porta. Respiramos um pouco de ar livre. Ele atirou sua boina no campo.

— Nenhuma casa no horizonte — disse.

Estávamos deitados no chão; um cheiro de grama úmida nos lembrou que tínhamos estado melancólicos, nostálgicos, desejando os uivos da noite que chegava. Eu queria ver a grama do lado de fora, minha mãe não queria. O bebê se calava na penumbra, Michel mordiscava o pão.

— Um melro! Dos grandes — disse um homem.

Fecharam a porta.

Jantamos vários pedaços de açúcar.

Onze da noite. Com a força e teimosia de um furacão, a noite se lançava contra as paredes de nosso vagão como se tivesse ciúmes da nossa própria noite. Homens e mulheres se rebelavam sem motivo, simplesmente estavam passados com todas as notícias. O homem pobremente vestido dava a mão para a sua companheira, acariciava os cabelos dela. O amor podia reflorir e perseverar. O trem ia num ritmo regular; diziam que às vezes ia a trinta por hora. As pessoas dormiam, discutiam, irritavam-se, lamentavam. A senhora, munida de uma lanterna Wonder, saboreava sua revista. O bebezinho chorava mais baixo, a mãe parava de soluçar; ele chorava mais alto e a mãe gritava que a luz estava incomodando. O homem continuava acariciando as mãos da companheira. Ele tirava a garrafa do bolso do paletó, contemplava-a com uma tristeza assustadora, os lábios trêmulos, não tinha sobrado mais nada. Minha mãe velava com os olhos abertos, Michel comia pedaços de açúcar. O trem parou, enfim, diante da casa de uma fiscal de fronteira.

A fiscal de fronteira não podia dar o que ela não tinha. Queríamos o impossível: leite. Ela aceitou nos vender um balde de água. Todo mundo queria tomar e dar ao bebê. Apesar da água fresca, ele morreu antes de raiar o dia, a mulher embriagada teve uma crise de *delirium tremens*. Minha mãe apertava o corpo contra mim dizendo: "Não olhe, não olhe...". O homem chorava sem gemer nem gritar. Como choram os homens.

Chegamos a Le Mans. Nossa primeira visão foi uma montanha de três a cinco mil bicicletas abandonadas diante da estação. Pulávamos o cansaço, o esgotamento, a sede, a fome, a agonia, a doença: éramos milhares de restos humanos. As calçadas, o calçamento das ruas eram de carne humana. Todo mundo estava entregue a si mesmo no hospital que se armou sobre o chão.

Apesar de tudo, eu pensava no homem pobremente vestido, em sua companheira, na mulher cansada de trabalho, tristeza, miséria. Onde estariam eles? Perdidos para sempre, portanto ingressados na eternidade com uma amiga.

Vinte anos depois, neste mês de março de 1961 com seus últimos dias cinzentos, dou a eles um presente. Trata-se da nota que vem a seguir:

Esquina da rue des Fossés-Saint-Bernard e do boulevard Saint-Germain. Uma aurora cor-de-rosa toma conta do céu perto da Île Saint-Louis no dia 26 de março às sete da noite. Caminho na direção da rue des Fossés-Saint-Bernard e paro na esquina da Halle aux Vins. Ainda está claro, mas as lâmpadas no interior do Halle aux Vins estão acesas. Cor de centeio pronto para a colheita, argola de luz dentro da caixa de vidro. Não buscamos Nerval nas vitrines das livrarias. Ele está aqui, sua poesia crepita entre os pavilhões de tijolos.

Não lembro onde compramos pão, nem como conseguimos subir num trem interestadual. Esqueci o nome da pequena estação onde fomos parar. Ao nosso redor falavam de Fougères e de Vitré, na região da Bretanha, e os refugiados pareciam menos esgotados, mas a angústia nos arrasava. O sol iluminava a fachada bem conservada da estação, ao lado da plataforma. Uma das janelas da sala pessoal do chefe da estação, no primeiro andar, a janela debaixo do relógio se abriu, uma mulher se inclinou, ouvimos o rádio. Em seguida houve um silêncio mortal. Tememos o pior. Um velho falava com um tom de voz calmo e monótono. Era público e confidencial. Disse que logo haveria o armistício. A rádio se calou, o silêncio mortal se prolongou. Despenquei nos braços de minha mãe: eu beijava todo o rosto dela, segurava com força suas mãos, balbuciava. Ela também chorava, como muitas outras pessoas. Raros eram os que não reagiam. Pudemos prosseguir nossa viagem sem continuar repetindo a toda hora que iríamos morrer.

Conseguimos nos instalar no hotel de S... Era onde estava também o Exército francês. Por um acaso inacreditável, minha mãe reencontrou seu marido que fora convocado como capitão. De repente começamos a ser tratados com muito respeito. Mas eu sentia medo toda vez que ouvia um tiro. Os moradores do vilarejo imploravam aos soldados: não deveriam entrar em combate, senão o vilarejo seria arrasado. Estariam combatendo ou não? A pergunta nos assaltava o dia inteiro. Finalmente houve uma debandada e nenhum combate. Vendo que oficiais subalternos e simples soldados estavam tirando as fardas e se vestindo com roupas de civis, implorei ao meu padrasto para fazer como eles. Ele hesitou por um bom tempo. Michel lhe emprestou seu paletó de tweed.

Assim fomos para Vitré num caminhão. Ambiente estranho, espera bizarra. O inimigo ainda não havia chegado, os soldados de nosso país se arrastavam. Eles foram embora deixando um sentinela. Nos alojamos na casa de um morador, foi uma estadia agradável. Passeava todas as manhãs na horta muito bem cuidada. Mexia em uma folha de chicória frisada, cheirava uma flor e isso me bastava. Lia Jean-Jacques Rousseau que eu levara comigo. E Gabriel? Eu o amava e me preparava para amá-lo. Construía um ninho para nós dois. Ninguém podia tirá-lo de mim, dez anos de ausência haviam sido derrubados. Paris era ele, meu retorno a Paris era ele. Nunca pensava que ele pudesse estar morto ou ferido. Contava com ele, contava até demais com ele.

Todas as tardes saía com minha mãe em busca de notícias; encontrávamos o jovem sentinela sentado sobre uma pedra na beira de um terreno baldio. Ele dizia que estava esperando, mas não sabia o que deveria esperar. Zombava dele. Não zombo mais da cegueira, da fidelidade de um sentinela. Existem também heróis da desgraça.

Voltamos separados a Paris, em carros de civis. Gabriel chegou de um vilarejo, com um aspecto saudável, feliz de reencontrar o vinho tinto francês. A capital se repovoou. Eu segui um inimigo, da Madeleine até a Opéra, na primeira vez em que o vi. Esbelto, louco, impecável sem ser afetado, o oficial passeava de mãos dadas com uma francesa de menos de vinte anos. Eles andavam sem se falar. O boulevard des Capucines me mostrava o reverso da guerra. Um guerreiro passeando com uma mocinha. Flor azul não se desbota. Segui o oficial com a mocinha. Pela minha cabeça passaram um filme dos meus anos de 1914-1918, minha coqueluche, meus galos cantando, meus ataques de tosse, "papa Vili": a receita do médico alemão percorrendo o campo atrás de ovos e leite. É outra guerra e ficaremos todos com os nervos em frangalhos. Senti-me humilhada quando tive de contornar as barreiras que eles faziam diante dos nossos grandes hotéis.

Minha querida. Por que você não me escreve? Já que sabe escrever as cartas que escreve, minha querida... Com suas frases simples, seus bordões; eu preciso entender o motivo. Maurice Sachs sempre tem a alma doente. Pobre malabarista sedento por uma refeição em família. Minha querida, ah, minha querida. Ele joga com a própria tristeza. Wilde embrulhando uma gardênia num lenço de um esfarrapado era bem do agrado de Sachs. "Sabe escrever" Ele perde a cabeça, não tem mais humor. O que eu diria? Escrevi a ele o que eu via, o que sentia, o que gosto porque sou um aspirante à amizade amorosa. Não são cartas. São rodeios que provarão, assim espero, minha capacidade de afeição. Ele lê manuscritos, é leitor da editora Gallimard, ele me enfeitiça. Sua infância, seus ofícios, sua mãe. Foi secretário, quase ascensorista. Tradutor-intérprete do Exército. Melhor assim. Longe de Paris. Melhor assim, bem melhor. Paris lhe fazia mal, não conseguia o que aspirava. Queria ser reconhecido. É um glutão este homem bem educado. Não estou nessa corrida, Maurice Sachs: ser reconhecido? Quanta ingenuidade. Minha querida, morria de fome e não podia comer já que precisava falar, contar mil histórias, já que devia pagar pelo jantar que me ofereciam. É sinistro, mas é o que devemos conservar dele. A educação, esta máscara. Ao conhecer Maurice, conheci a máscara do entusiasmo, do altruísmo, da gentileza, da graça, mais verdadeira que o próprio entusiasmo, altruísmo, gentileza e graça. Esquecer-se de si mesmo, a mais primitiva civilidade. Para divertir, tranquilizar e encantar, Maurice Sachs se apagava, se furtava a cada instante. Max Jacob, os Maritain, Cocteau, Claudel, os Castaing, Marie-Laure de Noailles, Louise de Vilmorin, Printemps, Fresnay, Chanel e outros trezentos; ele dava o que conhecia, dava o que lia, o que amava. Distribuía talento, sucesso, méritos, qualidades de seus amigos, de suas relações. Distribuía o que lhe era negado: a consagração. Seu prodígio me fazia esquecer do dinheiro. As pessoas se perguntavam se, no palco da Opéra, Nijinski pulava sobre um tapete de borracha. Eu pulava sobre um tapete de cédulas quando ficava um momento ao lado de Maurice Sachs, pois o drama de sua vida era o desejo de ter dinheiro e depois o modo como o dinheiro evaporava de suas mãos. Seu objetivo, sua razão de viver: ser amado por um adolescente inteligente. Sua tragédia: morreu sem ter conseguido encontrá-lo.

Surpresa extraordinária, ele me escreveu para contar que estava de volta, se eu gostaria de ir jantar com ele na rue du Ranelagh. Naquele dia Gabriel fora jantar com um suíço da igreja: lua de mel da amizade deles. Toquei, espero a empregada. Maurice Sachs abre a porta e me recebe:

— Muito bem, muito bem. Nosso frango está assando...

Damos um beijo na bochecha, os beijos dele são distraídos. Ele me recebe com um roupão de seda posto por cima de uma roupa escura. A pantufa e as meias de seda também são elegantes. Pergunto-me por que meus passos ressoam sobre o piso quando entramos em seu quarto. Dou um passo e seguro um grito. Os gafanhotos devoraram o quarto de Maurice, com exceção das paredes, com exceção de uma mesinha de cozinha no meio do quarto com dois pratos, dois banquinhos, uma garrafa de um bom vinho. Maurice Sachs me observa, espera a pergunta que não tenho coragem de fazer.

— Dê uma olhada geral enquanto vou ver o frango — ele diz.

Desaparece na cozinha e eu sinto um cheiro delicado de frango assado misturado com um ruído metálico como se o molho fosse uma chuva caindo no prato.

Os gafanhotos não pouparam nada. Da sala de jantar, da sala, dos armários, do quarto da avó de Maurice só restavam as paredes, o teto e o chão.

Corro até a cozinha.

— Então? — pergunta Maurice.

Ele espera minha resposta.

— Não é mais o mesmo apartamento...

— Segure a porta — me disse com frieza.

Ele passou com o frango.

— Você tem cada uma, é claro que não é o mesmo apartamento. Ela foi jogar *bridge* no interior, eu vendi tudo.

— Sua avó joga bridge?

— Não faça perguntas idiotas. Ela está em Vichy. Sente-me, minha menina. Vou cortar em dois. Ora, vou dividir e cada um come sua metade, mais simples assim.

Ele serviu minha metade. Maurice detestava aperitivos e pratos de entrada, coisas acessórias e sem importância. Ele devorava as coisas de que gostava mais. Esvaziamos um jarro de licor de framboesa da Hédiard. Por que, eu me perguntava, por que não teria vendido tudo? Em cada colherinha de licor que eu tomava estavam a moral, o julgamento e os princípios. Ele me propunha, com uma expressão cheia de nostalgia pela vida familiar, tomar "um café em família" e me chamou para dar um passeio pela rue du Ranelagh.

— Conte-me sobre o seu casamento — me disse.

Cruzamos com uma mulher muito elegante.

— Como é que ela consegue levar na cabeça um vaso de flores! Não é verdade que as mulheres são loucas?

Dei um leve sorriso.

— O que foi? — disse Maurice.

Ao pôr em minha boca coisas que eu não tinha dito, ele queria expressar que podia confiar nele, como se meu silêncio, minha estupidez e minha impotência fossem vozes que ele não podia ouvir por completo.

— Por que você se casou? — me perguntou.

Começou a brincar com sua bengala de modo teatral.

— Por que você vendeu tudo? — disse com secura.

Por um segundo, minha audácia o deixou intrigado.

— Saiba, querida, um apartamento pode ser refeito num instante. No oriente, existe o desapego. Ah, o desapego...

Sachs parecia mais jovem, sua expressão mais simples.

— Uma mulher não consegue entender o que é renunciar — ele disse. — As mulheres são muito materialistas.

Ele desnudava seus sonhos com a ajuda da bengala.

— Eu entendo — respondi.

Ele virou para mim satisfeito por vislumbrar minha inteligência.

— O que é que você entende? — insistiu. — Não acha que ele é um charme?

Um jovem aprendiz de serralheiro levava na mão uma grande argola cheia de chaves enferrujadas. Ele passou e se afastou para sempre.

— Entendo que você não está feliz e isso me deixa triste — eu disse.

O rosto de Maurice se fechou.

— Menina querida, pare de choramingar, por favor...

— Não estou choramingando!

— Pare de choramingar sobre a sua vida e a minha. Isso nunca tem fim. Onde foi que você tirou que não estou feliz? As mulheres são insensatas com essa mania de proteger e consolar.

As mulheres não são homens, pensei angustiada. Se o aprendiz de serralheiro falasse deste modo... o rosto de Maurice ficaria radiante. Está aborrecido comigo. Peguei o arco do jovem aprendiz de serralheiro.

Cada rapaz que Maurice cruzar pela rua lhe trará essa nostalgia? Pode ser. Um homossexual é um feixe de nostalgias. Ele sonha com aquilo que não teve, costuma ser um anjo extraviado no inferno do remorso. Ele recomeçou a falar, a contar: Claudel acordava cedo para escrever, ele me contou que às seis horas abro a torneira às 8 horas fecho, há vários tipos de casamento Senhora Mercier que ideia enfim vamos ver não fique triste você leu o *Journal des Deux Anglaises* no qual nada acontece todo dia é uma felicidade perfeita durante uma longa vida a dois o duque de Westminster minha querida eu estava na place des États-Unis.

Cale-se, basta, chega. Você é um tipo de covarde, um tipo de Violette Leduc, é seu peito gritando para ele chega disso mais uma vez.

— ... Eu estava num salão na place des États-Unis às onze horas da manhã um suplício minha cara o sol brilhava sobre cada objeto dourado que eu não podia levar e eu não levei nada a ama da casa demorava minha mão vagava eram tantas mesas cheias de objetos de ouro.

Maurice Sachs ria da própria honestidade ao contar do psiquiatra Allendy, quase um vizinho, um médico e amigo caridoso quando a cabeça e o coração estão confusos. Chegamos à place du Trocadéro.

— Aqui comi dezessete docinhos — me disse mostrando com a bengala a vitrine da confeitaria. Precisava me recompor. Fazia uma aula de ginástica aqui perto, dançávamos para emagrecer ouvindo *O pássaro de fogo* e *Petrushka*.

Como não rir com ele?

— Sou grande, sou gordo, minha querida, vou ficar flutuando dentro das minhas roupas. Vamos flutuar pois é preciso flutuar, escolhi fazer isso.

Neste momento, eu o amo profundamente por causa de sua simplicidade. Ele reconstruiu Paris para mim por cima de doces cremosos.

— Você vai voltar para casa e sentar para escrever o texto que prometi a eles —Maurice Sachs disse diante da estação Trocadéro.
— O que aconteceu?

— O que aconteceu, Maurice?

— Essa sua cara de além-túmulo — disse Maurice.

Ele me arrastou, sentamos do lado de fora da confeitaria. Pedi um chá e afundei em pensamentos. Ele disse para beber rápido, não entendia do que eu tinha medo. Ele virou seu copo de cerveja de uma só vez, costumava se livrar das coisas que preferia.

— Tenho medo, Maurice... Medo de não conseguir. Não me peça isso.

O suor escorria pelas minhas costas e mãos. Secava freneticamente a testa.

— Você não gostaria de escrever? Não gostaria de ver seu nome impresso no começo e no fim de um texto? Eu diria que sim — falou devagar.

Senti que derretia de felicidade e de tristeza. Desejava, mas não tinha coragem de admitir. Sim, era um desejo que nunca tinha visto a luz do dia. Lia meu nome na vitrine das livrarias, seria uma alegria e uma doença secreta, era o impossível. Escrever... Maurice Sachs falava sobre o assunto da forma mais simples do mundo. Escrever... Senti-me mole, anestesiada pela incapacidade. Disponível para não fazer nada. Escrever... Ah, sim, e não. Ele me pedia para construir uma casa, mas eu não era pedreiro. Era pior que ter uma vertigem, se pensasse naquilo um só instante com mais seriedade. Oh, Maurice, você não pode me tentar desse jeito. Vou falar sobre qual assunto?

— Não consigo nem conjugar direito o imperfeito do subjuntivo — eu disse a Maurice Sachs.

— Não seja boba — disse Maurice. — Tente, vamos ver.

Agora me sentia derreter por sua paciência.

— Eu posso tentar? Você acha mesmo?

— Claro — ele falou.

Sentia-me derretendo também por sua confiança. Ele me deu um número de telefone para que eles explicassem o texto que queriam de mim.

— Preciso encontrar com Bob e não quero deixá-lo esperando.

Bob era seu novo amigo. Uma belezura.

Naquela tarde esperei minha vez numa exígua antessala no centro de Paris, em meio a uma centena de mulheres de todas as idades. A sala de espera parecia a de um dentista. As candidatas a vender seus artigos espiavam, tossiam, olhavam umas para as outras, abriam uma revista, fingiam ler. Cada uma delas, menos eu, segurava no colo um papelão para desenho, uma camisa de escritório e uma pasta de couro. As mais audaciosas reliam seus textos e examinavam outra vez os desenhos.

A porta da sala de redação se abriu, uma voz de mulher disse o nome de Maryse Choisy. Uma mulher baixinha com uma expressão inteligente mas sem brilho, usando um turbante — esta tendência estava começando — levantou-se e me sorriu com um ar de desculpa. A porta da sala de redação fechou-se atrás dela.

Bob não esperava, ninguém podia deixá-lo esperando. Esquecia de Maurice Sachs, vigilante e eficaz, procurando e me encontrando no trabalho. Esquecia que sem me amar de amor ele cultivava minhas cartas como um jardim. Eu não estava onde deveria estar. Quando estava com Bob, Maurice me abandonava. Isolada, sem energia, me sentia devastada ao pensar nas relações de amor ou de amizade que os homens têm entre si.

Chamaram meu nome. Maryse Choisy me cumprimentou e foi embora.

Entrei. Um homem e uma mulher se levantaram de suas cadeiras, a acolhida silenciosa me atemorizou.

— É você mesma Violette Leduc? — perguntou a mulher.

Ela estava usando um terno apertado, a voz era seca.

"É você mesma Violette Leduc". Será que passei a ser culpada depois que me aconselharam escrever?

— Sim, sim — respondi insegura — sou eu, sou eu mesma.

"Sou eu, sou eu mesma". Minha falta de jeito, que superava minha segurança, me devastava.

"É você mesma Violette Leduc?" Meu nome e meu sobrenome soavam como sendo de outra pessoa por causa da sugestão de Maurice Sachs. Ganhavam um passado vagamente criativo.

— Maurice Sachs nos disse por meio de um amigo que nós poderíamos contar com você para uma história, um conto ou uma novela. Ele falou algo mais a respeito?

— Ele não disse quase nada.

Fez-se um silêncio. Podia espiar os bastidores de um jornal. A chefe de redação da revista me apresentou o tema do relato que eu deveria escrever. Eu não a escutava, ouvia apenas um blá-blá-blá por cima das folhas de papel sobre as quais estavam colados artigos impressos marcados com um traço grosso de caneta azul. Era espantoso, ela me explicava o tema, tenho certeza de que achava que eu era toda ouvidos. O que aconteceria comigo quando chegasse em casa? Seria forçada a escrever um texto sem tema. Este blá-blá-blá, porém, era meu ganha-pão. Eu não conseguia ouvir, não gostava dela, a comunicação era cortada. Ela me dizia: "...No campo, um campo próximo a Paris, está a saúde, é um lugar saudável." Ela me explicava o que eu deveria escrever, mas o que é que eu escreveria se não estava escutando? Terei o dom de complicar e de me enredar em meus próprios defeitos. Este senhor alto que me dava as costas me agradava. Seria ele um desenhista? Um ilustrador? "Precisamos do texto em dois dias." Essa parte eu ouvi. Em dois dias. A rigor, poderia me jogar no rio Sena se não conseguisse inventar a primeira frase. "Contamos com você, M. Sachs mandou dizer que poderíamos contar com você." O dinheiro, neste projeto, onde estava? Num mausoléu. "Você entendeu o que queremos que você faça?" Entendi, entendo que sou uma representante em narrativas, contos e novelas, vou propor a mercadoria de porta em porta, vou lhes dizer em dois dias quanto foi que eu vi até logo senhora até logo senhor dei um sorriso à candidata seguinte como Maryse Choisy sorriu para mim. Estou melhor, já não tenho nenhum espinho no pé. Vi uns papéis colados, enigmas da impressão, com embriões de frases e de parágrafos.

— Era a paginação do jornal — me explicou depois Maurice Sachs.

Celibato irresistível, eu escondera minha aliança na bolsa antes de entrar na sala do jornal. Achava que, com meu anel, eu não interessaria. Uma mulher que se basta é uma mulher sozinha, pensei na sala de espera. Mostrar minha aliança era revelar que, casada com Gabriel, não obtinha dele o necessário. Escondia minhas frustrações escondendo a aliança. Estava sedenta por uma vida dupla com uma nova ocupação; sentia vergonha por nossa miséria, Gabriel pobremente vestido, fraco, calado, teimoso, contente com seu destino. Meu cordeiro de cafés... Os outros não podiam enxergar em sua roupa puída as refeições suculentas que você pedia para nós dois nos restaurantes. Já você não escondia seu anel barato.

"Traga-nos sua história o quanto antes." Um gesto de franqueza, minha bela. Não tenho nenhuma história para escrever. Eu sou a história, ela está escrita. E Gabriel não quer se entregar para mim. Ele diz: "amanhã, meu menino, prometo que amanhã". Amanhã. Gabriel, Gabriel... Não está ouvindo? Minha rosa está mendigando. Amanhã, mendiga para ganhar tão pouco. Outro gesto de franqueza. A história já está escrita, ela é simples, ela é extraordinária. De quem é? Poderia me dizer de quem é? De Gabriel quando ele goza. Não estou mentindo. Sou a guardiã de seu lamento, de seu estertor, de seu grito. Goze, meu filho, que o seu oceano me fascina. Sua história termina com um jato de seda. Goze, meu filho.

Dezesseis anos:

— O que você acha da minha redação, mamãe? Gostou da minha redação para a aula de francês?

— ...

— Responda. Gostou?

— É boa.

— E?

— É boa, mas...

— Mas?

— É pesada. Acho que está pesada.

— Vou ficar atenta.

Eis a chave de minhas frases curtas.

Ao sair da sala de redação, a cidade me mostrou suas garras. "Você escrevendo? Ora, ora, vamos falar sobre o assunto", cochicharam para mim as plaquinhas de ferro presas aos degraus do metrô. Você passava por aqui, nós já existíamos. Isso era escrever com os olhos. Agora que você nos vê, você se leva a sério. Farei uma descrição de vocês. Você não vai conseguir. É verdade, antes eu não via vocês. Você está começando a nos explorar. Você não nos procurava, catadora de achados. Você se deu conta de que existíamos porque agora busca ser original. Suas malvadas. Digam alguma coisa, estou chamando vocês de malvadas. Estamos respondendo.

Preferimos que nos chame de exigentes. Se tivesse se poupado da caneta e do tinteiro, você teria nos levado, nos inventado. Um nó, minha pequena. Ele precisa ficar na garganta? Com certeza. Neste caso os idiotas são como fênix. Concordamos, os idiotas como fênix. Estou aqui olhando fixo para vocês, vão achar que sou uma simplória aqui parada... Você deveria acrescentar, uma simplória perdida na própria simplicidade. Vocês conhecem bem Paris, só se pode parar nas vitrines. O que exigem de mim afinal? Se vocês se calam, eu me enterneço. Minha sede de diamantes passa. Paris me entristeceu. Esses degraus do metrô... varridos pela poeira cintilante. Vocês se calam... Por que devo contemplá-las? Somos uma festa natalina. Voltaram a falar comigo! Da matéria-prima, somos o céu estrelado. Vocês são mais calmas que as estrelas. Perfeitamente. Estão me olhando enquanto olho para vocês. Sou medrosa até a medula. Serei medrosa até quando estiver morta, cheia de vermes rosados em minha boca. Se pudesse me recomporia com uma pá e terra. Tudo papo furado. Não poderei usar vocês nessa história que me encomendaram. Já estamos nela. É que me pediram para escrever uma história. Não duvidamos. Nas horas de mais movimento, o que são vocês? Somos plaquinhas de ferro sólidas. Sim, vocês me mostram o caminho: as estrelas são como flores que abrem à noite. Não podemos contar com as estrelas. Nós existimos dia e noite. Vocês são presunçosas. Os astros existem. Longe dos saltos altos de Paris. Os saltos altos de Paris nos abrigam quando caem cortinas de chuva. Quando esfria, ficamos em festa. Caem sobre nós frutos do azevinho, das ervas-de-passarinho. Vocês recebem escarradas. Nós cintilamos através das escarradas. Para mim chega, vou embora. Quando esfria, vocês ficam em festa, vou citar vocês. No inverno a estrela polar também fica em festa. Talvez. Preferimos a sola de um primeiro encontro amoroso a esta Minerva pontual. Vou morrer, cairei com o nariz para baixo melhor do que um avião. Está bem. A sola do sapato. Ela vai esmagá-las, vocês estão esmagadas. Nós brilhamos debaixo dos sapatos furados, debaixo dos saltos cambados. Vocês me tiram do sério. Vou embora, vou embora. O que a prende aqui? Um palhaço sem o nariz vermelho. Deixem-me ir embora. Conto que abri o dicionário e encontrei a Cabeleira de Berenice. Nunca a esquecerei. Temos pena de você, sua rãzinha. Por que rãzinha? Porque você se infla toda, parasita das grandezas.

Tenham piedade, preciso escrever uma história. Vá embora. Não agora. Mas eu vou e escreverei e tudo se transformará. Olho para vocês só por olhar. Abaixo os lustres das óperas, não é mesmo? Sim. As papoulas incendiavam os campos de trigo... Por que você diz "incendiavam"? Começo a escrever, tento escrever, aprendo a escrever. Você está jogando bola, menina. Se você quer um conselho, campos de trigos floresciam em meio às papoulas. Um momento, por favor. Para nós, esta, sim, é uma música nutritiva: sapato com pregos. Acabou, estamos à sua disposição. Não escreva, minha querida, vá cuidar da roupa do seu marido. Vocês estão puxando meu tapete. Vou embora, isso já durou tempo demais. Vão deixar que eu me vá? Fique, molengona. Ah, sim, a música de um sapato com pregos. Para nós, não para você. Ela nos cobriria. Porém, a música dos cobres cobre os lustres das óperas. Olhe para as coisas, sua boba, não escreva sobre a textura da cenoura com letras maiúsculas. Preciso ganhar a vida com uma história. Venda por quilo a sua Cabeleira de Berenice, merceeira. Receba as coisas, carregue-as, guarde na goela, o furacão lhe será grato, como ele você será livre. Você não tem nada a dizer, as imagens estão em seus ninhos. Não mate este calor no alto de uma arvore. As coisas falam sem você, guarde bem isso. Sua voz as abafará. Se você acha que não está fazendo literatura... É para você ficar alerta. Repetimos: é para você ficar alerta. Preciso ganhar a vida. Escreverei, abrirei meus braços, abraçarei as árvores frutíferas e hei de entregá-las à minha folha de papel. Está divagando, minha menina. Por que me desencorajam deste modo? Somos francas. Preciso ir embora. É isso, vá molhar sua caneta no tinteiro. Derrotistas, vocês destroem meu esforço. A roseira se curva sob a embriaguez das rosas, o que você deseja fazê-la cantar? O que você poderia acrescentar à aurora enevoada? Lembre-se de seu piano. Quer saber? Lembre-se de seu piano. Reconheço que eu fracassei. Não escrevei, não comecei. Tenho que fazer a colheita de meus esforços. Ele me disse você consegue escrever uma história. Eu obedeço. Escrava. Confio nele. Ele é excessivamente confiante. Você não tem nada a dizer, nada a escrever. Há aqueles que são eleitos, você não faz parte desse grupo. Você é obstinada, isso não é bom. Nós somos seu suporte. Vocês são meu suporte? Pare de fazer trejeitos com a voz, pare de misturar as provas com o êxtase. Tenho um marido, não tenho um suporte. Sua espécie de arbusto de árvore, você deveria ter se casado com seu aperto de mão. Amizade? Esqueça. Não sou um iceberg. Estamos no horário de pico, vá mergulhar sua caneta no tinteiro. Vocês estão me mandando embora? É hora da sinfonia dos sapatos. Será que posso voltar, centelhas brilhantes dos degraus do metrô? Poderia lhes dizer: do dia mais iluminado, vocês são o pólen? Acaba de dizê-lo. Agora chega.

Tentei escrever por uma parte da noite. Mas ao mesmo tempo tinha de responder às perguntas de Gabriel e discutir com Gabriel. Ele queria que eu me deitasse, que eu deixasse "pra lá". Se eu lhe explicasse, entre meus rascunhos, que ele não me dava dinheiro, que precisava trabalhar, ele se chateava ou então, como sempre, zombava de mim, murmurando que estava se divertindo "feito um louco." Meu trabalho não lhe interessava. Nada lhe interessava desde que tivera a febre tifoide. Disse-lhe isso e ele respondeu que se eu não me calasse ele ia "dar o fora". Parei de falar. Senti o coração pesado olhando minhas folhas de papel. Nosso prédio silencioso também me impunha respeito. Virei a cabeça: Gabriel, sentado na cama, sorria. Aproveitei o sorriso e lhe perguntei se ele ficaria feliz de ler meu texto numa revista. O rosto dele se transformou. Que "diabos" lhe importaria ver meu nome numa revista... De repente a doença do passado. Ele mordiscava o lençol e começou a falar sobre o meu primeiro texto impresso. Nós o tínhamos lido na place des Ternes, sentados numa mesa na calçada do café *La Lorraine*, em meio ao cheiro que vinha das ostras servidas em grandes pratos. Eu era seu "chapa", sonhava o roedor de lençol, eu era seu "menino". Gabriel recusou o cigarro que lhe ofereci. Que miséria essa página em branco debaixo dos meus rascunhos, do meu suor. Disse que eu lhe consolava nos táxis, que lhe pagava minha parte nas saídas, que meus consolos davam-me um ânimo ao coração. Gabriel, belo jogador. Ele refletia, a boca de finos lábios se divertia. Pensava na própria maldade, estava em outro lugar.

— Conte aí, parece que vai bem seu novo trabalho! — ele disse.

Desabei. Eu era sua propriedade. Uma propriedade que pertencia ao seu colar de barba malfeita. Uma aurora azulada dava um tom dramático ao rosto dele.

— Estamos gastando luz e o que foi que você escreveu até aqui? — perguntou com desdém.

Reli meus rascunhos.

—...Estou falando de você. De um passeio que fizemos juntos... que não faremos mais... Você me ama e eu amo que você me ame enquanto escrevo.

— Você usa a própria vida. É inacreditável.

Expliquei que eu tentava organizar a nossa vida e que pensava em todos os que brigariam pensando em nós. Nos transformaríamos em cem mil. Eu os reconciliava e eles se reconciliavam me lendo. Gabriel ria com prazer e me disse que eu via longe. Não desanimei: disse que eu escrevia sem ele, mas que estávamos ligados enquanto minha pena avançava no papel. Gabriel me ouvia, eu me deixava levar: minha história nem sequer tinha começado, mas minha folha de papel já parecia um tabuleiro de xadrez. Eu punha e tirava. Queria uma árvore, conseguia uma árvore; queria uma casa, conseguia uma casa. Queria a noite, a chuva... eu podia ver tudo, bastava imaginar. Transformava as nuvens em cães de caça, velhos carvalhos em jovens dançarinos em cima de uma galera de navio alimentando-se com pétalas de flores. "Você fica engraçada quando resolve fazer alguma coisa", disse Gabriel e depois foi atrás do conforto de sua torre de marfim. "Se eles recusarem minha história, pelo menos terei tido você em meus braços em cada página do processo", disse. Gabriel deu de ombros. "Vamos nos amar", eu disse de repente. Meu corpo era meu tirano. Eu implorava perto da cama dele, abandonei a folha de papel.

Eu queria "acabar" com ele, eu não "respeitava" seu trabalho, eu deveria "sentir vergonha". Dormir, ele queria dormir. Cada um era livre, este era nosso combinado. Eu lamentava, meu corpo não falava grego. Chamava-o de "Gnangnan". Ele respondia: "você é perturbada". Vou te amar como eu amei Saint-Remy na minha história. Gabriel tirou o lençol: estava nu porque eu não tinha lavado a roupa dele. Então, me ame, me ame. Ele cedeu, eu estava desesperada.

Comecei fazendo arabescos. Minha mão era minha esperança. Frívola, leve, aérea, aventureira, simples, complicada, embelezadora, surpreendente, desconcertante, hesitante, precisa, monótona, indefinida, sutil, vivaz, lenta, esgotada, conscienciosa. Gosta do passeio de meus dedos em seus seios? Escute aqui, Gabriel, do quadril ao peito do pé, é uma andorinha que volta dos países tropicais, ouça-a sobre linha do seu corpo. Diletante, trabalhadora, atenta, curiosa, à espreita, precavida, desenho o nome de Saint-Remy sobre o corpo do meu amante. Escrevo também o da senhora que recolhe a flor apodrecida no fim do mercado e desenvolvo um longo parágrafo de madressilva sobre os tornozelos, sobre os pulsos e sobre a orelha. Meu lento riacho de lótus corre em seu sangue, mas Gabriel não vai adormecer. Um tremor em suas escápulas, é o que posso fazer. Estamos numa taberna, fritura nas axilas, na virilha. Encolhida em meio à desordem da cama, minha mão segue o contorno de sua perna enquanto me alimento do tornozelo de meu marido. Caro professor, você me encorajava. Eu ficava atenta à clareira: seu ombro, com o qual, agora, eu brincava. Meus dedos e unhas falaram sobre a fragilidade da lua que uma nuvem cobre, sobre um ensanguentado pôr do sol, sobre o trinado e a gota d'água do pássaro das trevas. Um pesado passeio. Deus do céu, como eu escrevia bem indo do seu joelho até o púbis, meu Deus, era essa a minha religião.

Chorei por um bom tempo em cima do papel depois de ter terminado o texto. Ouvi o riso abafado de Maurice Sachs, a voz seca da redatora chefe e sua recusa. No fim das contas, trabalhei sentindo vergonha.

15 de maio de 1961, às 9h20 da manhã num vilarejo em Vaucluse. Eu não mudei; continuo cedendo ao desejo de fazer jogos de palavras para chamar atenção. Escrever uma frase original é o meu número. Faço meu número e meu caderno quadriculado me aplaude. Meu caderno não me aplaude: ele é indiferente, está ávido por clareza ou por um emaranhado de palavras. O drama do incapaz. Querido leitor, vou lhe dar o que tenho. Vou ali por um instante apanhar o que tenho para lhe dar.

Leitor, você me aguarda, porém continua me lendo... e eu não lhe darei o que recebi! Alguém me emprestou um quintal que fica perto do vilarejo. Pic, pic, pic, pic, pic. Deve ser uma monotonia de castanholas na garganta de um pássaro. O sol chia, gritando que não posso renegar o norte, meu lugar de origem. Meu corpo sofre quando me exponho ao sol. Nós, do norte, não podemos nos livrar de nossa lã, de nossos abrigos. Um maestro disse ao sol: piano, piano. Um breve entreato de prazer, uma nuance para a terra. Um besouro passando a jato, os insetos também têm seus bólides. Mistério, ele está indo resolver um assunto importante. Barulho de passo como se alguém andasse debaixo da terra. É um homem magro, um homem bege, um homem de terra cinzenta que leva nas costas uma máquina para aplicar sulfato. Ao passar pelo caminho, ele me ignora. Pic, pic, pic, puc, pic. É a minha pontuação numa árvore. O pic, pic, pic, pic, pic é também o frescor do tronco da árvore debaixo da folhagem. Minhas estradas ao longe, meus riachos cor de muralha correm no alto. De vez em quando volta o refrão das giestas em flor que logo desfalece. Claro-escuro: a colina ensombrecida com sua cobertura de árvores, a linha quebrada dos arbustos, o mapa vivo dos bosques e das florestas está na beira da encosta (viajo de avião sem precisar subir); a ondulação macia e azulada, desprovida de adornos, fica atrás, é minha pena que ondula contra o céu. Arredondadas, as dobras da montanha e da colina me consolam por minha castidade. Três ciprestes, três chamas serenas ao longe. Mais longe, bem mais longe, uma sugestão de papoulas, mais longe, bem mais longe, uma nuvem de papoulas. Os tufos de árvores frutíferas que acabaram de ser plantadas — o que são eles? São paralelos aos vinhedos que vão até onde a vista alcança, vinhedos bem cuidados, civilizados. A terra limpa, a terra sã entre as linhas dos vinhedos. A cabaninha tem abas de folhas maiores que ela. O calor está lá, o calor é um domador. Lembrança do gelado vento mistral da última semana. Dessas paisagens ao redor, lhe darei sobretudo e, em primeiro lugar, a caravana. A caravana de sombras que avança sobre uma montanha, o estremecer de árvores na paisagem em segundo plano nas pinturas italianas. Ofereço-lhe tanto quanto queira. E depois podemos nadar, nadar em meio às ervilhas-de-cheiro.

Hoje é dia 18 de maio de 1961, leitor. Você se pergunta, por que ela se dirige a mim, por que me alicia? Eu não alicio. Eu me aproximo de você. Ele recobrou o fôlego três vezes e apagou às quatro horas, é assim que um velho morre, é assim que contam as coisas aqui. A esposa do defunto se queixava de uma dor de ouvido, alguém perguntou se ela tinha alguma nevralgia. "Não", respondeu, "é meu marido, são harmonias doces perto do meu ouvido." Há como explicar que se sofre sem sofrer?

Foi aprovada, minha história foi aprovada. Voltei à minha infância. Peguei um balão branco na praça do Palais-Royal, brinquei com o balão pelas ruas de Paris. Dei o balão a um cobrador, fiz gestos e mímicas para os ciclistas. Havia correções a fazer, o jornal se endereçava a um público amplo, era necessário simplificar, não podia cansar as leitoras, no futuro seria preciso encurtar, me pagariam depois, eu receberia por linhas. Minha história agradou ao homem que trabalhava em pé com réguas e esquadros, podia agora esperar outra encomenda. Mulheres jovens, mulheres de idade esperavam sua vez na sala de espera, meu passado refletido em seus rostos ansiosos me deixou com o coração na mão. Estava um passo à frente delas, era tudo.

— Por que não publicariam seu texto? — perguntou Gabriel.

Estava me repreendendo, eu o agradeci sem palavras. Ele estava distraído, sem interesse, às três da tarde diante do prato de massa que eu tinha preparado, depois de um primeiro almoço escondido com o porteiro da igreja. Eu o seguira, sabia com quem estava lidando. Maurice Sachs me chamou.

— Ótimo, ótimo — ele disse como se estivesse ensaboando as mãos gorduchas de prelado.

Naquele dia, sua voz cantada me irritou.

Fui encontrá-lo num apartamento mobiliado na rue de Rivoli.

Com um roupão de seda estampado por cima da roupa escura de listras, andava com mais desenvoltura. Eu desfalecia em minha cadeira, apesar da dose de álcool, dos cigarros ingleses. Seu delírio de conforto e seu desembaraço me saltavam aos olhos.

— O que aconteceu, minha querida?

Ele me perguntou, abrindo e fechando as gavetas de uma escrivaninha estilo Luís XVI.

— Está tudo bem — eu disse, cheia de tristeza.

— Não seja boba — ele falou. — Você está atormentada, mas não precisa.

Maurice Sachs entrou no banheiro, eu escondi o rosto com as mãos. Meu coração não bateria com tanta força se não o amasse. Meu coração saltando solenemente era tudo o que Maurice não queria. Respirando o perfume de seu *eau de toilette*, fiquei me perguntando por que eu não era o rapaz mais lindo do mundo.

Não o ouvi voltando:

— Você fica aí chorando, mas ouvi dizer que agora esperam que você cuide das reportagens?

— Reportagens? — disse com pena de mim mesma.

— Por que não? Querida menina, você não conseguirá nada se ficar atordoando os outros com suas tristezas. Não vão perdoá-la! Um pouco mais de alegria!

Ele me deixara paralisada com sua brusca mudança de apartamento. Tinha medo de uma nova nuvem de gafanhotos. Além disso, queria ser sentimental até não poder mais. Atada, amarrada em um recanto de meu sentimentalismo, sim eu era atordoada e atordoante. Sachs estava coberto de razão.

— Venha — me disse.

Levou-me a um quarto menor, mais fresco, mais severo, mais escuro.

Fechou a porta com um ar solene. Estendeu a mão e me mostrou uma coisa:

— Ouro, diamantes, pedras preciosas — disse com ardor.

Seu rosto era irreconhecível: sem alma. Aquele olhar doce demais para viver agora lançava faíscas malignas. Esse olho de águia e esse bico de águia agora diziam para o dinheiro que estava ali: seremos só nós dois.

— Eu vendo e compro. O que foi? — perguntou, rindo.

Bendito Maurice Sachs. Ele se enfiava pelos bastidores dos grandes joalheiros e me contava com comicidade e lucidez. Ele pesava as pedras numa pequena balança de boticário, me entretinha com as histórias do rapaz que ele amava, mas que não o amava. Ele se aturdia e me aturdia. Eu ouvia com boa vontade os projetos de um especialista em diamantes louco de amor que queria dar o que há de mais belo ao mais belo rapaz de Paris.

— Como vai seu marido? — perguntou quando entramos em seu quarto.

— Vai bem — respondi com raiva.

Não perdoava Gabriel por permitir que eu ficasse tão próxima de Maurice.

— Ele me ama — eu disse.

Minha confidência parecia uma cuspida.

— Sem dúvida ele a ama — disse convicto. — Mas por que esse casamento? — acrescentou consternado. — Não entendo por que decidiu se chamar senhora Mercier...

— Eu escondo o sobrenome!

— As mulheres são loucas — disse desdenhando e se divertindo.

Ele tinha inúmeros encontros. Me mandou embora com desenvoltura.

— Fique bem e não deixe de ir vê-los — me disse com um leve aperto de mãos.

Seu mordomo me acompanhou até a porta.

Tenho uma companhia através do vidro da janela. Esther. É uma menina de treze anos. Estamos na guerra. Moramos diante de um pátio interno, no primeiro andar. Minha janela e a sua, noite e dia frente a frente, não se perdem de vista. Sua janela está vestida com uma cortina tediosa. A minha está despida. Esther nos vê, ela aprende a amar, a detestar, a tomar nos braços, a beijar a nuca e a mão de um homem. Ela imita a nossa existência. Não é um jogo de espelhos. Eu chego primeiro, ela levanta a cortina, ela continua a pentear seus cabelos feios, seus cabelos definitivos que vão até a altura do maxilar. Esther não é jovem, ela não vai envelhecer: esta é sua beleza. Ela não sorri, é sua grandeza. As visitas que trocamos através do vidro são mais reais que um bom dia. Chego, ela corre; ela vem, eu me inclino. Tem a presteza de uma rainha que foi desposada ainda bebê. Pele sem brilho, lábios ardentes. O irmão fala com ela. Eu me escondo, observo Esther. Ela não vira a cabeça, ela não responde. Incansavelmente penteia os cabelos. Louca admirável que não perdeu a cabeça. Ela está sozinha e ficará sozinha. É seu título. Ela gosta do tecido do vestido que usei em meu casamento. Ela me conhece até o decote e não me pede nada além. Nosso idílio é público. Não temos nada a dizer uma a outra, nada a confessar, nada a declarar. A cortina desce quando ela vai embora.

Esqueci de Esther; disse a Gabriel que o nariz dele parecia de judeu.

— É óbvio que Mercier é um sobrenome judeu, sua louca — respondeu ele zombando de mim.

Li em seu olhar que ele sentia pena de mim.

Gabriel não é malvado. Ele me dava seus cartões de racionamento depois de ter comido no restaurante. Era nossa moeda mais corrente depois que passamos a viver sob o racionamento. Esperava por duas horas minha vez para conseguir um punhado de legumes, ficava conversando. Colocava-me na pele dos outros. Era uma festa de lugares comuns. Queria agradar aos outros. Falava sobre os pacotes para enviar para os prisioneiros, as cartas recebidas e enviadas, as invasões e derrotas de nossos inimigos, os momentos de esperança, histórias de pais morando no campo e se privando para enviar toucinho aos parentes. Uma eterna lengalenga, lamentos, ameaças, eu imitava as donas de casa. Juntava-me a elas para criticar, para me consolar. "Nem tudo está perdido", me dizia ao pé do ouvido uma mulher robusta. "Nem tudo está perdido", eu dizia a outra que estava doente. Nossos inimigos. Este vocabulário não fazia parte de minha guerra contra Gabriel, de nossas humilhações recíprocas. Minha derrota coincidia com a guerra de 1939. Cenouras, macarrão e nabo enchiam meu palácio quando Gabriel era gentil. Choramingava com os outros para encurtar a ausência de Gabriel. Minha posição era neutra e de boa fé e além disso esperava alguma coisa da tragédia mundial e de todos os parisienses em fuga, esperava um avanço. Bombas e granadas caíam sobre os meus fracassos. A guerra me tiraria do meu buraco. Tomar decisões é muito difícil para os preguiçosos. Levar a cabo as decisões, encontrar as soluções. Deixávamos a coisa andar, vivíamos um momento de transição. Eu morava num chiqueiro, porém também me pertenciam os imóveis suntuosos com seus cartazes: "Aluga-se". Respirava melhor numa Paris despovoada.

Eles me deram vários números da revista onde havia saído minha história. Não me importava com o texto em si, que era afetado, malfeito e fraco. Meu nome e meu sobrenome me bastavam e ocupavam várias páginas. Meus olhos estavam tomando absinto. Contava e recontava o número de letras do alfabeto para o meu nome e sobrenome: eu, a de ombros caídos, ficava reta oito vezes, ficava reta cinco vezes, ficava reta treze vezes. Tinha estrelas nos pés em vez de dedos. Encostava o rosto nas páginas da revista para ver se meu nome tinha estática. E tinha. Corri à casa da minha mãe, dei a ela um exemplar. Seu entusiasmo e sua indulgência me afligiram. Tentei desviar do assunto: mas era só um começo, agora queriam que eu fizesse reportagens. Minha mãe não tinha lido os grandes autores, com exceção de Stendhal e Dostoiévski. Ela murmurou: "Como estou feliz por você, sua vida é a literatura, foi o que você sempre quis." Sentindo-me péssima, fui embora.

Estou dando uma volta e, na plataforma do metrô da estação Pelleport, o que eu vejo? A revista debaixo do braço de uma jovem viajante toda enfeitada. Tudo pode ser reconquistado, foi só uma decepção passageira. Há quem me leia, portanto haverá quem me lerá. Saem e passeiam comigo, levam-me debaixo do braço, perto do quentinho da axila. Que pontada senti quando me aproximei. Ela passava pó de arroz no pequeno nariz, levava o batom ao lábio. A revista caiu no chão, ela continuou se maquiando.

Eu peguei a revista.

— Ah desculpe — disse ela. — Não precisava se preocupar...

Ela pegou a revista com graça e distração.

Apática, eu observava as flores incrustadas na tampa de seu pó de arroz. Ela levantou os olhos e me encarou. Eu estava sendo inoportuna. Afastei-me sem a perder de vista e, cúmulo da humilhação, cantarolei como alguém pego em flagrante. Esperei meu trem com ela. Entrei no vagão dela, me sentei de modo a vigiá-la sem que ela desconfiasse que eu a devorava. Ela pôs a revista sobre os joelhos, tornou a abrir o pó de arroz e começou a arrumar as mechas do cabelo. Enfim, ela fechou sua bolsa e se entregou ao prazer da viagem. Eu a segui pelos corredores, desci com ela na estação Barbès-Rochechouart. Andei atrás dela, mas na calçada oposta. O sol batendo nas mesas postas sobre a calçada era um convite à leitura. Ela vai se sentar, ela vai folhear a revista, ela vai escolher meu conto, vamos ler juntas. Um passante me xingou: eu ocupava espaço demais. Desconhecida, desconhecida... Ouça o encantador que a chama. Vá, passarinho, bicar minha prosa à sombra do sifão. Vá. Leia. Vou despencar de tanto que eu quero que você queira o que eu quero. Andamos, disseminamos os cafés e as mesas nas calçadas. Eu a segui por ruas desconhecidas. Ela entrou numa mercearia-leiteria. Eu olhava ora para os tecidos dos casacos femininos, ora para o seu rosto bonito e inexpressivo. Ela ficava o tempo todo virando o rosto para a rua como se aguardasse alguém. Saiu com pequenos pacotes, a revista caiu na escada da loja, um passante pegou e lhe entregou.

Ela agradeceu secamente. Meu conto não inspirava um romance. Voltei a segui-la; cem metros adiante ela apertou o botão de um prédio, entrou e fechou a porta.

Procurei um jornaleiro. Ele já tinha vendido todos os números da revista. Senti uma onda de calor: minha história fizera as vendas aumentarem. Três casas adiante eu vi algumas páginas da revista sendo usadas para forrar a banquinha que ficava do lado de fora de um armazém. Reconheci as ilustrações. Voltei ao metrô, sentei ao lado de uma mulher meio masculinizada cheia de orgulho de si mesma. Ela era a minha presa. Abri a revista, folheei com gestos largos. Deixei o exemplar aberto em cima do meu colo na página onde estavam meu nome e o título da história. Aquela ali não escaparia de mim. Esperei, de braços cruzados. Ela tirou as luvas, abriu uma elegante bolsinha e tirou de lá um guardanapo limpíssimo com alguma coisa dentro. Desprendeu o guardanapo e se virou para mim com uma lentidão de autômato. Olhou para mim do alto de seu pescoço comprido, envolto em várias fileiras de pérolas, começou a tricotar um casaquinho.

No jornal disseram que queriam que eu tentasse escrever um editorial, que era preciso elevar a moral das mulheres que estavam longe dos homens que amavam. Deveria inspirá-las com bom humor, equilíbrio, entusiasmo, saúde. Com foco no dia a dia, deveria construir um pedestal para a mulher do lar.

— Escreva o que pedem, você consegue. — disse Maurice, sem ironia.

Não tinha coragem de dizer a ele: por acaso leu o que eu escrevi?

Minha vida dupla começou ali.

22 de maio de 1961. Uma antiga diretora de escola — de oitenta e três anos — me levou ao paraíso dos jardins abertos. Seguimos por um caminho passando pelos restos de ruínas e de casas de fazendas que ainda estão de pé. O vento mistral soprava. Achei que

ele ia parar de repente, como um telegrama que abrimos de uma vez. Deixamos um inverno em Oslo para entrar numa primavera em Palermo. Surpresa de uma exposição.

Chegamos na desordem voluptuosa de um jardim selvagem, ouvi alguém cantarolando: apareceu um senhor usando um chapéu de palha, mistura de sol e de mel. Um panamá transformado em boné com duas abas nas laterais.

— Bom dia — ele disse, sem mais, com uma voz arrastada como se o seu cantarolar se espichasse até se transformar nas palavras "bom" e "dia".

Pobre, negligenciado, solitário: era o que saltava aos olhos. Mas, não! As faces coradas, o contorno do rosto arredondado apesar da idade, os enormes olhos azuis, o movimento de onda dos cabelos brancos em cima da nuca, a barba rala de patriarca tranquilo, liberto de suas obrigações, com tempo, reunião de coisas que se sobrepõe à solidão, à pobreza. Um homem solitário que não pode costurar os botões de sua braguilha.

— Bom dia...

Ele nos mostra a pontinha verde das alcachofras novas prontas para serem colhidas. E se vai com a marmita furada cheia de terra. Seus primeiros morangos, quatro ou cinco, repousam na água turva de um balde de ferro enferrujado. Estamos longe do algodão hidrófilo das caras lojinhas de frutas e legumes.

— Ele deu aulas no México — me diz a senhora de oitenta e três anos que escuta Sidney Bechet. Foi expulso da França, da congregação dos Irmãos Cristãos, no momento de separação entre Igreja e do Estado. É um eremita aventureiro. Estamos agora paralisadas por causa da imensa íris hercúlea em meio ao rosto rosado. Sensualidade das coisas coloridas pela luz; sensualidade da luz diante das coisas coloridas.

Nós o felicitamos, mas ele está distraído com outras coisas. Vive dentro das canções que cantarola, que inventa, que compõe. A senhora de oitenta e três anos que lê Sartre, Schwarz-Bart, que gostaria de ver os primeiros filmes de Buñuel, que discute *Le Journal Parlé* com vigor leonino, que assina o *L'Express*, o *L'Observateur*, o *Temps modernes*, diz a ele que chegaram os morangos.

— E dei para você os primeiros que vieram!

— É verdade, estão aqui — ela respondeu.

Ele vai cuidar de suas trepadeiras cantarolando. A voz falseia. Ele é velho, rude, prodigioso. Seus dedos fazem milagres de resistência com as plantas. Tudo o que ele toca flori.

23 de maio de 1961. Frio de cão na região da Vaucluse esta manhã. Não me lavo, assim fica mais simples. Um, dois, três, quatro casacos, com uma calça cinza, e vou indo pela estrada com meu cestinho espanhol, as alpercatas azul-turquesa largas demais, o esmalte descascando no meu dedão do pé parisiense. Saio do meu quarto noturno para o meu quarto diurno. Um sol delicioso... à minha espera quando saio para a varanda. Preparo meu café da manhã num galpão de madeira, com lenha que não me pertence. Não vamos ser exigentes. O oxigênio também é uma fonte de calor. A água esquenta e não sei o que fazer com o meu problema: como farei para comer meus dois quilos de morangos antes de ficarem murchos, cor de tabaco? Coloco açúcar, esmago as frutas para comê-las em seu frescor natural. Tenho meus próprios passantes, meus fregueses que circulam no caminho debaixo da varanda. Os gatos e os cachorros. Um grande cachorro avermelhado, um grande cachorro bege, um grande cachorro branco... Absorvidos em descobrir o lugar, buscam os cheiros da terra evitando-se uns aos outros. Eles pertencem ao seu próprio horizonte. São os cachorros de minhas tristezas, os cachorros de suas reflexões.

24 de maio de 1961. Vai chover? As colinas no primeiro plano estão cobertas por um tapete de pelos da Mongólia. Agora chove. Moedinhas de cinco centavos. A montanha ao fundo é azul-escura. É quase um entulho da minha terra natal, debaixo das nuvens de um azul ameaçador. As giestas morreram, ouço o barulho da chuva caindo no cimento. Os jardins vão aproveitar. Os pássaros, fartos de tanta cereja, cantam. A chuva produz um zumbido em meu ouvido, a casa em ruínas fica no limite quando chove, a terra úmida se torna rosada, os vinhedos caem, as pequenas cabanas desaparecem. Chovendo ou não, observo o jogo de claro-escuro das duas colinas que navegam perto do infinito. Recebo uma visita, o voo deslocado de uma andorinha diante da porta-janela. Tenho sentimentalismo de sobra, fico triste vendo o banco molhado que não posso proteger da chuva. Tenho comigo um ramalhete de gladíolos agrestes, colhido ontem à noite entre as giestas e as árvores frutíferas recentemente floridas com botões grená. Não haviam previsto uma chuva tão longa assim. Minha casa construída de sol desabou.

Escrevi vários editoriais.

Acordem cedo, era o que eu recomendava às leitoras. Enquanto eu acordava às onze da manhã, implorando para ter o sexo de Gabriel. — Adoro implorar, adoro pedir, ter, aproveitar. Meu Deus, sim, meu Deus, era magnífico minha súplica enquanto chorava deitada sobre os pés nus de Gabriel diante da torneira. Era uma hera que eu adorava: meus braços trepavam sobre suas panturrilhas. Oh, senhora Lita, quanta delicadeza. Você morou no andar acima do nosso quarto durante toda a guerra. Você ouvia nossas sessões longe de seu marido prisioneiro. Eu a encontrava com frequência, você tinha uma estrela amarela costurada no peito, você dava um bom-dia à esposa mais calma do mundo. Falo de você, senhora Lita, e agora surge um raio de sol enquanto chove.

E, sobretudo, acordem com o pé direito, recomendava às leitoras.

Eu não dava a menor bola para o meu pé direito. Esgotada pelas privações, eu despencava em nosso divã. Meus cabelos banhados de lágrimas choravam sobre meu rosto. Gabriel vinha, me segurava e jogava sobre os lençóis esse monte de trapos. Começava outra crise. Gabriel cumpria seu papel pois ele não podia me matar. Ele se retirava do quarto. Com frequência eu queria que nós, o quarto, a mesa, o aquecedor, a poltrona, o divã seguíssemos Gabriel pelo tanto que ele nos detestava.

Não percam tempo: acordem de bom humor. Lutem com o cotidiano, senhoras e senhoritas. Suas dificuldades vão evaporar, dizia às leitoras.

Se acordava com Gabriel, era para discutir os três francos de gás, os dois francos de eletricidade, os vinte centavos de carvão, os cem francos de aluguel. Escondia minha carteira, ele disfarçava o dinheiro quando abria a carteira dele. Estranho jogo de gananciosos. Um enganava o outro sobre quanto cada um tinha ganho. Dez vezes por dia eu verificava a quantia dentro da minha bolsa. Não é que desconfiasse de Gabriel. Desconfiava de sua curiosidade. Seu dinheiro era também seu sexo que ele me recusava. Eu o provocava com carícias, mas ele me falava de bronquite, resfriados e casacos. Dá para ver bem que você não passou fome, dizia com frequência minha mãe. Gabriel tinha passado fome. Ele se lembrava do frio de um inverno passado só com um casaco. O fantasma da febre tifoide o perseguia. Eu lhe dava macarrão, e mais macarrão, sempre macarrão. Me esforçava para mantê-lo me esforçando em perdê-lo.

Equilíbrio, senhoras e senhoritas, sobretudo manter o equilíbrio. Cuidem da cabeça. Sejam uma boa jardineira da cabeça. Alma sã em corpo são, diziam os antigos. Nenhum minuto a perder, abram a janela, respirem fundo ao levantar, era o que escrevia para as leitoras.

Imaginem que o meu equilíbrio era dos melhores! Cansada de esperar a revelação e a Visitação, eu me libertava da esperança com crises de fúria e ameaças de suicídio. Acusava Gabriel de detestar as mulheres, reprovava suas amizades irretocáveis, acusava-o de homossexualismo. Batia em mim mesma com a pá do carvão para convencê-lo. Mas acabei matando a mim mesma dentro dele. "Vou fugir, desaparecer, vou me suicidar." Ele dá de ombros. Ele sai com a máquina fotográfica a tiracolo. Vejo que deixou dois cigarros no maço amarrotado sobre a lareira. A garrafa de vinho está vazia, os copos têm marcas de batom. Eu me visto, me maquio, percebo que estou tremendo pois vejo que caiu um pouco de pó de arroz do armário no chão. Exploremos este tremor: de uma simples ameaça, façamos sair uma realidade. Fabrico outro tremor, apoio tremendo o pompom sobre o pó de arroz dentro da caixinha. O pó ocre rosado se espalha um pouco por todo canto pelas prateleiras do armário. Em qual estado ela deveria estar, imaginaria ele. Gabriel foi pego, vou segurá-lo com sua preocupação.

Saio de casa sem fome e sem sede. Pergunto-me aonde ir. Morro de tédio antes de brincar de morrer. Arrasto a cidade, arrasto as horas, arrasto os cafés moribundos, arrasto as bocas no metrô. Arrasto os degraus, conto os chapéus, os braceletes, os anéis, os colares, conto as estampas, os livros pornográficos, conto as camisas e os pulôveres que Gabriel não compra, digo para mim mesma que não sou mais deste mundo e vejo em meu céu de falsa suicida meias e cintos de couro para Gabriel. Termino no quarto de Musaraigne, uma amiga.

Conhecemos Musaraigne na rua, por acaso. Gabriel não abriu a boca. Musaraigne tem a minha idade. Ela é crente e praticante, ela observa, ela opina, ela se engana ou acerta, considera-se uma psicóloga, mas nem sempre Deus lhe empresta seu microscópio. Por que o epilético caído na calçada a deixa pálida? A baba não é limpa. Musaraigne fala com um jeito lento e afetado. Ela foi esculpida em cristal. Tenho medo de que quebre quando se empolga. Ela é casta, intacta, pobre, ela se alimenta de migalhas, sua respiração chiando em meio às frases me faz mal. Esta é sua própria luta com a serpente. Sentada na grama, ela lê em voz alta Proust, Edgar Poe, Teresa d'Ávila, Péguy, Valéry para sua mãe ou então para os amigos. Como eu, é apaixonada por ramalhetes campestres. Galopamos juntas em um lago de margaridas brancas, perdemos a cabeça com Julienne diante de um campo de lírios-do-vale sobre os rochedos do Mer de Sable. As três Graças (era como nos chamávamos) voltavam a Paris enriquecidas. Gif, Bures-sur-Yvette, Chevreuse, Saint-Lambert, Saint-Rémy, Port-Royal, Ève, o metrô, as estações Gare du Nord e Saint-Lazare, os docinhos do vilarejo aos domingos... Ao meio-dia procurávamos algum terreno abandonado, a Providência nos ajudava a encontrar esse cantinho, então armávamos nosso piquenique. Musaraigne mastigava miolo de pão, torrada, sanduíches. Mas ela soltava uma gargalhada quando eu balançava meu salsichão com alho debaixo do nariz. Julienne bebia sol. Dividíamos, somávamos nossas despesas; eu zombava da piedade de Musaraigne, torturava-a, levava-a ao choro. Ela e Julienne me falaram de Vincent van Gogh. Julienne me emprestou suas *Cartas*. Esconderei de você, leitor, um dos maiores momentos de minha existência: Van Gogh, as *Cartas* de Van Gogh. Sentada em meu trono de glória, desejava que ele cuspisse em cima da sociedade que o assassinou.

Interroguei Musaraigne no dia em que encenei meu falso suicídio. Cheguei na casa dela e tive uma crise de egocentrismo. Ela ouvia enquanto eu contava. Diga a ele que é um sádico, diga. Por que é um sádico? Pense um pouco, reflita o tempo que quiser. Por ele se negar a fazer as coisas? Por ele negar fazer as coisas para mim? Ele detesta as mulheres. Garanto que ele detesta as mulheres. Hermine foi embora, ele ocupou o meu lugar. Ele se nega como eu me negava. Tenho de devolver-lhe tudo o que ele me dava. Você não consegue ver em meu rosto as coisas que acontecem, tudo o que eu aguento? "Vejo", disse Musaraigne. Ela me olhava com compaixão e acabou dizendo que Gabriel era sádico, mas nada preocupante. Queria que ela dissesse também que ele era bizarro. Eu lia nos olhos tristes de Musaraigne: "É mais difícil viver com você do que com ele." Num tom grave de confidência, ela cochichou que eu não deveria ter me casado. Respondi que ele teria fugido. Ela soltou uma boa risada:

— Você acha que ele não vai fugir?

— Não sei. Só sei que ele é atraente.

— Não duvido — disse ela, consternada.

Eu lia em seu sorriso: não é meu tipo. Prefiro passar a noite com meus grandes autores.

Naquele dia não lhe contei o que eu havia preparado para assustar Gabriel. Saí de sua casa no fim de tarde e fui tomar uma bebida adocicada. Já, já terá sua vitória, cantarolavam os ponteiros do relógio de Saint-Michel. Jantei no restaurante Les Balkans — chega de comer espetos de carneiro —, a noite chegava por entre as cortinas e me enchia de satisfação. Havia duas horas que Gabriel me esperava no quarto, meus urros não tinham sido à toa. Voltei às dez e meia e encontrei o quarto como o havia deixado. O aparelho fotográfico não estava lá, não havia nenhuma guimba, nenhum rastro de Gabriel. Abri o armário, tive um leve mal-estar por causa do pó de arroz ocre rosado nas prateleiras. Saí de novo, fui andar pelas ruas ao redor do prédio. De repente, eu o vi. Ele conversava em voz baixa com sua irmã. Os papéis azuis colados nos vidros das janelas pareciam vitrais que haviam perdido suas cores. Gabriel reconheceu meus passos. Ele veio, caiu em meus braços. Finalmente te encontrei, te encontrei, ele repetia sem ar.

Sua irmã nos separou:

— Onde você estava? — disse ela com tom severo.

— Onde você estava? — disse Gabriel.

A lanterna de Gabriel iluminou nós três. Eu teria querido embalsamar seu rosto radiante, guardá-lo num mostruário.

Comecei a brincar com minha bolsa.

— Fale — disse Gabriel.

— Fale. Meu irmão ficou esperando por você por horas a fio.

— Você não costuma voltar tão cedo nos outros dias — eu disse de mau humor.

— Fomos procurá-la na casa da sua mãe.

— Vai que ela estava lá — Gabriel dissera à irmã.

Gabriel arrumou a cama, esvaziou os bolsos na lareira sem dizer uma palavra.

— Venha — ele disse, enfim. — venha me contar tudo. Foi sua caixa de pó de arroz que mais me assustou.

— Você achou que eu tinha feito uma besteira?

— Achei.

Estávamos deitados. Ele me olhou.

— Meu menino — ele gritou.

E me abraçou chorando.

— Meu pobre menino — disse ainda deitado no meu ombro.

— Você tem pena de mim? — perguntei baixinho.

— Tenho. — disse Gabriel.

Silêncio. Quem falaria primeiro?

— Você preferia que eu tivesse me matado. E eu voltei...

— Não diga besteira.

— Você ficou mesmo preocupado?

— Por favor, não se faça de mulherzinha. Eu detesto isso. Onde você estava?

Ele se apoiou no cotovelo sobre o travesseiro:

— Vou acender um cigarro. Tinha até esquecido de fumar.

Gabriel pegou o isqueiro e o maço de cigarros no chão: sua mesinha de cabeceira.

— Apague o cigarro, vou contar onde estava...

— Não vou apagar — disse Gabriel.

Seu cigarro àquela hora era seu melhor amigo.

— Eu fui andar... Fiquei andando. Passei na casa de Musaraigne. Pode perguntar a ela.

— Não vou perguntar nada, acredito em você.

Ele pensava olhando dentro dos meus olhos. Voltou a fumar.

— É porque eu te amo — eu disse baixando os olhos.

— É isso, você me ama, estamos de acordo — disse Gabriel em um ricto.

Apagou a luz.

— O que minha mãe disse?

— Que não precisava me preocupar. Que você voltaria, ela sabia.

Que raiva da minha mãe. O otimismo dela me magoava.

— Ela se preocupou?

— Menos que nós — disse Gabriel. — Ela conhece bem você. Boa noite.

— Boa noite.

Uma mão desajeitada segurou a minha em meio ao escuro. Um adeus. Modelei minha tristeza, chorei sem testemunhas. Gabriel tentava dormir, mas não parava de dar sobressaltos.

— Parabéns, você conseguiu dormir. E dormiu bem — Gabriel falou na manhã seguinte.

— E você?

— Não dormi. Esta noite me recupero.

Foi assim que nos três dias que se seguiram eu fui morrendo aos poucos dentro de Gabriel.

Minhas reportagens não foram muitas. Eram sem sentido, abortadas, recusadas. Não tinha experiência e não conseguia ver com os olhos do público.

Propus uma matéria sobre os bastidores da Comédie-Française para uma revista importante. O projeto agradou. Deram-me o melhor fotógrafo de Paris. Os técnicos do teatro nos mostraram e explicaram a maquinaria. Eu não entendia nada em meio àquele labirinto de cordas, escadas, alçapões, cantos, passarelas, mas tinha vontade de dormir lá uma noite no fim de um espetáculo. O palco diante das cortinas onduladas debaixo das cadeiras me parecia irrisório. Atravessei a cena em vários sentidos, mas não sentia nada. Eu, a trágica de nosso reduto, a trágica das censuras e ressentimentos, a trágica de meus ovários, com a cabeça florida de bobes, com meu rastro de lágrimas, com uma chuva de tempestade por chorar, o rosto transtornado, a dor da terra fértil removida, quem era eu no palácio de Fedra, no aposento de Chimena? Uma covarde. Encontrava-me no meio do arcabouço do teatro e deixei de acreditar na realidade da cena quando a cortina subiu. Para mim bastavam o drama de uma viga e de uma roldana, a atmosfera de hangar e entreposto.

Alguns atores usando roupas normais nos receberam e deixaram que visitássemos o camarim: uma pequena sala com as paredes revestidas de cretone antigo. Não tive coragem de interrogar ninguém. O que se pergunta a um autor? Na época em que escrevia notícias curtas para o jornal, havia lido O *paradoxo do autor* e me lembrava do livro. Uns rapazes riam à vontade longe dos clamores dos imperadores. Na vida não representavam, era perfeito. O fotógrafo fez muito bem seu trabalho. Fotografias impecáveis, fortes, surpreendentes, variadas. Eu deveria escrever as legendas. Que trabalho desafiador para toda a minha pobreza. Não, eu não podia inventar uma profissão que não era minha. Pedi ajuda a Gabriel: o dia ia chegar e meu trabalho não estava pronto. Gabriel me disse que ele preferia estudar a obra do fotógrafo, afinal, queriam que eu escrevesse as legendas. Mas eu tinha escrito umas bobagens complicadas. A revista saiu, eu tinha desaparecido. Quem tinha escrito um texto mais simples e melhor que o meu? Chorei porque não puseram no começo da matéria: "segundo uma ideia de Violette Leduc".

Voltei para a revista feminina; conversei com eles sobre a possibilidade de oferecer às leitoras reproduções de modelos de alta-costura. Os redatores hesitaram. Não queriam assustar com ideias excêntricas e inacessíveis. Respondi que as leitoras poderiam copiar o que desejassem: uma gravata borboleta, uma braçadeira, uma combinação de cores, um punho.

"Ter reproduções de quadros no quarto não é ter delírio de grandeza", disse para mim mesma. Eles meditaram e me mandaram assistir a apresentação de uma coleção de Lucien Lelong...[15] Minha capa de chuva já muito gasta me constrangia apesar de seus reflexos coloridos. Não conseguirei entrar, o porteiro vai me mandar embora. Eu a coloquei no ombro e me embriaguei de pobreza em nossa cozinha. Os ratos que via da janela de vidro fosco traçavam motivos rápidos em cima do telhado. Os ratos de Paris, a moda de Paris. Conhecemos este cacarejar: o auge do desespero. Eu cacarejava. Vamos ouvir, descansemos com o fogareiro. Meu pulso, minhas pálpebras, uma medida para nada por favor, a barca do tempo avança junto com as coisas: a luva de esponja, desfiada e molhada, o lixo com seu forro de papel, a bacia com sua marca oval de sujeira, a batata arrebentada, o acendedor de gás ao lado da guimba de cigarro. A barca é Hermine, ela rema em pé. Passávamos a mão nas promoções. Nosso passado... essa pequena borra de café na pia. Vamos em frente. Darei a elas *tailleurs* cor de enguia e roupas em lamê para olhos que não verei.

Enorme distância entre ser uma cliente de promoções de butiques e uma redatora insignificante e sem profissão, incompetente. Mostrei minha carta de apresentação: o porteiro, o recepcionista e as vendedoras disseram que eu podia entrar. No meio da multidão

---

15 Lucien Lelong (1889-1958) foi um famoso costureiro francês, com auge entre os anos 1920 e os anos 1950, e um dos responsáveis por Paris ser considerada um berço da moda. (N.E.)

falante, virei uma estudante tímida. Uma senhora vestida de cinza me deu uma cadeira leve de madeira dourada. O desfile começaria em breve: os lápis e as canetas estavam a postos sobre os blocos de notas. De vez em quando uma vendedora atravessava como um meteoro a passarela, estreito espaço entre as fileiras de cadeiras uma diante da outra. Uma voz chamou alguém, uma modelo vestida de um *tailleur* diurno saiu dos bastidores. O desfile tinha começado. Uma pessoa na plateia cochichou que o estilista estava no salão entre nós e apontou com o dedo. Usando uma roupa toda azul-marinho, ele estava de braços cruzados e se preparava para olhar sua obra.

15 de junho de 1961. Estão revolvendo o feno, minhas crianças. O verão está de bom humor, os prados começam a ter seus brotos, o olhar se aquece observando a natureza, assim como o olfato se aquece nos estábulos. Estão revolvendo e cortando o feno. O barulho do trator cobre os tafetás da forquilha revolvendo o feno. Terra cinzenta, terra seca sobre a qual descanso; névoa de mato e trevos degradados. Dois pássaros me satisfazem. Magnificência das giestas: o sol embala cachos de ouro, o azul fluído do céu é brando. Rosa ardente, rosa mística de um campo de trevos que se ergue em sementes, vejam: uma borboletinha vermelha. Uma luz sutil se espalhando em orgasmo sobre a grama, meu vitral no chão. E sempre as colinas consumidas pelos arbustos, a linha do horizonte é uma muralha de giestas como um casaco de pelo. E a brisa passa com a delicadeza de uma enfermeira. Eu estou sentada ao lado dos longos cílios das giestas que saem das moitas. As flores nas pontas das hastes, orelhinhas ou bocas abertas? Arte religiosa, a cor dos trompetes nos quadros. Luz cintilante. Eu seria uma boba se não aproveitasse o que eu tenho... Quando anoto em meu caderno aproveito duplamente. Estou dentro de um cálice. O cálice da natureza que se aquece. Meu nascimento é o nascimento do mato mais modesto, mais livre, mais ignorado. Meu nascimento é a visita da luz. O silêncio em meu ombro, ó, minha pomba. Vamos beber devagar e saborear esse azul pálido. Tenho sede, tenho fome e me banho na goela do pássaro. Eu ouço, eu olho, não morro. Minha velhice, diga que você será meu travesseiro. Os flocos de meus velhos anos presos nas sebes me agradam tanto. Diga, minha velhice, que minha solidão será minha criancinha de cabelos brancos. Minha idade murcha, não tenho mais medo das crianças que riem. À noite, só espero: não

dormir é viver as horas que soam, é ser amada por um campanário. Envelheço, logo vivo: minha mordaça brilha na casca da árvore que morre. Vamos entrar, Violette, e examinar sobre o divã as tílias que colhemos. Colhi as flores à sombra do jovem pé de tílias, eu me casaria com este mundo de flores, de hélices, de folhas nas quais as abelhas teceram meu véu.

O estilista cruzou os braços, contemplou, sereno, sua própria obra. Simpatizei de imediato com esse homem silencioso, apagado. Sua magreza me convinha, seu rosto feio tinhas rasgos, mais do que rugas, generosos. Assim como sua coleção, os olhos não traziam audácia. Eu não sabia que a coleção era perfeita para o comércio, para a clientela discreta. Uma mulher jovem tinha levado a coleção ao sucesso com o desdém de uma estudante russa. Fui a primeira a sair do desfile, com vergonha por não ter escrito quase nada.

Gabriel... era você, é você? Precisava de você em todos os lugares da terra e agora você está aqui entre minhas unhas e minha pele.

Fica quieta, menininha.

Não me chame de menininha. Não expulse sua hera.

Menos saliva, pequena.

Sou pequena?

Não vou responder. E o nosso nome, o meu nome?

Eu o escondo. É mais cômodo. É mais cômodo para o meu trabalho.

Trapaceira. Sentada nesta cadeira dourada, você chama isso de trabalho! Se eu não fosse um zero à esquerda, se fosse capaz, você levaria meu nome estampado num estandarte. A pobreza é uma doença vergonhosa, concorda?

Por que deveria, Gabriel, dar a eles nossa vida de ontem, nossa vida de hoje? Eles nos vomitarão, não terei mais trabalho. Pense em nosso reduto. Apenas escondo a nossa miséria.

Trapaceira. Esperava que você mandasse todo mundo se catar, mas me enganei.

A culpa não é minha. Fecharam-me o bico antes de eu nascer. Quando amo não faço trapaças. Não podia supor que seria possível desencorajar o amor desta forma. Eu enganava Hermine. Sempre trairei sem grandeza.

Avarenta.

Pode ser.

Maurice Sachs a queima por dentro.

Pode ser também. Ele me manda para você, você me manda para ele. Ele é melhor que você.

Ele não a conhece.

Ele não pode me amar.

Ele é um exilado, você é o exílio dele. Quando você está com ele, a sua ambição não tem limites.

Nunca vou desejá-lo.

Estou vendo que andou pesando as coisas.

Maldito.

Você não o deseja, e ele a fará morrer de sede.

Minha Amiens, afaste-se. Minha Amiens amada, do que você precisa?

De paz. Minhas meias, meu casaco, minha barriga quentinha.

Não posso lhe dar a paz. Preciso me dedicar a odiá-la para poder amá-la. Enquanto destruímos, estou construindo também. Quando nos acalmamos, tenho um abrigo, tenho um ninho com filhotes.

Não me importa. Não me importa nada. Prefiro um lugar quentinho.

Você prefere ver a madeira seca estalando.

Sim, meu menino. Não me obrigue a dizer as coisas.

Gabriel... responda. Sou uma hipócrita?

O vocabulário dos defeitos bem como o das qualidades também precisa ser refeito, minha querida. Você, hipócrita? Você é frouxa, não tem personalidade. Estou cansado de ficar repetindo.

Eu nasci despedaçada. Sou a desgraça de outra pessoa. Ora, sou uma bastarda.

Inocente! Sofri bem mais que você nas mãos dos meus pais. Quando existe um filho preferido, você sabe como são as coisas?

Você não é bonito, eu sou feia, vamos nos amar com todas nossas forças. Ainda é possível. Você não me responde.

Estava pensando.

Não, não sou hipócrita. Queria agradar aos outros, a todos, porque sempre desagrado. Há aqueles que podem dizer tudo. Há aqueles que não podem dizer nada. Há os que são perdoados por tudo, há os que não são perdoados por nada.

Não se atormente por tão pouco, afinal, você estará sempre sozinha, querida. É o que lhe cabe.

Tenha piedade, Gabriel, vamos nos acertar. Meu lindo, você que teve a coragem de ficar comigo. Se eu pudesse me degolar para poder recompensá-lo... Você está amadurecendo, você amadureceu. Até quando vai amadurecer, Gabriel? Você está brilhando, luminoso. Você foi feito de ouro ou de prata?

Em zinco, estanho. Sou o balcão de todos os cafés da França.

Volte a ser o pequeno fotógrafo que eu agradava. Vamos comprar vinho, cigarros. Vou cantar para você a canção do fruto que amadurece sobre um chumaço de algodão.

Venha.

— Está tarde. Vou perguntar ao Sr. Sachs se pode recebê-la.

— O sr. Sachs me receberá.

— O sr. Sachs está doente.

— Doente?

— Muito doente. Vou ver se está dormindo.

Não era o mordomo da minha visita anterior. A senhora de seus sessenta anos, agradavelmente fora de moda com sua longa bata branca, me deixou na entrada do apartamento. Eu viera ao encontro dele depois de uma briga com Gabriel.

Enquanto aguardava, pensei que ele tinha ido embora, é como se Maurice Sachs tivesse ido embora.

— Pode entrar — disse a enfermeira.

Ela sumiu.

— Você esteve doente? — disse, ao entrar no quarto.

Maurice Sachs estava sentado na cama, com um pijama cor de marfim, a cabeça apoiada em vários travesseiros, pensativo, com as mãos juntas em cima do lençol. Senti um mal-estar com o livro em cima da mesa de cabeceira. Não podia ler o título. Saber o título do livro teria sido pior. Eu teria adentrado no universo de Sachs para ser repelida de lá na mesma hora já que não teria compreendido o livro de filosofia que ele não largava.

— Você está doente? — perguntei com uma voz chorosa.

Fiquei ao lado da porta desejando me aproximar de Maurice e ser amada por ele enquanto me esforçava para fazer uma voz...

Virei a cabeça.

— Você precisa aprender a não fazer perguntas idiotas.

Ele fixava em mim seus olhos castanhos de veludo. Julgava que vivia com ele, acreditava nas compensações de um casamento branco: atravessara Paris às oito da noite por causa dele e, na loja ainda aberta, encontrara isso e mais aquilo que ele tanto queria e que trouxera para ele. Os doentes olham desta maneira para poder ver o mundo daqueles que se comportam bem, para respirar o ar de quem vem da rua.

— Estaria na cama se estivesse bem? É verdade que adoro deitar cedo e acordar cedo... Começar o trabalho com o raiar do dia...

— Voltará a se levantar cedo, senhor Sachs — disse a enfermeira.

Ela saiu do banheiro. Devia ter entrado ali por uma porta oculta. Era a rainha dos aposentos e me privava de meus direitos. Fiquei ruborizada, estava com ciúmes.

— Senhorita Irénée — disse Sachs.

Ele a olhou com ternura, seu rosto se iluminou por ela. Percebi que havia um passado entre eles, de medicamentos e injeções.

— Violette Leduc, uma jornalista de Paris — disse Sachs com muita elegância.

— Ora, por favor, não sou nada disso — disse sem falsa modástia.

A moça parou de me olhar. Algumas pessoas nos consideram um poço. Descem, sobem, e pronto. Ela olhava para o banheiro.

— A senhorita jantou bem? Ao menos serviram-na direitinho? — perguntou Maurice Sachs.

— Tenho tudo de que necessito — disse a enfermeira.

Ela estava confusa. Um senhor a incomodava, um senhor me paralisava.

— Tudo de que necessita e um pouco mais? — disse Maurice.

— Queria que o senhor não se cansasse à toa — disse ela.

— Gostaria que você descansasse um pouco antes da noite. — disse Maurice Sachs.

A cena era irrepreensível. Eu queria fugir, mas não tive coragem.

A enfermeira saiu do quarto.

— Você esteve muito doente. Ela contou. É grave.

— Não recomece — disse Sachs. — Aprenda, querida menina, que nada é grave. Não se pode nem morrer de fome. Não se esqueça disso (acrescentou com um tom irônico). Minha doença? Estou amando: tal é a minha doença.

Tive dificuldade de continuar olhando para o olhar triste estampado em seu rosto. Tirar a lua de sua órbita, mantê-la diante dos olhos para deixar de olhar para ele, bater em sua porta e apresentar o cartão de visita do adolescente ideal ao qual ele aspirava, era tudo o que eu desejava.

— Bob?

— Sim. Bob.

Mantivemos o silêncio de um problema sem saída.

Eles amam rapazes que não lhes correspondem. As exceções são raras. Por isso eu era tão próxima de Maurice Sachs. Seu lençol... meu lenço para chorar sobre suas desgraças do amor.

— Ele veio ver você?

— Não sei mais. Pode fumar — disse Maurice.

— Ele não veio ver você?

— Ele acabou comigo. Por que diabos quer que ele venha? — disse com um tom de voz neutro. — Pode falar, minha menina, isso não me cansa de modo algum.

Ele fechou os olhos. Ficou descansando, mas para mim era sua forma de me amar.

— Mexa-se — eu disse, assustada.

Ele abriu os olhos. Riu com vontade, porém eu não acreditava na sinceridade de seu riso.

— Mexer com um tumor na coxa, você tem cada uma — disse Maurice.

— Um tumor e você não me contou!

— Acalme-se.

Maurice Sachs deu a entender que tinha bebido dias e dias depois do fim do relacionamento. O tumor tinha se formado depois de uma septicemia, depois das sulfamidas. Ele estava falido e tinha de deixar o apartamento. Falou de sua errância, das noites de desespero, das noites bebendo com o mordomo. Soube depois que ele tinha chorado por horas a fio sobre os bancos nas ruas, com a cabeça apoiada no ombro do empregado que tinha se tornado seu companheiro.

— Que tal falarmos de seu trabalho — propôs Maurice. — E aquela reportagem? Soube que não funcionou. O que aconteceu?

Não se deixe abater. Está com uma boa aparência, mas não está bem. Você é a presa de suas neuroses. Seu inconsciente a devora.

Sachs me observava e pensava. Fiquei orgulhosa de lhe despertar interesse. Eu disse:

— Você está sofrendo. Não quero cansá-lo.

Pensava em Bob e no tumor.

Ele virou a cabeça. Eu o importunava ao falar dele mesmo de forma tão direta.

— Vocês, arianos, estão sempre tristes e dramatizam tudo.

Não devia me preocupar com a saúde dele, com os negócios ou com os infortúnios. Comecei a detestar suas mãos gorduchas. Não conseguia brigar com sua boca infeliz.

— Como vai seu marido e o casamento? — perguntou.

— Vou me divorciar.

Não acrescentei: "quanto mais eu amo Gabriel, mais quero o divórcio".

— Boa ideia — exclamou Maurice.

Achei seu tom superficial, ele reagiu com muita flexibilidade.

— Alguma novidade? — perguntou de novo.

Contei a ele sobre minha infância, ele me consolou pelo meu passado e pelo meu presente. Encheu-me de ânimo e aconselhou que eu continuasse escrevendo. Deixei-o às dez horas da noite.

— É fabuloso — disse a Gabriel quando voltei.

Naquela noite, Gabriel dava pequenas goladas em sua bebida, fumava com prazer de pé ao lado da lareira. Ele gostava de esquentar o copo de vinho em qualquer época do ano. Sentia prazer passando a mão na barba que à noite começava a despontar produzindo um barulho de lixa.

— Sim, fabuloso — ele disse, sorrindo para o próprio copo.

— O quê? — perguntei com raiva.

— Entregar-se às coisas, minha cara: viver, fumar, beber. Aliás — disse baixando os olhos, passando o dedo pela beira do copo — sabia que levaram o pai de Esther ontem?

Não tive coragem de gritar que éramos dois monstros indiferentes em volta do nosso foguinho. Um papagaio tagarelava pousado sobre meu capacete de ariana: que sorte, não somos judeus, que sorte não sermos judeus nesta hora. Tendo sido liquidada, apagada ao nascer por gente da alta burguesia, não podia ficar contente agora que outras pessoas da alta burguesia precisavam em tempos de guerra se refugiar em zona livre. Foi nesta Paris despida de seus valores que eu, funcionária medíocre de escritório, comecei a escrever editoriais endereçados a senhoras e senhoritas que precisavam se refugiar de suas obrigações lendo no metrô. À noite sonhei que a guerra tinha acabado, que as pessoas importantes tinham voltado e que eu, cachorro sarnento, me enfiava num escritório de desempregados. Acordei molhada de suor, balbuciando que era um pesadelo, e voltei a dormir.

— O alarme, os aviões — disse Gabriel. — Quer descer ao porão?

Deixei minha bolsa sobre o divã.

— Não. Quero morrer com você — respondi.

— É que eu não quero morrer — disse Gabriel num belo impulso de independência.

Meus olhos se encheram de lágrimas.

E recomecei:

— Sachs é fabuloso.

Gabriel me ofereceu um cigarro do Exército, respondeu que estava ouvindo e se divertindo.

— Sachs está à beira da morte, mas esquece disso — Aproximei-me de Gabriel — O que é que você está ouvindo?

— A sirene está tocando. E nosso blábláblá desafiando os aviões!

Gabriel tomou lentamente sua taça de vinho. Sua boca não se sujou, os lábios não tocavam em nada. "Qual dos dois nessa hora era o mais atraente?", eu me perguntava. Sachs, bebêzão da rue Rivoli descansando, Gabriel, homenzinho flexível e magro bebendo. E Violette, pêndulo que definha, oscilando de um lado para o outro.

— Diga que Maurice é fabuloso, diga comigo...

— Se você entendesse que não ligo a mínima para ele... — murmurou Gabriel.

Tirei o cigarro de sua boca.

— Você, *minha pequena*, ainda vai me pagar. Estou avisando. Se você tirar outra vez a lapela do meu paletó como no outro dia, vou dar no pé para sempre. De qualquer jeito vou dar no pé. Vou embora e será fabuloso.

Ele se serviu outra vez.

— Por que você detesta todos *eles*? — perguntei.

Gabriel bebia outro copo de vinho olhando para o espelho da lareira. Fui para o seu lado, esperei sua resposta no espelho.

— Agora vai me torrar a paciência com *eles*?

Servi bebida para mim. Bebi lentamente, como ele. Gabriel fumava.

— ... Uma noite quando eu voltava de Amiens — começou.

— Uma noite quando voltava de Amiens comigo...

— Como queira. Eu a trouxe de táxi comigo, mocinha. Eu a levava de táxi sempre que podia e até quando não podia. Naquela noite eu não podia. Consegue imaginar a caminhada que dei até Pigalle depois? Cheguei às duas e meia com minha pasta de desenhos debaixo do braço. Um porteiro me disse: "ainda dá para ganhar uns trocados, a boate ainda não fechou". Uns trocados. Eu já tinha alguma coisa: o suficiente para uma cama num vendedor de sono. Mas dei azar, a boate estava fechando, alcancei os dois últimos clientes que iam embora. Me aproximei da parede, escondi minha pasta de desenhos.

— Por quê?

— ... Esperava que me vissem e me tomassem por um pobre coitado, pelo sem graça que eu era. Esperava uma esmola. Entendeu? Queria que me vissem! Eles estavam encantados com a boate, estavam excitados. "Oh, minha querida, estou deslumbrado", disse o mais velho.

— Cale-se! Não fale como *eles*. Nem todos falam assim.

— Não precisa fazer uma tempestade num copo d'água. Está sofrendo com essa parte da história? Sofre porque eles chamavam um ao outro de "minha querida" ou porque naquela noite eu estava sem um tostão?

Comecei a chorar com o pobre ânimo de uma criança pega em flagrante.

— Fico triste porque eles fazem trejeitos e fico triste porque naquela noite você estava sem dinheiro.

Eu soluçava pela sua estatura de estudante, por sua camisa cáqui mal passada, por seu pulôver sem manga.

— E depois? — perguntei entre soluços.

— Será que posso preparar um cigarro antes, sim ou não? — perguntou Gabriel me mostrando papel que ele enrolava.

Esperei até que ele quisesse continuar. Umedeceu o papel do cigarro.

— "E depois"? O porteiro da boate veio trazendo um táxi de pé sobre o degrau do carro. Eu vi a carteira deles, o maço de notas... Ouvi a risada dos dois entrando no táxi. E foram embora.

— Sem ver você.

— Sem me ver. Eu andei, andei... Até chegar ao rio. Me aqueci fazendo uma fogueira com alguns jornais.

Descrevi o desfile da nova coleção ao responsável pela diagramação e à redatora chefe. Decidiram mandar um ilustrador para esboçar os croquis, e eu o acompanharia para escolher com ele quais seriam. Entusiasmo, harmonia. Ficamos amigos na mesma hora. As vendedoras atendiam seus clientes, uma chefe atravessou o salão com uma bola de alfinetes presa ao punho como se fosse um relógio. Às vezes elas olhavam para os croquis e saíam mais vivazes, mais alertas: está ótimo, quanto talento! O ilustrador se chamava Claude Marquis. À noite, enquanto Gabriel roncava, desejava ler estampado na capa da revista: "A alta-costura", por Violette Leduc. O número saiu sem meu nome. Meu texto era inferior aos croquis. A redatora chefe reprovou minhas metáforas. Ela disse: "Os vestidos não são fontes, nem as blusas, tempestades, ou os arbustos, violinos. Os vestidos são tecidos trabalhados rente ao fio, cortados na diagonal. Leia os textos dos outros e aprenda com eles", completou. Comprei os jornais, li as matérias sobre moda. Elas me aniquilavam. Eu tinha ficado na média do ponto de vista das bainhas, dos sapatos, das agulhas, das costuras. Achei que iam me mandar embora quando me chamaram. Soube que meu estilo cheio de comparações tinha entusiasmado Lucien Lelong. Queriam agora que eu escrevesse, usando esse estilo floreado, uma série de textos publicitários, de mais ou menos dez linhas, para os seus perfumes, e que sairiam todas as semanas na revista. A publicidade deveria ser discreta. Introduzir o nome do perfume como se lança numa cidadezinha o perfume do lírio-do-vale. Iam me pagar bem. Lucien Lelong me ditava com benevolência meus pequenos textos. Eu os entregava à redatora chefe. Outra vez me mandaram chamar.

Achei que era uma derrota. "Leia", me disse o diagramador. Uma carta estava presa na parede do escritório com os cumprimentos de Lucien Lelong. Grande homem o diagramador... os olhos dele brilhavam de satisfação enquanto lia a carta tornada pública. Lucien Lelong queria me ver.

Aguardei um bom tempo na sala da secretária. Ele chegou de repente e apertou minha mão.

— Gosto muito de como você escreve. Só um instante — me disse.

E saiu.

Eu estava dominada: suas rugas tinham a generosidade da terra recém-trabalhada. Meu coração batia forte, acreditei numa nova possibilidade. Meu futuro será brilhante, este homem vai me transformar em rainha. O tapete do salão lambia meus pés. A secretária me levou ao escritório de seu patrão.

Ele tirou os óculos, saiu do escritório e me recebeu calorosamente.

— É verdade, gosto muito de como você escreve e você deveria escrever livros — me disse.

E me deu um abraço.

Eu ri de modo estúpido. Respondi que eu seria incapaz de escrever um livro e nem tinha coragem de pensar nisso. Também respondi que eu precisava manter o trabalho de jornalista que era o meu ganha-pão. Ele me transmitia tanta energia. Eu podia ser eu mesma, sem arrogância, sem timidez, sem complacência. Quanto prazer senti de estar em seu escritório. Ele me ouvia e eu me tornava simples, autêntica, direta. Ele me chamava "Senhorita Leduc" como todo mundo. Meu prestígio vinha também de meu falso celibato. Houve um porém: quando ele olhava meu *tailleur* azul de bolinhas brancas, ou quando se detinha em meu turbante. Queria me enfiar debaixo da terra. O olhar de um estilista me atravessava. Ele estava organizando uma reportagem no rádio para o Sindicato da Alta-Costura e me pediu para escrever um pequeno texto, para pensar na sonoplastia e criar uma atmosfera. Levariam um microfone para circular pelos ateliês de costura. É claro que estávamos em guerra. Mas as mulheres que trabalhavam nos fundos dos ateliês precisavam comer. Trabalhar com a agulha não era um crime nem uma traição.

No fim da conversa, Lucien Lelong disse que eu poderia escolher um *tailleur* e um chapéu de sua coleção. Eu adoro pedir as coisas e, mais ainda, adoro quando me dão algo sem eu ter de pedir. Ao chegar à rua estava cambaleando de vaidade.

Escolhi um *tailleur* simples e quente, um chapéu de feltro com uma faca.

— Ótimo, menina querida. Estou vendo que você não perde tempo, cantarolou Maurice Sachs quando apareci com meu novo *tailleur*, meu novo chapéu.

Sachs tinha se recuperado. Zangado com os joalheiros da rue de la Paix, tendo tido sérios desentendimentos com o proprietário da rue de Rivoli, ele vivia, escrevia, recebia seus amigos num quartinho de um bordel-casa de banho. Ele o descreveu com bastante detalhe num de seus livros. Era um sábio: adaptava-se a qualquer situação. Ontem mesmo passeava de fiacre na rue de la Paix, à tarde, e se exibia como um pavão... Alto e gordo sem ser ridículo, desenvolto até o último fio de cabelo, o chapéu de feltro macio bem acomodado à cabeça, um cigarro entre os dedos, sentado com ar preguiçoso em seu leito ambulante, conversando com Bob. O jovem indiferente sonhava fingindo mau humor. Eu encontrara com eles por acaso, virei para a vitrine da Dunhill e me escondi. Se dissesse que conhecia aquele homem luxuoso me tomariam por mentirosa. O fiacre se afastou: tive de suportar o fogo de minha desgraça queimando, o fogo de meu sentimento insensato por ele. Hoje ele está em retiro no monastério que criou para si. Refaz sua fortuna. Voltará quando estiver com vontade.

O costureiro me recebeu várias vezes e sempre me recebia de braços abertos, pois gostava muito dos meus pequenos escritos. Na época via com menos clareza que hoje. Esperava que ele me dissesse: minha coleção é sua. Escolha, leve, quero vê-la cada vez mais sedutora. Não esquecia que ele tinha sido casado com Nathalie Paley, uma princesa russa, uma célebre beldade frequente nas páginas da *Vogue* e *Fémina*. Mas nada diminuía a velocidade da construção dos meus castelos no ar. Contava tudo à Gabriel. Ele me ouvia sorrindo.

Onze horas, meio-dia, estávamos deitados. Você se levanta, nu como veio ao mundo, abre a porta se escondendo e responde: "Sim, a senhorita Leduc está aqui. Obrigado". Você volta e me diz:

— Para você. Um envelope, um pacote.

— Quem era, Gabriel?

— Um entregador de uniforme. Dá um espaço, estou com frio.

O estilista tinha me enviado um enfeite e um cartão de agradecimento pela minha reportagem.

Estava arruinado meu estúdio e meu celibato. A futura rainha de Paris verteu uma lágrima ácida. Intrigante sem intrigar, eu estava derrotada. Fui envergonhada à sala da secretária.

Avalanche de partidas e mudanças.

Gabriel. Nosso casamento, nossa vida em comum tinham sido para ele um período de longas férias nas quais o tempo estava sempre tempestuoso. Ele decidiu voltar para sua família como voltamos às aulas depois do verão. Paris tinha engolido Hermine. Gabriel não teve a mesma sorte. Mãe e irmã moravam a dois passos de nosso quarto. Ele me prometeu, depois de meus gritos e súplicas, que sairia comigo duas vezes por semana. Um estudante que volta para casa distrairia duas vezes por semana uma estudante casada, mas sem marido. Cinco dias sem sexo, dois dias com. Uma vida é mais lenta que a vida que contamos a um caderno. Uma vida é feita de milhares, de milhões de páginas a preencher; de todos os insetos que vemos ou esmagamos, de todas as folhinhas de grama sobre as quais pisamos, todas as telhas e ardósia que já vimos, as toneladas de comida que comemos, compradas a cada quilo, a cada grama. E os rostos, e os cheiros, e os sorrisos, e os gritos e as rajadas de vento, e as chuvas e a chegada de cada nova estação... Contar a vida lembrando-se apenas das cores, de todas as cores que amamos, estudamos, ignoramos.

Gabriel não tinha ido embora. Ele iria. Era preciso agir e agir rápido. Era preciso comprar um outro na rua. Eu me pareceria com as outras mulheres. Terei todos os trunfos em meu jogo. Prender um homem. Minha mãe dizia: "Ela tem tudo o que é preciso, ela tinha tudo o que era preciso para prender um homem". "Viu só?", dizia minha mãe. Rosto de cíclame murcho de tanto chorar. Refazer a beleza. Como teria coragem de dizer isso? Achei que Gabriel ficaria louco com o meu *tailleur*, com meu chapéu. Humilhá-lo desta forma, sair com ele vestida assim... Será que perguntam ao lixo se ele sente vergonha? Não. Um fracasso, este homem... Um monte de imbecis. Um homem forte como ele, tão certinho quanto um relógio. Quanto entusiasmo e convicção e vida interior quando ele me levava nas galerias de Jeanne Bücher e Katia Granoff. O rosto dele se iluminava ao ver o volume das cores. Febre tifoide desgraçada, levou todas as forças de Gabriel. Será que ele deseja se vestir bem? Ele não liga a mínima, comeria lixo sem ter que se rebaixar. Ele não precisa se curvar para agradar.

Uma encomenda. Eu deveria ir a um cabaré que ficava próximo da Opéra, ouvir uma cantora, conversar com ela sobre seus projetos, escrever uma breve entrevista. Mas não podemos sair à noite, vou ter problemas depois. É pegar ou largar.

Gabriel decide por mim, separa meu *tailleur* e meu chapéu enquanto eu janto mais cedo que o normal. Ele se deita, fica mordiscando o lençol.

O porteiro alonga o rosto quando vê que eu me aproximo da porta do cabaré.

— Não aceitamos mulheres sozinhas.

Respondo que vou fazer uma matéria para uma revista.

— Vou me informar — ele disse, cético.

Ele sumiu, mulheres entravam com oficiais. Vi um monóculo. O monóculo inesperado me revigorou: era Erich von Stroheim. Eu não sabia do que sentia vergonha. Aguardei o porteiro voltar me desfazendo. Um jovem oficial olhou a hora em seu relógio de pulso. Era tão súbito e tão intenso que eu achei que fosse um sinal de ataque de artilharia a milhares de quilômetros dali.

— Pode entrar — disse o porteiro com um tom aborrecido.

Entrei: mesinhas de centro, guardanapos, abajures, luzes individuais cor-de-rosa, garçons; em cada mesa um inimigo de uniforme, com uma companhia. Todos bebendo champanhe, todos fumando cigarros fininhos.

— Queira vir comigo — disse o garçom.

Ele me instalou no fundo da sala. A cantora sobre um pequeno palco cantava esbanjando talento. Tirei da bolsa meu lápis, minha folha de papel, cruzei os braços. O garçom pôs sobre a minha mesa uma laranjada gasosa. Não tive coragem de beber. Imaginei uma máscara de gás em meu copo... A cantora saiu depois de atender aos vários pedidos de bis, começaram a tocar uma música suave. Eu estava preocupada com o toque de recolher. O garçom me disse que eu não podia sair agora, que a cantora logo voltaria com mais músicas. Vão me prender na rua, não vou mais ver Gabriel. Apertei os dentes, comecei a contar tudo o que podia ser contado na sala: ondulações, botões, argolas, garrafas, pulseiras, fósforos, decorações, dentes de outo, cintos, mãos bem cuidadas. A cantora reapareceu, não ficou muito. Outro garçom veio me buscar. Atravessei o salão com minha timidez de estudante de quando precisava recitar uma lição. Confessei meu medo à cantora depois de ter perguntado a hora. Ela ofereceu reservar para mim um quarto no hotel ao lado do cabaré.

Recusei a proposta. Meu terror de não ver Gabriel de novo aumentava. Deixei-a sem aceitar a taça de champanhe, sem entrevistá-la. Encontrei-me na rua, respirei melhor. Senti alguém pôr a mão em meu ombro.

— Você tem um *ausweis*?[16] — perguntou o agente.

— Não.

O agente ligou a lanterna. O porteiro se aproximou:

— Ela estava aqui conosco. Deixe-a seguir seu caminho...

O agente estava perplexo. Guardou a lanterna sob a capa.

— Vá em frente — disse. — Mas é perigoso. Caminhar tanto com salto...

— Eles fazem barulho — eu disse, desolada.

— É claro que fazem barulho. Ah, as mulheres...

Fui embora correndo. Repetia "ah, as mulheres" para me animar, para me apoiar. Não corria, voava. Concedi-me um momento segurando as grades do cinema no qual eu tinha dado em cima de Gabriel. Estava lúgubre e sem brilho com seu anúncio publicitário. Paris? Um cemitério. Paris? Uma grade e um cemitério que nem uma lembrança queriam me dar. Corria cada vez mais rápido, queria avançar duas lojas a cada batida de coração. Repetia o que o agente tinha me falado: "ah, as mulheres..."

Deparei com uma barreira, me cercaram de lanternas:

— Aqui ninguém passa sem *ausweis* — disseram os agentes.

Eu chorava:

16 Documento de identificação similar à carteira de identidade. (N.E.)

— Ele me espera. Senhor agente, eu imploro...

— É seu marido ou namorado?

Peguei a lanterna de um dos agentes e apontei para ele:

— Meu marido! Imploro, senhor agente, por favor, senhor agente...

— Passe — disseram.

— Nada mal essas pernas — disse um deles enquanto eu corria.

— Mas, olha, para mim... — começou outro.

Consegui escapar. Às vezes um caminhão, às vezes um carro. Nenhum civil, nenhum militar. Onde estavam os que podiam sair à noite? Vou conseguir, disse para mim mesma ao chegar na place de la République. Outros agentes me cercaram, defendi minha causa por mais de quinze minutos. Uma apaixonada na Paris escura os tocou. Quase desabei no corredor do nosso prédio, dei um grito de exaustão, depois um grito de prazer. Gabriel tinha deixado a chave na porta para que eu não o incomodasse.

Ele deixou que eu lhe desse um beijo, o sapato caiu de meu pé. Não deveria contar a ele que tinha pensado nele durante toda a noite. Deveria tirar a roupa, deveríamos descansar, deveríamos dormir porque estávamos exaustos. Obedeci. Deu-lhe boa-noite sem dar um beijo para não lhe desagradar. Sua preguiça, sua indiferença, sua senilidade, sua prudência, seu horror a gastar energia... Considerava isso tudo como força. Até que ponto podia ser masoquista!

Na manhã seguinte ele me rejeitou. Fiquei chateada.

— Vou dar o fora, almoço na cidade — disse.

Nosso quarto ficou pálido.

Ao que eu iria me agarrar agora? Amaldiçoei o papel que eu usaria para escrever sobre o cabaré. Escrevi alguma coisa? Toda essa corrida para chegar a um desastre.

Nessa hora recebi notícias de Maurice Sachs, de novo doente. Não teria preparado com tanta ternura frutas cozidas e um creme de baunilha para Maurice se Gabriel não tivesse me humilhado tanto. Não serei o capacho de Gabriel, dizia à haste de baunilha que usava para mexer o creme. Fui de metrô com minhas panelas. Aguardei numa atmosfera molhada de banhos de vapor. Detrás da caixa, o dono anotava os encontros que ele marcava por telefone, enquanto uns massagistas bonitos recebiam os clientes. Uma funcionária me levou ao quarto de Maurice. Enrolado num roupão, a chinela gasta, ele escrevia com entusiasmo. Devorou o creme e as frutas. Fiquei radiante. Naquele dia ele contou de sua infância com amargor, falou da mãe que morava na Inglaterra, dos pais que são inferiores aos animais porque os animais se separam depressa e para sempre de suas crias.

— *Minha menina*, estava uma delícia — ele disse.

Estendeu-me o rosto para se despedir. A caneta lhe queimava os dedos. Eu o deixei com minhas panelas.

A redatora-chefe e o diagramador me pediram para assistir a todos os desfiles da semana, escolher os croquis e escrever um artigo. Era coisa demais. Ao sair do escritório, projetava pirâmides de chapéus nos passantes e os vestia com montanhas de vestidos e capas. Sentei-me no terraço de um café perto da Opéra. Pedi um suco de limão. Captava tudo o que podia captar dos rostos das pessoas, das conversas, porque estava infeliz e achava que os outros estavam felizes.

Fechei meu pó de arroz: alguém tinha largado umas amêndoas torradas em minha mesa. Não podia pegá-las nem as comer, afinal, não eram minhas. Mistério de curta duração. O vendedor todo de branco se esgueirava por entre as mesas com uma bandeja cheia pacotinhos brancos. Ele pegava de volta as amêndoas. Um senhor de polainas cedeu à tentação. Servia e pegava o trocado com uma mão enquanto a bandeja na outra ia subindo. Será que existe uma escola para vendedores de amêndoas torradas?

Ele chegou até minha mesa, disse que eu podia comer a amêndoa. Oh, ele não dizia isso para todo mundo. Dois dentes de ouro na frente. Estremeci, me arrepiei: ele disse que gostava de mim. Eu estava esperando uma amiga? Sim, estranho. Aguardo Isabelle no dia da festa do colégio. Braços erguidos, as alunas dançavam a música "Marché Persan". Digo ao vendedor que nunca me entediava. Punho peludo, mão bem cuidada. Você há de me amar, Gabriel, quando eu me tornar uma mulherzinha do Palais-Royal? Dois dentes de ouro na frente, vou enganá-lo com um metal. Não, não se deve ser tão séria assim. Apresentei minhas condições: não falar, não beijar.

— Não vamos falar — ele disse baixinho.

Marcamos um encontro para dois dias depois.

Vontade de enganar Gabriel. Então, decido o que decidi ali, aconteceu quando tinha trinta anos, já era hora. Ciclista que vira a cabeça, você engana sua mulher, engana sua amante? Será que esquecerei o gosto ruim do garfo de ferro em meu café com leite no refeitório quando chamavam o nome daquelas que saíam para passear no domingo de manhã? Minhas lágrimas regavam o pão molhado. Vou enganá-lo e os refeitórios serão só ruínas. Afinal, ela não terminou de chorar esta última lágrima? Ela nunca terminará. Aonde vai você, queridinha Violette? É a calçada que avança, não são minhas pernas. "Vai melhorar, estou expectorando", diz minha mãe quando fala de seu catarro. Este monte de consolo no fundo do nariz quando estava resfriada e não me chamavam para ir ao salão de visitas. Eu acordava no meio da noite achando que eu estava traindo a criança de cinco anos que eu fora, com aquelas as convulsões que ela tivera porque queria rever a mãe quando a separaram, eu achava que estava traindo esta criança inconsolável porque eu tinha dormido. Desde o dia em que me libertei dela, passei a tê-la aos meus pés. Elas dizem disso, estão orgulhosas de poder dizê-lo. Aonde você vai, queridinha Violette? À vitrine de um fotógrafo. Vou tomar um banho de juventude. Morreu aquela menininha vestida de bordado inglês? Ainda vive aquele rapaz com roupa de lã? Onde encontrar o botão da botinha da menina em bordado inglês? Seu chapéu, menininha, e seu jardim florido, têm a fragilidade de um barco sobre um oceano. Adeus, bordado inglês, jardim, chapéu.

Minha mãe perguntou: "Onde ela terá se metido?", Gabriel não dizia nada.

— Desde o dia do pó de arroz esparramado pelo armário não me preocupo mais — ele respondeu, enfim.

Ele juntou seus álbuns de fotografia, limpou os sapatos, escovou a jaqueta com o antebraço. Atirei-me em cima dele, gritei que se quisesse ainda havia tempo. Ele me afastou. Estava na hora de fazer suas entregas, podia ir com ele se quisesse. Ele queria "ganhar um trocado", me convidar a um restaurante, me oferecer uma bebida, mas com uma condição: eu deveria me comportar bem. Eu me comportaria.

Como não o adorar quando andávamos de metrô? Nossos dedos entrelaçados distraíam os trabalhadores. Mas um sujeito disse à companheira, eu o ouvi em meio ao barulho: "À noite, imagina a hora de cobrir o rosto debaixo do travesseiro...". Gabriel olha fixo para o sujeito, será que ele ouviu ou não? Então beijo o pescoço dele, ponho uma coroa em sua cabeça, é meu nariz enorme que me faz sofrer.

Preferia seu uniforme todo branco de vendedor. Eu o preferia com a bandeja. Estendidos na cama, teríamos brincado de contar as amêndoas torradas.

— Não fale nada.

— Não falo. Não vou falar.

— Preste atenção. Você me entende.

— Vou prestar atenção. Entendo.

Ele me dava nojo e o cinema mudo que começamos era nojento. Ele me desagradava e nossa combinação era desagradável. Ele me enchia de horror e essa descarga recíproca era horrível. Gabriel indo para o abatedouro dos maridos enganados. Rápido, vamos ao sacrifício para triunfar.

Vá embora, agora já usei você. Ele ficou desconcertado, ficou triste e pensativo enquanto se vestia. Ah, senhora Violette, que grande adúltera você é com água fria em seu buraco. "Seja mulher." Sou uma mulher fria com uma mão fria dentro da água fria.

Corri para casa, crucificada, como previsto, pelo vigor dos garotos e das garotas. Meu sexo implorava por idílios nos fundos dos becos. Cheguei esbaforida, arfando, pronta para a confissão.

Gabriel entrou depois de mim, alegre, achando que estava sozinho. Quero que conversemos já.

— Falaremos à noite, na cama. Quer um cigarro?

Insisto.

Gabriel no canto da lareira pergunta

— É tão urgente assim?

— Venha sentar aqui.

— Se insiste.

Gabriel se senta.

Lanço-me em minha confissão.

— Traí você. Há uma hora estava traindo você.

O rosto se contrai num ricto.

— Sério, você está louca. De onde veio essa ideia?

Gritei que tinha traído ele com o vendedor de amêndoas torradas: ele que estava louco porque não acreditava em mim. "Isso não cola", ele disse já sem tanta certeza. Vejo que ele fica pálido, vou ser recompensada. Digo para ele olhar em meus olhos, vai ver que é verdade. Ele olha, sou recompensada. Estão lavando legumes no pátio interno do prédio.

— Acredita agora?

— Acredito. Mas por quê?

Ele me afasta com delicadeza. Morro pela segunda vez dentro dele.

— Vou fazer umas revelações e depois saio para as entregas; se quiser vir junto, venha — falou como na véspera.

Expliquei que o homem foi correto.

— Vai revê-lo quando?

— Nunca. Você vai ser gentil?

— Vou ser como sempre fui.

— Vai me abandonar.

— É claro que vou.

— Quer que eu morra?

— Não tenho tempo — disse Gabriel.

Seus passos na escada. De um homem livre. O proveito é todo dele.

A separação não demorou a chegar. Separação seguida de um falso suicídio que narrei em *Ravages*.

Gabriel disse que a separação era indispensável. Segundo ele, é uma incisão, segundo ele, nosso abcesso tinha arrebentado. Evidentemente era uma operação, afinal, eu estava amputada dele cinco dias por semana. Se as horas do relógio não estragassem nossas noites... Eu o idolatro duas vezes mais que antes na máquina infernal de minutos e de segundos, vivo no terror de sua partida assim que ele chega. Para ele e para os seus, sou uma mulher louca. Terapeuta de sádico, meu curandeiro me provoca sede. Logo não terei mais do que rios de lágrimas para lhe dar. Minha mãe profetiza que vou perder a cabeça, que minha boca está torta como no dia em que Hermine foi embora. Uma manhã saio disfarçada, tomo um susto quando o vejo. Anda rápido com a caixa de leite de Lili e de mamãe. Fico parada como uma pedra de gelo. Aquele tipo? É por aquele tipo? Volto correndo ao cantinho que ele abandonou, soluço porque não seguro com ele a alça da caixa de leite. Sofro quando digo a mim mesma que moro sozinha, porque agora é verdade.

Gabriel me faz ver que minhas amigas Julienne e Musaraigne me fazem bem. Deveria sair com elas aos domingos. Não sei mais nada delas: digo disparates colhendo as flores silvestres. Julienne, filha de comerciantes, come sua costeleta enquanto ao lado dela petiscamos nossas porcarias. No fim da refeição atormento Musaraigne com perguntas:

Por que seus olhos brilham quando eu choro?

Por que ele não me dá dinheiro?

Musaraigne, sentada no toucador que instalou na natureza, pensa enquanto despetala um ramalhete. Pensa em voz alta:

Ele é sádico, mas não vai muito longe.

Ele não era feito para o casamento.

Ele tem horror de dramas.

Ele ama do jeito dele.

Continuo insatisfeita. Deitada no seu canto Julienne murmura sonolenta que não há nada melhor que se deixar acariciar pelos sons. Então eu me lembro de seu vestido de veludo que espera. Eu o vi. É uma túnica grega. Julienne tirou Roland de uma situação de aperto com suas economias, manteve intacto seu amor pela Provença. Incapaz de amargurar-se, ela reconstrói as coisas.

Digo: "Nada de novo no cemitério?" A esposa do coveiro de Chevreuse nos vende legumes sem pedir os cartões de racionamento. Ela não tem tempo para responder à pergunta. Em nossas cestas empilha cenouras, nabos, couves, espinafres, salada. Nada de novo no cemitério?

— Nada de importante. Meu marido estava desenterrando... e então encontrou o esqueleto de uma mulher com uma longa cabeleira.

— Shakespeare — disse Julienne.

— Edgar Poe — disse Musaraigne.

Voltamos para casa, Gabriel me aguarda no banco do restaurante Gafner. Chego com minhas riquezas do dia, minha bolsa de legumes. Entro, distraio os clientes. Picasso me sorri, me cumprimenta, pois me viu entrar nos domingos anteriores. Seu jantar não é complicado: um tomate cru. Às vezes ele desenha no guardanapo, rasga um pedaço e leva o que desenhou. Sua companheira Dora Maar é bonita com seu rosto bem estruturado: um Picasso. Ela acende um cigarro no outro em seu porta-cigarros e de uma mesa à outra conversa com Marie-Laure Noailles. Percebo que, entre a lagosta e o *coq au vin*, o mundo das celebridades francesas é um vilarejo. Gabriel vibra pelos olhos de Picasso. Lembro de Maurice Sachs me falando da leveza do punho de Picasso quando ele copiava no Louvre com um lápis. Seu rosto seria cômico se não deixasse transparecer uma inteligência vibrante. Fomos os primeiros a ir embora, nossa noite é limitada pois Gabriel abandonará nosso divã à meia-noite. Picasso adivinha o amor ao nos cumprimentar e nós respondemos.

Gritos, uivos, rugidos me acordaram às cinco da manhã. Voltei a dormir para me separar do pesadelo de uma mulher que sofre.

Fico sabendo de manhã que o inimigo veio às cinco da manhã e levou Esther. Os vizinhos tiveram de arrancar o tubo de gás das mãos de sua mãe. A Senhora Lita e a senhora Keller saíram como sempre para fazer suas compras com a estrela amarela costurada na roupa. Não tiveram coragem de falar sobre a prisão de Esther.

Maurice Sachs está numa situação desesperadora. Arrasta-se pelos cafés do Champ-de-Mars, da Escola militar. Não se "recupera" tão rápido quanto antes. Caminhamos pelos Invalides, ele me fala de Sócrates, de Élie Faure, de Henry James, de Platão, do Alcorão, do cardeal de Retz, de Talleyrand, de Senancour, de Chamfort, de Max Jacob, de Saint-Simon, de Stendhal, de Victor Hugo, de Tomás de Aquino, de Maritain. Procuro alguma coisa que esteja ao alcance dele para ganhar dinheiro. Mas não há nada. Sua indiferença ao dinheiro quando o tem me exaspera. Prevejo maus dias. Sua corrida por dinheiro quando ele não o tem me sufoca. Seus olhos doces e profundos são meus pressentimentos. Ele paga para mim uma bebida cara com a última nota que tem. É um jogador. Ele tenta sua sorte arruinando-se. Ele paga Charvet, ele paga seu empregador, mas tem credores, sua aflição é uma realidade. No próximo domingo não vou passear no campo, no próximo domingo não vou jantar com Gabriel. Encontrarei Maurice Sachs num café perto da Escola militar. Como ele estará?

Encontro Maurice Sachs no domingo. Ele não fez a barba, a camisa cinza logo estará suja. A conversa perde o interesse. Sachs está amável, muito amável. Eu pago nosso consumo.

— Você está triste, queridinha. Você está sempre triste.

Queridinha. Hoje é uma maneira mundana e miserável de chamar alguém. O que esperávamos naquele café grande demais, lúgubre demais, sem clientes? A barba dele crescia a olhos vistos. Essa noite já estará com um aspecto de pedinte. O que ele poderia ver e ruminar em sua bebida? Ele, afinal, se decide.

— Vou fazer uma proposta — começa Maurice.

Tinha um nó na garganta, minha garganta apertou.

— Você aceita? — acrescentou ele.

Ele desceu baixo demais. É intolerável.

— Diga o que quer, vamos ver.

Ele pega um cigarro em meu maço. O gesto é mais vivo, a barba menos triste.

Plantado à nossa frente, o garçom do café está enfeitiçado.

Maurice acende meu cigarro.

— Você gostaria de ter um filho meu? — pergunta.

Ele me pega desprevenida. Respondo balbuciando um falso sim e um falso não.

Ele prossegue:

— Você vai para o sul. Oito dias de sol, fica em plena forma e fazemos o bebê.

Maurice fuma mais rápido que o normal. A ponta do cigarro está vermelha. Nos calamos. Nos evitamos.

— Você concorda? — pergunta Maurice.

— Não concordo. Você quer dinheiro? Tenho trezentos francos. Você quer?

Maurice Sachs levanta os olhos!

— Seus trezentos francos não seriam nada mal — ele disse rindo.

A camisa volta a ser branca, a barba menos espessa, o olho mais aceso. Dou a ele tudo que tenho, ele me convida para jantar, mas eu recuso. Por dentro estou com vontade de vomitar.

Os anos passaram, eu tento entender. Se eu o tivesse levado a sério... Ele teria se resolvido. O dinheiro o conduzia. Não é verdade. Sensível, humano, demasiado humano às vezes, ele via minha vida, via o desastre do meu casamento, percebia o que eu sentia por ele. Queria me transformar em mãe para me salvar? Não é impossível. Eu teria transferido para um filho meu amor por Gabriel e minha amizade amorosa por ele. Oito dias de sol antes. Precaução de um homossexual. Vamos supor que eu me engane. Eu era pelo menos a esperança, a confiança, o otimismo de Maurice Sachs quando, sem dinheiro, ele se dirigiu a mim. Conhecia gente rica, mas se voltou para uma pobre, uma desconhecida. Atender um pedido de um amigo, de quem os outros amigos se cansaram. Dizem que os homossexuais abusam das mulheres que são loucas por eles. Pior para elas, pior para mim. A loucura de um sentimento se paga de trinta e seis maneiras. Poder amá-los é um desvario luxuoso.

Cada um contava seu próprio processo. Uma senhora me explicou suas dificuldades com o proprietário. Ele recomendara que eu fosse pontual, mas estava atrasado. Eu atravessara galerias onde advogados e mais advogados passeavam ao longo das ogivas e pilares. Agora estremecia numa sala cheia de gente. Às vezes um eleito era chamado; ele abria uma portinha e entrega-se aos especialistas da justiça.

— Como vai? — ele disse quando já não o aguardava mais.

Usando uma capa longa que seu amigo tinha conseguido numa igreja, Gabriel tinha escolhido vestir a amizade para vir ao Palácio da justiça. Ele escondia as mãos, privando-me de um aperto de mãos. Disse que ele estava atrasado.

— Já a chamaram?

— Não me chamaram.

— E então? — respondeu irritado.

Não quis se sentar ao meu lado no banco. Sinistra encrenca, pensei, já que eu o amo e não quero me separar dele. Chamaram um nome.

— Venha — ele disse. — Somos nós.

Esperava encontrar togas de advogados, depareci com ternos de passeio numa salinha abarrotada de papéis. Um funcionário disse para nos sentarmos.

— Caso Mercier — disse o juiz.

Era uma delícia ouvir seu nome convertido em algo tão anônimo.

O juiz levantou a cabeça. Seus olhos sem vida confessavam: um rosto novo, um rosto a mais, e terei coragem para ouvi-los.

— Por que você quer se divorciar, quais queixas têm contra seu marido?

— Ele não me dá dinheiro — disse me endireitando, pois estava dizendo a verdade.

Esquecia os restaurantes, os destilados, os caldos de carne, o sal de aipo.

Eu tinha me arrumado para encontrar com Gabriel. O juiz me olhava da cabeça aos pés. Entendi que tinham armado para cima de mim.

— Estamos em guerra, senhora, não se esqueça. Seu marido não pode lhe dar dinheiro.

Ele tossiu para me deixar pensar um pouco.

— E então? — disse — Mais alguma coisa contra ela?

— Nós não nos entendemos — disse com a voz rouca.

Chega, disseram os olhos do juiz. Ele virou para Gabriel.

— O que você reprova em sua esposa? — disse a Gabriel com uma voz mais doce.

O juiz, os funcionários e eu mesma esperávamos uma revelação.

Gabriel entreabriu a capa e esboçou um movimento como se fosse dar um aperto de mãos num amigo. Seu rosto se iluminou, ele disse:

— Não reprovo nada e não quero o divórcio, senhor juiz!

— Continue — disse o juiz.

Trocas de olhares, confidências ternas contra as mulheres.

— Não tenho nada a acrescentar, senhor juiz. Estou muito bem como estou. Não quero o divórcio.

Sem uma palavra, Gabriel me levou a um café lotado. Por que ele tinha falado assim? Silêncio. Por que havia apresentado o pedido de divórcio? Silêncio. Por que tinha insistido para que eu pedisse Assistência judiciária? Silêncio. Ele tinha me abandonado, portanto queria nossa separação. Então? Silêncio, silêncio.

Gabriel pagou nossa conta e se dignou a dizer: "Até um dia, com certeza no final de semana". Em sua longa capa, saiu comigo do café e desapareceu.

Seguir a escalada e o triunfo de um criador, quanta satisfação para uma fracassada. Instalado no fundo de um corredor da rue La Boétie, o mais jovem estilista de Paris tinha prosperado depressa. Na rue François Ier ele apresentou uma coleção audaciosa. Jovem, com a juventude incisiva de um personagem de Cocteau, o olhar puro e azul de uma gentileza transbordante, o nariz grego, o rosto oval, as pálpebras alertas, a boca generosa, o pescoço coberto até debaixo do queixo com uma gola dura, na moda, o torso reto, a mão longa afunilada, a voz melodiosa entrecortada de decisões fulgurantes, os cabelos louros sem escândalo, os dentes brilhantes, uma roupa escura. Jacques Fath cativava tanto quanto sua coleção. Reconheci a modelo sensacional que eu tinha reparado nos desfiles de Lucien Lelong. Ela viera para a rue François Ier. Ah, este chapéu de padre com uma coroa de rosas enormes sobre a aba, veladas com uma echarpe de tule preta caindo nas costas da amazona...

Entrei na loja de Janette Colombier, ela me ofereceu um chapéu, assim, sem que eu pedisse. Este aqui vai bem em você, disse pegando-o na vitrine. Experimentei-o. Ficou ótimo!, ela falou tão contente quanto eu. Chapéu de feltro flexível azul-claro com um franzido e uma fita de veludo preto amarrada perto da orelha. Maurice Sachs batizou meu chapéu de "seu ninho de pombos". Mas o casaquinho de raposa prateado em minhas costas estava à venda; com Bernadette, eu tentava vender de tudo: quadros, açúcar, café, sabonete, algumas peles de raposa vermelhas. Percorria Paris inteira, não vendia nada.

Encontrei um homem muito vivaz. Era pequenino, tinha uma boca pequena. Inventara um novo corte de cabelo que o tornara célebre. Louis Gervais frisava os cabelos para torná-los mais cheios, fazia-o cair na testa sob a forma de um grande rolo ou de uma franja abaulada. Depois da alcunha o imperador de cabelos curtos, agora era imperador dos cabelos longos. Ele fazia até um buldogue ser mais feminino. Modesto, inteligente, aprendera tudo sozinho, fazia penteados das nove da manhã até onze da noite. Depois, noite adentro, pesquisava tônicos capilares. Descobriu o tutano de boi. Ainda ouço o sapateado dos cascos bovinos nos salões.

O sangue parou de vir. Eu não queria ter a criança. Ora contava a Gabriel das minhas idas à casa de aborto, ora não contava.

Homem curioso: ele continuava se controlando e queria a criança. Quanto à minha mãe, ela confundia a filha casada com uma mocinha seduzida. Por outro lado, é verdade que ela enxergava bem a situação. Eu estava dividida. Se tomava um tombo numa escada, achava que estaria livre. Mas me enganava. Os meses passavam e este fruto de cinco meses me dava uma força de leão. Se ele mexesse, o que eu faria? Mas ele não mexia, não tinha como me dizer que um coração batia dentro de mim. Foi num restaurante com culinária da região da Auvergne que Gabriel disse que alugaria um apartamento ensolarado num prédio novo, onde cuidaríamos juntos do nosso filho. O vinho rosé me deixara entorpecida, o falatório de Gabriel me ninava. Desde que sua mãe tinha morrido e sua irmã casado, ele morava no último andar de um prédio novo, a dois passos do nosso quarto bolorento. Eu despertei, disse que ia morar com a minha mãe. Não confiava mais nele. Minha mãe não tem ideia do amor e abnegação que tive por ela.

Domingo à tarde de um inverno sem fogo. Michel fazia um curso para aprender a cuidar de ovelhas, precisava ir embora à noite. Conhecia a paixão dele por cinema, então o convenci a ir com minha mãe ver um filme. Eles não imaginavam a gravidade do meu estado, depois das manobras abortivas da véspera. Eles bateram a porta, o elevador subiu. Eu estava no quentinho da cama da minha mãe, escrevendo um texto para a revista. Escrever era lutar, era ganhar minha vida como os crentes ganham seu paraíso. Eu soprava os dedos, apertava meu quadril, a infecção estava começando, continuava a escrever e ficava olhando pela porta de vidro a cômoda na sala de jantar deles, a gaveta na qual eu tinha guardado dez mil francos, uma fortuna adquirida de uma vez só graças a um texto publicitário redigido para os irmãos Lissac: nele, demonstrava que uma jovenzinha míope que tem bons óculos é mais atraente que sua irmã gêmea, pretensiosa e que enxergava mal. Eles voltaram do cinema às seis horas, eu disse que não me sentia mal. Mas eu estava péssima. Tarde inesquecível, com um papel que eu deveria preencher, com a força de vontade de mulher sozinha autossuficiente que não quer desabar.

Escrevi sobre isso em *Ravages*: na tarde seguinte eu estaria morrendo numa clínica. Não queria que minha mãe passasse a noite sentada numa poltrona. Insisti para ela voltar para casa e descansar na cama. Mas a faísca de vida que me restava me passava uma mensagem constante: ela ficará, você vai ver que ela ficará. Ela foi embora. Depois ela contou que fora ao cinema para não ter uma noite intolerável. Eu a entendo, mas não a entendo. Na manhã seguinte ela não tinha coragem de me telefonar. Achava que iam lhe comunicar minha morte. Sofro pelos seus sofrimentos e pelos dela.

Terrível inverno sem carvão. Saí da clínica, passei vários meses deitada na casa da minha mãe. Ela acordava todos os dias às seis da manhã, quebrava o gelo na cozinha, punha os pedaços de gelo na bolsa de borracha que eu deveria deixar sobre a barriga vinte e quatro horas por dia. Eu ouvia: os pedaços de gelo caíam no chão, e como ela sentia frio nas mãos, deixava escorregar de novo o gelo que no fim tinha de recolher. Eu me sentia culpada por estar doente, por estar no quentinho da cama dela, por precisar dos outros. Repreendia minhas pernas inertes.

Luz amarela pelo vidro da janela. O céu nos preparava a neve. Fiquei com medo. A noite caía, eu não podia acender a luz. Minha mãe tinha ido comprar remédios em uma farmácia perto da estação Saint-Lazarre, estava demorando para voltar. Eu a chamava com todas as minhas forças. Bateram à porta. Adivinhei que era Gabriel. Presa à cama, eu o amava sem desejo, sem arrependimento. Ouvi-o descer, chamei de novo pela minha mãe no escuro. O que acontecera com ela, o que aconteceria comigo sozinha em sua grande cama. A porta estava fechada com duas voltas. Comecei a chorar em silêncio, com doçura. Chorar assim regularmente era me manter no caminho em meio à escuridão debaixo de meus olhos fechados. Minha mãe voltou aborrecida. A multidão de gente na farmácia, no metrô, a multidão de gente em todos os cantos a atrasou. Perguntei a hora. Seis horas de ausência, murmurava em meio às soluções, desolada. Queria que ela me segurasse em seus braços. Ela preparou o permanganato, a água fervendo, a jarra... Começou a cuidar de mim. Tocaram na porta. Ela me entregou a jarra e foi abrir. Voltou ao quarto e continuou cuidando de mim. Com sua longa capa, usando a boina basca, lívido, ele a seguira até o quarto. Olhou para mim e olhou o tubo de borracha cor-de-rosa, a água carmesim. Foi embora sem dizer nada.

Desde os vinte anos nunca pedi nenhum centavo à minha mãe e não recebi nenhum centavo dela. Já no primeiro mês em que trabalhei nas edições Plon paguei a ela pelo meu sustento. Desde essa época sempre pagava. Quando voltei a caminhar, queria ver os custos que ela tivera comigo. Então ela me entregou uma lista interminável, que continha até as menores despesas. Dois francos de algodão hidrófilo me fizeram mais mal do que os outros números.

No andar térreo morava uma viúva com uma situação financeira confortável, que tinha duas filhas. Segundo minha mãe, eram mocinhas tão perfeitas que eu as evitava. Ela não contou do meu triste casamento, meu quarto miserável, meu nascimento, o motivo da minha doença. A senhora visitava minha mãe à noite quando as filhas estavam patinando no Palais de Glace. De volta de seu produtivo trabalho na horta, ela começava a contar e descrever a história de uma certa Anita, jovem do campo bem pobrezinha que estava em processo para adotar um filho. Ela adorava a moça. Sua bondade era comunicativa, irradiava até o quarto onde eu ficava enquanto o gelo repousava em minha barriga com seu barulho de guizo. Todas as noites a senhora recomeçava sua história e eu me sentia uma maldita. Eu desejava ter o filho que eu tinha eliminado. A senhora contava e minha mãe ficava em êxtase. Eu ficava calada, meus olhos imploravam à minha mãe: faça a senhora se calar, mande-a embora. Dói, está doendo e eu não a compreendo. A senhora ia embora e eu chorava. Minha mãe me repreendia.

Até que tomei uma resolução. Voltei a morar em meu quarto no dia do *réveillon*. Estava fraca e convalescente. Peguei no chão um pedaço de papel que tinham deixado debaixo da porta durante a minha ausência. "Você me destruiu". Assinado Gabriel. Achei um resto de carvão, acendi nosso aquecedor portátil, sentei ao lado dele. Pus um macarrão velho para cozinhar. O barulho de vapor na cozinha era quase alegre. Comi o macarrão numa panela em cima do joelho. Lágrimas caíam sobre um pedaço de pão.

Janela iluminada, janela bajulada diante da qual fazia tudo. Gabriel estava na casa dele, isso ia além dos meus sonhos. Este anjo do qual não podia me separar não tinha sexo.

Voo na direção dele, pobre mãezinha. Jogo fora o seu trabalho. Você cuidou de mim, esperava que tudo tivesse acabado, você me separou dele, pobre mãezinha. Com você eu o detestei, amaldiçoei, desprezei, eu o retalhei com você, pobre mãezinha. Eu o traí ao seu lado, agora vou traí-la com ele.

Ele me recebeu sem frieza, sem bondade, prometeu que nos veríamos depois das festas, pois naquela noite, ia sair. Ele morava na sala de jantar com móveis ao estilo Henri II herdados de sua mãe. Vi uma cama de ferro num quarto vazio. Critiquei minha mãe para conseguir um pouco da indulgência de Gabriel. Ele me cortou, mandou-me embora. Rocei sua boina basca, sua capa, voltei ao meu quarto, trêmula de alegria. Aborto, convalescência, separação: tudo ficou para trás. Apliquei em mim mesma os cuidados que minha mãe tivera comigo com o ardor de uma jovenzinha que se prepara para fazer uma excursão. Fiquei cantarolando e inventei um hino natalino para Gabriel.

Encontrei o meu Jesus com sua longa cabeleira cinza. Estava sentado numa mesa de madeira. O *réveillon* não havia começado, mas seus amigos já tinham chegado. Seu amigo é o tabaco escuro e o papel para enrolar o cigarro da marca Job é sua harmônica.

É Natal, meu Jesus não tem tempo. Eu o revi e ele vai embora. Eu revi meu Jesus, meu coração é um bebê enrolado numa manta de pele de coelho.

Meu Jesus tem uma janela iluminada, ele me deu a estrela do pastor. Rezemos meus irmãos, rezemos, Gabriel. Ele tem uma mulherzinha limpa. Ela não teve filhos, é uma moeda brilhante. Rezemos, meus irmãos, rezemos por essa moedinha brilhante, essa moedinha sozinha numa noite de *réveillon*. Não precisa gemer e soluçar, Violette querida, não precisa buscar o cheiro dele no travesseiro, pois não vai encontrá-lo. Vou dormir no berço da minha miséria, minha mão vai me devolver a alma.

Passamos algumas noites em claro naquela cama de ferro. Tínhamos medo do que havia acontecido, do que poderia acontecer. Eram horríveis nossos medos, nossas inspeções.

Minha altura de 1,72 m, meu peso de 48 quilos e meu artigo agradaram a Jacques Fath, a quem eu tinha comparado com o anjo Heurtebise. Ele me dera o chapéu com a enorme coroa de rosas, o *tailleur* cinza e preto ornado de franjas, ele tinha amarrado em meu pescoço a gravata de piquê branca. O espelho de três faces recuperado sorria para mim. Foi a ele que agradeci: obrigada pelas suas generosidades. Escondi de Gabriel minha roupa excêntrica. Agora Gabriel dormia num colchão no chão para que eu dormisse na cama de ferro. O divã de 1,40 m onde Gabriel não queria voltar a pôr os pés se refestelava com o ferro de passar roupa esquecido entre os lençóis.

Bernadette me apresentou Sonia, jovenzinha que pousava para Picasso. O busto dela embriagava. Ela mastigava espuma de champanhe quando falava.

Criava joias inspiradas na antiguidade grega e romana. Bernadette me pediu para ajudar Sonia a vender suas joias. Os cabeleireiros expunham suas obras nas vitrines. Ela vendia e às vezes me dava uma pequena porcentagem. Ela desapareceu. Soube que fora presa e deportada. Era judia e não voltou mais. Sonia tinha o rosto cheio, os olhos claros e resplandecia. Sua beleza era também seu prazer de viver.

Recebi notícias de Maurice Sachs. Estava se "recuperando" em Charentes, voltaria em breve. Ao chegar em Paris, convidou-me para festejar minha "purificação". Eu ainda estava acamada. A redatora-chefe não acreditou em minha gripe contagiosa. Sua convalescência é o tamanho da sua cintura, era o que me diziam seus olhos. Ela quase não me passou mais nenhum trabalho.

Minha mãe adoeceu: os glóbulos brancos estavam comendo os glóbulos vermelhos. Tinha ficado esgotada cuidando de mim, eu era a culpada. Tinha falado tanto de Gabriel que ela me disse com tristeza que eu não deveria mais abandoná-lo pois eu o amava. Enfeitiçada, não voltei mais à sua casa. Sozinha no apartamento, entregue a uma empregada, à visita diária de um médico e de uma enfermeira, ela não podia nem ficar em pé. Sua doença durou longas semanas até que ela pôde voltar para o interior. Está vendo, leitor, eu não disfarço minha ingratidão nem minha crueldade.

"Não sei o que eu tenho", repete Gabriel todos os dias, "estou exausto." Não me preocupo. Desde a febre tifoide ele tinha perdido seu vigor. Não tem sede, nem fome. Queixa-se de dor na barriga, na lombar. Depois não se queixa mais. Responde às minhas perguntas. Ele sofre, pois está envelhecendo. Primeiro ficou com o rosto esverdeado, depois acinzentado. Dei a ele meu lugar na cama de ferro. Ele tenta descansar de roupa, com a boina na cabeça, não quer que eu chame um médico. É também a doença do desânimo. A barba cresce, isso me tranquiliza. Ele não consegue urinar. Levo e trago da pia a bacia vazia. Nada, ele não quer nada. Torna a fechar os olhos ausentes. Vou ao cinema para poder pensar melhor nele. Não olho para a tela. Vejo um doente sob as pálpebras. Volto cedo do cinema, ele quer urinar, levo-o até a bacia do banheiro. Ele envelhece a cada instante. Ele urina sangue. Deito-o na cama de ferro, tenho medo de quebrá-la. Toda vez sinto um arrepio com o barulho das molas da cama de ferro. Ele se instalou dentro da doença, não me responde quando digo que vou chamar um médico. Ligo para um serviço de emergência. Chega um médico muito magro. Mostro o sangue no banheiro. "É grave, muito grave", ele diz. Encarrega-se da hospitalização de Gabriel. Voltar para o quarto se transforma numa tarefa hercúlea. Digo a mim mesma: ele ainda está lá, como se eu falasse de alguém morto. Não tenho coragem de chegar mais perto pois ele está totalmente imóvel e em silêncio. Às vezes há um anjo sentado no quarto quando os aviões passam rente ao telhado, às vezes um anjo com o monumento de suas asas vermelhas, amarelas e azuis-claras batendo na parede e nas janelas, às vezes um anjo com uma cara embrutecida para de me olhar para limpar as unhas do pé com um garfo.

Batem à porta. São três homens, vêm sem maca. Com sua boina basca e sua capa, Gabriel vai para o hospital sentado numa cadeira. Eles não querem que eu suba na ambulância. Devo ir ao médico, vão me dar notícias no fim da manhã.

Onde está Gabriel? Na sala de operações? As enfermeiras não me respondem.

Reencontro Gabriel. Está com um aparelho bizarro ao seu lado. É um vidro com o soro que lhe injetam gota a gota. É lento, doloroso. Ele se livra do soro. Escondido, ele derrama o soro em um copo, bebe de uma vez para poder descansar tranquilo. Foi o que ele contou a outro paciente. Ele não olha para mim, não fala comigo. Ele distribui o que eu lhe trago. No dia seguinte vi na mesa do paciente ao lado o vinho que lhe comprei.

— Pobrezinha — me disse a esposa do paciente ao lado.

Os dois homens dormiam.

Levaram a mãe de Esther. A família ficou arrasada.

Ontem a jovem garçonete do restaurante italiano no qual Gabriel vai almoçar ou matar a sede entre dois casamentos, onde ele se aquece com sua família de eleição, ontem a garçonete veio vê-lo com um pacote. Eu cheguei depois dela. Eles se comiam com os olhos. Com o coração em farrapos, fiquei em pé ao lado da cama. Gabriel pedia notícias dos clientes do restaurante. A garçonete, com uma voz feliz, respondia indiretamente: falavam dele todos os dias, telefonavam para o hospital, seguiam o progresso de sua cura, o guardanapo com seu aro estava na caixa, iam fazer seu prato preferido quando ele voltasse. Oh, nada mudou, Paul chegava antes que soassem os sinos, ele chegava um pouco depois. Mas Paul sem Gabriel não era mais Paul. Continuava rindo, mas de outra maneira. Esperavam Gabriel para ouvir Paul rindo como antes. Gabriel estava melhorando, tinha o mundo aos seus pés, merecidamente. É claro que comércio é comércio, estava tudo bem até um cliente sentar no lugar de Gabriel, mas se fosse um cliente de passagem então tudo bem... Nada disso era importante, Gabriel voltaria. A garrafa enrolada em papel de seda era para ele e para eles, quando abrisse a porta do restaurante.

No dia em que Gabriel deixou o hospital, queria caminhar sem me dar o braço. Não conseguiu. Fui com o braço dele debaixo do meu, lamentando o rancor dele. Não quis descansar num café. Estava debilitado, mas livre, Gabriel de volta à sua casa, sentado em sua mesa, com a capa, a boina, enrolando um primeiro cigarro sem ver o maço que eu tinha comprado para ele e que lhe aguardava. Recuperou rapidamente sua força pois tinha o dom de poupar suas energias. Sem choques, sem drama, sem discussão, fui embora assim como eu tinha vindo.

Quem me levou a pôr de volta a aliança no dedo? Depois do último jantar com Maurice Sachs para celebrar minha "purificação" no balcão de um elegante pombal da rue Royale, ele entrou de repente uma manhã em meu quarto.

— Sua aliança é de quê?

— Platina.

— Deixa eu ver.

Ela deslizou de meu dedo, caindo na palma da mão de Maurice. A bondade é também vaidade. Eu queria provar que era boa.

— Fique com ela.

— Fico. Vou vendê-la por mil e quinhentos francos.

Até quando continuarei arrasando Gabriel?

— Querida, seu quarto parece o quarto de uma estudante russa. Preço: mil e quinhentos francos.

São frases desse tipo que nos fazem perder a cabeça.

— Minha menina, em breve nos veremos. Conheci um contrabandista em Charentes. Já lhe explicarei. Até breve.

— Maurice!

— Sim.

— Quase não escrevo mais textos. O que será de mim?

— Isso não importa. Eu disse "até breve": isso quer dizer alguma coisa.

Não tive coragem de olhar quando ele atravessou o pátio interno. Tinha vergonha do pátio, de meu avental, de minha pobreza.

Meu martírio durou bastante tempo. Um rapaz cabeleireiro me aconselhou a consultar o doutor Claoué, cirurgião de rosto do qual todos falavam. Onde conseguir dinheiro para diminuir meu nariz? Serei bela, jogarei bola com quem cortar meu nariz. Buscar o número de telefone do cirurgião me deixava exaltada.

Uma enfermeira me levou à sala do médico.

— O que você deseja? — perguntou ele depois de um longo silêncio.

Olho para ele e lhe entrego, de uma vez, as risadas, os ataques, as zombarias que suportei durante mais de vinte anos.

— Se o senhor soubesse o quanto eu sofri...

— Eu sei — disse ele.

Sentou-se perto de mim.

— Sabe? — disse num desabafo de autocompaixão.

Ele pegou minha mão e soltou. Sua bata branca poderia ser de um funcionário de armazém.

— Sou baixinho — ele disse. — Eu também sofri.

Suspiro e me entrego:

— Não zombarão mais de mim... Mas eu não tenho dinheiro. O senhor não gostaria de falar mais da sua situação, doutor?

Ele se levanta. Quer que eu veja sua baixa estatura.

— Eu era infeliz e pensei que podia ajudar a aliviar as pessoas.

Agora ele apalpa meu nariz. Tenho a sensação de que está prendendo em mim uma mordaça. Não me sinto humilhada, confio nele.

— É possível?

— Por que não? Minha proposta é a seguinte: eu opero e você paga os custos da clínica. Quatro ou cinco dias. Vou tirar aqui e aqui. Ali e ali.

Ele apalpa outra vez.

— Eu escrevo pequenos artigos — digo para criar confiança.

— Jornalismo?

— Sim e não. Vou escrever um artigo sobre o senhor.

— Como queira — respondeu.

Ele é famoso e cortês.

Vou embora sentindo um conforto apesar do medo da operação. Não voltei mais ao consultório de Claoué.

Maurice Sachs se "recupera". Tem um escritório de negócios, uma sala de trabalho, espécie de sala de recepção num café no bairro da Escola militar. Oferece licores, bebidas, bolos.

— Devo admitir que este ninho de pombas lhe cai bem — ele disse.

Não digo nada, ele está examinando a tira de veludo do meu chapéu.

Ele me convida para tomar um segundo café da manhã com ele, às onze da manhã; enquanto devora bolo, sanduíches, ovos cozidos, ele me explica que a ginástica do espírito abre o apetite. Dez minutos depois tomamos um aperitivo.

Sachs trouxe o contrabandista de Charentes. O contrabandista conhece os caminhos mais escusos de sua região. Ele chega a Paris e viaja de trem com seus clientes: amigos judeus de Maurice que querem deixar a capital. Ele os leva de noite, a pé, por zonas livres. Os clientes pagam a Maurice que paga o contrabandista. Maurice parece calmo e contente, agora ele tem dinheiro.

Conto a ele da doença de Gabriel, de nossa separação, do desgaste dos sentimentos: em graus diferentes somos dois perdidos depois de termos tido infâncias infelizes. Confesso a Maurice que já não escrevo mais nenhum artigo.

— Por que você continuaria a escrever aquelas besteiras? — ele disse.

Não tenho coragem de responder: para comer, para viver. Maurice me anima e me entristece quando faz suas declarações instantâneas, quando me joga na cara uma formulação lógica.

— Você cometeu um erro — disse quando falamos do aborto. — Um filho! Você teria dado a ele todo o amor que você precisa dar. Você ganhou uma chance de amar. E não soube aproveitar.

Não tenho coragem de responder que um filho cresce, nos abandona e que, afinal, também é uma tragédia.

Era verão, o café não tinha portas. Bebericávamos nossos aperitivos e olhávamos o mundo viver ao nosso redor.

— Esta rua e este quarto lhe fazem muito mal, minha filha. A partir de hoje você vem ficar perto de mim.

Olho para ele. Maurice pede mais aperitivos. Digo a mim mesma que é bom demais para ser verdade.

— Não posso simplesmente abandonar meu quarto... Ninguém abandona seu quarto desta forma...

— Anote — diz ele ao garçom, que traz outros pedidos.

— Telefone para o senhor Sachs — responde o garçom.

Fico sozinha, pego um cigarro dele, e me pergunto em qual passado vou cair, em qual futuro vou me precipitar.

— É exatamente isso, querida, a gente abandona um quarto desta forma. E não de outra. Abra sua bolsa, veja o que tem aí dentro.

— Não precisa, eu posso dizer o que eu tenho. Batom, pó de arroz, rímel e meus bilhetes de metrô. Não tenho camisola.

— Você vai dormir no meu hotel, eu lhe empresto uma camiseta — disse Maurice. Por que complicar se tudo é simples?

Enquanto ele se afoga num gole de álcool, eu me culpo por abandonar meu quarto, o palácio dos meus fracassos. Viver com um escritor, viver com Maurice Sachs, isso sim será viver, com ou sem dinheiro. Aceito e me desmancho numa cantilena de agradecimentos.

Nosso hotel fica a dois passos do café, nossos restaurantes também. Conhecerei Maurice Sachs pela manhã disposto a tudo e contra tudo; ele traz os hábitos do tempo passado no seminário. Aferrado ao equilíbrio, à saúde e ao emprego do tempo. Encontro-o banhado e charmoso às nove da manhã. Ele escreve durante quatro horas, é quase um rapaz feliz. Ele pergunta como dormi, conta de suas visitas aos psiquiatras, aos psicanalistas, a palavra neurose e a palavra subconsciente voltam constantemente à sua boca. O subconsciente, Violette, o subconsciente absorbe o sujeito. As neuroses, Violette, as neuroses matam. Maurice Sachs me assusta. Como se livrar delas? Concluímos que o filho dentro de mim deveria se livrar de sua mãe. Chego então às 9 horas, ele está escrevendo, com sua letrinha apertada, num caderno escolar, ele fecha o caderno para tomar café comigo pela segunda vez. Para mim parecia o auge da vida boêmia ter na cabeça meu "ninho de pombas", nas costas a linda pele de raposa, que eu deveria devolver e não devolvo, nos pés a palha preta e solas de madeira, abrir o papel brilhante e tirar de dentro a fatia de bolo ao som do barulho da cafeteira. Sinto--me extraordinária porque vivo com Maurice Sachs, porque ele me dá para ler suas passagens preferidas: o enterro de Talleyrand em *Choses vues*, por exemplo, porque eu descanso nele, porque faço coisas por ele. Às onze horas, Sachs me afasta de sua mesa, me dá um pouco de dinheiro, diz que devo gastá-lo — ele me apelida de "formiga" pela minha mania de economizar, escrevi sobre isso em *L'Affamée* — para comprar livros, beber alguma coisa em outro café. Obedeço. Viro uma adolescente. Paro diante das vitrines das livrarias. E depois compro um batom que permite dar beijos. Não quero meus beijos da noite e da manhã deixando marcas vermelhas no rosto de Maurice. Às vezes trapaceio, volto para observá-lo de longe. A cabeça é imensa, a boca um pequeno objeto. O cliente ou a cliente falam, Maurice escuta com um ar cansado. Com frequência a agência de viagens que ele abriu no café só fecha a uma hora, então eu preciso ficar andando na rua de um lado para o outro até poder reencontrá-lo para uma boa refeição. Ele me conta dos quatorze ternos de um dramaturgo que quer mandar a namorada para a zona livre. É tudo o que ele me confia. Não sei o quanto ele pede para fazer uma viagem, quanto ganha, quanto dá para o contrabandista. Ele não ganha fortunas. À tarde, cada um vai para a sua cama fazer uma sesta ou ler. Não sei onde fica o quarto de Maurice, não sei se recebe amigos ou íntimos. Às quatro horas percorremos o Champs-de-Mars, a Esplanade des Invalides. A magnitude do espaço ilumina os olhos de Sachs.

Hoje de onde foi que ele tirou esta nova bengala baudelairiana entre gritos e arcos de crianças? Hoje ele me fala sobre o *Tonnes de semence*, de Audiberti, *A vida tranquila*, de Marguerite Duras, ele recita poemas de Apollinaire, e fala de sua admiração irrestrita por *Plain-Chant* de Cocteau. Eu o escuto, sou maior do que a cidade, o presente é uma lembrança. Vamos nos deitar antes da noite. Desde que moro com ele, leio com mais entusiasmo.

Esta noite ele relê David Copperfield, esta noite eu começo a ler *Correspondance aux* âmes *sensibles*. Vida boa de um religioso, de uma religiosa que voltarão ao café na manhã seguinte.

Às vezes ele diz que eu o aborreço com minhas reclamações infantis. A paciência tem limites. Às vezes ele sente saudades do ar de Charentes, saudades do campo. Ele admira a educação inglesa: na Inglaterra, os pais não ficam colados nos filhos, mas os enviam para colégios internos. Não tenho coragem de responder que eu não concordo, que se eu pudesse reviver minha infância, eu a reviveria dentro da bolsa de um canguru.

Maurice arrumou uma amiga a quem trata com intimidade e delicadeza. É Maud Loty. Ela mora na rua, na mesma calçada do café. Parece mais pintada para atuar no palco do que maquiada. Uma cabeça de palhaço perturbadora. Guarda a juventude na mão: balança sua bolsa e não a larga por nada. Maurice não a reconheceu, foi o garçom do café que lhe disse quem era. É um tipo curioso do bairro. Riem dela ou riem com ela, os cachorros latem para ela, os policiais lhe sorriem. Ela não está atrás de clientes. Tem o hábito de beber, mas não tem dinheiro. Defendo que não existe diferença entre a glória e a decadência. Eu a vi no Théâtre des Ternes, interpretando menina com atraso mental, usando um grande laço borboleta sobre a franja lisa de cabelos louros. Revejo-a agora como trágica. A pequena mulher que levava toda Paris ao teatro pelo seu modo de dizer *merde* recita agora, sem abrir a boca, as palavras mais dilacerantes. Maurice a chama até sua mesa, pede-me para sair. É claro, na mesma hora. Ela precisa tanto que a levem em conta. Tornarão a florir em seu miserável vestido estampado as flores que seus amigos lhe enviarão. Vou dar um passeio e não ouso dizer a mim mesma que esta situação provisória terá um fim.

Maurice me contou que ele fez um escândalo certa noite na Comédie-Française. A interpretação de Fedra o escandalizou. Ele acabou a noite na delegacia de polícia. Ele me conta com entusiasmo de um rapaz normando diplomado que tinha ficado tão insatisfeito quanto ele e que o acompanhou até a delegacia. Agora eles se correspondem. O rapaz foi passar o verão com a família em um vilarejo na Normandia. Ótimo, ótimo, diz Maurice como se estivesse amadurecendo alguns projetos.

Vemos cada vez mais Maud Loty. Com frequência ela aparece embriagada ao meio-dia mas sem dizer besteiras nem chorar. Sua voz quebrada transparece a fragilidade de sua situação. Ela acha que sou amante de Maurice. Não deixo de me sentir orgulhosa. Ela lhe conta as histórias de sua vida de atriz célebre. Ele me confia um projeto formidável. Ele vai adaptar para ela um romance de Dostoiévski — não me diz qual —, ela voltará à cena com sua maquiagem, seu vestido, seus sapatos, suas pernas nuas, e encenará uma personagem trágica.

Quem é esta moça jovem, de rosto ingrato, cabelos escorridos que caem na cara, de mão estropiada? Entra no café, vai diretamente até Maud, alisa seus cabelos com a mão que está boa e a leva pelo braço. Elas se afastam, o sapato de Maud Loty vai fazendo barulho e o de sua amiga bate no chão do café. Vejo as duas juntas de novo às sete da noite. Maud Loty não me reconhece.

— Ela sente um amor extraordinário por Maud — diz Maurice.

No dia seguinte Sachs diz que vamos jantar na casa de Maud Loty. Num prédio moderno, a cem metros do café. Uma senhora abre a porta.

— Não sei se vocês poderão vê-las. Estão trancadas no banheiro. De todo modo, tem alguém à sua espera. Vou avisar que chegaram.

— Maud me prometeu — disse Maurice.

O estado do apartamento era deplorável, dava para perceber pelo cheiro.

Maurice se aproxima e cochicha em meu ouvido:

— Está decidido, vamos embora.

Meu coração dá um pulo e se anima.

— Embora para onde?

— Vamos embora de Paris, vamos para o campo — explica Maurice.

Seguimos a senhora. O cheiro é irrespirável.

Um rapaz se levanta do que um dia foi um sofá.

— Estava à sua espera.

— É um prazer conhecê-lo, encontrá-lo — disse Maurice Sachs, mostrando todas as nuances de sua delicadeza.

O rapaz não me cumprimentou.

— Temos tanto a nos dizer — disse Maurice ao desconhecido.

O rapaz é frio, não reage. Vestido impecavelmente, os olhos por detrás dos óculos de moldura cara, a voz intencionalmente discreta, ele se mantém reto e leva Sachs para perto do sofá em decomposição.

Converso com a senhora, no outro extremo do quarto. Sentamos em cima de algumas caixas. "O senhor Sachs é muito generoso. O senhor Sachs deu muito dinheiro para o jantar de hoje que ainda não está pronto, mas logo estará, elas vão sair do banheiro e pensar no jantar e tudo vai ficar bem, o Senhor Sachs é tão generoso que todos os dias Maud fala dele — ele está preocupado com ela está escrevendo uma peça para ela, Maud fará muito sucesso."

Eu ouvia e apostava.

Aposto que é um estudante da escola politécnica. Aposto que trabalha com estatística. Aposto que é um adjudicador. Aposto que é um contador. Aposto que é um arquiteto. Aposto que é um porteiro da faculdade. Aposto que é um agrimensor.

Aí vem elas. De repente uma agitação, uma confusão de vozes, o rapaz dá um aperto de mãos em Maurice e vai embora. A senhora repete que não há nada para jantar, mas que jantaremos num instante; Maud Loty pula no pescoço de Maurice, a enferma observa a amiga. Digo para Maurice com o olhar que vamos enlouquecer se não formos embora; ele concorda, está na hora de ir embora.

Maud Loty chora, ri, sua amiga a leva ao banheiro, ela grita que quer ver Maurice amanhã, ou depois de amanhã, para começar a ensaiar a peça. Ele responde que a verá amanhã. Nós saímos.

Na rua não temos coragem de comentar nada.

— Apesar da minha boa vontade — insinua apenas Maurice Sachs.

— Esse rapaz... quem era?

— Apaixonante. Esse rapaz? Querida, foi quem pegou um Watteau no Louvre.

— O ladrão de *L'Indifférent*?

— Exatamente. Ele me contou como fez. Você não vai se interessar.

Bom. Não vou me interessar.

A decisão está tomada: nós vamos embora de Paris.

— Mas para onde, Maurice? Onde vamos dormir? Onde vamos morar?

— Você não tem quatro anos, então não faça esse tipo de pergunta — ele respondeu.

Então telefonou para alguém no interior. Parecia decepcionado ao sair da cabine telefônica.

Eu me parecia com uma roseira coberta de rosas quando a lavadeira me disse: você vem buscar a roupa do seu marido? O que eu desejava? Ficar com meu sexo enferrujado. Eu poderia tranquilamente me casar com Maurice Sachs. O que é o meu desejo por ele? O meu corpo que subiu para a cabeça. Muita vaidade. Transformar um homossexual numa barra de ferro em fogo e dobrar essa barra. Cuidado, Violette, Sachs não é um qualquer! A tristeza o aborrece, portanto, seque as suas lágrimas.

Nossas malas eram duas sacolas que vimos penduradas do lado de fora de uma loja de tinta.

— Você não teria pelo menos um pedacinho de algodão no guarda-roupa do seu quarto?

— Que algodão?

— Um vestido, uma camiseta, qualquer coisa... De qualquer jeito não vai poder ficar andando pelo campo com essas peles de bichos!

Vivendo ao lado dele, acabei ficando mais despreocupada que ele. Enfiei na sacola umas roupas velhas de verão e pronto.

Iríamos para a Normandia, a família do rapaz diplomado nos receberia.

Às vésperas de nossa viagem, estava indo para o encontro diário com Maurice no café e o vi na rua acompanhado por uma mocinha vestida de forma simples, os cabelos louros bem penteados. Dezoito anos.

Com um ar distraído, ele me apresentou a ela. A mocinha estava preocupada. Maurice viria? É claro. Estaria na estação depois de amanhã. É claro. Olhei para Maurice com intensidade, ele me olhou com indiferença. A mocinha desapareceu numa rua deserta.

— Por que disse a ela que vai encontrá-la se vamos embora?

— Você me atrapalha, por favor não se intrometa em meus negócios — cortou Maurice.

Na mesma hora, esqueci da mocinha.

Passaram doze anos. Eu deveria lembrar desta cena no começo da minha mania de perseguição. O mundo inteiro me reprovava. Todas as moças que eu conhecia tinham estado à espera de Maurice em alguma estação. Estudantes, funcionárias, empregadas, secretárias me desafiavam sem olhar para mim. Meu remorso era a juventude que elas jogavam na minha cara. Eu acusava Maurice aos meus amigos, aos desconhecidos. Inventei que a mocinha era judia, que queria fugir para a zona livre. Inventei, pois eu não sabia quem era. Maurice tramava alguma coisa, ele não se escondeu. Eu aproveitava, pois vivia com ele sem precisar dar nada em troca.

Sachs sugeriu que déssemos uma volta de fiacre em nossa última noite parisiense. O fiacre parou diante do café, os curiosos ao redor observando, houve um burburinho quando Sachs me ajudou a subir. Então, partimos. Meu braço caía para fora com a moleza de uma alegoria levada por uma nuvem. Embriaguez sem álcool, saqueava o domo da Sacré-Cœur, tudo pertencia a mim sem que eu tivesse desejado. Eu era Bob, este Bob cuja indiferença tinha me fascinado quando ele andava de fiacre com Maurice. Instável, revia com um sorriso autossuficiente o Champ-de-Mars onde caminhávamos no entardecer. Maurice me contava de Casanova, o cardeal de Retz. Fumávamos e toda a cidade estava impregnada pelo cheiro do nosso cigarro. Eu ouvia o barulho do cordão do meu chapéu batendo em meu pescoço. O desinteresse do cocheiro me encantava. Conversávamos na presença de um testemunho que não contava. Depois de tomarmos uma bebida num bar no Champs-Élysées, Sachs lhe entregou o endereço de um restaurante.

— Vamos jantar no Zatoste — ele disse me ajudando a descer do fiacre.

O restaurante basco estava cheíssimo, o jantar, suculento. Bebemos muito. Disse a Sachs que um senhor não parava de olhar para a nossa mesa. Maurice se inclinou em cima de mim:

— Terno da rue Royale.

Inclinou-se um pouco mais:

— Alfinete da gravata da rue de la Paix, gravata da rue de Rivoli.

— Um bigode longo grisalho — acrescentei.

— Querida, é um velho general aposentado. Tudo tão perfeitinho.

Farejar grana lhe encantava.

Na manhã seguinte chegamos assim que o café abriu. Sachs tinha tudo organizado. O garçom lhe entregou duas garrafinhas de conhaque.

A estação Montparnasse estava lotada. Nosso trem estaria na estação? Ele partiria? Os vagões estavam paralisados. Paris não era o restaurante Zatoste, o fiacre, o vinho fino, o presunto cru. Paris eram os milhares de rostos vazios, de corpos magros perdidos nas roupas de homens esquálidos. Sachs me diz para beber: eu bebo conhaque às sete horas da manhã. Ele bebe também e sai em busca de informações. Ficava intrigada com as malas de alumínio, as enormes sacolas, as caixas de chapéu de madeira, as bolsas de compras de algodão. Tinham cancelado nosso trem, teríamos que esperar até o início da tarde.

— Ótimo — disse Maurice — faremos umas compras. Vou escrever, você vai ler, vamos almoçar e voltaremos para a estação.

Sentia-me revigorada vendo-o comprar livros e cadernos tão cheio de bom humor depois de termos perdido um trem. O que ele escreveria? Quanto teria em sua carteira?

Sentia-me majestosa em minha primeira viagem de primeira classe. Eu me privava de olhar a paisagem enquanto Maurice lia e a viagem parecia sem importância pois sentia falta do mau cheiro dos cestos cheios de compras.

Tomamos vinho branco no terraço de um hotel no centro de uma cidadezinha adormecida às quatro da tarde. Novidade e encanto dos preços módicos. Onde estava a guerra?, fiquei me perguntando ao ver as caras saudáveis dos moradores.

— Respire fundo — disse Maurice sem levantar os olhos do seu livro.

Havia uma mala brilhando. Homens e mulheres conversavam na praça. Reconheci as sacolas, as bolsas de algodão, as caixas de chapéu de madeira, a mala de alumínio. Dois ciclistas subiram em suas bicicletas. Eles pedalavam com enormes malas afiveladas em seus porta-bagagens.

— Até à noite — as mulheres gritaram para eles.

Elas iam também na direção das árvores.

— O que estamos esperando? — perguntei a Maurice.

— Algum meio de transporte.

Ele virou uma página do livro.

Tomamos um táxi coletivo.

O rapaz diplomado cultivava a lealdade e a amizade. Seus olhos de míope por detrás dos óculos gritavam: eu morro ou me apego. Sua família não podia nos hospedar; ele sugeriu, com um tremor na voz que incita esperança, de passarmos a noite num quarto nos correios. Fiquei pasma diante de sua admiração por Maurice, porém, ele o ouvia com ansiedade. Surpreendeu-me seu sorriso desiludido, enterneceu-me seu nariz um pouco torto. Alto e forte, usando um short e uma camiseta brancos, nos ajudou a nos instalar, cada um em seu respectivo quarto.

Fico sabendo no dia seguinte pela manhã que estão fazendo buscas pelo vilarejo: os fiscais buscam os judeus. Trêmula, saio correndo para o quarto de Maurice. Ele estava lendo na cama e continua lendo, tranquilamente.

— Levante-se de uma vez! Faça alguma coisa. Eles virão. Não é por mim que estou com medo!

— Minha querida, por favor. Não se assuste assim.

— Tenho medo por você.

— Medo de quê?

Não tenho coragem de responder que ele é meio judeu, que foi o que ele me contou.

Eu o irrito sempre que começo a demonstrar muito minha afeição por ele.

— E se você pedisse para nós um bom café da manhã?

— Comer agora! Não posso deixá-lo aqui sozinho.

— Vá, querida, vá...

Ufa! Cochichavam nas ruas que os fiscais tinham ido embora. No fim da manhã o rapaz diplomado empurrava uma velha bicicleta.

— A estrada à esquerda ou à direita? — ele perguntou.

— À direita — respondi sem hesitar.

Estávamos em busca de um teto para ficar.

Eles falavam de literatura, de estudos, de um amigo em comum, eu ia ouvindo entre minhas folhas de avelã, meus espinheiros sem flores, a malva sorridente, a camomila em flor. Sorver a fonte do céu... Eu andava atrás deles e sorvia todo esse azul, sentia minhas faces rejuvenescidas desses campos sem romantismo. Nuvens, minhas nuvens brancas descansavam em meus verões. Íamos sem pressa, eu imaginava que estava recortando vestidos e aventais deste campo cor de café com leite, o sol agradável melava minha testa, meus punhos.

— Finalmente uma casa! — disse Maurice.

De repente um cheiro de açúcar caramelizado. A casa, retângulo cravado na terra, parecia uma cabana de cartão-postal; dálias com cores fortes indicavam que chegaríamos num vilarejo: galinhas brancas inclinadas sobre um ancinho, galinheiro improvisado com cara de columbário. Ó, heráldico frescor das malvas-rosa ao longe. Eles entraram na segunda casa. Entrei atrás deles.

Esperamos no salão frio de um café que ficava ainda mais frio na presença de uma planta verde; na mercearia contígua percebi o verniz preto de uma pilha de galochas. Um homem apareceu. Ele trazia pendurado no ombro uma fita métrica.

— Senhor Blaise — ele disse feliz ao ver o rapaz diplomado.

Pequeno, robusto, poderia ser confundido com um diplomata por seus olhos penetrantes, seu ar experiente, seu porte. Estava combinado: poderíamos almoçar.

— Maravilha — Maurice falou. — Tudo me parece perfeito. Poderíamos começar com um Calvados?

O rapaz diplomado nos deixou: seguiria em busca de um alojamento para nós. O comerciante me ajudou a tirar a pele de raposa que não me pertencia.

— Estamos procurando uma casa — disse Maurice.

O senhor Zoungasse olhava para as nossas sacolas.

— Não vão encontrar nada — ele disse. — Nós temos dois quartos, mas estão reservados.

— E se subirmos o preço? — propôs Maurice.

— Minha palavra é uma só.

O senhor Zoungasse fez um buraco no meio do purê de batatas, serviu molho de carne dentro, em seguida as fatias de vitela.

— O interior vai de vento em popa — disse Maurice à meia-voz.

Leitor, você por acaso vai ler meu livro *La Vieille fille et le mort*? Se for, poderá dizer: outra vez a planta verde em cima da mesa no meio do salão, outra vez a mercearia contígua ao café, outra vez a pilha de galochas. Isso mesmo. Não inventei o café nem o vilarejo. Eles existem. Você poderá dizer: então, Maurice Sachs é o morto da história? Você estará enganado. O morto é outro homossexual que amei, o morto é um homem rico e saudável que eu transformei num vagabundo porque meus dedos quando seguram a caneta são capazes de fechar os olhos de um vagabundo.

O comerciante nos serviu o café.

— Aqui não exigem cartões de racionamento? — Maurice perguntou.

— Nunca — respondeu o comerciante, ofendido.

Virei a cabeça: uma estrada cor de areia tão sinuosa quanto uma cobra d'água concentrava calor e reverberação.

— Saindo do meu café, vocês devem contornar o cemitério e ele fica justo depois, à direita — disse o senhor Zoungasse. — Ele é um senhor, vive sozinho, só vejo esta alternativa.

— Deixaremos aqui nossas sacolas — disse Maurice.

O senhor Zoungasse era alfaiate. Já estava outra vez desenhando suas linhas de giz.

— Nunca tinha visto em toda a minha vida um cemitério tão encantador — disse Maurice Sachs.

A luz não era generosa. A roupa dele estava ficando amarrotada, os sapatos marrons com um tom avermelhado estavam ficando gastos. Ele limpava a nuca, a testa, seus olhos eram dois abismos de tristeza apesar da graça das umbelíferas que ele olhava sem ver. Eu escorregava nas pedras com minhas grossas solas de madeira.

Ainda consigo ver o cemitério. Sem grades nem portas. Aberto dia e noite, mostra o que tem de ser mostrado: túmulos abandonados debaixo de um acolchoado de mato. Ouve-se um rebanho passando para tomar água e uma grade que balança. Um carneiro escapa, entra no cemitério em busca de cardos, um cachorro o persegue. Não é mais um cemitério. É um jardim delirante no qual não se pode cantar. Aqui os vasos de flores não se aborrecem.

Eles recebem. As formigas com sua atividade, os caracóis hermeticamente fechados. As coroas parecem homens que se amontoam para dormir no lugar onde caíram. É uma abundância de malvas, cinzas, violetas, envelhecidos pelo tempo. Uns gafanhotos saltam por cima das pérolas. Flores em porcelanas, pequenas pias apertadas guardam a água da chuva em suas pétalas. Parece que as flores em tecido foram recortadas das saias molhadas de lágrimas de mulheres pobres. Quanto às datas, aos nomes... Lemos, deciframos, vemos a ação da borracha do tempo. E a andorinha mergulha com um bater de asas sobre o cemitério e, deste imenso mergulho, faz o seu voo.

— Aqui está — Maurice falou.

A casa ficava de costas para a rua. Uma casa que já nasceu com as janelas fechadas. Ouvi o grito luminoso da cotovia. Maurice empurrou um portãozinho. Entramos num corredor ao ar livre, que ficava entre o muro da casa e um hangar.

Surpresa de uma horta decorada de roseiras e groselheiras. As rosas se desfolhavam e as pétalas enfeitavam os repolhos redondos. A aleia central da horta estava ornada de candelabros floridos.

A porta aberta. Um homem sentado de costas, como sua casa, a senhora parecia uma águia e uma galinha. Seu cabelo ralo molhado, dividido por uma linha, formava um caracol brilhante do tamanho de uma latinha de cera. Eles jogavam dominó.

— Chegaram visitas, senhor Motté, já vou indo.

Seu sotaque cantado a sufocava.

— Não vá — respondeu para a senhora o velho de cabelos de seda.

— O que querem? — ele perguntou.

Continuava virado de costas.

Cada um segurava suas peças de dominó numa mão.

Maurice explicou que estava buscando algum lugar para alugar. O velho mostrou o perfil. Recebemos um olhar sem brilho, uma metade de bigode branco caído. Com seus olhos azuis me mediu de cima a baixo.

— Não tenho nada para alugar! — disse através de seu bigode.

A partida de dominó continuou.

— Você está tão tristonho — eu disse quando já estávamos na estrada.

Maurice olhou uma casa diante dele com as janelas abertas, ao abrigo de uma cerca-viva.

— Teremos de voltar a Paris esta noite — disse ele.

— Voltar?

— Afaste-se um pouco — ele disse —, vou rezar.

Fiquei paralisada onde estava.

Maurice subiu num declive à nossa direita. Caiu na grama e segurou a cabeça com as mãos. Ficou parado rezando.

Sua reza inesperada me encheu de medo. Fiquei olhando fixamente para uma rosa trepadeira, tentando me diluir nela.

— Desta vez vou sozinho. Espere por mim aqui — disse Maurice Sachs.

Ele abriu de novo o portãozinho.

Para ele, voltar a Paris era uma catástrofe. Lembrei de suas chateações, suas brigas com os joalheiros, com a proprietária. Onde estavam seus amigos?

— Cada um terá seu quarto — ele disse ao voltar.

— Cada um com um quarto! Ele aceitou?

— Por muito dinheiro. Vamos.

— Agora?

— Ele quer vê-la.

— É sua senhora? — perguntou o velho.

Podia chorar diante de tanta inocência.

Maurice lhe perguntou se ele queria mostrar os quartos. O velho magro tirou a boina e os tamancos. A escada de madeira branca sem corrimão, muito íngreme, dava uma sensação de precipício a escalar.

— Não tenho coragem...

— Não seja boba — cochichou Maurice.

Ele me empurrou na frente.

O velho chegou em cima e ficou arrumando aqui e ali um canteiro luxuoso de cebolas. Bati a cabeça no teto inclinado. O ar guardava o calor de um sótão fechado.

— Aqui estão — disse ele.

Dois quartos iguais, com uma porta de ligação. Cada um com seu leito de cerejeira, sua colcha de cetim, suas duas janelinhas dando para a estrada e para a horta, seus dois pares de cortinas engomadas.

— Os quartos são muito agradáveis — disse Maurice.

Seduzido, o velho olhou para Maurice.

— As camas são pequenas, mas mesmo assim dá para se virar — disse ele.

Rimos com um riso forçado só para não o decepcionar.

O velho tirou um pouco de pó do parapeito da janela com seu grosso dedo.

— Bom, vou cuidar dos meus bichos — ele disse. — Essa noite trarei os lençóis.

Um número incalculável de garrafas vazias cobertas de pó montava guarda detrás das cebolas roxas. O sótão tinha um cheiro de incenso.

O lugar da casa onde podíamos ficar tinha o piso avermelhado e uma lareira pronta para acender. Os olhos de Maurice estavam pousados numa mesa longa que parecia uma mesa de banquete. Quantos textos ele poderia escrever ali!

Voltamos ao café, a senhora Zoungasse nos acolheu.

— Estarão satisfeitos esses senhores? — disse um salgueiro chorão se endireitando por educação.

Acolhida muito gentil, tapete estendido aos nossos pés, tapete como a cabeleira de Maria Madalena.

— Mais do que satisfeitos — disse Maurice com uma voz melosa.

— É um homem bom. Ficarão bem ali.

A senhora Zoungasse nos disse que ia cuidar do almoço.

— Naturalmente vamos comer aqui — disse Maurice —, a não ser que isso crie qualquer transtorno...

— Se os senhores se contentarem com uma sopa, um pedaço de carne de porco fria com salada e um pudim...

— Tudo me parece perfeito — disse Maurice — e se não se importar, podemos combinar de fazer aqui um pacote completo de refeições.

— Isso inclui o café da manhã.

— Perfeito — disse Maurice.

Salada maravilhosa. A escarola às vezes é repugnante: a extremidade de uma folha bem mastigada dá a impressão de uma folha de cardo que não pica. É dura, monótona, lembra uma graminha que continuou a crescer no meio de uma rua recém-pavimentada. Estávamos bem longe destas asperezas. Delicada ao olhar, embebida num líquido leitoso, a escarola com seus frisados aqui e ali, verdejante aqui e ali, estava assumindo certa languidez no saladeiro de porcelana branca. Um amarelado repousava no meio da brancura. Eu ataquei a folha. Comi uma comida de eremita que ama a seda e o veludo. Um resquício de vinagre *flutuava* dentro da minha boca — sim, *flutuava*, mantenho aqui meu estilo incompreensível —, ele subia e evaporava como o vapor de uma echarpe de musselina.

Maurice nos servia em pequenas porções.

— Querida, você está engolindo uma obra-prima — ele disse.

— A senhora poderia nos dar a receita? — perguntou à senhora Zoungasse.

Ela secou as mãos no avental.

— Muito simples: numa panelinha derreta um pouco de manteiga, acrescente creme de leite fresco...

— Creme de leite fresco — eu disse, idiotizada e maravilhada.

— ... acrescente o creme de leite, mexa bem...

— Salada à Proust — disse Maurice Sachs.

Nosso dia acabou com o luar: o cemitério era uma aparição.

— Neste vilarejo só existe uma rua — disse Maurice.

Subimos a encosta a passos lentos. Sobre a ardósia dos telhados escorriam azuis acinzentados.

— Não tem chave e ele trancou a porta — disse Maurice.

— É o senhor Maurice? — perguntou o velho do lado de dentro.

— Sou eu — disse Maurice com sua voz mais alegre.

A porta abriu, o velho apareceu de pijama com seus imensos tamancos.

Um pequeno Cristo de ébano sobre uma pequena cruz de ébano, preso numa teia de aranha chamou a atenção de Maurice. Cozinha maltratada, mal iluminada, forno mal conservado de um homem que vive só. O aparador de madeira de cerejeira parecia ter sido posto ali por um antiquário. A poeira escondia os motivos de dois vasos românticos.

Os dois pares de lençóis estavam prontos sobre a mesa comprida. Cada um pegou o seu. Tive medo de nosso futuro no vilarejo,

tive medo da comédia de amor e união livre que devíamos representar para eles.

Quis fazer a cama de Maurice, bater seu edredom, o travesseiro, desdobrar e transferir minha ternura para onde eu podia. Fiz a cama enquanto Maurice urinava em uma das garrafas vazias do sótão. Dobrei o lençol nos pés e nas laterais.

— Você está cansada, vamos dormir — disse Maurice.

Meu Deus, os beijos dele na minha bochecha eram muito abstratos! Eu afundava demais em suas bochechas macias, mergulhava meus dois beijos. Aqui podia tirar mais proveito do nosso boa-noite amistoso do que em Paris pois morava sozinha com ele e perto da cama em que ele se deitaria. Fui para o meu quarto e, assim que fechei a porta, senti uma fisgada no seio, um beliscão no ombro, como se estivesse sendo esmagada por um tornilho: nossas duas vidas divididas ao meio. Maurice Sachs me emprestava sua presença e se entregava ao velho, à senhora Zoungasse, ao rapaz diplomado. Ele agradava e encantava, assim como Gabriel agradava e encantava ao seu modo. Eu me ligava a homens que me escapavam.

Apaguei a luz com o cuidado de um ladrão porque fiquei com vergonha de não ficar lendo por um momento. Os dois colchões de penas me exasperavam: eu afundava neles. Virei para o lado da porta e vi uma fresta de luz. Maurice estava acordado. Comecei a chorar. Eu me desesperava porque estava apartada de sua noite. Ele leu durante um bom tempo. Finalmente dormi, longe dele, perto dele, depois que ele apagou a luz.

Os tamancos me acordaram num sobressalto. O velho lançava uns *brrr* prolongados, transformava o verão em inverno. O ângelus ao longe soava abafado. Abri os olhos: pleno dia, azul acumulado. Maurice dormia? Maurice lia em sua cama? Não devia me perguntar esse tipo de coisa. A intimidade dele lhe pertencia. Senti-me paralisada pela razão, pelas convenções, pelo tato. Solidão enredada ao lado da medíocre tapeçaria. O vaivém dos pés, as idas e vindas do velho me faziam companhia. Levante. Uma grade ficava entre os pés de groselha e a casinha do cachorro. O cachorro, mais precisamente o esqueleto de um cachorro, tentava se soltar. A corrente era curta demais, ele latia tanto que se estrangulava. Ele voltou para a casinha, eu abri um pouco a janela, uma vespa iluminou o jardim.

Andei na ponta dos pés até a porta de comunicação. Ele estava dormindo? Lendo na cama? Será que eu poderia me vestir? Será que podia atravessar seu quarto? Se estivesse lendo Kant ou Hegel, seria inconveniente perturbá-lo. Deitei outra vez, encolhi-me debaixo do lençol. Sem trabalho, sem futuro, sem projetos. Uma mosca enorme entrou, saiu, o velho começou a revolver a terra na horta. Quem me ajudaria a sair do meu quarto? As pedrinhas que ele revolvia tilintavam, se chocavam contra a sua pá.

Levantei às oito horas, me vesti com uma roupa de algodão, coloquei umas sandálias. Bati à porta de Sachs. Silêncio. Bati de novo. Silêncio. Abri a porta. A cama vazia, a sacola vazia, a janela fechada. Eu tinha afundado com todo peso no meu quarto, Maurice tinha apenas roçado o dele. Desci com as sandálias na mão. As batatas cozinhavam dentro de uma bacia, uma carne cozinhava devagar numa panelinha de barro. O velho era organizado. Atravessei a soleira da porta que dava para a horta.

— Já de pé? — ele perguntou.

Cheirou com força o rapé descansando sobre o cabo da pá. Ao lado dos iluminados pés de groselhas, as faces dele pareciam rosas. E as rosas amareladas descansavam. Onde estava a guerra? A terra fértil, a alegria das alfaces, conforto dos repolhos; tranquilidade das escarolas atadas, frivolidade da salsa e do cerefólio. O senhor Motté revolvia a terra. O velho chapéu de feltro cor de água de chuva que Maurice descreveu num de seus livros lhe servia de chapéu de palha.

— O senhor não o viu? — perguntei.

— O senhor Maurice está ali no quarto — respondeu me indicando com a lâmina da pá o quarto que ficava no térreo. O senhor Maurice levantou cedinho!

Ouviu-se um gemido de uma serra mecânica no hangar ao lado da horta.

— Entre — disse Maurice.

Entrei sem ânimo. Esses dois homens tiravam tudo de mim, bem cedo da manhã cada um levava sua própria vida.

Maurice escrevia num caderno escolar sentado na mesa comprida. Ele terminou de escrever uma frase e levantou. A miséria tecendo uma tela. O roupão de seda estampado estava sujo, o chinelo envernizado amassado, a meia puída. Ele vem na minha direção arrastando o chinelo, com o roupão ao vento, ele é gordo e não se barbeou, meu Nero meio calvo está caído esta manhã.

— Dormiu bem? O sono é importante. Tentei não fazer barulho passando as páginas.

— Sim, dormi assim que deitei, dormi bem.

Eu minto para ele, este é meu sacrifício.

— Como você acordou cedo! — digo, admirada e desconcertada.

— Levantei com os primeiros raios do sol. Nada melhor — disse ele mergulhando a caneta no tinteiro.

Saí também evitando fazer barulho. Há presenças que são inoportunas.

— Gostaria de tomar um banho — disse ao velho.

Ele estava estendendo uma corda entre duas estacas.

— O balde está na cozinha. É só puxar para bombear a água.

— Mas onde posso me lavar?

Esperei a resposta.

— Ali, onde guardo a lenha — ele disse.

Bombeei a água. A lenha cortada estava admiravelmente organizada no alpendre. O senhor Motté resmungou pois lhe pedi um sabonete. Tomei banho com bastante água. Oh, o senhor Motté chegou perto e ficou me olhando. Continuei meu banho, fingindo ignorá-lo. Ele saiu. Terminei rápido porque estava animada por ter uma novidade para contar a Maurice. O velho me deu um pequeno papel para representar.

— Você está reclamando do quê? — Maurice perguntou. — Ele é experiente e gostou de você. No seu lugar, ficaria lisonjeado.

Lamentei em silêncio pela indiferença de Maurice. Sem seus rapazes, preferia que ele tivesse uma postura mais de dono e de tirano.

— Bom dia, senhor Motté!

— Bom dia — disse o velho de forma rude.

O rapaz diplomado entrou transbordando gentileza.

— Querido Maurice — disse como um cumprimento.

— Querido Blaise — respondeu Maurice.

— Já trabalhando? — disse o rapaz. — Vi um caderno na mesa. Estava passando e reconheci sua letrinha que eu tanto adoro.

— Você abriu a janela — perguntei.

Queria estar a par de tudo o que dissesse respeito a Maurice. Pontilhismo cruel do sentimento.

Maurice propôs que tomássemos um Calvados na senhora Zoungasse. Quis levar o roupão dele para o quarto.

— As mulheres são escravas. É mais forte que elas — Maurice falou. — Deixe esse trapo onde está e venha.

O rapaz olhou para mim com compaixão. Ele me desvendava, apiedava-se de mim.

— No vilarejo só falam de vocês dois — disse para nos divertir.

— Nem imagino o que podem estar falando — acrescentei de mau humor.

— Ora, sobre seus casacos de pele, querida! — disse Maurice.

A senhora Zoungasse nos recebeu com a humildade séria de uma mulher que acabou de comungar.

Depois do almoço, Maurice aconselhou que eu descansasse um pouco e saísse depois para um passeio pelo vilarejo. Ele ingressou no universo novo que acabara de criar para si naquele mesmo dia. Fiquei parada na cozinha. Ouvi-o mexendo nas páginas de seu caderno. O gemido da serra mecânica recomeçou. A pobreza e insignificância que eu sentia em Paris me faziam falta. Necessitava de um vilarejo estalando de novidades para me acariciar. "Não quero descansar longe dele, não quero passear longe dele", pensei birrenta como uma criança. Abri as portas do aparador de madeira de cerejeira. O que pegar? Um pedaço de carne salgada? Comi. Um pedaço de manteiga? Peguei. Calvados? Bebi. Não tenho nada e tenho tudo. O que pegar? Onde pegar? Saí para a horta. Estava um forno. Peguei um ramo de groselha. Muito azedo. Às vezes é complicado roubar algo insignificante. Consegui pegar alguma coisa mordendo outro tipo de groselha, um pouco maior. Tão quente: um ferro de passar derretendo em minha língua. Maurice estava escrevendo, o velho descansava, uma abelha dormia dentro de uma flor. A serra mecânica parou de gemer, o cheiro miserável da serragem recente me refrescou, uma borboleta passou com sua bagagem de felicidade.

Chegou e parou uma carroça com aspecto medieval. Ajoelhei-me detrás do pé de groselha para não ser vista. De dentro dela saiu um monte coberto com um tecido bege e um pacote de mato cinza.

— Está pronto? — perguntou o camponês.

Pôs de volta o chapéu num de seus cavalos. Ele mascava tabaco.

— Entre — responderam de dentro do alpendre.

O monte coberto por um tecido bege trepou na carroça e saiu de lá com uma lona esverdeada.

— Entro? — perguntou o camponês.

— Entre — disse a voz enérgica de dentro do alpendre.

O cavalo se sacudia por causa das moscas. Ouvi o barulho de um móvel de madeira.

— Não o carregue pelos puxadores — disse a voz autoritária.

— Por onde quer que eu carregue? — disse o camponês.

— Faça como eu, pegue-o por baixo. Não solte a lona. Saia, saia de costas.

— É fácil falar — disse o camponês.

O camponês começou a sair de costas do alpendre. Ele carregava um móvel comprido coberto com a lona esverdeada. A lona caiu e mostrou um enorme caixão. O marceneiro saiu de seu ateliê, olhou de todos os lados antes de pegá-la. Eles puseram o caixão na grama com o cuidado que se tem com um ferido grave.

— Trabalhamos bastante — disse o camponês.

E mascou seu tabaco.

— Ainda resta muito a fazer — disse o marceneiro.

— Você o pega?

— Pego — respondeu.

O marceneiro o empurrava, o camponês o recebia. Ele ajudou os cavalos de chapéu a dar a volta na estrada. O caixão balançava na carroça. O marceneiro voltou para o alpendre. Dava de ombros.

Subi a encosta e fui dar um passeio.

Cheguei ao monte, parei na encruzilhada.

— Entre, minha pobre mulher. Descanse um pouco. Não existe felicidade. Acredite em mim, não existe felicidade.

Ela insiste. Entremos.

— Não existe felicidade, minha pobre mulher. Acredite em mim: não existe felicidade. Se lhe ofereço um café, terei que esquentá-lo e, para esquentá-lo, é necessário acender o fogo. O fogo custa caro. Custa lenha. Nem vamos lembrar o preço da lenha. É execrável. Se meu fogo não estivesse apagado, não usaria um fósforo. Oh eu jogo no fogo sem me preocupar um tição a mais. Lavo roupa para fora, se você tiver roupa para lavar... O pior, minha pobre, é no inverno, com as frieiras então. Você vai encontrar de tudo aqui, você terá de tudo. O que se pode fazer com um homem doente? Agora que nosso café está quente, vou retirar os gravetos. Eles terão serventia depois. Ele está deitado ali no quarto do lado. Gostaria de vê-lo?... Cansá-lo? Nunca se cansava com seu violino e suas dancinhas. Eu conheço o senhor Motté. É um velho rude. Posso dizer que o senhor Motté não é fácil. E posso dizer que tudo custa caro.

O tempo também custava caro: o pêndulo do seu relógio não mexia.

— Ele vai lhe vender os legumes. Ele vende? É uma casa bonita. O aluguel é caro? É uma vergonha. Ele fala com vocês? Já não é muito tagarela. Desde que vocês chegaram, aqui só se fala do senhor Maurice. Dizem que ele é tão bom, que tem bons modos. Que é que se pode fazer com um homem doente? Ele está lá na cama, no quarto ao lado...

Desisti do meu passeio. Queria rever este tal de "senhor Maurice". O marceneiro martelava seus pregos. O senhor Motté transplantava seus pés de aipo.

— Está quente — ele disse. — Lá, lá, lá, lá, lá, lá... minha pobre filha!

Ele me observava tranquilamente. Fosse eu bonita, teria me observado com a mesma avidez e a mesma arrogância.

Maurice abriu a janela, o rosto do senhor Motté se iluminou. O rosto velho e arredondado se enterneceu. Os olhos sem brilho recuperavam sua candura.

— Às seis horas vamos à senhora Zoungasse nos recuperarmos com um bom Calvados, minha querida Violette.

Maurice tornou a fechar a janela.

O venho ficou espreitando minha reação, ele me observava de forma tão inconveniente que acabava me divertindo quando na verdade sentia vontade de chorar. Sentia-me ociosa.

Perguntei-lhe como se chamava a mulher que morava atrás do morro.

O senhor Motté deixou cair seus pés de aipo.

— Você foi até a senhora Meulay! Ela deve ter dito: não existe felicidade. Toda vez que alguém vai lá é a mesma coisa, ela começa a mesma ladainha.

— Ela me ofereceu café com açúcar — falei.

— É possível — respondeu o velho.

Maurice escrevia, os livros que tínhamos levado me rejeitavam. Que fazer da minha vida?

Voltei à casa da senhora Meulay.

— Estava entediava — eu disse.

— Tudo é tão difícil — ela respondeu.

— Ele está cuidando da horta — falei num tom de circunstância.

Os dedos gastos da senhora Meulay pareciam secos dentro da cuba de água.

— Ah, mas um homem não vai contar suas próprias desgraças. Mortes e mais mortes, as granjas pegando fogo... Foi casado quatro, cinco vezes? Não lembro, perdi as contas. Vou perguntar à minha filha. Guardo a roupa dentro de casa à noite pois não confio em deixar do lado de fora.

Íamos a La Turbie. Longo passeio noturno saindo de Villefranche-sur-Mer. Longo passeio noturno num carro sem capota com Albert e seus amigos. Admirávamos o circo de luzes, o turbilhão de centelhas. Atravessávamos um povoado calmo em meio à luz leitosa da lua. Fazia calor às duas da manhã. Um rapazinho escondido num casaco de inverno roubava as roupas num varal. Escondia o saque debaixo da lã do casaco.

— ...suas mulheres morriam: ele as usava. É velho agora, se acalmou. Mortes, fogo... desgraças. Por isso ficou embrutecido.

— Seu marido está tão silencioso. Será que precisa de alguma coisa?

— Não precisa de nada, está se esvaindo. Vou me arrumar rapidinho e desço com você...

Contei a Maurice tudo o que vi e ouvi.

— Por que não morreríamos aqui? — me disse quando contei do caixão.

Suas perguntas lógicas e irônicas me subjugavam. Temia desagradá-lo se ficasse explicando: o camponês é um servidor da terra.

Ele a serve. Dá a ela de beber quando ela tem sede, faz-lhe a cama quando trabalha, faz-lhe carícias e a amacia com o rolo, mistura-se a ela antes de morrer porque lhe dá sua merda. Não tive coragem de dizer: no vilarejo, a morte é pouco frequente.

A presença de um homem que amamos mas que nos intimida, a presença de um homem inteligente que também ouvimos com os ovários é uma festa de gala mas também um inferno. Ele fala e minhas partes baixas ficam vorazes.

— Deite-se — falou Maurice — vou sentar perto de você.

Primeira noite de gala.

Ele entrou e sentou perto da minha cama com os cigarros, o Calvados, os copos, o cinzeiro. Perguntou se eu estava bem, bateu meus travesseiros. A falsa doente e a inautêntica convalescente estão bem. O homem que elas amam é um falso médico em sua cabeceira. A apaixonada não está tão bem. Ela se pergunta como ama o homem sentado perto dela. Ela o rejeitaria se ele se deitasse sobre ela, ela gritaria se ele levantasse o lençol, porém urra em silêncio de tanto desejo por ele. Ela se debate em meio às chamas do impossível. Quando está perto dele, ela expia a felicidade de viver perto dele. Ele fala até uma, duas, três da manhã. Ela não precisará mais contar as noites de gala. Ele lhe dará incontáveis noites. Ela recebe demais e nunca o bastante. Ela só consegue imaginá-lo como homossexual. O sexo dele erguido para ela seria falso. Dócil, muda, atenta, deitada em meus dois colchões, devorava Maurice Sachs. Não me satisfaria mesmo se ele ficasse falando durante dez mil anos, não me nausearia se a noite durasse vinte mil anos. Fico triste, tão triste enquanto escuto e olho para ele. Maurice quis vir para o interior, porém me parece que eu o estou privando de Paris, de sua loucura por dinheiro, de suas inclinações. Mais tarde vou perceber que Maurice estava numa situação delicada, que fugia de seus inimigos, que estava dando a volta por cima de suas decepções sentimentais, de seu desespero de homem solitário. Não teria levantado um dedo sequer para que ele fosse embora, porém, não escondia de mim mesma que seu lugar não era aquele. O quarto organizado não era para o seu tamanho. Ouvia-o aniquilada de estupidez. Dizia a mim mesma que eu era Cleópatra e que podia lhe dar este oriente que ele desejava. Bebíamos, fumávamos. Maurice me falava de Paris, de seus amigos de Paris, de sua infância, de sua juventude. Seu passado transbordava, os lagos de tristeza em seus olhos cresciam enquanto, de pé em meu quarto, ele imitava Max Jacob, "querido Max", dizia. Ele amava intensamente Raïssa Maritain. O nome dela me fascinava, via faixas negras sobre a tapeçaria envelhecida. Raïssa Maritain, Jacques Maritain. Lembrava das capas da coleção Le Roseau d'Or, de um azul forte. Maurice me explicava a filosofia de Tomás de Aquino depois descrevia um grande jantar, com receitas que ele inventava: esvaziava caixas de trufas num prato de macarrão. Então dávamos gargalhadas enquanto no cemitério gatas e gatos namoravam e davam longos gritos lúgubres. Maurice me descrevia também Louise de Vilmorin tocando violão num salão da editora Gallimard. Ela o deslumbrava: era o próprio charme quando se sentava no chão. Ele me dava para ler as cartas que ela lhe havia enviado antes da declaração da guerra. Louise de Vilmorin, seu violão. Eu imaginava a saia do vestido caída sobre um tapete. Com frequência, ao se referir à editora Gallimard, Maurice dizia o primeiro nome de Gaston, seu editor. Ele se sentia orgulhoso de poder chamá-lo de forma íntima, pelo seu primeiro nome, e eu ficava orgulhosa por ele. Gaston, ele enchia a boca para dizer este nome tão importante. Suas bochechas arredondadas, seu queixo proeminente se alargava. "Gaston" na boca de Maurice se tornava a cereja do bolo. Ele me disse que queria ter sido Casanova e desejava ter escrito as memórias de um Casanova moderno. Sim, o Oriente o atraía. Pensava, quando acabasse a guerra, em ir ao Líbano passar um tempo por lá. Eu escutava com um ouvido melancólico pois não fazia parte de seus planos. "Está triste?", ele perguntava. Não, não estava triste. Estava amargurada. Ele me falava da Rússia: Sergei Diaghile, Nijinski, Tchekhov, Tolstói, Dostoiévski, a infância de Soutine, a viagem do jovem Soutine da Rússia a Paris, estendido e preso debaixo de um trem, os primeiros romances de Elsa Triolet. Se me falava também da Alemanha, da guerra? Sim e não. Relia Nietzsche e acreditava que a Alemanha venceria a guerra. Se eu ousava dizer que a última palavra não estava lançada, ele dava de ombros sem convicção. No fundo, não tinha certeza de nada. Prendeu um mapa da Europa em cima de sua mesa de trabalho.

— Houve um escândalo no vilarejo — disse Maurice.

Eu tremi: imaginei que ele pudesse estar envolvido.

— Jovens hospedados como pensionistas na casa de uma senhora esvaziaram os potes de geleia esta noite. Tiveram de voltar para Paris, com exceção de um rapazinho que não fez nada. Um judeu.

— Foi só isso?

— Não é o suficiente para um lugar como este? — perguntou Maurice. — Agora só se fala dos "larápios de geleia".

Este pequeno roubo cometido por jovens animou Maurice. Queria ligar-se a eles.

Naquele dia, umas placas vermelhas surgiram ao redor do meu tornozelo. Naquele dia tomei coragem. Contornei as rosas cor malva da rua, entrei na segunda mercearia. Não tinha muita coisa. Esperei ouvindo o enxame enlouquecido de interferências da rádio inglesa. Desligaram o rádio. A triste mercearia me entediava, anunciei minha presença tossindo.

— Vá lá ver, meu benzinho — disse uma voz de mulher.

Um franzino Vercingetórix surgiu de dentro da cozinha. Pele de jovem donzela, bigodes de sal e pimenta. Olhos longos e azulados insondáveis. Voltou para a cozinha.

— O que deseja? — me perguntou uma tonelada de celulite.

— Ah, bom, doces... chocolate... açúcar... e cigarros.

— Senhorita, se você quer chocolate serei obrigada a pedir seus cartões de racionamento.

A voz dela era cantada, o rosto fino.

— Meus cartões? Eu tenho — disse efusivamente.

Ela se movimentava com majestade.

— Benzinho, tire a chaleira do fogo — ela gritou ao marido.

Ela começou a montar com as mãos meus maços de cigarro. Ela queria que a simetria da pilha fosse perfeita.

— A água não está quente, tiro mesmo assim?

— Disse para tirar.

Barulho de copos, de louça. O benzinho limpava a mesa.

— Não vai levar os cigarros para o senhor Maurice?

Um copo quebrou no chão da cozinha.

— Senhor Maurice? A senhora o conhece?

Ela me sorriu para me tranquilizar.

— Não conheço. Mas todo mundo aqui o chama de "senhor Maurice". Dizem que ele é muito gentil.

— Vocês aceitam hóspedes? — perguntei.

Ela cumprimentou pela janela camponeses indo para o campo.

Ela saiu detrás do balcão para ver melhor a direção para qual estavam indo. Ondulavam as capelinas, os espaços sobre o feno que iam ser revolvidos estavam diante dos camponeses.

— Sim, podemos tentar. Avise quando — respondeu.

Ela andava com dificuldade porque seus pés pequenos estavam sem meias dentro das pantufas, porque suas pernas feitas para levar quarenta e cinco quilos suportavam ao menos cento e dez.

Uma mulher do vilarejo entrou de repente:

— Senhora Bême, poderia dar um telefonema?

Voz rouca forrada de bondade.

— Achei que tinha ido embora com a Charlotte — disse a senhora Bême. — Não teve o que esperava?

— O dobro, senhora Bême, o dobro! Nem almocei, meu salto quebrou. Se você tiver um pouco de queijo e dois ovos... Posso telefonar?

— Benzinho, é Didine.

— Estou ouvindo! Não posso estar em todos os lugares: no jardim, dando comida para os coelhos, lavando a louça, servindo o ovo, ao telefone.

— Poderia me dar um *calva* — disse a moça.

Sua pobre saia preta, sua pobre blusa branca. Suor forte nas axilas, elixir de sua miséria.

— Vá buscar dois ovos na casa da Lécolié — disse a senhora Bême ao marido.

A moça entrou na cozinha com o salto do sapato nas mãos.

— Aqui estamos em família — me disse a senhora Bême. (Ela olhou as placas avermelhadas ao redor de meus tornozelos). — Venha ver, Didine.

Didine acudiu claudicando. Tinha as pernas tortas, um pouco arqueadas, e pernas musculosas com as veias muito aparentes e muito coloridas... Miséria e generosidade estavam no ar.

— Não é assim que começa? — disse a senhora Bême olhando minha perna.

— Começa assim — disse Didine.

— O que tenho? — perguntei assustada.

— É uma epidemia que se espalha pela região. Os médicos não sabem o que fazer. Viram feridas.

O rapaz diplomado conversava com Maurice sobre um amigo comum quando cheguei à casa do senhor Motté. Eles se calaram. Eu cortava ao meio o vínculo de amizade dos dois. A presença de uma mulher sem sexo. Seu universo masculino não oscilava menos por isso.

— Os Bême são um casal incrível — disse o rapaz diplomado a Maurice. — Que acham de tomar um Calvados lá? — propôs ele.

— Ótima ideia, vamos! — disse Maurice.

— Em breve ficarei com umas feridas no tornozelo — disse, envergonhada. — É uma epidemia que se espalha pela região...

— Coitada — falou o rapaz diplomado arrastando as sílabas da palavra.

— As mulheres são inacreditáveis — exclamou Maurice. — Ela conta que terá umas feridas como se contasse que vai ter um filho...

Descemos a encosta. O rapaz me deu o braço porque sentia que eu estava desconsolada.

— Precisa pensar em mandar de volta seus casacos de pele — disse Maurice.

— Meus casacos? Mas é um simples casaco de pele de raposa...

— Um casaco de pele de raposa que não lhe pertence.

— A moça que queria vendê-lo tem vários casacos do mesmo tipo, não a estou privando de nada.

— Vou fazer um pacote — disse Maurice. — E enviá-lo de volta. Em certas horas não consigo compreendê-la. Sentia você mais próxima de Paris.

É verdade. Maurice sem dinheiro não era mais Maurice Sachs. Maurice casto e honesto era um Maurice apequenado. Não me sentia à vontade para lhe dar conselhos. Mas se em Paris ele esbanjava dinheiro, deveria supor que eu o aprovava em silêncio. Um dia ele me chamou de "formiga". Posso chamá-lo de "cigarra" com toda minha admiração. No vilarejo, ele me dava dinheiro pois pagava tudo, e se por acaso me entregava na mão uma nota para alguma compra insignificante, seu gesto podia ser lido como uma mensagem mais do que uma nota de banco. Ele oferecia cigarros e Calvados a todos os que encontrava: um santo que nadava em ouro.

Naquela noite o senhor Motté nos ofereceu suas primeiras maçãs maduras assadas no forno. Maurice as regou com creme de leite fresco. Que ingratos nós dois, já nos afastando do café-restaurante da senhora Zoungasse.

Naquela noite Maurice, antes de começar a vigília perto da minha cama, entregou-me vários cadernos de formato escolar. Ele me daria outros e quando eu tivesse acabado de ler contaria o que tinha achado. Abri o primeiro caderno, reconheci sua pequena letra de homem apressado. Folheei. Eram poucas rasuras.

— Comece amanhã — ele disse.

— E esse rapazinho que não teve coragem de roubar? — perguntei.

Maurice queria falar dele justo quando lhe perguntei. Tinha doze anos, chamava-se Gérard, era judeu, a mãe o tinha escondido no vilarejo. "Doze anos", repetiu Maurice em voz baixa. Estava só com os outros, mas nunca comia o suficiente. Sim era muito bonito e a tristeza o embelezava. Esse menino nunca ria. Como o tinha visto? Onde o tinha visto? Maurice passeava ao longo do rio lendo a minha Bíblia. Os "larápios de geleia" tomavam banho jogando água por todo o canto e gritando. Maurice explicou que o espetáculo desses jovens nus com suas brincadeiras na água cristalina estava longe de lhe desagradar, apesar de ostentar certa vulgaridade. Ele fechou a Bíblia, ofereceu cigarros aos corpos nus que estavam fora da água da cintura para cima. "Esqueceu do Gérard", disse o mais velho deles: um alto de cabelo encaracolado. Onde estava Gérard? Maurice o procurou. A tristeza pode nos apagar, pode nos tornar invisível, afinal Gérard, vestido com uma roupa de menino pequena demais para ele, estava sentado na grama ao lado de Maurice. Era ele que Maurice deveria ter visto primeiro. Perdido em sua tristeza, Gérard não existia mais. Em suma, Maurice se ajoelhou diante dele e ofereceu um cigarro. Uma longa mão, uma bela mão de velho se aproximou.

Os dedos se retiraram do maço sem ter pego nada. De olhos baixos, Gérard confessou que não sabia fumar. Então Maurice deu um pulo ao perceber que tinha ficado de joelhos. No rio, os jovens começaram a cochichar. Maurice ficou de pé. E Gérard? Sentado na grama, sempre de olhos baixos, como se vencido pelo peso dos longos cílios. Ele aceitaria dar um passeio ao longo do rio? Enfim,

Gérard ergueu o olhar. Então Maurice viu dois olhos nos quais a dor tinha a maciez que encontramos debaixo do queixo de um gato branco. Gérard me olhava com a submissão de nossa raça, era maravilhoso e assustador, me disse Maurice.

Alguns cachorros latiam: aviões ingleses passaram no céu por cima do nosso telhado. O ronronar dos motores estava capturado na noite como a paisagem na neblina.

Maurice retomou a história. Eles deram um passeio ao longo do rio, mas Gérard achava que Maurice zombava dele. É verdade que as crianças pensam isso facilmente quando os adultos lhes dão muita atenção. Pudico até não poder mais, Gérard nunca tirava a jaqueta. Vou ver, disse Maurice, até onde vão as mangas. Mas as mãos do rapazinho eram tão bonitas que vestiam o seu corpo. Ele caminhava de uma forma diferente da que Maurice tinha imaginado. As mãos no bolso da jaqueta, a jaqueta arregaçada, ele tinha o vigor de um homem feito. "Gostaria de ouvir o som da sua voz", teria dito Maurice a este menino solene. "Saia um pouco de dentro de si, tentarei ser seu amigo." "Meu amigo? Não tenho amigos", respondeu Gérard. A voz dele tinha se transformado. Um cego que tivesse ouvido a conversa, pensaria se tratar de um rapaz de dezesseis anos. Caminhavam ao lado da água, era delicioso sentir o ar fresco. Maurice fez uma série de perguntas às quais Gérard não respondeu. Será que ele desejava fumar agora que estavam longe dos outros? Maurice lhe deu o maço de cigarros. As mãos tremiam e rasgaram o maço, os cigarros caíram na grama. Maurice o tranquilizou: os desastrados são pessoas generosas. Gérard guardou os cigarros no maço com cuidado. Está um pouco menos triste, pensava Maurice aliviado por si mesmo e por Gérard. Então ele se agachou, contou Maurice, e a sujeira na gola de sua camisa era um colar sobre a nuca cheia de penugem. Sim, Maurice, tudo se aproveita quando a elegância é inata. Gérard decidiu fumar. Ele fumava depressa e olhava espantado para a cinza que resultava de seu gesto. "Conheço você", disse Gérard para Maurice. "Vejo-o passar todos os dias. Você sempre carrega um livro no braço." Será que ele lia? Ele gostava de ler, mas não tinha livros. Ele olhava para Maurice. Seus olhos imploravam. Pediam mais amizade. Maurice prometera: eles se encontrariam no dia seguinte. Maurice podia ajudar Gérard a viver. Deram um aperto de mãos: que belas mãos, que surpreendente o aperto deste jovem tenebroso. Maurice e Gérard voltaram pelo mesmo caminho: os rapazes se vestiam e continuavam jogando água uns nos outros. Estavam sentados de pernas cruzadas formando um círculo. Gérard ficou de pé, Maurice especificou, seus longos cílios piscavam no ritmo da tristeza. Maurice disse uma gracinha e sentou também com as pernas cruzadas, Gérard o imitou. Foi ali que eles contaram para Maurice sobre a noite em que esvaziaram os potes de geleia e sobre as danças ao redor dos bocais. Fora o "alto e cacheado" que tinha conduzido o bando de rapazes, todos pensionistas na casa desta velha senhora. Esperavam seus pais para poderem voltar a Paris. Um deles gritou: "Ele não pode voltar, sua mãe não quer saber dele e, além do mais, é judeu." Gérard mastigava um capim com os dentes, amorfo. Olhava para os sapatos cujas solas precisavam ser trocadas...

Neste momento, Maurice me deu boa-noite. Continuaríamos a conversa no dia seguinte.

Fiquei soluçando debaixo da coberta assim que ele fechou a porta. Maurice levava sua vida, passeava sozinho, lia a Bíblia sem me contar, conhecia jovens. Eu chorava cada vez mais pois tinha o pressentimento de que um rapazinho de doze anos começava a amar Maurice Sachs como Maurice Sachs jamais fora amado. É mais forte do que aquilo que eu sinto por ele, pensei. Meu choro cessou com a chegada súbita de uma tempestade e eu esqueci Gérard.

Acendi um cigarro, abri um pouco a janela por causa da fumaça, comecei a ler o primeiro caderno de Maurice. Li até às cinco da manhã totalmente enfeitiçada por aquilo. O que eu não tinha coragem de desejar se realizou.

Na noite seguinte, Maurice continuou a história:

Reencontrou Gérard como haviam combinado. No mesmo lugar, a um centímetro do lugar em que tinham se despedido na véspera. Como assim, Maurice? Como podia se lembrar que era a um centímetro do mesmo lugar? Tinha um arbusto no chão. Gérard estava atrás do arbusto. Os braços pendiam. Plantado no meio do terreno. Olhando reto para frente. Ele parecia, disse Maurice, um Gérard ressuscitado mais do que o próprio. Para alegrar Gérard, Maurice devia se alegrar. Gérard conseguiu dar um sorriso. Ele tinha tentado engraxar seus sapatos com uma espécie de pasta. Mas só tinha conseguido deixá-los ainda mais riscados. Não importa.

Mexer os braços para encerar os sapatos é viver. Gérard estava vivo. Maurice conseguiu fazê-lo falar. A mãe de Gérard tinha um amante que não trabalhava. O irmão era um boêmio que vivia pelos bares escrevendo poemas em pedaços de papel. O pai fora levado para a Silésia. "Nunca tive notícias", Gérard respondeu a Maurice cravando-lhe nos olhos sua raiva e sua dor. "Por que não poderia você ler poesia mesmo sem escrever poemas em pedaços de papel?", perguntou Maurice. "Gostaria muito", Gérard teria respondido. Como se desse uma amostra de seu entusiasmo futuro. Maurice escolheu este momento para lhe oferecer um cigarro e neste instante percebeu que as unhas pretas de Gérard eram apropriadas ao seu jeito ensimesmado, à sua personalidade de homem e menino ferido por todos os cantos. A criança que ele fora poderia sobreviver enquanto ele batia devagar o cigarro em suas unhas. Eles fumaram ouvindo a água no riacho que contornava as pedrinhas. Maurice percebeu que Gérard havia trocado de camisa. Os longos cílios, como na véspera, pesavam sobre o rosto. Seus pais moravam ao lado de La Muette. Maurice exclamou que eles tinham sido quase vizinhos... La Muette... rue du Ranelagh... "É por culpa da minha mãe que não como direito", ele falou. Ela não mandava dinheiro para os gastos dele, toda semana ele tinha de pedir por carta. Gérard falou sobre o vilarejo, sobre a senhora Meulay, que não é má, não é pobre mas deve ter menos dinheiro do que se supõe; da filha da senhora Meulay. Que é manca. Uma preguiçosa. A mãe se mata por ela. A senhora Meulay não é irrepreensível. Suas galinhas se alimentam nas casas dos vizinhos. A senhora Bême tem tudo aos seus pés, ela manda no marido. O senhor Motté está louco para se juntar com a senhora Champion, sua parceira no dominó. A senhora Champion não quer se casar de novo.

— Este Gérard parece uma comadre — falei.

— Não — respondeu Maurice. — Ele me conta aquilo que viu e que ouviu. Um vilarejo, minha cara Violette, não são só flores. Se conseguirmos comer um pato amanhã, será graças a Gérard. Ele me indicou onde comprar. Devemos convidá-lo?

— Sim.

Outra noite Maurice me entregou os cadernos seguintes. Li com avidez. Li sobre sua infância, seus trabalhos, suas ousadias. Achei-o injusto com Cocteau. Dessa vez vou dizer o que achei, vou ter coragem de dizer. Seu amargor me decepciona. Vejo-o, enfim, tal como ele é ao contar a própria vida. Sua biografia tem o porte de um puro-sangue que toma o tempo de que necessita. Seu estilo é do século XVIII, isso salta aos olhos. Não, não. Maurice está brincando com as suas dificuldades. Maurice está mais forte que o estilo e que a literatura.

— Se quisermos ser vistos com bons olhos, deveríamos ir à missa, minha menina. Aqui todo mundo vai à missa aos domingos.

Não é um pequeno delírio de catolicismo. Trata-se de mimetismo. É também o escritor em busca de um campo de observação. Vamos à missa. Um médico veio ver minhas feridas. Que tratamento horrível! Preciso, pela manhã e à noite, umedecer as crostas, tomar coragem e com as duas mãos arrancá-las sem hesitar. Tenho oito cascas para tirar por dia. Fecho os olhos, sofro e eis que meu machucado fica exposto. O pus visível no fundo de cada buraco. Rosa e branco. Idiota, não chore. Suas panturrilhas são roseiras. Limpe suas rosas.

— Por que está chorando assim? — pergunta Maurice.

Faço o tratamento em seu escritório. Com a porta aberta, o senhor Motté espia com o rosto enquanto prepara seu café da manhã. Os olhos grandes dizem a Maurice: você é um homem, não tem essas coisas feias de mulher, fico feliz por você. Minhas lágrimas duplicam porque eles são dois.

— Acalme-se, Violette — me diz Maurice.

Eu perco a paciência:

— Não está vendo que é preciso cavar e que eu cavo e a cada dia isso fica mais fundo. Não confio neste médico. Cavar, cavar, cavar em si mesmo. Que coisa horrível.

Coloco álcool 90 em cada uma das concavidades da minha carne. Não devo fechar o machucado com curativos. As moscas ficam tentadas, é um suplício também ficar vigiando-as, indo atrás delas.

Vou de braços dados com o rapaz diplomado para encontrar Maurice na hora do almoço. Maurice gritou "Oh oh" e saiu de trás de uma sebe com um saladeiro nas mãos. Enquanto ele atravessava o terreno, vi como estavam gastos seu sapato, sua calça e sua camisa.

— Colhi amoras para você — ele me disse.

— Ora, muito bem, Maurice! Você está realmente no campo — disse o rapaz diplomado.

— Hoje à noite, querida, vamos regar creme de leite fresco em cima e será nosso jantar.

Teríamos menos dinheiro? Tento não pensar seriamente no assunto.

Somos os primeiros a chegar na missa. Molho os dedos tímidos na pia e o que é que imagino dentro da água benta? Maurice Sachs sem dentadura, rindo e zombando com as gengivas à mostra. Maurice está nu e tem encrustados na pele rãs e sapos que coaxam. Maurice nu, gordo e peludo toma um banho de assento na pia de água benta, balança os pés e pernas.

— Não faça o sinal da cruz durante a próxima hora — me diz ao ouvido.

— Não sentem nos bancos — nos diz uma velha camponesa limpa como um ovo ainda quente.

Vamos atrás dela e ela nos mostra uns bancos no fundo da igreja. Maurice abre a Bíblia. Lê, pega sua caneta e sublinha algumas frases. Eu sofro pela Bíblia da minha adolescência, pelo papel fino sobre o qual Maurice traça seus riscos. Ali está o senhor Motté arrumado, magro. Ali o menino que trabalha para o marceneiro atravessando o coro apressado. Ali a senhora Champion arrumada, magra. Minha Bíblia está aberta nas primeiras páginas, então Maurice está lendo o Antigo Testamento. O que ele está sublinhando? Minhas feridas estão melhorando, vou agradecer a Deus. Não há pressa. Ali a senhora Zoungasse com seus grandes véus de humildade vindo mostrar o que ela sabe a Deus e a Maria. Passou por alguma grande tristeza, cometeu um grande pecado antes de entrar? Parece que o corredor se alargou. Ninguém percebeu que o pároco estava lá, a missa ia começar. Os pedais guincham, o harmônio toca. Vou rezar por Maurice. O que pedir? Que ele não me abandone. Quero a nossa união agora mesmo, neste instante para não ter de deixá-lo, e tenho de representar até mesmo na igreja esta comédia de união livre. Ah! a senhora Zoungasse voltou depois da comunhão, ah! Suas mãos unidas de sonâmbula mística. Ela não vai encontrar lugar no banco, vai errar com sua própria dor e seu recolhimento nos bosques e nas florestas... Fiquei pensando por que será que igreja não despencava, com uma gargalhada, sobre nossa cabeça. O pároco subiu no púlpito, Maurice o ouviu cruzando os braços, imitando os camponeses. Entregou-me uma cédula de dinheiro, uma quantia alta, e colocou outra na sacola de veludo na hora da coleta. Louco. O "senhor Maurice", na saída da missa, conquistou o velho pároco.

Gérard estava parado na cozinha, um pé para a frente, os braços pendendo.

— Esse menino está aqui há um tempo esperando vocês — disse o senhor Motté com olhar reprovador.

— Olá — me disse Gérard estendendo a mão sem me olhar, sem levantar as pálpebras.

Adivinhava por quem seus longos cílios tremiam.

— Coloquei seu pato no forno — disse o senhor Motté.

— Ótimo, ótimo — respondeu Maurice.

Gérard sentado no lugar onde Maurice escrevia. Pernas cruzadas, os braços segurando os joelhos, ele escutava Maurice olhando-o com ar sério de um adulto. A gravata que ele tinha posto, com o nó malfeito por inexperiência, a pele escura... Podia ser tomado por um príncipe oriental. Maurice lhe falava de Verlaine.

— Sugiro uma garrafa de cidra — disse Maurice ao senhor Motté.

Bateram à porta.

— Arnold — exclamou Maurice.

Este rapaz de vinte e três anos apareceu vestido com um macacão azul. Seu rosto de judeu risonho, de judeu assustado ficava mais alegre graças aos pedaços de palha presos nos cabelos encaracolados.

Gérard olhou as alpercatas confortáveis do rapaz.

— Preciso conversar com Arnold — disse Maurice.

Ele pegou um livro e entregou a Gérard. Era uma coletânea de poemas de Guillaume Apollinaire.

Gérard fugiu com seu tesouro, a porta de Maurice se fechou.

Fiquei esperando na cozinha; queria fazer como o senhor Motté, que cuidava do pato no forno, que mergulhava uma de suas garrafas de cidra num balde de água fria. Mas não conseguia. Rejeitada por Maurice, rejeitada por Gérard, rejeitada pelo senhor Motté, rejeitada por Arnold, que nem me conhecia. Não conseguia me lembrar de um abraço, de um momento de descontração, de uma cumplicidade terna desde que tínhamos chegado. Eu vivia em estado de alerta. Deveria pensar nos cadernos de Maurice, buscar neles força para me reconfortar, mas não conseguia. Estava sempre fixada no roçar da coleira do cachorro que queria se soltar. Deveria fugir, ir morrer de fome com este cachorro esquelético... Eu seria livre. Mas livre de quê? Se me jogasse aos pés dele... não seria impossível que ele me respondesse sim. Ele é bom. Mas eu não me arriscaria. Um acasalamento abjeto. Sou precavida, não pediria nada a ele. Seria incapaz de amar como Gérard, de esquecer de mim como o senhor Motté. Gabriel, Hermine, Isabelle... Continuaria sendo uma criança necessitando ser cuidada. Uma idiota sem iniciativa. Mesmo encontrando uma amiga eu não teria consolo. Ver Maurice, ouvir o que Maurice dizia enquanto recebia esta amiga. Um louva-deus devorando a si mesmo. O que fazer?

O cheiro do cigarro dele passava por baixo da porta, eu agarrava no ar algumas expressões: você está alimentado, tenha paciência, vai acabar. Estou um lixo, eles me fazem suar... O vocabulário do rapaz e de Maurice me tranquilizou.

O senhor Motté lia o jornal local.

— Os russos — ele disse, começando a se defender.

Virou a cabeça para o meu lado. Vislumbrei em seu olhar uma coragem heroína.

— Ah, se eu fosse ainda jovem, minha pobre menina...

— ...

— Onde está o menino? — ele perguntou.

Gérard chegou nesse momento.

— Estava lendo no quarto — ele respondeu ao senhor Motté.

— Está bem — disse o velho.

A porta se abriu:

— Venha sempre que quiser e continue firme — disse Maurice.

Arnold fumava com avidez. Irradiava saúde e esperança. Distribuiu firmes apertos de mão.

— Estou morrendo de fome. À mesa, crianças — disse Maurice.

— Leu *La Chanson du mal-aimé*? — ele perguntou a Gérard.

— Li dois poemas — respondeu Gérard.

Enquanto eu punha a mesa, olhava Gérard com suas mãos no fundo do bolso, magnífico em sua solidão e tristeza. O pão escorregou de suas mãos. Os imensos olhos amendoados de Gérard exerciam um poder de indiferença.

O senhor Motté trouxe o pato e a cidra. Depois saiu.

— Parece perfeito — disse Maurice esfregando as mãos.

Ele desossou o pato, a rolha de cidra saltou no ar.

— Você conhece Arnold? — perguntou Maurice.

— Vejo-o às vezes — disse Gérard.

— Não gostaria de trabalhar como ele numa fazenda?

— Nunca — disse Gérard. — Não compreendo ninguém por lá e eles não me compreendem.

— Ah, sempre a mesma história — disse Maurice zombeteiro, servindo o molho de pato no prato de Gérard. — Você comeria à vontade, poderia dormir no feno.

— Nunca — murmurou Gérard. — Prefiro meu quarto.

— Você chama aquilo de quarto? Enfim...

— Posso ler à noite e tenho uma vela só minha — respondeu Gérard.

Maurice aquiesceu com ar grave.

— Dizem que vocês são podres de ricos — falou Gérard para mudar de assunto.

— Dizem que somos podres de ricos? — repetiu Maurice. — Estão corretos, corretíssimos.

Ele pensava em qual proveito tirar da situação.

— Minha querida Violette — falou ao fim da refeição. — Você está com olheiras, parece cansada. Sugiro que deite para descansar com um livro. Sem choro e sem drama.

Fui tomada por uma onda de raiva porque Maurice me repreendia na frente de Gérard. Ergui os olhos para Gérard. Ele olhava para Maurice como se olha para uma cadeia de montanhas no crepúsculo. As montanhas nos animam enquanto nos repousam.

— ...se me permite — continuou Maurice — vou conversar com este menino debaixo de uma árvore ou arbusto.

Não tinha o que responder. A precaução de Maurice para se livrar de mim me magoava. Por que dependia de mim? Quando ficava convencida de que ele me negligenciava e me suprimia, esquecia seu afeto e sua amizade.

Maurice pôs os poemas de Apollinaire sobre a mesa

— Está pronto? — disse a Gérard.

Gérard emitiu um som bizarro: um soluço de felicidade.

— Vamos! — falou Maurice.

Eles saíram.

Acabei de ler o último caderno de Maurice sentada na cadeira de Gérard, com a mão sobre a palha da cadeira de Maurice. Me consolava com o que eu tinha ao meu dispor. Fechei o último caderno e deitei na cama para obedecer a Maurice.

Naquele domingo, à noite, no meu quarto:

— Primeiro, quero um beijo — disse a Maurice quando ele entrou.

— Nada mais natural — ele respondeu. — Vamos dar um beijo, minha querida.

Sujeito destruidor, pensei, por causa da expressão "minha querida", que eu detestava.

Maurice se inclinou em minha cama e me deu dois beijinhos abstratos no rosto.

— Vou devolver seus cadernos.

— Como queira — disse Maurice.

Saltei da cama e o segurei em meus braços. Ele se deixou levar.

— Vai pegar friagem — ele falou com uma voz neutra acreditando sem dúvida numa explosão amorosa de minha parte.

Deitei outra vez, tomamos uma bebida.

— É isso! — disse devolvendo-lhe o copo vazio.

— Explique — disse Maurice.

— É isso! Você é um escritor. Não tinha escrito nada até aqui e acaba de escrever um livro de verdade. Li sem recobrar o fôlego. Acredite: vai ser um sucesso. É impossível que seu livro não agrade. Fiquei tão feliz lendo, estou tão feliz... que lucidez... Não achei que você fosse capaz de escrever este livro, mas o livro está escrito.

Maurice Sachs ficou comovido. Enquanto me ouvia, vi alternando em seu rosto a desconfiança e a alegria.

— Precisa acreditar em mim.

— Eu acredito — disse.

E suspirou aliviado. Brindamos.

— Posso me permitir uma crítica?

— Naturalmente.

— Eu cortaria a passagem em que você fala de Cocteau.[17] Corte-a.

— Nunca — disse Maurice.

— Por quê?

— Nunca. Eu sofri.

O rosto de Maurice se fechou. Eu não insisti.

O livro de Maurice Sachs foi publicado depois da Libertação. Chama-se *Le Sabbat*.

No dia seguinte, Maurice declarou que gostaria de fazer negócios com alguns ricos fazendeiros, que ele encontraria os Foulon, onde havia comprado o pato, que ele seduziria este comerciante de animais, o mais importante da região.

— Pretende enrolá-los, mas são eles que vão enrolar você — eu disse. — Você se acha muito forte, mas eles são mais hábeis que você. Não estamos na cidade. Eles não podem se dar ao luxo de serem benévolos.

— Tem razão — disse Maurice. — Que pena. Um homem tão rico...

Fiquei com calor.

Ele foi até a casa dos Foulon apenas para comprar outro pato, duzentos gramas de manteiga, seis ovos.

Na praça do vilarejo, encontrei uma granjeira. Ela me disse:

— Achei que vocês tinham ido embora. O menino que anda com seu marido é seu filho?

Respondi que não tínhamos filhos. Não respondi: Gérard se tornou o filho de Maurice.

Conto da minha infância para Maurice, conto de minha mãe mas sem ser muito tagarela. Vejo que ele fica entediado. Continuo, já que lhe faço a corte contando minhas tristezas. Eu e minhas tristezas nos enrolamos em Maurice mas sem lhe pertencer.

Maurice mandou o casaco de raposa de volta a Paris, ele mesmo levou o pacote ao correio. Cinco quilômetros e quatrocentos metros a pé. O senhor Motté observou, enternecido, enquanto Maurice apertava o nó do barbante.

17 Ver nota 4, p. 138. (N.E.)

Todas as manhãs aviso à senhora Bême que vamos almoçar lá. Às vezes é impossível porque Nannan não levou nada. De vez em quanto ela nos vende um assado. Se a carne está com muitos nervos, no dia seguinte Maurice se dedica à sua especialidade: empadão Parmentier. Eu preparo o purê, o senhor Motté pega o moedor de carne e Maurice, com seu roupão de seda imundo, a barba malfeita, o olhar ganancioso, vai buscar algumas ervas na horta soltando gargalhadas pois se lembrou de um baile à fantasia em que foi com os amigos, e o velho, sem entender, ri da gargalhada de Maurice. Gérard chega com o passo rápido, bem penteado, bem escovado, mal encerado. Dá três "bons-dias" e se planta no meio da cozinha para admirar o amigo, seu pai, seu deus. Maurice não terá como negar a inclinação homossexual do menino quando ele desenha, com os dentes de um garfo, as hastes de uma cruz no purê. Seus trejeitos e seu modo são irrefutáveis. Eu o observo com o coração apertado. Gérard e o senhor Motté acompanham a decoração com olhos inocentes.

Maurice diz cada vez mais que o ar de Poitou é menos carregado que o da Normandia. Começou a época das neblinas. O outono aguarda dentro dos bosques. O senhor Bême confessou a Maurice que durante trinta anos fora chefe do vestuário do clube mais importante de Paris. Maurice ficou entusiasmado. "Quantos suicídios poderá me contar!", diz ele, "quantas lembranças poderei escrever graças a ele."

A senhora Bême levanta de sua poltrona. Com o pezinho dentro do sapato que agora tem a forma de uma chinela, pé nu espiritual, e com a mão gorda, o cabelo grisalho e simples, a senhora Bême vai para perto do marido ao lado do rádio. Trocam mensagens de amor ouvindo as mensagens de Londres. Aprovam ou criticam as estratégias de guerra. Os clientes são bem ou mal recebidos de acordo com as notícias que dá a estação franco-inglesa: boas ou más. O senhor Motté me explica que ele descobre sobre o andamento da guerra olhando o rosto do senhor Bême quando ele leva telegramas até as fazendas. Não perdoam os Bêmes por viverem independentemente. É um horror, eles podem se levantar às dez da manhã... Quem é esse misterioso Nannan de que tanto falam? "Não devemos perguntar", disse Maurice. Almoçamos na mesa deles, Maurice serve um vinho requintado. Ele fala da beleza de Paris, dobra-se ao patriotismo dos dois, tenta arrancar lembranças do senhor Bême. Será difícil. O senhor Bême é desconfiado. Adivinho que eles percebem que não somos amantes. Tentam descobrir o que nós somos.

Minha temporada no paraíso do amor impossível não me basta porque estou cada vez mais perturbada. Sem poder ter o que os animais tem, resvalo em meu sentimentalismo. Choramingo porque a filhinha do carteiro fica com os joelhos azulados e frios à noite. Ela tem quatro anos, veste farrapos, está nua debaixo dos trapos. Os galhos das macieiras cheios de frutas rastejam até a grama, é setembro, é aniversário de Maurice Sachs. O senhor Motté, Gérard e o rapaz diplomado estarão na festa.

Ontem à noite chorei e solucei depois de ter contado a ele sobre as tristezas da minha infância. "Não precisa chorar desse jeito", disse o senhor Motté que começa a ter pena de Maurice. Ele quer protegê-lo das mulheres, é o que leio em seus olhos sem brilho depois de ficar urrando com meus ovários.

Maurice não quis mais comprar sapatos. Fica andando com enormes tamancos, está satisfeito assim. Diz que se tornou um morador do vilarejo.

Ele leu em voz alta para mim as primeiras vinte páginas do que escreveu desde que chegamos aqui. Eu o interrompi, rindo abertamente.

— É o *Colette Baudoche*!

— Concordo com você. Vou escrever outra coisa — respondeu rindo.

Continuamos jantando café com leite, pão com manteiga, pudim, maçãs cozidas com creme de leite fresco. Ontem às seis da tarde pisoteei e apertei os dentes enquanto quebrava a lenha para acender o fogão do senhor Motté. Maurice saiu do quarto onde trabalhava, tirou a lenha de minhas mãos e disse que eu estava cansada, que deveria me deitar, que ele levaria meu jantar na cama. Obedeci sem querer e deixei a porta aberta. Fiquei escutando.

— Deixe isso, senhor Maurice — falou o velho — O fogo me conhece.

Maurice preparou o jantar. Chateada com o meu comportamento e com a boa vontade dele, fiquei sofrendo. Jantamos no meu quarto. Não desejo Maurice. Desejo o inferno de nossa organização.

Maurice me falou no dia seguinte:

— Estou ficando incomodado com as tristezas da sua infância. Hoje à tarde você vai pegar sua sacola, guardar uma pena e um caderno e vai se sentar debaixo de uma árvore para escrever tudo o que está me contando.

— Está bem, Maurice — concordei envergonhada.

Ele vai ler o que escrevi, vai dizer que é ruim, pensei às três da tarde. Guardei meu tinteiro, o papel e o mata-borrão dentro da sacola.

Escolher uma árvore, seguir uma rua. E se começar cumprimentando a senhora Meulay... A encosta estava pronta para um encontro, a casa estava fresca, a senhora Meulay fazia suas queixas na parte baixa do vilarejo, Gérard à espera de Maurice. Ele vai amar Maurice nos poemas de Apollinaire recitados por Maurice. A literatura leva ao amor, o amor leva à literatura.

Tomei o caminho que tinha o trigo cortado. De dentro da terra ouvia-se um grito. Cotovias, fogos de artifício ao nível da terra, onde estavam vocês? Caminhava lembrando do caminho, chorava com os olhos secos. Uma guirlanda de gado sonâmbulo ao longo dos arames e das barreiras. Escondi-me atrás de uma sebe, vi um mundo em liberdade. Escrever. Sim, Maurice. Mais tarde.

A crina chorava sobre os olhos do cavalo. Ele era o mais cuidadoso, o mais retraído. A porca era a mais nua, a ovelha a mais vestida. Uma galinha estava apaixonada por uma vaca. Ela a seguia, presa entre as quatro patas. Será que vou embora? Nunca vou me cansar de ver uma galinha seguindo sua mãe. Uma bezerra começa a correr, espero que tudo se acalme para poder ir embora.

Cintilações lúcidas das plaquinhas de ferro do metrô, não me esqueci de vocês. O poema que vai ganhar minha garganta até ficar do tamanho de uma gruta será meu poema preferido. Que eu não morra antes de ouvir a música dos astros.

Sentada debaixo de uma macieira de maçãs verdes e rosas, molhei a pena no tinteiro e, sem pensar em nada, escrevi a primeira frase de *L'Asphyxie*. "Minha mãe nunca me deu a mão." Leve pela leveza de Maurice, minha pena não pesava. Segui adiante com a despreocupação e a facilidade de um barco levado pelo vento. Inocência de um começo. "Conte sua infância ao papel". Eu contei. Era interrompida pelos ataques de furor do pavão sobre a grama e seus cacarejos metálicos. O pavão se acalmava, minha caneta repousava debaixo do caminho de duas borboletas. Os pássaros de repente se calavam enquanto eu esvaziava meu tinteiro: tanto prazer senti ao prever o renascimento de minha avó, eu a colocaria no mundo de novo, tanto prazer ao prever que eu seria a criadora daquela que eu adorava, daquela que me adorava. Escrever... me parecia supérfluo quando pensava na ternura que sentia por ela, na ternura dela por mim. Eu escrevia para obedecer a Maurice. Tenho medo da umidade. Parei de escrever quando minha saia ficou molhada na grama.

À noite mostrei meu dever à Maurice. Enquanto ele lia, eu aguardava para saber se minha nota seria boa ou ruim.

— Minha querida Violette, você só precisa continuar — ele disse.

Anteontem à noite, em minha ponte de pedras de Vaucluse, passou uma estrela cadente bem no momento em que Richter soltou as mãos sobre o teclado. De minha ponte de pedras, vi também a chama do Santo Sacramento no cair da noite. Ela acende a janelinha gradeada da igreja. Era isso que me aguardava quando sofria de amor nas igrejas. Eu contava as velas acesas, os círios mais longos, os círios extintos em sua poça de sebo. Contava as mulheres que rezavam, contava as flores oferecidas, o número de passos que ressoavam sobre as lajes. Fazia um drama quando via um maço vazio de Gauloises[18] azuis na ala da nave lateral, outro drama porque encontrava outro maço vazio no adro da igreja. Quem me persegue lançando maços vazios à minha passagem? Quem é este inimigo incansável? Em Paris ou aqui, quando paro de escrever e saio de casa ou deixo o atalho na colina, se por acaso encontro estrume na minha frente, ele destrói minhas horas de trabalho. Minhas páginas são isso, são ele. Cada estrume que encontro é uma tortura para as horas do dia. À noite seu odor pela janela aberta desafia meu trabalho do dia seguinte. Apesar de tudo, sigo em frente. Quero ser firme como firme é minha sacola remendada pendurada no galho de um jovem carvalho, protegida das formigas, em meio aos rochedos em

18 Marca de cigarros francesa. (N.E.)

que trabalho. Ontem fiquei sentada no porão de X. Ela penteou meus cabelos com um pente de bolso. Disse a ela que seu gesto era terno, disse que pareciam beijos dados numa senhora sentada numa praça para se aquecer ao sol. É como se eu não tivesse nada! Recomeçar a chorar durante oito dias, durante meses, durante anos, um fio contínuo. Vou assoar o nariz fazendo barulho, não vou chorar.

Acendemos o fogo à lenha. Maurice joga pinhas na brasa; à meia-noite comemos nossas maçãs cozidas com creme de leite fresco. Estou sentada na frente dele, ele me fala de Sócrates, de Élie Faure, de Kant, de Platão, minhas bochechas ardem. Uma jarra que esquenta. Ele acha que eu entendo porque estou ouvindo. Não tinha coragem de perguntar se Gérard era inteligente. E ele era, sim, pois suas possibilidades de sofrimento, com doze anos, eram ilimitadas.

O almoço de aniversário de Maurice deu certo. Satisfeito com a mesa que arrumou na cozinha, Maurice esfregava as mãos convencido de que um ano mais, no fim das contas, era um bom negócio.

— O senhor Motté está trabalhando na cerca-viva — eu disse.

Chegamos perto da janela. O senhor Motté saía e voltava para dentro das folhagens. Colhia flores.

— Oh — gritou chegando na porta da cozinha e apertou a mão de Maurice. — É a primeira vez que eu ofereço um buquê a alguém — disse sorrindo.

Seu buquê parecia os buquês de Maurice. Ele devia ficar observando Maurice quando arranjava as flores nos vasos.

E veio o imprevisível:

— Minha querida, se você quiser...

— Sem essa de "minha querida". Por favor, sem "minha querida"!

— Que nervosismo. Realmente você precisa de um psicanalista. Minha querida Violette, se quiser continuar morando aqui, você precisa ir a Paris conseguir dinheiro. Não tenho mais nada.

— Por que você não me disse antes?

Tantos Calvados bebidos de uma vez, tantos cigarros fumados: o passado cortava os meus mantimentos.

Eu me assustei:

— Onde você quer que eu encontre dinheiro?

Para economizar, Maurice agora enrolava os próprios cigarros.

— Minha querida, as mulheres se viram...

— Não vou encontrar dinheiro. É impossível.

Maurice me deu um cigarro: estava mais apertado que os outros.

— Então vamos regressar a Paris e você voltará para o seu quarto — disse.

Sua dureza era fingimento.

— Tudo bem, eu vou procurar dinheiro — disse.

Estou pronta a suportar tudo para continuar vivendo esta vida triste, apagada e descabida ao lado de Maurice. Parti na manhã seguinte.

Enquanto aguardava a conexão do trem, parada na plataforma da estação de L..., uma mulher grandona e tranquila se aproximou de mim:

— Eu a conheço...

— Eu não a conheço.

— Posso lhe vender carne quando você quiser — ela me disse.

O trem entrou na estação. A desconhecida carregava duas sacolas cheias a ponto de rasgar e andava apressada pela plataforma. Homens e mulheres gritavam para ela pelas janelas: "Tudo bem, Charlotte?".

Meu quarto com seu cheiro de mofo me enojava. Corri para o cabeleireiro Louis Gervais como se fosse uma mocinha na ânsia de rever o rapaz que ela adora. O cabeleireiro me emprestou dez mil francos. Em minha volta, a zeladora me entregou um telegrama de Maurice: "Volte rápido. Faremos uma grande fogueira. Com todo carinho." Me desanimei. Entre cada palavra lia dez mil francos. Não vamos muito longe com essa quantidade. À noite, arrumei minhas roupas de frio, minhas galochas brancas. Maurice esperava uma mala de livros e roupas que viriam da região do Midi, ao sul.

No ônibus que me levava de volta ao vilarejo escondi três mil francos no porta-moedas de camurça cinza com botões prateados que Maurice havia me dado. Revelaria a ele o esconderijo quando não tivéssemos mais dinheiro, pensei. Agora a sua prodigalidade me assustava. Esperei no ponto de ônibus. Ninguém.

Reconheci Didine. Ela estava curvada com o peso de uma sacola. O campo se apagava, uns pontos dourados indicavam que a vida noturna recomeçava nas cozinhas e estábulos. Um império? Decadência? O sol se pondo. Deixei minha mala na cozinha, bati à porta de Maurice. Ele não respondeu. Abri. Não reconheci o quarto. Sujo, bagunçado, com vinho tinto respingado na lareira, na mesa. Com um pano servindo de avental, Maurice remexia algumas tigelas e louças numa bacia de água engordurada. Gérard secava.

— Esperava que você chegasse mais tarde — disse Maurice.

Vá agora, disse a Gérard.

Não gostei de seu gesto submisso a uma mulher.

Estreitou-me em seus braços. Seu abraço me deprimiu de vez.

Dei-lhe sete mil francos. O dinheiro que tinha lhe dado e o dinheiro que eu escondia dentro da mala antes de dormir me separavam dele.

Todos os dias as folhas pintadas de amarelo, ferrugem, violeta, cobre, bronze, verde acinzentado, rosa gasto, laranja, cereja, rubi, mirtilo nos surpreendiam. Hoje o surdo passeio de um bico-de-papagaio vermelho, amanhã golpes de címbalos de um arbusto ruivo. Passeamos pela estrada da Notre-Dame de Hameau, cobiçamos uma propriedade, as torrezinhas de um azul lânguido nos embalavam.

— Vou comprá-la — disse Maurice — Farei um hotel luxuoso, as clientes virão de Paris para montar a cavalo vestidas de amazonas ou de jóqueis. Os pensionistas poderão dar festas... Ganharíamos um dinheirão. Que foi?

— Nada, estou ouvindo.

A cegonha voltou, as galinhas d'água tornam a povoar o tanque, estamos no outono. Maurice me explica que o clima de Poitou é mais ameno, as casas mais fáceis para alugar. Teremos uma empregada, poderemos escrever sem ter outras preocupações. Ele vai buscar uma casa para nós dois lá se o editor de arte com o qual se corresponde lhe der um adiantamento. Não acredito em seu projeto. Dez minutos depois, seguro o braço dele:

— Uma pequena casa em Poitou, Maurice?

— Foi o que acabei de dizer.

— Como vamos achar, Maurice, esta pequena casa?

— Vou procurá-la.

— E Gérard?

— Voltará a Paris.

— É impossível.

— Pode trabalhar numa fazenda.

— Ele não quer.

— Afinal, o quer que eu diga? — se impacienta Maurice.

Nosso supérfluo: um copo de Calvados, um cigarro aceso no outro, um almoço no café dos Bême. O que será de nós quando Maurice tiver gastado as notas que eu trouxe e que estão escondidas? Terá ele procurado em minha mala? As notas estão no mesmo lugar. Ele me chamava de formiga. Serei a formiga desleal.

Maurice defende que as antologias são minas de ouro. Ele propõe uma antologia com as mais belas cartas de amor, uma antologia com os mais belos textos religiosos, uma antologia com os mais belos textos eróticos. Diz que ganharíamos dinheiro se enviássemos "encomendas" aos seus amigos. Diz que vai fazer uma lista de nomes. Pra quê? Se vamos partir em breve para Poitou. Não entendo, não quero entender.

O escritório onde o carteiro pega os pacotes sem fazer perguntas fica a dois quilômetros e setecentos metros do vilarejo. Maurice queria ir até lá de tamancos. Colocou de volta os velhos sapatos porque insisti. Mandamos um pato para Paris. Maurice diz que não fará mais isso, tem problemas linfáticos, está exausto.

Ele teve uma longa conversa com Arnold, que me olhou de modo severo ao sair do quarto. Teriam eles me criticado? Seria pelas notas que escondi? Pelo meu mau caráter? Minha instabilidade emocional? Corajoso Arnold que era representante de uma joalheria e agora trabalha numa fazenda...

— Deixe de lado essa cara de túmulo — me disse Maurice ontem à noite.

Havia dois dias que eu chorava dia e noite.

O editor de arte tinha mandado um telegrama. Estava decidido: Maurice vai a Paris, me deixará aqui. Estou com medo. Maurice sozinho em Paris, Maurice preso numa rua de Paris. Ele vai se instalar na casa da mãe do rapaz alto de cabelos encaracolados. Uma semana, tempo para poder organizar as coisas, conseguir dinheiro e um adiantamento do editor, em seguida vai a Poitou. "É lá que iremos nos reencontrar", ele disse. Eu escuto, morro de tristeza. Cada segundo antes de sua partida é uma separação, são mil separações enquanto, de braços cruzados, pernas quebradas, lenços encharcados, vejo-o organizar e preparar sua partida. Ele está calmo, enquanto meus soluços se multiplicam. Daria a volta ao mundo para mantê-lo comigo. Ele leva o pouco que possuía aqui. Arruma numa bolsa de couro seus objetos de higiene pessoal, o manuscrito de seu livro, e me devolve minha Bíblia. Sua serenidade acaba comigo. As mulheres costumam morrer a fogo baixo por causa do equilíbrio dos homens. Morro enquanto ele embala cuidadosamente um pato que vai oferecer à mãe do rapaz alto e encaracolado. Sua roupa não está pronta. Ele acaricia meus cabelos, ele vai à casa da senhora Meulay. Ele cuida de tudo, não reclama de nada. Partirá usando o impermeável de Arnold nas costas e os sapatos de Arnold nos pés. Que sujeito simpático, disse Maurice, não tem outras capas ou sapatos e não quer que eu os mande de volta. Ele tem grandes amizades feitas instantaneamente e sem alarde. O senhor Motté não desconfia de nada. Conto Poitou, Poitou até adormecer.

Maurice foi se deitar antes, eu fiquei em pé junto à sua cama para conversar um pouco mais. A doçura de seus olhos me espanta. Como se o seu destino tivesse virado pó entre meus dedos.

Ele vai embora da casa do senhor Motté às cinco horas da manhã do dia seguinte, vai caminhando até o lugar onde tínhamos chegando num fim de tarde. Lá vai ele aguardar o ônibus para L... Chove, estamos imersos numa neblina, o senhor Motté deseja boa viagem a Maurice, ele acha que vai revê-lo dentro de quatro ou cinco dias. Reprova meus olhos vermelhos, meu rosto trêmulo. À noite, todo o vilarejo e todo o campo choram a partida de Maurice em meio à chuva que não cessa. Para a minha tristeza, seria preciso, naquela noite, ver os órgãos da chuva pelas valas e tonéis.

Meu relógio não saiu da palma da minha mão. Maurice tinha se despedido de mim, não queria que eu me levantasse. Levantei, desci de camisola. Curvado sob o dilúvio, levando a bolsa de couro numa mão, um embrulho com alguns mantimentos na outra, disfarçado mais do que vestido, Maurice empurrou a porteira me censurando por eu ter me levantado. Beijei seu rosto molhado debaixo do chapéu de feltro com a aba inclinada. Nunca tinha visto até aquela manhã tanta neblina e tanta chuva. Maurice desceu a encosta e desapareceu no meio da neblina. Eu me dizia: não o verei mais, tudo acabou.

Exausta, com os olhos secos, deitei outra vez. Dormi por quatorze horas.

Dois dias depois, espalhou-se a notícia de que Gérard estava doente: uma icterícia. Era ele o mais afetado.

Pela primeira vez entrei em seu refúgio. Quatro paredes, uma cama de ferro, uma cadeira. Sentado na cama com um pijama miserável, ele parecia um menino sequestrado. A bile inundava seus olhos. Ele perguntou sem abrir a boca se eu queria que sofrêssemos juntos. Eu lhe cobri e disse que não se deve pegar friagem quando se está com icterícia. Não quis me sentar. A intensidade de seu amor por um pai encontrado e perdido me embaraçava e impunha certo respeito.

— Você teve notícias? — ele perguntou.

— Ainda é cedo. Você sabe que ele viajou anteontem.

— É verdade — disse Gérard.

Dei-lhe um aperto de mãos. As unhas estavam amarelas.

O senhor Motté aumentou o aluguel, disse que eu deveria comprar a lenha dele se quisesse me aquecer.

Voltar a Paris? A ideia nem sequer me ocorria. Repassei a lista de amigos de Maurice a quem poderia enviar alguma encomenda.

Como Maurice havia partido, eu podia me dedicar a alguns cuidados íntimos, escondida do senhor Motté. Era necessário fazer isso de vez em quando, segundo o médico me prescreveu quando estava na casa da minha mãe em Paris. Sentada no escuro da cozinha em ruínas, esperei a água ferver na panela e esfriar. Foi um desastre na primeira noite. Afundei os pés da cadeira no edredom em cima da cama, coloquei a jarra sobre a cadeira. Subi na cama, me agachei. Minha postura era tão feia, minha condição tão humilhante que tirei disso uma espécie de consolo. Perdi o equilíbrio, a cadeira balançou e a água cor de grená caiu em cima do edredom.

Eu matava o tempo na casa da senhora Meulay, lia seu calendário do ano anterior. Ela me venderá todos os ovos que eu quiser, pensei. De repente um raio de sol rejuvenesceu o campo, acariciando todo o pasto. Ingrata, fui embora. Os bois me olhavam de seus currais, seus cílios me perturbavam. Era primavera no meio de novembro. Oh, que paisagem de luz amarelada. Maurice ausente, eu começava a ver onde estava: num vilarejo onde os caminhos eram mais importantes que seus moradores. "Voltar a Paris?", pensava. Os botões de crisântemos fechados e roliços mostravam como os celeiros prosperavam em novembro. No ar um cheiro caramelizado de maçãs para fazer cidra, ao longe os anjos eram meus devaneios. Ressoavam lá, em meu jardim de flor de laranjeira. Rejuvenescer, desafogar, se fortalecer. Precisava comemorar minha mudança. Me permiti tomar um Calvados e almoçar na senhora Bême. E Maurice? Esquecido? Maurice estava cuidando da nossa casa.

Na semana seguinte, recebi um envelope de Paris no qual reconheci a letra da minha zeladora. Tirei de dentro um postal com outra letra enviado ao meu endereço de Paris. Lágrimas de raiva me cegaram.

No domingo peguei minha Bíblia, sentei em nosso lugar na igreja. Prometi que imitaria Maurice até mesmo no tom de voz para poder conquistar o vilarejo do modo como ele fizera. A igreja sem ele não tinha graça. Foi por mimetismo que coloquei uma nota na sacola de veludo: prometi a mim mesma que não recomeçaria. Folheei o Antigo Testamento, descobri que Maurice havia sublinhado as passagens que podiam se relacionar com a deportação e o extermínio dos judeus. No momento da elevação da hóstia, lembrei de uma cena no quarto dele: enquanto conversávamos ao meio-dia diante da janela aberta, ouvimos um barulho. Uma centena de carneiros subiam a rua vindos do lado da casa da senhora Meulay e mostravam desde lá de baixo seu perfil. Os judeus, disse Maurice com tristeza. E fechou a janela. Ele poderia ter ficado aqui até acabar a guerra. Deveria ter esperado, tudo seria melhor do que essa partida. Por que ele me enviara um postal para Paris? Poderíamos ter nos separado vivendo um ao lado do outro. Ele numa casa do vilarejo, eu em outra. Se não fosse a zeladora mandando a carta, o carteiro teria lido o postal, o vilarejo saberia de tudo. Os policiais fazem vista grossa para as coisas, foi ele que me disse. E dinheiro? Foi ele que me disse também que poderíamos enviar pacotes e ter algum lucro. Sempre defenderei que ele poderia ter ficado aqui até acabar a guerra. Só pensou em si mesmo e me enganou. Hamburgo!

Ficou louco. Ele acha que será mais forte que eles, é uma loucura. O que ele esperava indo para a Normandia? Se ao menos eu soubesse! A falta de dinheiro o terá forçado a se apresentar como trabalhador voluntário, senão ele poderia se refugiar em Poitou sem que eu soubesse. Além disso, era tentado pela sede de partir. Seu oriente, seu Líbano..., os grandes escritores que viajavam. Flaubert, minha querida. Gide, minha querida. Lawrence da Arábia, minha querida. Se tivesse me contado a verdade antes de ir... Eu teria tentado entendê-lo e dissuadi-lo do projeto.

À tarde eu saía para passear com Gérard que estava convalescente. Encontramos por acaso com o rapaz diplomado, o vento às nossas costas desafiava as árvores.

— Estava atrás de vocês — ele disse. — Nenhuma notícia — acrescentou desanimado.

— Eu tive notícias, Maurice se apresentou como voluntário.

Mostrei a eles o cartão.

— Pobre Maurice — ele disse. — As coisas não terão caminhado como ele esperava. Onde ele está?

— Em Hamburgo.

— Ele disse que vai mandar um endereço. Não foi uma ruptura.

— E a mala que deve chegar...

— Então não estava previsto se apresentar! Você vai voltar a Paris?

— Vou morar aqui. E enviar algumas encomendas.

— Cuidado, é perigoso.

Fique aqui, fique aqui. Não vou perder Maurice pela segunda vez, era o que me diziam os grandes olhos de Gérard.

Eu tinha me instalado no quarto de trabalho de Maurice, jogava pinhas dentro da lareira, as chamas iam alto. O senhor Motté entreabria a porta.

— Ah, vim lhe dar boa-noite — ele dizia todas as noites.

Os barulhos em Paris me fazem mal. Imagino que são inimigos que me atormentam e me espionam. Já o crepitar do meu fogo à lenha no vilarejo... são resoluções, decisões, estalos da minha energia. Escrevia minhas memórias de infância com a pena ao abrigo das rajadas da chuva, em meio à noite e à solidão. Sou uma mulher que passa a noite em claro e que se basta a si mesma na escuridão do campo, era o que eu pensava quando apagava a brasa antes de ir deitar. Olhava para os objetos de Maurice. A caixa de mica para estudar um formigueiro, o coração de vime para coalhar o leite... Eu me sentia grande e triste como a cinza fria.

Coloquei minha mala no centro da mesa de trabalho de Maurice e contei o dinheiro. Tinha como comprar uns duzentos gramas de manteiga para mandar para um dos amigos de Maurice.

Numa manhã agradável fui à casa da senhora Foulon. Ela limpava a máquina de desnatar o leite, nem sequer me deu bom-dia. Eu conhecia sua tragédia. O filho tinha se enforcado na escola com uma toalha bordada com casas de abelha. No dia em que o corpo frio dele chegou à granja, a senhora Foulon cuidara e limpara a máquina sem chorar como no dia em que entrei na casa dela. Seu caráter nobre vinha também de sua frieza, de sua compleição grande, da limpidez de seu olhar.

— O que deseja — disse ela, com rispidez.

— Queria um pato... Seus patos são excelentes... Maurice sempre vinha aqui...

— Por que não vem mais?

— Não pode vir. Eles o pegaram.

Silêncio.

— No começo da guerra, escrevia artigos contra eles. Agora o reconheceram e o levaram.

Silêncio, silêncio.

— Está na Alemanha. Sendo forçado a trabalhar para eles.

O silêncio se prolongava. Eu esperava abatida.

Ela não acreditou na minha mentira, eles não vão acreditar na minha mentira. Para onde vou? O que vai ser de mim?

A senhora Foulon me trouxe duzentos gramas de manteiga guardada dentro de uma folha de repolho.

— Precisa mandar alimentos para ele — disse ela.

— Poderia me arranjar um pato?

— Vamos ver.

Refiz três vezes meu pacote com os duzentos gramas de manteiga. Escolhi um amigo de Maurice na lista que ele fizera, escrevi um bilhete e, com coração na boca, saí com o pacote. Hamburgo, eu me dizia em voz baixa pela estrada. Encontrei camponeses em bicicletas levando pilhas de pacotes.

O meu era o menor de todos.

— Mande registrado — disse uma mulherzinha. — Receberão amanhã.

Tinha diante de si um monte de caixas para enviar.

— Não é indispensável registrar. Não é grande — disse o funcionário do correio para a cliente. Além do mais, não pode ser comida...

— É manteiga!

— Shhh, não quero saber — ele falou.

Duas clientes que aguardavam sua vez diziam que estava um calor atípico para a época, que era melhor enviar o coelho sem despelar.

Dê-me sorte, eu disse ao porta-moedas de Maurice quando guardei nele o recibo do meu pacote.

Voltei para o vilarejo cheia de esperança e sonho. Lembrava do monte de caixas e do monte de cachos castanhos da mulher; tinha uma árvore morta na beira da estrada.

Naquela noite Gérard me disse que estava entediado, que tinha passado o dia inteiro consertando sua bicicleta. Ele a chamava de meu "velho prego". Pobre menino sacrificado por todos nós. Ele se sentou perto da mesinha diante da lareira, ele se esquentava enquanto eu jantava café com leite e o pão branco que o senhor Motté vendia quando fazia. Ele me pediu para ler as coisas que eu escrevia. Seus olhos brilhavam. Contei a ele dos meus projetos de envios, ele aprovou e vibrou com minhas resoluções. Depois de um aperto de mãos de adulto, ele foi para o seu canto no qual continuava a ler poemas à luz de uma vela.

— Uma carta, uma encomenda e uma ordem de pagamento — gritou o carteiro, feliz por me trazer felicidade.

O amigo de Maurice me agradecia pela iniciativa com livros e dinheiro. Enviou um livro que eu queria muito ler, *O diário de um sedutor*, de Kierkegaard. Explicou que sua mãe gostaria de receber ovos e carne e mais duzentos gramas de manteiga. Meus negócios iam bem. Eu mal tinha começado e já era uma comerciante rica. Ovos? Com a senhora Meulay, claro! Saí sem perder um minuto.

Janelas fechadas, um caminho aberto pela encosta, a senhora Meulay não estava em casa.

O senhor Motté não saía de sua cozinha a não ser à noite. Controlava minhas idas e vindas com uma enorme lupa. Depois da partida de Maurice, minha presença em sua casa pesava mais.

— Você veio e não me viu no caminho! Estava no campo, buscando comida para os meus bichinhos — disse a senhora Meulay.

Conversamos.

— Os ovos são impossíveis de encontrar — eu disse de forma casual.

Embriagada com minha audácia, acendi um cigarro na frente da senhora Meulay.

— Quem tem ovo é quem colhe os grãos — disse ela, severa.

— E a senhora não tem nenhum!

— Duas dúzias.

— Quanto lhe pagam?

— Um bom preço. Acredito que queira levar para o senhor Maurice. Cuidado para não quebrarem no caminho, minha filha. Quanto você me paga?

— O dobro. Pago o dobro, são para amigos de Paris.

— São ovos grandes, eles vão gostar.

— Conseguiria mais depois?

— Vamos tentar.

Paguei antes de ver o produto.

— Você é tão boa, posso depenar seus patos — ela disse.

Sim, dinheiro é muito bom mesmo, ele anima as pessoas.

— Meus patos? — respondi, estupefata. — Você está falando de quais patos?

— Da senhora Foulon. Ela que tem como criá-los.

— É, realmente estão passando fome em Paris... Se ao menos conseguisse arrumar uma carne... — eu disse ao sair.

Representava bem a minha comédia.

— Carne? Com certeza a senhora Bême saberá onde achar com toda essa gente que vai à sua casa...

Corri para a casa da senhora Bême.

— Pobre senhor Maurice — ela disse. — Você teve notícias dele?

— Ainda é muito cedo.

— Claro, ainda é cedo — disse a senhora Bême misturando Maurice com o fim da guerra.

Ela preparava um patê de coelho especial: disse que Nannan vendia carne na casa de Charlotte.

"Fica três casas adiante."

— Pode subir. Há pouco faziam uma barulheira — disse uma mãe loura com seu bebê louro nos braços.

O caminho para entrar era complicado. Primeiro, subir dois degraus, depois abrir a porta desmontada. A escada num corredor estreito cedia, balançava. Eu escorreguei. Ainda por cima era preciso pular o retângulo preto de um degrau que faltava. Bati à segunda porta. Ouvi um barulho de papel sendo rasgado, um barulho seco. Decidiram abrir.

— Eu a conheço — gritou a mulher grandona e tranquila — Eu a conheço, ela estava na plataforma... Na próxima vez bata duas vezes. Entre.

Eu entrei. Imediatamente senti um calor agradável. Sentei diante da mesa dobrada em forma de ferradura.

— Minha filha não é linda? É minha Pierrette, senhora.

— Cale-se — disse a mocinha.

— Você foi feita de veludo — eu disse a ela.

Encostada numa cadeira, Charlotte ria de felicidade.

— Se você ouvisse como ela canta...

— Você fala de mim como se eu fosse uma boneca!

— Você é mais bonita que uma boneca — disse Charlotte.

Maquiada sem precisar, Pierrette tinha uma beleza ardente. Eu a observava enquanto mordia uma framboesa.

A mocinha cantava a música da moda do *Rio Grande*.

— Vim procurar carne.

Chegamos mais perto uma da outra.

— Não fale tão alto — disse Charlotte.

— É você que está gritando! — falou Pierrette.

— Não me trate desse jeito. Se meu genro visse...

— Você é casada? — perguntei para aquela criança.

— Vou me casar. Logo farei quinze anos.

— Será que posso esperar pela carne?

— Quanto você gostaria de levar?

Elas me olharam ávidas.

— Para começar, não muito — disse, chateada. — Mas tenho amigos, vou escrever para eles.

— Nannan está procurando bichos — disse Charlotte.

— Se quiser pode conseguir — me disse Pierrette.

Contei tudo a Gérard.

Bateram à janela às nove e meia da noite. Pus de lado a caneta, apaguei o cigarro. Abri a porta, a noite entrou na cozinha. Saí: do lado de fora um homem estava em pé ao lado da janela do quarto.

— Você é Nannan?

— Sim, sou Fernand.

Ele levantou o leve casaco e tirou de lá um pacote.

— Sua carne assada.

Ele abriu o papel:

— Gosta assim?

— Não sou fácil.

Era uma fatia de contrafilé.

A lenha estalava na lareira. Ele olhou com olhar de rapaz deslumbrado por uma festa.

— Um cigarro?

— Um cigarro. Quanto lhe devo?

— Fogo?

— Fogo.

Acendi o cigarro com seu isqueiro azul-turquesa.

— Está bem instalada aqui — ele disse.

Olhou para os papéis em cima da mesa.

— Estava trabalhando?

— Sim, eu escrevo. Você ainda não me disse quanto.

Ele me observava:

— Já nos veremos. Vá à casa dos Bême, estarei lá.

Gostei do modo como ele fumava.

— Acabou de ser preparada — eu disse olhando a carne.

— Está temperada.

A cinza do cigarro dele caiu sobre o piso.

Apanhado em flagrante, levantou um pouco o queixo num gesto de provocação.

— Você me trará mais dessa carne suculenta?

O senhor Motté entrou na cozinha. Deu um resmungo.

— Darei o quanto você quiser — disse Fernand em voz baixa.

— À noite, você precisa trancar a porta — disse o senhor Motté.

Fernand se apoiou contra a porta. Ele ria em silêncio e me mostrou seus dois dentes quebrados na frente. Levantou o polegar na direção da cozinha na qual o senhor Motté vagava de tamancos.

— Ah, vim lhe dar boa-noite — disse o senhor Motté atrás de Fernand.

Eu respondi como sempre fazia.

— Velho avarento — disse Fernand em voz baixa.

Não respondi nada.

— Vou embora?

Ele foi para perto da minha mesinha.

— Vou embora. Estão me esperando — disse Fernand.

Abriu a janela. E deu um salto para dentro da noite.

Se ele fosse meu amante, seria exatamente assim, pensei fechando a janela.

Busquei na lareira a guimba do cigarro de Fernand. Esse tipo de homem não deixa nenhum rastro atrás de si.

Apaguemos a luz, está na hora de uma retrospectiva. Com os punhos cobrindo os olhos, a respiração num buraco de agulha, a noite em minhas veias e artérias, eu teço e aprisiono. Amor à primeira vista também é um banquete. Como Fernand é pálido. De onde tira esta juventude de cachorro se secando ao sair da água? Este vigor transbordante. A primeira vez que vi Fernand, o abatedor, eu aquecia minhas mãos em cima de uma panela de um vendedor de castanhas. Em outra vida, é claro. O vento soprava sobre as gargantas verdes nos trigais. Este vento forte, este doador era Fernand.

É um rosto? São socos. É a maçã do rosto vigorosa, é o arcabouço e a arquitetura em desordem. Uma bagunça da testa ao queixo. Ele foi embora. Outro dia vai me trazer estrelas colhidas nas cercas-vivas. O que é a chama em seus olhos? Um pássaro aguardando. "As mulheres devem ser escravas." Grande Maurice Sachs. Esta noite danço sozinha com suas fórmulas transformadas num colar. Esta noite sou escrava de Fernand e, acredite, Maurice, não se trata de escravidão. Minha flor não era minha flor quando vivia perto de você, Maurice Sachs... Uma teia de aranha entre suas páginas de Platão. A conspiração na garganta de Fernand: seu riso enquanto ele fala. Um homem está lá, ele se cala, é uma aventura. Seu maço de cigarro amarrotado, seus dois dentes quebrados na frente, seus sapatos da cor dos caminhos quando o crepúsculo se torna mais vivo.

Gérard me conta que numa noite chuvosa, de trovões e relâmpagos, Fernand tinha voltando a pé de um lugar distante com um carneiro vivo no ombro. Preocupadas, as mulheres rezavam. Para que a carne pudesse esfriar e os clientes não ficassem de mãos vazias, Fernand matou o carneiro quando chegou perto da panela, sem se aquecer nem se trocar. Ele tirou-lhe o couro, comeu e cortou.

Recebi uma carta de Maurice. O traço da censura marcava as páginas. Explicava-me que, depois de ter se levantado às cinco da manhã, abandonava o campo junto com os demais para se trancar até o cair da tarde no buraco de uma grua. A vida no campo lhe convinha. À noite quando ia se deitar vinham consultá-lo. Ele contava da sua última noite com o editor num restaurante em Paris: ele que tinha pago a conta. Pedia-me tabaco, seus velhos sapatos e alimentos. Não esquecera de Gérard. Li para ele a carta várias vezes num só dia.

Domingo, 27 de agosto de 1961. Começou a temporada de caça num vilarejo em Vaucluse. Mudo de lugar. Escondida detrás das gestas, vão pensar que sou um coelho se as gestas começarem a se mexer. Aqui estou à beira de uma floresta de pinheiros, num lugar reservado à caça onde os bichos se reproduzem. As lavandas foram guardadas, a colmeia está fechada. Quando cheguei a colmeia estava aberta por cima do odor místico das lavandas em flor. Pássaros elegantes equilibram-se na corda bamba. Um zangão trapezista vai passando de um caule de lavanda a outro. Nesta manhã a felicidade é o peso dos insetos, dos pássaros sobre os caules flexíveis. As cigarras cantam ao longe, é agradável. Um crescendo de solidão mais para o fim da manhã, mas o cheiro dos pinheiros me faz companhia.

Voltei para a areia da colina de Jaux, almocei, a uma da tarde fiquei imaginando Vincent van Gogh sentado ao pé de uma oliveira, com seu chapéu de palha de carregador de mercado. Olhava e via: assim como eu via meu pão, minhas mãos.

Mais uma ordem de pagamento, mais agradecimentos e uma lista de amigos de Bernadette. Manteiga. Envie-nos manteiga. Eu arranco os cabelos. Onde conseguir manteiga? Vamos nos sentar e conversar, tetas imensas, balanços inconvenientes do gado. Cadê a manteiga? O gado sonhava com tanto peso, se virava quando eu passava. Os jarros de leite se tornavam um suplício. Sem manteiga não lhes venderei nada, com manteiga lhes venderei tudo. Implorava para Gérard ficar de ouvido em pé, para espionar. Era preciso esperar vários dias.

"Fica distante, a vários quilômetros daqui, tente. Ninguém pode vê-la no caminho. Se você encontrasse algum policial, poderiam desconfiar. Não deixe que a vejam nem o chefe da estação, nem o fulano, nem o sicrano, e nem aquelezinho ou o outro", me disse, afinal, Gérard.

Parti. O trajeto me tirava do sério. Preferia os atalhos incertos, cobertos pela velha vegetação indiferente às intempéries. Deixava para trás o vilarejo e seguia em frente com minha sacola e a de Maurice dependuradas no braço, as mãos no fundo dos bolsos, um cigarro na boca. Minha sede de conseguir e meu amor pelo campo cresciam a cada passo. Era uma orgia de pastos. Margeava os prados, atravessava os prados, rastejava, andava de quatro por baixo dos espinheiros... Um frio seco embelezava meu enorme nariz. Fungava o vento e o sol com um focinho de doninha. Várias vezes parava para um corpo a corpo com os álamos, dava a volta em torno de um reservatório. Dava tapinhas num boi. "Será que vou conseguir?", perguntava às árvores desenhadas com o incisivo lápis de inverno. Passava os lábios pelos punhos. Ali o campo me dava um beijo. Quando deparava com folhas cor de cobre crescia minha sede por manteiga, minha sede por ouro... A indiferença de um cavalo sozinho no pasto eram minhas vitaminas e meu banho naquela manhã. Viera ao mundo com asas nos saltos. Cartier, Van Cleef, Mauboussin... este zimbro enferrujado! Eu sorvia os verdes prados da Normandia no inverno como sorvemos nosso Sandman. Todas essas aleias eram tubos de um órgão. O azul do céu era uma aleia. O vento subia para uma região onde as últimas folhas estremeciam, assim como meus estremecimentos aos dezesseis anos.

Amo os longos caminhos que conduzem às fazendas, numa solidão altiva, amo a musselina que sai das chaminés diante dos bosques e matagais. Estava quase chegando.

Entrei no pasto deles. Uma mocinha segurava um coelho. Gritei perguntando se podia entrar. Ela deu um pulo com o coelho cuja cabeça bateu na parede.

— Meu Deus! Que susto você me deu. Alguém a viu entrar?

Ela me cortou quando tentei responder.

— Por que veio? Quem a mandou?

O medo dela me afligiu. Havia tanta alegria no estalido das vagens de feijão, tanta alegria neste começo de inverno transparente.

Consegui lhe dizer que estava procurando manteiga. Ela empalideceu.

Neste momento, entrou. Secou as mãos em seu avental pintado de sangue fresco.

— Tia — disse ela — o que houve? O que aconteceu?

— Ela está querendo manteiga — disse a velha.

— Manteiga? Onde acha que vamos encontrar manteiga?

Um homem entrou por sua vez.

— Irmão, ela quer manteiga — disse a mocinha.

— Manteiga? Onde quer que encontremos manteiga?

Entrou também uma mulher com um avental cheio de enormes maçãs vermelhas. Quase fazia reverências em minha direção. O brilho das frutas escarlates coincidia com a claridade por entre os galhos nus das árvores.

— Mãe, ela quer manteiga — disse a mocinha.

— Manteiga? Podemos lhe vender um coelho...

Entrou por último um jovem com um rosto comprido.

— Meu filho, ela procura manteiga — disse a mulher.

— Manteiga em pleno inverno! É como se nos pedisse a lua — disse tirando o cachecol.

A gordura esquentava numa panela de frituras imprimindo com seu cheiro mais humanidade para a cozinha.

Como um velho autômato, a senhora andava de um lado a outro com as batatas para fritar num pano. Os outros se ocupavam seriamente da refeição. Sentaram-se à mesa. Eu me sentei sem sua permissão.

— Então quer dizer que você tem muitos amigos em Paris — a mãe me disse.

— Bom, quem são meus amigos em Paris? Advogados, estilistas, dramaturgos, editores. Conheço também escritores, atores, redatores, cantores, artistas... Para comer, pagariam o preço que for.

Quando acabou o almoço, o irmão mais velho se retirou. As mulheres respiraram.

Eu recomecei:

— Se fossem só duzentos gramas... não?

Foi a mocinha que me respondeu:

— Nossas vacas estão grávidas e, quando uma vaca está grávida, não dá leite. Quer vir comigo?

Ela pesou o morto rosado debaixo de uma camada de sangue. Tantos coelhos despelados aos sábados em Paris que eu olhava sem ver. O abandono gritante das pernas abertas me comovia.

Ela calculou o preço num segundo e o envolveu num pano branco.

— Não lhe darei a pele, o que você faria com ela? — perguntou.

— Você teria um frango grande?

— Aves são permitidas — disse a mocinha.

Ela vestira de novo seu avental, saiu andando como uma guerreira com as grandes galochas. Jogou grãos para atrair a galinha.

Então ela a capturou enquanto eu olhava um galo suntuoso.

— Mato cortando a língua das galinhas — explicou.

Ela cortou a língua. Trabalhava sentada como os sapateiros.

— Você precisa depená-la antes de ir. Ninguém pode saber de onde ela vem — disse a velha atrás de mim.

— Eu não sei depenar...

A mocinha guardava a cabeça da galinha num jornal.

— Vou ajudá-la — disse a velha.

Tinha acabado: não via mais o bico aberto, esse pequeno buraco cruel trazendo nossa agonia dentro. Assim como o coração marcava o ritmo da vida, as asas marcavam o ritmo da morte. Tinha acabado: eu não via mais a mancha na córnea, esta janela abaixada dentro do olho indicando que os bichos também têm seu pudor depois da morte. As asas batiam cada vez menos, o jornal ficou encharcado de sangue. A morte sobre nossos joelhos era mais forte que um fantasma. Eu comia penas, cuspia penas, rasgava a pele, puxava o esporão. No fim, ela ficou despida. E eu não tinha perdido meu dia.

Gérard me aguardava num canto de uma estrada.

— Demorou para voltar...

Contei tudo a ele.

— Tenho um coelho e uma galinha... mas vender a qual preço?

— Escute aqui — disse Gérard — na semana passada consertei minha bicicleta na estação... Alguns parisienses à espera do trem diziam: "Eu duplico". "Com este preço, deveria duplicar, meu caro." Você não acha que falavam sobre o preço a cobrar?

— Pode ser.

Qual o valor, qual lucro representava este verbo "duplicar"?

— Há todo tipo de gente perguntando por você — disse o senhor Motté. — Tem que ir à casa da senhora Meulay. Sua roupa está pronta e tem uma encomenda para você, também uma senhora parisiense a aguarda, com a filha, a senhora Foulon tem patos para lhe dar. É tudo? Sim, é tudo.

Saí em seguida. Fui à casa da senhora Meulay.

Foi preciso ouvir a ladainha habitual sobre a falta de felicidade, sobre o custo elevado de vida. Como fazia para lavar em pleno inverno, em pleno vento neste claro-escuro?

— Posso lhe vender quatro dúzias — disse ela.

— Quatro dúzias!

— Sim, tenho também os da minha filha. Você dá o preço, não sabemos quanto é.

Propus um bom preço.

— Não precisa ficar com tudo — acrescentou ela.

Ah, vai, nada disso!

Paguei mais pelos ovos do que antes.

— Seus patos de engorda me desconcertam — disse a senhora Foulon. — É só pagar que leva.

— Não posso depená-los hoje.

— Eles passam a noite no chão.

— Com as patas amarradas?

— É só deixá-los num canto.

Fui com Gérard comprar cigarro na costureira que consertava roupa. Ela me esperava diante de sua casinha tomada por avelaneiras. Ela tirou seis maços do bolso de sua longa saia preta e os escondeu nos bolsos do meu casaco preto.

A cozinha dos Bême estava cheia de parisienses e camponeses.

— Fernand está atrás de você — disse a senhora Bême. — Vai comer conosco? Tem carne assada.

— Melhor impossível — disse com prazer.

— Sabe onde está Nannan? — perguntou ao marido.

— Também espero por ele — suspirou Didine. — E o táxi chegará em quinze minutos!

— Também esperamos por ele — disse um casal.

— Estou como vocês à espera dele — disse um camponês.

Todos fumavam e bebiam. Didine comia seus ovos. Ela assoava o nariz com frequência, tenho certeza de que era para poder ouvir o barulho de sua arma feminina: do zíper de sua bolsa.

— Eu também espero por ele para a minha carne assada — disse a senhora Bême.

Pedi uma torrada com fatias de carne de porco. Tonta com o calor, com as vozes ruidosas, com a fumaça do tabaco, não tinha coragem de tirar meu casaco nem o lenço. Imaginava em pensamento meu uniforme de revendedora. Vestiria meu casaco de pelo de coelho com o cordão de Maurice ao redor da cintura. Olhavam para mim sem simpatia. Eu estava sozinha.

— Uma rodada para todo mundo! — disse Fernand ao chegar.

Tirou o cachecol de lã estampado e o apertou no pescoço do senhor Bême. Todos se atiravam sobre ele.

— Você vai me dar, Fernand? Você prometeu.

— Você me disse que eu voltaria carregado, Fernand.

— Eu contava com mais, Fernand. Tive gastos.

— Você se interessaria por um bezerro, Fernand? Posso conseguir. Criado com soro de leite.

Ele enrolava o cachecol na mão direita.

— Como você quer que eu o abata? Estou vendo que o abatedor está machucado. Chega de carne de segunda, acabou a carne de segunda.

— Fernand... meu telegrama foi enviado.

— O táxi vai chegar, Fernand. Volto amanhã de manhã ou durmo aqui?

Fernand desenrolava o tecido de seu punho como se estivesse tirando um curativo.

— E você? Eu estava à sua procura — ele disse.

A torrada com carne de porco caiu no meu prato.

— Cigarro?

— Eu tenho.

— Cigarro — ele disse com um tom autoritário.

Peguei o que ele me ofereceu. Ele entrou devagar entre a mesa e o banco.

— Vou abatê-lo esta noite. Todos terão suas carnes. E vocês querem só um pedaço!

— Além do bezerro, há também o carneiro — disse o camponês. — Então?

— Está bom assim — disse Fernand. — Conheço sua fazenda, conheço os bichos. Outra rodada para todo mundo! Estou viúvo esta noite. Elas foram para Paris. Só faltava você, P'tit Paul!

— Olá, pessoal — disse um rapaz de baixa estatura que acabava de entrar.

— Vou abater essa noite e conto com você — disse a ele Fernand.

— P'tit Paul está sempre onde você está — disse o senhor Bême.

Cada um se ocupou de seus preparativos. A cozinha ficou vazia, P'tit Paul sentou na frente de Fernand.

— Tem um *pito*? — disse pedindo um cigarro, orgulhoso do próprio linguajar.

Fernand jogou na cara dele o maço.

— Guarde — ele disse.

— Posso?

— Pode — respondeu Fernand.

— Ofereço uma rodada para todos — eu falei entusiasmada.

— Sou eu que ofereço — disse Fernand. Pegou a garrafa de Calvados. P'tit Paul me olhou com olhos ternos pois eu dava a Fernand o que ele gostava.

— A senhora Leduc vai enviar as encomendas aos seus amigos — disse Fernand.

— Por que não? — respondeu a senhora Bême.

— Estão necessitados os nossos parisienses — disse o senhor Bême ligando o rádio.

— Para informações, é cedo demais, meu bem — falou a senhora Bême.

O senhor Bême desligou o rádio.

— Agora vamos — disse Fernand ao P'tit Paul. — Tenho que preparar o machado, você vai conferir se as facas estão afiadas. Mudei de lugar, você vai ver.

— Preciso falar do couro dos bichos — disse P'etit Paul.

Ele enfiou a boina sobre os cabelos lisos.

Eu os segui para fora. Noite escura.

— O tempo está conosco — disse P'tit Paul.

— Estava me procurando? — perguntei à Fernand.

P'tit Paul desapareceu.

— Guardei os melhores pedaços para você — disse Fernand. — Um pernil, costeletas...

— Um pernil! Como vou embalá-lo?

— Você está fazendo uma boquinha nos Bême, depois venha à casa da minha sogra.

— À casa da sua sogra?

— À casa de Pierrette, se você preferir. É onde moro. Você foi lá uma vez. Ao chegar precisa esconder suas coisas no poço antes de entrar na mercearia. *Adiossa, cabalerossa* — ele me disse rindo como se falasse com a noite, sua cúmplice.

Abriram a porta dos Bême.

— Meu marido esquece de tudo — disse a senhora Bême. — Acabou de me dizer que há uma mala para você na estação.

Fernand foi embora para a casa dele com P'tit Paul. Assobiavam uma canção do *Rio Grande*.

— Viu o que fizeram no chão? — disse o senhor Motté. — É preciso limpar isso aí.

— Vou limpar.

— E feche bem a porta ao sair.

— Vou fechar.

Eu limpei, coloquei os patos embrulhados numa de minhas camisolas. Fernand, pensei com certa mágoa, me vende os pedaços mais nobres porque devem ter dito a ele que meus "amigos" têm dinheiro. E as rodadas de bebida para todo mundo, porcaria, e os melhores pedaços que você vai duplicar, canalha. Os pródigos me tiram do sério. Eu os adoro enquanto aperto meu porta-moedas. A prodigalidade de Maurice me assustava. O dinheiro, uma corrida na direção do abismo. E, quando conseguia algum, logo se livrava dele. Estranha partida afogada em álcool. O rapaz diplomado me contou que Maurice tinha bebido uns quinze copos de Calvados enquanto aguardava o ônibus em meio à chuva e à neblina. Olhei para os patos desgraçados deitados em minha camisola, com espátulas demasiado humanas de tão barrocas. Eu os levantei e voltei para a minha função. Foi com a cabeça cheia de músicas que segui para a senhora Meulay.

— Tanta pressa, senhora Leduc... E tanto peso, senhora Leduc...

A granjeira que morava perto da marcenaria apontou sua lâmpada nos meus olhos.

— Por que acha que estou apressada? Estou com alguns patos para depenar... As aves são permitidas, não?

— Minha pobre mulher — ela falou. — Você é livre. Se a interrompi foi para lhe oferecer toucinho... Interessa um toucinho salgado? Parece que você está em busca de suprimentos.

— Muito obrigada. Venho amanhã à noite.

A senhora Meulay comia toucinho defumado e café com leite. Ela aceitou que eu deixasse na casa dela meus animais mortos com meus animais vivos que ela depenaria. Embrulhamos seus ovos. Em seguida ela abriu a porta do armário.

— Duzentos gramas de manteiga — eu falei extasiada.

Voltei para a casa dos Bême. Escondi minha sacola no poço, coloquei a manteiga no bolso do casaco para não desgrudar dela.

— P'tit Paul é dos nossos — disse a senhora Bême.

— Foi Fernand quem quis assim — disse P'tit Paul aborrecido.

Ele tinha inventado uma roupa de noite ao lavar o rosto e as mãos.

Fernand entrou pela porta do pátio enquanto eu o aguardava pela porta da mercearia. Levava na cabeça um pedaço de tecido preto amarrado atrás como um pirata. Mordiscava o caule de uma rosa que trazia apertada entre os lábios.

— É assim que você trabalha essa noite — disse a senhora Bême.

— Por que não? — perguntou Fernand.

Ele parou para aquecer as costas no fogão.

Girou sobre si mesmo. As duas abas de seu lenço tocaram nos tubos do fogão e na nuca de P'tit Paul.

— E agora uma de suas boas garrafas, está bem?

Ele subiu na mesa, deslizou para perto de mim e me ofereceu fogo.

— Disseram que você vai casar — disse a senhora Bême.

— Parece que sim — respondeu Fernand e se virou para mim. — Você virá ao casamento.

Apoiado à parede, os braços para cima, ele repetiu:

— O que teremos pela frente agora, P'tit Paul. Vou me embriagar por três dias seguidos.

Ele empurrou seu prato. O som surdo de seu riso parecia um soluço.

— Coma, Nannan — implorou a senhora Bême.

— Coma, Fernand — disse P'tit Paul.

— Vou beber sangue — disse Fernand.

O senhor Bême chegou da adega.

— Aqui está minha mulher — disse Fernand arrancando a rolha das mãos dele.

O jantar terminou com várias rodadas de Calvados. Fernand caía na gargalhada toda vez que o senhor Bême dizia: "Tenho horror a álcool".

Acompanhei P'tit Paul e Fernand até a casa de Pierrette.

— Vou serrar o osso para você — disse Fernand ao chegar.

— Elas limparam tão bem...

— Mas é preciso um pouco mais — murmurou Fernand. — Esqueci meu casaco!

— Vou lá buscar — disse P'tit Paul.

— Vai ser uma trapalhada — disse Fernand — Já devem estar deitados.

Ficou imaginando a cena.

— Sente — me disse.

Começou a serrar o osso.

A rosa caiu em cima da carne. Eu a coloquei entre seus lábios.

Bateram duas vezes à porta. P'tit Paul segurava os tamancos na mão.

— Encontrei Toupin. Os fiscais estão na esquina.

— Conheço Toupin — disse Fernand. — É um idiota. Treme quando cai uma folha. Vou abater onde falei que ia abater.

— Então está bem — disse P'tit Paul, levado pelo perigo que compartilhava.

— Me ajude — disse Fernand. — Temos três horas ainda para trazer de volta Grisette.

Enchia minhas sacolas de costeletas de primeira e costeletas de segunda.

— Preparo a rosa e o lenço de pirata para logo mais? — perguntou P'tit Paul.

— Por favor — disse Fernand.

— A menos que prefira a cartola como no outro dia...

— Você sabe que toda vez eu mudo, ou esqueceu?

P'tit Paul colocou a rosa sobre o pedaço de pano em meio à serra e às facas.

Descemos sem fazer barulho; Fernand levou minhas sacolas no ombro. Eles já mergulhavam no meio das árvores.

Eu titubeava, me atrapalhava com o caminho. O vilarejo dormia debaixo de seu chapéu de trevas. Satisfeita com o meu dia, com minha noite, com Fernand, chamava a mim mesma de docinha de coco, queridinha, meu amor. Olhei no espelho e vi o rosto de uma mulher que começava a se sair bem.

Meu coração incomodou logo que deitei. Batia com muita força. Eu virava, pedindo ajuda ao meu lado direito, ao meu lado esquerdo, dava suspiros exagerados, chutava o lençol para esquecer deste músculo enlouquecido. Levantei da cama, vi a hora do lado certo, ao contrário. Revia Fernand, estava sensatamente apaixonada. Adormeci fazendo as contas do meu lucro e pensando nele.

Na manhã seguinte preparei uma correspondência minuciosa onde pedia a cada um barbante, papel de embrulho, panos e caixas. O carteiro me entregou várias cartas de desconhecidos que me pediam carne, gordura, patê, creme de leite fresco, ovos, aves, toucinho. Gérard chegou.

— Já sei o que é "duplicar". Duplicar é vender o dobro do que você comprou.

— E acrescentar o valor do correio — disse sem hesitar.

— Bom, aí já não sei — disse Gérard.

Ele admirou minhas remessas. O chefe da estação, ele disse, estava me pedindo para ir buscar a mala de Maurice.

O funcionário do correio me entregou uma carta de Sachs. Catástrofe, a caixa com o pernil pesava mais de dois quilos e quinhentos gramas. Encomenda recusada. Estava a ponto de chorar.

— Talvez eu possa ajudá-la — me disse um homem com um chapéu de feltro sobre os olhos e a voz cantada.

O funcionário me encorajou com o olhar a acompanhar o homem.

— Posso lhe oferecer um Calvados? — perguntou.

— Como você pode me ajudar? A encomenda está pesada demais.

— Entre — ele disse. — O que tem no seu pacote?

— Um pernil — respondi depois de um brinde.

— Desembale — ele disse e, com uma faca, cortou o nó do pacote.

Pedaços do arame enrolado saíram dos bolsos do seu casaco de veludo. Ele os segurou rapidamente enquanto eu punha o pernil em cima do mármore.

— Carne de primeira — ele disse.

— Uma faca por favor — pediu.

A moça do café-mercearia trouxe uma faca de cozinha. Ele cortou uma fatia do meu pernil.

— Seu jantar — disse me oferecendo um pedaço de carne preso à ponta da faca.

Eu estava radiante. Ele tinha entrado livremente no reino das minhas dificuldades.

— Porco fresco lhe interessa? Fernand lhe explicará onde eu moro. Venha comer uma truta conosco.

Descobri que ele não tinha um dedo quando empunhou o guidom de sua bicicleta.

Eu interpretava o papel de estudante que se priva do primeiro encontro quando levava guardava a carta lacrada de Maurice ao voltar para o vilarejo. Decidi lê-la em uma fresta de luz detrás de uma cerca-viva. Ele continuava contando entusiasmado de sua vida no campo, seu trabalho de condutor de gruas, suas noites com os colegas. Ele aguardava minha correspondência, me felicitava por estar conseguindo viver sozinha no vilarejo.

Foi a mala de um dândi que eu abri na humilde estação. Minhas mãos mergulharam nas sedas, minhas unhas arranhavam as camisas com iniciais, o cetim, o lenço de seda, o brocado dos roupões, a cambraia, a batista dos lenços. Leque fechado de tricôs coloridos, coletes, um conjunto de bastões, bengalas, chinelas, sapatos. Uma inesperada calça para montar a cavalo. Peguei algumas coisas para poder ter algo dele. Eis o que peguei mais precisamente: uma camisa com as iniciais M. S. bordadas, um dicionário, um livro de Élie Faure, um artigo de três páginas manuscrito sobre pintores ingleses. Dei todas as suas coisas, assim como a minha Bíblia que estava com ele com passagens sublinhadas. Enviei a mala à mãe do rapaz alto cacheado e como ela não recebeu, o chefe da estação insistiu que eu fizesse uma reclamação. Consegui uma indenização. Dez mil francos de minhas economias pertenciam a Maurice Sachs.

Naquela noite, a caseira que morava ao lado do marceneiro me vendeu dez quilos de toucinho salgado. Naquela mesma noite apresentei-me ao matador de porcos: o filho do velho serrador de lenha. Este bretão silencioso recebia todos os dias um brinde: um delicioso assado que ele vendia. Arregalei os olhos quando ele me ofereceu longas correntes de salsichas, conservas de porco, espirais de chouriço, blocos de gordura. Os patês dormiam debaixo de seu envoltório de gordura. Podia triplicar em vez de duplicar, pois seus preços eram baixos. Ele alimentava os trabalhadores agrícolas e os que tinham renda. "Lá o dinheiro entra e não sai mais", dizia o senhor Motté aborrecido.

— Com a barba malfeita? Chapéu sobre os olhos? Botas remendadas? Casaco de veludo? Ora, é o caçador ilegal mais conhecido da região — me explicou o senhor Motté.

Eu podia contar com lebres e coelhos. Quanto às trutas... O caçador lançava redes no rio do senhor Lécolié. Podemos falar de caça ilegal quando já não existe permissão para qualquer caça? "Um dia vão pegá-la numa armadilha", declarou o senhor Motté com um relance de esperança no olhar.

Passou um ano e meio: sou escrava das minhas sacolas. A escravidão me dá frutos. Tenho uma saúde de ferro desde que estou a serviço da minha resistência, perseverança e desonestidade. Eu me submeto e é assim que vou até minhas últimas forças. Viver perigosamente é transportar dez quilos, quinze quilos, dezoito quilos de manteiga pelos caminhos e estradas em plena luz do dia. A senhora Bême fica desolada: nem termino meu prato. Mas como poderia? O dinheiro me devora. Quanto mais alimento Paris, mais eu perco o apetite. Ficou longe o tempo em que me prostituía secando a louça deles, distraindo-os com mentiras, palhaçadas, fanfarronices para conseguir meu primeiro quilo de manteiga. Corrompi os produtores com minhas ofertas, traí os que compravam a preços mais baixos.

Minha tática não varia. Eu chego: as vacas não estão dando... Eu lhes interrompo:

— Quanto querem? A partir de hoje será cem francos a mais por quilo.

Já me recusaram quatro quilos, agora desnatam oito na mesma hora. Os pequenos contrabandistas, que chegam pela manhã para ir embora à noite, os que não tem um quarto para depósito, os que são vigiados pelos fiscais na chegada dos trens, os que são revistados, os que têm gastos de transporte, os que abastecem outros pequenos contrabandistas começam a me detestar. Eu faço subir os preços, eu arrebato as mercadorias, tenho clientes muito ricos. Recebo propostas a domicílio de presunto, carneiros, metade de porcos. Recusar alguma coisa é perder a reputação; deixar de ir a um encontro ou ficar doente é perder um produtor para sempre. A manteiga não espera, o concorrente pula em cima se você vacilar. Achei que perderia a cabeça no primeiro mês quando ganhei trinta mil francos. Saí numa manhã cheia de rouxinóis e cheiro de campânulas perto do chão, fui caminhando pela estrada. Sempre me lembrarei do pássaro entoando os meus ganhos. A uma da manhã, depois de ter escrito minhas memórias de infância ou jogado cartas na senhora Bême, abro o fecho da minha silenciosa, da minha divina: minha bolsa de fibras artificiais. Tiro de lá meus maços de notas, e conto minhas dezenas e dezenas de notas de mil francos pelo puro prazer de contar, pelo prazer de rever os números e vinhetas, pelo prazer de prender os grampos no dinheiro. Esses maços que estavam dentro dos bancos, agora são meus, eu os possuo, eu os escondo, eu os guardo. Eles cobrem as cartas de Maurice Sachs. O que é este dinheiro que me dá tanto trabalho? Imagens que olho. Eu não tinha memória, agora lembro de tudo: mercadorias solicitadas por cartas, seu peso, meus encontros com os produtores, com Fernand, com o contrabandista, com o senhor Lécolié, com a mulher do prefeito e sua filha, com a senhora Foulon, com a senhora Meulay, com a costureira, com o açougueiro, com um revendedor, com outro. São dez, quinze, dezoito quilômetros todo dia com dez, quinze, dezoito quilos em minhas sacolas. Resultado: não durmo melhor que antes.

Desde que pague meu aluguel em dia, o senhor Motté não se preocupa com os estoques que entram na casa.

— Como está hoje?

Ele segura na mão o pedaço de carne, balança-o entre os dedos grossos.

Aguardo seu veredicto.

— Argh... — ele falou mexendo no cabelo branco.

— Não gosta?

Ele me olha, impressionado, como se eu tivesse feito uma pergunta insensata.

— Gostar disso?

Ele balança o pedaço de carne, inspecionando-o.

— Carne de segunda é carne de segunda. Enganaram você outra vez, minha filha. Tome, pegue seu pedaço...

Ele levanta a tampa de sua panela, respira a plenos pulmões as batatas que colheu, o bacon do porco que ele mesmo engordou.

— Mas os parisienses estão contentes apesar de tudo. Só recebo felicitações.

— Devolva-me isso aqui — disse.

Ele coça sua nuca bronzeada. Ali uma pontinha de verdade lhe atravessa.

— Está todo cortado, sem forma, não foi preparado. Farão um picadinho.

Volto ao quarto com o pedaço de carne. Há dias em que, por causa da abundância, minha vista de nubla. Vejo grosas serpentes de chouriço enroladas em si mesmas, vejo rosários de sexos de anjinhos em vez de salsichas, vejo pênis abastados em vez de salsichões, vejo granizo sujo sobre velhos sapatos: bacon salgado. Vejo meus cílios engordurados nas conservas e patês. Vejo hecatombes de bandolins: presunto defumado. Vejo a manteiga tal como ela é: meu protetor sonhado. Peso os produtos e não trapaceio, mas de vez em quando aumento o volume do creme de leite com um pouco de água. Provo, está ótimo, por que não seguir fazendo isso? Levo minhas bolsas de água quente para encher, mãe e filha me venderam as primeiras rosas de Natal que encontraram sob a neve. Ó céus, como dizia Laure, como poderia imaginar que eu viveria essa vida... Tenho tantas encomendas para preparar que ao meio-dia almoço um pedaço de pão com um pouco patê: o resto do tempo eles ficam esquecidos no canto da mesa. Tesouras, barbantes, caixas, papel de embrulho me absorvem. Logo serão um suplício. O carteiro entra, entrega-me as ordens de pagamento para assinar e evita me olhar, ele é incapaz de sentir inveja. Sair da casa do senhor Motté é angustiante. Todo mundo espera, espia, vigia minha saída. Nem minha gentileza nem meu bom humor podem disfarçar as encomendas que levo ao correio. A mulher do carteiro e a mulher que hospeda Gérard são as mais obstinadas. Elas não me denunciam, apenas saciam a sede das pessoas por fofoca. Eu decido e parto com uma coragem fatalista. A senhora e o senhor Zoungasse me cumprimentam friamente. Com apenas um olhar conseguem me expressar seu desdém. Botas brancas, passos largos e casaco de pele de coelho usado, assombro as fazendas e sou vista por todos. Houve um princípio de investigação do qual saí ilesa. Os policiais disseram ao marceneiro: "Esta mulher faz contrabando?" — Não sei, acho que não, ele respondeu. "Faz, sim.", reforçaram os policiais. Foi o senhor Motté quem me contou. Achamos melhor guardar a informação entre nós. Durante duas horas fiquei abalada, em seguida mergulhei em meus caminhos com dois cornos na frente: as enormes unhas de minha ganância. Tenho tantas ordens de pagamento a receber que recebo correspondências também no correio de Notre-Dame-du-Hameau. O carteiro me paga quando todo mundo foi embora. Volto ao vilarejo e, quando não vou imediatamente ao campo, passo para tomar um Calvados nos Bême, espero, na cozinha deles, que meu desânimo desapareça e meu apetite volte. Paro, me enterro, é uma delícia estar exausta e deixar a vida passar sentada num banco de cozinha. Descanso de acordo com as estações, no frescor ou no calor de dois velhos amantes desinteressados. Um contrabandista me perguntou se não queria lhe vender o "meu negócio". As pessoas comentam que ganhei vários milhões. Vamos ao delírio. Os fornecedores de comida contam histórias picantes. Estes homens que não podem mais exercer seu ofício ou que não querem trabalhar para o inimigo ficam tagarelando em suas viagens. Nosso comércio ilícito não está isento de intrigas amorosas. Se a manteiga não está pronta, então um deles passa a noite no hotel com a nova namorada e manda um telegrama tranquilizador à mulher legítima. O adultério prolifera, as obrigações estão suspensas. Ingratos, exigentes, criticamos os camponeses. Eles vendem em sua própria casa, não correm riscos, não têm perdas, nem multas, nem gastos extras, não são revistados nas estações ou plataformas, não têm encomendas interceptadas ou rasgadas, resguardam seu emocional e o coração fica exausto. Transportar quarenta quilos no braço, de bicicleta ou a pé, é rotina. Mate um carneiro, mate um bezerro e eu o levarei no trem da noite, dizem a um abatedor. Os fiscais têm seus informantes, os contrabandistas têm suas conversas sobre os projetos, os pontos nevrálgicos, a batida de ontem, a batida de amanhã, o retrato, o caráter, o grau de severidade ou a indulgência dos fiscais. A informação passa de boca a boca. Do mercado ilegal nasceu uma fraternidade. O chefe de uma família numerosa decidiu: todas as noites abaterá um carneiro na cozinha do presbitério que um vigário lhe emprestou; uma parede separa a matança da sala do catequismo. Perderam as contas de quantas vezes abateram. No meio do mato, eles compram e vendem a manteiga que os camponeses não têm coragem de vender diretamente. Os clientes vão e voltam duas vezes por dia entre Paris e o vilarejo. Um desses fornecedores me vendeu seis presuntos que estavam cheios de vermes. Precisei jogar fora.

Um ano e meio passou desde que Fernand, paralisado com sua cabeleira ondulada a ferro quente, veio me buscar no dia de seu casamento. O cravo branco na lapela não lhe caía tão bem quanto a rosa entre os lábios. No café dos Bême o fonógrafo tocava com seu som fanhoso. Pierrette, noiva exemplar, distribuía pedaços de seu véu aos convidados. Dancei um *pasodoble* com o noivo enquanto P'tit Paul bocejava.

Cortejada, lisonjeada, incensada, Pierrette agora recebe deitada. As malas de madeira se chocam com as malas de alumínio, as caixas de ferramentas roçam nas caixas de chapéus, um estojo de violino encontra um tubo de aquecedor onde os quilos de manteiga serão introduzidos um a um. Nunca entenderei como a escada tão gasta resistiu tanto. As pessoas vinham aos montes oferecer a Pierrette tecidos, lingeries, cortinas, capas, colchas, saias, meias, corpete, sapatos, panelas, pó de arroz, maquiagem, relógios, braceletes, colares. Elas desembalavam as mercadorias, desdobravam, expunham tudo sobre o leito nupcial. Pierrete comprava e, depois de satisfazer sua frivolidade, tornava a mergulhar num romance de amor.

— Café — ele grita.

Fernand chegou com P'tit Paul e Arnold, que também lhe ajuda.

— Cadê a gorda? — pergunta Fernand.

— No campo — responde Pierrette sem deixar de ler seu livrinho engordurado.

— Ora essa! — disse Fernand, pálido, preocupado.

Todos ficam ouvindo atentos.

— Esse café vai sair?

Fernand cai na cama, os sapatos molhados mancham o cetim da colcha. Ele pega o livro de Pierrette e começa a ler de onde ela parou.

A multidão de clientes reclama.

— Pierrette... estou com sede... há seis horas que estamos andando — disse Fernand com uma voz doce.

Então, sem tirar os olhos do livro:

— Já não disse que vou buscá-lo à noite!? Ter vocês terão. Vou abatê-los depois de meia-noite, voltem amanhã de manhã. Tenho culpa se estão me vigiando? Amanhã de manhã... Pierrette, por que você compra tanta meia?

Fernand joga as meias no chão, as pessoas vão embora junto com P'tit Paul.

Pierrette serve café ao marido, fecha devagar a porta do quarto, me pede para contar dos vestidos que deixei em Paris, dos meus amigos, das minhas saídas. Eu invento. Descrevo uma vida importante. Todos percebem meus sentimentos para Fernand e são discretos e indulgentes. Pierrette e Charlotte não gostam muito da minha resistência para bebida quando bebo com ele nos Bême. Eu não o procuro. Eu o encontro e aceito a bebida que ele oferece. Brincalhão, mas corajoso quando carrega um boi por vinte quilômetros a pé à noite. "Fernand se deixa levar pelos companheiros", diz a sogra: os companheiros tiram seu dinheiro. Não tiram nada de Fernand. Os companheiros dão a ele. Com frequência ele abandona o leito conjugal depois de dez da noite para jogar dinheiro conosco. P'tit Paul chega cinco minutos depois dele. Eu ganho tanto quanto perco, fico me perguntando o que acontece com Fernand. Me sinto no céu quando fico com o dinheiro, quando as notas chovem no prato. Sentada perto de Fernand, se minha bota encontra seu sapato, se seu sapato encontra minha bota, eles não fogem. Jogamos, oferecemos cigarro e bebida um ao outro sem nos olhar. Nossas mãos ignoram o que nossos pés trocam. Estou feliz de passar minhas noites assim com ele e me compadeço sinceramente de Pierrette. Pierrette? Ela sempre dorme, diz Fernand. Nos separamos às três horas da manhã. Volto para casa e me lembro do declive onde Maurice rezou.

O melhor amigo dele me escreveu. Ele me emprestou livros e eu lhe enviei pacotes com suprimentos. Graças a ele, li a *Correspondance* de Flaubert.

Estava cansada das minhas roupas velhas. De repente uma viagem-relâmpago a Paris. Comprei um *tailleur*, um vestido, uma camisa em Bruyère, sapatos na Cazals. Experimentei tudo no meu quarto-depósito e me senti transformada. No domingo seguinte fui me exibir na igreja; porém, sabia que era um erro expor minha prosperidade. Achavam que eu era namorada de Sachs. E por isso me consideravam uma mulher adúltera, lançavam-me olhares reprovadores, porque o rapaz diplomado ficava à minha espera nos Bême.

Segui o conselho de Maurice. Virei amante do rapaz diplomado. Relacionamento breve. Falávamos de Maurice. Encontrei Blaise no vilarejo onde ele dava aula, me esgueirava por uma rua sempre sonolenta, me fechava dois dias em seu quarto, tomávamos vinho enquanto ele cozinhava. O vilarejo adormecido me enfeitiçava pela janela. Deitados, com um cigarro numa mão, o copo de conhaque em outra, falávamos sobre a sua infância, seus projetos com peças de teatro, de sua mãe à qual ele se sacrificava. Houve choros, prantos, um drama ou dois e depois nossa separação. Mesmo assim ele sempre vinha aos domingos no fim de tarde.

Aos sábados à tarde eu desinfetava a mesa comprida e os móveis; esfregava o piso, preparava doces: um pudim, um bolo, uma torta e creme de leite — que oferecia a Gérard, ao senhor Motté, ao rapaz diplomado. Gérard parecia cada vez mais um boêmio. Queria voltar a Paris porque sua mãe já quase não mandava dinheiro, porque ele detestava os camponeses, porque ele se recusava, apesar de minha insistência, a trabalhar numa fazenda. Em primeiro lugar, me coloco a pergunta: terá sido indiferença, leviandade ou avareza de minha parte? Respondo sim e não hesitando. Eu não me dizia: não vou dar uma bicicleta a Gérard, não vou pagar sua pensão, não vou lhe comprar uma roupa. Não me dizia nada. Eu via apenas uma criança, dia após dia, preparando-se para se jogar num abismo.

Recebi um envelope com um selo do correio de Rouen. Quem poderia me escrever com esta caligrafia infantil? Abri e encontrei outro envelope dentro sem endereço. Maurice... Ele me escreveu numa pequena folha de papel:

Meu amor,
Você me conta que está grávida e que as coisas não estão muito bem. Quer que eu vá vê-la, você se sentiria melhor se eu estivesse perto? Me responda. Um beijo, minha querida.

Maurice.

Fiquei sem ar.

Maurice me chamava de "Meu amor". Maurice me chamava de "Minha querida". Sempre há certa verdade naquilo que escrevemos, eu disse para a lenha pegando fogo. Eu relia e pulava de alegria e vaidade. Ter um filho com esta mulher enfadonha que lhe aborrecia com suas lembranças de infância... Tudo recomeçava como num café num domingo à tarde. Mesmo sendo um desejo falso, Maurice mantinha. Sua querida, seu amor. O milagre se realizava: eu tinha um homossexual aos meus pés. Eu vibrava com a ideia de que ele viria e nós teríamos muito dinheiro para gastar. Escrevi na mesma hora para o médico. Ele redigiu um atestado no qual declarava que eu estava grávida e doente, assinou e desapareceu. Guardei o papel três dias e três noites sem me decidir a enviar. Já não me sentia lisonjeada. Pesava os prós e os contras, indagava as chamas da lareira. Ele vai voltar, você vai amá-lo, você vai queimar por dentro e depois terá de congelar. Esqueceu das farpas entre vocês dois? Seu silêncio, sua impotência quando ele falava de Nietzsche, de Kant? Você explodia, você vai explodir. Pense bem nisso. E eu suspirava.

Onde estarão os três laços de cada um dos meus nós? Era tão bom brincar com o barbante e esquecer os bobes na minha cabeça. Ele estará aqui, eu voltarei para debaixo da terra. Ele não é responsável por aquilo que ele lhe inspira, meu bem. Contudo, ele me aprisiona. Minha língua, entre as grades deste grande amor, fica sempre suspensa. Maurice era atencioso. Quando soava meia-noite, trazia-me um pires de maçãs cozidas com creme de leite fresco... Você precisa ter clareza, minha cachorrinha. Ele a servia, mas depois você se sentia mais infeliz do que uma criada a quem o patrão mandou embora. Quando minhas tesouras caem e meu rolo de barbante rola e eu blasfemo, minhas roupas, meus papéis, minhas latas, minhas ligações com os mesmos gestos... Minha uma hora da manhã... Olá, noite, mais um dia bem cheio. E a Violette vai se deitar com seu vestido de estátua. Vou esperá-la até amanhã, me diz o canivete cor-de-rosa com seus três olhos cinzentos. Dobrar as folhas de papel novas, cortá-las com meu canivete, quanta liberdade. Se ele voltar, perderei meus hábitos. O que serei sem eles? A cozinha dos Bême me abandonará, o vilarejo ficará frio, cumprimentarei Fernand de longe pelas estradas. Terei coragem, na frente de Maurice, de sentir o cheiro do meu casaco de coelho? Não.

Este sentimento forte que renascia me chateava e me assustava. Já estava me intoxicando. Já não ia ao banheiro desde a chegada do bilhete. Não, minhas nádegas não eram nádegas de homem. Elas me estragavam. Mas o que era, afinal, este sentimento tão forte? De inutilidade. Se Maurice voltar, minha postura afirmativa será como água da privada. Dez meses depois que ele voltar, estaremos sem um tostão.

Eu relia o bilhete dele. A verdadeira carta de amor era o certificado do médico. Eu alimentava a tortura, meu braseiro já estava louco às dez da noite.

Por que não havia escrito simplesmente: "Querida Violette, se você me disser num atestado médico que está grávida de mim, isso facilitaria meu retorno a França"? Chorava lágrimas de raiva, de furor, de desespero. Seus esqueminhas me davam asco. "Meu amor", escárnio. "Minha querida", escárnio. Sua proposta de me fazer um filho me voltava como volta o cheiro do próprio vômito. Decididamente Maurice brincava com meu coração e seu esperma. Joguei o atestado no lixo.

Ele me escreveu quinze dias depois uma longa carta. Dizia que não guardava rancor e que tinha se "virado". Não explicou como. Eu acreditei. Nas cartas seguintes ele organizava sua vida no pós-guerra comigo. Jantaríamos todos os dias juntos, iríamos várias vezes por semana ao Théâtre-Français. Ele tinha vinte ideias para que eu ganhasse dinheiro. Eu lhe devolveria o dinheiro da mala extraviada, daria-lhe uma parte dos meus lucros já que fora ele que tinha me arrumado um vilarejo, vacas leiteiras e uma lista de contatos de carteiras parisienses.

Precisei de quinze anos para perceber aquilo que eu havia jogado fora, para me arrepender até o remorso, até a obsessão, até a perseguição. Era um segredo entre mim e Maurice. Ele escreveu na Alemanha um livro de retratos, *Tableau des mœurs de ce temps*.[19] Estou nele. Eu me chamo Lodève. Se Maurice realmente escreveu este retrato, se não foi alguém que enviou uma folha entre as de Maurice imitando sua pequena letrinha a lápis — ele escreveu o manuscrito numa prisão em Hamburgo —, ele guardava rancor. A descrição de meu rosto é um pesadelo. Como ele devia estar infeliz para se encolerizar contra o meu rosto ingrato. Como deve ter sido amado se foi alguém que o vingou com este retrato.

Esperava minha vez diante do guichê do correio de Notre-Dame-de-Hameau; uma mulher de prisioneiro apertou com mais força a mão de seu filho para protegê-lo dos contrabandistas.

— Fernand quer dar uma palavrinha com você — cantou-me ao ouvido o homem com chapéu de feltro. Estamos no café.

Fernand se divertia com um moinho em miniatura. As asas em celuloide rosa alaranjado rodavam entre seus dedos. Ou ele soprava por baixo. Fixou-o na lapela do casaco.

— Queremos lhe fazer uma proposta — disse o caçador fora da lei.

— Deixe-a em paz — disse Fernand.

O homem deu um sorriso de pena:

— Há cinco minutos você estava de acordo. Mas tudo bem, ninguém está pressionando. Eu a encontrei uma tarde em que nevava, senhora Leduc. Você não tem como se lembrar. Você seguia por um caminho no meio da floresta e eu ia por entre as árvores. Você arrastava sua sacola na neve. Você podia ser vista o tempo todo por ali. Em suma, nada a impede de seguir adiante.

---

19 No original, Portraits et mœurs de ce temps. No entanto, a obra de Maurice Sachs foi publicada pela Gallimard em 1954 com o título Tableau des moeurs de ce temps. (N.E.)

— O gelo na estrada me impede...

— É traiçoeira — disse Fernand.

As rodadas de bebida se sucediam. Eu paguei a sétima, o caçador foi fazer o pedido na mercearia.

— Você trabalha com ele agora?

— Eu preciso — disse Fernand. — Falta grana para comprar os bichos.

— Poderia me dizer o que estou fazendo aqui? — perguntei.

— Esperando para comprar um porco.

— Um porco inteiro!

— Vale mais a pena. Vão levá-lo à sua casa quando o senhor Motté estiver dormindo.

Fernand baixou a cabeça. Carne de porco não era trabalho para ele.

— Quando vamos matá-lo? — perguntou o caçador.

Aceitei para poder beber mais livremente com Fernand.

— Vou levá-la de volta ao vilarejo no guidom da minha bicicleta — me disse Fernand depois da décima-quarta rodada de bebidas.

Fomos embora. Fernand pedalava lentamente, a bicicleta ziguezagueava. Eu ria, ria e era a primeira vez que eu ria estando bêbada.

— Não, Fernand, não...

Nós caímos e Fernand me levou para trás de uma de minhas moitas preferidas. Trocamos o gosto de álcool com um beijo longo.

— Quer ser minha amante? — ele me disse ao pé do ouvido.

Expliquei que era impossível, que não podíamos enganar Pierrette.

— Vamos embora, então — ele falou.

Apesar dos meus gritos, começou a pedalar rápido.

O senhor Motté parecia mais jovem, estava com as faces coradas depois de ter lido o jornal.

— Os russos estão lutando como leões — disse.

Os Bême, mais céticos, calculavam o benefício que nosso país podia tirar da situação. Eu ouvia sem participar. Com a vista limitada pelos meus ganhos e minha cobiça, meu rosto ficava sério quando os outros tinham esperança. Queria ganhar ainda mais, sempre ganhar dinheiro. Se assinarem a paz, vou vegetar. Tinha um vago consolo pensando que Maurice voltaria, que ele pensara em mil projetos diferentes para mim. Alguns de meus pacotes se perdiam, outros voltavam abertos com a mercadoria estragada.

Os trens eram cada vez mais lentos, os clientes me acusavam de estar enviando carniça. Gérard voltou a Paris. Disse a ele que estava cometendo uma grave imprudência, mas ele não deu bola. Fernand foi prevenido e não deixou rastros quando fizeram uma busca em sua casa: vasculharam uma cozinha de vegetariano. Foram embora se desculpando. Fernand se escondeu, voltou decidido a abater agora em pleno vilarejo, a vender centenas de quilos de carne na cozinha revistada.

Esgotada de ficar atravessando de um lado para o outro a estrada de Notre-Dame-du-Hameau, propus ao senhor Lécolié de me levar com os pacotes em sua carroça sempre que ele fosse à padaria, que ficava ao lado do correio. Sonâmbulo por causa da idade avançada e de seu cansaço, grande, antiquado, o senhor Lécolié parecia com Fidéline. Sua leiteria: uma caverna cheia de teias de aranha.

Professor aposentado, o senhor Lécolié tinha cismado em ter uma fazenda apesar de sua enfermidade: os pés tortos olhavam um para o outro. Como poderia trabalhar com a força de um jovem agricultor ele que tinha duas bolas de carne no lugar dos pés? Quando o senhor Lécolié era estudante bolsista e tinha rachaduras nos dedos, usava os dentes para amarrar suas botas ortopédicas. Ele me contou isso tudo.

Os camponeses ficavam intrigados com a indulgência do senhor Lécolié com Fernand, que abatia os bichos usando um chapéu-coco, um sombreiro ou uma cartola em seus pátios, que limpava e cortava debaixo de suas árvores, que bebia e cuspia o resto de sangue em seu pasto. O senhor Lécolié se fortalecia de noite como de dia com a agilidade, com a audácia, com o pitoresco, com a generosidade do abatedor quando este abatedor abatia a dez metros dele.

"Vou lhe mostrar o que eu fazia quando era jovem", ele me disse num dia de sol e festa das abelhas.

Entramos numa sala ao lado da cozinha. Um gato branco de olhos vermelhos arranhou meu rosto com suas garras, uma águia de asas abertas rasgou minhas narinas, uma coruja me cegou com o farol de seus olhos implacáveis, um esquilo roeu meu peito, um cachorrinho pequerrucho de Poméranie se lançou em cima de minhas pálpebras, um cervo atravessou minha barriga com seus chifres. Os animais que o senhor Lécolié empalhara eram ferozes. Como o pintor que conseguiu pintar sua alma num autorretrato, o senhor Lécolié havia se esforçado para transmitir seu rancor e amargura de doente até na pele de um gato. Cervo, corça, cachorro, coruja grasnavam seu ódio de viver. O rosto do senhor Lécolié se endurecia enquanto ele me mostrava seu passatempo de juventude.

Jovem, alimentado, contente de poder sair, o cavalinho preto trotava com uma regularidade encantadora. Eu descia. Depois voltávamos compartilhando a coberta sobre nossas pernas. Eu deixava sua carroça como deixava um carrossel aos sete anos: cheia de alegria. O senhor Lécolié ficava exultante com meus cinquenta francos.

O melhor amigo de Maurice me propôs numa carta uma estadia de dois dias em sua casa. Levei alimentos, tabaco e meu velho moedeiro com dinheiro, preso à calcinha com dois alfinetes de segurança. O dinheiro, que tutor. Ficava erguida como um cipreste. Balaustradas, postes de luz, colunas passando através do vidro do trem, me saudavam até a terra. Eu teria comido minha própria caca para ganhar ainda mais dinheiro e parecer com um infalível cipreste. Esperava reconhecer o amigo de Maurice na estação. Decepção. Saí procurando-o. Seria aquele homem de capa parado na beira da calçada? Rosto neutro, rosto cinzento, rosto atraente. Ele está passando por dificuldades este desconhecido. Capa cor de angústia, ele nada em sua pele. Seria ele? Devo segui-lo? Ele deve me seguir? De nós dois quem é o policial? De nós dois quem é o espião? Isso está ficando chato. Devo voltar ou ir até o endereço que me deu Maurice? É ele, pois Maurice o descreveu assim. Atormentado e tenebroso. Quem teve a iniciativa de falar com o outro? Não lembro, um branco na memória. Ele pegou minha mala e me levou para a sua família. Maurice foi o único tema de nossa conversa. Lembro da cozinha pequena, do meu frango meio cru, de minha ânsia por vinho e cigarro; lembro de tomar um lanche com eles numa confeitaria da cidade, de um espelho no qual eu ficava me olhando, orgulhosa por minha roupa e meus sapatos. Comprei a maior boneca que vi para a filhinha deles e até isso era uma forma de me gabar. Infeliz, renegada por um Maurice ausente! Chorei à noite pelo amigo de Maurice. Este homem abstrato me excitava. Meu corpo urrava por sua mão segurando um volume de Hegel. Imaginava este ser doce e profundo, preocupado, torturado, meditativo, compreensível com Maurice e suas aflições, imaginava este notável professor de filosofia como um amante incansável. Eu amava um intelectual para sofrer de não ser a beneficiária.

Ele me levou à sua biblioteca, aconchegante citadela. Ele sentou diante de sua mesa, me ofereceu uma cadeira. Contei a ele que estava escrevendo as memórias da minha infância. Houve um silêncio.

— Que livro enorme — eu disse.

Não conseguir desviar os olhos do livro novo de capa branca das edições Gallimard. A obra estava no centro da mesa em cima de uma prancheta.

— Este livro enorme foi escrito por uma mulher —disse o melhor amigo de Maurice. — Chama-se *A convidada*, de Simone de Beauvoir.

Li o nome de Simone de Beauvoir, depois o título: *A convidada*. Uma mulher escrevera aquele livro. Coloquei-o novamente em seu lugar. Estava em paz comigo mesma.

O melhor amigo de Maurice me deixou perturbada por um bom tempo. Escrevi-lhe várias cartas de solteirona obcecada. Suas respostas não me ofendiam. Acreditava no poder afrodisíaco das ideias que trocávamos. Era possível se unir melhor depois de ter um embate pró ou contra Hegel. Acreditava nisso e ainda acredito. A discussão filosófica é a terra prometida que nunca alcançarei. As coisas que eu não entendo me fascinam. Desesperada, ficava me exibindo, era mais forte que eu, todas as vezes em que o reencontrei depois, ficava estúpida, atrapalhada, vaidosa. Um tipo de literata se mostrando de todas as formas.

Os contrabandistas me aconselharam a levar eu mesma as encomendas a Paris. Teria menos perdas, os clientes ficariam mais satisfeitos. Decidi fazê-lo mesmo contrariada. As estações e as passagens de nível estavam sendo bombardeadas. Os trens eram lentos, os fiscais ficavam à espreita. Os medrosos abandonaram o trabalho.

Fernand decidiu que ia a Paris também pois estava gastando tudo o que ganhava. Me entristeci como se estivesse diante do fracasso ao ver que o abatedor que atravessava os campos de bicicleta, que abatia com um chapéu-coco na cabeça e uma flor na boca, se lançando ao perigo e às trevas, que este abatedor devesse comprar um bilhete para tomar um trem, esperar sua vez para subir no vagão e transportar suas malas de carne. Como terminaríamos? Preparei um bolo para esta primeira viagem. Fernand comprou uma boa garrafa de vinho nos Bême, que falavam em vender sua propriedade. Com a vitória que eles tanto desejavam, viria sua falência. Uma parisiense me vendeu uma mala que eu enchi de salsichas, ovos, conservas de porco, patês, vitela, carne de boi, de carneiro, creme de leite, bacon, manteiga. Escondi as cartas de Maurice, prendi meu pé-de-meia na barriga, numa esponja em formato de luva de banho. Levantei minhas malas cheias: pesadas demais. Os que não viajam com frequência conhecem esta angústia: colocar de volta em seus lugares livros, objetos que não vão mais. Angústia dupla para uma contrabandista já que se trata de comida. No fim das contas subi no vagão com meus vinte e cinco quilos, representando a comédia da viajante que viaja com um lenço de seda no pescoço, uma camisola de crepe chinês e um casaco de angorá para os dias mais frios. Na estação de L..., encontrei Fernand com "Boca de Ouro" e Didine e também meu reinado ao ouvir as expressões que corriam de boca em boca: *calmaria no cais, meu velho, deixe que o bandolim é com eles (e com a perna de carneiro). Ontem à noite passamos como uma flor, minha querida. Palavra de honra, colheram lírios do campo em Meudon (passavam pela estação em Paris).* Ao chegar na plataforma, eu levava, além das malas, minha exaustão de muitos anos. Cada um deveria se perder no meio de um grupo de viajantes inocentes. O corredor do trem nos reuniria de novo. Desde cedo, *eles* estão aqui, *eles* podem voltar, disse um funcionário a Didine. Fiquei com medo. Teria entregue minhas malas para poder voltar e descascar tranquilamente os legumes do senhor Motté. O trem entrou na estação. Fiquei imaginando minha manteiga, meus assados, meus ovos, minhas salsichas debaixo da roda lenta do trem que tornava a partir.... Desse jeito poderia voltar com leveza para o vilarejo. Um vagão de primeira classe parou diante de mim. Como eu tinha um bilhete de primeira classe, esta coincidência me encheu de coragem. Todos os viajantes já haviam subido quando deixei tombar minha segunda mala no degrau do estribo. Um soldado inimigo deixou seu vagão. A corrente no pescoço e a placa de prata sobre o peito me deram muito medo. Ele me empurrou e me tirou do trem. Minhas duas malas caíram comigo. Fernand, gritei com todas as forças. Fernand, que devia estar atento, correu, pegou minhas malas e gritou para eu segui-lo. O trem partiu. Fernand desapareceu dentro dele. Fui correndo perto do estribo até que um contrabandista amigo me puxou do chão. Estava de volta entre eles. Comecei a chorar e prometi que essa viagem seria a última. Depois comemos o bolo, bebemos o vinho dos Bême. Nos olhares dos viajantes requintados, porém anêmicos, podíamos ler que nós éramos a classe baixa bem nutrida sentada em suas almofadas. Fernand fazia piadas, assobiava, cantava, gritando algumas palavras: feira, porre, zorra, festança. Ele já estava gastando seu dinheiro. Eu tocava melodias que inventava com o pente de bolso enrolado num papel de seda. Meus lábios sentiam cócegas e eu caía na gargalhada. Parei minha música quando passamos por uma cidade que fora bombardeada. A guerra existia. De vez em quando, em nosso vilarejo protegido e distante das estradas federais, duvidávamos. Fernand me ajudou a descer minhas malas na estação Montparnasse-Bienvenue. "Olha ali", disse o Boca de Ouro. A mala de um homem respeitável urinava sangue pela plataforma. Uma sacola caiu do ombro de alguém, uma garrafa de creme de leite se espatifou no chão. O viajante fugiu, deixando a sacola na poça de creme de leite. Eu havia me correspondido com Gérard, será que ele estaria na estação? Ele veio até mim. Não o reconheci. Mais magro, cheio de espinhas e desgraçado, com uma calça grande que lhe tornava mais velho, ele me deu um aperto de mãos sem força. Ele queria me ajudar, eu recusei: estava muito fraco e era judeu. Eu parava a cada dez passos, achava que meu coração estava saindo pela boca. O caminho era interminável. Eu olhava para as pessoas: péssimo aspecto e olheiras. Sentia-me presa em minhas misérias e na dos outros. Fui à casa de Bernadette e lhe vendi duzentos gramas de manteiga ao preço de custo. Um sacrifício. Ela ofereceu uma xícara de chá para me aquecer e me disse que gostaria de um pouco de manteiga toda vez que eu viesse. Saí da casa dela com os músculos formigando: segui para a lista de nomes. Cinco minutos depois aluguei um quarto num pequeno hotel. "Deixe a bagagem, disse a gerente. — Por nada no mundo, é meu ganha-pão", respondi. Paris me parecia mais alegre. Paris era só pressão aguardando a Libertação.

Acompanhada por Gérard, fui à casa dos amantes do creme de leite. Bati à porta com menos segurança do que quando escrevia os nomes de cada um nos pacotes. Um homem abriu.

— Trouxe seus dois frascos...

Ele entendeu, o rosto se iluminou. Segui-o até o salão.

— Lamento muito, mas minha mulher saiu — ele disse.

— Ah, eu posso esperar — respondi ao ver os dois quadros sobre os cavaletes.

Minha boa vontade o importunava. Ele queria pintar. Ele nos deixou. Será que ele pintava os dois quadros ao mesmo tempo?

— Se quiser me acompanhar... — perguntou.

Ele andava pela casa discreto como uma sombra.

Encontramos a cozinheira contente consigo mesma em seu reino brilhando.

— A senhora quer ovos cozidos e creme, ela está esperando — confiou-me.

Isso significava que ela ia ser mãe. Gérard me ajudou a fechar as malas, o dono da casa me pagou no salão. A cozinheira contou que a dona da casa também pintava. Contei o dinheiro.

As árvores e as cercas-vivas... as nuvens ornadas... as brumas azuis... o silêncio cheio de oxigênio... as proezas do rouxinol.... Nada disso me ajudava a esquecer o que eu de fato era: uma ama--de-leite e um rapaz errante.

O rio Sena a duzentos metros, com suas voltas, com minhas voltas cheias de estandartes de hera, e com sua clientela mínima de passantes. As árvores refletem o céu aqui como em qualquer outro lugar. Os reboques, as barcas, as barcaças, a esposa do marinheiro lavando roupa, minha obra quando mergulho dentro do sono. O tempo, os séculos, os anos são nosso rio em plena luz do dia. Eternidade, monotonia de suas damas de companhia, de seus entornos, passeio pelas datas do meu livro de História sem as memorizar. Compro um picolé de morango no inverno, olho para você, rio Sena, mais assíduo que os peixinhos prateados, seguro suas asas por cima das margens. Meu constante, meu sedutor, miragem de todos os meus suicídios desejados e fracassados. Passe, passe minha carroça, minha casa de repouso deformada de água. Minhas têmporas, meu punho, minhas angústias, minhas tristezas. Olho o rio Sena, rumino antigas angústias. Iam e vinham os restos de minhas desgraças partindo em rebanhos. Comprei outro picolé de morango, fui maquinar planos com meus camaradas nos cinemas do bairro.

— Vamos fazer uma entrega na casa de um velho médico que queria rabo de boi para os seus caldos — disse a Gérard.

— Primeiro gostaria de ficar um pouco por aqui — respondeu Gérard.

Paramos, contemplamos o véu, os imperceptíveis confetes da desolação de uma paisagem de Sisley. Choviam nossas ruínas no outono. Galerias, antiquários, lojas de reproduções mostravam, como antes da guerra, as raridades. O comércio é o que existe de mais sólido no mundo.

— Lembrou do meu rabo de boi?

— Está em minha mala, senhor.

O velhaco é isso aí? Um damasqueiro ao sol. Viver, durar: isso é realeza. Ele não saía, reinava sobre os móveis e objetos. O que ele dizia? Seu egoísmo era engraçado, original, agressivo.

Palhaço que eu sou, cantor que eu sou, tocador de alaúde com uma perna de cordeiro, malabarista-sedutor com minhas salsichas, trovador com minhas linguiças, encantador com meu chouriço branco. Distraio e seduzo o Barba Branca. Eis aqui o rabo de boi para o seu caldo; afaste sua dama de companhia. O que devo dançar diante de sua audiência, doutor? A dança da geada sobre os meus patês. Posso dançar também o escarro de sangue de rosa silvestre, depois brevemente a nuance de meus pedaços de porco fresco. Está vendo só, mamãe, posso ser subalterna na casa do meu avô e me divertir. Até semana que vem, doutor.

Segui adiante rumo à verdadeira entrega de porta em porta.

— É isso, Gérard, volte para a sua casa. Tome duas salsichas enquanto estivermos longe.

Duas salsichas que farão falta no meu terço. Eu sou Deus porque julgo a mim mesma. Julgamento absoluto quando dou tão pouco a Gérard. Duas salsichas. Estremecimento de lucidez antes do temporal do meu destino. Duas salsichas. Até o limite da minha cobiça, até o limite de minha avareza, pelo abismo do meu cara a cara, pela vertigem do confronto comigo mesma, pelo meu processo, pela minha condenação enquanto corto o nó. Afinal este menino tem uma mãe e um pai. Este menino tem somente a mim já que eu tenho meios de alimentá-lo. Será que é por isso que eu critico tanto os avarentos. Meus defeitos projetados nos outros me cegam. Ajudar ao próximo. Alguém me ajudou quando eu estava morrendo de tristeza? Seguia em frente pelos caminhos de lágrimas. Sempre ganha o mais esperto, dizia minha mãe com suas tiradas filosóficas.

Foi o tal porta em porta que me levou ao "mundo do trio". Puro acaso ter ido parar na casa deles. Fui recebida por um vigia numa loja de antiguidades bagunçada. Ele estava arrumando o lugar e se queixava da falta de espaço.

— Adoro cozinhar quando tenho à mão os ingredientes — ele disse.

Ouvir aquilo era como música renovada para uma vendedora que vende de tudo.

Com um espanador, ele limpava as opalinas.

— Quanto custa essa aí? — perguntou um homem que não se deu o trabalho de entrar na loja.

Era o ano da febre das opalinas. Todo mundo queria ter um vaso azul.

Cheguei perto da vitrine com meu grosso colar de chouriço.

— Vou levá-lo — ele disse.

O telefone tocava sem parar.

— Quando arrumo, arrumo mesmo — disse o homem sem atender o aparelho.

A madeira das mesas parecia a um espelho refletindo móveis sanguíneos.

O telefone continuava tocando.

— Afe — disse ao telefone.

Movimentar as cadeiras, mesinhas, poltronas e armários dá calor. Ele tira o casaco e atende ao telefone.

— Não... nada de novo aqui. Já passei os preços. Você vai voltar? Tenho uma pessoa na loja que pode lhe interessar. Venha depressa — ele disse ao telefone (e desligou). — Minha mulher já está chegando com o Gato. Eles compram coisa demais. Onde vou enfiar tudo que compraram?

— Para vender precisamos ter um estoque — disse com ar importante.

— Seus cabelos precisam de um bom xampu — ele disse tranquilo.

Demos algumas gargalhadas.

Ele gostou de mim. Fiquei pensando o que aconteceria se não tivesse gostado.

— Aí estão! — exclamou.

Um pequeno carro que parecia um brinquedinho parou diante das opalinas. Sua mulher me deu bom-dia limpando os óculos, com olhar suplicante.

— O Gato foi extraordinário — ela disse ao marido.

O Gato entrou. Displicente batia um cigarro inglês em sua piteira.

— Vou preparar um chá — o marido disse a eles.

— Vou comprar os jornais — disse o Gato sem ter me visto.

— Este é Romi — me disse o marido. — Antes da guerra era jornalista.

O que ele queria dizer era que Romi não exercia sua profissão durante a Ocupação.

— Pesou as malas? Pese. Que acha dela tomar um chá conosco? — ele perguntou à esposa.

Ela não ouviu. Estava olhando com a máxima atenção uma agenda de bolso. Ela concordou com um grunhido.

Romi voltou.

— Já estava aqui antes? — me perguntou erguendo as pesadas pálpebras.

— Gato, me empreste sua agenda — disse a mulher de negócios.

— Gostaria de tomar emprestados também meu chapéu, minha gravata, minha carteira?

— Estou falando sério, queridinho — ela disse.

Ele lhe entregou sua agenda.

— Está charmosa com esta capa de chuva. Lúgubre, mas charmosa — me disse Romi. — Aceitaria um cigarro?

— Não a importune — implorou a mulher de negócios sem parar de olhar as agendas

— Estou me privando do meu último cigarro. Você chama isso de importunar?

— Pegue um cigarro da minha mulher — disse o marido.

— Desde quando você representa seu papel de vendedora? — me perguntou Romi.

Primeiro, o cigarro, em seguida o isqueiro. Era um homem muito bem munido.

— Não represento o papel de nada. Apenas trabalho. É verdade que antes não vendia linguiças.

— Você vende linguiças?

— Está dizendo tolices — disse a mulher de negócios.

— Eu compro, mas prefiro rosbife — ele disse.

— Crianças, o chá está pronto — falou o marido.

— Adivinhei que não era uma vendedora de verdade com esta capa de chuva, esses longos cabelos oleosos. É praticamente Marcel Carné — disse Romi.

— Então bebam o chá — o marido falou.

— Não dê ouvidos a ele — a mulher me disse.

— Eu conheci Marcel Carné...

— Estão vendo só! — Romi falou.

Ele fumava com um olhar incisivo de gângster.

Contei a eles dos meus anos como colunista social. Falei de Maurice Sachs, de minhas memórias que eu estava escrevendo. Quando erguia os olhos, via que Romi, Andrée e Robert Payen trocavam olhares. Eu era uma novidade. Romi parecia encantado. A mulher estava fascinada porque eu o distraía. O marido estava feliz porque sua mulher estava contente. Por que o chamavam de "Gato"? Por seus cabelos pretos, lisos, com brilhantina, seu rosto arredondado um pouco gordo, um pouco felino, suas mãos gorduchas e religiosas. O Gato se fazia de hipócrita, mas era franco. Eu o vi tratar de forma rude os clientes.

As horas passaram. Romi me falou de Rimbaud, de Lautréamont, do carteiro Cheval, de Breton, de Huysmans...

— É apaixonado pelos anos 1900 — disse a mulher.

— Ele coleciona cartões-postais — disse o marido.

— E histórias — acrescentou a mulher.

Andrée e Robert Payen me convidaram naquela noite para jantar em seu apartamento. Eles me levaram de carro: Paris me pegava no colo.

— Há algo mais perturbador do que meias-calças pretas? — perguntou o Gato usando luvas de 1900.

Fiquei entorpecida carregando duas malas vazias, depois de ter entregue todas as mercadorias. Avançar na plataforma sem pressões, sem maus pressentimentos, quanta felicidade. As histórias desagradáveis, os jogos de palavras obscenos obcecavam os contrabandistas. Indiferente, eu sorria para o céu cheio de nuvens enquanto carregava meus lucros presos à barriga, com uma sensação de ter agradado. Eu estava escrevendo, confessara a Paris. Bernadette queria ler minhas memórias. Então precisava continuar. Oh, que linda gata branca de olhos azuis-claros eu fui enquanto me deixei levar dentro do trem. A carne de porco que me aguardava no campo tinha cheiro de jasmim.

Os trens começavam a ser cancelados, fui obrigada a levantar cedo. Um dia saio da cama às três da manhã depois de ter ficado até onze da noite arrumando as malas. Doída, exaurida, mas satisfeita com minha pontualidade, estudava o meu dia em todos os pormenores. Por que acordar tão cedo? Por que continuar? Tinha provado para mim mesma que podia sair do negócio, já ganhara centenas de milhares de francos. Nunca admitia que tinha chegado a nada, já que o dinheiro na luva de esponja em minha barriga era isso: nada. Uma besta de carga persevera mesmo quando o carroceiro diz: descanse, você pode descansar, querida. Eu devia estar muito triste para me consolar com uma vida tão dura que parecia um castigo. Saía do quarto sentindo uma nostalgia por este quarto que continuaria a noite até o raiar do dia. Descia a escada sem corrimão, tateando. Em meio aos lençóis do senhor Motté, Deus deveria estar dormindo antes de poder separar a luz da escuridão. A cozinha era uma barriga silenciosa. O silêncio: uma criança sendo gestada. Era o dia dentro da noite. Cada coisa velava debaixo da pálpebra da noite. Luxo e supérfluo de um pêndulo, o tempo borbulhava nas gavetas do aparador. Entrei na sala onde Maurice conversava, ria, fumava, escrevia, tagarelava, acendi a luz. Flores, pensei ao olhar as duas malas que eu precisava levantar. Malas de flores em vez de malas de salsichões... Sonhava com essa mudança, meu cérebro borbulhava, eu lambia os calos na palma da minha mão. O tique-taque do meu relógio ao lado da luz forte... Mergulhava neste velho lenço, neste velho trapo que amaciava as alças das minhas malas. Tique-taque demais! Prefiro o depósito dos bondes, meu lar depois que comecei a fazer amor bem-feito. Levantei minhas malas tropeçando, caindo sobre a cadeira perto da mesa onde escrevia, onde dormia dois minutos. Saí. Para sentir um ar festivo, acendi a luz da cozinha do senhor Motté antes de deixá-la. E depois, depois. Lembrava das curvas herméticas dos repolhos, do amarelado bem em cima e no meio, eu me lembrava do que estava ao alcance das mãos. A noite não mostrava nada, a noite não me tomava nada.

15 de setembro de 1961. Meu sentimento de perseguição é cheio de pretensão já que meu desejo é de que o mundo venha ao meu encontro, que o mundo inteiro exista sob a forma de um seixo, de um excremento, do cheiro do excremento, de um jornal enlameado, de um cacho de uva esmagado em meu caminho, de um barulho de pá — presságio da morte. Abro meu porta-moedas para guardar a chave do meu quarto e o que é que descubro? Uma moeda de cinco francos guardada na parte reservada às encomendas, às notas, à oração copiada à mão para me proteger nas ruas. Cinco francos. Não esqueço e nunca vou esquecer da cena final do filme de Jacques Becker. É noite. Modigliani tenta vender pequenos desenhos nas mesas sobre a calçada do *Dôme*. Uma imbecil pega um desenho e lhe entrega cinco francos. Modigliani resplandece. A imbecil lhe devolve o desenho. Modigliani vai embora, afunda noite adentro sobre o chão molhado de chuva e vai morrer no hospital. Leitor, você não entende a relação dessa história comigo. Bom, mandei um texto para uma revista há um ano. Ele deveria ser publicado, mas não foi, o atraso é justificado e ele deve ser publicado este mês. Esta manhã penso que não será publicado por causa da moeda de cinco francos que caiu do céu. Você não é Modigliani, dizem os galhos mortos sobre o rochedo. Não sou Modigliani, e não me pagaram pelo texto antes de ele ser publicado, no entanto, trata-se da mesma moeda de cinco francos que circula entre o grande Modigliani e a pequena Violette. O texto não será publicado apesar da carta que li e reli dizendo que seria. Eu o manterei a par do assunto, leitor.[20] Compadeça-se de mim se fui eu que guardei os cinco francos no meu porta-moedas ou se foi alguém que quis me atormentar. Há alguns anos todos os dias eu acho que alguém quer se vingar de mim e que me chupa o sangue todos os dias. "Vejo aqui que você vai

20   O texto foi publicado. (N.A.)

andar de um vespeiro a outro", me disse uma amiga quando tirou as cartas para mim. Vidente do mais alto nível.

Almocei dois tomates com salada, um pedaço de linguiça forte bem temperada, um ovo cozido, um pedaço de queijo Bonbel, três bolinhos salgados e um melão colhido na véspera. Seu sofrimento não é profundo. Não comeria assim. Você se engana. Eu a alimento ao me alimentar. Almoçar chorando sobre um ombro que quer me consolar. Comi pedindo o impossível. Não desperdicemos o sol.

Meu trajeto às três e meia da manhã, da casa do senhor Motté até a estação de Notre-Dame-du-Hameau — por que ir tão cedo? Para escapar dos fiscais, para evitar os olhares por detrás das cortinas. Parava a cada dez metros, todas as vezes desejava ser um cavalo que não voltará a levantar. Eu tombarei e o contrafilé voltará a ser boi, a coxa voltará a ser carneiro, os ovos voltarão os seus ninhos. O céu era só tristeza. Era preciso ficar um bom tempo com a cabeça erguida para poder procurá-lo e reconhecê-lo. Manjedoura que traz consolo, cheiro rançoso de meu velho casaco de pelo de coelho no qual roçava o queixo. O dia arrulhava na garganta de um pombo da senhora Champion: brancura sofregante de um som. Eu me lançava na estrada para Notre-Dame-du-Hameau com medo de rachar a noite entre os fossos, as matas, os campos. Estrago, paixão da roda agitando a água do moinho. Era possuída pelo luar. Afastava-me desse espetáculo de desolação. Ideias? Pensamentos? Eu vivia o retiro dos arbustos. Antes de passar pela casa da costureira, uma folha se desprendeu da noite, caiu sobre um galho. O silêncio tem seus tesouros. A folha caiu enfim no chão. Eu descansava, respirava o frio e o frescor: os dois perfumes do dia que nasce. Depois avançava por entre as cercas-vivas de conspiradores sem formas. Sem roçar a vegetação. Os sombreiros dormem. Será que a rolinha vai despertar? A luz azul-clara aguarda, ela está pronta. Vi um ramalhete negro. Haverá neblina quando chegar à estação? Está frio, terei diamantes do amanhecer em minhas orelhas? Não sei. O ramalhete negro ficou no passado. Tenho medo: a noite não me protege e tudo está por descobrir. Andemos, avancemos, vamos conjugar os verbos no plural para sentir menos medo da noite. Vitória, as cercas-vivas tremem. Um pardal, será que ele é tão pesado de carregar? Sem transição, é um movimento de sussurros. Estão cheios de vida, pulam, não querem mais esperar. O amanhecer ainda não chegou, mas os pássaros já celebram sua chegada, o dia é um rumor antes de se erguer: o dia nasce. Atravesso Notre-Dame--du-Hameau. O vilarejo dormia, as ruas esperavam. Vou na direção da estação passando pelas colinas, me aproximo da casa... À venda ou para alugar? Não sabia. Uma espécie de cajado, uma espécie de frivolidade, uma espécie de estábulo, pensava resmungando amorosamente porque as ovelhas dos carteiros pastavam diante da casa sobre um declive no pasto, na altura do meu quarto de descanso. Se eu tivesse tido coragem de comprá-la, se tivesse me informado sobre o assunto. A vinha sobre o muro definhava, as janelas estavam bem fechadas. O sol aquecia a casa abandonada até despertar em mim um sentimento de assiduidade. Os rosais perseveravam. Os risos de criança que nunca dei, os risos de criança de quando via as vidraças por limpar do primeiro andar. Um calor do avental xadrez que acabei de ver me subia à cabeça. Cheguei ali, agarrei a casa em meus braços, tinha diante de mim a amplidão do dia que nascia. Eu me consolei pela casa que não terei, pelo jardim que não vou cultivar. Escrevi com lágrimas de sangue: não terei minha casinha antes de morrer. Chegava à estação, fazia o contorno dela, voltava um pouco atrás, encontrava, graças a um estremecimento do dia e da noite, meus trilhos, minhas tábuas empilhadas. Eu tinha um lugar, tinha meus hábitos. Agradeci a mim mesma por ter conseguido carregar vinte e cinco, vinte e oito quilos durante quatro quilômetros. Tiritava após tanto esforço, e me aquecia com o cheiro batido do meu casaco. Dormia de olhos abertos, a cabeça entre os joelhos, sentindo o odor mais vigoroso de minha saia de lã. O dia raiava, o dia começava e eu me acusava de ter sido infiel. Acompanhava os clarões que despontavam, os cantos gregorianos entre as árvores ao longe: o dia parecia de papel. Numa velocidade que não podia acompanhar, o campo acordava. Saía fumaça das chaminés. Um passo. De vez em quando um homem pela estrada esfregava as mãos, se enfiava no mundo. Impassíveis, os trilhos continuavam a dormir. O trem entrava na estação às sete horas. Era pequeno, lento, cuidadoso.

Domingo, 17 de setembro de 1961, em meu canto em Vaucluse — minha situação de perseguida é pior ou melhor? Ao despertar, sinto uma leve sugestão de papel queimado; a mesma no dia seguinte. Eu sei, o olfato de um desequilibrado inventa coisas, experimenta aparições. Mas não é uma invenção do meu olfato. Talvez uma lembrança da carta queimada de Maurice Sachs? Lembrança da inutilidade de meus cadernos tomados pelo azul da minha escrita com a tinta Parker lavável? Meu trabalho que já se esfumaçava? Você, leitor que me lê, procure, resolva. Situação um pouco melhor: a senhora D., minha vizinha, me convidou para almoçar na casa dela. Setenta anos. Discreta, corajosa, piedosa. Companhia leve. Crente e praticante discreta. Às oito da manhã, a senhora D. picava os legumes para mim.

Meus vizinhos gentis, os M., me levavam a Grignan: atravessamos o vilarejo de Grillon. O vento mistral atrevido no terraço do castelo: nossas saias levantaram, um padre virou o rosto. Que terraço... Ao se levantar, Madame de Sévigné abraçava toda a Provença, sem ter de tirar os pés de casa. E seu quarto! Se eu tivesse dinheiro sobrando, compraria uma cama com colunas e um teto. Ela me preservaria dos barulhos e dos olhares vindos de cima. O castelo não falou comigo, não me segredou nada. O piso é encerado demais. Não encontrei nenhum escarro na escarradeira de Madame de Sévigné. Mas guardei o tom de um vaso, de um azul esmaecido. Fiquei enternecida ao ver as poltronas *Gavottes*, que tinham um anteparo contra as correntes de ar. Elas me lembraram uma poltrona de praia dos anos 1900 no filme *Quanto mais quente melhor*. Se eu trabalhasse com decoração, entregaria minhas *Gavottes* de duas em duas como se vendem os pombos em duplas.

Eu me metia na cozinha dos Bême, me metia na cozinha do senhor Lécolié. Descanso, me distraio, aprendo na loja de antiguidades do "trio" nos sábados à tarde. Eles ficam encantados com meu casaco de pele de coelho, que eu chamo de *coelhusco*. Eles passam a mão no meu sarnento. Eu o amo e amo suas placas de lepra: vivemos juntos enquanto eu enriquecia sob as chuvas, tempestades, neve. Ele é meu companheiro de resistência. O trio me chama de "meu moranguinho silvestre". Isso me transforma. Os clientes chegam, se informam, eu fico imóvel à sombra da alta sociedade. Ou então passo a tarde de sábado exultante, espumando, maquinando, aproveitando. A alta sociedade se abastece de móveis. As caixas de música estão em alta, todo mundo quer móveis novos para ficar em casa. Sentada perto da chaleira, ao lado de uma bagunça de anuários, amostras de produtos, biscoitos, papéis, tabletes de chocolate, tenho os pés quentes com meus sapatos toscos e o meu coelhusco que uso das três da manhã às onze da noite. O aquecedor deles debaixo da mesa é suave e agradável. Com o nariz em cima da manga do meu casaco de pelo, busco os Saint-Loup, os Swann e os Odette Swann. De vez em quando encontro semelhanças. Entram mendigos e sombras. As sombras oferecem álbuns, xales, documentos, leques. Quando as sombras conseguem vender suas velharias, partem mais leves. Se as sombras não vendem nada, vão embora mais pesadas por terem uma decepção a mais. Quanto aos mendigos, eles fecham a porta satisfeitos. Romi se refugia e vem me contar ao pé do ouvido histórias picantes e pomposas. Acho graça nas coisas que ele me cochicha. Outro dia cheguei com uma permanente malfeita. "Vem cá, minha esponja de aço Jex", me disse o marido. Ao meio-dia, ele lavou meus cabelos em seu banheiro. Eu o observo preparar o almoço na cozinha, vejo o que eles conseguem fazer com a carne que me pagaram. Sou filha desses três durante a refeição. "Coma bem", eles dizem ao me dar o que compraram de mim.

Não conhecia as escadas de serviço. Agora que conheço gosto dali. São estreitas, não são frias. Encontro e sou invadida pelos cheiros de sopa, carne assada, massas, batatas fritas, tortas assadas. Cumprimento as empregadas e faxineiras que me cumprimentam. "O comércio vai bem?", perguntam saindo para as compras ou voltando. Aos poucos vou me tornando uma pedra viva no pátio de seus patrões. Sou a vendedora de todas essas coisas boas que elas não podem comprar. Elas desaparecem nas escadas.

Um jovem cozinheiro-chefe de hotel gosta de mim porque as coisas que vendo são variadas, de boa qualidade. Logo ele vai se casar com uma professora. Entro e desfruto da luminosidade e da alegria da cozinha. Piu-piu-piu sobre os azulejos da pia, piu-piu-piu nas cortinas, piu-piu-piu até na geladeira. As flores na mesa são sempre recém-colhidas, o aperitivo que me servem é fresco sem ser gelado. Ele me descreve os seus menus; reconheço de passagem o creme, a manteiga, as aves. Ele gostaria de ter ingredientes para a refeição seguinte. E aqui estou comendo um pedaço de torta do grande jantar da véspera. Ele me leva para a sala de jantar, me deixa com os montes de hortênsias sobre o tapete. Me sensibilizo ao ver o vitral que foi cortado para que se pudesse ver melhor o Sena. Se estender os braços poderia alcançar com as mãos a água do rio. Outro aperitivo? Não, obrigada. Sei me comportar numa cozinha. Abro as malas e pensamos em coisas sérias.

Tive também vários clientes no suntuoso apartamento do velho doutor. Acolheram-me de braços abertos, queriam que eu lhes contasse a história da minha vida e do meu trabalho. Acrescentei que escrevia pois desejava ter mais respeito.

— Diga-me que não ficará pequeno demais...

O cirurgião juntou as mãos para pensar.

— Ficaria ridículo — respondeu.

As mãos grandes do médico eram fortes, e o nariz dele respeitável.

— Vai ficar bom? O senhor promete?

— Ora, minha senhora. Estou acostumado.

— É verdade, desculpe.

— Vou fotografá-lo — disse.

— Fotografá-lo? — perguntei assustada.

— Venha — ele disse com mais delicadeza.

De pé em seu consultório, o cirurgião me perscrutava. Ele perdia seu tempo com uma rabugenta, era visível.

— Está pronto — disse.

Agora sua insistência parecia uma ameaça.

Eu o segui com um mal-estar como se eu já tivesse perdido o jogo. Com calor por acusa do mau humor, posei numa sala cheia de arquivos e pastas. Queria ir embora; não queria que ele devolvesse minha imagem sobre o papel.

Voltamos ao consultório.

— Sente-se — ele disse como se um grave processo estivesse só começando.

Eu lhe desagradava.

— Quer fazer daqui a oito dias? — perguntou voltando a juntar as mãos.

— Oito dias? — respondi surpresa.

— Se não terei de adiar mais um mês...

Um mês inteiro. Um mês durante o qual ficaria bem comigo, ficaria íntegra ao entrar num bar, num restaurante. Vai me fazer falta. É um problema antigo que me leva adiante. É minha proa e minha galera.

— Daqui a oito dias às 9 da manhã — ele disse.

Comecei a ter medo do algodão, do sangue, do meu enterro.

— Daqui a oito dias se quiser — respondi abatida.

Afinal, eu não tinha algemas nos braços. Poderia sumir, poderia continuar estagnada no atoleiro dos meus sofrimentos.

— São vinte mil francos.

A soma me encorajou. Ela me revalorizava. Vi passando ao longe, como numa sobreimpressão, minhas malas e sacolas tão queridas.

Comecei de novo.

— Ele ficará de tamanho médio? Reto? Queria que ficasse um pouco arrebitado, na defensiva. Só isso, oh, só isso. Um pouco infantil também...

— Senhora, já expliquei. Confia em mim?

— Não muito.

— Levante-se!

Obedeci. Ser fraca, ser forte, esperar, desesperar: uma ginástica atroz em seu consultório. Estava de pé, mas em frangalhos. Afinal eu queria o impossível: me transformar sem me desfazer, sem abandonar meus bons e velhos momentos de dor.

O cirurgião o manipulava com as mãos estudando-o.

— É possível fazer — ele disse como se eu tivesse acabado de entrar no consultório, como se tivesse acabado de expor minhas exigências.

Deixou cair sua mão de especialista.

— Vou ficar satisfeita? — perguntei com uma voz de lamúria.

— Por que não ficaria?

A condicional punha fim à discussão.

— Eu sofri tanto — disse.

Ele não respondeu.

— Daqui a oito dias — eu disse para ir embora.

Não acreditei em nosso aperto de mãos.

Um diagnóstico nos deixa renovadas. Nosso corpo também precisa de franqueza. Quanta ordem quando me encontrei na rua.

Recomecei a viver comigo mesma como se tivesse me abandonado por vinte anos. Reencontrei prazer em passar pó de arroz, em me olhar. Minha protuberância não era mais a máquina que torturava minha cabeça e meu coração. Escondi um pretexto para não precisar me decidir: o valor que ele pedia. Um rosto bonito põe tudo em xeque. Querer agradar, oh, querer agradar tanto a ponto de ir parar em uma maca. Eu sonhava: ter o sorriso charmoso do controlador de bilhetes de metrô. Interromper os gourmets ao atravessar o salão de um restaurante. Florescer, brilhar na saída das escolas para os estudantes. Quem é esse menino que estava brincando e não consegue mais baixar os olhos? Seu enamorado, minha querida. Preço: vinte mil francos.

Na véspera à noite eu me preparava no quarto do hotel. Bernadette telefonou, perguntou se eu continuava decidida. Respondi que sim, mas não era verdade. Mudei de ideia uma centena de vezes durante a noite de insônia. Eu o segurei entre minhas mãos unidas, recuperava a escuridão. Nós vamos envelhecer juntos, eu disse a mim mesma, seguiremos anônimos e tranquilos sem despertar a crueldade e a estupidez. Voltava ao sofá 1900 rodeado de idiotas todos vestidos com roupas no estilo de beleza do estilista Poiret. Seus olhos imensos, elipses pintadas a carvão, com turbante, o busto coberto de pérolas — por que não seriam meu busto, meus olhos, minha fatalidade? Comilona, precisava de provisões de beleza fora de moda. Adormeci às sete da manhã depois de ter decidido que não perderia uma gota do meu sangue e que economizaria os vinte mil.

O telefone tocou:

— A senhora solicitou serviço de despertador — disse a gerente.

Voltei a dormir.

O telefone tocou.

Bernadette ficou preocupada. Eu já estava atrasada uma hora e meia. Ela estaria no meu quarto em dez minutos. Se me safasse do hotel, se me safasse de Paris... Acabada, com a boca pastosa, eu me vesti sem acreditar. Bernadette entrou e me repreendeu. Deixei o hotel com a morte na alma. Fui me arrastando com Bernadette, que me anunciou na recepção. Uma senhora de véu branco me levou para um quarto e disse, em tom de censura, que vestisse uma camisola. Estava eu num quarto ou numa embarcação que não se mexia? Soou meio-dia. O que fazer? Eu saí e fiquei zanzando de camisola num corredor deserto. Nada, ninguém. Me aventurei e sem querer, sem buscar, cheguei até a sala. Seria uma tática? Nem sequer me olharam.

— Cheguei — disse.

Não me responderam.

Subi uma escadinha de ferro, deitei sem que me ajudassem. Reconheci o cirurgião logo que me aprontaram. Fechei os olhos. Prometera isso para mim mesma.

— Eu sofri tanto — disse.

Debaixo das pálpebras fechadas, primeiro conversava com os astros.

— Se soubessem como sofri...

Entreguei-me aos barulhos das caixas de metal, das seringas.

— Eles zombavam de mim — disse aos barulhos.

Primeira picada de repente em minha narina. Tome, receba isso já que sofreu tanto, me disse a agulha.

— Não zombarão mais, não é...

Eu falava à minha boca que sucumbia. Tome, receba mais isso já que você sofreu tanto, me disse a agulha com a segunda picada.

— Serei como as outras...

— Cale-se — disse o cirurgião.

Meu nariz que eu detestava... sofre mais que eu. Não quero, não quero; não quero me separar dele. Parem com as picadas, parem. Não quero mais falar. Terceira picada, quarta picada, eu vou embora. É uma tortura. Quantas picadas? Dez? Doze? Quero contar, quero... Até quando vou sofrer? Vou até a próxima picada... vou embora...

Acordei numa cama. Que momento divino despertar depois de uma cirurgia. Estamos intactos, quero dizer, sem passado. Depois volta aquele sofrimento que criamos. Meus curativos estavam empapados, voltei a dormir. À noite o cirurgião veio me ver sem sorrir. Estava tudo bem com meu pulso.

Fiquei vivendo deitada de costas, aprendi a sorrir para sentir os fios que tinham costurado meu novo nariz.

— Gostaria de vê-lo — disse ao cirurgião no dia seguinte.

— Ainda é muito cedo — ele respondeu.

Ficava passando a mão por cima dos curativos para adivinhar como era, para esperar mais de perto. Eu me levantava, via no espelho uma almofadinha informe no meio do meu rosto. Meus olhos pequenos, minhas olheiras roxas me assustavam. "Que monstruosa!", suspirava. Os curativos me confortavam. Um milagre estava guardado dentro do algodão. Era preciso ter paciência. Os curativos vão cair...

Os curativos caíram. Ele me deu um espelho e saiu do quarto.

Não reconhecia essa senhora com um narigão, o mesmo de antes. Um pouco mais longo? Um pouco menos ridículo? Ele me envelhecia e me endurecia.

O cirurgião entrou mais tarde no quarto e perguntou se eu estava satisfeita. Respondi que sim como se fosse dar um último suspiro.

A carne estava inchada, tumefata, ainda restava alguma esperança. Eu não tinha esperança. Estava horrorizada. Tinha dado vinte mil francos para ficar parecida com uma pedra horrível. Pedi para sair da clínica para poder me perder nos caminhos e bosques. Ele tirou os pontos e me disse que deveria proteger meu nariz remodelado do frio, com algodão e um lenço. O empregado do hotel veio me buscar. Era um rapaz simples e um santo. Ele foi me enchendo de atenções no metrô, na rua, no café, sem perguntar por que eu falava por trás de um lenço encorpado. As narinas costuradas me aborreciam, mas eu podia chorar. Quando chorava, eu me encontrava comigo mesma e com meu nariz desmesurado, cândido. Bernadette me cumprimentou, disse a ela o que eu achava. Dois dias depois de ter saído da clínica, já estava no campo com minha sacola numa mão e o algodão na outra. O frio era forte. Fevereiro, se bem me lembro. Expliquei que um médico tinha colocado meu septo nasal no lugar para que eu pudesse respirar melhor. Os meses passavam e eu gostava cada vez menos do meu novo nariz. Fui reclamar, o cirurgião me mostrou a fotografia que eu tinha tirado antes. Um ano depois, entrei no bar Le Montana com Bernadette. Ela cumprimentou Jacques Prévert. Sentamos na mesa ao lado da dele. "Precisava mesmo era consertar a boca, os olhos, as maçãs do rosto", ele disse aos amigos olhando para mim.

Não recebia mais cartas de Maurice. Não tinha me contado quase nada de sua vida numa *garçonnière* em Hamburgo. Será que ele ainda estava vivo depois dos bombardeios naquela cidade? Enviou-me um último bilhete: "Não se atormente. Estou são e salvo." Hoje em dia eu me pergunto: é possível que o retratista de Lodève tenha me mandado esse bilhete tranquilizador?

Eu estava num trem com minhas malas cheias de carne e manteiga aproximando-me de Paris. Aviões ingleses faziam voos rasantes sobre o telhado do trem. Fiquei em pé e gritei no vagão cheio de viajantes. Senti duas mãos de homem segurando meus ombros: sem pânico. Eu me sentei de volta e uma rajada caiu sobre o trem. Todos se atiraram no chão. Gritei de novo, saí empurrando todo mundo para tentar me abrigar debaixo do banco. "Contenha-se", disse minha vizinha de quatro no chão. Os aviões subiram. Os viajantes voltaram aos seus lugares, começaram a falar da chuva e do tempo bom me olhando com desprezo. Quando voltei, soube no vilarejo que tinham fechado as estações. O gado se perdia no mato, as granjeiras enfiavam a roupa no leite. Os preços disparavam em Paris e caíam no interior. Os ciclistas se organizavam. Davam a manteiga aos porcos ou então jogavam fora. Eu armanezei os produtos na casa do senhor Motté e fiquei lá, ociosa e sem trabalho.

A moça que tocava harmônio me contou que Gérard fora levado com o irmão e a mãe. Gérard se queixava com frequência do irmão, era um boêmio excêntrico. Preso num bar da moda numa batida, ele foi forçado a dar o endereço de casa. O inimigo prendeu os três.

Numa tarde calma, de sol e rosas selvagens em sua torre de marfim, enquanto eu terminava de me informar sobre as notícias na casa dos Bême, que deliravam de otimismo, e de ter passado as informações para o senhor Lécolié, encontrei com Fernand que resplandecia de entusiasmo em sua roupa branca. Ele ia "subir" para Paris levando uma carga de manteiga de bicicleta. Todo mundo temia por ele. "Não deveria ir nesse momento", eu lhe disse. "Espere um pouco, está acabando." Ele deu de ombros e foi se arrumar. Fernand era cabeça-dura.

— Vai cair uma tempestade como nunca se viu antes — disse o senhor Motté às oito da noite.

Esta tempestade estava se armando havia seis horas. O céu azul-escuro se inclinava antes de nos fustigar. Eu tentava me controlar ao lado de cento e cinquenta quilos de manteiga não vendidos.

O senhor Motté, de vez em quando, abria a porta do quarto onde eu definhava. Acabou seu contrabando, gritava seus olhos redondos, e estou bem contente. O senhor Motté me dizia que a guerra acabaria, que ele teria de volta a posse de seu cômodo no qual ficava esfriando a carne fresca dos bichos. Eu passava pó de arroz no nariz, esperando me reconfortar com este simulacro de frivolidade. Saí e respirei a plenos pulmões. O silêncio era pesado, a claridade se ensombrecia. Chegaram notícias de longe, disseram que alguém me esperava na praça. Era a filha do antigo prefeito que me procurava. Um de seus conhecidos tinha chegando de carro em busca de manteiga. "Se puder lhe dar metade de seu estoque, ele pode levá-la essa noite a Paris com sua mercadoria", disse ela. O preço pela viagem era alto. Ela acrescentou que eu tinha meia hora para decidir. Voltei, fiquei atormentada com minha luva cheia de notas. E se ele fosse um bandido e me roubasse tudo...

O carro chegou às oito e meia da noite diante da cerca do senhor Motté. Todo mundo estava fora para me ver sair com meus fardos que o motorista escondeu debaixo de uma tábua. Viramos na direção da casa da senhora Meulay, ele me pediu para lhe indicar caminhos escondidos, protegidos das tropas. Os inimigos retrocediam, sobretudo à noite. Desconfiei deste começo muito tranquilizador. Como era aquele homem? Observo. Não vejo nem seu corpo nem seu rosto. Sinto medo de sua mão quando ele a levantava para trocar a velocidade. O campo dormia sob a ameaça de uma tempestade, o vento estava ausente. Estava tudo sereno, a espera pelo drama era um drama. O motorista desviou de um coelhinho sentado no meio do caminho. Sua candura e leviandade em meio à atmosfera tempestuosa me arrancaram lágrimas. Não tirava as mãos de cima da minha bolsa de tecido cinza: protegia meu dinheiro. Ele recusou um cigarro, o que me deixou com medo. Estava se mantendo distante para poder me estrangular ou me jogar fora do carro depois de me roubar tudo. Sua expressão de calma não encontrava correspondência em meus medos. Ele não falava: empenhava-se em seguir os caminhos mais complicados. Até que caiu uma chuva grossa e torrencial. O campo despertou para exalar um perfume de folhas verdes e acinzentadas. O desconhecido levantou o vidro por causa daquela chuva em fúria. O carro já estava dentro de um rio e um jato de lama sujava o para-brisa.

— É necessário parar — ele disse.

Abandonou a estrada, subiu num campo de macieiras, apagou os faróis, voltou a acender os faróis, desligou o motor. Disse que não podia mais dirigir neste dilúvio e que descansaria um pouco. Suas mãos ficaram sobre a direção, ele adormeceu ao som da chuva que se organizava. Enquanto ele dormia, uma longa chuva picotava o para-brisa. Eu me distraía com cada estrela que se formava quando as gotas batiam no metal do carro.

Depois de um tempo me acostumei com o barulho surdo das tropas ao longe numa estrada. Agora eu o ouvia também, interminável sob a tempestade. A condição desses soldados, inimigos ou aliados, era tão lamentável que eu não sabia mais diferenciar entre um regimento, uma chuva torrencial, macieiras encharcadas de água, um para-brisas molhado.

Dei um sobressalto, sacudi o desconhecido que dormia:

— Querem falar com você...

O oficial alemão com uma capa sobre a qual jorravam rios de água aguardava diante da porta. O desconhecido baixou o vidro, o oficial o cumprimentou como se estivesse diante de outro oficial. A chuva batia sobre a mão disciplinada. Ele nos perguntou em francês sobre uma estrada que não conhecíamos e nos agradeceu se despedindo. Não ouvi o barulho de suas botas quando se foi para encontrar sua tropa. O barulho surdo cessou, nós fomos embora. O amanhecer foi triste, os moradores se escondiam em suas casas.

— Logo você vai tomar um café em nossa casa — ele disse. — Estamos a noventa quilômetros de Paris.

O sol não apareceu e uma tristeza opaca cobria os arbustos.

Seu teto em Ivry-la-Bataille me deixou indiferente. Porém, entrei na intimidade de uma família. A avó vestia os netos, a moça jovem de penhoar preparava um achocolatado Banania. Trocamos três palavras e ele insistiu para que eu tomasse uma xícara de café. Fomos embora e passamos pelos subúrbios desertos, carregados de mau pressentimento.

Ao chegar na garagem, ele disse que me levaria de carro no final de semana até Ivry-la-Bataille.

Os passantes disseram que o metrô logo fecharia suas portas. A febre das bicicletas crescia: moças intrépidas, com as saias ao vento e mochilas a tiracolo, deslizavam como bailarinas, livres e audazes, como mensageiras de uma importante missão. Paris com suas ruas calmas era um pássaro encolhido. Deparei-me com pessoas magras, pálidas, subnutridas, e senti inveja delas. O fim da Ocupação se aproximava, elas já seriam recompensadas pelas privações às quais haviam sido submetidas. Eu estava só com meu dinheiro. "Volte para casa e pare de se queixar", eu disse, então, em voz alta para poder me sentir duas vezes só e duas vezes grotesca numa cidade que começava a prender a respiração. A gerente do hotel me avisou que o quarto reservado para mim toda semana já não estava mais livre, que eu deveria buscar outro. Compreendi que ela queria se livrar de uma contrabandista. Não insisti. Uma cliente, no apartamento suntuoso do velho doutor, concordou em me emprestar um quarto com banheiro e cozinha. Não, não voltaria a morar no quarto de Gabriel. Não queria revê-lo, não queria encontrar de novo com a minha preguiça. Vendi toda a manteiga muito rápido e por um valor bem alto.

Depois que o desconhecido me reconduziu de carro para Ivry--la-Bataille, reinei num deserto de estradas asfaltadas, mato, plantações de trigo por cortar, capelas, sinos. Tinha 75 quilômetros para percorrer a pé. Nenhum gado, os moradores escondidos, os animais domésticos desaparecidos. Eu era o primeiro e último ser humano na angústia, no silêncio e na desgraça do meu país. Andei por um bom pedaço sem dizer bom-dia, sem dizer obrigada. Seria excessivo acender um cigarro neste deserto de árvores, de jardins, de montes de cascalhos, de castelos de água. Bicas e fontes bastavam como distrações. Não queria ouvir o canto do pássaro, este canto implacavelmente inconsciente.

Tomei uma estrada estreita, vi de longe um pequeno bosque à direita com toldos pintados de verde e de marrom. Imaginei que estivessem camuflando munições entre as árvores. Um sentinela com seu fuzil no ombro vigiava o bosque, ele me viu avançar e ir na sua direção. Eu andava do outro lado da estrada, não podia voltar atrás. Um oficial surgiu entre as árvores, também olhou para mim. Imaginei o que estariam pensando: eu era uma espiã muito audaciosa. Mas na verdade era uma solitária andando a passos regulares por uma estrada no momento em que os civis viviam em sótãos, em abrigos. Arregalaram os olhos. Passei sem olhar para eles, sem olhar para o bosque cheio de munições camufladas. Conseguia ouvir o sentinela. Ele falava em alemão com o oficial. Vi pelo canto dos olhos que ele começava a apontar a arma para mim. Passar na frente deles me fixando à linha do horizonte, com aspecto e a silhueta de um Dom Quixote de saias, era me dar uma chance de não ser fuzilada à queima-roupa. Viver a própria morte. Eu a vivi esperando uma bala nas costas. O oficial respondeu ao sentinela. Entendi, sem nem saber alemão, que eu não valia nem sequer uma bala.

Andei das oito da manhã até sete da noite sem beber nada, sem comer e sem parar. Fui ficando alucinada depois de quatro da tarde pela distância que me restava. Avançava com medo de desmoronar se diminuísse o ritmo. Minhas pernas incharam, meus músculos queimando se esticavam. Parei num grande vilarejo. Tinha andado 45 quilômetros. Minhas pernas continuaram inchando no restaurante. Eu petiscava pensando nas precauções de minha avó quando eu era criança e frágil, então encontrei forças para sorrir. Mas era preciso me levantar no fim do jantar. Segurei a mesa com as duas mãos. Minhas pernas eram barras de ferro em brasa. Elas só obedeceram depois de quarenta e cinco minutos de esforços. Dobrada em dois, consegui me arrastar até um quarto que uma professora me emprestara para passar a noite. Durante minha noite em claro, o latejar em minhas panturrilhas não cessou. Aviões potentes voavam baixo sobre o telhado. Na manhã seguinte levei doze horas para fazer vinte e quatro quilômetros. No terceiro dia, fiz os últimos seis em seis horas. O senhor Motté deu um grito de surpresa. O vilarejo achou que eu havia desaparecido para sempre. Virei uma celebridade logo que cheguei de volta; nos dias seguintes, precisei mostrar minhas pernas para inúmeros visitantes. Causava decepção em alguns pois elas já não estavam mais tão inchadas. Esqueci meu cansaço quando soube que Fernand estava preso em Paris: ele fora pego numa estradinha. Andava de bicicleta com um grupo de amigos. Todos levavam manteiga a Paris. Um carro sem capota cheio de soldados inimigos havia surgido num cruzamento, seguido o grupo de ciclistas e disparado para o alto para que eles parassem. Todos pararam, com exceção de Fernand. Os soldados dispararam uma segunda vez indo atrás de Fernand. Eles o levaram de carro e esqueceram dos outros. O vilarejo estava consternado. Por que ele não me ouviu, esse menino cabeçudo por quem todos agora choravam sem lágrimas?

O motorista veio me buscar com outra carga. Ele estava preocupado. Ficamos calados, não queríamos compartilhar nossas angústias.

— Chove ao longe — disse enquanto nos aproximávamos de Paris.

— Não acho que esteja chovendo — ele falou.

Cinco minutos depois, balas crivavam uma plantação de trigo, aviões voavam feito corvos. Descemos do carro, perto de uma casa. Uma mulher corria na direção de um abrigo que ela tinha cavado no chão.

— Deixe-nos entrar — gritou o motorista.

— Não tem espaço — respondeu ela sem olhar para trás.

Deitamos no chão de barriga para baixo no meio da plantação de trigo. Dois minutos depois os aviões subiram. Disse a ele que eu pretendia ficar em Paris: era uma loucura circular pelas estradas. Então, soubemos que tínhamos visto e ouvido o fim do bombardeio de Trappes.

Duas semanas depois os Aliados entraram em Paris.

21 de agosto de 1963. Rápido, leitor, rápido, para que eu possa lhe dar um pouquinho mais daquilo que você já conhece: este doce oceano de campos, o feno cortado, as ondas que descansam tomando distância entre si. Puseram o feno para secar, a alfafa, como um corpo ávido por sol, se oferece ao calor. Rápido, leitor, para que eu lhe dê o que você encontrou quando veio. A terra que lavraram e reviraram é cinza-clara. Um simples ramalhete de oliva vai à deriva sobre a tempestade, sobre os sulcos, sem se mexer. Ramalhete morto, acetinado, iluminando outro ramalhete calcinado. Sol encoberto, concerto de folhas que começou *piano, piano*; é o vento amoroso da árvore. Todas as folhas amadas pela braçada de uma harpa. Todos os dias às quatro da tarde capturam o verão. Até esse momento o agosto está indeciso, com frequência nos invade um outono de novembro. Cinco da tarde e já está escuro, o pastor se põe a caminho. Ele está todo vestido pelo crepúsculo, pelas brumas espalhadas por entre os carvalhos estéreis. Enquanto caminha, ele sonha com a onda desta terra lavrada mais pálida que meus cabelos grisalhos. Cigarras cantam por trás de um biombo e estou sentada no mesmo lugar em que comecei a escrever esta narrativa. Como terminá-la? A história da minha vida acabou? Vou lhe dizer "até logo", leitor, ou "adeus"? Eu não sei.

Voltemos a 1944. Tenho trinta e sete anos, a guerra está acabando. Ficarei ociosa se for viver em Paris. Onde viver? Parece que o senhor Motté morreu e terei de fugir da Normandia. Amanhã vou abrir a porta do quarto que abandonei, numa mão terei a chave e na outra a certidão do meu divórcio. Andei me informando pelo bairro, Gabriel vai se casar outra vez... Ao saber, sorri para o arco do tempo. Um arco-íris também sorri para mim. Amanhã vou abrir a porta do meu quarto e me sequestrarei. Eram as plantações de trigo que me faziam sair em qualquer estação. A mesa na qual aprendi a escrever contos para revistas está pronta. Estarei no encontro marcado? Ainda vou escrever? Bernadette passeia por Paris com meu manuscrito debaixo do braço, ela quer publicá-lo. Maurice Sachs me levaria à mesa, abriria o baile. Mas o que houve com ele? Está no Líbano, está no oriente, voltará no dia em que menos esperar. Não tenho dúvida. Ele não guarda rancor. Terá fugido. Está se virando no lugar onde queria estar. Gastaremos o dinheiro que eu ganhei, Maurice. No que foi que me transformei em poucos dias? Numa vendedora que faliu. Deveria comprar ouro. Mas não tenho coragem. Os investimentos que farei passarão, suponho, assim como o mato no campo. Paris levará minhas meias de lã e meu ânimo. Paris me assusta. A cada esquina fujo de morcegos. É inútil. Eles me agarram, me sufocam e fecham suas asas. Seu veludo é minha preguiça, sou eu de novo em Paris. Ontem disse à minha mãe ao sair do cinema: "Me ajude a encontrar um emprego de gerente, me ajude. Eu quero conseguir." Ela me ajudará? Conseguir. Mas o que foi que eu consegui até aqui? Sou tão pobre em Paris... No campo eu era rica. Consigo compreender as coisas perto da fumaça e das chaminés. De que era feito o bom dinheiro que me levava a fazer qualquer coisa? De flores, do botão de ouro que minha bota esquivava. Oh, essa moedinha dourada no alto das flores de dente-de-leão no campo... Era ela que fazia subir o valor das minhas notas. O túmulo dos meus lucros dentro da mala bege era cômico e desesperador. Sou avarenta e avarenta serei. Amo as coisas sem profundidade. No entanto, leitor, no entanto. Entrego-lhe de mãos abertas toda a emoção por detrás do pico do Monte Ventoux no dia 21 de agosto de 1963 às sete e meia da noite. Essa atmosfera de um rosado ameno não chega a ser nem uma sugestão de timidez. Acredite: eu sangraria se deste modo pudesse lhe oferecer todo o refinamento num docinho. Meu amor, eu digo aos matizes do céu. Nesse momento, Deus escuta. Na Bolsa de valores, todos gritam e berram e as nuvens vão passando pesadas como guerreiros medievais e eu queria enriquecer durante a guerra. Eu queria me libertar. Mas me libertar do quê? Do desprezo que eu supunha que os outros sentiam por mim. A sociedade... Ter o respeito dos outros... É disso que eu gosto, do que eu gostava. Como contrabandista, subi o primeiro degrau. Fernand me entregou o isqueiro, acendemos nossos cigarros e aí a escada social desabou. Cadê Fernand? Ele voltará? Às vezes seu riso parecia um arrulho. Cadê Maurice? Será que eu o amava? Amava sua inteligência, seu bom humor, sua bondade, seu brilho, sua generosidade. Longe dele, não gosto mais de suas fraquezas, suas misérias, suas queixas. Fico pensando se vou amar outro homossexual. É provável. Andar em círculos: eis o meu vício. Quando cheguei neste mundo jurei que seria apaixonada pelo impossível.

1944. Tenho trinta e sete anos. Sou quase uma quarentona. É estranho, pois não estou triste. Envelheci, então vou sofrer cada vez menos. Não tive nada e não tenho nada. Esqueci: eu tive um filho, segundo o médico, era um menino de boa compleição. Foi enviado ao quarto de despejos do aborto, o meu belo filho. Isabelle trabalha no Louvre. Vou vê-la. Sempre vejo Hermine. Estava alta, cresceu. Ela é um esplendor, um pôr do sol, uma praia mais imensa do que todos os países do mundo e que de novo contemplo da ponte d'Arcole. Minha mãe se prepara para deixar Paris para sempre. Nossos amores serão fogo coberto pelas cinzas. Quanto à Fideline, ela é para sempre minha maçã reineta, que não envelhece. Julienne foi morar no Sul. Tenho trinta e sete anos, ainda posso chorar por muito tempo. No domingo vou passear sozinha, buscarei minhas lágrimas nas fontes, nos rios, morderei o fruto de minhas tristezas. Resgate de seu egocentrismo, minha querida. Não sou inteligente, nem serei. Percepção crucial. Mato, areia, colchão, piso: eis que mergulho, em 1944, no abismo do onanismo... todo mundo foi embora.

Medito: minha riqueza e minha beleza pelas estradas da Normandia foram um esforço meu. Fui até o limite de minhas resoluções e, afinal, eu vivi. Eu consegui, a coragem me fez perder a cabeça. Me cansei, me esqueci. O que eu amo com todo meu coração? O campo. Os bosques e as florestas que começo a apreciar e que vou abandonar. Meu lugar é lá. Estarei me enganando se me acomodar em outro lugar. Por isso serei para sempre uma exilada. Envelhecer é perder aquilo que tivemos. Eu não tive nada. E perdi o essencial: meus amores, meus estudos. Eu amo a luz. Aos dezesseis anos, preferia a luz da vela que iluminava um livro. Agora tenho trinta e sete anos e prefiro o sol que ilumina uma falésia de calcário.

22 de agosto de 1963. O mês de agosto deste ano, leitor, é uma rosácea de calor. Ofereço-o a você, é um presente. Uma da tarde. Volto ao vilarejo para almoçar. Fortalecida pelo silêncio dos pinheiros e das castanheiras, passo sem me curvar por dentro da catedral que no verão está um forno. Grandiosa e musical, minha ladeira coberta por ervas daninhas. Aquilo que a solidão pousa sobre a minha boca é o fogo.

Um caso único

O autor? Os outros são autores,
eu não. Sou indefinível.[1]

A bastarda é o órgão vital no corpo literário de Violette Leduc. Livro inaugural de sua trilogia autobiográfica, não só inicia uma nova fase da escrita leduciana como também incorpora e recria suas obras anteriores.

O romance autobiográfico aprofunda, enquanto sintetiza, os pilares do projeto literário de Leduc: uma narradora-personagem obcecada por si própria, que tem no "eu" seu maior refrão; o paradoxo da escrita como sofrimento ao mesmo tempo que condição de existência ("Escrever... Ah, sim, e não"); e a ordenação caótica dos afetos, que se não se resolvem através da escrita, ao menos nela encontram poética. A presente obra é, assim, o centro gravitacional para onde converge toda a literatura de Leduc, ao passo que é daqui, também, que tudo parece nascer.

A primeira publicação de Leduc, *L'Asphyxie* (A asfixia, 1946), está presente em *A bastarda*. O livro é uma narrativa impressionista, em que a narradora Violette passeia como se caminhasse por um sonho esfumaçado sobre o qual guarda vagas lembranças. Trata-se do relato de uma infância sufocada, mas também sufocante, que tem como protagonista uma mãe que nunca lhe deu a mão. Embora essas memórias possam ser nebulosas, são fundamentais. Elas são retomadas na autobiografia,

---

1 V. Leduc, *Caça ao amor*. Trad: Manuela Daupiàs. Rio de Janeiro: Portugália, 1974, p. 284.

assim como a ternura da avó Fidéline e o estigma de ser uma filha ilegítima.

Em *A bastarda* acompanhamos a criação de *L'Asphyxie*. É o momento em que a narradora encontra, enfim, a escrita literária e segue "adiante com a despreocupação e a facilidade de um barco levado pelo vento".[2]

Também em *A bastarda* está o segundo livro de Leduc, *L'Affamée* [A faminta], uma narrativa de difícil classificação, em que um *eu* sem nome fala de sua paixão por uma personagem chamada apenas de *Madame*. Nunca foi segredo para ninguém que lê este livro que Madame é Simone de Beauvoir, com quem Leduc estabeleceu uma relação, ao menos de sua parte, intensa.

L'Affamée, portanto, não reúne as condições formais para que possa ser chamado de autobiográfico, posto que não há identificação direta das personagens. E, contudo, jamais foi lido como ficção.

Para além da curiosidade que uma eventual relação amorosa entre Leduc e Beauvoir possa despertar, esse livro também inaugura um traço do estilo da autora que atravessará toda sua obra a partir de então e terá em *A bastarda* uma interessante metamorfose: o dialogismo.

Ao narrar um amor não correspondido, muito mais uma vontade do que uma realidade, o *eu* de *L'Affamée* conversa o tempo todo com Madame. "Deixe-me chamá-la Madame no papel [...] Acabo de te deixar. Como estava desfigurada neste café provisório já que seu café de sempre está fechado. Talvez esperasse alguém [...] Não quero que espere. Tudo deve estar pronto para você",[3] escreve em conversa com uma leitora específica que não está ali.

Em *A bastarda*, entretanto, é com o "leitor" que são abertos os diálogos — e não são poucos. "Leitor, siga-me. Leitor, jogo-me aos seus pés para que você venha comigo".[4] O leitor que atendeu a esse chamado e atravessou *A bastarda* até este posfácio com certeza notou que era personagem central do livro. Na última linha, quando "é o fogo" que "a solidão pousa" na boca de Violette, é o leitor quem permaneceu que justifica todo o esforço literário. Não

2 Ver, neste volume, p. 444.

3 V. Leduc, *L'Affamée*. Paris: Gallimard, 1948. p. 56. Tradução minha.

4 Ver, neste volume, p. 241.

por acaso, Madame, em seu prefácio a este livro, afirma que o leitor realiza na obra de Leduc *a síntese impossível da ausência e da presença*: "Leitor, você já sofreu. Para se aliviar do que já passou, é preciso eternizar as coisas".[5] E a escrita eterniza, junto aos leitores, que são instados a perseverar na leitura, perdoar-lhe as falhas, revisar as suas próprias e, sobretudo, não abandonar Leduc.

Se, por um lado, *L'Asphyxie* e *L'Affamée* ecoam em *A bastarda* tanto em técnicas narrativas quanto nos episódios e temas que são retomados, por outro lado, este primeiro livro autobiográfico e os dois que o seguem não existiriam sem *Ravages* (1955).

De fato, até então, Leduc extraía de sua vida a matéria-prima para seus livros, mas explorava com cautela os recursos formais da autobiografia — disfarçava suas narradoras, alterava nomes de pessoas ou não as nomeava (*Madame*). *Ravages* mudou isso — e não pelas suas características como texto, mas por seus efeitos na vida e na obra de Leduc.

Ravages poderia ter diversas traduções. Destroços, ruínas, escombros, devastação. Todas seriam adequadas. É um romance publicado em 1955, quase uma década antes de *A bastarda*. Não foi um sucesso nem de crítica nem de público. O "lento naufrágio" de *Ravages*, como Leduc o descreve mais tarde, começou antes de sua publicação, quando as 150 páginas iniciais do romance foram censuradas pela editora Gallimard, que as considerou impublicáveis.

Ravages trazia a história de Thérèse (nome de batismo de Leduc, com o qual nunca assinou nenhum texto) da adolescência à vida adulta. Estudante de um internato só para meninas, Thérèse apaixona-se por Isabelle, com quem vive suas primeiras experiências amorosas e sexuais, descritas sempre de forma metafórica e, por vezes, lisérgica. A relação é fugaz, mas vibrante, e Thérèse a leva consigo para sempre, de forma que ecoa em todas as outras, sendo as principais sua conturbada relação com Cécile, uma professora de seu colégio, e a relação paralela com um homem estranho, Marc, que lhe trata de uma maneira ao mesmo tempo cativante e perturbadora. E o desfecho: um aborto que deixa a protagonista entre a vida e a morte; sozinha, abandonada por

---

5 Ver, neste volume, p. 269.

todos que amou, e obrigada a recorrer a sua mãe, uma mulher autoritária e fria, para seguir em frente.

O leitor já conhece essa história integralmente: acabou de lê-la em *A bastarda*.

A censura imposta a *Ravages* suprimiu todo o arco de Isabelle e terminou por ancorar o "romance deliberadamente na norma heterossexual", como sublinhou a crítica Catherine Viollet. A supressão do episódio de Isabelle desequilibra brutalmente o enredo, tornando central a relação com Marc (Gabriel, em *A bastarda*) quando, na verdade, é a relação com Isabelle que escorre para todas as outras, pois é formativa e fundante da protagonista. A relação com Cécile (aqui, Hermine), descolada daquela com Isabelle, perde com a publicação censurada a força que possui no texto original, tornando-se apenas um intermédio da relação entre Thérèse e Marc, que acabou por iniciar e concluir o romance tal como foi publicado. "A sociedade insurge-se antes que meu livro apareça", Leduc escreveu — "Não me curarei da nossa amputação".[6]

A censura a *Ravages* foi um dos episódios mais traumáticos da vida de Leduc. Após a reunião com os editores da Gallimard, quando anunciaram a condição de censura para que *Ravages* fosse publicado, Leduc teve um colapso nervoso. Permaneceu internada, com poucos hiatos, de 1956 até 1958. Foi assolada pela paranoia, acreditava-se perseguida, não conseguia dormir. Na trilogia autobiográfica, conta que ao deixar a casa de repouso e retornar a Paris, tenta retomar sua vida cotidiana no velho apartamento de um cômodo. A censura, de repente, torna-se personagem de seu relato: age sobre o ambiente. A censura bagunça seus objetos, mexe em seus móveis, persegue a escritora pelas ruas da capital francesa. É Beauvoir quem tem que afirmar repetidamente: "não, Violette... foi você. Já não se lembra".[7]

A ideia de que seu livro fora "assassinado" e a escritora "esquartejada", a experiência na unidade psiquiátrica e o luto por *Ravages* são extensamente narrados no último volume da trilogia, *La Chasse à l'amour* (1973),[8] uma publicação póstuma — num movi-

6 V. Leduc, *Caça ao amor*, op. cit., p. 18.

7 Ibid., p. 20.

8 V. Leduc, *La Chasse à l'amour*. Paris: Gallimard, 1973. [Ed. bras.: *Caça ao amor*. Rio de Janeiro: Portugália, 1974.]

mento literário que só pode ser descrito como belo — que começa quando *Ravages* é censurado e termina com Violette iniciando a escrita de *A bastarda*, levando, enfim, uma vida tranquila e algo feliz na cidade de Faucon.[9]

O episódio censurado de *Ravages* possui três publicações. A primeira de 1955, editada por Jacques Guérin, com uma tiragem de apenas 28 exemplares para colecionadores. Após o sucesso de crítica e público de *A bastarda*, a Gallimard lança em 1966 uma versão ainda parcialmente censurada do princípio do livro. "Estou com certeza contente de ver *Thérèse et Isabelle* ser publicado", disse Leduc em entrevista à rádio na ocasião do lançamento, "mas continuo desolada por estas páginas não terem sido publicadas tal como eu as havia escrito, no início de *Ravages*. No romance, víamos Thérèse se tornar adulta, com seu passado de adolescente que pesava em seus ombros e lhe dava densidade", concluiu.

E, em 2000, a Gallimard finalmente publicou o arco de Isabelle integralmente, mas ainda separado de *Ravages*, sob o título *Thérèse et Isabelle*.[10] A versão completa e não censurada do romance nunca foi publicada. Até hoje *Ravages* e *Isabelle* estão "amputados", como descreveria a autora; o projeto original de Leduc, um romance de formação "complexo e dilatado", nunca foi reconstituído (e, aqui, um traço de opinião: nunca foi nem reconstituído nem respeitado; a editora Gallimard mantém até hoje uma dívida com a obra de Leduc e com seu público). "*Ravages* seria o meu livro preferido de Violette Leduc", ela escreve em *La Chasse*. Seria o favorito, se fosse.

Ainda sobre a versão nunca publicada de *Ravages*, Catherine Viollet ressalta que, se tivesse sido lançada tal como concebida, a obra "teria tido, então, a amplitude de um verdadeiro romance de formação, um *A educação sentimental* do século XX, colocando uma vez em cena um ponto de vista feminino".[11]

---

9 Leduc morreu em 28 de maio de 1972 e está enterrada em Faucon, na França.

10 V. Leduc, *Thérèse et Isabelle*. Paris: Gallimard, 1966. [Ed. bras.: *Teresa e Isabel: uma paixão*. São Paulo: Editora Brasiliense, 1999.]

11 C. Viollet, "Relire *Thérèse et Isabelle* de Violette Leduc… à la lumière de sa genèse." *Revue critique de fixxion française contemporaine*, 2012. Disponível em <http://www.revue-critique-de-fixxion-francaise-contemporaine.org/rcffc/article/view/fx04.15/581> Acesso em 6 jun. 2022.

Recaiu sobre *A bastarda* o efeito da censura, a crítica ainda aponta:

> Quando lemos – ou relemos – *Thérèse et Isabelle* hoje, no século xxi, a acusação de "enorme e precisa obscenidade, impossível de ser abertamente publicado", proferidas em 1954 pelo comitê de leitura da editora Gallimard faz sorrir, assim como os conselhos peremptórios dados então à Violette Leduc de "excluir o erotismo preservando a afetividade" e de "sombrear suas técnicas operatórias". Se ela teve de se curvar e estas exigências, esse fenômeno de apagamento, suavização e de autocensura das passagens eróticas permanecem perceptíveis em *A bastarda*.[12]

A bastarda é, assim, o renascimento de *Ravages*. Um dos mais importantes motores desta autobiografia foi a ideia de recontar tudo e, dessa vez, de uma forma que escaparia à censura, o que de fato Leduc conseguiu — com louvor e pompa, já que *A bastarda*, além de ter feito da escritora uma *best-seller*, lhe rendeu uma indicação ao prestigiado Prêmio Goncourt de 1964.

Aqui, deixa-se de lado qualquer tentativa de disfarçar o caráter autobiográfico — ao contrário, Leduc entrega-se totalmente como narradora, personagem e autora, criando uma voz tríptica, que o tempo todo referencia a própria obra ao passo que conta a própria vida.

Em *A bastarda*, tudo que está em *Ravages* é recuperado e reescrito, só que agora não há mais Thérèse, é Violette a protagonista de sua própria história.[13]

No segundo volume da trilogia, *La Folie en Tête* (1970), Violette narra o processo de escrita de *Ravages/Thérèse et Isabelle* sem aprofundar tanto a experiência de ser censurada como fará depois, no livro que encerra a trilogia. *La Folie* é, talvez, o livro de Leduc em que ela mais fala a respeito do que entende por literatura e revela seus processos de escritora, bem como suas preocupações com questões como autoria, cânone e estilo.

---

12 C. Viollet, op. cit.

13 É interessante notar que Isabelle é a única personagem cuja identidade é mantida tanto na ficção quanto na autobiografia. Este é, de fato, o nome real da estudante com quem Leduc se envolveu no colégio de Douai.

Eu escrevi *Thérèse et Isabelle* três horas por dia com a cabeleira-rio de Isabelle em minha boca, em minha garganta. O que Isabelle me deu, o que eu dei a ela, entreguei tudo ao meu caderno. [...] Eu queria dizer tudo, disse tudo. É só nisso que não fracassei. Meu texto é repleto de imagens. Uma pena. [...] Eu visava mais precisão, eu esperava palavras sugestivas e não comparações aproximativas. Havia outra coisa a ser dita, eu não soube dizê-la. Fracassei, não duvido de meu fracasso. Não me arrependo de meu trabalho. Foi uma tentativa. Outras mulheres continuarão, elas conseguirão.[14]

A obra e a vida de Violette Leduc foram calcadas por um feminismo profundo, mas não academicamente sistematizado, o que se evidencia na passagem acima, quando o consolo pelo fracasso de *Thérèse et Isabelle* vem da ideia de que este trabalho será continuado, outras mulheres irão fazê-lo.

Ao contrário de Simone de Beauvoir, cuja condição social permitiu a dedicação exclusiva à intelectualidade, Leduc não teve tais oportunidades. O feminismo de seu trabalho é uma práxis contínua, orgânica, que entrou em embate direto com o contexto francês dos anos 1950. Ao ler sua obra, é inevitável pensar que Leduc foi uma mulher muito à frente de seu tempo, embora ninguém entre nós possa, de fato, sê-lo.

É também inevitável considerar — embora não haja material a esse respeito — que não foi por acaso que Leduc custou a chegar no Brasil, posto que *A bastarda*, seu maior sucesso, é lançado na França no mesmo ano em que aqui é deflagrado o golpe militar. É apenas após o fim da ditadura que *A bastarda* ganha sua primeira tradução para o português brasileiro, em 1986, pela editora Guanabara. Se Leduc não escapara nem da censura da editora Gallimard, é no mínimo curioso imaginar como os censores da ditadura brasileira reagiriam a *Ravages* ou *A bastarda* — às "escandalosas" Violette e Isabelle.

Muitos dentre nós têm medo de morrer e estão aflitos por estar neste mundo, como Violette nos diz nas primeiras linhas de *A bastarda*. Mas, ao fim e ao cabo, seu caso é único.

---

14 V. Leduc, *La Folie en Tête*. Paris: Gallimard, 1970 p. 498. Tradução minha.

Sua literatura é única, dotada de uma singularidade que é tanto estilística quanto temática; à frente de seu tempo ao passo que produto concreto dele. A quantas heroínas literárias foi dada esta vivência bissexual, em que o amor e o sexo, suas alegrias e idiossincrasias são experimentadas sem hierarquizar os gêneros? Em que a experiência profunda do fazer literário se confunde com o próprio corpo vivo? Em que vida e obra se misturam de forma que é impossível separá-las?

A literatura de Leduc é fonte inesgotável: nela nada começa e nada termina, ficção e autobiografia se misturam a ponto de pouco importar o que é uma ou outra, o que fica é esta escritora que quis se transformar em palavras e que na literatura encontrou o fôlego. Discordo de Beauvoir quando diz em seu clássico prefácio que todos os livros de Leduc poderiam se chamar "A asfixia", pois é neles justamente que está o ar. É a literatura que faz respirar e Leduc nos convida o tempo todo a sincronizar nossa respiração com a sua, encontrar com as palavras a beleza do detalhe, a metáfora em cada um: arriscar dizer o indizível.

"A literatura faz perder o juízo. É preciso dizer a verdade e dizer outra coisa", conclui Violette em *La Chasse*. É nesta outra coisa que tropeçamos a todo tempo ao ler Leduc.

É com alegria que devemos receber esta nova tradução de Marília Garcia para *A bastarda*. Mais de vinte anos separam a publicação do livro de sua primeira tradução para o português brasileiro. Trinta e seis anos separam a tradução de Vera Mourão desta de Garcia.

E, no entanto, esta literatura disruptiva, questionadora e inovadora parece ter chegado na hora mais precisa. No seu tempo.

Naná DeLuca
Mestre em Letras, escritor, repórter da *Folha de São Paulo* e autor da dissertação de mestrado "Violette Leduc: a travessia do deserto ao arco-íris".